Horst Siebert
Die silberne Schlange
Roman

Für Caroline

Horst Siebert

Die silberne Schlange

Roman

Haag + Herchen

Die Deutsche Bibliothek – CIP-Einheitsaufnahme

Siebert, Horst:
Die silberne Schlange : Roman / Horst Siebert. –
Frankfurt am Main : Haag und Herchen, 1993
  ISBN 3-89228-847-X

ISBN 3-89228-847-X
© 1993 by HAAG + HERCHEN Verlag GmbH,
Fichardstraße 30, 6000 Frankfurt am Main 1
Alle Rechte vorbehalten
Produktion: Herchen KG, Frankfurt am Main
Satz: W. Niederland, Frankfurt am Main
Herstellung: Druckerei Ernst Grässer, Karlsruhe
Printed in Germany

Verlagsnummer 1847

Dieser Roman, der in der Heimat meiner Vorväter spielt, ist eine Fiktion. Wer jedoch die jüngere Geschichte kennt, weiß, daß die Ereignisse so abgelaufen sein können, wie sie in diesem Buch geschildert werden. Alle Namen sind frei erfunden, Namensgleichheiten mit Verstorbenen oder noch Lebenden sind rein zufällig und nicht beabsichtigt. Die Hauptdörfer Littauland und Samland sind auf keiner Landkarte zu finden. Das Buch soll Menschen aller Hautfarben aufrütteln, eines zu begreifen: Krieg ist eine Erfindung des Teufels: Nur Menschen können ihn verhindern. Sie sollen sich darauf besinnen, daß sie geboren wurden, um Liebe zu geben und Liebe zu empfangen.

Inhalt

Erstes Kapitel: Der Überfall   9

Zweites Kapitel: Die Liebe 133

Drittes Kapitel: Der Krieg 239

Viertes Kapitel: Die silberne Schlange 321

Fünftes Kapitel: Die Rückkehr 435

Sechstes Kapitel: Die Schlacht 529

Erstes Kapitel: Der Überfall

»Fürchte dich nicht, denn ich habe dich erlöst; ich habe dich bei deinem Namen gerufen; du bist mein.«
Jesaja 43,1

»Verrat trennt alle Bande«
Friedrich von Schiller
(Wallensteins Tod, 1799)

Die beiden Jagdhunde des Gutes bellten wie auf Kommando. So zornig, als ob sie im Unterholz einen schweren Keiler gestellt hatten. Sie liefen in ihrem Zwinger auf und ab und begannen, an den Gitterstäben emporzuspringen.

Vom Wehrgang der Mauer, die das große Gut umschloß, ertönte ein kurzer, schriller Pfiff. Das Bellen der Hunde erstarb sofort. Die Tiere legten sich. Das Haupttor des Gutes ließen sie jedoch nicht aus den Augen. Sie spitzten die Ohren und knurrten. Ein zweiter schriller Pfiff ertönte vom Wehrgang. Die gut erzogenen Hunde knurrten nicht mehr.

Hechelnd sahen beide Tiere jedoch unverändert in wachsamer Haltung zum Haupttor. Ihre Lenden zuckten. Sie lagen auf dem Sprung bereit, sofort emporzuschnellen, wenn es ihnen zwei kurze Pfiffe befehlen sollten.

Der junge Mann auf dem Wehrgang, der die Pfiffe ausgestoßen hatte, beugte sich über das Geländer und blickte in den Hof. Er konnte die Hunde in ihrem Zwinger nicht sehen. Der Mond, der stundenlang den Gutshof ausgeleuchtet hatte, war untergegangen. Es war kurz vor Sonnenaufgang. Schwache rötliche Blitze der ersten Sonnenstrahlen zuckten im Osten über den Horizont.

»Brav, ganz brav!« Er versuchte durch leise Zurufe die Hunde zu beruhigen. Ihm war unverständlich, warum sie zu bellen begonnen hatten. Auch der aufkommende Morgen war so still, wie die vergangenen Nachtstunden, die einem Gewitter gefolgt waren.

Die Hunde hechelten schneller. Aber sie rührten sich nicht von der Stelle. Ihre Ohren hatten seit Sekunden ein Geräusch aufgefangen, das Gefahr signalisierte. Das menschliche Ohr konnte es noch nicht hören. Deshalb langweilten sich die Wachen auf dem Wehrgang unverändert, wie in den Stunden zuvor.

Die Hunde fühlten, daß der Boden zu vibrieren begann. Sie gaben aber noch immer keinen Laut von sich, weil die zwei Pfiffe nicht ertönten. Sie hatten auf die drohende Gefahr aufmerksam gemacht. Nun war es an den Menschen, ihnen weitere Kommandos zu geben. Das hatten sie auf vielen Jagden in den vergangenen Jahren gelernt.

Der Boden vibrierte stärker. Die kurzen Pfiffe, die vom Wehrgang gekommen waren, hielten die Hunde jedoch so fest am Boden, als ob sie angenagelt worden wären. Sie hechelten aber so schnell, daß ihnen Speichel aus den Mäulern lief, die sie halb geöffnet hatten.

Die ersten Strahlen der Morgensonne brachen im Osten über den Horizont. Der junge Mann, der das Kommando über die Nachtwache auf dem Wehrgang hatte, drehte sich zum Hof und sah zu den Hunden. Er konnte ihre Konturen nur schwach erkennen. Deutlich sah er jedoch, daß sie vor Nervosität zitterten.

Unruhe stieg in ihm auf.

Er rief den Männern, die auf dem Wehrgang standen, ein Kommando zu.

Sie richteten sich auf und entsicherten ihre Waffen.

Sekunden später hörten sie alle gleichzeitig, was die Hunde vor ihnen registriert hatten. Der Seewind trug ein Geräusch an die Mauern. Es nahm an Intensität zu, steigerte sich von Minute zu Minute und schwoll dann zu einem Dröhnen an.

Die Wachen auf dem Wehrgang erstarrten vor Erschrecken. Auch der junge Mann hielt für Sekunden die Luft an. Sie konnten deutlich hören, daß Reiter auf die Mauer zurasten. Hunderte von Reitern. Die Hufe ihrer Pferde dröhnten über den Boden vor dem Gut.

Im Halbdunkeln des Morgens sahen sie eine riesige berittene Einheit auf das Gut zujagen. Dann schwenkten die Reiter nach links und galoppierten an dem Gut vorbei.

Minuten später war von ihnen nichts mehr zu hören. Die Vögel des Morgens begannen die ersten Sonnenstrahlen anzusingen.

Die Nächte in den baltischen Provinzen des russischen Reiches sind auch im Sommer so klar und frisch, wie ein gut gekühlter Wodka. Der Abendwind, der von der baltischen See kommt, treibt die Hitze, die vom Vormittag bis Sonnenuntergang wie eine Glutwolke über den unendlichen Weiten dieses Landes steht, in wenigen Minuten davon.

Wer ein Thermometer besitzt, kann nach Sonnenuntergang sehen, wie die Quecksilbersäule nach unten rutscht. Wer eben noch schweißnaß mit offenem Hemd auf den Feldern gearbeitet hat, greift zum Pullover. Der Himmel, auch nach Sonnenuntergang hoch und klar, saugt die am Tage gespeicherte Wärme von Feldern und Wiesen. In das dadurch entstehende Vakuum fällt der Seewind, der dann ungehindert über die Küsten fließt.

Der Seewind klopft erst zaghaft an Scheunen und Häuser. Kornfelder beginnen langsam zu schwingen. Wenig später fangen sie an zu tanzen. Auch Buchen, Eichen und Kiefern verbeugen sich ebenfalls erst langsam.

Die aufsteigende Tageshitze kühlt in höheren Luftschichten ab und stürzt dann schwerer geworden auf das Meer. Sie gibt dem Seewind zusätzliche Schubkraft. Bäume, Halme und Gräser beginnen sich zu schütteln. Wasservögel verstecken sich im Schilf. Das Wild rückt an die Ränder der Wälder vor. An den Bauernhäusern beginnen die Fensterläden zu klappern.

Der Wind legt noch einmal an Kraft zu. Er rauht das Meer auf. Die Rinder und Pferde auf den riesigen Koppeln drehen ihre Köpfe aus dem Wind. Wellen rauschen gegen die Küste und bügeln die Uferstreifen glatt. Wie abgestellt, bricht die Kraft des Windes plötzlich zusammen. Der vom Himmel kommende Druck erschlafft. Der Wind geht in ein leises gleichmäßiges Säuseln über.

Seine Kraft reicht jedoch noch aus, jedes Geräusch meilenweit zu tragen. Das Bellen eines Hundes wird in entfernte Nachbardörfer transportiert. Es animiert andere Hunde zum Bellen.

Die Dorfbewohner, die am Tage schwer auf den Feldern und Wiesen gearbeitet haben, hören solche Geräusche nicht, auch wenn sie bei weit geöffneten Fenstern schlafen. Sie schrecken nur dann aus dem Schlaf hoch, wenn andere, für sie ungewohnte Laute die Stille der Nacht stören oder wenn das Bellen der Hunde zornig wird. Sie können genau heraushören, ob ein Hund einen Igel verbellt oder ob er Fremde gestellt hat. Dann stehen die Männer sofort auf und holen ihre Waffen aus den Schränken.

Die Zeiten waren unruhig geworden. Der Regierung in Petersburg war die Kontrolle über das riesige russische Reich entglitten. Der Zar war schwach, die meisten seiner Mitarbeiter korrupt. Ansätze zu sozialen Reformen versandeten, bevor sie Gestalt annehmen konnten. Die Bauern, wie die Industriearbeiter ausgebeutet, hatten begonnen, sich gegen die Krone aufzulehnen. Besonders aktiv waren dabei die Industriearbeiter. Ihnen waren die Grundbegriffe im Lesen und Schreiben beigebracht worden, damit sie die ihnen anvertrauten Maschinen bedienen konnten. Es dauerte nicht lange und sie lasen auch Flugblätter, die sie gegen den Zaren aufstachelten. Die darin verbreiteten Parolen fielen auf fruchtbaren Boden. Ihre Lage war schlecht, die Parolen versprachen Besserung, wenn der Zar beseitigt würde.

Der Zar regierte nur noch mit seiner gefürchteten Geheimpolizei. Jedes Aufbegehren seiner Untertanen ließ er von Kosaken niederschlagen. Sie wateten durch Ströme von Blut. Der Zar säte Wind und erntete Sturm.

In vielen der weitflächigen Provinzen des großen russischen Reiches trieben kleinere und größere Banden, meist unter dem fadenscheinigen Vorwand Freiheit und Gerechtigkeit für alle Unterdrückten zu bringen, ihr Unwesen. Tatsächlich waren sie nichts anderes als Räuberbanden, die bei Gutsbesitzern und Landarbeitern gleichermaßen gefürchtet waren. Sie brandschatzten, raubten und vergewaltigten.

Die Gutsherren wichen von ihrem Besitz. Sie flüchteten in ihre Häuser in den Städten. Dort fühlten sie sich sicherer, denn die unruhigen Industriearbeiter waren in den Kommunen leicht unter Kontrolle zu halten.

Auf dem flachen Land war die Situation völlig anders. Die Banden schlugen da zu, wo es ihnen paßte. Es schien, als ob es in diesem Reich, das sich über ein Sechstel der Erde erstreckte, keine Autorität mehr gab, die ihrem blutrünstigen Treiben Einhalt gebieten konnte.

Rief in den baltischen Provinzen ein Gutsbesitzer, wenn der Hof seines Nachbarn überfallen und niedergebrannt worden war, Kosaken zu Hilfe, waren die Banden bereits spurlos verschwunden. Sie tauchten in den Wäldern und Sumpfgebieten des Baltikums unter. Die einzige Spur, die sie hinterließen, waren rauchende Trümmer, ermordete Männer, Frauen und Kinder. Männer und Kinder waren bei diesem Gemetzel meist noch am besten weggekommen. Sie wurden sofort erschlagen. Die Frauen wurden von den Banditen brutal vergewaltigt. Erst wenn die Bandenmitglieder ihre sexuelle Gier befriedigt hatten, wurden die Frauen erstochen oder erdrosselt.

Wer beim Überfall der Banditen flüchten konnte, war auch dann seines Lebens nicht sicher, wenn die Kosaken auf der Stätte des Gemetzels erschienen. Immer wieder war es vorgekommen, daß diese wilden Reiter ebenfalls vergewaltigten und mordeten. Sie ließen ihre Wut darüber, daß sie wieder einmal zu spät gekommen waren, an den Überlebenden aus. Ohne viel Federlesens beschuldigten sie diese bedauernswerten Menschen, mit den Banden gemeinsame Sache gemacht zu haben. Wäre das nicht der Fall gewesen, wären sie ja nicht mehr am Leben, erklärten sie.

So verwunderte es niemanden, daß Überlebende sich strikt weigerten, auf die niedergebrannten Güter zurückzukehren.

Mehrere Gutsbesitzer hatten die Männer, die für sie arbeiteten, bewaffnet. Banden, die diese Güter angriffen, waren zurückgeschlagen worden. Der baltische Landadel begann aufzuatmen. Die Banden verschwanden, sie schienen sich in Luft aufgelöst zu haben.

Aber wenig später begann der Terror erneut. Stärker als zuvor. Schuld daran waren die Gutsbesitzer, die ihre Arbeiter unverändert als Leibeigene betrachtet und ausgebeutet hatten. Als sie ihre Männer bewaffneten, fielen die Arbeiter über ihre Herren her und machten sie und ihre Familie nieder. Neue Banden entstanden. Das war eine Schraube des Schreckens ohne Ende.

Das Dorf Littauland war in dieser chaotischen Welt eine Insel des Friedens. Die Wege, die auf das Dorf zuführten, waren befestigt. Sümpfe waren trockengelegt worden, die Wälder gepflegt, die riesigen Koppeln umzäunt. Gutgenährte Rinder und Pferde grasten auf den Koppeln. Weiß gestrichene Mühlen mit schwarzen Dächern standen in Gruppen auf den Bodenwällen, die das Dorf umgaben.

Die Hauptstraße des Dorfes war gepflastert. In großen Gärten standen Häuser und Stallungen, umgeben von Gärten, in denen hinter Zäunen die Blumen des Landes blühten. Zu jedem Haus gehörte ein Ziehbrunnen.

Die Bewohner des Dorfes, Litauer, Russen, Letten, Polen und Deutschstämmige waren gutgekleidet. Mitten im Dorf stand eine kleine Kirche, daneben eine einklassige Schule und ein Gasthof, in dem Reisende übernachten konnten.

Östlich des Dorfes stand das Gut, zum Teil von Wald und einem breiten Sumpfgebiet umgeben, das aus Sicherheitsgründen nicht trockengelegt worden war. Gutshaus, Scheunen und Stallungen verbargen sich hinter einer hohen Mauer, auf deren Krone sich ein Wehrgang und Schießscharten befanden. Das Haupttor und eine Seiten-

pforte, die zum Sumpf führte, bestanden aus dicken Eichenbohlen.
    Nachts war das Haupttor geschlossen. Wachen patroullierten auf dem Wehrgang. Wer unangemeldet in der Nacht vor dem Gut erschien, mußte damit rechnen, beschossen zu werden. Bisher hatten nur zwei kleinere Banden versucht, das Gut anzugreifen. Sie waren mit blutigen Köpfen davon gejagt worden.

Luise schreckte aus dem Schlaf hoch. Sie mußte Sekunden überlegen, in welchem Zimmer des Gutshauses sie schlief. Sie lag im Bett ihres Mannes in seinem Schlafzimmer. Er schlief so fest, als ob es noch mitten in der Nacht wäre.

Luise richtete sich im Bett auf. So sehr sie sich auch anstrengte, es fiel ihr nicht ein, was der Anlaß dafür gewesen sein konnte, daß sie aufgewacht war.

Eine innere Unruhe, deren Herkunft sie nicht ergründen konnte, ließ sie so stark frösteln, daß sie zu zittern begann.

Ein trockenes Gewitter hatte nach Mitternacht über den baltischen Provinzen gestanden. Blitze und lange Donnerschläge hatten einander abgelöst. Regen war nicht gefallen.

Luise hatte sich vor den Schlägen des Donners gefürchtet, war dann aber doch, sich dicht an den Körper von William kuschelnd, wieder eingeschlafen.

Aber die Erinnerung an das Gewitter, das sie, wie alle Gewitter, gefürchtet hatte, war es nicht, was sie aus dem Schlaf geschreckt hatte. Sie rieb sich die Wangen und zog an ihren Haaren. Sie kam nicht darauf, was sie hochgeschreckt hatte.

Schlaflosigkeit kannte Luise nicht. Sie war erst 20 Jahre alt und konnte ohne Mühe so fest wie ein Kleinkind schlafen. Nur kurz vor der Geburt ihrer Tochter Marlies hatte sie nächtelang wachgelegen, weil das Kind in ihrem Körper begonnen hatte, kräftig zu strampeln.

William hatte Dr. Perkampus gerufen. Der Arzt war sofort gekommen und hatte Luise eingehend untersucht.

»Ganz normal«, hatte er Luise und William gesagt. »Entweder wird das eine temperamentvolle Dame oder ein temperamentvoller junger Mann!«

Ein Schlafmittel hatte Dr. Perkampus Luise nicht verschrieben. Er hatte ihre Wangen getäschelt. »In Kürze werden Sie wieder so fest wie bisher üblich schlafen, Gräfin!« Dr. Perkampus hatte die linke Hand von Luise genommen und sie geküßt.

Zwei Wochen später hatte sie mühelos Marlies mit seiner Hilfe zur Welt gebracht. Das war zwei Jahre her.

Luise zog die Bettdecke vorsichtig über ihren nackten Körper als sie sich zurücklegte. Sie wollte verhindern, daß William aufwachte.

Dann streckte sie sich wie eine Katze, deren Fellhaare nach einem Sprung aus einem Baum durcheinander geraten waren. Sie schob sich dicht an den Körper ihres Mannes, der ebenfalls nackt neben ihr lag.

William zuckte nur kurz zusammen, als sich Luise an ihn preßte.

Er schlief aber weiter. Sie legte ihren linken Arm um seinen Brustkorb.

Vor dem Schlafzimmer ihres Mannes, das nach Osten lag, war der Himmel vom Dunkel der Nacht in ein schwaches Zartrosa übergegangen. Da Luise seit ihrer Geburt auf dem Lande lebte, wußte sie, daß es kurz nach vier Uhr sein mußte.

In etwa zehn Minuten würde die Sonne aufgehen. Knapp eine Stunde später würde sie das Gut, das Dorf, die Felder, die Wiesen und die Wälder, die ihrer Familie seit über zweihundert Jahren gehörten, mit ihren Strahlen überfluten. Der Tau der Nacht, der in großen Tropfen an Gräsern und Ästen hing, würde sich in Wasserdampf verwandeln. Dann würden Nebelschwaden aufsteigen, die das Land in eine Waschküche verwandeln würden. Diese Nebelschwaden würden die Strahlen der Sonne aufsaugen. Jetzt im Juni konnte der Nebel stundenlang über dem Land liegen. Aber spätestens am Vormittag würde der Himmel klar sein, die Sicht kilometerweit reichen. Dieses Spiel zwischen Nachttau und Sonne würde bis Ende Juni andauern, im dann folgenden Sommer würde es klare Nächte und Tage geben.

Als Kind war Luise zu dieser Morgenstunde im Juni aufgestanden, hatte sich angezogen und war entgegen dem ausdrücklichen Verbot ihrer Eltern aus dem Fenster ihres Zimmers gestiegen. Dann war sie durch den Nebel gelaufen, hatte sich im taunassen Gras gewälzt und darauf gewartet, daß der Nebel verschwinden und die Sonne an einen tiefblauen Himmel entlangziehen würde.

Luise seufzte, als sie daran zurückdachte. Sie richtete sich wieder auf, streifte den Teil der Bettdecke zurück, der sie bedeckt hatte und betrachtete ihren nackten Körper in dem großen Spiegel, der gegenüber dem Bett von William an der Wand befestigt war.

Ihre Brüste waren noch immer makellos, obwohl sie ein Kind geboren hatte. Auch ihr Bauch war so flach und fest, wie sie ihn aus ihrer Mädchenzeit in Erinnerung hatte.

Luise liebte ihren Körper. Sie drehte ihren Kopf und musterte eingehend ihren langen schlanken Hals, ihr faltenloses Gesicht, ihre vollen Lippen und ihre blauen Augen. Als sie ihren Kopf schüttelte, fielen ihre rotblonden Haare wie eine dichte Mähne über ihre Schultern.

»Meine Schultern sind etwas zu breit«, sagte sie leise, sich vor dem Spiegel hin und her wendend. »Dafür aber ist meine Taille eng, meine Hüften sind rund und meine Beine lang.«

Sie hob ihre Beine und betrachtete sie im hellen Sonnenlicht, das jetzt das Schlafzimmer ihres Mannes füllte.

Jeden Morgen und jeden Abend wusch sie sich von Kopf bis Fuß mit eiskaltem Wasser, im Sommer wie im Winter. Nach ihrer Meinung waren diese kalten Bäder das einzige Mittel, um ihren Körper so lange wie möglich von Falten freizuhalten.

Luise war sich sicher, daß William auch in späteren Jahren ihre Falten lieben würde. Aber sie tat alles, um ihm die Illusion zu vermitteln, er halte in den Nächten ein junges Mädchen in seinen Armen. Sie hatten gemeinsam ein Kind. Nach landläufiger Ansicht gehörte Luise damit bereits zum Kreis der »alten Damen«, ganz gleich, wie alt sie tatsächlich war.

Die Fensterflügel des Schlafzimmers von William waren weit geöffnet. Die vor die Fensteröffnung gezogenen Gardinen bauschten sich im ersten zaghaften Wind des Morgens.

Vor den Mauern, die das Gut umgaben, stiegen Nebelschwaden auf. Luise, die über den Körper von William hinwegsah, konnte die Mauern Minuten später nicht mehr erkennen. Der Nebel hatte sich wie eine Watteschicht über sie gelegt.

Luise preßte sich erneut gegen den Körper ihres Mannes. William drehte sich schlaftrunkend zu ihr, nahm sie in die Arme, schlief aber weiter. Luise fühlte noch immer die wohlige Erschlaffung, die ihren Körper nach dem wilden Liebesspiel mit William in der Nacht durchzogen hatte.

Sie war glücklich. Unsagbar glücklich.

»Ich bin sicher, daß es keinen Mann auf dieser Welt geben wird, der mich so glücklich machen kann wie William«, dachte sie.

Sie liebte ihren Mann nicht nur, weil er ihren Körper so zärtlich streicheln, weil er sie so jungenhaft lieben konnte, sondern, weil er nach ihrer Meinung nur aus Herz und Güte bestand. Er konnte so wunderbar weich sein, fast feminin. Sekunden später nahm er sie wie ein Hengst, der wochenlang mit bestem Hafer gefüttert worden war.

Luise war nicht unberührt in die Ehe gegangen. Seit ihrem fünfzehnten Lebensjahr hatte sie Nacht für Nacht von einem breitschultrigen blonden jungen Mann geträumt, der ihren voll erblühten Körper im Sturm nehmen würde.

Als während eines Manövers ein Rittmeister der Artillerie auf dem Gut einquartiert worden war, der dem Mann ihrer wilden nächtlichen Träume nahekam, hatte sie sich in einer heißen Sommernacht zu ihm geschlichen. Ihr siebzehnter Geburtstag lag zwei Tage zurück.

Am Morgen darauf war sie enttäuscht in ihr Schlafzimmer zurückgekehrt. Der Rittmeister hatte sich Luise wie seinen Kanonen gewidmet. Ohne Vorspiel hatte er sie entjungfert und sie dann, obwohl sie vor Schmerzen gestöhnt hatte, noch zweimal genommen.

Als sie am späten Vormittag auf den Gutshof kam, war er mit seiner Batterie bereits seit Stunden wieder unterwegs. Ohne Abschiedsgruß war er davon geritten.

Wochenlang haßte sie jeden Mann, den sie auf dem Gut sah. Ihren Vater, ihren Bruder, die Inspektoren und die Gutsarbeiter, vor allen Dingen die Männer, die sich nach ihr umsahen, wenn sie mit ihrer Stute vom Hof ritt. Später begann sie sich selbst zu hassen, als ihr klar wurde, daß sie sich einem Rohling hingegeben hatte, der nur darauf aus gewesen war, ihr die Jungfräulichkeit zu nehmen. Aber dieser Schmerz war eines Tages vorbei. Sie bewegte sich wieder wie ein junges Mädchen, und zwar so, wie sie es früher immer getan hatte. Sie lachte oft und gerne, und sie flirtete mit den Männern, die ihre Eltern auf das Gut einluden.

William hatte sie auf einem Ball in Petersburg kennengelernt. Sie hatte an dem Ball nicht teilnehmen wollen. Sie wußte, daß sie auch dort viele Männer treffen würde, die ihr bei jedem Tanz unaufhörlich Komplimente ins Ohr flüstern würden, einzig und allein mit dem Ziel, sie in ihr Bett zu bekommen. Aber ihre Eltern hatten darauf bestanden, daß sie mit nach Petersburg reiste. Sie hatte sich gefügt.

An dem britischen Obristen, William Graf zu Essex, Militärattache an der Botschaft seines Landes, hatte sie fasziniert, daß er ein ausgezeichneter Tänzer war und ihr keine Komplimente machte. Er hatte sie nur angelächelt und darauf bestanden, die ganze Ballnacht mit ihr zu tanzen.

Als sie sich am Morgen trennten, war Luise sicher, daß sie sich in William verliebt hatte und er sich auch in sie.

Drei Wochen später war der englische Graf auf dem Gut erschienen und hatte bei ihrem Vater um ihre Hand angehalten. Luise hatte vom Fenster ihres Zimmers aus beobachtet, daß die Mägde des Gutes geradezu zerflossen, als der junge britische Offizier aus seiner Kutsche stieg und mit sicheren Schritten auf das Herrenhaus zuging.

Der Vater von Luise hatte zwar sofort seine Zustimmmung gegeben, als ihn der Offizier um die Hand seiner Tochter bat. Ihm hatte geschmeichelt, daß der Engländer gut aussah, formvollendete Manieren besaß, Offizier war, aus einer Familie von Gutsbesitzern stammte und über ein für seine Verhältnisse beachtliches Vermögen verfügte.

Aber eine Bedingung hatte der Vater von Luise an die Eheschließung geknüpft. Seine Tochter mußte in Rußland bleiben. Sie war Russin und sollte als Russin auch in Zukunft in Rußland leben. Seine Enkelkinder sollten von der Geburt her Russen sein. In keinem Fall Engländer, die er für arrogant und degeneriert hielt.

William hatte dieser Forderung sofort zugestimmt. Darauf hatte der Vater von Luise William versprochen, das Vorwerk, auf dem er jetzt mit seiner Familie lebte, seiner Tochter zu überschreiben. Zu diesem Vorwerk gehörten Felder, Dörfer, Wiesen und Waldbesitz.

Beide Herren trennten sich in vollendeter Harmonie. Aber dann hatte der Vater wie ein Wolf im Zwinger getobt. Er hätte lieber gesehen, daß ein russischer Adliger um die Hand seiner Tochter angehalten hätte. In einer Ehe zwischen ihr und einem Engländer sah er den Untergang seiner Familie.

»Diese bleichen, rachitischen, rothaarigen Affen haben die halbe Welt erobert«, hatte er gebrüllt. Offensichtlich war ihm entgangen, daß William schwarze Haare hatte. »Diese Engländer würden auch uns unterjochen, wenn Rußland nicht so ein riesiger Koloß wäre. Gott strafe sie!«

Der Vater von Luise war ein Mann, der in der Regel Pauschalurteile ablehnte. Wenn es allerdings um die Engländer ging, vergaß er seine guten Vorsätze. Er konnte es ihnen nicht vergessen, daß sie es gewesen waren, die die »japanischen Affen« gedrillt hatten, die bei der Seeschlacht von Tsushima eine große russische Flotte vernichtet hatten, die von seinem Freund, Admiral Rojestwenski, kommandiert worden war. Er wußte zwar genau, daß die Schuldigen für diese Katastrophe, die zur Niederlage Rußlands im russisch-japanischen Krieg um Wladiwostok geführt hatte, in Petersburg saßen, aber er würde es nie zugeben. Er konnte den Engländern auch nicht vergessen, daß sie es nach seiner Meinung gewesen waren, die damit eine Revolution in Rußland ausgelöst hatten, die den Hof in Petersburg in große Schwierigkeiten brachte. Er wollte einfach nicht sehen, daß

Rußland durch und durch korrupt war. Für ihn war England an allem Schuld und damit basta.

Luise war, zum Entsetzen ihrer Mutter und ihres Bruders, ohne anzuklopfen, in das Arbeitszimmer ihres Vaters gegangen. Sie hatte ihren Vater einige Minuten gemustert. Obwohl er noch immer grollte, weil er sein Ja-Wort zu einer Ehe zwischen Luise und William gegeben hatte, wurde er lammfromm, als er Luise sah.

Er liebte seine Tochter. Er wußte aber auch, daß sie so eisenhart wie er sein konnte. Er fürchtete Auseinandersetzungen mit ihr, weil er dabei stets den Kürzeren zog. Luise hörte auf ihn, wenn er im Recht war. Aber sie wich nicht einen Zentimeter zurück, wenn sie meinte, im Recht zu sein.

Der Graf hatte seine Tochter seufzend angeblickt, als er ihre leicht geschlossenen Augen und ihre zusammengepreßten Lippen sah. Er kannte sie genau. Der Sieg über ihn war jetzt schon ihrer.

»Du hast William Graf zu Essex erklärt, daß Du einer Eheschließung zwischen ihm und mir zustimmst!« Luise hatte mit einer energischen Kopfbewegung ihre bis in den Rücken fallenden Haare über ihre Schultern geworfen.

Sie hatte die Augen ihres Vaters gesucht, der sich zur Seite wenden wollte. Ihre Blicke trafen sich.

»Ja, mein Kind, das habe ich!«

»Das ist gut, Papa!« Luise sprach lauter als sonst. Sie wußte, daß ihre Mutter und ihr Bruder an der Tür des Arbeitszimmers lauschten.

»Du kannst Dir vorstellen Papa, daß ich kein Kind mehr bin!« Luise sah, daß ihr Vater zusammenzuckte.

»Und weil ich kein Kind mehr bin, haben William und ich miteinander geschlafen. Ich habe ihn dazu verführt, weil ich das so wollte. Und ich habe das auch so eingerichtet, daß ich jetzt ein Baby bekomme, weil ich das auch so wollte. Ich bin nämlich so heißblütig wie Du, Papa!«

Luise registrierte belustigt, daß das Gesicht ihres Vaters von einer hektischen Röte überzogen wurde. Sie nahm das deshalb belustigt zur Kenntnis, weil sie das seit Jahren kannte.

»Ich bekomme ein Kind, Papa«, hatte sie noch einmal so laut gesagt, daß es auch ihre Mutter und ihr Bruder hören konnten. »Setze deshalb den Hochzeitstermin so kurzfristig wie möglich an. Ich kann mir nicht vorstellen, daß es Dir angenehm wäre, wenn der Adel über uns reden würde, oder?«

Luise hatte den Aufschrei gehört, den ihre Mutter ausstieß, als sie vor der Tür zum Arbeitszimmer in Ohnmacht fiel. Befehle ihres Bruders hatten das Personal angetrieben, ihre ohnmächtig gewordene Mutter zu Bett zu bringen. Vor der Tür des Arbeitszimmers liefen Menschen hin und her.

Luise hatte ihren Vater angelächelt, den sie so liebte, wie er sie liebte. Kein Wort hatte von dem gestimmt, was sie ihrem Vater gesagt hatte. Sie hatte weder mit William geschlafen, noch war sie von ihm schwanger. Aber sie liebte diesen zärtlich zurückhaltenden Engländer und sie wußte, daß er sie auch liebte. Sie wollte ihn als Ehemann haben. Ihr war jedes Mittel recht, um ihn zu bekommen.

Ihr Vater hatte zurückgelächelt.

»Mama fällt immer in Ohnmacht, wenn es spannend wird«, hatte er ihr zugeflüstert.

Dann hatte er den Zeigefinger seiner rechten Hand an seine Lippen gelegt.

Luise hatte verstanden. Sie sollte kein Wort sagen, wenn er nun erneut loslegen würde. Sie wußte, daß er nicht leben konnte, ohne ab und zu Dampf abzulassen. Sie war auch der einzige Mensch auf dem Gut, der sich davor nicht fürchtete.

Ihr Vater verhielt sich dann wie eine Lokomotive, die unter vollem Dampfdruck stehend, den Bahnhof nicht verlassen durfte. Er brüllte nicht nur, er begann sogar zu hopsen. Das Porzellan und die Gläser in den Vitrinen des großen Salons, der neben seinem Arbeitszimmer lag, begannen ebenfalls zu hopsen. Luise hörte deutlich, wie Glas an Glas und Porzellan an Porzellan schlug.

Der Vater von Luise tobte zwanzig Minuten lang. Seine Gesichtsfarbe bekam dabei eine gesunde, leichte Röte. Luises Mutter im Obergeschoß, die genau über seinem Arbeitszimmer im Bett lag, war erneut in Ohnmacht gefallen. Nur ihr Bruder, der vor der Tür weiterlauschte, hatte ausgehalten. Alle Bediensteten hatten sich in die Nebenräume des Gutes zurückgezogen, obwohl sie genau wußten, daß der Vater von Luise seine Wutanfälle niemals an ihnen auslassen würde.

Luises Vater hatte an Großbritannien kein gutes Haar gelassen. Er hatte sich aber gehütet, ein schlechtes Wort über seinen zukünftigen Schwiegersohn zu sagen. Er wußte, daß ihm Luise dann trotz ihrer stillschweigenden Abmachung ins Gesicht gesprungen wäre.

Vier Wochen später hatten William und Luise in der kleinen Kirche von Littauland geheiratet. Es war ein glanzvolles Ereignis gewesen, zu dem der Adel des Baltikums gekommen war. Das junge Ehepaar übernahm das Gut, auf dem sie jetzt lebten. Es wurde Vorwerk genannt, weil es etwa gut vier Reitstunden vom Hauptgut entfernt war, das jetzt von dem Vater von Luise und ihrem Bruder bewirtschaftet wurde.

William hatte kein Wort gesagt, als er in der Hochzeitsnacht feststellte, daß Luise nicht mehr unberührt war. Als sie deshalb in Tränen ausgebrochen war, hatte er sie mit einer unendlichen Welle von Zärtlichkeit überflutet. Seit dieser Nacht liebte Luise William so, wie sie nach ihrer Ansicht keinen anderen Mann mehr lieben könnte.

Luise drehte sich vorsichtig auf den Rücken. Sie wollte William nicht aufwecken. Die Heuernte war in vollem Gang. Er hatte einen Arbeitstag vor sich, der so schwer wie die vergangenen sein würde. Die Wiesen des Gutes dehnten sich von einem Horizont zum anderen. William mußte Stunde um Stunde reiten, um die Landarbeiter beaufsichtigen zu können. Das Gras mußte schnell geschnitten und getrocknet werden. Denn bereits Ende Juni begannen die Sommergewitter so sicher, wie das Amen in der Kirche.

Die Hähne in den Geflügelställen begannen zu krähen. Erst zaghaft, dann in vielstimmigen Konzert. Die Sonne war weiter über den Horizont gestiegen, zu sehen war sie nicht mehr. Der Nebel wurde dichter.

Luise fing erneut an zu frösteln, obwohl sie wieder dicht unter der warmen Decke neben ihrem Mann lag.

Blitzartig fiel ihr ein, was sie aus dem Schlaf geschreckt hatte. Ein dröhnendes Geräusch, daß, sich stetig verstärkend, an dem Gut vorbeigezogen war, um sich dann wieder in der Ferne zu verlieren. Der Seewind hatte es herangetragen. Das Stampfen eines Zuges konnte es nicht gewesen sein. Die Bahnlinie war zu weit entfernt. Außerdem dampfte der Zug, der auf dem Gut noch nie zu hören gewesen war, erst am späten Vormittag nach Osten und kam am Abend zurück.

Luise versuchte, sich das Geräusch in Erinnerung zu bringen, das sie aufgeschreckt hatte.

»Das waren Pferdehufe gewesen«, dachte sie. »Aber nicht die Hufe von zwanzig Pferden. Gut zweihundert Pferde müssen das gewesen sein. Das hatte so geklungen, als ob die Pferdeherde des Gutes, fast dreihundert Tiere, von den Koppeln im Herbst zu den Stallungen zurückgaloppierte.«

Luise richtete sich erneut ruckartig auf. Sie hatte das Gefühl, eine Stahlklammer preßte ihr Herz zusammen.

»Jetzt sind wir dran«, flüsterte sie.

Luise sah die Trümmer und die Toten der Nachbargüter, zu denen sie zusammen mit William nach Überfällen der Benda-Bande geritten war.

Diese Bande war die größte und raubgierigste von allen, die die Güter unsicher machten. Sie wurde von Joseph Benda, einem ehemaligen Offizier und Gutsbesitzerssohn geführt, der fahnenflüchtig geworden war, als ihn die Geheimpolizei wegen seiner Verbindungen zu Revolutionären verhaften wollte. So wurde es jedenfalls auf den Gütern erzählt.

Um die Person Bendas rankten sich Berichte, die blutrünstiger als Horrorromane waren.

Dieser ehemalige Offizier sollte übernatürliche Kräfte besitzen, Frauen in Massen vergewaltigen, das Blut seiner Opfer trinken und vor allem, wie die Mitglieder seiner ganzen Bande, unverwundbar sein und eine Tarnkappe besitzen, die es ihm und seinen Banditen ermöglichte, nach den Verbrechen spurlos zu verschwinden.

Luise hatte Damen der Gesellschaft in Ohnmacht fallen sehen, wenn am Rande von Bällen über die Schandtaten Bendas berichtet wurde. Sie hatte nur die Hälfte davon geglaubt. Aber einige Punkte in den Erzählungen hatte sie aufgrund der Schreckensherrschaft Bendas für bare Münze genommen: Seine Unverwundbarkeit und seine Fähigkeit, sich stets spurlos in nichts aufzulösen.

Außerdem wußte Luise, was Benda zu einem brutalen Gangster hatte werden lassen. Nach seiner Fahnenflucht war seine gesamte Familie liquidiert und das Gut seiner Eltern dem Erdboden gleichgemacht worden. Alle weiblichen Bediensteten des Gutes waren von Kosaken vergewaltigt und dann zusammen mit den männlichen Arbeitnehmern, die halbtot geprügelt worden waren, als Staatsfeinde lebenslänglich in die Verbannung nach Sibirien verschickt worden.

Luise legte sich, am ganzen Körper zitternd, zurück und zog die Bettdecke über sich. »Und ich bin wieder schwanger«, dachte sie. »Einen Sohn werde ich bekommen, ich fühle es. Im zweiten Monat bin ich und ich habe es William noch nicht gesagt.« Luise wollte ihren Mann mit dieser Nachricht überraschen. Sie hatte sich vorgenommen, eines Tages seine Hand zu nehmen und sie auf ihren Bauch zu legen. Das sollte dann geschehen, wenn sich ihr Leib leicht zu runden begann. Gegenwertig war sie noch so schlank wie ein junges Mädchen.

Luises Augen begannen sich mit Tränen zu füllen.

»Ich werde William nichts sagen, gerade jetzt werde ich ihm nichts sagen«, flüsterte sie.

Luise hörte wieder das Dröhnen der Pferdehufe.

»Oh, mein Gott, warum gerade jetzt!« Sie lag wie erstarrt neben William.

Die Herrin des Gutes, Luise Gräfin zu Memel und Samland zu Essex, regierte mit ihrem Mann, William Graf zu Essex, gerecht, aber auch streng. Sie und auch ihr Mann hatten immer Verständnis für jede menschliche Schwäche der Gutsarbeiterinnen und Gutsarbeiter. Aber eisenhart beantworteten sie jeden Diebstahl, jeden Betrugsversuch und jede Diskriminierung Angehöriger anderer Völker des russischen Reiches, die ebenfalls auf ihrem Gut arbeiteten.

Zu ihrem Besitz neben dem Gut gehörten Littauland und fünf andere Dörfer. Viele Gutsbesitzer sahen in ihren Arbeiterinnen und Arbeitern auf den Gütern noch immer Leibeigene. Luise und William handelten genau entgegengesetzt.

Für die Bewohner von Littauland, das Dorf in unmittelbarer Nähe des Gutes, wie auch für die anderen Dörfer hatten sie auf ihre Kosten Häuser und Stallungen bauen lassen. Jeder Bewohner von Littauland besaß dreißig Morgen Land, die er bewirtschaften konnte, wie er es für richtig hielt. Die Bewohner des Dorfes hielten eigenes Vieh, bestellten ihre Felder und erhielten am Jahresende ein Deputat vom Gewinn des Gutes, dem sie ihre Hauptarbeitskraft zur Verfügung stellten. Die Bewohner der anderen Dörfer, die zum Besitz von Luise gehörten, hatten gleiche Pflichten und gleiche Rechte.

Luise und William wurden auf dem Gut und den Dörfern wie gekrönte Häupter verehrt. Eine wichtige Rolle spielte dabei, daß sie nicht nur gerecht und sozial eingestellt, sondern auch ein hübsches Paar waren.

Die Gräfin war schlank und doch proportioniert, rotblond und blauäugig. Ihr Mann groß, ebenfalls blauäugig, drahtig und dunkelhaarig. Die Arbeiter auf dem Gut waren, wie die Bewohner der Dörfer, fasziniert von diesem Paar, weil beide blaue Augen hatten. Die Augen der Dorfbewohner und Gutsarbeiterinnen und Gutsarbeiter waren ausnahmslos dunkel. Deshalb verehrten diese einfachen Menschen Luise und William wie Wesen, die aus einer anderen Welt kamen.

Als Luise von ihrer Tochter entbunden worden war, feierten die Bewohner der Dörfer und Bediensteten ihres Gutes auf Kosten des gräfliches Ehepaares drei Tage und drei Nächte. Das war ungewöhnlich in einem Landstrich, in dem nur Söhne als vollwertige Menschen anerkannt wurden.

Luise war zwar eine Frau, aber sie war die Besitzerin des Gutes. Ihr Mann dagegen nur ein »Zugereister«. Wenn jedoch Luise durch die Dörfer oder über die Felder ritt, knieten sich Frauen und Männer hin. Vor William knieten nur die Frauen. Die Männer verbeugten sich. Das war der feine Unterschied.

Luise war zwar in Litauen geboren, aber durch und durch Russin, obwohl ihr Urgroßvater Deutscher gewesen war. Er hatte eine Gräfin geheiratet, die aus Petersburg stammte. Seine Nachfahren hatten die deutsche Sprache von einer Generation zur anderen weitergereicht. Auch Luise sprach Deutsch so perfekt, wie Russisch, Französisch und Litauisch.

Der Vater von Luise, Max Graf zu Memel und Samland, im Baltikum und bei Hofe in Petersburg der »alte Graf« genannt, hatte vor zwanzig Jahren einen jungen deutschen Arzt aus Königsberg auf das Vorwerk geholt. Luises Großvater, der auf dem vier Reitstunden entfernten Gut der Familie residierte, hatte erst über diesen Deutschen die Nase gerümpft. Als ihn Dr. Max Perkampus in zwei Tagen von den höllischen Schmerzen einer Gallenkolik befreite, sprach er von dem Arzt nur noch als von seinem Freund.

Dr. Perkampus war Angestellter auf dem Gut des Vaters von Luise. Er bekam ein Gehalt, das allerdings weit über dem von hohen Ministerialbeamten in Petersburg lag. Dafür mußte er die Bediensteten des Gutes und die Bewohner der Dörfer kostenlos behandeln. Die gräfliche Familie bezahlte allerdings jede Behandlung zusätzlich selbst.

Der Königsberger war Arzt für alles. Er brachte Kinder zur Welt, richtete gebrochene Glieder ein, behandelte kranke Herzen, zog Zähne und operierte entzündete Blinddarme.

Die Landbevölkerung hatte Hochachtung vor ihm. Eine Geburt konnte noch so schwierig sein, Dr. Perkampus meisterte sie. Er half alten Menschen wieder auf die Beine, die sich schon nach einem Platz auf den Friedhöfen der Dörfer umgesehen hatten. Und er stand Sterbenden bis zum letzten Ende ihres Lebensweges bei. Außerdem war er verschwiegen, was in den Dörfern besonders geschätzt wurde.

Illegal gezeugten Kindern half er genauso elegant auf die Welt wie legal gezeugten. Waren die Väter unehelicher Kinder unverheiratet, schlossen sie schneller den Bund für das Leben, als sie es geplant hatten. Sie wußten, wie ungemütlich der Doktor werden konnte, wenn sie nicht von selbst darauf kamen, sich zu ihrer Vaterschaft zu bekennen und daraus die Konsequenzen zu ziehen. Das wußten auch die Väter unehelicher Kinder, die verheiratet waren. Sie nahmen ihre Kinder sofort als ehelich gezeugte in ihre Familien auf und sicherten ihnen alle Rechte und Pflichten, wie auch ihren ehelich gezeugten

Kindern zu. Ehefrauen, die dagegen oponieren wollten, wurden so lammfromm, wie ihre sündigen Männer, wenn Dr. Perkampus auf ihrem Hof erschien. Sie fürchteten seine Wutausbrüche, wenn die Zukunft von Kindern nicht so geregelt wurde, wie er es für richtig hielt.

Dennoch verehrten sie den Arzt und seine Frau Gerda, die er sich aus Königsberg geholt hatte. Sie war immer an seiner Seite, wenn er über Land mußte und hatte für jeden ein gutes Wort. Als gelernte Lehrerin brachte sie den Kindern von Littauland und denen der anderen Dörfer das Lesen und Schreiben bei.

Zwei Kinder hatte sie zur Welt gebracht. Einen Sohn und eine Tochter. Die Gutsarbeiterinnen und Arbeiter waren begeistert darüber, daß auch sie fruchtbar war. Sie bewunderten Dr. Perkampus und seine Frau, als sie erfuhren, daß der Sohn nach seiner Gymnasialschulung in Königsberg mit dem Studium der Medizin begonnen hatte. Das Kreuz schlugen sie vor Überraschung, als der Doktor bei seinen Patientenbesuchen stolz berichtete, daß seine Tochter Jura an der Königsberger Emanuel-Kant-Universität studierte. Eine Frau wurde Juristin? Für die einfachen Menschen auf den Dörfern und dem Gut unvorstellbar. Und hübsch war sie außerdem auch noch.

Das Gut und die Dörfer waren Inseln des Friedens und sozialer Gerechtigkeit in einem brodelnden Land. Als die junge Gräfin das Gut übernahm, ihr Vater war mit seiner Frau Viktoria und ihrem Bruder Wilhelm nach dem Tod ihres Großvaters und ihres Onkels auf das Hauptgut der Familie gezogen, ordnete sie sofort an, daß nicht nur ärztliche Behandlung, sondern auch alle Medikamente kostenlos waren.

Dr. Perkampus ließ sie ein Haus nach seinen Wünschen bauen, das sie ihm schenkte. Bis dahin hatte der Arzt mit seiner Familie zur Miete in einem der Häuser von Littauland gelebt, das Luise gehörte.

Den Bewohnern der Dörfer, alle arbeiteten in den Stallungen und auf dem Land des Gutes, ließ sie für die kostenlose ärztliche Behandlung und die kostenlosen Medikamente eine bestimmte Summe vom Jahresdebutat abziehen. Der Arzt legte in seinem Haus neben dem Sprechzimmer ein Medikamentendepot an. Er wurde so auch zum Apotheker.

Als der Zar davon hörte, stufte er die von Memel und Samland als »Rote« ein. Luise wurde von einflußreichen Verwandten, die bei Hofe dienten, darüber unterrichtet, was der Zar von der ersten Krankenkasse für Landarbeiter im russischen Reich hielt, die sie ins Leben gerufen hatte. Ihr Vater auf dem Hauptgut schloß sich ihr an.

»Das wird uns beim Adel und bei Hofe mehr Feinde als Freunde bringen«, hatte er Luise gesagt. »Aber das stört mich nicht. Zufriedene Landarbeiter auf unseren Gütern stehen mir näher als ein launenhafter Herrscher, der weit entfernt und neben dieser Welt lebt. Außerdem kann mir der Zar nichts. Ich habe ihm als Offizier Jahrzehnte meines Lebens geschenkt. Er hat mich in Ehren verabschiedet. Es wird bei Hof genug Menschen geben, die ihn daran erinnern werden.«

Der »alte Graf« täuschte sich nicht. Aber der Hof tat so, als ob er und seine Familie nicht mehr existierten. Petersburg strafte sie durch Nichtbeachtung.

Der Hof des Gutes füllte sich mit den Stimmen von Frauen und Männern. Die Lohnarbeiter und Arbeiterinnen, die zur Einbringung der Heuernte eingestellt worden waren, drängten zum Frühstück zur Sommerküche des Gutes.

Die Glocke auf dem Wehrgang schlug an. Das Stimmengewirr erstarb.

William war sofort wach. Er richtete sich auf, verharrte einige Sekunden in dieser Stellung und stand dann auf.

»Was ist los Liebes?« William, noch immer schlaftrunken, stützte sich auf den Nachttisch neben seinem Bett. Luise fotografierte mit ihren Augen den schlanken Körper ihres Mannes.

»Es droht Gefahr, Liebling!« Sie stand ebenfalls auf.

»Gefahr?« William griff sich in die Haare. Luise sah, daß er jetzt munter geworden war. Er konnte den ehemaligen Husarenoffizier nicht verleugnen.

»Das Haupttor bleibt geschlossen. Alle Männer mit ihren Waffen auf die Mauer. Der Bote und der Melder reiten sofort los. Gefahr droht, fremde Reiter haben das Gut passiert!«

Es war die Stimme von Georg Dowiekat, einer der deutschen Vorarbeiter, der in der Nacht Wachhabender auf der Mauer gewesen war. In einer Art Singsang hatte er, wie alle anderen Wachhabenden auch, seine Anweisungen gegeben.

Hastiges Rennen setzte auf dem Gutshof ein. Männer fluchten, Frauen stießen Schreckensrufe aus.

Deutlich konnte Luise die Hufschläge der Pferde des Boten und des Meldereiters hören. Sie galoppierten über den Hof zur Seitenpforte, die in den Angeln quietschte, als sie geöffnet wurde.

Bote und Meldereiter hatten auch in der letzten Nacht, wie seit Monaten, neben ihren gesattelten Pferden bekleidet im Heu des Stalles geschlafen. Das hatte William angeordnet. Junge Männer lösten sich in diesen Funktionen von Woche zu Woche ab.

Der Meldereiter hatte dabei die schwierigste Aufgabe. Ganz gleich, was auch passierte, er mußte das Hauptgut erreichen, um Hilfe zu holen. Der Bote hatte den Befehl, nach Littauland zu reiten. Er sollte die Dorfbewohner alarmieren, damit sie sich nach den Anweisungen von William sofort zur Selbstverteidigung zusammenfanden. Durch Schüsse aus seiner Waffe und durch Alarmrufe hatte der Bote die Dorfbewohner zu verständigen, daß Gefahr droht.

Die Fluchtburg der Bewohner von Littauland war die Kirche. Frauen und Kinder mußten, so wie sie waren, zur Kirche flüchten, wenn sie die Alarmrufe und Schüsse des Boten hörten. Die bewaffneten männlichen Dorfbewohner hatten ihre Flucht zu decken und sollten sich dann vor der Kirche eingraben.

Das Gut konnte bei einem Überfall keine Hilfe bringen. Hilfe zu holen, war die Aufgabe des Meldereiters. Auf ihn kam es an. Versagte er, waren Gut und Dorf verloren. Er mußte es schaffen, das Hauptgut zu erreichen. Selbst dann, wenn er verwundet werden sollte.

Luise zog sich einen dünnen Morgenmantel über. Im selben Augenblick klopfte es an die Schlafzimmertür.

Obwohl William noch nackt vor seinem Bett stand, riß Luise den Riegel vor der Tür zurück.

Im Rahmen der Tür stand Dowiekat. In der rechten Hand hielt er seinen Karabiner, den er, ehemaliger Feldwebel einer Ulaneneinheit der deutschen Armee, aus dem Reich mit nach Littauland gebracht hatte.

»Colonel«, rief er William zu, der sich anzuziehen begann. »Die Benda-Bande ist vermutlich am Gut vorbeigeritten. Ich schätze gut dreihundert Reiter. Das Haupttor ist geschlossen. Vor das Haupttor wird gerade ein mit Sandsäcken beladener Wagen geschoben.«

»Alle Männer steigen auf die Mauer. Sechs haben hinter dem Wagen am Hauptgut Position bezogen. Wie angeordnet, steht eine zuverlässige Magd hinter der Seitenpforte. Der Bote und der Meldereiter sind bereits unterwegs. Die jungen Frauen sind von mir aufgefordert worden, Munition auf die Mauer zu bringen. Ich habe entsprechend Ihren Befehlen die Waffen- und Munitionskammer aufgeschlossen. Die älteren Frauen bereiten im Gesindehaus alles für die Aufnahme von Verletzten vor.«

William steckte sich das Hemd in die Hose. Er ging zum Kleiderschrank und holte zwei Winchester-Gewehre hervor. Er füllte die Munitionskammern beider Waffen.

»Ich bin sicher, daß wir überfallen werden«, sagte er langsam, ohne das Laden der Waffen zu unterbrechen. »Da Sie, Dowiekat, der Wachhabende sind, muß ich Sie bitten, dafür zu sorgen, daß es keine Panik unter den Frauen gibt, falls Schüsse fallen sollten.«

»Jawohl, Colonel!« Dowiekat schlug die Hacken zusammen.

Luise registrierte, daß der Vorarbeiter ihren Körper musterte. Sie glaubte ein lüsternes Lächeln im Gesicht von Dowiekat zu sehen.

Sie errötete und zog den Morgenmantel fester um sich.

Luise mochte diesen Vorarbeiter nicht. Er war ihr gegenüber geradezu untertänig höflich. Wenn sie sich nach einem Gespräch mit ihm umdrehte und über den Hof ging, fühlte sie sich immer wie nackt. Sie spürte, wie er sie musterte.

Dowiekat dienerte vor William. Kaum hatte ihm ihr Mann eine Anweisung gegeben, zog er los, um sie auszuführen.

Dieser junge Mann war Luise zuwider. Aber William vertraute ihm voll, weil sich Dowiekat immer loyal verhielt.

Luises Mißtrauen gegen Dowiekat hatte zugenommen, als ihr die

Nurse von Marlies eines Tages erzählte, der Vorarbeiter jage hinter jedem Rock her. Seine Erfolge dabei seien mehr als beachtlich.

Luise war nie das Gefühl losgeworden, daß Dowiekat sie und William nicht leiden konnte. Im Gespräch mit ihm, das für sie als Gutsbesitzerin unumgänglich war, ließ er das nicht erkennen. Aber sie hatte ebenfalls von der Nurse erfahren, daß Dowiekat, wenn er am Abend mit den Arbeitern zusammensaß, nach ihrer Ansicht sonderbare Reden führte. »Er spricht von Erbschande!«, sagte die Nurse.

»Erbschande?«

»Ich weiß auch nicht, was darunter zu verstehen ist, Gräfin«, antwortete die Nurse. »Aber die Mädchen der Arbeiter haben mir berichtet, das hängt wohl damit zusammen, daß Sie, Gräfin, deutscher Abstammung sind und der Herr Engländer ist.«

Als Luise William ihre Bedenken gegen Dowiekat vorgetragen hatte, lachte er.

»Dieser Ostpreuße läßt sich für uns zerreißen«, hatte er geantwortet. »Darauf kannst Du Dich verlassen.«

Luise hatte ihrem Mann geglaubt. Er hatte schließlich mehr Lebenserfahrung als sie. Als britischer Offizier hatte er mehr Menschen aller Klassen als sie in ihrem Leben bisher kennengelernt.

»Dowiekat, noch eine Anweisung!«
William überprüfte von beiden Gewehren Kimme und Korn.
»Die älteren Frauen sollen Essen kochen, Dowiekat. Sie sollen sofort damit beginnen. Wer weiß, was auf uns zukommt. Und ein kräftiges Essen müssen wir haben!«
»Zu Befehl, Colonel!«
Der Vorarbeiter, der bereits wieder im Türrahmen stand, blickte über seine Schulter. Wieder sah Luise, wie er ihren Körper musterte. Je fester sie ihren Morgenmantel um sich zog, desto deutlicher zeichneten sich ihre Rundungen ab.
»Er ist ein unverschämter Lümmel«, dachte sie. »Wir befinden uns in Lebensgefahr und er sieht mich so lüstern an, als ob ich eine Nutte bin.«
Luise drehte sich um.
»Danke, Dowiekat! Bitte schicken Sie den Kaukasier und die Nurse zu mir!«
Der Vorarbeiter lief die Treppe zur Halle hinab.
Luise ließ ihren Morgenmantel los. Fast nackt stand sie vor ihrem Mann.
»Ich bleibe mit Marlies bei Dir, komme, was da wolle!«
Luise glaubte nicht richtig zu hören, als William beide Gewehre auf das Ehebett legte und energisch antwortete: »Du fliehst mit Marlies und der Nurse zum Hauptgut! Die Kaukasier werden Dich beschützen!«
»Nein!« Luise schrie dieses Nein in den Raum. »Ich denke nicht daran, Dich zu verlassen. Ich bleibe mit Marlies bei Dir!«
William blickte Luise an. »Ich befehle Dir, mit Marlies zu fliehen, noch ist Zeit dazu. Ihr flieht durch die Seitenpforte. Die Packpferde stehen bereit. Du tust, was ich Dir sage!«
Aus den Augen ihres sonst so zärtlichen, immer zur Versöhnung bereiten Mannes sprühten Blitze. Er hatte sich leicht nach vorn gebeugt und ballte seine Fäuste.
»Du tust, was ich Dir Befehle! Hast Du mich verstanden!«
»Ja, Liebling!« Tränen überfluteten das Gesicht von Luise.
William zeigte auf die eine Winchester. »Wenn Du Dich auf der Flucht verteidigen mußt, Liebling, läßt Du zwei Patronen in der Kammer. Die eine ist, wenn Ihr es nicht schaffen solltet, für Marlies, die andere für Dich!«
Luise fühlte, wie immer, wenn sie Angst hatte, eine eisige Kälte von ihren Füßen durch ihren Körper aufsteigen.

»Weißt Du überhaupt, wie Du mit mir redest? Ich bin die Herrin des Gutes, ich...!«

William unterbrach sie, beide Gewehre durchladend.

»Ich rede mit Dir Luise, so wie ein Mann mit seiner Frau in dieser Situation reden muß, wenn es darum geht, sie und das gemeinsame Kind in Sicherheit zu bringen.

Ich befehle Dir, zu Deinem Vater zu fliehen. Er kann gut tausend Mann aufbringen, um Dir zu helfen. Auf seinem riesigen Gut hat er genug Männer, die auch entsprechend ausgebildet sind. Er hat deutsche Offiziere auf sein Gut als Inspektoren geholt, die diese Aufgabe übernommen haben. Das weißt Du so gut wie ich!«

William fuhr sich mit beiden Händen über sein Gesicht.

»Wenn er auf mich gehört hätte, wären wir jetzt nicht in dieser Situation«, sagte er langsam. »Ich habe darauf bestanden, daß er nicht nur am Tage, sondern auch in der Nacht Patrouillen über sein und unser Land reiten läßt, weil ich nicht genug Männer dafür habe. Tag und Nacht. Seine Patrouillen reiten nur am Tag, weil unsere Güter von Mauern umgeben sind.

Er vertraut den Mauern, die er um sein und Dein Gut errichten ließ. Er ist Festungsbaumeister des Zaren gewesen. Verständlich, daß er Mauern für den sichersten Schutz hält. Ich war Husarenoffizier. Und wir Husaren wissen, daß die Aufklärung und der Angriff die beste Verteidigung sind!«

William sah durch Luise hindurch.

»Dein Vater konnte mich nie besonders leiden, Liebling, weil ich Engländer bin. Verzeih, wenn ich das jetzt, gerade jetzt, sage, aber es ist so!«

Luise, die ihr Reitkostüm angezogen hatte, warf sich in die Arme von William.

»Mein Liebster! Das ist nicht so, wie Du es siehst. Nicht nur ich und Deine Tochter lieben Dich, meine ganze Familie liebt Dich, auch mein Vater, glaube mir das!«

Sie preßte sich an William.

»Die schwerbewaffneten und glänzend ausgebildeten Patrouillen Deines Vaters hätten auch in den Nächten unterwegs sein müssen, Liebling«, sagte William. »Dann ständen wir jetzt besser da. Die hundert Mann, die wir hier haben, brauchen wir auf den Wehrgängen.«

William streichelte die Haare von Luise.

»Verzeih bitte, Liebling. Es ist jetzt nicht der Augenblick, Vorwürfe zu machen. Du mußt fliehen, mein Schatz, und ich muß bleiben.

Das bin ich Dir, Deinen Eltern, den Bediensteten des Gutes und den Dorfbewohnern schuldig.«

Luise wollte William erneut umarmen. Aber in diesem Augenblick flog die Tür des Schlafzimmers auf.

Der Chef der Kaukasier stand im Türrahmen.

»Zur Stelle, Colonel!«, sagte er.

»Meine Frau ist bereit. Die Nurse mit meiner Tochter wird gleich kommen. Reiten Sie mit meiner Frau, meiner Tochter und der Nurse, wie früher besprochen, zum Hauptgut. Ich setze voraus, daß Sie und Ihre Männer Ihr Leben nicht schonen werden, wenn es gilt, das Leben meiner Frau, meiner Tochter und der Nurse zu retten!«

»Sie können sich darauf verlassen, Colonel, daß wir in diesem Fall unser Leben nicht schonen werden!«

Der Kaukasier verbeugte sich und polterte die Treppe hinunter.

»Luise!«

William nahm seine Frau in die Arme. »Du warst für mich der Traum unendlichen Glücks in all den Jahren, die wir zusammen sein durften. Du hast mir mit Marlies eine Tochter geschenkt, die ich so anbete, wie Dich auch.

Ich habe alles gegeben, was ich konnte, um Euch glücklich zu machen. Ich habe sicher zuviel auf dem Gut gearbeitet. Ich hatte zuwenig Zeit für Euch. Aber ich habe für Dich und Marlies gearbeitet. Ich liebe Dich und Marlies und ich werde Euch immer lieben!«

William zog Luise an sich.

»Du kannst sicher sein, Liebling, daß die Kaukasier alles geben werden, um Euch zu beschützen. Sie werden sich für Euch zerhacken lassen!«

Luise und William küßten sich.

Die Nurse kam mit Marlies auf dem Arm in das Schlafzimmer.

Luise lief auf das Kindermädchen zu und nahm ihr Marlies aus dem Arm.

Luise begann zu weinen, als sie sah, mit welcher Zärtlichkeit William seiner Tochter über die Wangen streichelte.

»Lebewohl, mein liebes Kind«, sagte er. »Bereite Deiner Mutter und mir nur Freude. Gerne, so gerne, würde ich bei Dir bleiben!«

Luise und William umfaßten sich. Marlies lag zwischen ihnen. Sie verharrten einige Minuten schweigend. Ihre Tochter, noch immer verschlafen, sah ihre Eltern mit geweiteten Augen an.

Die Nurse schlug das Kreuz.

»Der Herr wird Euch beschützen, Euch und alle. Der Herr wird ...«.

Ein ohrenbetäubendes Spektakel unterbrach sie. Es hörte sich so an, als ob Tausende von Gewehren gleichzeitig abgefeuert würden.

So sehr Luise später auch darüber nachdachte: Sie kam nicht darauf, was sie in den letzten Sekunden vor ihrer Flucht gesehen hatte, als der in das Schlafzimmer stürmende Kaukasier sie, Marlies und die Nurse die Treppe hinab zog.

Sie sah nur dichte Nebelschwaden. Nichts als Nebelschwaden.

Joseph Benda ließ seinen Trakehner einen Halbkreis traben, bevor er die Kandarre zog. Der Hengst blieb wie auf Kommando stehen. Die Reiter seiner Brigade, wie er seine Bande nannte, scharrten sich sofort um ihn.

Benda, kleinwüchsig, aber stämmig, 27 Jahre alt, verharrte minutenlang schweigend im Sattel. Er spielte mit seiner Reitpeitsche. Dann nahm er sie in die linke Hand. Er hob seine Rechte. Sofort erstarb das Stimmengeführ seiner »Brigadisten«.

»Ihr habt die Mauern des Gutes gesehen!«, rief er, sich im Sattel aufrichtend. »Sie sind hoch und es heißt, sie könnten nicht bezwungen werden. Aber wir, die wir für die Befreiung der versklavten, der ausgebeuteten und seit Jahrhunderten unterdrückten Bauern, der Söhne und Töchter unseres geliebten Volkes kämpfen, werden sie bezwingen!«

Benda stieg in die Steigbügel und sah seine Männer an, die andächtig wie immer seinen Worten lauschten. »Wir werden diese Mauern bezwingen und Ihr, meine Weggefährten, werdet dann die Beute anteilmäßig bekommen, die Euch zusteht!«

Die »Brigadisten« rissen ihre Säbel aus den Scheiden und jubelten ihm zu. Mit einer Handbewegung bat er um Ruhe.

»Das wird ein heißer Kampf, meine Kameraden, Streiter für Freiheit und Unabhängigkeit. Aber ich sage noch einmal, wir werden siegen!«

Wieder brachen seine Männer in lauten Beifall aus.

Benda hob erneut die Hand.

»Wir müssen damit rechnen, daß der räudige englische Eindringling, der mit seiner Frau, wie er gräflichen Gebluts, auf dem Gut als Sklavenhalter regiert, nichts unversucht lassen wird, uns am Sieg zu hindern. Er wird versuchen, Hilfe vom Nachbargut zu holen, das seinem Schwiegervater gehört.«

Benda machte eine Pause und blickte die Männer an. Jeder von ihnen hatte das Gefühl, daß er ihn direkt ansah.

»Vom Hauptgut, und ich sage das bewußt so deutlich, kann uns Gefahr drohen. Das Hauptgut beherbergt eine kräftige Streitmacht, die unser Vorhaben durchkreuzen könnte. Das Gut ist aber so weit entfernt, daß es Stunden dauern kann, bis Hilfe von dort kommt.

Die Späher, die ich ausgesandt habe, haben in der Nacht keine gegnerischen Patrouillen gesehen. Dennoch müssen wir wachsam bleiben!

Auch vom Dorf, unterhalb des Gutes gelegen, kann Gefahr drohen. Zwanzig Männer sind bereits unterwegs, um das Dorf zu umstellen. Wir werden uns das Dorf vornehmen, wenn das Gut unser ist.

Ihr, meine Männer, müßt also wie die Wilden kämpfen. Meine Anweisungen sind: Erst das Gut, dann das Dorf! Eine zweite, kleine Reitergruppe ist unterwegs, das Gut im Osten umreitend, um jede Flucht aus dem Gut zu verhindern, also alle Schlupflöcher zu stopfen und um uns zu warnen, falls Gefahr vom Hauptgut drohen sollte. Diese Reitergruppe ist deshalb lange unterwegs, weil Sumpf und Wälder hinter dem Gut sehr weitflächig sind.

Meine Unterführer haben von mir genaue Anweisungen bekommen, wie das Gut erobert werden muß. Um die Verteidiger einzuschüchtern, überschütten wir einige Minuten lang das Gut mit einem Feuerhagel. Es muß sich so anhören, als ob wir nicht zweihundertfünfzig, sondern tausend Kämpfer sind.

Wegen der sumpfigen Wälder kann das Gut nur von vorne und von der Seite angegriffen werden. Unter Feuerschutz wollen wir versuchen, das Tor zu knacken. Gleichzeitig werden einige von Euch, auch unter Feuerschutz, die Mauern erklettern, die Verteidiger auf der Mauer niedermachen und in den Hof vordringen, falls es uns bis dahin nicht gelungen sein sollte, das Tor zu öffnen. Die Unterführer werden bestimmen, wer die Mauer besteigen soll. Sie ist nicht so glatt, wie sie aussieht, sondern wird guten Halt bieten.«

Als Benda sah, daß sich einige seiner Männer aus Angst, ihnen könnte der Befehl erteilt werden, die Mauer zu erklettern, nach hinten zu schieben versuchten, richtete er sich erneut im Sattel auf und schrie: »Das wird unser größter Sieg! Überwinden wir dieses Gut mit seinen hohen Mauern, werden wir als unbezwingbar gelten. Und sollte es wider Erwarten zum Gefecht mit Bewaffneten vom Hauptgut kommen, so werden wir auch sie in offener Feldschlacht schlagen. Dann werden alle Gutsbesitzer flüchten und auch der Zar wird uns wie den Teufel fürchten!«

Wieder johlten die Bandenmitglieder vor Begeisterung.

»Und ich sage noch etwas!«, rief Benda. »Feiglinge werden erschossen! Teilhaben an der sicher reichen Beute kann nur, wer erbittert kämpft!«

Benda wischte sich über die Stirn.

»Schmuck und Geld wird wie immer an mich gehen. Ihr werdet davon in dieser oder jener Form abbekommen. Den Gutsherren will ich lebendig, damit er durch meine Hand den Tod bekommt, den er verdient. Seine Frau ist auch wie stets meine Beute. Alle anderen Frauen und Mädchen gehören Euch.

Alles, was einen Penis trägt, muß sofort getötet werden. Das Alter spielt dabei keine Rolle. Frauen und Männer des Gutes sind Verräter an unserer Sache. Genießt nach dem Sieg die Frauen und behandelt dann sie auch so, wie Verräter es verdient haben!«

Benda sah seine »Brigadisten« an, die laut jubelten. Ihre unruhigen Bewegungen zeigten ihm, daß sich ihre Penisse bereits mit Blut zu füllen begannen.

»Sie haben fast vier Wochen keine Frau gehabt«, dachte er. »Gierig, wie sie auf Frauen sind, werden sie wie die Teufel kämpfen.«

Zufrieden winkte Benda den Männern zu, sich auszuruhen. Der Nebel war ihm für den Angriff noch nicht dicht genug.

Benda gestand sich selbst ein, daß jedes Wort, das bei Hofe und auf den Gütern über ihn und seine Bande ausgetauscht wurde, stimmte. Er war Befehlshaber einer Verbrecherbande, die raubte, mordete und schändete. Er hatte sich damit abgefunden, weil er nichts mehr besaß, was er lieben konnte, keine Eltern, keine Schwestern, keinen Besitz.

Als er als Offizier fahnenflüchtig geworden war, besaß er noch Ideale, die er heute nur noch als hohle Sprüche in seine Ansprachen einfließen ließ. Die Geheimpolizei des Zaren hatte ihn vor zwei Jahren verhaften wollen, weil er unentwegt versucht hatte, seine Kameraden davon zu überzeugen, daß der Zar gestürzt und eine Republik ausgerufen werden müßte, um das Reich vom Joch der Romanows zu befreien. Einer seiner Kameraden, dessen Bruder bei der Geheimpolizei war, hatte ihm einen Wink gegeben. Benda hatte in letzter Minute entkommen können.

Seitdem zog er mit seiner Bande durch die baltischen Provinzen. Bataillone waren auf ihn angesetzt worden. Vergeblich. Mit seiner Bande war er immer entkommen.

Als ihm die Nachricht übermittelt worden war, daß seine Eltern zusammen mit seinen beiden Schwestern verhaftet, ermordet und das Gut seiner Familie dem Erdboden gleichgemacht worden war, hatte er seine Bande für zwei Tage verlassen und sich in eine leerstehende Hütte in einem Sumpfgebiet zurückgezogen.

Benda hatte Stunde um Stunde mit dem Gedanken gespielt, sich das Leben zu nehmen. Er glaubte, die Last der Schuld, die er gegenüber seiner Familie auf sich genommen hatte, nicht mehr tragen zu können. Dann hatte er sich zu dem Leben entschlossen, das er heute führte: Das Leben eines blut- und raubgierigen Banditen.

In der klaren Erkenntnis, daß er zu feige war, sich den Behörden zu stellen oder sich das Leben zu nehmen, war er weiter in den blutigen Sumpf des Verbrechens hineingegangen. Zu seiner eigenen Überraschung fühlte er sich in diesem Leben wohl, wie niemals früher.

Den letzten Anstoß, Befehlshaber einer Verbrecherbande zu bleiben, hatte Bendas Gier nach Frauen und Geld gegeben. Geld hatte er jetzt genug, Frauen konnte er nicht so wie andere Männer haben.

Die Natur hatte sich bei Benda mit der Vergabe dessen, was einen Mann ausmacht, mehr als geizig gezeigt. Seine Hoden waren normal groß, sein Penis, auch blutgefüllt, winzig. Das hatte ihm schon als Junge schlaflose Nächte bereitet. Aber er hatte gehofft, mit seinem Körper werde auch sein Penis wachsen. Als er feststellen mußte, daß dies nicht geschah, begann er Minderwertigkeitskomplexe zu bekommen. Er hatte sie aufgrund seiner guten Erziehung nach außen überspielt. Aber in ihm wuchs Haß auf jeden Mann, der voll entwickelte Geschlechtsorgane besaß und auf alle Frauen, an die er sich nicht heran traute, weil er wußte, daß er als Mann versagen mußte.

Als Benda mit seiner Bande zum ersten Mal mit Erfolg ein Gut überfallen hatte, war dieser seit Jahren in ihm aufgestaute Haß in einer blutigen Orgie explodiert. Er hatte die hübsche junge Frau des Gutsbesitzers in einen leerstehenden Stall bringen lassen. Er hatte ihr die Kleider vom Körper gerissen und gierig seinen Winzling in ihren Schoß gestoßen. Einen Erguß hatte er aber erst gehabt, als er seinen rechten Arm bis zur Ellenbogenbeuge in ihren Unterleib preßte. Die vor Schmerzen schreiende Frau hatte er erwürgt. So hatte es Benda in Zukunft mit jeder »Beute« gehalten, die ihm zugefallen war.

Die Nachricht von der Ermordung seiner Familie hatte Benda von einem ehemaligen Offizierskameraden erhalten, der wegen Spielschulden und Weibergeschichten fahnenflüchtig geworden war. Ein Fernspähtrupp seiner Männer, den er ständig zur Sicherung der Bande ausreiten ließ, hatte diesen Offizier, der in voller Uniform auf der Flucht war, aufgegriffen. Die Männer des Spähtrupps hatten den Rittmeister erst einmal verprügelt und ihn dann zur Bande gebracht.

Benda hatte eine ihm bis dahin unbekannte Wut in sich aufsteigen fühlen, als ihm der Rittmeister die Hinrichtung seiner Familie schilderte, zu der er sowie vierzehn seiner Kameraden, befohlen worden waren, weil Benda als Offizier in seinem Regiment gedient hatte.

»Sei tapfer, Joseph«, hatte der Offizier gesagt. »Der Tod Deiner Angehörigen war für mich die Spitze des Schreckens. Ich habe dem Zaren immer treu gedient, ich wußte nicht, daß er ein Verbrecher ist. Verzeih mir, daß ich erst heute zu Dir gekommen bin. Ich hätte gleich mit Dir gehen sollen.«

Der Rittmeister war dabei vor Joseph niedergekniet. Die Bandenmitglieder umstanden beide und sahen voller Verachtung auf den Offizier.

»Berichte!« Benda ergriff nicht die Hand, die ihm der Rittmeister entgegen hielt. »Sprich lauter! Wir wollen alle deutlich hören, was Du zu sagen hast!« Die Worte Bendas waren Zischlaute und kaum verständlich.

Benda hatte diesen Rittmeister bereits gehaßt, als er Fahnenjunker war. Dieser Offizier hatte nur nachgeplappert, was der Hof vorgekaut hatte, und er war »Weltmeister« im Anhäufen von Spielschulden gewesen. Außerdem hatte er ständig auf seine Erfolge bei Frauen hingewiesen. Als Benda den großen Penis des Rittmeisters gesehen hatte, als er bei einem Manöver nackt einen Fluß durchschwimmen mußte, hatte er sich, von Neid getrieben, vorgenommen, ihn allein deshalb eines Tages zu töten. Dieser Tag war nun gekommen. Benda wußte genau, daß der Rittmeister sein Regiment nur wegen seiner Spielschulden und Weibergeschichten verlassen hatte.

»Sprich lauter!«, befahl er noch einmal. Er zog seine Pistole und hielt sie dem Offizier an die Stirn. »Deinem Vater wurden bei lebendigen Leibe die Hoden abgeschnitten. Deiner Mutter die Brüste. Die Henker, die Deine Schwestern erdrosselt haben, ließen Deine Eltern verbluten. Deinem Vater wurden, als er tot war, die Hoden in den Mund gesteckt!«

Der Rittmeister lag zitternd vor Benda auf der Erde. Er wurde von Todesangst geschüttelt. Ihm war schlagartig klar geworden, daß der Überbringer einer Schreckensnachricht selbst Schreckliches zu erwarten hatte.

Der Offizier verfluchte den Tag, als er zum ersten Mal eine illegale Spielhölle betreten hatte. Er hatte niemehr davon lassen können. Und er verfluchte auch seine Gier nach Frauen, von denen er ebenfalls nicht hatte lassen können.

Der Blick, mit dem ihn Benda ansah, sagte ihm, was sein ehemaliger Kamerad von ihm dachte.

»Und was hast Du zur Rettung meiner Familie getan?«, brüllte Benda mit kreischender Stimme, die seine Männer zusammenzucken ließ.

»Was hast Du getan, Du widerlicher Hurenbock, Du widerlicher Spieler, Du widerlicher Angsthase?«

Benda trat dem Rittmeister, der aufgestanden war, mit dem Stiefel in den Unterleib. Der Offizier stürzte stöhnend zu Boden. Mit seinem Händen umklammerte er seine Geschlechtsteile.

»Nichts hast Du getan, Du Hurenbock, nichts, gar nichts!

»Ihr seid fünfzehn Offiziere gewesen und habt tatenlos zugesehen, wie meine Familie ermordet wurde«, schrie Benda. »Ihr hättet, wenn Ihr auch nur einen Funken Mitleid, einen Funken Ehre im Körper gehabt hättet, zu den Waffen greifen und die Henker töten können. Aber was habt Ihr schmierigen Feiglinge stattdessen getan? Ihr habt den Schwanz wie ein räudiger Dorfköter eingezogen. Aber nicht nur das. Ihr habt Euch an diesem barbarischen Blutbad ergötzt, weil Ihr Speichellecker des Zaren seid!«

Der Rittmeister, der nun wußte, daß er nicht mit dem Leben davonkommen würde, stand auf.

»Ich will Dir sagen, was wir getan haben!«, rief er. »Nichts haben wir getan, um Deine Angehörigen zu retten. Das ist die Wahrheit! Wir sind in den Offiziersclub gegangen, haben uns vollaufen lassen und dann mit Vergnügen gehurt«, schrie er Benda zu.

»Und weißt Du, warum? Weil wir keine Lust hatten, uns für die Familie eines Räuberhauptmanns, wie Du es bist, einzusetzen. Für einen Vebrecher, der mordet, raubt und brandschatzt und vergewaltigt. Keine Lust hatten wir, uns für die Familie eines Straßenstrolches einzusetzen, der unschuldige Frauen und Kinder schändet und mordet. Wir haben uns betrunken und sind dann in ein Freudenhaus gegangen. In ein Freudenhaus, wo die Mädchen Dich auslachen würden, Du Winzling. Wir haben ...«.

Mit einer ruckartigen Bewegung hatte Benda seine Pistole gezogen und eine Kugel in die Stirn des Rittmeisters geschossen.

»Werft seinen Kadaver in einen Fluß, den Wölfen vor oder zertrampelt ihn!«, hatte er seinen Männern befohlen.

Bevor sich Benda umdrehte, trat er dem Toten mit voller Wucht in den Nacken. Unter seinem Stiefel zerbrach das Rückgrat des Rittmeisters.

Zwei Stunden hatte es gedauert, bis der rote Nebel, der vor den Augen von Benda stand, sich aufzulösen begann. Er befahl seinen Unterführern, seine »Brigadisten« antreten zu lassen. Im Sattel seines Hengstes sitzend, blickte er Minuten auf sie herab.

Dann sagte er mit leiser Stimme: »Wenn wir siegen, gibt es bei den Herrschenden von sofort an keine Überlebenden mehr. Alle Männer und Kinder werden erschlagen, die Gutsbesitzer und ihre Inspektoren bei lebendigem Leibe entmannt. Sie werden an die Tore ihrer Scheunen genagelt, ihre Hoden und Penisse in ihre Mäuler gesteckt. Dann laßt ihr sie verbluten. Die Frauen werden geschändet. Dann werden auch ihnen die Köpfe abgeschlagen. Aller erbeuteter Schmuck und alles Bargeld gehören mir. Davon bezahle ich Euch, kaufe Munition, Waffen, Pferde, Kleidung und Verpflegung.«

Die »Brigadisten« waren begeistert seinem Befehl gefolgt. Sie wateten durch Blut. Die Gutsbesitzer hatten damit begonnen, in ihre Häuser in den Städten zu flüchten. Der Zar schlief schlechter denn je.

Benda lehnte sich gegen seinen Hengst.

Mit einer Handbewegung befahl er seine vier Unterführer zu sich.

»Ich befehle noch einmal: Voller Waffeneinsatz gegen die Mauerkrone! Dann unter Feuerschutz die Mauer erklettern! Mit voller Kraft gegen das Tor! Ihr braucht Euch nicht um das Umfeld zu kümmern. Der Reitertrupp, der in östlicher Richtung um das Gut ausholt, wird uns warnen, falls Reiter vom Hauptgut kommen sollten. Das Dorf werden wir auch unter Kontrolle halten. Ich verlange vollen Einsatz von allen Männern! Ihr haftet persönlich dafür, daß alle Befehle so eingehalten werden, wie ich sie gegeben habe. Feiglinge werden liquidiert! Wie, das bestimme ich!«

Benda stieg in den Sattel. Der Nebel wurde so dicht, daß die Sicht keine fünfzig Meter mehr betrug.

»Dichter wird der Nebel nicht mehr«, sagte er. »Aber diese Watte reicht aus, daß sie auf der Mauer nicht mehr erkennen können, wie viele wir sind. Sie werden glauben, wir sind Tausende und sie werden vor Angst zittern. Los geht es! Angriff!«

Benda hob seinen Säbel. Die Schlacht um das Gut hatte begonnen.

Paul Brelow, der auf Befehl von Georg Dowiekat dicht hinter dem Meldereiter durch die Seitenpforte galoppierte, war der Bote, der die Dorfbewohner warnen sollte. Er war einen Tag vorher siebzehn Jahre alt geworden und bereits ein Mann, was keiner auf dem Gut wußte.

Bei der letzten Tanzveranstaltung im Dorf, die wie immer von Luise und William veranstaltet und von ihnen mit einem Tanz eröffnet worden war, hatte er mit anderen Jungen neben der Tanzfläche gestanden und den Paaren zugesehen, die einen Walzer nach dem anderen tanzten.

Kurz bevor er nach Hause gehen wollte, hatte ihn die Tochter des angesehensten Bauern im Dorf, Marga Petrowa, auf die Tanzfläche gezogen.

»Ich kann nicht tanzen!«, hatte er gesagt und zu seinen Freunden zurückkehren wollen.

»Du großer Junge machst von sofort an, was ich sage!«

Marga, zwanzig Jahre alt, hatte seine Hand so fest umklammert, wie ein Schraubstock ein Stück Metall.

Paul hatte sich von ihr eine Stunde über die Tanzfläche führen lassen und sich dabei ihren Schritten angepaßt. Er hatte verwirrt festgestellt, daß sich sein Glied zu versteifen begann, als sie seinen Körper an sich zog.

Paul Brelow träumte seit einem Jahr davon, eines der Mädchen des Dorfes besitzen zu dürfen. Wenn er abends im Bett lag und an die Mädchen im Dorf dachte, begann er heftig zu onanieren. Die süße Wolke, die dabei seine Lenden umflutete sowie der herbe Duft seines Samens, waren der Anlaß dafür, daß er sich im Bett wild hin und her warf. Wenn diese Wolke verflogen war, überfiel ihn panische Angst. Der katholische Pater, der einmal im Monat aus der Stadt kam, um die Heilige Messe zu zelebrieren, hatte vor Monaten von der Kanzel die Onanie junger Frauen und Männer als Schandwerk des Teufels gebrandmarkt.

»Alle, die dieser Wollust, wie auch der Wollust schlechthin fröhnen, sind später zur Unfruchtbarkeit und zur geistigen Umnachtung verurteilt«, hatte er von der Kanzel gerufen. »Sie werden erblinden, sie werden zu Teufeln in Menschengestalt.«

Durch die in der Kirche versammelte Gemeinde war ein Seufzen geflogen. Die jungen Männer und Frauen, die sich selbst befriedigten, weil sie bisher keinen Partner gefunden hatten, blickten schuldbeladen auf ihre Hände, die ihnen in einsamen Nächten Lust verschafft hatten.

Paul Brelow hatte sich unter den Worten des Paters geduckt, so als ob er ihm eine Zentnerlast auf die Schultern gelegt hatte. Er konnte sich des Gefühls nicht erwehren, daß der Geistliche ihn während der Predigt ständig direkt ansah.

»Er weiß, daß ich der Teufel in Menschengestalt bin«, dachte er. Schweißperlen hatten sich auf seiner Stirn gebildet. »Nennt er meinen Namen, laufe ich sofort aus der Kirche und nehme mir das Leben. Auch wenn das ein verabscheuungswürdiges Verbrechen ist. Ich werde es tun!«

Aber sein Name war nicht gefallen. Der Pater hatte auch gar nicht daran gedacht, Paul Brelow direkt anzusprechen. Der Geistliche war mit seinen Gedanken ganz woanders. Seine Haushälterin, ein zwanzig Jahre altes Mädchen, uneheliche Tochter eines Bauern und seiner Magd, war von ihm geschwängert worden. Der Pater hatte mehr Sorgen, als die Bewohner aller Dörfer im Umkreis von zweihundert Kilometer zusammen.

Der Geistliche verlas lediglich einen Hirtenbrief seines Bischofs. Der oberste Geistliche des Bistums war der Ansicht gewesen, es wäre an der Zeit, wieder einmal die Onanie aufs Korn zu nehmen, als er sich Gedanken über seinen neuen Hirtenbrief machte.

Der Pater brüllte und tobte, wenn er Hirtenbriefe verlas. Dabei fletschte er mit den Zähnen. Das glaubte er, seinem Bischof schuldig zu sein.

In Gedanken war er bereits wieder bei dem fülligen Körper seiner Haushälterin. Während er die Wollust geißelte, nahm er sich vor, mit seiner Geliebten zwei Tage und Nächte im Bett zu bleiben. Sein Blutdruck stieg, als er sich diese lustvollen Stunden auszumalen begann. Der gestiegene Blutdruck war Anlaß dafür, daß er noch wortgewaltiger als sonst auf der Kanzel war.

Vor seinem Bischof hatte der junge Pater Angst. Der Oberhirte war selbst Vater eines unehelichen Kindes, das er mit seiner Haushälterin gezeugt hatte. Sie war fortgezogen, als sich ihr Zustand nicht mehr verheimlichen ließ. Er unterstützte sie und seinen unehelichen Sohn großzügig, schlief jedoch längst mit seiner neuen Haushälterin, einer stämmigen Blondine, die ihn allerdings nur in ihr Bett ließ, wenn sie sicher war, daß sie kein Kind empfangen konnte.

»Wir sind alle Sünder«, hatte der Bischof zu dem jungen Pater gesagt, als sie einige Wochen nach seinem Amtsantritt in der Wohnung des Oberhirten zusammensaßen. »Und wir sind Männer wie andere Männer, mein Sohn. Hüte Dich vor der fleischlichen Wollust, wie Du es geschworen hast, als Du die Priesterweihen empfingst. Werde nie schwach, wie andere schwache Männer.«

Dabei hatte der Bischof sanft gelächelt. Er wußte genau, daß der junge Pater von seinen Schwächen längst gehört hatte. »Denke immer an Deine Treue zur Kirche, die Du geschworen hast. Hüte Dein Herz, vergiß, daß Du ein Mann bist!«

Der junge Pater hatte es versprochen. Vier Wochen später stieg er zum ersten Mal in das Bett seiner Haushälterin. »Ich warte schon von der ersten Nacht, die wir zusammen unter diesem Dach verbringen, auf Dich«, hatte sie kichernd gesagt. »Oder kannst Du es nicht?«

Der Pater hatte ihr bis zum zweiten Morgen danach gezeigt, wie gut er es konnte. Sie hatte nicht einmal, auch nur eine Sekunde gezögert, ihre prallen Schenkel zu öffnen, wenn er sich über sie schob. In der zweiten Nacht hatte sie ihm gezeigt, daß es noch anderes gab, als die Missionarstellung. Er hatte vor Lust geschrien. Dabei hatte er sie geschwängert.

Angst hatte der junge Pater auch vor den Bewohnern der Dörfer, wenn sie sehen würden, daß seine Haushälterin in anderen Umständen war. Er hörte heute schon ihre gehässigen Bemerkungen. Sie konnten uneheliche Kinder zeugen, er durfte es nach ihrer Meinung nicht. Er zweifelte an Gott, weil er diese Ungerechtigkeit zuließ. Sorgen hatte er, weil er nicht wußte, wovon er das Kind ernähren sollte. Er bekam nur ein besseres Taschengeld. Der Bischof verfügte da schon über mehr Kapital. Außerdem konnte der Bischof einen Teil aller Spenden in seine Tasche fließen lassen. Er war der oberste Herr der Diozöse und schuldete niemanden Rechenschaft.

Paul Brelow, der davon nichts wußte, ging wie ein geprügelter Hund nach Hause.

»Mich hat er gemeint, als er die Onanie anprangerte. Nur mich. Mutter, die mich in den letzten Monaten so sonderbar ansah, hat es ihm gesagt«, flüsterte er. »Sie hat die Spuren meines Samens auf meinem Laken gesehen!«

Paul hatte sich mit der rechten Faust in einer Aufwallung von Reue in seine Hoden geschlagen. Vor Schmerz und Angst nun tatsächlich impotent zu werden, war er schluchzend zusammengesunken. Das Glücksgefühl in der folgenden Nacht war doppelt so stark gewesen, als er feststellen konnte, daß trotz des Fausthiebes seine Potenz nicht gelitten hatte.

Der Junge hatte seiner Mutter nicht in die Augen sehen können, als er mit seinen Eltern nach der Messe zu Mittag aß. »Sie konnte nicht anders handeln«, dachte er schuldbeladen. »Sie mußte den Pater von meiner Sündhaftigkeit informieren, weil sie eine überzeugte Katholikin ist, die treu zu Vater hält.«

Paul irrte auch hier. Er hatte ebenfalls keine Ahnung davon, daß seine Mutter mehr als heißblütig war und sie in ihrer Gier nach einem potenten Mann auf die Regeln der hiesigen Kirche pfiff. Sie hatte jahrelang darauf bestanden, daß sein Vater Nacht für Nacht mir ihr schlief. Sie hatte Lust an jedem Abend und an jedem Morgen.

In einer Nacht hatte sich Pauls Vater geweigert, mit seiner Frau zu schlafen. Er hatte Stunden unter glühender Sonne auf den Feldern gearbeitet. Er war körperlich fertig. Er konnte nicht.

Pauls Mutter war, ohne ein Wort zu sagen, aufgestanden und zu einem der Großknechte des Gutes gegangen, der ebenfalls im Dorf in einem eigenen kleinen Haus lebte.

Sie hatte an seine Tür geklopft, hatte sich, als er sie einließ, ausgezogen und war ohne ein weiteres Wort nackt in sein Bett gestiegen. Der Großknecht hatte sie, ebenfalls ohne ein Wort zu sagen, mehrmals genommen. Seit Jahren arbeitete die Mutter von Paul auf den Feldern der Gräfin in der Kolonne des Großknechtes. Seit Jahren hatte er sie wegen ihrer vollen Schenkel und Brüste begehrt. Er hatte sich keine Frau genommen, weil er unentwegt davon geträumt hatte, sie würde eines Tages in sein Bett kommen. Nun war sie da. Er hatte ihren Körper bis zur Erschöpfung genossen.

Pauls Vater hatte nichts dagegen, daß seine Frau die Nächte bei dem Großknecht verbrachte. Er war glücklich, daß sie ihn nach der anstrengenden Tagesarbeit in Ruhe ließ. Sie hielt weiter sein Haus in Ordnung und brachte das Essen pünktlich auf den Tisch. Das genügte ihm.

Der Vater von Paul war ein Mann des Ackers. Dort, bei der schweren Arbeit hinter dem Pflug, mit der Sense und dem Dreschflegel, fand er seine Befriedigung. Seine männliche Hitze war schon lange verflogen.

Der Vater von Paul war der Ansicht, er hatte in den Jahren seiner Ehe im Bett mehr geleistet, als alle Männer des Baltikums zusammen. Da kam ihm der potenzgewaltige Großknecht gerade recht. Für ihn war der Großknecht ein Retter in der Not. Er hatte als Mann geleistet, was er konnte. Jetzt wollte er seine Ruhe haben.

Paul Brelow, der nicht wußte, wie kompliziert und doch so einfach Liebe und Leidenschaft sein konnten, gab seinem Hengst die Sporen. Die ersten Häuser des Dorfes tauchten schemenhaft aus dem Nebel vor ihm auf. Er feuerte sein Gewehr ab und stieß Alarmrufe aus.

»Ich muß Marga retten«, dachte er. »Vor allen anderen muß ich Marga retten.«

Nie wäre es ihm in den wilden Träumen der letzten Jahre eingefallen, an sie zu denken. Er hatte immer gemeint, sie war nicht nur zu alt für ihn, sondern an ihm auch nicht interessiert. Wie alle anderen Bewohner des Dorfes wußte er, daß sich Marga an jeden Mann heranmachte, der von Potenz war. Paul Brelow wäre nie darauf gekommen, daß sie ihn haben wollte. Ausgerechnet ihn. Ein Milchgesicht. Er wußte, wie wild sie auf alle Männer war. Er wußte aber auch, daß ihre Eltern im Dorf glaubten, Marga wäre so tugendhaft, wie die Jungfrau Maria. Und ausgerechnet diese Jungfrau Maria hatte ihn entjungfert. Er war stolz, unsagbar stolz, daß sie jetzt ihm gehörte. Er wollte nicht wahrhaben, was er wie alle anderen im Dorf auch wußte: Sie war eine streunende Katze, deren Heißblütigkeit Scheunen in Brand setzen konnte. Er liebte sie, abgöttisch liebte er sie, wie jeder junge Mann die erste Frau seines Lebens. Und Paul bemerkte nicht, daß Marga ihn vor allem wegen seiner unermüdlichen Potenz genoß.

Das Blut von Paul Brelow geriet in Wallung, als er daran dachte, wie sie ihn plötzlich von der Tanzfläche gezogen hatte.

»Komm sofort mit mir!«, hatte sie zu ihm gesagt. Es war wie ein Befehl gewesen. Sein Glied stand im selben Augenblick so steil nach oben, daß er das Gefühl hatte, es würde unter seinem Gürtel hindurch ins Freie stoßen.

Marga führte ihn in die Scheune ihres Vaters.

Als sie im Heu lagen, riß er ihr das Kleid vom Körper. Sie hatte keinen Büstenhalter und kein Höschen an.

In Sekunden hatte auch Paul sich ausgezogen, ohne Vorspiel stieß er sofort in sie. Eine glühende Flamme raste durch sein Hauptnervenzentrum und überflutete dann seinen Körper.

»Du brauchst keine Angst zu haben«, keuchte Marga. »Ich bin jetzt unfruchtbar! Los! Mache weiter!«

In dieser Nacht hatte er sie viermal genommen. Als er sie das letzte Mal nahm, hatte sie vor Lust so laut geschrien, daß er sicher war, das ganze Dorf mußte sie gehört haben.

Die Dorfbewohner, deren Häuser in der Nähe der Scheune standen, hatten Marga natürlich gehört. Sie hatten am anderen Tage weitererzählt, wie oft es Paul mit ihr in dieser Nacht getrieben hatte. Sie hatten gesehen, daß Marga ihn von der Tanzfläche gezogen hatte.

Margas Eltern wußten davon nichts. Sie schliefen wie immer tief und fest. An Tanzveranstaltungen hatten sie nie teilgenommen. Als fromme Christen betrachteten sie Musik und Tanz als Erfindung des Teufels. Sie waren überzeugt davon, daß ihre Tochter genauso dachte.

Die Eltern von Paul waren ebenso ahnungslos. Pauls Mutter lag bei dem Großknecht, sein Vater schlief. Tanzveranstaltungen hatten ihn nur interessiert, als er eine Frau zu suchen begann.

Der Großknecht dagegen wußte über alles Bescheid. Aber er schwieg. »Die Hitze hat dein Sohn von dir«, dachte er, wenn er den schönen Körper der Mutter von Paul genoß. Er machte sich auch weiter keine Gedanken. Er hatte, was er als Mann brauchte und damit war er zufrieden.

»Alarm! Überfall! An die Gewehre!«, schrie Paul, als er Schüsse vom Gut her dröhnen hörte.

Als Paul am Hof der Eltern von Marga vorbeijagte, spannte sich sein Glied.

»Sie werde ich heiraten, nur sie«, dachte er. »Sie ist die Frau, die mir alles Glück dieser Erde schenken wird. Sie ist die Frau, deren Feuer zu meinem Feuer paßt. Sie ist der Vulkan, den ich brauche. Keine Frau auf der Welt kann sich mit ihr messen. Keine andere Frau kann ihr das Wasser reichen!«

Paul richtete sich im Sattel auf. Erneut feuerte er einen Schuß ab. Wegen des dichten Nebels sah er nur die Umrisse der Häuser des Dorfes. Aber da er in Littauland aufgewachsen war, hätte er auch bei mondloser Nacht jedes Dach und jeden Stein mühelos identifizieren können.

»Alarm!«, schrie er. »Alarm!« Wieder feuerte er einen Schuß ab. Wie der Melder, war auch Paul mit einer Winchester ausgerüstet, die der Gutsherr aus England mitgebracht hatte. So konnte er, ohne nachladen zu müssen, Schuß auf Schuß abfeuern.

Paul Brelow hatte, weil er an Marga dachte, vergessen, daß er nicht nur Bote, sondern auch Einzelkämpfer war. Tag für Tag hatte ihn William persönlich geschult.

»Du schießt und rufst!«, hatte er neben ihm vom Gut in das Dorf galoppierend gesagt. »Aber halte die Augen offen, bei Nacht und am Tag. Bei Nebel, Regen und Schneesturm. Du bist der erste Mann, der bei einem Überfall bewaffnet in das Dorf reitet. Du mußt sehen, ohne selbst gesehen zu werden. Tauchen Bandenmitglieder auf, mußt Du sofort über einen Gartenzaun setzen. Dann eröffne blitzschnell, aus einer Deckung heraus, das Feuer. Du hast viele Patronen in der Winchester, in der Satteltasche und in Deinen Taschen. Du brauchst mit Munition nicht zu sparen. Dann sitze erneut auf und stoße von einer anderen Stelle wie ein Falke zu. Blitzschnell muß das geschehen. Die Männer des Dorfes werden durch Deine Schüsse und Rufe alarmiert und die Posten besetzen, die ich ihnen zugewiesen habe. Sie werden Dir dann sofort Deckung geben. Vergiß niemals: Sehen ohne gesehen zu werden. Blitzschnell, wie ein Falke, zustoßen. Einmal von hier, einmal von dort. Das wird die Mitglieder jeder Bande verwirren.«

Theoretisch hatte alles geklappt. William hatte mit Lob nicht gespart. Auf diesen Jungen ist Verlaß, hatte er geglaubt. Er hat eine schnelle Auffassungsgabe und Mut.

Aber weder William noch Paul hatten zu diesem Zeitpunkt wissen können, daß eine Frau in das Leben des jungen Mannes treten und alles verändern würde. Paul Brelow hatte nur noch die Nächte mit Marga im Kopf gehabt. Alles andere war für ihn zur Nebensache geworden. Die Liebe hatte ihn blind gemacht.

Paul Brelow sah nur Marga, als er durch das Dorf ritt. Er sah ihren schlanken nackten Körper vor sich, ihre nach oben stehenden Brüste, ihre langen Beine und Haare, ihre vollen Lippen und ihre Augen, die ergrünten, wenn er sie zum Höhepunkt brachte.

Als Paul am Hof ihrer Eltern vorbei galoppierte, drehte er sich um. Wieder sein Gewehr abschießend, schrie er: »Marga, rette Dich! Überfall! Ich liebe Dich! Ich werde Dich heiraten!«

Der Nebel begann sich wie ein Vorhang zu heben, als Paul die letzten Häuser des Dorfes erreicht hatte.

Der Junge sah die Männer nicht, die sich mit ihren Pferden im weiten Halbkreis vor dem Ausgang des Dorfes aufgestellt hatten. Paul hatte die Augen geschlossen, um das Bild von Marga nicht zu verlieren, das er vor sich sah.

Als er erneut einen Schuß abgefeuert hatte, hob einer der Reiter sein Gewehr und schoß Paul eine Kugel durch die Stirn. Der Junge konnte seinen Hengst noch herumreißen, obwohl er von einer Sekunde zur anderen erblindete, ohne zu begreifen, warum. Der unerträgliche Schmerz, der durch seinen Kopf zu rasen beann, ließ ihn nach vorn auf den Hals des Pferdes fallen.

Paul stürzte aus dem Sattel.

Er lag auf dem Rücken, plötzlich frei von jedem Schmerz.

Wie bei jedem gesunden Mann, dem der Strick des Henkers das Genick brach, nachdem sich die Falltür unter ihm geöffnet hatte, schoß aus seinem immer noch steifen Penis ein Erguß, der seinen ganzen Körper in eine wärmende Wolke hüllte.

Paul schwebte über seinem Hengst und seinem eigenen Körper, den er auf dem Pflaster der Straße liegen sah. Er blickte auf die Männer und ihre Pferde. Er sah die Dorfbewohner zur Kirche laufen. Deutlich konnte er das Klappern ihrer Holzschuhe auf dem Pflaster hören.

Paul, nun hoch über dem Dorf schwebend, sah Marga und ihre Eltern ebenfalls fluchtartig ihren Hof verlassen.

Der Junge war glücklich, wie nie zuvor.

Der Hengst stellte sich auf die Hinterbeine. Dann jagte er, vor Erregung schnaubend, in das Dorf zurück. Das Tier kam keine vierzig Meter weit. Kugeln aus mehreren Gewehren warfen auch ihn in den

Staub der Straße. Minutenlang schrie der Hengst vor Schmerzen gellender, als ein Mensch es konnte. Seine Vorderhufe trommelten auf die Dorfstraße. Dann schlug sein Kopf auf die Steine.

Einer der »Brigadisten«, die den Auftrag hatten, das Dorf zu stürmen, ritt zu dem toten Jungen. Er beugte sich aus dem Sattel und hob die Winchester auf, die neben dem Toten lag. Dann stieg er nach einem Blick in die Kammer des Gewehres ab. Mehrere Hände voll Patronen nahm er aus den Taschen von Paul. Er lud die Kammer des Gewehres. Als der Bandit wieder im Sattel saß, hob er die rechte Hand. Dabei spreizte er fünf Finger zweimal. Zehn Männer folgtem ihm, als er in das Dorf galoppierte. Die anderen Reiter holten um das Dorf herum aus, um es von beiden Seiten anzugreifen.

Ohne sehen zu können, was sich auf dem Gut und am Rande des Dorfes ereignete, wußten die Dorfbewohner von Littauland, daß sie um ihr Leben kämpfen mußten. Schüsse auf dem Gutsberg, Schüsse am Dorfrand, die Alarmrufe von Paul und der Todesschrei seines Hengstes hatten sie alarmiert.

Die Männer und Jungen waren mit ihren Waffen zu den Plätzen gelaufen, die ihnen William für den Ernstfall zugewiesen hatte.

Die Frauen hatten ihre Kinder aus den Betten gerissen und waren zur Kirche geflüchtet. Die dicken Natursteinmauern der kleinen Kirche boten den besten Schutz gegen die Schüsse der Bandenmitglieder.

Zwanzig Männer postierten sich so um die Kirche, daß sie sich gegenseitig Feuerschutz geben konnten. Die Verteidigungsplätze der anderen Männer und Jungen waren von William so ausgesucht worden, daß sie sich sternförmig ebenfalls unter dem Feuerschutz der Zwanzig auf die Kirche zurückziehen konnten.

Dr. Perkampus und seine Frau waren bereits vor den Frauen und Kindern in der Kirche. Der Arzt trug ebenfalls eine Winchester. Mehrere Kisten mit Patronen für dieses Schnellfeuergewehr lagerten seit Monaten hinter dem Altar. Der Arzt konnte mit der Waffe umgehen. William hatte ihn daran ausgebildet.

Dr. Parkampus war Arzt aus Überzeugung, aber er würde nicht eine Sekunde zögern, mit dieser Waffe das Leben seiner Frau und der anderen Frauen und Kinder des Dorfes zu verteidigen.

Minuten bevor die Bandenmitglieder in das Dorf galoppierten, hörten die Dorfbewohner die gellenden Schreie der Mutter von Paul Brelow.

»Paul! Paul!«

Sie lief auf die Kirche zu. Dicht hinter ihr folgten ihr Mann und der Großknecht.

»Paul, mein Sohn! Wo bist Du? Ich habe Deine Stimme gehört!«

Sie schrie so laut, daß den Frauen in der Kirche das Blut in den Adern gefror. Alle wußten, daß sie aus dem Bett des Großknechtes kam. Aber alle waren Mütter und verstanden ihren Schmerz.

Die Banditen sprengten in das Dorf, als die Eltern von Paul und der Großknecht noch gut dreihundert Meter von der Kirche entfernt waren. Sie überholten die Flüchtenden und schossen sie nieder.

Die Mutter von Paul begann zu taumeln, als sie von den Kugeln der Banditen getroffen wurde. Sie drehte sich zu ihrem Mann und dem Großknecht um. Beide lagen sterbend auf der Straße. »Paul und

Vater im Himmel! Verzeiht mir. Ich habe gesündigt. Ich...«, rief sie.

Einer der Bandenmitglieder, der in diesem Augenblick an ihr vorbeiritt, hob sein Gewehr und schlug ihr mit dem Kolben den Schädel ein. Sie stürzte auf das Pflaster der Dorfstraße. Unter ihrem Kopf bildete sich eine große Blutlache.

In gleicher Sekunde wurden die Bandenmitglieder von einem Feuerhagel überschüttet. Sechs ihrer Pferde stürzten. Vier der Banditen brachen sich dabei das Genick. Die anderen drehten ihre Pferde und galoppierten zum Dorfausgang zurück.

»Zwei von Euch reiten sofort zu Benda!«, befahl der Bandit, der die Winchester von Paul an sich genommen hatte. »Sagt ihm, ich habe seinen Befehl zwar mißachtet, weil ich versucht habe, das Dorf zu stürmen, sagt ihm aber auch, daß wir weiter versuchen werden, das Dorf zu nehmen. Es sieht so aus, als ob uns das gelingen wird. Aber wir brauchen Hilfe! Je schneller, desto besser!«

Aus einer Streifschußwunde an seiner Stirn floß Blut über sein Gesicht. »Wir brauchen Hilfe, sofort! Holt links um das Gut aus, durch den Wald. Dort sieht Euch niemand!«

Als die Zwei antrabten, dröhnten wieder Gewehrschüsse in rasender Folge aus den Gärten des Dorfes. Die »Brigadisten«, die das Dorf von den Seiten in die Zange nehmen wollten, erlitten ebenfalls erhebliche Verluste. Die Überlebenden flüchteten. Die Männer und Jungen des Dorfes erhoben sich sofort aus ihren Deckungen.

»Je enger Euer Verteidigungsring, desto größer die Wirkung Eurer Waffen!«, hatte ihnen William eingeschärft. »Denkt nicht an Eure Häuser und Euer Vieh! Denkt an Eure Frauen, Mütter, Schwestern und Kinder in der Kirche! Sie gilt es zu schützen, nicht Euer Vieh und Eure Häuser!«

Die Verteidiger des Dorfes hatten ihre neuen Stellungen erreicht, als in loser Reihe die Angreifer wieder in das Dorf preschten. Obwohl ihnen das Feuer aus über zweihundert Gewehren entgegenfauchte, überritten sie die vordersten Posten der Männer und Jungen. Sie erschlugen jeden Einzelnen. Dann setzten ihre Pferde über die Gartenzäune. Die Verteidiger, verwirrt und entnervt durch diese Attacke, zogen sich weiter zurück. Die Reiter drehten und galoppierten wieder zum Dorfausgang.

Über Littauland senkte sich eine faßbare Stille. Verteidiger und »Brigadisten« belauerten sich gegenseitig. Die einen warteten auf einen neuen Angriff, die anderen auf Verstärkung.

Die beiden Banditen, die in weitem Bogen um das Gut galopierten, ritten im Gutswald den Kaukasiern in die Arme, die die Flucht von Luise, ihrer Tochter und der Nurse deckten.

Als Luise die beiden Bandenmitglieder sah, begann ihr Herz zu rasen. Es dauerte aber nur Bruchteile von Sekunden, dann stürzen beide aus ihren Sätteln. Jeder von ihnen hatte nur einen Schuß abfeuern können. Alle Kaukasier hatten dagegen gleichzeitig geschossen.

Der Chef der Kaukasier, der Luise, Marlies und die Nurse aus dem Gutshaus geholt hatte, als die Benda-Bande das Feuer eröffnete, nahm sich nicht die Zeit anzuhalten, um nachzuprüfen, ob beide Verbrecher tödlich getroffen worden waren.

Luise bemerkte aber, daß er sich zweimal umdrehte, während sie weiter durch den Wald ritten. Dabei verkrampften sich seine Gesichtsmuskeln für Sekunden.

»Haben Sie einen Fehler gemacht?«, schrie ihm Luise zu.

»Ich weiß es nicht. Ich rede mit Ihnen später! Jetzt weiter, so schnell wie möglich weiter!«

Er gab seinen Männern einen Wink. Einige der Kaukasier drängten sich näher an Luise. Einer setzte sich vor die Gruppe, einer dahinter. Ein Kaukasier hielt sich rechts von ihr.

Luise hatte das Gefühl, daß dieser Kaukasier nicht mehr zur Reitergruppe gehörte. Sie wußte selbst nicht, warum sie das dachte. Der junge Kaukasier sah weder nach rechts noch links. Luise schien es, als ob er sich verkrampft an der Mähne seines Pferdes festhielt.

Der Meldereiter ritt das teuerste Pferd des Gutes: Einen Araberhengst, den sein Herr aus England auf das Gut brachte, nachdem er Luise geheiratet hatte. Der Hengst war der Vater von über zweihundert Jungpferden der Herde des Gutes.

William hatte Rekordpreise für die Fohlen erzielt, die aus der Zucht zwischen dem Araber und Trakehnerstuten stammten. Die Nachkommen des Hengstes zeichneten sich durch die Eleganz der Rasse der Araberpferde und die ausdauernde Urwüchsigkeit der Trakehner aus. Nur das Gut von Luise besaß einen Araber als Zuchthengst. Die anderen Gutsbesitzer bezahlten jeden Preis, den William für die Fohlen forderte.

Der Melder war zwanzig Jahre alt und ebenfalls ein Mischling. Er war auf den Namen Alexander Ambrowisch getauft worden, obwohl sein Vater Mongole war. Der Vater des Jungen hatte diesen Namen angenommen, als er eine Russin heiratete. Der Vater seiner Mutter war Lette, seine Großmutter deutscher Abstammung. Dennoch sah Alexander wie ein echter Mongole aus, obwohl er größer als die Vorfahren seines Vaters war.

Die Eltern von Alexander waren vom alten Grafen auf dem Gut angestellt worden, als die junge Gräfin zehn Jahre alt war. Alexander hatte es als eine Auszeichnung und Anerkennung der Arbeitsleistung seiner Eltern empfunden, daß Luise ihn ab und zu zum gemeinsamen Spielen im Gutsgarten einlud. Sein Vater hatte sich zum ersten Vorarbeiter emporgearbeitet, seine Mutter stand dem gesamten Gutshaushalt vor.

Alexander hatte seinen Vater oft gefragt, was ihn in das Baltikum verschlagen hatte.

»Ich war plötzlich hier und lernte Deine Mutter kennen. Dann fanden wir gemeinsam Arbeit auf dem Gut. Das ist eigentlich alles, was dazu zu sagen ist.« Sein Vater hatte seine Mutter in seinen Arm genommen und Alexander angelacht.

Alexander wußte, daß ihn die Gutsarbeiter herablassend den »Mongolen« nannten. Aber er fühlte er sich als junger Einreiter und Zuchtgehilfe von Graf William auf dem Gut so wohl, wie seine Eltern, weil die Herrschaften Rassendiskriminierungen nicht duldeten. Alexander war mit einer russischen Magd verlobt. Für europäische Verhältnisse ungewöhnlich, daß ein zwanzig Jahre alter junger Mann bereits fest an ein fünfzehnjähriges Mädchen gebunden war. Aber sein Vater hatte William erklärt, in seiner Heimat sei das gang und gäbe. Der Graf hatte dagegen keine Einwände erhoben. Die Hochzeit war auf den Volljährigkeitstag von Alexander festgesetzt worden.

Mit drei Jahren hatte Alexander bereits besser reiten können als laufen. Sein Vater war sein Lehrmeister gewesen. Der alte Graf hatte geduldet, daß der Mongole seinen Sohn auf die besten Pferde des Vorwerkes setzte. Im Alter von zehn Jahren durfte Alexander mit dem Herrn am Sonntag ausreiten.

An einem Wintertag bei klirrender Kälte war der Hengst des Grafen durchgegangen, als aus dem weitflächigen Wald hinter dem Gut wie ein Blitz aus heiterem Himmel Wölfe hervorbrachen und die Pferde annahmen.

Alexander hatte seine Stute pariert und drei der Wölfe abgeschossen. Die anderen flüchteten. Dann war er dem Hengst des Grafen nachgejagt und hatte das Pferd eingefangen. Der Graf hatte spontan seinen goldenen Ring mit dem Familienwappen vom Finger gezogen und ihn Alexander geschenkt. »Du gehörst jetzt zur Familie, mein Sohn«, hatte er gesagt, dann hatte er den jungen Mongolen umarmt.

Alexander hatte vor freudiger Überraschung die Luft angehalten. Dann war er vom Pferd gestiegen und hatte sich vor dem Hengst des Grafen in den Schnee gekniet.

»Beim Leben meiner Eltern versichere ich Ihnen Graf, daß ich immer an der Seite Ihrer Familien stehen werde«, hatte er unter Tränen gesagt. »Sollte ich Sie enttäuschen, können sie über mein Leben verfügen!«

Der alte Graf war ebenfalls aus dem Sattel gestiegen und hatte den Jungen wieder in die Arme genommen. »Ich schätze und vertraue Deinen Eltern Alexander«, sagte er. »Du bist ihr Fleisch und Blut. Ich weiß jetzt für immer, daß auch Du mir treu dienen wirst. Deshalb bitte ich Dich, ganz egal was kommt, immer über die Sicherheit meiner Tochter zu wachen. Es wird der Tag kommen, an dem ich nicht mehr an der Seite meiner Tochter stehen kann. Mein älterer Bruder, der das Hauptgut leitet, ist schwer krank. Auch mein Vater ist nicht mehr das, was er einmal gewesen war. Wir müssen täglich mit seinem Ableben rechnen. Noch bin ich Offizier des Zaren. Aber wenn mein Bruder und mein Vater nicht mehr leben, dann werde ich das Hauptgut übernehmen müssen. Dann wird es ebenfalls nicht mehr lange dauern, bis meine Tochter das Vorwerk übernimmt. Willst Du dann alles tun, um sie zu beschützen, auch dann, wenn sie einen Mann gefunden haben sollte?«

»Ich will es und ich werde es!«, anwortete Alexander. »Ich werde immer für Ihre Tochter dasein!«

Alexander hatte, während er seinen Wehrdienst ableistete, gekleidet in die Uniform eines Unteroffiziers der zaristischen Dragoner, die Schleppe des Kleides von Luise tragen dürfen, als sie William heiratete. Alexander hätte diesen militärischen Rang als Mongole nie erreichen können, wenn nicht der alte Graf seine Beziehungen hätte spielen lassen und wenn nicht die Frau von Dr. Perkampus ihm lesen und schreiben beigebracht hätte.

Alexander spürte, daß der alte Graf seinen Schwiegersohn nicht besonders mochte. Er ließ zwar das nie erkennen, weil ihm das nicht zustand. Außerdem liebte er William, weil er ihn wie einen vollwertigen Menschen behandelte und weil der Graf Luise liebte, die ihm der alte Graf anvertraut hatte.

Alexander ritzte mit seinen Sporen leicht die Flanken des Arabers. Der Hengst schoß wie eine Rakete durch den Wald hinter dem Gut. Der junge Mongole ließ die Zügel locker. Er wußte, daß der Araber das Letzte aus sich herausholen würde, als wüßte das Tier, um was es ging. Hinter sich hörte Alexander das Feuer unzähliger Gewehre.

Der junge Mongole dachte an seine Eltern und seine Braut. Er wußte, daß sein Vater seine Mutter, seine Braut und sich dann selbst töten würde, sollte die Besatzung des Gutes im Kampf mit der Benda-Bande unterliegen.

»Wir werden würdig und nicht in Schande sterben«, hatte ihm sein Vater gesagt, als sie sich über die zunehmenden Überfälle der Banden auf Güter unterhalten hatten. »Mache Dir auch keine Gedanken um Deine Braut! Ich werde verhindern, daß sie in die Hände der Banditen fällt!«

Sein Vater hatte erst auf sein Gewehr geblickt, das er putzte, dann Alexander angesehen. Der Junge hatte verstanden.

Der Hengst galoppierte durch den Wald. Als sie die Felder hinter dem Wald erreicht hatten, steigerte das Pferd sein Tempo. Noch schützte sie dichter Nebel vor möglichen Verfolgern. Aber es konnte nicht mehr lange dauern, dann würde die Sonne den Nebel aufgesogen haben.

Obwohl Alexander durch eine Waschküche galoppierte, zog er den Zügel des Hengstes nicht an. Der Mongole wußte, daß ihm die Gräfin mit ihrer Tochter, der Nurse und den Kaukasiern folgen würde. Er mußte so schnell wie möglich das Hauptgut erreichen. Nur das konnte die Rettung bringen. Patrouillen des alten Grafen würden bald unterwegs sein.

»Keine einhundert Kugeln auf mich abgefeuert, können mich hindern, das Hauptgut zu erreichen. Ich werde mein Ziel erreichen und dafür sorgen, daß die junge Gräfin und ihr Kind gerettet werden. Ich habe das versprochen und werde meinen Eltern keine Schande machen«, rief er.

Alexander war, wie Paul Brelow, von William mit einer Winchester ausgerüstet worden. Die Satteltaschen vor seinen Schenkeln waren mit Patronen prall gefüllt. Theoretisch konnte er, so ausgerüstet, fünfzig bis sechzig Reiter, die ihn verfolgten, aufhalten. Er wußte aber, daß dies nicht seine Aufgabe war. Seine Aufgabe war Flucht. Aber er war sich bewußt, daß er aus dem Sattel geschossen werden konnte. Alexander hatte sich vorgenommen, dann so viele Verfolger wie möglich, zu binden.

Nachdem er gut anderthalb Stunden geritten war, schwenkte er vor einem Wald nach rechts. Das würde Zeit kosten, um das Hauptgut zu erreichen, aber mögliche Verfolger ablenken. Sie würden seinen Spuren folgen. Die junge Gräfin, die hinter ihm reiten würde, wäre dann weniger gefährdet, weil sie den geraden Weg zum Hauptgut nehmen würde.

Alexander zügelte sein Pferd. Der Nebel begann sich zu lichten. Als er die Kandarre zog, blieb der Hengst stehen. Trotz des rasenden Galopps schnaubte das Pferd kaum. Der Araber war gerade erst warm geworden. Er konnte lange dieses Tempo durchhalten.

Alexander hörte hinter sich. Im aufsteigenden Nebel vernahm er keinen Laut. Er atmete durch. Dann zog er die Winchester aus der Halterung am Sattel und überprüfte, ob sie durchgeladen war. Er löste die Sicherung und schob das Gewehr in die Halterung zurück. Er galoppierte wieder an. Eine halbe Stunde später zog er die Zügel erneut an. Der Hengst parierte sofort.

Alexander zuckte zusammen. Hinter ihm war deutlich der Hufschlag von Pferden zu hören. »Das werden etwa zwanzig Reiter sein«, dachte er. Sie ritten im Nebel links an ihm vorbei. Dann kehrten sie um.

»Gut!«, dachte Alexander. »Sie suchen meine Spur. Ich werde sie in die Irre führen.« Er gab dem Araber die Sporen. Der Hengst flog erneut wie eine Kanonenkugel davon. Aus den Augenwinkeln sah Alexander die Sonne im Nebel stehen.

»Es wird keine fünfzehn Minuten dauern, dann wird sich der Nebel auflösen und die Verfolger werden mich wie auf einem Präsentierteller sehen«, sagte er sich. »Aber mein Araber ist jedem Pferd an Geschwindigkeit überlegen. Nur Kugeln würden schneller als der Hengst sein. Doch die Patrouillen des alten Grafen müssen bereits unterwegs sein und sie werden mir entgegenkommen.«

Alexander rief dem Hengst anfeuernde Rufe zu.

Einer der Banditen, die mit den Kaukasiern im Gutswald zusammengestoßen waren, hatte sich, obwohl durch ihre Schüsse nicht verletzt, vom Pferd fallen lassen und sich tot gestellt. Durch halb geschlossene Augenlider hatte er gesehen, wer an ihm vorbeiritt.

Die elegante junge Frau, gedeckt durch die Kaukasier, konnte nur die Gutsherrin gewesen sein, hatte er sich gesagt. Ihr war auf einem stämmigen Pferd eine breithüftige Frau gefolgt, die ein Kind in einem Tuch vor ihren vollen Brüsten trug. Dieser Frau waren zehn Kaukasier gefolgt, die zwei Packpferde mit sich führten.

»Sie bringen die Gutsherrin, ihr Kind und auf den Packpferden ihren Schmuck in Sicherheit«, dachte er. »Das wird Benda interessieren.«

Der Bandit hatte sich auf sein Pferd geschwungen, als Luise mit ihren Begleitern im Wald verschwunden war. Dann galoppierte er um das Gut herum zu Benda.

Joseph, umgeben von Meldern und seiner Leibwache, sah dem Angriff auf das Gut zu. Er hörte dem Reiter erst unaufmerksam zu. Als dieser jedoch die Flucht der Gräfin genau schilderte, zuckte Benda zusammen.

Joseph Benda dachte Sekunden nach.

»Gut! Du hast Dich geschickt verhalten, als Du Dich tot gestellt hast«, sagte er. »Ich belobige Dich! Nach dem Sieg über die Verteidiger des Gutes werde ich Dich zusätzlich befördern.«

Der Bandit ergriff die Hand von Joseph und küßte sie.

Erst später fiel ihm ein, daß Benda nicht nach dem Schicksal seines Kameraden gefragt hatte. Aber danach hatte er noch nie gefragt, auch wenn sie große Verluste bei anderen Überfällen erlitten hatten.

»Sagtest Du Kaukasier?«

Benda mußte schreien. Das Gewehrfeuer und das Kampfgeschrei seiner Männer machte jede normale Verständigung unmöglich.

»Ja, Herr, ich habe genau gesehen, daß die Gutsherrin von Kaukasiern begleitet wurde!«

»Gut, gehe jetzt in den Kampf! Sofort!«

Joseph beugte sich zu einem seiner Melder, einem Tartaren. »Lasse Dir zwanzig Männer geben und komme sofort zurück!«

Der Tartar, der trotz des Kampflärms jedes Wort des Reiters verstanden hatte, galoppierte an. Kaukasier waren schon immer Totfeinde der Tartaren gewesen. Er wußte, welchen Befehl er von Benda bekommen würde.

Keine halbe Stunde später jagten die zwanzig Reiter unter Führung des Tartaren nach Osten.

»Wir werden die Kaukasier zusammenschlagen«, dachte der Tartar. »Benda kann mich ebenfalls in Stücke hauen, wenn ich die Kaukasier und die Gräfin erwischen sollte. Diese weiße Frau werde ich mir als Beute nehmen. Das wird Benda nicht gefallen. Aber sie ist nicht mehr auf dem Gut, sondern auf der Flucht. Wenn ich sie fange, gehört sie mir.«

Er stieß einen schrillen Kampfruf aus und gab seinem Hengst die Sporen.

Die anderen Bandenmitglieder konnten ihm nur mit Mühe folgen.

Sie lebten genau noch dreißig Minuten. Sie prallten mit der ersten starken Morgenpatrouille des Hauptgutes zusammen, die die Reiter der Bande in einem kurzen Gefecht niedermachten.

Alexander Ambrowisch ließ seinen Hengst weiter nach rechts ausholen. Noch deckte ihn der Nebel. Aber er sah, daß die Sonne hinter der milchigweißen Watte immer deutlicher hervortrat. Zehn Minuten später riß er den Araber nach links. Nun ritt er erneut auf das Hauptgut zu. Noch eine Schwenkung nach links und er würde das Gut in direkter Linie erreichen.

Der Mongole faßte an den Kolben der Winchester. »Zehn Minuten«, dachte er, »dann werden sie dich sehen, zehn Minuten!«

Alexander gab dem Hengst wieder die Sporen. Er hörte die Reiter hinter sich nicht, aber er wußte, daß sie ihm folgten. Seine einzige Hoffnung war, daß sein Abstand zu ihnen so groß sein würde, daß selbst ihre Kugeln ihn nicht erreichen konnten.

Als die Sonne voll durch den Nebel brach, drehte sich Alexander um. Am Horizont sah er die Reiter, die ihm folgten.

»Lauf! Lauf!«, rief er dem Araber zu. Alexander zog die Winchester und feuerte zwei Schüsse ab. Dann schoß er erneut. »Hoffentlich hören mich die Patrouillen des alten Grafen«, dachte er, »sie müssen mich hören!«

Der Hengst steigerte sein Tempo. Aber der Abstand der Verfolger blieb unverändert. Plötzlich schwenkten sie leicht nach links.

»Reingefallen«, sagte sich Alexander. »Ich muß noch weiter nach links. Sie versuchen mir den Weg abzuschneiden.«

Der junge Mongole zog den Araber sofort weiter nach links. Ruckartig holten seine Verfolger auf. Erneut feuerte der Junge zwei Schüsse ab.

Als er die Winchester in die Halterung schob, hatte er das Gefühl, als ob ihm die Faust eines Boxers in den linken Oberarm schlug.

Alexander sah sich um. Der vorderste der Reiter seiner Verfolger hielt sein Gewehr in seine Richtung. Der junge Mongole sah eine kleine Rauchwolke aus dem Lauf der Waffe quellen. Mit schrillen Pfeifen flog eine Kugel an seinem Kopf vorbei. Alexander beugte sich vor Schreck nach vorn.

Der Mongole gab dem Hengst erneut die Sporen. Der Araber hatte jetzt seine volle Kraft erreicht. Er flog förmlich über die Steppe, so leicht und elegant, als ob er keinen Reiter trug. Der Hengst zeigte, daß er, wie alle Pferde, ein Lauftier war.

Alexander zog den rechten Zügel. Das Pferd parierte sofort. Am Horizont zeichnete sich der Waldgürtel ab, der die Wiesen und Äcker beider Güter trennte.

Als sich der Mongole erneut umdrehte, fühlte er im linken Arm einen Schmerz, der mit der Geschwindigkeit durch seinen Körper schoß, mit der der Araber über die Steppe auf den Waldgürtel zujagte.

»Ich bin von einer Kugel getroffen worden!« Alexander schrie vor Wut und Schmerz. Ihm traten Tränen in die Augen. Er klammerte sich mit der rechten Hand in die Mähne des Pferdes. Aus seinem linken Ärmel floß Blut über seine Hand.

»Nein!«, rief er. »Nein, ich werde nicht aufgeben!«

Alexander biß die Zähne zusammen, als wieder eine Welle des Schmerzes durch seinen Körper flog. Mit äußerster Kraftanstrengung drehte er sich erneut um. Weiter entfernt als vorher sah er seine Verfolger.

Nur noch fünf Reiter galoppierten hinter ihm her.

»Die anderen haben kehrt gemacht und reiten der Gräfin entgegen. Sie wissen nicht, daß sie mir folgt, aber sie ahnen es«, sagte er sich.

Tränen einer hilflosen Wut ließen ihn nur verschwommen seine Umwelt sehen. Er zog vor Schmerz stöhnend die Winchester und feuerte wieder zwei Schüsse ab.

Dann hatte Alexander den Wald erreicht.

Der Mongole zog die Zügel an und ließ den Hengst auslaufen. Dann sprang er aus dem Sattel. Vor Schmerz schrie er auf.

»Lege Dich!«, befahl er dem Tier. Der Araber ließ sich in den Läufen einknicken und legte sich flach auf die Erde. Er atmete heftig, unterdrückte aber, wie es ihm William gelehrt hatte, jedes Schnauben.

Alexander füllte die Kammer der Winchester nach. Dann legte er den Lauf der Waffe auf eine Bodenwelle. Er visierte die fünf Reiter an, die auf den Wald zujagten. Als sie nach rechts schwenkten, um um den Wald herum zu verholen, feuerte der Mongole Schuß auf Schuß ab. Drei der Verfolger wurden von dem weitreichenden Gewehr aus den Sätteln gerissen. Die beiden anderen Reiter drehten auf der Hinterhand um und flohen.

Der Mongole befahl dem Hengst aufzustehen. Alexander ließ die beiden Reiter, die davon gekommen waren, nicht aus den Augen. Als er sie nicht mehr sehen konnte, stieg er in den Sattel.

Der Junge stöhnte erneut vor Schmerz. Er zog sein Messer aus dem Gürtel und schnitt den linken Ärmel seines Hemdes vom Handgelenk bis zur Schulter auf. Blut quoll ihm entgegen.

Wieder schrie er auf. Alexander preßte die Zähne zusammen. Aus der linken Satteltasche zog er ein Verbandspäckchen. Zehn Minuten dauerte es, bis er den Arm fest bandagiert hatte. Dann lud er seine

Winchester nach und ließ den Hengst in ruhigem Galopp durch den Wald laufen.

Als Alexander durch die letzten Bäume die Steppe sah, hielt er den Araber an. Der Hengst tänzelte hin und her. Er schnaubte unruhig. Offensichtlich witterte das Tier Gefahr.

Alexander sprang sofort aus dem Sattel.

»Leg Dich!«, befahl er erneut seinem Hengst. Dann schlich er sich im Schutz der Bäume an den Waldrand.

»Der Hengst hatte, bevor ich abstieg, nach rechts gesehen«, dachte er. Hinter Baumwurzeln liegend, beobachtete er die vor ihm liegende Steppe.

Er tastete mit den Augen Bodenwelle um Bodenwelle ab. Der Schmerz im linken Arm ließ ihn dabei immer wieder zusammenzukken. Seine Nackenhaare sträubten sich, als sich auf der zweiten Bodenwelle hohe Gräser dem Wind entgegengesetzt bewegten. Sorgfältig visierte Alexander diese Bewegung im Gras an. Als sie ausblieb, feuerte er drei Schüsse ab. Ein schriller Schrei stieg aus den Gräsern auf.

Alexander warf sich, ohne später sagen zu können warum, sofort zur Seite. Vor ihm tauchte der Schatten eines Mannes auf. Der Mongole schoß eine Sekunde früher, als der zweite Verfolger, der sich am Waldrand versteckt hatte. Der Tote fiel über ihn.

Alexander stieß den Körper von sich und rief den Araber an. Sekunden später jagte er wieder über die Steppe. Seine Hose und sein Hemd waren feucht von dem Blut des Mannes, den er niedergeschossen hatte.

Die Sonne hatte die Nebelschwaden inzwischen vollständig aufgesogen. Alexander hatte das Gefühl durch einen Schmelzofen zu reiten. Die Wunde in seinem Arm brannte unerträglich, seine Zunge klebte im ausgetrockneten Mund. Der Junge hätte einen Klumpen Gold, wenn er ihn besitzen würde, für einen Schluck Wasser gegeben.

Alexander zog die Winchester und feuerte zwei Schüsse ab. Er konnte das Gewehr nur unter größten Anstrengungen wieder in die Halterung schieben. Dann galoppierte er in einen zweiten Waldgürtel.

Als er durch die letzten Bäume die Steppe erreichte, sah er acht Reiter vor sich. Sie hatten ihre Gewehre gezogen. Sie gehörten einer Patrouille des alten Grafen an.

Alexander parierte seinen Hengst.

»Wasser!«, rief er. »Wasser!«

Die ersten beiden Reiter fingen den Jungen auf, als er aus dem Sattel zu fallen drohte. Er sog das Wasser gierig aus der Feldflasche, die sie an seinen Mund hielten. Dann legten sie ihn ins Gras.

»Ich bin der Meldereiter des Gutes der jungen Gräfin!«, rief er. »Die Benda-Bande hat das Gut überfallen. Die Gräfin, gedeckt durch die Kaukasier, folgt mir mit ihrer Tochter. Eine Gruppe von Banditen, die mir anfangs gefolgt ist, reitet ihr entgegen.«

Alexander fiel in eine tiefe Ohnmacht.

Als der Mongole wieder zu sich kam, waren nur noch zwei Reiter bei ihm. Er hatte gut vierzig Minuten wie tot im Gras gelegen. Die beiden Männer halfen ihm in den Sattel seines Hengstes.

Das Dröhnen hunderter von Pferdehufen rollte über die Steppe. Alexander sah etwa vierhundert Reiter in zwei dicht aufeinander folgenden Verbänden.

Der erste Verband staffelte sich nach hinten zu einer schmalen Schlange. Der zweite preschte zur Seite und holte geschlossen um den Waldstreifen herum.

»Du hast gute Arbeit geleistet«, sagte einer der beiden Reiter zu Alexander. »Auf Deine Meldung hin haben zwei unserer Kameraden das Gut alarmiert. Die anderen jagen bereits der Gräfin entgegen. Diese Reiter hier« – er zeigte auf die lange Linie von Pferden, die den Waldgürtel durchquerte – »folgen ihnen. Die zweite Einheit holt weiter nach links aus. Sie will der Benda-Bande den Fluchtweg abschneiden.«

»Aber das Gut, wer hilft den Menschen auf dem Gut?«, schrie der Mongole.

»Keine Angst«, sagte der Reiter. »Schau nach dort!« Er wies mit der Hand in östliche Richtung.

Hinter den Bodenwellen dröhnte es erneut auf. Rund sechshundert Reiter in drei Verbänden flogen heran und preschten um den Wald.

»Der alte Graf bietet alles auf, was er hat«, rief der Reiter neben Alexander. »Die Hauptgruppe jagt genau auf das Vorwerk zu. Etwa zweihundert Männer lösen sich vor dem Gutswald von den anderen Einheiten und eilen dem Dorf zu Hilfe. Es wird ganz sicher auch angegriffen werden.«

Alexander richtete sich im Sattel auf. Pferd an Pferd raste an ihm vorbei. Es sah so aus, als ob die gesamte Steppe vor ihnen mit Reitern gefüllt war.

Alexander durchzuckte plötzlich ein furchtbarer Gedanke.

»Wann werden sie das Gut erreicht haben?«, rief er.

»In drei Stunden!«

»Das wird zu spät sein!«, schrie der Junge. Seine Augen füllten sich mit Tränen. »Solange kann sich der Herr mit seinen Männern nicht gegen die Benda-Bande halten. Ich werde meine Eltern und meine Braut nicht wiedersehen!«

Alexander weinte laut auf. Dann preßte er die Hände gegen seine Augen.

Die beiden Reiter taten so, als ob sie seinen Schmerz nicht bemerkten. Sie waren sich darüber im klaren, daß der junge Mongole Recht hatte. Sie glaubten nicht an Wunder, aber sie wußten, daß der Engländer seine Leute gut ausgebildet hatte und die Mauern des Gutes als schwer überwindbar galten. Wenn der Engländer sparsam mit der Munition umging, konnten er und seine Männer durchhalten, bis Hilfe kam.

»Sollen wir Dich zum Hauptgut bringen oder sollen wir uns mit Dir zusammen einem der Reiterverbände anschließen?«, fragte einer der Männer Alexander. Sie sahen den Jungen an.

»Der Gräfin entgegen!«, antwortete Alexander. Er gab seinem Hengst die Sporen. Die Trakehner der beiden Männer hatten Mühe, dem Araber zu folgen.

Als die Kaukasier mit Luise, der Nurse mit Marlies und den Packpferden den Wald hinter dem Gut durchquerten, drängte sich ihr Anführer neben die junge Gräfin.

»Wir müssen erst nach links halten, Gräfin«, rief er Luise zu. »Der Melder wird nach rechts reiten, um mögliche Verfolger von uns abzulenken. Da er den Araber reitet, wird er schneller als die Pferde der Banditen sein. Ihm droht, wie ich es sehe, keine Gefahr, gefangen oder niedergeschossen zu werden. Außerdem heißt der Melder Alexander Ambrowisch. Auf ihn ist Verlaß. Ich weiß von Ihrem Gatten, daß der alte Graf ihn zum Mitglied ihrer Familie ernannt hat. Der Junge wird alles geben, um Hilfe zu holen und sie zu retten!«

Der Kaukasier beugte sich weit aus dem Sattel, als er Luise anrief.

»Nach links, weiter nach links!«

Luise zog den linken Zügel ihrer Stute. Das Tier folgte sofort ihrem Kommando. Die Nurse mit Marlies folgte dicht hinter ihr. Der Kopf der Stute des Kindermädchens war neben ihrem Sattel. Marlies lag wie erstarrt in dem Umhang vor der Brust der Nurse.

Der Kaukasier war Minuten später wieder neben Luise.

»Machen Sie sich bitte keine Sorgen, Gräfin«, schrie er. »Einer meiner Männer ist von den Banditen angeschossen worden. Er wird sich zu helfen wissen.«

Luise sah den Kaukasier im Sattel schwanken, der seit längerer Zeit abseits der Gruppe vor ihr ritt. Auf der Rückseite seiner Jacke begann sich ein Blutfleck auszubreiten. Er beugte sich plötzlich nach vorn, Blut strömte aus seinem Mund. Dann stürzte er aus dem Sattel.

Als Luise ihre Stute zügeln wollte, schrie der Kaukasier: »Weiter, immer weiter! Nicht umsehen!«

Hinter Luise fiel ein Schuß. Sie drehte sich kurz um. Der Kaukasier hatte sich erschossen. Der Lauf seines Gewehres steckte in seinem Mund. Sein Hinterkopf war eine blutige, breiige Masse.

»Sie werden sich für Dich in Stücke hauen lassen, hatte William ihr gesagt«, dachte sie. »So helfen sie sich also selbst.« Luise begann im Sattel zu schwanken.

»Weiter, weiter!«, schrie der Kaukasier neben ihr. »Immer weiter!« Er schlug mit seiner linken Hand auf ihre Stute ein. Der Sprung, den das Pferd nach vorn machte, hätte sie beinahe aus dem Sattel geworfen. Die linke Hand des Kaukasiers stütze sie jedoch im Rücken ab.

Plötzlich wurde der rasende Galopp ihrer Stute abgebremst. Der Kaukasier, wieder neben ihr, hatte die Zügel ihrer Stute an sich gerissen. Als die Pferde standen, winkte er seine Männer um sich.

Er sprach mit ihnen in ihrer Muttersprache. In kurzen, energischen Sätzen.

»Das sind Befehle«, dachte Luise.

Luise sah sich den Kaukasier zum ersten Mal genau an. Er war seit über einem Jahr auf dem Gut. Sie hatte kaum ein Wort mit ihm gewechselt, aber sie hatte beobachtet, daß William oft mit ihm gesprochen hatte. Wenn sie ihren Mann gefragt hatte, was die Kaukasier auf ihrem Gut für Aufgaben haben, war seine Antwort immer gleich gewesen. »Sie sind Leibwache für Dich, Marlies und die Nurse.« Da William nicht bereit gewesen war, mehr zu sagen, hatte sie ihren Mann gebeten, ihr den Kaukasier und seine Männer vorzustellen. Die Asiaten hatten sie freundlich angelächelt. Gesprochen hatte nur ihr Chef. Alle anderen Männer hatten geschwiegen.

Luise stellte bald fest, daß die Kaukasier immer in ihrer Nähe waren, wenn sie ausritt. Selbst wenn William neben ihr ritt, waren die Kaukasier stets um sie. Sie ließen sich kaum sehen, aber sie waren immer in ihrer Nähe.

Ritt sie allein über ihre Felder, folgten die Kaukasier und kehrte Luise zum Gut zurück, ritten sie Minuten später ebenfalls hinter ihr durch das Tor.

Anfangs hatte Luise diese Begleiter als lästig empfunden. Als jedoch die Bandenüberfälle auf die Güter zunahmen, fühlte sie sich geborgen, wenn sie allein ausritt. Sie hatte William jedoch nie gefragt, warum der Kaukasier und seine Männer auf ihrem Gut lebten.

Luise beobachte den Kaukasier erneut. Er sah blendend aus, fand sie. Hochgewachsen, schlank und drahtig. Er machte eine glänzende Figur im Sattel. Sein Gesichtsausdruck war energisch. Er sah aristokratisch aus. Unter seiner Mütze verbargen sich kohlschwarze, dichte Haare. Der Kaukasier hatte lange Glieder, seine Hände waren schlank, seine Finger feinnervig. Zum ersten Mal sah Luise bewußt, daß er ständig sein Gewehr, eine kurzläufige Waffe, in der rechten Hand hielt. Auch seine Männer waren mit solchen Gewehren ausgerüstet, die mehr einem Schrotgewehr als einer weitreichenden, langläufigen Waffe glichen, wie ihre Winchester, die in der Halterung vor ihr im Sattel steckte. Luise wußte, daß es keinen ungünstigeren Moment als diesen geben konnte, den Kaukasier nach seiner Herkunft zu fragen.

Sie unterbrach ihn dennoch, als er Anweisungen an seine Männer gab.

»Wer sind Sie eigentlich?«, fragte sie ihn. Die Nurse, deren Stute neben ihr stand, stieß einen Überraschungslaut aus. Das klang eher mißbilligend, als zustimmend.

Der Kaukasier drehte sich langsam zu Luise um. Er sah sie Sekunden prüfend an.

»Hat Ihr Mann Ihnen nicht gesagt, wer ich bin, Gräfin?«

»Nein!«

»Ich bin Stephan Fürst Lassejew!«

Luise zuckte zusammen.

»Er steht gesellschaftlich weit über mir«, fuhr es ihr durch den Kopf.

»Fürst Lassejew?« Eine Röte überflog ihr Gesicht. Sie hatte den Familiennamen schon einmal gehört, wußte im Moment aber nicht, in welchem Zusammenhang. William hatte ihr den Familiennamen genannt, als er den Kaukasier und seine Männer vorstellte. Aber sie hatte kaum hingehört.

»Fürst Lassejew?«, fragte Luise erneut.

»Ja, ich bin der Mann, der wegen einer Frau zwei andere Männer erschossen hat. Ihren Vater und ihren Bruder. Haben Sie das nicht in den Zeitungen gelesen?«

Doch, Luise erinnerte sich. Diese Tat hatte im ganzen Reich Aufsehen erregt. Schließlich schoß ein Fürst nicht alle Tage zwei Männer nieder.

»Ich liebte diese Frau, Gräfin. Sie war auch Kaukasierin, aber von einem anderen Stamm, der mit unserem verfeindet ist, seit Generationen.«

»War Kaukasierin?«

»Ihr Vater und ihr Bruder haben sie getötet, weil wir uns liebten. Ich habe sie gerächt. Nach unseren Gesetzen stand mir das zu. Ich hätte es auch getan, wenn unsere Gesetze das verboten hätten!«

Luise und der Fürst blickten sich in die Augen.

Lassejew schien ihre Gedanken zu erraten.

»Ich bin nicht gehenkt worden, weil mein Vater großen Einfluß hat«, sagte er langsam. »Mein Bruder hat die Leitung unserer Güter übernommen. Ich mußte den Kaukasus allerdings verlassen. Mein Vater gab mir meine Kameraden als Begleiter mit. Vielleicht können wir eines Tages zurück, vielleicht auch nicht!«

Er lächelte verhalten.

»Ihr Mann, Gräfin, war so liebenswürdig, uns aufzunehmen. Ich hatte ihn vor Jahren in Petersburg kennengelernt, als er dort noch Millitärattache war. Petersburg ist für mich heute gesperrt. Aber auf Ihrem Gut fühlen wir uns wie zu Hause.«

Der Kaukasier drehte seinen Hengst und ritt neben Luise. Ganz sanft umfaßte er ihre Arme und zog ihre Hände an sich.

»Ich bin von Geburt ein Fürst«, sagte er. »Aber ich bin wie meine Männer nichts weiter als Bedienstete Ihres Mannes und von Ihnen, Gräfin. Wir haben den Auftrag, Sie zu beschützen. Sie, Ihre Tochter und Ihre Kinderfrau. Diesen Auftrag werden wir erfüllen. Sie dürfen nicht weinen, wenn Sie an Ihren Mann denken. Bitte, nicht weinen. Wir sind auf der Flucht. Und wir müssen alle unsere Kraft zusammennehmen. Das gilt nicht nur für uns, sondern auch für Sie, Gräfin. Ich weiß, wie Ihnen zu Mute ist. Aber darf ich Sie bitten, auch alle Kraft zusammenzunehmen?«

Er drückte ihre Hände. Dann fuhr er ihr zärtlich über ihr Gesicht.

»Wir folgen den Befehlen Ihres Mannes, und wir wollen sie auch ausführen. Verstanden?«

»Verstanden!«, antwortete Luise. Sie kämpfte gegen Tränen an.

»Gut!«, sagte der Kaukasier. »Wir werden hier eine halbe Stunde warten. Bei der Begegnung mit den Banditen sah es so aus, als ob einer von ihnen nicht tödlich getroffen worden war. Als ich mich umsah, hatte ich dieses Gefühl.«

Luise zuckte vor Schreck zusammen.

»Einer der Banditen glitt zu langsam aus dem Sattel«, sagte Lassejew. »Sollte er wirklich nicht getroffen worden sein, wird er Benda von unserer Flucht berichten. Dann wird uns Benda eine Horde nachschicken. Wenn wir hier warten, wird diese Horde sofort in Richtung auf das Hauptgut zujagen. Wir werden uns ganz weit links halten. Sie wird ins Leere stoßen. Sollten uns die Banditen dennoch finden, dann sind wir vorbereitet und werden sie gebührend empfangen. Keine Angst, Gräfin. Sie, Ihre Tochter und die Nurse werden das Hauptgut in jedem Fall sicher erreichen.«

Der Kaukasier strich Luise erneut über ihre Wangen. Dann drehte er seinen Hengst auf der Stelle und ritt zu seinen Männern. Sie sprachen wieder in ihrer Muttersprache.

Luise drängte ihre Stute neben das Pferd der Kinderfrau und nahm den Kopf ihrer Tochter in ihre Hände. Marlies sah ihre Mutter mit großen Augen an.

»Du mußt weiter ganz still sein, Liebes«, sagte Luise. Sie griff nach den Händen von Marlies. »Ganz still, ganz still, mein Kind. Ja?«

»Papa!« Marlies sah ihre Mutter ängstlich an.

»Es wird alles gut, mein Engel!«, sagte Luise. »Papa kommt auch bald und wird uns zurückholen. Dann wird alles so, wie es früher immer gewesen ist.«

Luise mußte sich von ihrer Tochter abwenden. Tränen schossen in ihre Augen. Sie wußte, daß sie log. Nichts würde mehr so sein wie früher. Deutlicher als noch vor einer Stunde war ihr bewußt geworden, daß sie als Witwe auf ihr Gut zurückkehren würde. Gegen diese riesige Bande konnte sich William mit seinen Männern nicht lange halten. Das Nachbargut hatte sich vor vier Monaten mit zweihundertfünfzig Mann gegen die Banda-Bande verteidigt und war doch unterlegen. William konnte nur einhundert Mann auf die Mauern schicken.

Luise begann hemmungslos zu weinen. »William, William, warum durften wir nicht bei Dir bleiben?« Sie schrie den Namen ihres Mannes so klagend, daß der Kaukasier sofort neben ihr war.

»Gräfin! Sie müssen jetzt die Nerven behalten!«, sagte er leise. »Schon wegen Ihres Kindes.«

Luise atmete tief durch. »In Ordnung!«, antwortete sie. Sie wischte sich die Tränen vom Gesicht. Dann zog sie ihre Winchester und entsicherte sie.

»Kümmern Sie sich nicht um uns«, sagte der Kaukasier. »Reiten Sie immer zwischen uns, Gräfin. Sie haben ein Ziel. Das Hauptgut. Sie müssen es mit Ihrer Tochter erreichen, ganz gleich, was uns auch passiert. Haben Sie mich verstanden?«

»Ich habe Sie sehr wohl verstanden, Fürst«, antwortete Luise. Der Kaukasier zuckte kurz zusammen, als sie ihn mit seinem Titel anredete.

»Gräfin, ich sagte Ihnen doch...«

»Es ist gut, Fürst«, unterbrach sie ihn. »Ich habe verstanden! Wann können wir weiterreiten?«

»In fünf Minuten!« Er ritt zu seinen Männern und stellte sie um Luise und die Kinderfrau auf.

»Ich werde immer neben Ihnen bleiben, Gräfin«, sagte er. »Komme, was da wolle. Und noch einmal, Ihr Ziel ist das Hauptgut! Um uns dürfen Sie sich nicht kümmern!«

»Das hat mir mein Mann heute morgen auch gesagt.« Luise bot Lassejew ihre Hand. Er nahm sie und küßte sie.

Luise warf den Kopf in den Nacken. Durch die grünen Wipfel der Bäume sah sie die ersten weißen Wolken, die majestätisch über den hohen, tiefblauen Dom des Himmels zogen. Sie wünschte, sie alle könnten auf einer dieser Wolken flüchten. Alle! William sollte dabei sein.

Als erneut Tränen ihre Augen zu füllen begannen, hob der Kaukasier sein Gewehr.

»Los!«, rief er. »Weiter nach links und dann zum Hauptgut!« Am Rande des Waldes zügelte der Vorreiter seinen Hengst. Er hob die rechte Hand. Die ganze Gruppe hielt sofort an. Über der Steppe flimmerte bereits die Vormittagshitze.

»Los!« Fürst Lassejew richtete sich in seinem Sattel auf und hob ebenfalls die rechte Hand. Sie jagten dicht geschlossen in die Steppe. Noch immer war ihre Zielrichtung links. Die Packpferde, die den Schmuck von Luise, das Familiensilber und alle Papiere von ihr und William sowie die wichtigsten Unterlagen des Gutes trugen, liefen frei neben den Pferden. Gewohnt in der Herde zu laufen, machten sie jede Schwenkung der Reiter mit.

Nach einer Stunde scharfen Galopps brachte der Vorreiter sein Pferd in Sekunden zum Stehen. Er hob wieder die rechte Hand und zog dann mit einer blitzschnellen Bewegung sein Gewehr. Er glitt aus dem Sattel. Sein Hengst legte sich auf den Boden.

Luise konnte nicht sehen, was ihn veranlaßt hatte, in Kampfstellung zu gehen. Ein Reiter ihres Gefolges ritt zu ihm, sprang ebenfalls aus dem Sattel seines sich bereits legenden Pferdes. Sekunden später war die Luft von Gewehrschüssen erfüllt.

»Mir sofort folgen!«, schrie Lassejew. Er riß die Gruppe weiter nach links. Seine beiden Kameraden, in ein wildes Feuergefecht verstrickt, blieben zurück.

Der Kaukasier zwang Luise und die anderen der Gruppe, das Äußerste aus ihren Pferden herauszuholen. Zwei der sieben Kaukasier, die noch übriggeblieben waren, setzten sich rechts neben die Gruppe.

Als Luise ihren Kopf zur Seite drehte, sah sie mehrere Reiter auf die beiden Kaukasier zu galoppieren. Wieder fielen Schüsse. Beide Kaukasier sprangen aus ihren Sätteln und eröffneten freistehend das Feuer. Vier der Reiter fielen von ihren Pferden. Die anderen ritten einen Halbkreis und kehrten zurück.

Lassejew, der dicht neben Luise ritt, winkte seine Kameraden, die wieder ihre Pferde bestiegen hatten, dicht an sich heran. Sie deckten mit ihren Körpern Luise und die Nurse mit dem Kind.

Gut eine halbe Stunde jagten beide Gruppen nebeneinander her. Ab und zu wurden Schüsse zwischen beiden Seiten gewechselt.

»Ich bin an der Schulter getroffen!«, schrie einer der Kaukasier auf russisch. Er riß seinen Hengst nach rechts und galoppierte auf die Verfolger zu. Dann bremste er den rasenden Galopp seines Pferdes ab und schoß mehrfach auf die Reiter der Benda-Bande, die am Morgen Alexander verfolgt hatten. Einige stürzten aus ihren Sätteln.

Die letzten Reiter der Verfolger jagten auf Luise und ihre Begleiter zu. Luise beugte sich dicht über den Hals ihrer Stute. Die Nurse, die mit dem Kind links von ihr ritt, preßte sich ebenfalls flach auf den Rücken ihres Pferdes. Mit ihrem Körper deckte sie Marlies, die laut anfing zu weinen.

Kugeln flogen über Luise und die Nurse hinweg. Luise blickte zur Seite. Dicht neben ihr ritten noch immer Fürst Lassejew und vor ihm gestaffelt, seine Männer. Sie bildeten eine Schutzmauer um sie, Marlies und die Kinderfrau.

Einer der Reiter, ein großer, breitschultriger Mann mit einem dichten Bart, galoppierte direkt auf Lassejew zu. Er hatte einen Degen in der hocherhobenen rechten Hand. Aus seinem Mund quollen Schreie, die sie nicht verstand. Als er mit seinem Degen auf den Kaukasier einschlagen wollte, schoß ihm Fürst Lassejew eine Schrotladung in die Brust. Der Breitschultrige wurde aus dem Sattel gerissen.

Die Kaukasier von Lassejew schwenkten nach rechts und rasten auf die letzten Banditen zu. Innerhalb weniger Minuten lagen alle im Gras der Steppe.

Fürst Lassejew zügelte seinen Hengst. Dann ritt er zu Luise, die ihre Stute ebenfalls gezügelt hatte. »Alles in Ordnung?«, fragte er. Über seine Stirn zog sich eine blutende Wunde. Jetzt winkte Luise ihn zu sich heran. Sie nahm ihr Umschlagtuch von den Schultern, faltete es zusammen und band es ihm um die Stirn.

»Alles in Ordnung, Fürst?« Er nickte ihr zu.

Erst in diesem Augenblick merkte Luise, daß ihr Herz wie ein Schmetterling flatterte.

»Wir haben es geschafft!« Der Kaukasier zeigte mit seinem Gewehr nach vorn. Hunderte von Reitern galoppierten auf sie zu und dann an ihnen vorbei. Dicht hinter ihnen folgte Alexander Ambrowisch. Er ritt auf Luise zu, parierte sein Pferd vor ihr und grüßte dann militärisch. »Befehl des Grafen zu Essex ausgeführt!«, meldete er.

Luise sah, daß Tränen über sein Gesicht liefen.

»Danke, Alexander, danke!« Luise ergriff die rechte Hand des jungen Mannes. Dann begann sie ebenfalls zu weinen.

»Begleiten Sie mich und die Kaukasier, Alexander!«, sagte sie zu dem Mongolen.

»Bitte, Gräfin, duzen Sie mich wie bisher«, antwortete er. Alexander ergriff die rechte Hand von Luise und küßte sie.

»Bitte, Gräfin!«

Luise fuhr ihm durch die Haare. »Gut, mein Sohn! Also, wie bisher, Alexander!«

Der Mongole nahm ihr die Zügel der Stute ab. Ihr Pferd neben sich leitend, ritten sie zum Hauptgut.

William sah, als er über den Hof zur Mauer lief, zu der Magd. Obwohl hunderte von Kugeln in die Mauer schlugen, saß sie völlig ruhig im Gras neben der Seitenpforte. »Ich werde mich auf sie verlassen können«, dachte er. »Sie wird uns warnen, falls Banditen an die Seitenpforte kommen sollten.«

Das war kaum zu erwarten. Nur wenige Menschen wußten, daß der von der Pforte ausgehende Weg zum Gutswald so befestigt war, daß er Reiter tragen konnte. Er war vom Sumpfwasser bedeckt und Gräser überwucherten ihn. Der Weg endete zwei Meter vor dem festen Boden des Gutswaldes. Wer dieses letzte Stück vor dem Waldboden nicht übersprang, ertrank im Sumpf.

William nahm seine Winchester in die rechte Hand und betrat in geduckter Haltung den Wehrgang.

Georg Dowiekat kroch zu ihm. Ein blutgetränkter Verband umhüllte den linken Arm des Vorarbeiters.

»Wir müssen glücklich sein, Colonel, daß die Banditen wegen des Sumpfes die Mauer nur von vorn am Tor und an der Westseite berennen können«, schrie er. »Von dem festen Weg durch den Sumpf an der Seitenpforte wissen sie offensichtlich nichts. Sie versuchen immer wieder, an den selben Stellen vorzustoßen.«

Dowiekat mußte schreien, um sich verständlich zu machen. William hatte das Gefühl, als ob alle Banditen gleichzeitig auf ihn schossen, seit er auf dem Wehrgang war. Die Zahl der Querschläger hatte zugenommen. Kugeln, die in die Krone der Mauer drangen, rissen Steinsplitter los, die klirrend in den Hof fielen.

»Von diesen Strolchen scheint jeder drei Gewehre gleichzeitig abzufeuern«, rief der Vorarbeiter. Ein flüchtiges Lächeln überflog sein Gesicht.

»Zehn Mann haben sich hinter dem Haupttor verbarrikadiert«, brüllte er. »Der mit Sand vollbeladene Wagen steht unmittelbar hinter dem Tor. Es kann von außen nicht aufgeschoben werden. Alle anderen Männer sind auf der Mauer. Die Frauen schleppen Munition und Trinkwasser auf die Mauer und die Verletzten und Toten auf den Hof.«

»Wieviel Verletzte und Tote haben wir bereits?« William sah den Vorarbeiter besorgt an.

»Acht Tote, zehn Verletzte«, antwortete Dowiekat. »Drei der Verletzten können sicher auf die Mauer zurück, wenn sie verbunden worden sind.«

William und der Vorarbeiter sahen sich an. So kurz nach dem

Überfall war dies ein zu hoher Blutzoll.

»Wir müssen unser Feuer einstellen«, schrie William. »Wir müssen nur auf Ziele und nicht in die Luft schießen, wir verschwenden zuviel Munition. Die Mauer ist hoch, aber Männer, die behende wie Katzen sind, können sie ersteigen. Wenn sie auf der Krone ankommen, werden wir sie niedermachen müssen!«

Dowiekat winkte William zu, daß er verstanden hatte. Dann kroch er von Mann zu Mann. Minuten später erstarb das Gewehrfeuer der Verteidiger.

Die Mitglieder der Benda-Banden stellten ebenfalls das Feuer ein. Es war so still geworden, daß Angreifer und Verteidiger den Gesang der Vögel hören konnten, die die Sonne begrüßten, die jetzt mit voller Kraft durch den Nebel brach.

Die Bandenmitglieder zogen sich zurück und begannen sich ausserhalb der Reichweite der Gewehre der Verteidiger des Gutes einzugraben. Ihnen widerstrebte diese Art des Kampfes. Bisher hatten sie vom Rücken ihrer Pferde aus gekämpft. Bei den anderen Gütern, die sie überfallen hatten, waren sie nur auf Gartenzäune als Schutzwall gestoßen. Diese Zäune hatten sie so leicht wie der Wind überflogen.

Die hohe Mauer vor ihnen jagte ihnen Angst ein. Sie waren Reiter, keine Grenadiere. Also begannen sie, Löcher zu graben. Benda, ehemaliger Offizier der zaristischen Armee, sollte ihrer Meinung nach den Weg finden, über den sie gehen konnten, um das Gut zu bezwingen.

Joseph Benda schäumte vor Wut, als seine Unterführer bei ihm auftauchten. Er wußte genau, daß ihm der englische Oberst, der auf dem Gut die Verteidiger befehligte, im Können als Offizier haushoch überlegen war. Eine Ausbildung auf einer englischen Offiziersschule stand der einer Schulung für preußische Offiziere in nichts nach.

Hatten die Deutschen nach landläufiger russischer Meinung den gefürchteten Bären erfunden, so waren die zur Untertreibung neigenden Engländer Meister der Täuschung. Sie taten anfangs auf dem Schlachtfeld so, als ob sie die ganze Sache nichts anging, um dann plötzlich eisenhart zuzuschlagen. Die Deutschen waren glänzende Taktiker und Strategen. Ihre Soldaten stürmten wie wundgeschossene Eber, ohne sich selbst zu schonen. Die Engländer standen ihnen in nichts nach, wenn sie auch den vollen Einsatz von Material, dem vollen Einsatz von Menschen vorzogen.

Benda kochte. Von einem Hügel aus hatte er nach knapp einer Stunde erkannt, daß seine »Brigadisten« Schlappschwänze waren. Sie hatten hohe Verluste erlitten, ohne selbst wesentliche Verluste zufügen zu können.

Sie kämpften so, wie jeder russische Muschik. Lustlos. Er hatte versucht, ihnen einiges von dem beizubringen, was er auf der Offiziersschule gelernt hatte. Aber das schien nicht zu reichen. Kein Wunder. Ihm selbst war ebenfalls nur wenig beigebracht worden.

Bendas Ausbildung war mehr als oberflächlich gewesen. Nur zwei englische und zwei deutsche Offiziere, die auf der Akademie nur einige Jahre lehrten, hatten viel geboten und auch viel verlangt. Als er sein Leutnants-Patent erhalten hatte, war er sich darüber klar gewesen, daß er im Ernstfall versagen müßte. Jeder frischgebackene Offizier anderer europäischer Staaten würde ihn in wenigen Minuten ausmanövrieren.

Dennoch hatten seine Kameraden nach dem Schlußexamen rauschende Feste gefeiert. Zwei Wochen waren sie entweder nur betrunken gewesen, hatten in den Betten ihrer Mädchen gelegen oder in Bordellen von Petersburg gehurt.

Benda war froh gewesen, als er seine Kommandierung zu einem Regiment in der Hauptstadt erhielt. Er war aber vom Regen in die Traufe gekommen. Er konnte sich, wenn er zurück dachte, nur an Kneipenabende und Bälle erinnern. Hatten seine einfachen Soldaten einen Fehler gemacht, wurden sie von den Unteroffizieren geprügelt. Hatte er einen Fehler begannen, wurde dies von seinem Vorgesetzten lächelnd entschuldigt.

Joseph Benda mußte sich zusammennehmen, um seine Unterführer nicht anzuschreien. Sie hatten in der Vergangenheit zwar zahlreiche Güter im ersten Anlauf bewältigt, aber hier, vor dieser Burg, versagten sie völlig. Hier mußte eine Mauer und nicht Gartenzäune überstiegen werden. Die Verluste waren hoch und doch waren sie keinen Meter vorangekommen.

Benda dachte nach. Seine Unterführer sahen ihn aufmerksam an.

»Die Gräfin«, sagte Benda leise. »Wie ist die Gräfin entkommen?«

Die Unterführer von Benda rührten sich nicht. Sie wußten auch nichts von der Meldung, die einer der Männer überbracht hatte, die das Dorf einkesseln sollten. Benda erinnerte sich, daß sie noch nie einen Vorschlag gemacht hatten, der einen Hauch von taktischen Überlegungen oder Können erkennen ließ. Seine Unterführer wußten zwar, wie man nach einem Sieg Panzerschränke aufbrach, versteckten Schmuck fand und Mädchen und Frauen vergewaltigte. »Dies ist auch alles, was sie können«, dachte er verbittert.

Wieder fühlte Benda eine Welle der Wut in sich aufsteigen. Er mußte einige Minuten durchatmen, um sich zu beruhigen. Er war sich klar darüber, daß jeder Wutanfall seine Unterführer noch mehr verwirren würde.

»Wir halten die Feuerpause vorerst ein!«, befahl er. »Gegenwärtig ist es sinnlos, gegen die Mauer anzurennen. Zwanzig Männer sollen um das Gut in den Wald reiten und erkunden, wie die Gräfin entkommen konnte. Ich habe gehört, das Gut hat auf der Waldseite eine Seitenpforte. Angeblich ist sie nutzlos, weil sich vor ihr ein Sumpf ausbreitet. Es muß aber nicht so sein.«

Benda sah den jüngsten seiner Unterführer an. »Nimm zwanzig besonders kampfkräftige Männer und sieh zu, was es mit der Seitenpforte auf sich hat!«

»Zu Befehl!« Der Unterführer war froh, daß er sich aus den Augen von Benda entfernen konnte. Er hatte den bösen Blick Bendas gesehen. Da war es besser, verschwinden zu können.

Die anderen Unterführer rutschten unruhig auf ihren Sätteln hin und her. Sie wußten, daß sie versagt hatten. Aber die Mauer war zu hoch und zu gut verteidigt. Dreißig Tote und fast zwanzig Verwundete hatte der vergebliche Versuch gekostet, das Tor von außen aufzubrechen.

Sie wußten auch, daß ihr Chef unberechenbar war. Jeden Augenblick konnte er seine Pistole ziehen und einen von ihnen niederschießen. Sie drehten die Hälse ihrer Pferde, weil sie zu ihren Männern zurück wollten. Dort fühlten sie sich gegenwärtig sicherer.

»Halt!«, befahl Benda. »Ich bin noch nicht fertig!« Die Unterführer zuckten zusammen.

»Ihr holt diese feigen Waschlappen, die sich wie Weiber in Erdlöchern versteckt haben, zurück. Die Verwundeten, die nicht mehr reiten können, werden von Euch erschossen. Nehmt den Verwundeten, die Ihr erschießen sollt, Waffen und Munition ab. Verstaut sie auf ihren Pferden. Wir brauchen jedes Gewehr, jede Patrone und jedes Pferd.«

Benda sah, daß sich zwei seiner Unterführer verfärbten. »Sie sind ebenfalls Waschlappen«, dachte er, »nichts weiter als Waschlappen.«

»Je zwei von Euren Männern, die sich am tiefsten eingegraben haben, müssen sich außerhalb der Schußweiten der Gutsbesatzung breitbeinig aufstellen. Ihr schießt ihnen die Hoden ab. Alle sollen zusehen! Mein Befehl an alle ist, daß es jedem in Zukunft so ergehen wird, wenn er vor dem Feind Feigheit zeigt. Das Gebrüll der entmannten Feiglinge wird die anderen anspornen, beim nächsten Angriff mehr Mut zu zeigen!«

Benda zog seine Pistole. Die Unterführer, die nicht richtig gehört zu haben glaubten, erstarrten. Ihre Rückenhaare sträubten sich vor Angst.

»Los! In zwanzig Minuten seid Ihr wieder hier! Ich will das Schreien derer hören, denen Ihr in die Hoden schießt!«

Die Unterführer stoben auf ihren Pferden davon.

Benda stieg von seinem Hengst und legte sich ins Gras. Sein Bursche blieb in respektvoller Entfernung auf seinem Pferd sitzen. Joesph Benda sah in den tiefblauen Himmel. Die Feldlerchen waren aufgestiegen. Die warmen Strahlen der Sonne durchdrangen seine Kleidung.

Nach einigen Minuten hörte Benda Schüsse und zählte mit. Zwölf Schwerverwundete waren erschossen worden. Dann fielen wieder einige Schüsse.

Tierisches Schreien preßte sich in seine Gehörgänge. Benda sah, wie sein Bursche zusammenzuckte und dann an seine Hoden griff.

»Gut«, dachte Benda. »Jetzt wissen sie, wie es läuft. Feiglinge werde ich von sofort an nur noch so bestrafen. Sie müssen alle Angst vor mir haben. Furcht vor dem Befehlshaber ist der Schlüssel des militärischen Erfolges.«

Benda stand auf, als er Hufschläge hörte. Die Unterführer kamen zurück. Er stieg in den Sattel seines Hengstes.

Betont langsam zog Benda seine Pistole aus dem Halfter. Er entsicherte die Waffe.

»Ich werde keine Sekunde zögern, auch Euch entsprechend zu behandeln, wenn es nicht gelingt, das Gut zu erstürmen!«, sagte er. »Mein Befehl lautet unverändert: Die Gutsbesatzung muß überwältigt werden. Eure Aufgabe ist es, in erster Reihe mitzukämpfen, also: Auf Eure Plätze!«

Sie starrten ihn Sekunden an. Als er seine Waffe hob, wendeten sie ihre Pferde.

Benda steckte seine Waffe in die Pistolentasche am Gürtel zurück. Er genoß die Schreie der Männer, deren Hoden weggeschossen worden waren.

»Die Cäsaren waren auch brutal«, sagte er zu seinem Burschen. »Nur deshalb haben sie es zu Macht und Ansehen gebracht. Kennst Du die Cäsaren?«

»Nein, Herr!« Der Bursche von Benda begann zu zittern, als ihn Joseph ansprach.

»Dann sieh mich an. Nun weißt Du, wie sie waren!«

Benda verzog sein Gesicht zu einem schiefen Lächeln.

Der Bursche nahm seine Mütze ab und verbeugte sich vor Benda.

»Ich habe in meiner Verbrecherlaufbahn viele Wahnsinnige gesehen«, dachte er, als er seinen Kopf vor Benda verneigte. »Aber dieser ist der Verrückteste von allen. An einem Tag verschafft er uns Weiber, Beute und Schnaps, am anderen läßt er uns kastrieren. Verstehe ein einfacher Verbrecher wie ich diese Welt. Was mögen das für Herren gewesen sein, denen er nacheifert.«

Der Bursche richtete sich wieder auf.

Er hatte nicht bemerkt, daß Benda abgestiegen war und sich erneut ins Gras gelegt hatte.

Benda lag wieder auf dem Rücken und sah in die Sonne. Er kaute auf einem Grashalm.

Der Bursche bekreuzigte sich.

Das hatten auch die Verteidiger auf der Mauer getan, als sie mit ansahen, wie Benda mit seinen Männern umsprang. Das tierische Geschrei der Banditen, denen die Hoden abgeschossen worden waren, und die Tötung der Schwerverletzten hatte ihnen eiskalte Schauer des Entsetzens über den Rücken gejagt.

Nun konnten sie wieder kämpfen, und sie fürchteten sich nicht mehr. Außerdem war der Herr des Gutes an ihrer Seite. Das gab ihnen zusätzlichen Mut, solange durchzustehen, bis Hilfe kommen würde.

Die polnische Magd saß in unveränderter Haltung vor der Seitenpforte. Ihr war es egal, ob geschossen wurde oder nicht. Ihr war sowieso alles egal.

Unter ihrem Herzen trug sie seit drei Monaten ein Kind, dessen Vater der Vorarbeiter Dowiekat war. Das Kind wollte er nicht anerkennen. Seit drei Wochen wärmte eine andere Magd sein Bett. Die junge Polin war für ihn Luft. Er tat so, als ob er sie nicht kannte.

Das Mädchen haßte Gott und die Welt, die Gutsbesitzerfamilie und alle Männer und Frauen, die auf dem Gut arbeiteten. Sie hatte gewußt, daß Dowiekat viele Mädchen vor ihr gehabt hatte. Aber in ihrer jungfräulichen Naivität hatte sie geglaubt, daß sie seinen Worten vertrauen konnte. Sie wußte, daß Graf Essex Dowiekat schätzte und ihm vertraute. Also hatte auch sie ihm geglaubt, als er ihr ständig einredete, sie wäre seine große Liebe, sie würde er heiraten. Wochenlang hatte sie sich gesträubt, dann hatte sie sich ihm schließlich hingegeben.

Nun war sie entjungfert und schwanger. Als Mensch hatte sie einer Schwäche nachgegeben, die menschlich zu verstehen war. Als gläubige Katholikin eine Todsünde begannen.

Ihre Eltern hatten sie dem Sohn eines anderen Großbauern versprochen. Beide Höfe sollten nach ihrer Hochzeit zusammengelegt werden. Das Land beider Familien stieß aneinander. Durch den Zusammenschluß würde ein neues Gut entstehen. Ihr Vater und ihr zukünftiger Schwiegervater hatten für ihre Zuverlässigkeit gebürgt, als sie bei Graf Essex darum ersuchten, sie in der Führung eines Gutshaushaltes auszubilden.

»Jetzt habe ich Schande über beide Familien gebracht«, dachte sie. »Nach Hause kann ich nicht zurück. Vater würde mich verprügeln und dann verstoßen. Das Kind würde er nie in der Familie dulden. Mein Verlobter, dem ich seit vier Jahren versprochen bin, wird mich umbringen. Das ist er dem Ansehen seiner Familie schuldig.«

Das Mädchen saß zusammengekauert vor der Pforte. Auf dem Wehrgang unterhalb der Krone der Mauer sah sie William und Dowiekat.

Sie liebte den Vorarbeiter noch immer, haßte ihn aber gleichzeitig. Sie hatte versucht, die Herrschaften zu sprechen, um ihnen ihr Leid zu schildern. Täglich war sie mit der Gräfin zusammen gewesen. Aber Dowiekat hatte es verstanden, dies zu verhindern. Er hatte ihr gedroht, sie umzubringen, wenn sie sich den Herrschaften offenbaren sollte. Sie hatte vor Angst geschwiegen.

Die Magd war ein einfaches Bauernkind. Gesund, gut gewachsen und hilfsbereit. Sie hatte immer gerne und viel gelacht. Das Lachen war ihr vergangen.

Luise hatte gemerkt, daß das Mädchen schweigsam geworden war. Aber alle ihre Versuche, den Grund dafür zu erfahren, waren vergeblich gewesen. Die Magd hatte nur ausweichende Antworten gegeben und schließlich Unwohlsein verkündet.

Nächtelang hatte das Mädchen wachgelegen und darüber nachgedacht, was aus ihr und ihrem Kind werden sollte. Sie hatte keine Antwort darauf gefunden. Keine der anderen Mädchen und Frauen hatten sie vor Dowiekat gewarnt. Alle hatten gesehen, daß er sie umworben hatte. Vielleicht hatten sie geschwiegen, weil es kaum ein junges Mädchen gab, mit dem er nicht geschlafen hatte. Erst als alle wußten, daß auch sie von ihm verführt worden war, hatten ihr die Mägde höhnisch lachend erzählt, daß sie eine von vielen war, die er in sein Bett gelockt hatte.

»Sie haben gut lachen«, dachte sie. »Im Gegensatz zu mir sind sie nicht geschwängert worden.«

William und Luise hatten nicht gewußt, daß Dowiekat politisch engagiert war. Er war Mitglied einer politischen Gruppierung im Deutschen Reich, die alle Völker Osteuropas als minderwertige Menschen ansah. In den Frauen und Mädchen dieser Völker sah er Objekte zur Befriedigung seiner männlichen Lust. Er versprach ihnen goldene Berge, um sie in sein Bett zu bekommen. Hatte er das erreicht, war ihm völlig gleichgültig, was später aus ihnen wurde. Hätten Luise und William, liberal und tolerant anderen Völkern gegenüber eingestellt, davon gewußt, hätten sie ihn sofort entlassen.

Aber Dowiekat hatte es verstanden, William gegenüber den loyalen Untergebenen herauszukehren. Er war nicht aus eigenem Antrieb heraus auf das Gut gekommen. Er war von einer »Nationalen völkischen Verbindung« entsandt worden. Der Vorarbeiter war angewiesen worden, auszukundschaften, was es mit Luise und William auf sich hatte. Stimmte es, daß sie auch die »Osteuropa-Wanzen« – so die Formulierung der Verbindung – tolerierten? Wenn ja, waren sie Feinde des Reiches? Die nationale Verbindung strebte die Eindeutschung der baltischen Provinzen an. Gönner und finanzielle Förderer in wichtigen Stellungen in Berlin und im deutschen Adel unterstützten sie.

William und Luise wären nicht im Traum darauf gekommen, daß Dowiekat ständig über sie an diese Verbindung berichtete. Sie hatten angenommen, daß er sich schriftlich in deutsch nicht so gut wie mündlich ausdrücken konnte. Auch hier hatte er ihnen etwas vorgetäuscht. Er konnte ausgezeichnete schriftliche Berichte verfassen, die er einem Boten mitgab, den er heimlich einmal im Monat traf.

Das Ehepaar ahnte auch nicht, daß er es aus seinem politischen Blickwinkel heraus für schwach hielt. Luise und William hätten gelacht, wenn ihnen das erzählt worden wäre. Dowiekat war für William ein Vorarbeiter, der fleißig war und viel von Rinderzucht verstand. Das zählte für ihn. Politische Diskussionen hätte er mit Dowiekat nie geführt. Das wäre für ihn als Gutsherr so ungewöhnlich gewesen, als ob er mit Dr. Perkampus in eine Diskussion darüber eingetreten wäre, wie man einen Kranken richtig behandelt.

Dowiekat hatte in seinen Berichten an die »Nationale Völkische Verbindung« mehrfach betont, daß die Gräfin und ihr englischer Mann schon deshalb gegen die Interessen des Deutschtums im Baltikum verstießen, weil sie jeden ihrer Mitarbeiter gleich behandelten, egal welchem Volk er angehört. Er hatte vorgeschlagen, sie zu »eliminieren«, falls das Baltikum vom Deutschen Reich besetzt werden sollte.

Die leitenden Männer der rechtsextremen »Völkischen Verbindung« betrachteten es als Schande für das Deutschtum im Baltikum, daß die – nach ihrer Ansicht – deutschstämmige Gräfin ein Kind von einem Engländer bekommen hatte. Sie übersahen dabei, wie auch Dowiekat, daß Luise in ihrer Ahnenreihe lediglich einen Urgroßvater besaß, der aus Deutschland stammte. Alle anderen Vorfahren waren Russen reinsten Wassers.

Da Luise perfekt Deutsch sprach, hatte Dowiekat sie in seinen Geheimberichten als deutsche Adelige bezeichnet. Die »Völkische Verbindung«, die in Königsberg beheimatet war, hatte sich nie der kleinen Mühe unterzogen, sich einen Überblick über die Vorfahren von Luise zu verschaffen. Die Mitglieder dieser Vereinigung haßten alle Slaven. Außerdem glaubten sie Dowiekat jedes Wort, das er ihnen schrieb.

Der Vorarbeiter war überglücklich, als der Bote ihm eines Tages mitteilte, die Gräfin zu Memel und Samland zu Essex und ihr Mann William Graf zu Essex seinen endgültig auf die »Schwarze Liste« gesetzt worden. Nach der »Befreiung des Baltikums« würden sie enteignet und verhaftet werden.

Dowiekat konnte nicht ahnen, daß der Kaiser, sein Außenminister und die wichtigsten Männer im Generalstab nicht daran dachten, den

Vorstellungen der »Völkischen Verbindung« zu folgen. Sie hielten diese Vereinigung, die keine hundert Mitglieder zählte, für eine Gruppe von geisteskranken Fanatikern, die nicht ernstzunehmen waren. Ihre stets als »streng geheim« titulierten Berichte, die die Verbindung direkt an den Kaiser richtete, wurden in den Papierkorb geworfen.

Die polnische Magd zuckte zusammen, als sie hinter den dicken Eichenbohlen der Seitenpforte ein Geräusch hörte. Es klang so, als ob ein Messer an den Bohlen kratzte.

Ohne sich zu bewegen, rief sie: »Wer ist dort?«

»Wer bist Du?« Die Stimme eines Mannes sprach sie von der anderen Seite der Pforte an.

Der Unterführer Bendas auf der Außenseite der Pforte atmete vor Überraschung schneller, als er die Stimme eines Mädchens hörte. Er hatte mit seinem Messer versucht, eine Schwachstelle in der Pforte festzustellen, aber sofort erkannt, daß sie so fest wie Stahl war. Ohne Sprengstoff konnte sie nicht aufgebrochen werden. Sprengstoffe besaß die Bande aber nicht.

»Ich bin eine von den vielen Mägden, die auf dem Gut arbeiten«, antwortete die Polin. »Ich habe die Aufgabe, die Pforte zu bewachen.«

»Sind bewaffnete Männer in Deiner Nähe?«

»Nein!«

Die Magd achtete darauf, daß sich die Haltung ihres Körpers nicht veränderte. Sie wußte nicht, ob der Herr, Dowiekat oder andere Männer auf der Mauer sie ab und zu beobachteten. Sie traute niemanden mehr auf diesem Gut. Für sie waren alle Menschen auf dem Gut ihre Feinde. Das Mädchen zog sein Halstuch in die Höhe ihres Mundes, damit niemand sehen konnte, daß sich ihre Lippen bewegten. Auch der Herr mit seinem Fernrohr nicht.

Der Unterführer Bendas hinter dem Tor hatte noch nie etwas von Psychologie gehört, aber instinktiv ahnte er, daß es jetzt an seiner Überredungskunst lag, die Magd durch Worte davon zu überzeugen, das Tor zu öffnen.

Der Unterführer war ein breitschultriger, kleiner Mann, kaum größer als Benda. Aber er wurde von seinem Chef mehr als die anderen Unterführer geschätzt, weil er sich gepflegt kleidete, sicher auftreten konnte und englisch, deutsch und französisch perfekt sprach, ohne ein Wort dieser Sprachen lesen zu können. Als ehemaliger Kellner in einem Petersburger Hotel hatte er, mehr sprachbegabt, als Slaven sonst üblich, jahrelang ausländischen Gästen zugehört, wenn sie sich in ihrer Muttersprache unterhielten. Eines Tages konnte er sie in ihrer Sprache anreden. Wißbegierig hatte er solange jedes ihrer Worte aufgesogen, bis er ihre Sprache beherrschte.

Während seiner Arbeit als Kellner hatte er genau studiert, wie sich Menschen von Stand kleideten und bewegten. Zuerst hatte er damit begonnen, sich jeden Morgen sorgfältig zu rasieren. Dann hatte er sich bessere Kleider angeschafft. Er hatte beim regelmäßigen Glückspiel in illegalen Clubs soviel gewonnen, daß er es sich leisten konnte, bei einem Schneider einen Frack anfertigen zu lassen, der eleganter als der des Oberkellners war. Die Hotelleitung wurde auf ihn aufmerksam und ließ ihn an Tischen servieren, an denen die bedeutendsten Gäste des Hotels saßen.

Der Unterführer Bendas hatte überrascht registriert, daß Herren von Stand auch nur Männer waren. Sie deuteten ihre leidenschaftlichen Gefühle mehr oder weniger indirekt an, wenn sie mit schönen Frauen zu Abend aßen. Sie hatten ihre Hände in der Gewalt. Er mußte sich dagegen zusammennehmen, um nicht in die tief ausgeschnittenen Kleider der Damen zu greifen. Diese reichen Männer erreichten ihr Ziel durch Reden und durch kostbaren Schmuck, den sie unauffällig ihren Begleiterinnen zusteckten.

Der Kellner hatte das Vertrauen dieser Damen und Herren gewonnen, weil er absolut verschwiegen war. Er hörte jedes Wort, wenn er servierte oder auf Bestellungen wartend, neben ihren Tischen stand. Er tat aber immer so, als ob er taub wäre. Aber er saugte jedes Wort auf und studierte jede Geste, um sie später, wenn er in seiner schäbigen Dachkammer war, nachzuahmen.

Der Unterführer hätte damals als Kellner in dem Hotel Karriere machen können, wenn er nicht einen Fehler gehabt hätte: Seit seinem sechzehnten Lebensjahr dachte er nur an Frauen. Sein Penis war übergroß und so gierig, daß er ihn nur unter größten Anstrengungen zügeln konnte. In den Jahren in dem Hotel hatte er wahllos mit Zimmermädchen und auch Hotelpagen geschlafen.

Der Kellner hatte sich genommen, was er haben wollte. Seine breiten Hände, mit denen er elegant und mühelos servieren konnte, wurden zu Pranken, die sich wie Schraubstöcke um die Körper seiner Opfer legten, wenn ihn die Gier überwand.

Zimmermädchen und Pagen fürchteten sich vor ihm. Sie ließen sich von ihm quälen, weil er mit Mord drohte, falls er verraten werden sollte. Wenn er diese Drohung ausstieß, hatte er seine Hände um den Hals der Mädchen und Pagen gelegt, die er in sein Bett gezwungen hatte. Sie hatten um Gnade gefleht und dann seine Brutalitäten erduldet.

Keines der Mädchen und keiner der Pagen, die der Kellner schändete, hätten es gewagt, sich der Hoteldirektion anzuvertrauen. Sie zitterten schon, wenn sie ihn nur sahen und sie gingen in seine Kammer, wenn er ihnen mit einem Nicken seines Kopfes dazu den Befehl gegeben hatte.

Der Unterführer Bendas wußte nicht, wer seine Eltern waren. Er war ein Findelkind und in einem Waisenhaus aufgewachsen. Als er sechzehn Jahre alt war, hatte er in der Toilette des Waisenhauses einen gleichaltrigen Jungen vergewaltigt. Danach war er aus dem Waisenhaus geflohen.

Das war der Anfang einer Flucht ohne Ende, weil er seinen Trieb nie hatte beherrschen können. Eines Tages war er in dem Hotel gelandet. Da er gut aussah, war er als Kellneranlernling angestellt worden. Seine unersättliche Gier nach Frauen und jungen Männern hatte er in den einschlägigen Häusern der Stadt freien Lauf gelassen. Im Hotel hielt er sich anfangs zurück und zeigte sich als ein stets korrekt gekleideter junger Mann, der nie auf die Uhr sah, wenn sich die Gelegenheit bot, etwas dazu zu lernen.

Aber eines Tages war es mit seiner Beherrschung vorbei. Er war beauftragt worden, zusammen mit einem Zimmermädchen das Tafelsilber in einem abgelegenen Raum des Hotelkellers zu putzen. Der Kellner war über das Mädchen wie ein hungriger Adler über eine Schafherde hergefallen. Er hatte ihre Hilferufe nicht unterbunden, weil er wußte, daß niemand in den Keller kommen würde. Dann hatte er gedroht, sie zu ermorden, wenn sie dem Hoteldirektor auch nur ein Wort sagen würde.

Knapp zwei Jahre später war er wieder auf der Flucht. Er hatte ein Zimmermädchen in seine Kammer gelockt und vergewaltigt. Sonst immer gut über alles informiert, was sich im Hotel tat, hatte er nicht gewußt, daß dieses Zimmermädchen zur Familie des Hotelbesitzers gehörte. Der Kellner hatte sie, als sie ihm mit ihrem Onkel, dem Hoteldirektor drohte, solange gewürgt, bis sie ohnmächtig zusammengebrochen war. Dann war er über das Hoteldach geflüchtet.

Die »Brigadisten« hatten ihn aufgegriffen, als er im Gras einer Koppel übernachtete. In der Benda-Bande gefiel es ihm. Er kam mit dem Chef gut aus, weil er sich mit ihm in mehreren Sprachen unterhalten konnte. Als Benda merkte, daß sich der Kellner im Kampf nicht schonte, beförderte er ihn zum Unterführer.

Benda teilte dem Kellner eine Gruppe von vierzig Neuankömmlingen zu. Mit einer Brutalität, die selbst in der Bande Aufsehen erregte, formte er sie zu einem Stoßtrupp, der ihm bedingungslos gehorchte.

Benda beneidete den Kellner, weil er nie Furcht zeigte und eine übernormale Potenz besaß. Aber obwohl der Bandenchef Neidgefühle gegen den Kellner nicht unterdrücken konnte, schätzte und förderte er ihn. Er wußte, daß er sich auf ihn hundertprozentig verlassen konnte.

Der Unterführer, der hinter dem Seitentor lag, sah alles andere als gepflegt aus. Er war naß und mit Schlamm bedeckt.

Seine Männer und er hatten auf dem trockenen Waldboden die Hufspuren der Pferde entdeckt, auf denen die Gräfin und ihre Bewacher entkommen waren. Aber sie hatten fast eine halbe Stunde benötigt, bis sie heraus gefunden hatten, wie sie selbst an die Seitenpforte kommen konnten.

Drei der Männer des Unterführers waren mit ihren Pferden im Sumpf ertrunken, als sie zu ergründen versuchten, warum auf dem festen Waldboden die Spuren von Pferdehufen zu sehen waren, aber sonst an keiner anderen Stelle. Sie hatten ihre Pferde in den Sumpf getrieben und waren innerhalb von Sekunden mit ihren Tieren im Moor untergegangen.

Der Unterführer hatte, auf seinem Hengst sitzend, einige Minuten die Hufspuren betrachtet. Dann hatte er sein Pferd gewendet, war einige Meter zurückgeritten und hatte dem Hengst die Sporen gegeben.

Sein Fuchs war mit einem gewaltigen Satz auf festem Untergrund gelandet. Tier und Reiter hatten den festen, von Wasser und Sumpfblumen bedeckten Geheimweg zur Seitenpforte des Gutes gefunden.

Der Unterführer schickte sofort einen Meldereiter zu Benda.

»Ich brauche fünfzig Mann«, hatte er dem Meldereiter mit auf den Weg gegeben. »Sage Benda, er kann mich erschießen, wenn ich von dieser Seite aus das Gut nicht erobern sollte. Aber sage ihm auch, daß fünfzig Mann den Sieg bedeuten. Sie sollen in einem Bogen so weit ausholen, daß sie von der Mauer des Gutes aus nicht gesehen werden können. Und sie müssen so leise wie der Fuchs sein, wenn er auf die Jagd geht!«

Diese fünfzig Mann standen jetzt hinter ihm. Sie waren leise wie Katzen gekommen. Der Unterführer hatte sich umgedreht und die Männer angesehen. Zufrieden hatte er festgestellt, daß die meisten Angehörige seines Sturmtrupps waren. Unmittelbar neben ihm kniete sein Bursche, dem er absolut vertrauen konnte.

Der Unterführer legte den rechten Zeigefinger vor seinen Mund. Die Fünfzig bewegten sich nicht mehr.

Der Kellner drehte sich wieder zur Seitenpforte.

»Bist Du allein?«

Durch die schmalen Spalten rechts und links der Pforte konnte er das Mädchen sehen. Er fixierte sie einige Sekunden. »Sie ist hübsch«, sagte er sich. »Wenn sie die Pforte öffnet, wird sie meine persönliche Beute sein. Ich werde sie mit Genuß auskosten, wenn sie mich nicht zu lange warten läßt. Sollte sie jedoch zu lange zögern, die Pforte zu öffnen, werde ich sie nehmen und sie dann erdrosseln.«

Gier auf Frauen mit gleichzeitiger Mordlust hatte sich immer in ihm gepaart. Früher war er vor der letzten Konsequenz der vollen Befriedigung, wie er sie sich wünschte, zurückgeschreckt. Er wußte, daß die Geheimpolizei des Zaren ihn nach einem Lustmord durch das Riesenreich jagen würde, um ihn einzufangen und dann stückweise ins Jenseits zu befördern. Seit er jedoch der Benda-Bande angehörte, zügelte er seine perversen Lustgefühle nicht mehr. Keiner der Banditen war anders als er. Jeder versuchte den anderen an Brutalität zu übertreffen, weil Benda Brutalität liebte. Darin war er Spitze.

»Ich bin allein!«, antwortete die Magd.

»Wir sind Brigadisten von General Benda«, sagte der Unterführer. Er staunte für Sekunden selbst, wie mühelos ihm der Titel General über die Lippen gegangen war. Persönlich hielt er Benda für einen Gangster, wie auch sich selbst. »Wir sind gekommen, um alle die zu befreien, die von den Handlangern des Zaren unterdrückt werden!«

»Ich kenne den Zaren nicht!«, sagte das Mädchen. Sie schob ihr Halstuch erneut über ihren Mund. »Wie seid Ihr an die Pforte gekommen? Mir ist gesagt worden, hinter der Pforte ist nur Sumpf, den kein Mensch durchqueren kann.«

»Das stimmt nicht«, hörte die Magd die Stimme des Mannes. »Hinter der Tür ist ein fester Weg. Über ihn ist die Gräfin geflohen. Sie hat alles Geld bei sich, daß sie Euch als Lohn vorenthalten hat. Wir haben sie gefangen, deshalb wissen wir das.«

Der Unterführer griff zu dieser Lüge, weil er meinte, das könne die Magd beeindrucken. Der Hinweis auf den Zaren war schlecht angekommen. »Woher«, dachte er, »soll eine Bauernmagd auch den Zaren kennen. Er war für sie so weit weg, wie Gott im Himmel.«

Der Unterführer spähte wieder durch die Spalten neben der Pforte. »Dieses Küken hat wundervolle Brüste«, dachte er. »Dir wird sie gehören, wenn es gelingt, sie zum Öffnen der Tür zu bewegen.«

»Bist Du allein?«, fragte er sie erneut.

»Ja, ich bin allein! Ich sagte es schon!«

»Wir sind gekommen, um auch denen zu helfen, die von den primitiven Knechten der Herrschenden beleidigt und geschändet wurden. Wir wissen, daß gerade die Handlanger der Herrschenden, die schlimmsten Feinde des Volkes sind. Sie nutzen ihre Machtstellung aus, um andere Menschen zu unterjochen. Mädchen wie Du, sind durch sie besonders gefährdet. Sie werden versuchen, Dich zu schänden und Dich zu schwängern. Sie werden Dir goldene Berge versprechen, um Dich in ihr Bett zu bekommen. Wenn sie das erreicht haben, werden sie Dich verstoßen, ganz gleich, ob Du schwanger bist oder nicht.«

Der Unterführer bediente sich der gepflegten Sprache der reichen Männer, die er jahrelang im Hotel beobachtet hatte. Er wählte jedes seiner Worte genau, und er traf damit ins Schwarze.

»Bist Du denn auch allein?«, fragte die Magd. Ihr Haß gegen Dowiekat und alle Menschen, die auf dem Gut lebten, überschwemmte sie erneut. »Bist Du auch wirklich allein?«

»Nein!«, sagte der Unterführer. »Einige tapfere und edle Männer des unterdrückten Volkes sind mit mir. Sie sind bereit, ihr Leben zu opfern, nur um den Unterdrückten im Kampf gegen die Herrschenden zu helfen.«

Der Unterführer hatte beschlossen, das Blaue von diesem Sommerhimmel herunter zu lügen. Er stand auf, weil ihn und seine Männer die Gutsbesatzung nicht sehen konnte. Die dichten Wipfel der Bäume verhinderten das.

»Wir sind Männer, denen der Zar und seine adeligen Lakaien übel mitgespielt haben«, sagte er. »Unsere Familien wurden ausgelöscht und uns wurde unser Besitz genommen. Größere Güter als dies hier, besaßen wir alle. Sie wurden niedergebrannt, weil wir uns dem Terror der Geheimpolizei des Zaren entgegengestemmt haben. Wir sind alle von Adel, aber dem einfachen Menschen in christlicher Nächstenliebe zugetan.«

Der Unterführer blickte hinter sich. Eine Bande von Strauchdieben stand schweigend Schlange, um sich auf die Frauen des Gutes zu stürzen, um zu rauben und zu morden. Er wußte, daß er die Magd zum Öffnen der Pforte bewegen mußte. Gelang ihm das nicht, würden ihn die Männer, die hinter ihm standen, in Stücke reißen.

»Wir kämpfen auch für die Unabhängigkeit der Völker Litauens, Lettlands und Estlands, ja selbst Polens. Wir ...«

»Ich bin Polin!«, rief die Magd lauter als sie wollte.

»Du bist Polin?«

Der Unterführer atmete auf. Er hatte die richtige Seite in der Seele der Magd getroffen.

»Ja, ich bin Polin!«

»Dann öffne die Tür der Pforte, Tochter meines Vaterlandes! Denn auch ich bin Pole! Ich bin Angehöriger der ältesten Familie des Landes. Bei allem was uns heilig ist, öffne die Pforte! Du öffnest damit eine Pforte, die Polen die Freiheit bringt!«

Der Unterführer spähte wieder durch die Spalten neben der Tür.

»Brüste, wundervolle Brüste und eine traumhafte Taille hat sie«, dachte er. »Ich werde sie mit Genuß nehmen, wie keine Frau vor ihr.«

Der Unterführer winkte seinem Burschen zu.

»Sollte sie das Tor öffnen, dann bist Du dafür verantwortlich, daß sie mir unberührt gehören wird«, flüsterte er seinem Burschen ins Ohr. »Sollte Dir das nicht gelingen, werde ich Dich erstechen. Hast Du mich verstanden?«

»Zu Befehl, Herr!«, antwortete der Bursche leise.

»Geliebte Schwester, unseres von den Deutschen und den Russen unterdrückten Volkes, öffne die Pforte!«, rief der Unterführer.

»Ich werde, wenn Du die Pforte geöffnet hast, mit dem englischen Bastard kämpfen, der auch Dich unterjocht. Ich verspreche Dir, ich werde jeden Knecht dieses englischen Bastards strafen, der sich Dir genähert hat!«

Auch dieser Pfeil traf ins Schwarze.

Die Magd hätte nie die Pforte geöffnet, wenn sie nicht in diesem Augenblick Georg Dowiekat gesehen hätte, der geduckt über den Wehrgang zu William lief. Wut und Eifersucht brachten ihr Blut zum Kochen. Sie sprang auf und riß die Riegel der Pforte zurück.

Die Bandenmitglieder stürmten durch die schmale Pforte in den Hof. Einer der Männer, die, wie die Magd entsetzt sah, wie Verbrecher aussahen, stürzte sich auf sie. Sie fiel zu Boden.

Die Magd wollte ihr Halstuch von ihrem Mund reißen, um einen Warnschrei auszustoßen. Eine Hand, hart wie eine Stahlklammer, preßte sich auf ihren Mund.

Der Bandit, der sie zu Boden geworfen hatte, drückte seine andere Hand auf ihren Hals.

»Wenn Du einen Schrei ausstößt, Du süße Hure, dann schneide ich Dir sofort Deine herrlichen Brüste ab«, zischte er. »Sei glücklich, daß ich Dich für meinen Unterführer aufhebe. Vielleicht läßt er Dich am Leben, weil Du die Pforte geöffnet hast. Vielleicht auch nicht.«

Der Bandit riß den Rock des Mädchens hoch und preßte seine Beine zwischen ihre Schenkel. Sie fühlte durch seine Hose sein steinhartes Glied.

»Eines ist sicher, Du süße Hure«, schrie er. »Mein Chef wird Dich nehmen!« Der Bandit preßte seine Hände um ihre Brüste. »Mein Chef ist ein Mann von Potenz, wie Du ihn noch nie erlebt hast!«

Die Magd wurde bewußtlos.

Das rasende Gewehrfeuer vom Gutshof auf die Mauer und von der Mauer in den Hof hörte sie ebensowenig, wie die Todesschreie der von Kugeln Getroffenen und die gellenden Angstschreie der Frauen, auf die sich die Bandenmitglieder zu stürzen begannen.

William und die anderen Männer auf der Mauer erstarrten vor Schreck, als sie plötzlich aus dem Gutshof heraus beschossen wurden. Obwohl sie große Gruppen von Mitgliedern der Benda-Bande über den Hof laufen und auf sie schießen sahen, benötigten sie über eine Minute, um sich auf die neue Situation einzustellen. Sie saßen in der Zwickmühle. Schüsse wurden vom Hof auf sie abgefeuert und Schüsse prallten von draußen gegen die Mauer.

William erkannte sofort, daß ihre Verteidigung erfolglos sein mußte. Der Wehrgang bot vom Hof aus keine Deckung. Seine Männer fielen reihenweise. Einige stürzten tödlich getroffen in den Hof.

Unter den Frauen war Panik ausgebrochen. Sie rannten von einer Seite des Hofes auf die andere, verfolgt von Banditen, die ihnen die Kleider vom Körper rissen, wenn sie sie eingefangen hatten. William sah, daß viele Frauen bereits vergewaltigt wurden, obwohl sich Verteidiger und die meisten Angreifer noch immer ein heftiges Gefecht lieferten.

William, der sich flach auf den Wehrgang gelegt hatte, drehte sich zu Dowiekat um. Zu seiner größten Überraschung stellte er fest, daß der Vorarbeiter, der eben noch neben ihm gestanden hatte, verschwunden war. Er schien sich in Luft aufgelöst zu haben.

William wandte sich wieder zum Hof. Aus seiner Winchester feuerte er Schuß auf Schuß auf die Bandenmitglieder, die in den Hof eingedrungen waren.

Als die Kammer seiner Waffe leer war, sah er Dowiekat. Der Vorarbeiter raste auf einem Trakehnerhengst auf die Seitenpforte der Mauer zu. Da die Mehrheit der Bandenmitglieder gegen die Männer vordrang, die sich hinter dem Haupttor verschanzt hatten, beobachtete niemand Dowiekat. Die anderen Banditen, die sich auf die Frauen und Mädchen des Gutes gestürzt hatten, sahen außer ihren Opfern sowieso nichts mehr.

William, der hastig, flach auf dem Wehrgang liegend, seine Waffe nachlud, konnte es sich nicht erklären, wie es Dowiekat geschafft hatte, von der Mauer über den Hof in die Pferdeställe zu kommen. Er sah, daß der Hengst des Vorarbeiters wie ein Pfeil durch die Seitenpforte flog.

William fühlte einen bitteren Geschmack im Mund aufsteigen. Er sehnte seine englischen Kameraden herbei. »Wären sie hier, würde alles anders aussehen«, dachte er. »Es ist aus! Ich stehe allein gegen Hunderte.«

William richtete sich auf.

Mitglieder der Benda-Bande liefen die Treppe zum Wehrgang empor.

»Schießt sie nieder!«, rief William. Aber er sah auf dem Wehrgang nur Tote.

Graf Essex erschoß die ersten beiden Banditen. Als er auf den dritten anlegen wollte, rissen ihn mehrere Kugeln, die in seinen Körper drangen, um. William zwang sich dazu, auf die Knie zu kommen.

»Luise! Marlies!«

William schrie so laut nach seiner Frau und seiner Tochter, daß für Sekunden der Lärm der Schlacht erstarb. Bandenmitglieder und Verteidiger blickten ihn an.

Dann stürzte er in den Hof. Sekunden später machten dreißig Männer der Bande unter Leitung des Unterführers die Bewacher des Haupttores nieder.

Sie zogen die mit Sand gefüllten Wagen beiseite und öffneten das Tor.

Benda ritt an der Spitze der Hauptmacht seiner Bande auf den Gutshof.

Der Kampf war zu Ende. Das Leid der überlebenden Frauen und Mädchen des Gutes hatte begonnen. Mehrere Männer stürzten sich gleichzeitig auf jede Frau und jedes Mädchen, die sie ergreifen konnten. Hilfeschreie füllten den Hof. Minuten später ertönten die Todesschreie von alten Frauen, von Männern und Kindern, die von den Bandenmitgliedern niedergemetzelt wurden.

Der Unterführer, der die Magd überredet hatte, die Seitenpforte zu öffnen, ging auf Benda zu.

»Befehl ausgeführt, General!«

»Gut gemacht! Wo ist Deine persönliche Beute?«

Benda beugte sich von seinem Hengst zu dem Kellner. Die Hilfe- und Todesschreie, die den Gutshof überlagerten, schien er nicht zu hören. Er klopfte dem Kellner auf die Schulter.

»Nimm Dir Deine Beute sofort! Vermutlich ist es das Mädchen an der Seitenpforte, die Dein Bursche bewacht!« Er zeigte in den hinteren Teil des Hofes.

»Jawohl!«

Der Kellner drehte sich um und winkte seinem Burschen zu, der noch immer über der Magd lag. Der Bandit stand auf. Die Polin, wieder zu sich gekommen, versuchte sich ebenfalls aufzurichten.

Der Unterführer stellte sich vor das Mädchen. Er wußte, daß Benda ihn nicht aus den Augen gelassen hatte.

»Reiße ihr die Kleider vom Leib. Ich will sie völlig nackt haben!«

Der Unterführer zog seine Stiefel und seine Hose aus. Die Magd, die sich vergeblich dagegen gewehrt hatte, ausgezogen zu werden, begann zu weinen, als sie den riesigen Penis des jetzt über ihr stehenden Kellners sah.

Der Unterführer riß brutal die Beine des Mädchens auseinander. Die Polin wimmerte vor Angst. Dann drang er mit einer Brutalität in sie, die selbst Benda erschauern ließ.

Die Magd schrie vor Schmerzen so gellend wie ein Tier in der Eisenfalle. Als der Unterführer befriedigt war, erdrosselte er sie.

»Tut mir leid für Dich«, sagte der Unterführer zu seinem Burschen, als er wieder aufgestanden war. »Hätte diese kleine Hure die Pforte schneller geöffnet, hätte ich sie Dir lebend zu Deinem Vergnügen überlassen. Wer mich zu lange warten läßt, muß dafür auch bezahlen!« Er trat der Polin wütend in den Bauch.

»Wo ist der englische Bastard? Ich will ihn sehen!« Benda übertönte mit kreischender Stimme den Lärm auf dem Gutshof.

Mehrere »Brigadisten« legten ihm die Leiche von William vor die Hufe seines Pferdes.

»Behandelt ihn wie befohlen und nagelt diesen Bastard und einen seiner Vorarbeiter an Scheunentore!«

Die Stimme von Benda überschlug sich. »Raubt, schändet, mordet! Setzt das Herrenhaus in Flammen. Der Sieg ist unser! Ich gebe Euch dreißig Minuten! Dann stürmen wir das Dorf. Es muß auch noch unser werden!«

Dreißig Minuten sah Benda, im Sattel seines Hengstes sitzend, zu, was sich auf dem Hof abspielte. Mädchen und Frauen rannten schreiend an ihm vorbei, verfolgt von seinen Männern. Mit Vergnügen sah er, wie sie zu Boden gerissen, entkleidet und vergewaltigt wurden. Mit Genuß hörte er ihre Todesschreie, wenn seine »Brigadisten« ihnen anschließend die Kehle durchschnitten. Seine Männer hausten im Blutrausch wie die Vandalen.

Wie durch eine Milchglasscheibe sah Benda den nackten Körper von William, der an eines der Scheunentore genagelt worden war. Neben der Leiche des Grafen hing der verstümmelte Körper eines Mongolen.

Das Gutshaus stand in Flammen. »Brigadisten« hatten damit begonnen, Kleider, Decken und Geschirr auf den Hof zu bringen.

Joseph Benda zog sein Gewehr aus der Halterung an seinem Sattel. Er schoß mehrfach in die Luft. Seine Männer blickten ihn an.

»Das Gut ist unser«, schrie er. »Das zählt mehr als Beute. Rußland und auch der Zar werden vor uns zittern. Denn das Gut ist eine Festung gewesen. Wir haben sie überwunden. Niemand kann uns jetzt mehr widerstehen!«

Benda drehte seinen Hengst auf der Stelle.

»Nun auf zum Dorf!«, rief er.

Minuten später galoppierte Benda, gefolgt von seiner Horde, durch das Haupttor des Gutes. Gutshof und Scheunen lagen voller Leichen.

Die Jagdhunde rasten bellend in ihrem Käfig hin und her. In ihrem Blutrausch hatten weder Benda noch ein Mitglied seiner Bande die Tiere zur Kenntnis genommen.

Die Bewohner von Littauland waren wie gelähmt, als das Gewehrfeuer auf dem Gut erstarb und das Herrenhaus in Flammen aufging. Die Schreie der gequälten Frauen waren bis zu ihnen gedrungen.

Dr. Perkampus begriff als erster, daß ihre Lage fast hoffnungslos war.

»Kümmere Du Dich um die Verwundeten und halte Frauen und Kinder in der Kirche in Schach!«, rief er seiner Frau zu. »Wenn wir, wie das Gut, nicht durchhalten können, ist es um uns geschehen. Wo hast Du Deine Pistole?«

Seine Frau zog die Waffe aus ihrer Manteltasche.

»Lade sie durch!«

Gerda Perkampus zog den Lauf zurück und ließ die erste Patrone aus der Kammer nach oben schnellen.

»Du weißt, was Du mit der letzten Patrone zu tun hast!«

»Ich weiß es, Dr. Perkampus!«

Der Doktor nahm seine Frau in die Arme.

»Verzeih bitte! Ich habe Befehle wie ein Feldwebel gebellt. Aber ich liebe Dich, Gerda. Und ich möchte nicht, daß Du den Banditen lebend in die Hände fällst. Bitte verzeih mir!«

Das Ehepaar umarmte sich.

»Gerda, es waren traumhafte Jahre mit Dir«, sagte der Doktor. »Jahre unendlichen Glücks. Ich kann mir nicht vorstellen, daß es auf dieser Welt eine Frau gibt, die mir mehr Liebe und Glück als Du geben könntest.«

Dr. Perkampus nahm den Kopf von Gerda in seine Hände und fuhr ihr durch die Haare.

Seine Frau lächelte ihn an.

»Wenn ich Dich jetzt zum ersten Mal in meinem Leben sehen würde, täte ich alles, um Dich zum Mann zu bekommen«, antwortete sie. »Alles, Dr. Max Perkampus!«

Das Ehepaar umarmte sich erneut. Frauen und Kinder in der Kirche sahen ihnen schweigend zu. »Alles, alles, Dr. Perkampus!«

»Danke, Dank für diese Jahre!« Der Arzt riß sich von ihr los.

Als Dr. Perkampus aus der Tür der kleinen Kirche trat, sah er die Bandenmitglieder kommen. Sie hingen tief über ihren Pferden. Die Verteidiger des Dorfes hatten sich eng um die Kirche geschart.

Der Arzt warf sich zu Boden und visierte die vorderen Reiter der Bande an. Mit seiner weitreichenden Waffe schoß er einen nach dem anderen aus dem Sattel.

Die Verteidiger des Dorfes, stabilisiert durch die Kaltblütigkeit von Dr. Perkampus, eröffneten ebenfalls das Feuer.

Gut eine Stunde tobte die Schlacht. Bauernhäuser und Scheunen gingen in Flammen auf. Aber den Angreifern gelang es nicht, den Verteidigungsring um die Kirche zu sprengen, obwohl sie immer wieder gegen ihn anritten.

Die Dorfbewohner glaubten ihren Augen nicht zu trauen, als plötzlich, wie ein Sturmwind im Herbst, große Gruppen von bewaffneten Reitern von Osten kommend über die Gartenzäune setzten und die einhundert vorn stehenden Mitglieder der Benda-Bande, die sich gerade wieder zum Angriff formieren wollte, überritten und niedermachten.

Die zweite Reihe der »Brigadisten« wendete ihre Pferde und floh. Achtzig Reiter des Hauptgutes setzten ihnen nach.

Die anderen bewaffneten Männer vom Hauptgut ritten zur Kirche und stiegen von ihren Pferden. Einige bluteten aus Schußwunden an Armen und am Oberkörper. Drei waren so schwer verletzt, daß sie zu Boden fielen.

Kinder und Frauen drängten aus der Kirche ins Freie. Dr. Perkampus, unterstützt von seiner Frau und einigen anderen Frauen des Dorfes, begann die Verwundeten zu versorgen. Ihm, wie auch allen anderen Helfern, zitterten die Hände.

Als sich der Doktor für einige Minuten aufrichtete, sah er das Dorf zum ersten Mal wieder bewußt. Viele Häuser und Scheunen standen in hellen Flammen. Dichte Rauchwolken lagerten über dem Dorf. Auf der Dorfstraße lagen die Leichen von Mitgliedern der Benda-Bande. Pferde, jetzt herrenlos, trabten von der Straße in die Vordergärten.

Dr. Perkampus drehte sich, auf einen Wink seiner Frau hin, zur Kirche um. Dorfbewohner und Reiter des Hauptgutes waren auf die Knie gesunken und beteten gemeinsam.

Einer der jungen Männer des Dorfes ging in die Kirche. Kurz darauf begann die Glocke zu läuten. Ihr Klang begleitete die, die dabei waren, den letzten Weg ihres Lebens zu gehen und die, die noch immer erbittert auf den Koppeln hinter dem Gut kämpften.

Benda hatte vom Gutshügel aus dem Sturm seiner »Brigadisten« auf das Dorf zugesehen. »Stümper!«, schrie er. »Nichts als Stümper! Sie werden nicht einmal mit diesen dämlichen Bauern fertig!«

Zwei seiner Unterführer, darunter der Kellner, die neben ihm auf ihren Pferden saßen, zuckten zusammen.

»Habt Ihr Späher ausgesandt?«, brüllte Benda sie an. »Jeden Augenblick kann der alte Graf mit seiner Truppe hier erscheinen!«

»Da ist er!«, sagte der Kellner. Seine rechte Hand zeigte auf das Dorf.

Hunderte von Reitern preschten hinter dem Wald des Gutes hervor.

Joseph Benda schaltete sofort. »Los!«, brüllte er. »Folgt mir!« Er gab seinem Hengst die Sporen. Ihm war es egal, was aus seiner Bande wurde. Er wußte, daß er nur durch schnelle Flucht sein Leben retten konnte. Die Reiter des alten Grafen würden von allen Seiten auf sie zustürmen und ihn in die Zange nehmen.

Benda forderte seinem Hengst das letzte ab. Die Unterführer konnten ihm nicht folgen. Es gelang ihm, der geöffneten Schere zu entkommen, bevor sie zuzuklappen begann.

Benda hetzte seinen Hengst, ohne sich umzusehen, durch Getreidefelder und über Koppeln. Als er durch einen Waldstreifen ritt, sah er eine Gruppe seiner Bande in wilder Flucht über die Wiesen vor dem Wald jagen. Sie wurden von Reitern des alten Grafen eingekreist und dann niedergemacht. Nur wenige seiner Männer hatten sich gewehrt. Die anderen hatten um Gnade gebeten, die es nicht geben konnte.

Joseph Benda zügelte seinen Hengst. Dann zog er sich tief in den Waldgürtel zurück. Er zitterte am ganzen Körper vor Angst, die Reiter könnten den Waldgürtel durchkämmen und auch ihn aufstöbern. Er war sich sicher, daß sie ihn nicht töten würden. Er würde dem Zaren vorgeführt und dann qualvoll Stück für Stück zur Hölle befördert werden. Die Folterknechte der Geheimpolizei verstanden ihr Geschäft. Das wußte er. Sie standen seinen Bandenmitgliedern in nichts nach.

Die Reiter des alten Grafen nahmen den toten »Brigadisten« die Waffen ab und fingen ihre Pferde ein. Dann ritten sie zum Gut zurück.

Benda kniete sich nieder und preßte sein Gesicht in das kühle Moos des Waldbodens.

»Ich habe verloren«, flüsterte er. »Meine Männer waren nichts weiter als Waschlappen und Strauchdiebe. Ich hätte sie mehr drillen müssen. Dann wäre der heutige Tag anders ausgegangen. Aber auch das wäre sicher vergebliche Mühe gewesen. Die Unterführer taugten nichts, alle zusammen waren Schwächlinge, die nur vergewaltigen, rauben und brandschatzen konnten.«

Benda legte sich auf den Moosteppich und begann zu weinen. »Sie haben mich verlassen und verraten«, dachte er. Er weinte hemmungslos.

Joseph Benda hätte auch nicht sich selbst gegenüber eingestanden, daß er als Chef der Gangsterbande versagt hatte. Er hatte immer versagt. In seinem ganzen bisherigen Leben. In der Schule, wie auch auf der Universität. Wenn sein Vater nicht Bestechungsgelder gezahlt hätte, wäre er nicht nur durch das Abitur, sondern auch durch das Examen gefallen.

Benda hatte seine Mutter erstaunt angesehen, als sie ihm bedeutete, warum er beide Prüfungen bestanden hatte. Er hatte sich immer für den Größten gehalten. Auf der Schule, wie auf der Universität. Schon als Kind hatte er Fehler niemals zugegeben. Als Heranwachsender schon gar nicht. Als junger Mann hatte er alle Fehler und Schwächen ignoriert. Immmer waren in seinen Augen andere Schuld gewesen, wenn er versagte.

Benda hatte sich nie die Mühe gemacht, zu erlernen, wie man konzentriert arbeiten kann. Er war undiszipliniert, schwach und ein Blatt im Winde. Außerdem war er beeinflußbar. Joseph hatte sich allen anderen Menschen, die Persönlichkeiten waren, unterlegen gefühlt. Er hatte ihren Worten gelauscht und alles geglaubt, was sie sagten, selbst, wenn es der größte Unsinn gewesen war.

Einen Tag, bevor Benda nach seinem Studium zum Militär einrückte, hatte ihn sein Vater in die Bibliothek des elterlichen Gutshauses gebeten. Das war Jahre her. Doch Benda kam es so vor, als ob es erst gestern gewesen wäre. Er begann sich im kühlen Moos hin und her zu wälzen.

Der Vater hatte seinen Sohn einige Minuten schweigend betrachtet.

Joseph hatte zu schwitzen begonnen. Sein Vater war groß und schlank, er klein und dick. Schon deshalb hatte er sich, auch seinem Vater gegenüber, immer unterlegen gefühlt.

»Du bist mein Sohn, Joseph, auch wenn es mir sehr schwerfällt, Dich so anzureden, nach allem, was Du mir in den letzten Jahren geboten hast«, hatte sein Vater gesagt. »Aber weil Du mein Sohn bist, muß ich Dir etwas Grundsätzliches sagen, bevor Du uns morgen verläßt, um zur Armee zu gehen. Zur Armee, in der alle Deine Vorväter und auch ich gedient und es zu Ansehen gebracht haben.« Der Vater hatte Joseph so kalt angeblickt, als ob ein Fremder vor ihm stand.

»Die Armee ist Deine letzte Chance, Joseph, den Versuch zu unternehmen, etwas zu werden und Dich auf eigene Füße zu stellen!« Benda hatte damals das Gefühl gehabt, sein Vater sah durch ihn hindurch.

»Wir sind im Gegensatz zu unseren Nachbarn nicht reich, weil unser

Besitz im Verhältnis klein ist. Deine Mutter und ich haben schwer arbeiten müssen, um den Wohlstand zu erreichen, den wir heute haben. Er liegt weit unter dem anderer Gutsbesitzer. Aber uns reicht das, und wir sind stolz darauf.«

Der Vater von Benda hatte eine Pause gemacht, Joseph aber unverändert mit kalten Augen angesehen.

»In Dich haben wir in den vergangenen Jahren mehr investiert, als wir uns leisten konnten. Für uns warst Du vorher einmal unsere Hoffnung!«

Der Vater von Joseph hatte sich aufrecht hinter seinen Schreibtisch gestellt. Auf Joseph hatte er noch größer als sonst gewirkt. Als er etwas sagen wollte, hatte sein Vater abgewunken.

»Deine Mutter und ich hatten gehofft, daß Du den Elan zeigen wirst, der Dich befähigen würde, das Gut zu übernehmen. Dieser Elan ist ausgeblieben, Joseph. Deshalb habe ich in meinem Testament bestimmt, daß Du das Gut nicht bekommen wirst. Deine Schwestern, auf die mehr Verlaß als auf Dich ist, werden sicher standesgemäß tüchtige Männer heiraten. Einer meiner zukünftigen Schwiegersöhne wird später Herr auf diesem Gut sein!«

Joseph war, wie unter einem Keulenschlag, zusammengezuckt. Tränen waren ihm, angesichts dieser Demütigung, in die Augen geschossen.

»Papa, ich... «.

Sein Vater hatte wieder abgewunken.

»Du bist aufgrund der finanziellen Hilfen, die ich für Dich leisten mußte, bereits ausbezahlt worden«, hatte sein Vater erklärt. »Ich habe große Summen, mehr als ich konnte, aufbringen müssen, um für Dich die Hochschulreife und dann das Examen kaufen zu können.«

Der Vater von Joseph hatte sich auf seinen Schreibtischstuhl gestützt.

»Deine Mutter und ich hatten gehofft, daß Du, wie jeder junge Mann, diese Prüfungen aus eigener Kraft bestehen würdest. Aber das hatten wir vergeblich gehofft.«

Joseph bemerkte, daß sein Vater über ihn hinweg an die Wand hinter ihm sah. Er wußte genau, wohin sein Vater blickte. Er sah auf das Porträt seines Urgroßvaters. Joseph haßte diesen Vorfahren, den er nie kennengelernt hatte. Er haßte ihn einzig und allein aus dem einfachen Grunde, weil er es verstanden hatte, in unendlicher schwerer Arbeit dieses Gut aus einem sumpfigen Boden herauszustampfen. Zusätzlich haßte ihn Joseph, weil sein Urgroßvater zweimal in seinem Leben geheiratet und zehn Kinder gezeugt hatte. Sechs dieser Kinder waren Männer geworden, die in der Armee der Zaren dienten und es dort zu großem Ansehen gebracht hatten. Auch sie hatten alle geheiratet und mehrere Kinder gezeugt. Daneben hatten sie es noch verstanden, Güter aufzubauen, die weit verstreut im europäischen Rußland lagen und große Gewinne abwarfen. Gegen diese Männer und ihre Nachkommen war Joseph, wie er glasklar erkannt hatte, ein nichtsnutziger Hänfling. Aber öffentlich zugegeben hätte er das nie.

»Nun habe ich Dir erneut den Weg geebnet«, sagte sein Vater, noch immer das Porträt des Urgroßvaters ansehend. »Ich habe Wohlwollen für Dich auf der Offiziersschule erkauft. Diesmal mußte ich mehr Schmiergelder für Dich aufbringen, als das Gut tragen kann. Wir werden schwer arbeiten müssen, um unter Zurückstellung unserer kleinen persönlichen Wünsche diese Ausgaben wieder herein zu holen. Ich muß Dich bitten, jetzt das Beste aus Dir zu machen. Bringe keine Schande über Dein Elternhaus. Ich mache mir nämlich große Sorgen um Dich und auch Sorgen um uns!«

Die Stimme von Joseph hatte wie die eines Fieberkranken gezittert, als er zu seinem Vater sagte: »Und warum machst Du Dir Sorgen, Papa?«

»Ich habe gehört, daß Du Zuneigung zu Menschen haben sollst, die den Zaren stürzen wollen, Joseph. Stimmt das?«

Joseph hatte einige Sekunden überlegt, wie er seinem Vater antworten sollte.

»Papa!« Er hatte seinem Vater zum ersten Mal während dieser Unterredung in die Augen gesehen.

»Ihr lebt hier auf dem Gut weit von den Städten entfernt. Ich war als Schüler und Student in Petersburg. Ich habe mit eigenen Augen gesehen, wie der Zar mit Frauen und Kindern umgeht, die nach Brot schreien, was er mit Fabrikarbeitern macht, die Freiheit fordern. Er läßt sie niederreiten. Ich habe gesehen, ...«

Der Vater von Joseph hatte wieder abgewunken.

»Du bist ein Mitgied unserer Familie, Joseph. Seit über zweihundert Jahren dienen wir der Krone. Ich sagte schon, daß wir nicht reich sind, aber immer wußte die Krone, daß wir treu und zuverlässig sind. Nur deshalb kann ich für Dich mit Geld Deinen Weg auf der Offiziersschule ebnen. Das war mir zuwider. Aber Du bist mein Sohn. Ich will Dir helfen. Doch muß ich von Dir verlangen, daß Du, wie wir alle vor Dir, dem Zaren dienst!«

Der Vater hatte sich umgedreht und durch das Fenster hinter seinem Schreibtisch in den Garten des Gutes geblickt. Joseph konnte an ihm vorbei seine Mutter und seine Schwestern sehen. Sie spielten mit ihren Hunden.

»Papa, darf ich noch etwas sagen?«

»Bitte, Joseph!« Der Vater drehte sich nicht um.

»Ich will mich mit aller Kraft anstrengen, Papa, auf der Offiziersschule voranzukommen. Ich danke Dir, daß Du mir wieder geholfen hast. Dies wird keine Fehlinvestition sein. Ich gebe zu, daß ich auf der Universität gebummelt habe. Auf der Offiziersschule wird es anders sein. Das verspreche ich Dir. Aber ich muß Dir, Papa, der Du weit von Petersburg entfernt lebst, auch sagen, daß es viele Gruppierungen gibt, die für die Freiheit und Unabhängigkeit aller Menschen dieses Reiches kämpfen. Am gefährlichsten davon sind die Kommunisten, die den Untergang derer wollen, die heute herrschen, vom Zaren bis zu Dir!«

»Bis zu mir?«

Der Vater von Joseph wandte sich seinem Sohn zu. Zornesröte überflutete sein Gesicht.

»Ja, Papa, bis zu Dir!«

Vater und Sohn starrten sich an.

»Papa, ich will auch die Freiheit und die Unabhängigkeit aller Menschen. Aber ich will es nicht mit Mord!«

Der Vater von Joseph hatte sich wieder zum Fenster gedreht.

»Mein Sohn«, sagte er, durch die Scheiben in den Garten blickend, »ich wiederhole: Wir haben immer der Krone gedient und wir sind gut dabei gefahren. Handele ebenso!«

Joseph sah auf den Rücken seines Vaters. »Er hat mich nicht verstanden oder er will mich nicht verstehen«, dachte er.

Sein Vater sah ihn über die Schulter an.

»Ich glaube auch, Joseph, Du verabscheust uns alle. Alle Besitzenden, vom Zaren bis zu mir. Stimmt das?«

Joseph hatte keine Antwort gegeben.

»Du bist ein junger Mann, Joseph. Deine Mutter und ich haben uns immer wieder gefragt, warum Du bisher keine Frau in Dein Elternhaus gebracht hast.«

Joseph hatte seinem Vater deutlich ansehen können, wie schwer ihm diese Frage gefallen war. Sein Gesicht hatte wieder eine rötliche Farbe überzogen.

»Es hat bisher noch keine Frau in meinem Leben gegeben, die das Wert gewesen wäre!«

»So?«

Dieses So traf Joseph wie ein Peitschenhieb.

»Ja, so ist es!«

Joseph war sich bewußt gewesen, daß sein Vater diese Antwort als Lüge betrachtete. Er hätte zu gerne gewußt, was sich hinter dem So seines Vaters verbarg. Aber was wußte sein Vater von seinen Problemen.

Als Student war Joseph wie andere Studenten auch in Freudenhäuser gegangen. Nie würde er das höhnische Lachen der ersten Prostituierten vergessen, mit der er ins Bett gegangen war. Sie war in lautes Lachen ausgebrochen, als sie seinen kleinen Penis gesehen hatte.

»Herr Winzling«, hatte sie gekreischt. Sie hatte sein Glied zwischen zwei Fingern verschwinden lassen. »Aber er steht wenigstens und wie er steht!«

Joseph hatte sich auf sie geworfen und sie wie wild gestoßen. Als er seinen Erguß bekam, hatte er sie verprügelt und seine rechte Faust so lange in ihren Unterleib gestoßen, bis sie ohnmächtig wurde.

»Was weißt Du von meinen Problemen«, dachte er, als er seinen Vater ansah. »Ich werde schon deshalb immer versagen, weil ich kein richtiger Mann bin.«

Als sich Benda auf den Rücken drehte und in die Baumwipfel des Waldgürtels blickte, sah er den riesigen Penis des Unterführers vor sich, als er mit wilden Stößen die vor Schmerz schreiende Magd nahm. Joseph Benda versuchte die Neidgefühle zu unterdrücken, die immer in ihm aufstiegen, wenn er an die gewaltige Potenz des ehemaligen Kellners dachte. Es gelang ihm nicht. Es war ihm nie gelungen.

Benda wälzte sich erneut im Moos hin und her. Außer Brutalitäten hatte er als Mann nichts zu bieten. Er hatte viele Frauen überwältigt, aber er hatte erst immer dann Befriedigung gefunden, wenn er ihnen seine Faust in den Unterleib gestoßen hatte.

Benda röchelte vor Wut und Scham.

»Was bin ich«, stöhnte er. »Ein Waschlappen, ein Versager, ein Mann und doch kein Mann!«

Joseph begann wieder zu weinen.

Der vor wenigen Stunden noch große Bandenchef, vor dem alle gezittert hatte, weinte wie ein kleines Kind.

Als die Sonne unterging, richtete sich Benda auf.

»Ich werde neu anfangen«, schwor er sich. »Ganz bürgerlich werde ich einen neuen Anfang machen. Ich habe soviel Beute gemacht, daß ich reich bin. Und weil ich reich bin, werde ich alle unterjochen, die ich unterjochen will. Die Familie der Gräfin zu Memel zu Samland und Essex in jedem Fall. Ohne Blutvergießen. Lautlos werde ich kommen. Lautlos wie ein Fuchs in der Nacht. Das schwöre ich!«

Keinem seiner Bandenmitglieder hatte Benda anvertraut, daß er neben seinem russischen auch einen deutschen Paß besaß. Nach den ersten erfolgreichen Raubzügen seiner damals noch kleinen Bande war er unter einem Vorwand nach Petersburg gereist.

Es hatte keinen Nachmittag gedauert, dann hatte er einen Fälscher gefunden, der ihm sechs Tage später einen deutschen Paß auf den Tisch legte, der so glänzend gefälscht war, daß ihn auch die gewissenhaften deutschen Beamten nicht von einem Originalpaß hätten unterscheiden können. Der Paß lautete auf den Namen Paul Berger. Dazu kamen zwei Arbeitszeugnisse. Das erste gab Auskunft darüber, daß er jahrelang auf einem Gut in der Südukraine erst als Landarbeiter und später als Viehhändler zur vollsten Zufriedenheit seiner Herrschaften gearbeitet hatte. Im zweiten Zeugnis war ausdrücklich vermerkt, daß Paul Berger seine Stellung als Viehverkäufer eines in Weißrußland gelegenen Gutes aufgegeben hatte, um sich in den Baltischen Provinzen selbständig zu machen. Diese Zeugnisse sahen absolut sauber aus.

Aus Angst, von der allgegenwärtigen Geheimpolizei des Zaren erkannt zu werden, war Benda nach seiner Ankunft in Petersburg in einem kleinen Hotel am Rande der Innenstadt abgestiegen und nach dem Besuch bei dem Fälscher nicht mehr auf die Straße gegangen. Er hatte dem Hotelbesitzer ein Unwohlsein vorgetäuscht.

Benda war am späten Abend in der Dunkelheit in Petersburg angekommen. Unter seinem Familiennamen konnte er sich nicht anmelden. Deshalb hatte er alles auf eine Karte gesetzt. Er schob dem Hotelbesitzer tausend Rubel zu. Ohne ein Wort zu sagen, hatte der Hotelier das Geld eingesteckt und das Gästebuch zugeschlagen.

»Wie lange wollen der Herr bleiben?«

Beide Männer hatten sich prüfend einige Sekunden angesehen.

»Etwa eine Woche!«

»Gut! Die Polizei hat das Hotel vor zwei Tagen vom Keller bis zum Boden durchsucht. Gefunden hat sie natürlich nichts. Sie wird vermutlich erst in einem Monat wiederkommen. Aber schlaflose Nächte bereiten solche Kontrollen natürlich immer. Deshalb müssen meine Nerven ständig beruhigt werden.«

Der Hotelier hatte erneut seine Hand aufgehalten, ohne Benda anzusehen.

Joseph hatte ihm zweitausend Rubel zusätzlich gegeben.

»Das Schwein nimmt mir ein Vermögen ab«, dachte er, als er dem Hotelbesitzer die Scheine zuschob.

»Sie können in den Zwischenzeiten, wenn sie verstehen, was ich meine, immer wiederkommen. Den Rhythmus der Polizei kennen Sie ja nun!«

»Ich habe verstanden!«

Benda und der Hotelier hatten sich angelächelt.

Zehn Tage später war Benda in Königsberg. Er war über die Grüne Grenze geritten. Er hatte am Körper und in seiner Kleidung große Mengen Reichsmark und Schmuck versteckt, der mehr Wert war als drei Güter von der Größe seiner Familie zusammengenommen. Das deutsche Geld und den Schmuck – beides war die Beute seiner bisherigen Raubzüge – hatte er in Schließfächern deponiert, die er nach Vorlage seines deutschen Passes angemietet hatte.

Zwei Tage vor seiner Rückkehr nach Rußland suchte er in Königsberg die Familie auf, die aufgrund seines gefälschten Passes seine Angehörigen sein sollten. Woher der Fälscher die Familie kannte, wußte Benda nicht. Er hatte nicht danach gefragt, weil ihn das auch nicht interessiert hatte.

Benda gab dem Familienvater, einem einfachen Fischer, zweitausend Mark. Daraufhin war er als Vetter aus dem Baltikum wie ein verlorener Sohn aufgenommen worden.

Als Kinderspiel hatte sich die behördlich abgesegnete Wiederaufnahme von Paul Berger in den Familienverband erwiesen. Benda, der deutschen Beamten mehr Wachsamkeit zugetraut hatte, registrierte überrascht, wie einfach das war, obwohl er keine Bestechungsgelder zahlen mußte.

Jetzt war er der, als den ihn der Paß auswies: Der Viehhändler Paul Berger aus dem litauischen Teil des Baltikums.

Benda sicherte sich kurz vor Sonnenuntergang am Waldrand nach allen Seiten ab. Als es dunkel geworden war, gab er dem Hengst die Sporen. Er ritt die ganze Nacht über, aber nicht direkt nach Westen auf die deutsche Grenze zu, sondern nach Südwesten. Er kannte das Land wie seine Hosentasche.

Nach jedem Überfall hatte sich seine Bande nur deshalb wie in Luft auflösen können, weil er gewußt hatte, wie sie sich am schnellsten über sichere Pfade reitend, auch in weitflächigen Sumpfgebieten verstecken konnte. Sie hatten ein Winterquartier in einem Sumpf angelegt, den jeder Einheimische für unpassierbar hielt. Hier hatten sie winterfeste Hütten und Ställe gebaut und soviel geraubte Nahrungsmittel und Pferdefutter eingelagert, daß in der Zeit des Schneefalls keine verräterische Spur außerhalb des Sumpfes ihre Anwesenheit verriet.

Benda war schlau genug gewesen, seine Schatzkammer an anderer Stelle anzulegen. Er hatte auch keinem seiner Unterführer anvertraut, daß er in einem anderen Sumpf, einen Tagesritt vom Winterquartier entfernt, eine alte, seit Jahren nicht mehr benutzte Kate entdeckt hatte, in der er den größten Teil des erbeuteten Schmuckes und Geldes eingegraben hatte.

Seine Männer hatten akzeptiert, daß er nicht nur ihr Chef, sondern auch ihr Schatzmeister war. Benda hatte immer das Geld gehabt, um Pferde, Waffen, Lebensmittel und Kleidung zu kaufen. Nach besonders ergiebigen Überfällen hatte er auch Schmuck an die »Brigadisten« verteilt, die sich nach seiner Ansicht besonders tapfer geschlagen hatten.

Seine Männer hatten nie daran Anstoß genommen, daß Benda mitten in der Nacht verschwand und erst zwei Tage später wieder auftauchte. Nur einmal war ihm heimlich ein Unterführer gefolgt. Benda, der einen besonderen Sinn für Gefahr entwickelt hatte, war aufgefallen, daß seine fünf Unterführer Stunden vor seinem geplanten Verschwinden aus dem Lager miteinander getuschelt hatten. Er hatte so getan, als ob er das nicht bemerkte.

Blitzartig wie immer, war er dann in der Nacht auf seinen Hengst gestiegen. Drei Stunden war er geritten, bevor er sich in einen Hinterhalt gelegt hatte.

Er brauchte nur eine Stunde zu warten. Im Morgengrauen sah Benda den Unterführer auf sich zureiten. Der Mann ritt genau auf seiner Spur hinter ihm her.

Benda hatte den jungen Burschen mit einer Kugel aus dem Sattel geschossen. Die Leiche warf er in einen sumpfigen See. Das Pferd des Unterführers hatte Benda auf dem Rückweg von der Kate mit in das Lager seiner Bande genommen.

Joseph ließ seine Männer antreten. Die Unterführer befahl er zu sich. Dann zog Benda, ohne ein Wort zu sagen, seine Pistole und erschoß sie. Seine Männer starrten ihn vor Erschrecken fassungslos an.

»Verscharrt ihre Kadaver!«, schrie er. »Sie wollten uns an die Geheimpolizei verraten. Ihren Späher habe ich erwischt und liquidiert. Vorher hat er gestanden, welchen üblen Verrat sie planten.«

Minuten später hatte Benda sechs neue Unterführer aus seinen Männern ausgewählt. Er nahm die, von denen er wußte, daß sie vor ihm Angst hatten, auf der anderen Seite aber seine Männer nicht schonen würden. Anschließend hatte er Schnaps in Massen spendiert.

Benda erreichte die Kate kurz vor Sonnenaufgang. Er zog den Hengst in die Hütte und kletterte dann auf einen Baum. Er konnte mögliche Verfolger weder sehen noch hören. Im Südwesten sah er kohlschwarze Gewitterwolken aufziehen. Eine Stunde später goß es wie aus Kannen. Seine Spur war verwischt. Benda atmete auf. Er verschlief in der Kate den ganzen Tag.

Am Abend grub er den Schmuck und das Bargeld aus dem Versteck unter dem Herd der Kate aus. Benda hatte so viele Juwelen gehortet, daß er beide Satteltaschen bis dicht unter die Abdeckung füllen konnte.

Wieder vor Morgengrauen überquerte er erneut die deutsche Grenze weitab jeder Zollkontrolle. Seinen Hengst stellte er bei einem Bauern unter.

Benda fuhr mit dem Zug nach Königsberg. In der Stadt kleidete er sich neu ein. Er kaufte sich eine Reisetasche, in der er die Juwelen verstaute. Dann reiste er nach Stettin und Kiel. In beiden Städten mietete Benda Safes für den Schmuck. Den größten Teil seines Bargeldes hatte er auf einem Sparkonto in Königsberg eingezahlt. Drei wertvolle Schmuckstücke behielt er bei sich.

Fünf Tage später holte Benda seinen Hengst bei dem Bauern wieder ab. Auf dem zweiten Gut, auf dem er vorsprach, wurde er als Landarbeiter angenommen. Die Heuernte war in vollem Gange. Jede Hand wurde gebraucht.

»Wo kommst Du her?«, hatte ihn der Vorarbeiter gefragt, als er Benda zu seiner Kammer brachte.

»Aus Litauen!«

»Na, da ist vielleicht was los«, sagte der Vorarbeiter. »Die Zeitungen standen voll davon. Das Gut der Gräfin zu Memel und Samland zu Essex ist von einer riesigen Verbrecherbande überfallen und verwüstet worden. Es hat Hunderte von Toten gegeben. Auch Graf Essex wurde erschlagen. Seine Frau konnte mit ihrer Tochter entkommen. Bei uns würde so etwas nicht passieren. Das versichere ich Dir. Wie der Blitz wäre die Armee zur Stelle und würde solche Banditen in den Boden stampfen.«

»Ich habe auch davon gehört«, antwortete Benda. »Dies war der letzte Anlaß für mich, Litauen zu verlassen. Ich bin deutscher Abstammung. Hier in Ostpreußen fühle ich mich sicherer. Als Deutschstämmiger muß man um sein Leben in Litauen fürchten. Von meinem Pferde- und Landhandel ist mir nur mein Hengst geblieben. Zeiten sind das!«

Benda fixierte den Vorarbeiter. Aber der Mann hatte kaum zugehört.

»Wie heiß Du und was bist Du?« Der Vorarbeiter stieß die Tür neben den Pferdeställen auf, die zu den Kammern der Landarbeiter führte.

»Paul Berger heiße ich. Im Landhandel habe ich zuletzt gearbeitet. Aber viele Jahre habe ich vorher auch als Landarbeiter mein Geld verdient. Ich kann alles was verlangt wird.«

»Gut, Berger! Das mußt Du hier beweisen. Hier wird hart gearbeitet und viel verlangt. Die Arbeit beginnt um fünf Uhr. Also gehe früh zu Bett! Hier ist Dein Bett, da Dein Schrank. Du wohnst mit einem anderen Landarbeiter zusammen. Für jeden einen Stuhl. Der Tisch ist etwas klein!«

Der Vorarbeiter zeigte flüchtig in die Kammer.

»Dein Kumpel kommt auch aus Litauen«, sagte er, bereits in der Tür der Kammer stehend. »Hat auch nur ein Pferd und sonst nichts mitgebracht. Der Gutsherr wollte ihn erst nicht nehmen, weil er eine Verletzung am Arm hat. Hat sich bei der Heuernte drüben in Litauen verletzt. Das hat er jedenfalls gesagt. Aber der Herr hat ihn dann doch behalten. Aus Mitleid und weil er wie ein Teufel arbeiten kann. Flüchtling ist er wie Du. Zeiten sind das!«

Als der Vorarbeiter gegangen war, machte Benda sein Bett. »Strohsäcke, wie in meiner Rekrutenzeit«, murmelte er, das Bett glättend. Er legte seine wenigen Kleidungstücke in die ihm zugeteilten Fächer des Kleiderschrankes. Dann setzte er sich auf einen der Stühle und schaute durch das Fenster in den Himmel.

Zwei Stunden später öffnete sich die Tür der Kammer.

Georg Dowiekat schüttelte Joseph Benda die Hand.

»Auf gute Zusammenarbeit, Paul Berger«, sagte er. »Der Vorarbeiter hat mir vorhin Deinen Namen genannt. Er hat mir auch erklärt, daß wir in einer Gruppe sind. Zusätzlich hat er mir gesagt, Du besitzt wie ich auch ein Pferd. Die Tiere können wir morgen verkaufen. Dann kommt ein Pferdehändler auf das Gut. Wenn wir sie in Geld umgesetzt haben, gehen wir am Sonnabend in die Wirtschaft und nehmen einen ordentlichen zur Brust. Vielleicht können wir auch etwas aufreißen. Hübsche Weiber gibt es hier genug, wie ich bisher sehen konnte. Ich stehe schon zu lange trocken. Einverstanden?«

»Einverstanden!«

Beide Männer lächelten sich an.

»Und wie heißt Du?«

»Ich heiße Georg Dowiekat!«
Beide Männer schüttelten sich erneut die Hände.

Luise brachte ihre Tochter zu Bett, wusch sich und zog sich dann wieder ihr Reitkostüm an.

»Lassen Sie Marlies nicht aus den Augen!«, befahl sie der Nurse. »Falls sie unruhig wird, holen Sie bitte ihre Großmutter. Das wird meine Tochter beruhigen.«

Die Nurse sah Luise ängstlich an. »Ich erkenne sie nicht wieder«, dachte sie. »Eisenhart und verschlossen, wie ihr Vater.« Die Nurse ging in das Zimmer, in dem Marlies schlief und hockte sich neben das Bett. Dann begann sie leise zu weinen, um das Kind nicht aufzuwecken.

»Der Graf ist tot, das Gut verwüstet, was soll aus uns werden«, schluchzte sie.

Luise betrat den Salon des Gutshauses, in dem ihre Mutter saß. Die alte Gräfin musterte ihre Tochter.

»Plötzlich ist Luise ein anderer Mensch geworden«, dachte sie. »Ich hoffe immer noch, daß William überlebt hat. Sie weiß bereits, daß er tot ist.« Die Mutter von Luise begann zu weinen.

»Mama!«

Luise beugte sich über ihre Mutter. »Wir alle befinden uns in Gottes Hand. Er entscheidet, nicht wir!«

Die alte Gräfin nahm die Hand von Luise. »Ich habe noch immer Hoffnung, daß alles wieder gut wird, mein Kind. Ich glaube ...«

»Mama!« Luise sah ihre Mutter an.

»Es wird nie mehr so wie früher sein, Mama. Nie mehr! Für mich gibt es nur einen Trost. Ich trage ein Kind von William unter dem Herzen. Es wird ein Sohn werden. Ich weiß es.«

Luise küßte ihre Mutter, die sie verwirrt ansah, auf die Stirn. »Ich weiß Mama, daß es ein Sohn wird«, sagte Luise, jedes Wort betonend. »Und nun Mama, reite ich mit Papa auf das Gut zurück. Ich werde es wieder aufbauen, auch das Dorf. Auch in Zukunft werde ich auf dem Gut leben. Sei so nett und kümmere Dich bitte um Marlies, bis ich sie abholen lasse. Bitte, Mama!«

Luise sah ihrer Mutter in die Augen. »Papa und seine Reiter warten auf dem Hof auf mich. Wir wollen sofort losreiten. Ich weiß Mama, was mich erwartet!« Sie küßte ihre Mutter wieder auf die Stirn.

In der Halle des Gutshauses wurde Luise von ihrem Bruder Wilhelm erwartet. Er trug die einer Uniform ähnliche Kleidung der Reiter ihres Vaters.

»Luise!« Wilhelm lief auf seine Schwester zu und nahm sie in die Arme. »Ich reite zusammen mit Papa und Dir zu Deinem Gut. Hunderte unserer Männer sind seit Stunden unterwegs. Es wird alles wieder gut werden.« Wilhelm streichelte Luise über die Haare.

»Nein, Wilhelm, Du bleibst hier! Ich reite mit Papa. Dein Platz ist hier, meiner auf meinem Gut!« Sie löste sich aus seiner Umarmung. »Du bleibst hier, Du mußt Mama und Marlies beschützen, wie auch Deine Familie!«

»Luise!« Wilhelm sah seine Schwester an. »Bitte, Luise!«

»Nein Wilhelm, hier ist Dein Platz! Du tust, was ich Dir sage!«

»Aber Luise, Du weißt doch noch nicht, was Dich erwartet. Bitte lasse mich Dich begleiten!«

»Ich weiß, Wilhelm, was mich erwartet. Genau weiß ich das!« Luise trat einen Schritt zurück.

Wilhelm nahm ihre Hand. »Schwesterchen, ich bin Dein Bruder. Ich muß jetzt bei Dir sein.« Er sah sie bittend an.

»Wie hat sie sich verändert«, dachte er. »In Stunden verändert. Sie ist eine eisenharte Frau geworden. Eisenhart, wie Papa sich gibt.« Er seufzte.

»Du bleibst hier, Wilhelm, und beschützt Mama, Marlies und Deine Familie. Habe ich mich verständlich ausgedrückt?«

Wilhelm zuckte zusammen, als er in die Augen von Luise sah. Sie waren nicht mehr blau, sondern eisengrau und sie waren eiskalt.

»Ja, Luise«, sagte er leise. »Ich werde Mama, Deine Tochter und meine Familie beschützen.«

Luise küßte Wilhelm flüchtig auf die Wange. Sekunden später hörte er den Hufschlag der Pferde.

»Das Tor schließen!«, rief er den Bediensteten des Gutes zu. Alle Bewaffneten auf die Mauer!«

Wilhelm ging über den Gutshof. Tränen flossen ihm über das Gesicht.

»Luise und William«, flüsterte er. »Nie mehr wird es so sein wie früher.«

Der Geruch von verbrantem Holz flog kilometerweit über die Steppe. Der Seewind trug ihn heran.

Luise verzog keine Wimper, als sie am späten Nachmittag die Rauchwolke sah, die noch immer über dem Herrenhaus ihres Gutes stand.

Dicht neben ihr ritten Fürst Lassejew und Alexander Ambrowisch. Der junge Mongole war kreidebleich. Aber wie Lassejew stemmte er, trotz seiner Verwundung, sein durchgeladenes und entsichertes Gewehr gegen die rechte Hüfte.

Der Vater von Luise ritt dicht vor seiner Tochter. »Er reitet gebeugt, wie ein ganz alter Mann«, dachte Luise. »Zum ersten Mal in seinem Leben, tief gebeugt.«

Einen dichten Ring bildeten um sie die Kaukasier, die die Angriffe der Benda-Banditen bei der Flucht überlebt hatten und fünfzig schwer bewaffnete Reiter des Hauptgutes. Späher galoppierten vor und hinter ihnen.

Kurz vor dem Gut hob der Vater von Luise die rechte Hand. Alle Reiter zügelten ihre Pferde.

Zwanzig Männer galoppierten heran. Sie wurden von einem der Inspektoren geführt, von dem Luise wußte, daß er ein ehemaliger preußischer Rittmeister war, den ihr Vater in seine Dienste genommen hatte.

Der Rittmeister verbeugte sich vor Luise. Sein Gesichtsausdruck war so ernst, daß sich ihr Herz zusammenzog. Sie hatte keine Hoffnung mehr gehabt, William wiederzusehen. Jetzt wußte sie, daß dieser Traum endgültig zu Ende war.

»Wir haben die Situation unter Kontrolle«, sagte der ehemalige Rittmeister zu ihrem Vater. Er blickte Luise an. Er sprach leise, aber sie verstand jedes Wort.

»Bis auf fünfzehn Gefangene haben wir die ganze Bande niedergemacht, Graf. Wir selbst haben zehn Tote und dreißig Verwundete zu beklagen. Littauland ist gut davongekommen. Dort hat es nur acht Tote und zwanzig Verwundete gegeben. Einige Häuser und Scheunen wurden niedergebrannt. Dr. Perkampus hat alle Verwundeten versorgt. Sie werden überleben. Auch die Schwerverletzten.«

Als der ehemalige Rittmeister sein Pferd dichter an den Hengst des alten Grafen drängte, wollte Luise ebenfalls näher an ihren Vater heran. Aber Lassejew fiel ihr in die Zügel. Auf einen Wink von ihm ritt Alexander Ambrowisch vor sie.

»Auf dem Gut haben nur zwei Mägde überlebt«, sagte der Rittmeister noch leiser. Wieder warf er Luise einen Blick zu. Ihr Vater hielt seine linke Hand gegen sein Ohr. Luise verstand noch immer jedes Wort. Sie fühlte, wie sich eine eisige Kälte in ihrem Körper ausbreitete.

»Wir haben alle Toten des Gutes, unsere Toten wie auch die toten Kaukasier, auf den Gutshof gebracht, Graf. Ich muß allerdings empfehlen, daß sie nicht mehr angesehen werden. Es ist zu schrecklich«, flüsterte er.

»Wo liegt mein Schwiegersohn?« Luises Vater flüsterte ebenfalls. Sie sah, daß seine Schultern zuckten. Ihr Vater weinte.

»Er liegt zwischen seinen Bediensteten. Dr. Perkampus hat das so angeordnet. Von ihm stammt auch der Vorschlag, die Toten nicht mehr anzusehen. Auch nicht den Leichnam Ihres Schwiegersohnes.« Der Rittmeister blickte wieder zu Luise.

Als Luise zu schwanken begann, stützten Lassejew und Alexander sie. Der Kaukasier gab dem Rittmeister ein Handzeichen.

»Atmen Sie tief durch, Gräfin!«, befahl er Luise. Er griff in seine Satteltasche und holte eine kleine Flasche hervor. Mit den Zähnen zog er den Korken.

»Es ist Wodka, Gräfin. Nehmen Sie einen großen Schluck. Sofort!«

Luise gehorchte ihm. Sekunden später wurde die Kälte in ihrem Körper von einer wohltuenden Wärme verdrängt. Sie richtete sich in ihrem Sattel wieder auf.

»Wo ist dieser Benda?«, fragte ihr Vater den ehemaligen Rittmeister.

»Er ist leider entkommen, Graf. Es ist uns ein Rätsel, wie das möglich ist. Patrouillen werden die ganze Nacht unterwegs sein. Wir hoffen, ihn auch noch fangen zu können.«

»Wo sind die Gefangenen?«

»Sie sind zusammengebunden in einer der Scheunen, Graf. Unter ihnen befinden sich sogenannte Unterführer. Sie haben ausgesagt, daß sie Benda begleitet haben, als er floh. Aber er sei schneller als sie gewesen. Sie haben aber nicht gesagt, in welche Richtung er geflohen ist. Wir wollten das aus ihnen nicht herausprügeln lassen.« Der ehemalige Rittmeister sah Luise verlegen an.

»Das werden die Kosaken machen«, antwortete ihr Vater. »Darauf verstehen sie sich, wie man weiß. Sind sie verständigt worden?«

»Jawohl, Graf. Sie werden morgen früh zur Stelle sein!«

»Morgen? Erst Morgen?« Der Vater von Luise schüttelte seinen Kopf. »Wie immer einen Tag zu spät!«

Lassejew ließ die Zügel der Stute von Luise los, die er in die Hand genommen hatte, als sie zu schwanken begann.

»Führen Sie meinen Männern und mir die Gefangenen vor, Rittmeister«, sagte er. »Wir sind Söhne dieses Reiches und wir wissen, wie man mit solchen Banditen umzugehen hat. Bitte, Rittmeister!«

Der alte Graf drehte sich zu Lassejew um. »Der Rittmeister wird tun, was Sie fordern, Fürst Lassejew!«

Luise glaubte nicht richtig zu hören. Ihr Vater wußte also auch, wer der Kaukasier war. Aber bevor sie den Gedanken zu Ende spinnen konnte, warum weder ihr Vater noch William ihr gesagt hatten, daß der Chef ihrer Leibgardisten ein Fürst war, trabte die Gruppe wieder an.

Als Luise in den Gutshof ritt, begann ihr Herz zu rasen. Das Herrenhaus bestand nur noch aus einem rauchenden Trümmerhaufen. Kleider, Hausrat und Möbel stapelten sich auf dem Hof. Die beiden Jagdhunde ihres Mannes lagen in Demutshaltung in ihrem Zwinger und winselten.

Vor den Scheunen auf beiden Seiten des Gutshofes lagen unter weißen Laken die toten Männer und Frauen des Gutes, des Dorfes sowie die Kaukasier. Hunderte bewaffneter Männer hielten die Totenwache.

Im Gutshof standen dicht gedrängt die Bewohner von Littauland. Sie waren niedergekniet, als Luise durch das Tor ritt.

Die Frauen begannen zu weinen und zu klagen. Die Männer bekreuzigten sich.

»Welch ein Unglück!«, riefen die Frauen. »Warum hat der Herr uns diese Last aufgebürdet? Wir haben Gott immer treu gedient. Was haben wir verschuldet, daß wir so leiden müssen? Warum hat er seine segnende Hand von uns genommen? Warum uns seine Güte entzogen?«

Sie schlugen mit ihren Händen auf die Erde und rissen sich die Kopftücher von ihren Haaren.

»Herr erbarme Dich unser! Stehe uns bei! Hilf uns!« Ihr Klagen und Weinen erfüllte den Hof.

Luise zog die Zügel ihrer Stute an, so, als ob sie Halt im Zaumzeug des Tieres suchte. Sie sah auf die lange Reihe der Toten, die unter den Laken lagen.

Dort ruhte das Liebste, was sie besessen hatte. Der Mann, der neben ihrer Tochter das ganze Glück ihres Lebens gewesen war. Der sie und Marlies beschützt, der sie beide auf Händen getragen, der für sie beide von morgens bis abends gearbeitet hatte.

Dort lag er, irgendwo dort unter den Toten.

Luise sah seinen verzweifelten Blick vor sich, mit dem er am Morgen beim Abschied Marlies betrachtet hatte. Sie fühlte wieder seine Hände an ihrem Körper, als er sie und Marlies zum letzten Mal umarmte. Ihre Augen begannen sich mit Tränen zu füllen. Sie sah, daß auch ihr Vater weinte.

Luise wollte es verhindern. Aber sie konnte es nicht.

Sie ließ die Zügel ihrer Stute los.

Aus ihrem Mund löste sich ein Schrei. Es war der Schrei eines waidwund geschossenen Tieres. Er drang wie ein Geschoß über den Hof.

»Ich will den Leichnam meines Mannes sehen!«, schrie sie so gellend, daß selbst die bewaffneten Männer, die bisher bewegungslos vor den Toten gestanden hatten, zusammenzuckten.

»Ich will ihn sehen! Sofort will ich ihn sehen! Niemand kann mich hindern, noch einmal seinen Körper zu umarmen, noch einmal sein Gesicht zu küssen! Niemand, niemand!«

Luise wollte aus dem Sattel springen. Der Kaukasier aber ergriff ihren linken Arm und preßte ihren Körper wie ein Schraubstock auf den Sattel ihrer Stute.

Luise sah Dr. Perkampus mit seiner Frau, die an der Wand einer der Scheunen gestanden hatten, erst, als sie auf sie zugingen. Sie registrierte, daß der Arzt nicht sie, sondern den Kaukasier anblickte und verneinend den Kopf schüttelte.

Luise versuchte sich aus dem Griff von Lassejew zu befreien.

»Ich will zu meinem Mann. Sofort will ich es!«, schrie sie erneut gellend. Es gelang ihr jedoch nicht, aus dem Sattel zu kommen.

Das Weinen und Klagen der Frauen von Littauland war verstummt. Sie hatten sich, wie auch ihre Männer, flach auf die Erde gelegt.

Fürst Lassejew winkte dem Vater von Luise und Alexander zu. Sie und er drängten ihre Pferde dicht neben die Stute von Luise. Sie war so eingekeilt, daß sie nicht aus dem Sattel steigen konnte.

Der Vater von Luise, Tränen in den Augen, rief mit lauter Stimme.

»Hier liegen lauter Grafen zu Essex, mein Kind. Ob Frau oder Mann, alle heißen jetzt zu Essex!« Er sah Alexander an, der ebenfalls weinte.

»Auch der Vater, die Mutter und die Braut von Alexander Ambrowisch, der hier neben Dir ist, Luise, heißen jetzt zu Essex. Sie liegen alle unter diesen Laken, weil auch sie das Schicksal erlitten haben, daß unser lieber Schwiegersohn, Dein Mann, erlitten hat.«

Luise preßte die Hände vor ihre Augen, als sie sah, wie bitterlich ihr Vater zu weinen begann.

»Gräfin, Sie müssen jetzt etwas sagen!«, hörte Luise die Stimme des Kaukasiers wie aus weiter Ferne. »Etwas Optimistisches müssen Sie sagen. Die Dorfbewohner warten darauf. Sie müssen vom Wiederaufbau sprechen, müssen sagen, daß Sie hier leben wollen, auch in Zukunft. Diese Menschen lieben Sie. Das sind Sie ihnen und Ihrem Mann schuldig!«

Luise zögerte einige Sekunden. Dann richtete sie sich ruckartig im Sattel auf. Dr. Perkampus und Früst Lassejew sahen sich aufatmend an.

»Hört, was ich Euch zu sagen habe, die Ihr meinem Mann und mir in der Vergangenheit so treu und zuverlässig gedient habt«, rief sie. Die Dorfbewohner standen auf.

»Es stimmt, daß der Herr uns allen eine schwere Bürde auferlegt hat. Wir wissen nicht warum, aber wir werden gemeinsam diese Bürde tragen. Ihr und ich. Und wir werden ihn anflehen, wie früher wieder seine segnende Hand über uns zu halten. Und ich bin sicher, er wird uns diese Bitte erfüllen.

Wir werden gemeinsam unsere Toten, die hier vor uns liegen, auf einem neuen Friedhof begraben, der neben dem Gut auf einer Bodenwelle angelegt wird. Und mein Mann wird zwischen diesen Toten liegen, zwischen den Frauen und Männern, die mit ihm gemeinsam das Gut verteidigt haben und die mit ihm gemeinsam gestorben sind. Und wenn der Herr eines Tages mich abruft, werde ich auch dort ruhen. Das bin ich meinem Mann und denen schuldig, die für uns alle gestorben sind.

Ich werde auf diesem Gut bleiben und es mit Euch, wie auch die zerstörten Häuser des Dorfes, wieder aufbauen. Alle Kosten dafür werde ich übernehmen. Auch im Namen meines toten Mannes bitte ich Euch, mich dabei zu unterstützen.«

Luise mußte sich erneut am Zaumzeug ihrer Stute festhalten.

»Ich will jetzt die Gefangenen sehen!«, rief Luise. »Sie sollen vor den Toten stehen. Ich verlange dies!«

Der ehemalige Rittmeister ließ seine Männer eine Kette vor den Dorfbewohnern bilden. Dann wurden die Gefangenen aus der Scheune geführt. Die Dorfbewohner überschütteten sie mit Schmährufen.

Luise sah die Banditen erschrocken an.

»Es sind durchweg Galgenvogelgesichter«, dachte sie. Vom Schicksal der Familie Benda hatte sie gehört. »Wie kann ein Mensch, der aus guter Familie stammt, so absinken und solche Banditen um sich sammeln.«

»Wo sind die sogenannten Unterführer?« Die eiskalte Stimme von Fürst Lassejew füllte den Hof. Die Schmährufe der Dorfbewohner erstarben wie auf Kommando.

Der Rittmeister löste die Seile, die die beiden letzten Männer mit den anderen verbanden. Dann schob er sie nach vorn. Luise sah, daß Lassejew von seinen Kameraden umgeben war, die überlebt hatten. Sie hatte nicht bemerkt, daß sie neben ihn geritten waren.

Luise fröstelte, als sie die Gesichter der Kaukasier anblickte. Sie drückten das aus, was als der böse Blick bekannt war.

Die Stimme von Lassejew dröhnte über den Hof. »Ihr habt nicht nur diese bedauernswerten Menschen ermordet, die hier vor uns liegen. Nicht nur den Herrn des Gutes getötet, Ihr habt nicht nur Frauen auf diesen und anderen Gütern geschändet und dann erstochen, erdrosselt oder erschlagen. Ihr habt auch meine tapferen Männer getötet, Kaukasier, wie ich es bin. Als Stephan Igor Fürst von Lassejew verkündige ich Euch: Für alle diese Verbrechen trifft Euch deshalb die Strafe unserer Gesetze, der Gesetze des Kaukasus. Und zwar das härteste aller unerer Gesetze. Das Gesetz der Blutrache!«

Die Kaukasier rissen Peitschen von ihren Sätteln, die Luise noch nie bei ihnen gesehen hatte. Die Peitschen zischten durch die Luft. Sie schlangen sich um die Hälse der Unterführer. Die Kaukasier zogen an den Peitschen und rissen die Banditen zu Boden. Die Unterführer der Benda-Bande begannen vor Angst zu schreien.

Die Kaukasier zogen ihre Peitschen an. Die Gesichter der Unterführer verfärbten sich bläulich. Sie begannen zu röcheln.

»Wohin ist der Verbrecher Benda geritten?« Lassejew schrie die Unterführer an.

»Wohin?«

Der Fürst richtete sich im Sattel seines Hengstes auf. Luise sah, daß seine Hals- und Stirnadern anschwollen.

Die Kaukasier lockerten die Peitschen.

»Nach Westen ins Deutsche Reich!« Beide Unterführer preßten stöhnend diesen Hinweis hervor.

Lassejew drehte sich zu dem ehemaligen Rittmeister um, der sich zu seinen Männern gesellt hatte, die die Totenwache hielten.

Langgezogene Kommandos dröhnten über den Hof. Rund einhundert Männer der Totenwache lösten sich von ihren Kameraden. Ihre Pferde wurden auf den Hof gebracht. Die genagelten Stiefel laufender Männer knallten dröhnend auf das Pflaster.

Zehn Minuten später ritten die Einhundert durch das Haupttor. Die Kaukasier zogen ihre Peitschen wieder an.

»Ich habe keinen der Toten gesehen!«, rief Lassejew auf die Laken zeigend. »Aber ich weiß, was hier geschehen ist. Wer von Euch Banditen hat Hand an die gelegt, die an die Scheunentore genagelt wurden?«

Die Kaukasier ließen ihre Pferde rückwärts gehen. Die Unterführer wurden erneut umgerissen und rutschten über das Hofpflaster. Ihre Gesichter waren blutig, als sie wieder aufstanden.

»Wir nicht, wir nicht!«, rief der ehemalige Kellner.

Luise begann wieder im Sattel zu schwanken. »William an die Scheune genagelt? Gott im Himmel!«, flüsterte sie. Luise preßte ihre Hände gegen ihren Mund, um nicht erneut aufzuschreien.

»Es stimmte also, was auf den gesellschaftlichen Veranstaltungen der Gutsbesitzer erzählt worden war«, dachte sie. »Die Mitglieder der Benda-Bande schlugen die Besitzer der von ihnen überwältigten Güter ans Kreuz, wie einst die Juden Jesus.«

Luise klammerte sich wieder an das Zaumzeug ihrer Stute. Alexander Ambrowisch stützte sie.

»Was mag mein Mann für Leidensstationen durchlitten haben, bevor er an eine Scheune genagelt wurde?«, sagte Luise weinend. »Lebte er noch, als diese Verbrecher auf den Gutshof vordrangen? Wie konnten sie das Gut so schnell überwältigen? Es wird doch durch hohe Mauern geschützt?«

Sie begann im Sattel zu schwanken. »William, was hat man Dir angetan! Dir, einem Menschen, der die Güte selbst war!« Luise weinte bitterlich.

Sie fühlte plötzlich eine Hand, die ihre Rechte ergriff.

Dr. Perkampus stand neben ihrer Stute.

»Bitte beruhigen Sie sich, bitte, Gräfin!«

Luise atmete tief durch. Ohne es zu merken, umklammerte sie die

Hand des Arztes, wie ein Kind die Hand des Vaters, wenn Gefahr droht.

»Die beiden Überlebenden sollen vortreten!« Lassejew sah die Unterführer an. Sie zuckten zusammen. Bisher hatten sie nicht gewußt, daß es auf dem Gut Überlebende gegeben hatte. Die beiden Banditen begannen vor Angst zu zittern.

Zwei junge Mädchen traten nach vorn. »Wo habt Ihr Euch versteckt?«

»Dort Herr, im Dach der Scheune!« Sie zeigten auf die Stirnwand der großen Scheune.

»Konntet Ihr sehen, was auf dem Hof vor sich ging, als die Banditen Bendas hier wüteten?«

»Durch die großen Luftlöcher im Giebel der Scheune haben wir alles genau gesehen, Herr«, antwortete die Jüngere der beiden.

»Und was habt Ihr gesehen?«

»Dieser Bandit hier, Herr, war dabei!« Sie zeigte auf den ehemaligen Kellner.

Als die Kaukasier ihre Pferde zurückreißen wollten, um die Unterführer erneut zu Fall zu bringen, rief das andere Mädchen auf den ehemaligen Kellner weisend: »Er hat die junge polnische Magd furchtbar zugerichtet, die die Seitenpforte geöffnet hatte und den Banditen damit Zugang zum Gutshof verschaffte. Er hat sie erst vergewaltigt und dann erwürgt!«

Das Mädchen begann zu weinen.

Luise beugte sich über den Hals ihrer Stute.

»Welche polnische Magd?«, fragte sie.

»Die Sie und der Herr für die Arbeit im Gutshaus angestellt haben!«

»Das kann nicht sein«, sagte Luise. »Das Mädchen kann die Pforte nicht geöffnet haben. Sie war brav, fromm und anstellig. Ihr müßt Euch täuschen. Für sie würde ich meine Hand ins Feuer legen.«

»Doch Gräfin, diese Magd hat die Pforte geöffnet. Wir haben das beide genau gesehen. Wir haben vor der großen Scheune gestanden und beobachtet, daß sie plötzlich aufstand, die Riegel zurückschob und die Pforte öffnete. Wir sind sofort in die Scheune geflohen!«

»Und warum hat sie das getan?«

Die beiden Mädchen sahen sich verlegen an.

»Warum? Sagt es mir, bitte!«

»Die Magd war vom Vorarbeiter Dowiekat verführt worden und schwanger«, antwortete die Ältere der beiden. »Weil sie ein Kind von ihm bekam, wollte er von ihr nichts mehr wissen. Die Magd hatte uns gesagt, daß sie diese Schande nicht überleben könnte.«

»Und warum hat sie sich nicht mir oder meinem Mann anvertraut?« Luise blickte die Mädchen überrascht an. »Ihr wißt doch alle, daß wir immer jedem geholfen haben, der in Not gekommen war.«

»Das hat sie auch versucht, Gräfin. Wie auch alle anderen Mädchen vor ihr, die von Dowiekat verführt worden waren. Aber der Vorarbeiter hat das verhindert. Er hat gedroht, sie zu töten, wenn sie zu Ihnen gehen würde, Gräfin. Wir hatten alle Angst vor ihm!«

Luise sah die lüsternen Augen des Vorarbeites vor sich, mit denen er am Morgen ihren Körper abgetastet hatte. Im Gegensatz zu William hatte sie sich in ihm nicht getäuscht. Dowiekat war ein primitiver Kerl, auf den kein Verlaß gewesen war.

»Gehört Dowiekat zu den Toten?«, rief Luise mit lauter Stimme. »Wenn ja, wird er nicht im gemeinsamen Grab mit den anderen beigesetzt werden. Das ordne ich hiermit an.«

Luise sah den ehemaligen Rittmeister an. Aber bevor er antworten konnte, rief die Ältere der beiden Mädchen: »Dowiekat ist geflohen, Gräfin. In letzter Sekunde geflohen. Er hat sich einen Trakehner aus dem Stall geholt, als die schweren Kämpfe um das Tor begannen. Wir beide haben genau gesehen, wie er durch die Seitenpforte flüchtete. Alle Banditen, die durch die Pforte gekommen waren, drängten sich zu diesem Zeitpunkt vor dem Haupttor, um die dort kämpfenden Männer niederzumachen. Dann stürmten sie zum Wehrgang der Mauer empor. Einige der Banditen begannen bereits damit, Mädchen und Frauen zu vergewaltigen. Dowiekat hatten sie nicht bemerkt. Er war so schnell wie ein Pfeil!«

»Und hat mein Mann die Flucht von Dowiekat bemerkt?«

»Ja, der Herr hat die Flucht beobachtet. Vom Wehrgang aus. Wir konnten deutlich sehen, wie überrascht und enttäuscht er war. Er starrte Sekunden hinter Dowiekat her, als er über den Hof ritt. Danach hat der Herr noch einige Kommandos gerufen und auf die Bandenmitglieder geschossen, die auf den Wehrgang vordrangen!«

Luise hatte das Gefühl, ihr Herz würde zerspringen. Es raste so schnell, daß sie nach Luft ringen mußte.

»Wo ist die Leiche der Polin?«, schrie sie.

»Wir haben dieses bedauernswerte Kind bereits auf dem Friedhof begraben lassen, Gräfin!« Dr. Perkampus griff nach der linken Hand von Luise.

»Auf dem Friedhof? Dr. Perkampus, doch nicht auf dem Friedhof! Sie ist eine Verräterin, die alle Bande zwischen uns zerschnitten hat. Auf dem Friedhof kann sie in keinem Fall bleiben. Sie hat alle die hier auf dem Gewissen, die unter dem Laken liegen. Auch meinen Mann!«

Luise biß sich in die rechte Hand, die sie zum Mund geführt hatte, um nicht erneut laut aufzuschreien.

»Gräfin!« Dr. Perkampus umfaßte Luises linke Hand mit beiden Händen. »Der Herrgott hat sie bereits zu sich genommen. Wie er alle zu sich nimmt, ganz gleich, welche Schuld sie auch auf sich geladen haben. Als dieses Mädchen noch lebte, hat sie die Bande zwischen sich und uns zerschnitten, Gräfin. Daran besteht kein Zweifel. Aber jetzt umhüllen sie andere Bande, Gräfin. Gott wird ihr ihre Schuld vergeben haben, weil sie, die uns allen von ihrer Familie anvertraut worden war, dieses Gut ins Unglück gestürzt hat. Die Erkenntnis, daß wir alle versagt haben, als es darum ging, dieses uns anvertraute Kind vor Unheil zu bewahren, leitete mich, als ich dafür sorgte, daß sie in geweihter Erde begraben wurde.

Gewiß, Gräfin, unter den Toten, die hier vor uns liegen, ist kein Platz für dieses Mädchen, obwohl sie geschändet und erdrosselt wurde. Aber auf dem Acker Gottes« – Dr. Perkampus drehte seinen Kopf in die Richtung des Friedhofes – »kann sie nach dem Schrecken, den sie durchlebt hat, bis zum jüngsten Gericht ruhen. Und ich, Gräfin, werde jeden Sonntag vor ihrem Grab für ihr Seelenheil beten!«

Die Gräfin und Dr. Perkampus sahen sich an.

Luise hatte genau verstanden, daß der Arzt ihr Mitschuld am Schicksal der jungen Polin aufgebürdet hatte. Er hatte so laut gesprochen, daß auch die weit hinten im Hof stehenden Männer und Frauen seine Worte gehört hatten. Sie fühlte förmlich, daß sie von allen Menschen, die sich auf dem Hof drängten, angestarrt wurde.

Fürst Lassejew und Alexander Ambrowisch nahmen ihre Hände. Ihr Vater drehte sich zu ihr. Dr. Perkampus legte seine rechte Hand auf ihr linkes Knie. Luise begann im Sattel zu schwanken.

»Ich habe Mitschuld!«, sagte sie laut aufweinend. »Ich hätte meinem Mann, diesen gütigen Menschen, aufklären müssen, daß Dowiekat ein Teufel in Menschengestalt ist. Ich hatte es gefühlt. Aber ich habe es nicht deutlich genug gesagt. Ich trage Mitschuld!«

Sie schlug das Kreuz. Alle auf dem Hof taten es ihr nach. Dann stürzte Luise ohnmächtig in die Arme des Arztes.

Zweites Kapitel: Die Liebe

»O Glück, o Himmelswunder Liebe.
Du Atemzug der Seeligkeit.«
Frithjof-Saga, 1825

»Dein Haß ist deine Strafe«
Friedrich von Bodenstedt, 1851

»Mama, wir wollen noch zum Grab reiten und Papa und Großvater besuchen!«

Charles sah seine Mutter bittend an.

»Gut, mein Sohn. Wenn Du das gerne möchtest, reiten wir!«

Luise griff nach den Zügeln des Hengstes, auf dem ihr Sohn neben ihr ritt und bremste das Pferd ab. Sie drehte sich zu Stephan Lassejew um. Er lächelte sie an und nickte mit dem Kopf.

An der Seite von Lassejew ritt Marlies. Sie waren im großen Bogen über zwei Stunden lang um das Gut herumgeritten.

Marlies war vierzehn, ihr Bruder Charles zwölf Jahre alt.

Hinter Lassejew und Marlies warteten zwanzig Kaukasier. Sie saßen wie angegossen auf ihren Pferden, ohne ein Wort miteinander zu reden.

Die Kaukasier waren vor einem Jahr auf dem Gut erschienen. Stephan hatte sie Luise, wie die anderen Kaukasier vor ihnen auch, vorgestellt. Sein Vater entsandte alle zwei Jahre neue Leibgardisten zu seinem Sohn.

Die Kaukasier waren fröhliche junge Männer, die die Herzen der Mädchen auf dem Gut und in Littauland höher schlagen ließen. Sie konnten, besonders wenn sie von den neu auf dem Gut eintreffenden zwanzig Männern abgelöst wurden, rauschende Feste feiern. Aber sie hielten sich von allen Mädchen fern. Im Dienst sprachen sie kein Wort miteinander.

»Sie sind unsere Zinnsoldaten«, hatte Luise eines Tages zu Stephan gesagt.

»Sie sind im Dienst wie die Preußen«, hatte Stephan geantwortet. »Du wirst auch nie erleben, daß alle gleichzeitig feiern. Die Hälfte von ihnen tut nur so. In Wirklichkeit sind sie wachsam wie Luchse. Ihre Ohren hören jeden ungewohnten Laut, ihre Augen sehen alles!«

Aber seit dem Überfall der Benda-Bande lebten die Bewohner des Gutes und von Littauland, wie auch die der anderen Dörfer, wie auf einer Insel des Friedens.

Das Herrenhaus war wieder aufgebaut worden. Größer als vorher. Es stand auf zwei Kellern. Der zweite war zehn Meter tief in den Boden gegraben worden.

Die Kellerwände bestanden aus in Beton gelegten Natursteinen, die Kellerdecken aus Bögen, die, wie auch die Wände, schweren Granaten standhalten konnten. Die Keller waren wohnlich eingerichtet worden. Sie verfügten über Schlaf- und Wohnräume sowie über eine Küche. Die Trinkwasserversorgung erfolgte über zwei Pumpen, die in den unteren Kellerräumen eingebaut worden waren. Dort befanden sich auch die Vorratsräume.

Lassejew hatte darauf gedrungen, daß das Herrenhaus zur Festung in der Festung ausgebaut wurde. Deshalb waren auch die Außenwände des Gutshauses so dick, daß sie allen gängigen Granaten widerstehen würden.

»Sie werden mich für verrückt erklären, Gräfin, aber ich muß darauf bestehen, daß das Herrenhaus noch stabiler als die Mauer ist«, hatte er Luise gesagt, als er ihr seine Pläne für den Wiederaufbau vorgelegt hatte. »Betrachten Sie mich bitte nicht als Schwarzseher. Aber Benda kann der Anfang von größeren Aktionen gegen das Gut gewesen sein.«

Luise hatte gelacht.

»Gut«, hatte sie geantwortet. »Und was schlagen Fürst Lassejew für die Mauern vor?«

Luise hatte es die Sprache verschlagen, als Lassejew, ohne mit der Wimper zu zucken, antwortete: »Drei Meter dicker!«

Luise hatte den Kaukasier erstaunt angesehen. Über ihr Gesicht war ein Lächeln geflogen. Als sie bemerkte, daß er keine Wimper verzog, fragte sie: »Können Sie mir sagen Fürst, aus welchen Gründen ich in Zukunft in einer Festung leben soll? Gewiß, das Material für den Bau der Festung zu beschaffen wird, wie die Anwerbung von Arbeitskräften, kein Problem sein. Arbeitskräfte gibt es hierzulande genug. Bezahlen kann ich sie und das Baumaterial auch. Aber drei Meter zusätzlich für die Mauern? Ich weiß nicht!«

Ihr Gesicht hatte Ratlosigkeit ausgedrückt.

»Gräfin!« Stephan hatte die rechte Hand von Luise genommen und sie geküßt. »Ich kann nicht begründen, warum ich den Ausbau des Gutes zur Festung vorschlage. Aber ich habe das Gefühl, nach Benda werden andere Banden gegen das Gut anrennen. Ich weiß nicht, warum ich die Zukunft so schwarz sehe. Aber ich sehe sie nun einmal so!«

Luise hatte einige Minuten nachgedacht. »Wie wäre es, wenn Sie meinen Vater fragen würden, was er davon hält, Fürst. Schließlich war er Festungsbaumeister, bevor er das Hauptgut übernahm. Nicht ernannter, sondern studierter Baufachmann, Fürst!«

»Das ist längst geschehen, Gräfin. Ihr Vater ist damit einverstanden. Er sieht die Zukunft so schwarz wie ich. Überrascht Sie das, Gräfin?«

»Nein, Fürst, das überrascht mich nicht. Er sieht angesichts der inneren Unruhen in Rußland das Zarenreich untergehen. Aber, wenn das passieren sollte, frage ich mich, ob wir dann nicht auch mit untergehen?«

»Eben, das glaubt Ihr Vater nicht, Gräfin. Er meint, wer sich selbst verteidigen kann, wird überleben. Und nach seiner Meinung, die auch die meine ist, kann nur überleben, wer hinter dicken Mauern lebt. Das war immer so und das wird so bleiben!«

Luise hatte geseufzt.

»Daß mein Vater nur an Mauern denkt ist kein Wunder, Fürst. Schließlich hat er jahrelang nichts anderes getan, als immer dickere Mauern zu bauen. Jede größere Granate, die irgendwo auf der Welt entwickelt wurde, war für ihn der Anlaß, noch eine Mauer vor die schon bestehenden zu setzen. Gut! Das war sein Geschäft. Aber, daß Sie, Fürst, nun auch an dicke Mauern denken, überrascht mich sehr. Ich dachte bisher immer, Sie sind mehr wie mein verstorbener Mann Husar und nicht Festungssoldat!«

»Ich bin aufgrund meiner jüngsten Erfahrungen bereit, beides zu tun, Gräfin. Aber der Verteidigung hinter dicken Mauern würde ich dabei den Vorrang geben!«

»Und wie soll das ganze aussehen, wenn es fertig ist, Fürst?«

»Das werden Sie sehen, Gräfin, wenn Sie Ihrem Vater und mir freie Hand lassen!«

Stephan Lassejew hatte erneut ihre rechte Hand geküßt.

»Gut! Dann walten Sie und mein Vater Ihres Amtes!«

Luise war nach der Unterredung auf ihre Stute gestiegen und, gedeckt durch die Kaukasier, über ihre Felder geritten.

Zwei Jahre lang, von der Schneeschmelze bis zum ersten Frost im Herbst, hatte eine Armee von Arbeitern das Gut bevölkert. Luises Vater war in seinem Element gewesen. Er ließ drei Meter hinter der Innenwand der alten Mauer eine zweite errichten. Der Hohlraum zwischen beiden Mauern wurde mit Steinen ausgefüllt, die in Beton lagen. Die Seitenpforte, durch die der Unterführer von Benda mit seinen Männern gestürmt war, wurde zugemauert. Der Wehrgang auf der Krone der Mauer wurde über drei Meter breit. Dicke Mauern, die quer über den Wehrgang gezogen wurden, teilten ihn in mehrere Verteidigungsbereiche. Die Eckpunkte der Mauer wurden zu eigenen Stützpunkten ausgebaut.

Geschützte Schießscharten wurden auf beiden Seiten des Wehrganges angelegt, lange Abschnitte des Ganges unsichtbar von außen mit Betongewölben überdacht. Vom Fuß der Mauer bis zur Krone emporgezogene Erker ermöglichten eine gesonderte Verteidigung des Haupttores. Auch die Eckstützpunkte verfügten über granatsichere Erker.

Granatsicher waren ebenfalls die sechs neuen Aufgänge, die vom Innenhof des Gutes auf die Mauer führten. Sie verfügten ebenfalls über Schießscharten auf beiden Seiten.

Besucher des Gutes mußten annehmen, das Dach des Gutshauses war mit Stroh gedeckt. Tatsächlich bestand es aus einem tonnenschweren Gewölbe, das auf fast zwei Meter dicken Außenwänden ruhte, die leicht schräg gestellt, auch schweren Granaten Widerstand bieten konnten. Auf dem Dachgewölbe lag eine dicke Strohschicht. Selbst wenn sie abbrennen sollte, konnten Regen und Schnee dem Gewölbe nichts anhaben. Es war wasserdicht. Alle Häuser und Scheunen in Littauland, die die Benda-Bande zerstört hatte, waren wieder aufgebaut worden. Die Zufahrtswege zum Dorf waren gepflastert, Ackerland und Koppeln neu geordnet worden.

Jeder Bauer in Littauland war jetzt eigener Herr auf eigenem Boden. Luise hatte von ihrem Besitz soviel Land kostenlos abgegeben, daß jeder Bauer dreißig Morgen unter dem Pflug hatte und zwanzig Morgen Weideland sein Eigen nannte. Dennoch stellten alle Bauern ihre Hauptarbeitskraft dem Gut zur Verfügung.

Auf dem riesigen Gutshof waren vier neue Scheunen und sechs Ställe gebaut worden. Vieh und Vorräte waren voneinander getrennt worden.

Nach dem Weideabtrieb im Spätherbst standen Zuchtrinder und Zuchtpferde in Stallungen, in deren Obergeschossen sich nur das für sie bestimmte Futter befand. In jedem Stall waren mehrere Pumpen installiert worden. Seit das Trinkwasser für das Vieh nicht mehr im Winter vom Hof herangebracht werden mußte, war die Viehsterblichkeit rapide zurückgegangen.

Schweine- und Hühnerställe waren im hinteren Teil des Gutshofes erbaut worden. Besucher des Gutes durften sie auf Anweisung von Alexander Ambrowisch nicht betreten. Schweine- und Hühnerpest gab es seit dieser Zeit auf dem Gut nicht mehr.

Das Acker- und Weideland des Gutes war durch Urbarmachung der Steppe und Trockenlegung von Sümpfen um das Dreifache erweitert worden. Auch der Sumpf hinter dem Gut war trockengelegt, der Wald bis an die Mauer herangezogen worden.

Im Dorf hatte eine Niederlassung der Staatsbank ihre Pforten geöffnet. Sie verbuchte Umsätze wie keine andere Filiale im weiten

Umkreis. Der Zar und auch andere Gutsbesitzer registrierten dies mit Mißfallen.

Der Zar entsandte Kosaken, die auf dem Besitz von Luise nach dem Rechten sehen sollten. Die Kunde davon, daß dort Wohlstand und Frieden herrsche, machte ihn mißtrauisch, weil dies mit den allgemeinen Berichten über die Situation im Reich nicht übereinstimmte.

Wenn die Kosaken an die Grenzen des Landes von Luise kamen, erwarteten sie dort fast immer Reiter in Uniformen, die denen der zaristischen Ulanen ähnlich sahen. Sie waren schwer bewaffnet, aber sie hielten sich zurück.

Die Offiziere der Kosaken redeten mit den Truppführern dieser Reiter. Sie wagten sich jedoch keinen Meter weiter vor. Dabei wurde viel gelächelt und gelacht. Geschossen wurde nie.

Kamen die Kosaken überraschend, waren sie schon in Littauland, stiegen sie sofort wieder in die Sättel ihrer Pferde, wenn die Reiter in den Ulanenuniformen auftauchten.

Wieder wurde gelächelt und gelacht. Alsbald ritten die Kosaken davon.

Es dauerte Wochen, bis sie wieder an den Grenzen des Besitzes von Luise erschienen.

Luise hatte so getan, als ob sie das alles nichts anging. Sie war wie früher über ihre Äcker und Wiesen und durch ihre Wälder geritten. Lassejew und seine Männer waren immer neben ihr. Begegneten ihnen Kosaken, waren sie und ihre Begleiter weiter geritten.

Die Kosaken hatten sofort den Weg freigemacht. Solange Luise Trauerkleidung trug, hatten sich die Kosaken bekreuzigt, wenn sie an ihnen vorbeiritt.

»Der Herr sei mit Dir!«, murmelten die Kosaken. Sie schlugen das Kreuz. Der Offizier, der sie führte, versäumte es nie, Luise persönlich zu begrüßen. Wenn Lassejew in seine Nähe kam, legte er die Hand an seine Mütze. Seine Vorgesetzten hatten ihm zwar mitgeteilt, daß der Kaukasier zwei Menschen erschossen hatte. Sie hatten ihn gleichzeitig aber darauf hingewiesen, daß er ein kaukasischer Fürst ist, und es außerordentlich wichtig wäre, ihn so zuvorkommend wie möglich zu behandeln. Schwierigkeiten mit ihm, so hatten ihm seine Vorgesetzten erklärt, könnten sich nachteilig auf die allgemeine Lage im Kaukasus auswirken. Unangenehme Nachrichten eilten schneller durch das riesige Reich als gute.

Die Familie von Fürst Lassejew war die erste im Kaukasus. Der Zar hatte genug Sorgen. Zusätzliche konnte er nicht gebrauchen. Er wußte, daß die Kaukasier nicht vergessen hatten, daß sie von den Russen überrannt und als Kolonie ohne besonderes Recht in das

Reich eingegliedert worden waren. Der Zar wußte ferner, daß die falsche Behandlung eines Lassejew Explosionen im Kaukasus auslösen konnten. Das wollte er um jeden Preis verhindern.

Die Entscheidung, wie der Offizier mit Lassejew umzugehen hatte, war ihm selbst überlassen worden. Das war typisch für den Zaren und seine ranghohen Untergebenen. Verantwortung wollte in Rußland niemand übernehmen.

Der Kosakenoffizier kannte das Hin- und Herschieben von Verantwortung zur Genüge. Obwohl er Russe war und in jedem Kaukasier den Angehörigen eines Kolonialvolkes sah, das dem Zaren zu gehorchen hatte, hütete er sich, den geringsten Fehler zu machen. Das würde nur ihm und seiner Familie Schaden bringen. Also begrüßte er Lassejew so höflich, wie jeden weißrussischen Fürsten.

Seinen Adjudanten, der ihm deshalb vorsichtige Vorwürfe machte, hatte er angefaucht. »Bist Du selbst erst einmal der Chef, kannst Du machen, was Du willst«, sagte er. »Ich bin lange genug Offizier und weiß, was der Zar hören will. Nur Gutes! Und damit basta!«

»Aber wir sollen doch die Gräfin und diesen Halbwilden aus dem Kaukasus überwachen«, hatte der Adjudant geantwortet. »Ich habe gehört, sie schlafen zusammen. Das ist doch schon ein Grund, einzugreifen!« Der Adjudant hatte seinen Chef verlegen angesehen.

»Na und? Ob das stimmt, weiß ich nicht. Aber jeder Mann, auch ich, leckt sich alle Finger nach der Gräfin. Schaue Dir dieses Gesicht, diese Haare, diesen Po, diese Brüste und diese Beine an. Wenn ich Land hätte, würde ich meinen ganzen Besitz geben, um in ihrem Bett liegen zu können, Du Milchgesicht. Alles würde ich geben.«

Der Kosakenoffizier lachte aus vollem Halse, als er das verdutzte Gesicht seines Adjudanten sah.

»Nun hat dieser kaukasische Fürst diesen Platz besetzt, mein Junge. Na und? Deshalb bricht das Reich nicht zusammen. Aber wenn Du ihn daran hinderst, dann gibt es einen Aufstand im Kaukasus. Und dann wird der Zar Dich, mein Sohn, hängen lassen. Also merke Dir: Wer die Gräfin im Bett wärmt, ist nicht unsere Sache. Unsere Aufgabe ist, dafür zu sorgen, daß hier Ruhe herrscht. Und so gesehen, herrscht hier Ruhe. Auch wenn es im Bett der Gräfin sicher hoch hergehen wird.« Er hatte wieder mit der Zunge geschnalzt. »Und damit basta!«

Der Adjudant hatte verstanden. Er grüßte Lassejew und Luise genauso freundlich wie sein Vorgesetzter. Als Luise ihre Trauerkleidung abgelegt hatte, ritt er neben seinem Vorgesetzten, wenn dieser mit der Gräfin einige Worte wechselte. Der junge Adjudant sah sich Luise dabei genau an.

»Was für ein Weib«, dachte er jedesmal. Er hatte Hitze in sich aufsteigen gefühlt. Der Adjudant begann Lassejew zu beneiden. »Auch ich würde, wenn ich es hätte, Gold geben, um die Gräfin zu besitzen«, sagte er sich.

Unruhig wurden er und sein Chef, wenn die Ulanenreiter auftauchten. Sie waren immer in Sichtweite. Der Adjudant wußte, daß sie hervorragend bewaffnet und ausgebildet waren. Er wußte auch, daß mit ihnen nicht zu spaßen war. Sie hatten sich bei der Überwältigung der Benda-Bande als eiserner Besen gezeigt, der glänzend kehren konnte. Mit ihnen wollte er nichts zu tun haben. Also lächelte und lachte er, wie es auch sein Chef tat.

»Marlies und Charles, bitte zu mir!« Luise winkte ihren Kindern, abzusteigen. Sie griff in die Zügel der Pferde und reichte sie Lassejew. Stephan nahm auch die Zügel ihrer Stute.

Der Kaukasier verzog keine Wimper. Seine Männer hielten sich weit entfernt.

Luise wußte, daß Stephan wie immer eifersüchtig wurde, wenn sie zum Grab von William ging, der hier unter denen lag, die bei dem Überfall der Benda-Bande niedergemetzelt worden waren.

Sie nahm die Hand von Marlies. Ihre Tochter sah genauso aus, wie sie in diesem Alter. Ihre Haare, im Frühjahr noch blond, bekamen einen rötlichen Schimmer. Das Mädchen war schlank und langbeinig. Wie Charles war sie größer als andere Kinder in diesem Alter. Nach ihrer Ansicht würde sich Marlies zu einer Schönheit auswachsen.

Die Privatlehrer von Marlies waren begeistert von der Tochter von Luise. Sie sprach bereits ausgezeichnet Englisch und Französisch. Mühelos plauderte sie mit den Gutsarbeitern in Russisch und Littauisch. Nachdem Luise sie für sechs Monate zu Verwandten zweiten Grades nach Ostpreußen geschickt hatte, sprach sie Deutsch fast perfekt und auch etwas Schwedisch. Zur gleichen Zeit war nämlich ein weitläufiger Cousin von Marlies auf dem Gut gewesen, der der Linie der Samlands angehörte. Seine Familie besaß zwei Güter in Schweden.

Luise mußte lächeln, als sie die Hand von Marlies nahm. Jeden Monat bekam sie zwei Briefe von ihrem Cousin, der in seiner verwandtschaftlichen Bindung zu ihr so weit von ihrer Tochter entfernt war, daß von Blutsverwandtschaft kaum noch geredet werden konnte.

Marlies beantwortete die Briefe sofort. Es war ihr erster Flirt, den sie sehr ernst nahm. Sie zeigte Luise jeden Brief des Cousin aus Schweden und jeden ihrer Antworten an ihn. Ihre Tochter und ihr Cousin wechelten ihre Briefe immer in verschiedenen Sprachen. Luise war entzückt, wie gewandt sich ihre Tochter dabei ausdrückte. Marlies Cousin hatte sogar Unterricht in Russisch und Littauisch genommen, um korrekt antworten zu können.

Charles entwickelte sich zu einem völlig anderen Menschen als seine Schwester. Während sie gerne und immer fröhlich lachte, war er von Natur aus ernst. Er war das Abbild seines Vaters. Optimistisch, zärtlich und weich. Jegliche Art von Kunst interessierte ihn überhaupt nicht. Er konnte glänzend reiten und ausgezeichnet schießen. Maschinen aller Art faszinierten ihn. Er betete sie förmlich an.

Charles hatte die schwarzen Haare und tiefblauen Augen seines Vaters. Sprachen erlernte er so mühelos wie seine Schwester. Aber er war maulfaul. Wenn Luise ihre Kinder zu Empfängen auf Nachbargüter mitnahm, entwickelte Marlies bereits einen Charme unter ihr fremden Menschen, der für ihr Alter erstaunlich war.

Ihr Bruder, sich schlaksig wie jeder junge Engländer gebend, war zwar ein aufmerksamer und hilfsbereiter Begleiter seiner Mutter und seiner Schwester. Aber von selbst sagte er nichts. Wurde er jedoch angesprochen, verblüffte er die Erwachsenen dadurch, daß er problemlos gewandt von einer Sprache in die andere wechseln konnte.

Dennoch schien es Luise immer so, als ob er mit seinen Gedanken ganz woanders war. Stephan bekam heraus, wo er tatsächlich war. Auf dem Gut seiner Eltern. Charles liebte Tiere wie auch Maschinen. Stundenlang war er mit Alexander Ambrowisch unterwegs, wenn er die Arbeit auf den Äckern und Wiesen kontrollierte. Es dauerte nicht lange, dann konnte Charles eine Viehherde auf Anhieb von einer anderen unterscheiden. Er hatte gelernt, wie ein Pflug gehalten werden mußte, wenn er durch einen Acker gezogen wurde. Er konnte säen, Korn und Gras mit der Sense schneiden, Kühe ausmelken und eine Herde von einhundert Pferden auf das Gut treiben. Die Jagdhunde des Gutes gehorchten ihm auch ohne Kommandos. Charles sah sie nur an. Dann bewegte er seine Hände. Sie taten, was er andeutete.

»Ihr Sohn, Gräfin, wird eines Tages ein ausgezeichneter Landwirt«, hatte Alexander Ambrowisch zu Luise gesagt. »Aber ich glaube ...«

Der Junge Mongole hatte sich unterbrochen.

»Was glaubst Du Alexander?« Der Mongole hatte sich über die Stirn gestrichen.

»Sie dürfen bitte nicht lachen, Gräfin!«

»Keinesfalls, Alexander. Das verspreche ich Dir!«

»Ich glaube, Gräfin, er wird auf seinem Weg auf Ihre Felder und Ihre Wiesen und Ihre Wälder einen Umweg machen!«

»Einen Umweg?«

»Über den Himmel zur Erde!«

Luise hatte Alexander und Stephan, der neben ihr stand, verständnislos angesehen.

»Es ist so, Gräfin!« Alexander hatte sich am Kopf gekratzt.

»Ihr Sohn beobachtet Vögel so genau, daß ich das Gefühl habe, er wird eines Tages selbst wie ein Vogel durch die Luft fliegen, Gräfin. Ich habe in einer Zeitung gelesen, daß es Menschen gibt, die Geräte

gebaut haben, die fliegen können. Ihr Sohn hat aus Papier auch so etwas gebaut. Er hat die Flügel der Vögel genau studiert. Ich meine die Flügel der Raubvögel, die er geschossen hat. Nach den Flügeln der Vögel hat er aus Papier ein Gerät gebaut, das fliegen kann.«
»Was soll ich dazu sagen?« Luise sah fassungslos Alexander und Stephan an.
»Nichts!« Stephan lächelte sie an.
»Nichts?«
»Ja, Luise, nichts. Dein Sohn sucht seinen Weg in sein Leben. Laß diesen bezaubernden, ernsten, schlaksigen Engländer seinen Weg gehen. Er weiß heute schon, was er will!«
Luise hatte sich gefügt.

»Darf ich auch Deine Hand wie die von Marlies nehmen, mein Sohn Charles?«

»Bitte, Mama!«

Charles blickte seine Mutter lächelnd an.

Sie gingen Hand in Hand zum Grab.

»Papa, ist tot«, hatte Charles zu seiner Mutter gesagt, als er sieben Jahre alt geworden war. »Ich muß an seine Stelle treten. Ich muß Dich und Marlies beschützen, auch wenn ich noch ein Kind bin. Das bin ich meinem Vater schuldig. Onkel Stephan wird mir dabei helfen, das Schießen zu erlernen. Papa wird damit einverstanden sein, weil er mir das Schießen nicht mehr beibringen kann. Es ist sehr traurig, Mama, daß ich meinen Vater nicht kennenlernen durfte. Traurig deshalb, weil ich ihn liebe!«

Charles hatte seine Mutter und seine Schwester, die beide in Tränen ausgebrochen waren, mit seinen Kinderaugen ernst angesehen. Dann hatte er nach der Hand von Stephan gegriffen.

»Hilfst Du mir dabei, Onkel Stephan?«

Der Kaukasier, dem auch die Tränen gekommen waren, hatte sofort begriffen, daß dies die Stunde war, um sich Charles für ein Leben lang zum Freund zu machen. Er hatte sich über den Sohn von Luise gebeugt. »Natürlich helfe ich Dir dabei, Charles«, hatte er geantwortet. »Dein Vater war mein Freund. Ich werde Dir später, wenn Du größer geworden bist, erzählen, warum er ein Freund für mich war.«

Stephan und Charles wurden unzertrennlich. Wie Vater und Sohn.

Luise fühlte, daß Stephan sie mit seinen Augen förmlich verschlang, als sie mit ihren Kindern zu dem Massengrab ging. Sie genoß es, daß er so heißblütig war. Noch Jahre nach dem Tod von William hatte sie sich dagegen gewehrt, seinem unaufhörlichen Werben um sie zu erliegen.

Ihre Eltern hatten Legionen von unverheirateten Männern von Stand eingeladen, wenn sie ihren Besuch auf dem Hauptgut angekündigt hatte. Lassejew und seine Männer hatten sie bei ihren Fahrten auf das Gut begleitet. Sie standen an den Wänden des Festsaals auf ihre Gewehre gestützt, wenn sie tanzte. Jedesmal, wenn sie dabei Stephan ansah, hatte er sie freundlich angelächelt.

Nach einem dieser Besuche hatte Luise Lassejew auf der Rückfahrt zugewinkt. Er war sofort neben ihre Kutsche geritten. Luise hatte kein Wort gesagt, sondern betont langsam ihre Handschuhe ausgezogen. Dann hatte sie ihm ihre Hände entgegengestreckt. Sie trug nicht mehr die beiden Trauringe, die sie als Witwe auswiesen. Von diesem Tag an war er Nacht für Nacht zu ihr gekommen.

So einen Liebhaber hatte Luise noch nicht erlebt. Er stürzte sie von einem Glückstaumel in den anderen. Stück für Stück hatte er ihr gleichzeitig die Last der Leitung des Gutes von den Schultern genommen. Sie blieb für das Gut und die Dörfer verantwortlich. Aber Lassejew bestimmte, welche Arbeit wann und wo geleistet werden mußte.

Die Gutsarbeiterinnnen und Arbeiter akzeptierten das und gehorchten ihm. Auch die Bewohner der Dörfer betrachteten ihn neben Luise als gleichberechtigt bei der Leitung des Gutes.

Eines Tages hatte Luise überglücklich beobachtet, daß sich Dr. Perkampus mit Stephan so gelassen wie früher mit William besprach. Sie mußte sich zusammennehmen, um nicht beiden Männern um den Hals zu fallen.

»Ich bin wieder glücklich«, flüsterte sie, als sie mit ihren Kindern zu dem Massengrab ging. »Stephan auch, die Kinder ebenfalls!«

Sie fühlte sich von Stephan beschützt und bei ihm geborgen.

Luise preßte die Hand von Marlies so fest zusammen, daß ihre Tochter sie überrascht ansah. Es kam ihr so vor, als ob die Sonne an diesem Tag heller denn je schien. Luise kniete mit ihren Kindern vor dem Zaun, der das Massengrab umgrenzte. Marlies und Charles falteten ihre Hände. Luise legte ebenfalls ihre Hände ineinander.

»Papi und Großvater, Gott beschütze Eure Seelen!«, hörte sie ihre Kinder beten. »Wacht über Mama, Großmutter, Onkel Wilhelm, seine Frau Swetlana, ihre Kinder und unseren Besitz.« Sie begannen so leise zu flüstern, daß Luise sie nicht mehr verstehen konnte.

»Verzeih mir, William«, flüsterte Luise. »Verzeih mir, ich liebe jetzt Stephan und er liebt mich. Ich bin so glücklich und ich glaube, er ist es auch.«

Luise betete auch für das Seelenheil ihres Vaters. Noch immer sah sie die Szene vor sich, als ihr Vater mitten in einem Gespräch mit ihr zusammenbrach. Das war Jahre her.

»Sein Herz ist gebrochen«, hatte Dr. Perkampus zu ihr gesagt, als er den Toten untersucht hatte. »Die Sorge um Sie, Gräfin, die Sorgen um Ihre Kinder, die Sorgen um Rußland. Das war zuviel für diesen alten Mann!«

»Um Rußland?« Luise hatte Dr. Perkampus überrascht angesehen. »Was ist mit Rußland los?« Sie verstand nicht, was der Doktor mit dieser Bemerkung gemeint hatte.

Luise hatte dabei ihren rechten Arm um die Schultern ihrer Mutter gelegt, die weinend neben ihr stand.

»Über Europa schweben schwarze Gewitterwolken, Gräfin. Sehr schwarze Wolken. Lösen sich diese Gewitter, kann das für Rußland tödlich sein. Es gärt schlimmer denn je in diesem Reich, Gräfin. Und der Zar ist so hilflos, wie ein Blatt im Sturm. Außen- und innenpolitisch.«

Luise hatte Dr. Perkampus verwirrt angesehen. Er hatte ihre Hand genommen und gesagt: »Heute ist nicht der richtige Augenblick dafür, daß wir über Rußland reden. Lassen wir einige Zeit verstreichen, Gräfin. Dann werde ich darauf zurückkommen.«

Auf Wunsch ihres Vaters hatten sie seinen Leichnam im Massengrab auf der Bodenwelle neben dem Gut beisetzen lassen. Die Reiter ihres Vaters und die Kaukasier hatten bei der Beerdigung im weiten Rechteck um sie und ihre Familie gestanden. Luise hatte sich so sicher wie nie gefühlt.

»Verzeih mir, William«, flüsterte sie wieder. »Ich habe Dich unsagbar geliebt. Ich habe mich so geborgen bei Dir gefühlt. Aber Du wirst in Deiner Güte verstehen, daß ich nun Stephan auch leidenschaftlich liebe. Du bist nicht mehr an meiner Seite, aber er ist es. Wenn unser Gut und die Dörfer wieder erblüht sind, so verdanken Marlies, Charles und ich es ihm. Tag für Tag arbeitet er für uns. Er ist, wie Du einst, der Herr auf dem Gut. Alle auf dem Gut und im Dorf gehorchen ihm. Du hast ihn auf unser Gut zu meinem Schutz geholt. Vor drei Jahren fanden wir zueinander. Verzeih mir und ihm, William!«

Luise stand auf und klopfte den Sandstaub von ihrem Rock. Sie fühlte erneut, daß die Augen von Stephan ihren Körper abtasteten. Sie hatte das Gefühl, glühende Nadeln würden in ihren Rücken geschossen.

Luise nahm die Hände ihrer Kinder und drehte sich um. Stephan Lassejew lächelte sie an. Seine Männer sahen zur Seite. »Ich liebe Dich«, sagten ihre Blicke, die sich trafen.

»Ich hätte so gerne ein Kind von Dir, Stephan«, dachte Luise. »Aber das geht nicht. Der Adel und der Zar würden mich verdammen. Gerade jetzt, wo mir der Schutz von Papa fehlt.«

»Onkel Stephan lächelt so herzlich«, sagte Marlies. »Er ist ein sehr charmanter, taktvoller Mann, Mama!« Sie sah zu ihrer Mutter hoch. Luise zog ihre Kinder an sich.

»Ja, das ist Stephan«, antwortete sie. »Ich glaube, wir können glücklich sein, daß es ihn gibt und daß wir unter seinem Schutz leben dürfen.«

Sie küßte Marlies und Charles. Dabei blickte sie zu Stephan.

Die Männer des Kaukasiers hatten ihre Pferde gedreht. Luise sah nur ihre Rücken. Stephan legte zwei Finger seiner rechten Hand an seine Lippen. Er küßte die Finger, drehte sie zu Luise und warf ihr den Kuß zu.

Der Wind, der von der Baltischen See kam, hatte die Hitze des Tages von den Feldern und Wiesen getrieben. Aufgestachelt von den aus größen Höhen in das Vakuum über dem Land herunterstürzenden Luftmassen, begann er zu fauchen.

Das auf den Koppeln stehende Vieh drehte die Köpfe aus dem Wind. Die Wasservögel waren mit ihren Küken in das Schilf geflüchtet. Die Ricken duckten sich mit ihren Kitzen in den Wäldern zu Boden. Die Baumwipfel begannen zu schwingen, die Fensterläden der Häuser zu klappern.

Luise lag nackt in ihrem Bett und hörte dem Wind zu, der pfeifend um das Gutshaus floß. Die Gardinen vor dem weit geöffneten Schlafzimmerfenster bauschten sich nach innen.

Eine Glutwolke jagte durch ihren Körper, als sich die Klinke der Schlafzimmertür bewegte. Leise wie eine Katze kam Stephan an ihr Bett. Er beugte sich über sie. Seine Lippen suchten ihren Mund. Ihre Brustwarzen richteten sich auf, als er unter die Bettdecke griff und ihren Körper zu streicheln begann.

Mit zwei Schritten war Stephan am Fenster. Er schloß es geräuschlos. Sie konnte ihn nur schattenhaft sehen, als er sich auszog.

Luise biß ihre Zähne zusammen, um vor Lust nicht laut aufzuschreien, als sie deutlich seine pralle Männlichkeit wie auf einem Scherenschnitt sah. Überrascht hätten diese Schreie im Haus niemanden. Selbst ihre Kinder wußten, daß Stephan und sie wie ein Ehepaar zusammenlebten. Aber sie wollte nicht, daß alle Gutshausbewohner hörten, was sie empfand, wenn Stephan zu ihr kam. Das gelang ihr zwar nicht immer. Aber sie versuchte es, weil sie der Ansicht war, daß es niemand außer Stephan und sie etwas anging, wie sie die Nächte verbrachten.

Luise lag auf dem Rücken und genoß die zärtlichen Hände von Stephan, die sich zu ihren Brüsten emportasteten. Seine Finger erfaßten unendlich sanft ihre Brustspitzen und begannen sie zart zu reiben. Wieder schoß eine Glutwolke durch ihren Körper.

Luise versuchte, ihre Oberschenkel zusammenzupressen. Stephan drückte blitzschnell sein rechtes Knie zwischen ihre Schenkel und schob sie auseinander. Ohne seine zärtlich massierenden Finger von ihren Brustspitzen zu nehmen, schob er seinen Kopf zu ihrem Schoß.

Die Zunge von Stephan zauberte Tonleitern der Lust auf ihren Bauch und die Haut auf den Innenseiten ihrer Oberschenkel. Dabei überflog seine Zunge in schnellen Intervallen ihren Schoß. Das Blut von Luise begann zu kochen.

Als seine Zunge immer schneller über die Tastpunkte der Tonleiter glitt, seine Finger im angepaßten Tempo ihre Brustwarzen massierten, bäumte sich Luise wild aufstöhnend hoch. Ihren ganzen Körper streichelnd half ihr Stephan dabei, ihren Orgasmus voll auszukosten.

Stephan legte sich über Luise. Seine Arme und Beine hielten ihren Körper fest. Luise griff zu seinem Schoß und preßte sein Glied zusammen. Er begann zu keuchen. Wie ein Pfeil, von einer straffen Sehne gelöst, drang er in sie. Vor Leidenschaft rasend, erklommen sie gemeinsam eine Leiter, die weit in den Himmel reichte.

Luise und Stephan umklammerten sich minutenlang. Sie waren von der Leiter auf eine der weißen Wolken umgestiegen, die den ganzen Tag über am tiefblauen Himmel entlanggezogen waren.

Stephan streichelte wieder den Körper von Luise. Er fuhr mit seinen Fingern über ihre Rippen, umkreiste ihre Brüste, zog Linien über ihr Rückgrat und massierte ihre Oberschenkel und ihr Gesäß. Luise stöhnte erneut.

»Du mein zärtlicher Mann«, flüsterte sie. »Ich schwebe noch immer auf der Wolke. Ich kann die Wälder, die Wiesen, die Koppeln, das Meer sehen. Über allem steht die Sonne. Alles ist vergoldet. Die Kirche, die Halme des Korns, das Dach des Gutshauses.«

Luise drehte sich auf die Seite und preßte sich an den Körper von Stephan. Seine Hände glitten weiter über ihre Haut. So sanft, als ob sie zerbrechlich wäre, nahm er ihre linke Brust in seine Hand. Sie fühlte erneut die Härte in ihrem Rücken, mit der er sie zum zweitenmal begehrte.

»Du mein zärtlicher Mann«, flüsterte sie wieder. »Es hat bisher in meinem Leben keinen Mann gegeben, der so zärtlich wie Du war. Ich liebe Dich. Unsagbar liebe ich Dich!«

Stephan beugte sich über Luise. Er nahm ihre linke Brustspitze in den Mund und saugte an ihr. Mit der rechten Hand spielte er an der anderen Brustspitze. Die Tonleiter der Lust ertönte erneut.

Stephan drehte Luise mit einem Ruck herum, zwang sie auf die Knie und drang erneut in sie. Luise wollte vor Lust schreien, aber ihr blieb die Luft in diesem neuen Orkan der Leidenschaft weg, der wieder über sie hinwegraste.

Stephan und Luise brachen im Bett zusammen. Wieder schwebten sie auf einer der weißen Sommerwolken, die tagsüber am Himmel entlanggeschwommen waren. Gemeinsam sahen sie nun auf die sonnenüberflutete Erde.

»Ich liebe Dich!«, sagte Stephan.

»Ich Dich auch!«

Sie klammerten sich aneinander. Sie hörten auf den Wind, der das Haus umsang. Sie hörten die Stimmen der Wachen auf der Mauer.

»Keine Vorkommnisse. Es ist Mitternacht!«

Luise schlief traumlos und fest in den Armen von Stephan, als sich die Wachen dreißig Minuten später wieder anriefen.

Als die Hähne in den Hühnerhäusern ihr Morgenkonzert begannen, weckte Stephan Luise.

»Komm zu Dir, Liebes«, flüsterte er. Er schlug die Bettdecke zurück, unter der sie engumschlungen, die Nacht verbracht hatten. Stephan begann ihren Körper zu streicheln. Luise lächelte im Halbschlaf. Sie schob mit ihren Beinen die Decke weiter zurück. Dann begann sie sich zu strecken.

Stephan beugte sich über sie und küßte ihre Brüste. »Du bist wunderschön«, flüsterte er. »Habe ich Dir heute nacht wehgetan?«

Er tastete mit seiner linken Hand über die blutunterlaufenen Stellen auf ihren Oberschenkeln.

»Ein wenig«, sagte sie leise. »Aber es hat mir riesigen Spaß gemacht, als Dein Mund gestern nacht so wild wurde.« Sie zog ihn zu sich herunter und küßte ihn.

»Warum müssen wir so früh hoch? Es ist doch heute Sonntag. Ich will Dich noch einmal fühlen, bitte!«

Stephan griff nach der rechten Hand von Luise, die sich zu seinem Schoß vorzutasten begann. Ein Blutstrom war in sein Glied geschossen.

»Nein. Jetzt nicht!« Stephan stöhnte. »Wir müssen etwas besprechen, Liebling. Was nicht sehr angenehm ist!«

Luise zog ihre Hand sofort zurück und richtete sich ruckartig auf.

»Du bist wunderschön, mein Liebes. Du wirst immer schöner!« Stephan betrachtete ihre Brüste, ihre Schultern, ihre schlanken Hüften und ihr Gesicht. Mit der linken Hand faßte er in ihre Haare.

Sie sahen sich minutenlang an.

»Auch ich habe wieder Lust!«, sagte er. »Auch ich!« Luise lächelte.

»Aber jetzt geht es wirklich nicht, Liebling!« Stephan drückte den Körper von Luise auf das Bett und zog die Decke wieder über sie. Er nahm sie in die Arme.

»Wir müssen etwas besprechen, besonders deshalb, weil wir jetzt noch alleine sind. Das Thema ist sehr ernst. Es ist besser, wir haben dabei keine Zuhörer.«

»Und was, Liebster? Was ist so ernst, daß es nicht eine halbe Stunde später besprochen werden könnte?« Luise streichelte mit ihrer rechten Hand seine Oberschenkel.

»Es geht um Deinen Bruder, genauer gesagt, um das Hauptgut!«

Luise wollte sich ruckartig wieder aufrichten. Stephan preßte sie jedoch fest an sich.

»Um das Hauptgut? Um Wilhem? Was ist passiert?«

Luise legte ihre rechte Hand auf seinen Brustkorb.

»Ich will nicht lange wie die Katze um den heißen Brei streichen, Luise: Dein Bruder ist in erheblichen finanziellen Schwierigkeiten. Ganz genau gesagt, er schuldet seiner Bank riesige Summen.«
Luise erstarrte in den Armen von Stephan.
»Riesige Summen? Um Gottes Willen. Ist es etwa so, daß das Hauptgut uns nicht mehr gehört?«
Stephan fühlte, daß ihr Herz schneller zu schlagen begann.
»Woher weißt Du das, Liebling, und seit wann weißt Du das?«
Stephan ließ Luise los, als sie sich aufzurichten versuchte.
»Ich weiß das seit gestern mittag, Liebling. Erzählt hat mir das Dr. Perkampus. Er bat mich, daß nicht er, sondern ich Dir das sage!«
Luise saß schweigend im Bett neben ihm.
»Und warum hast Du mir das nicht sofort gesagt?« Sie starrte aus dem Fenster in das Licht der aufgehenden Sonne. In einer halben Stunde würden, wie immer im Frühsommer, die Tautropfen im Sonnenlicht verdampfen und Nebelschwaden aufsteigen.
»Vielleicht war das falsch, vielleicht auch nicht, das hoffe ich. Meine Meinung war, wir könnten auf Anhieb sowieso nichts ändern. Ich glaubte, Du würdest diese Schreckensnachricht am Morgen nach einer Liebesnacht besser ertragen können.«
Luise drehte sich zu ihm, nahm seinen Kopf in ihre Hände und küßte ihn.
»Danke!«
Sie streichelte wieder seinen Körper.
Luise legte sich neben Stephan und kuschelte sich an ihn.
»Woher weiß das Dr. Perkampus?«
»Von dem Leiter der Bankfiliale im Dorf. Er und seine Frau sind seine Patienten.«
»Über die finanziellen Schwierigkeiten von Bankkunden darf der Leiter der Bank Dritten nichts erzählen, Stephan. Das stimmt doch, nicht wahr?«
»Das stimmt, Liebes. Aber er hat das Bankgeheimnis gebrochen, weil er Dich warnen wollte. Zu Deinem eigenen Schutz.«
»Zu meinem Schutz?«
»Weil er nicht weiß, wie eng dieses Gut mit dem Hauptgut verbunden ist.« Stephan streichelte die Haut von Luise.
»Mein Vater hat mir das Vorwerk überschrieben, als William und ich heirateten. Es ist ein selbständiger Wirtschaftsbetrieb, wenn Du das meinst.«
Sie spürte deutlich, wie Stephan erleichtert durchatmete.

»Warum bist Du so erleichtert?«, fragte sie.
»In diesem Fall können wir, wenn es sein muß, Schutz und Unterkunft bieten. Wir können helfen.«
Luise küßte ihn erneut.
»Ich bin so glücklich, daß Du wir gesagt hast. Noch nie hast Du, wenn es um dieses und um das Hauptgut ging, von uns gemeinsam gesprochen.«
Luise küßte die Augen von Stephan. Dabei richtete sie sich auf. Sie preßte ihre Brüste gegen seinen Oberkörper. Dann griff sie nach seinem Penis, der sich wieder mit Blut zu füllen begann.
»Los, stoße mich. Sofort!«
Sie schob sich keuchend unter ihn.
Nachdem sie sich erschöpft aneinander geklammert hatten, fragte sie Stephan: »Warum ist Wilhelm so hoch verschuldet?«
»Dr. Perkampus sagt, er ist im Gegensatz zu Dir kein Geschäftsmann. Er kann nicht mit Geld umgehen. Er ist zu weich. Er glaubt alles, was die Händler ihm erzählen. Verzeih bitte, wenn ich das so wiedergebe.«
Stephan streichelte den Körper von Luise. »Ich meine, das ist tatsächlich so. Es steht mir zwar nicht zu, Kritik an Deinem Bruder und Deiner Schwägerin zu üben. Schließlich akzeptieren sie mich, als ob ich Dein Mann bin ...«
»Das bist Du!«, unterbrach Luise ihn. »Sie wissen, daß wir zusammenleben und sie wissen auch, daß wir nicht heiraten können. Du weißt, was der Adel hier und der Hof in Petersburg über uns, besonders über Dich denkt.« Sie zog ihn enger an sich.
»Ich weiß es«, sagte Stephan. »Aber das ist mir egal. Du liebst mich, ich Dich. Das ist für mich die Hauptsache!«
Sie küßten sich.
»Dein Bruder, sagt Dr. Perkampus, hat seine letzten sechs Ernten praktisch verschenkt. Er hat hier ein wenig Geld bekommen und von dort etwas erhalten.« Stephan bewegte seine linke Hand nach rechts und links.
»Er hat Hunderte von Pferden, Rindern und Schafen Viehhändlern übergeben, ohne sofort wie Du, Geld zu verlangen. Er hat ihnen, wie auch den Getreidehändlern geglaubt, wenn sie ihm erzählten, sie seien gegenwärtig nicht besonders flüssig, weil die Zeiten schlecht sind. Dabei weiß jede Magd, daß es ihnen gerade deshalb besonders gut geht.«
Luise sah ihren Bruder und ihre Schwägerin vor sich.

Wilhelm spielte glänzend Klavier. Er malte auch. Tagelang konnte er vor dem Flügel oder seiner Staffelei sitzen. Ihre Schwägerin Swetlana, kunstbegeistert wie alle Russinnen, komponierte für ihren Mann. Ihr Bruder und ihre Schwägerin verbrachten den größten Teil ihres Lebens im Musikzimmer des Hauptgutes. Sie schienen vergessen zu haben, daß das Leben andere Anforderungen an sie stellte, als Töne zu setzen oder Bilder zu malen.

Ein großer Wirtschaftsbetrieb, wie es das Hauptgut war, erforderte einen Landwirt, der bereit war, am Tag zehn bis zwölf Stunden zu arbeiten – in den Ställen wie auf den Feldern; Sonnabend und Sonntag eingeschlossen. Ein Künstler war hier völlig fehl am Platz. Ihr Vater, der ständig unter Dampf stand, war der richtige Mann dafür gewesen.

Ihr verträumter Bruder Wilhelm und seine schöne Frau Swetlana, die nur für ihre künstlerischen Interessen lebten, waren, wie Luise wußte, fast nie über ihre Felder geritten. Mit seinen Inspektoren sprach Wilhelm kaum. Sie taten, was sie für richtig hielten. Swetlana kannte sie nicht. Luises Mutter hatte auch keine Ahnung von der Leitung eines Gutes. Sie hatte alle Entscheidungen ihrem Mann überlassen.

»Papa ist Schuld«, sagte Luise zu Stephan. »Er hat nach dem Tod meines Großvaters und meines Onkels alles selbst gemacht. Er war ein ausgezeichneter Landmann. Aber meinen Bruder hat er nie eingearbeitet, weil er keinen Kronprinzen neben sich duldete. Ich muß ihm diesen Vorwurf machen, obwohl ich ihn liebe. Wilhelm kann nicht wissen, wie ein Gut geleitet wird. Im Gegenteil: Papa hat für ihn Musiklehrer ins Haus geholt, statt ihn auf die Landwirtschaftsschule zu jagen. Und schwach ist mein Bruder schon immer gewesen. Ich liebe auch ihn. Aber ich muß sagen, er ist ein Blatt im Wind.«

Luise klammerte sich an Stephan. »Was soll ich nur machen? Es geht schließlich um das Stammhaus meiner Familie!«

»Dr. Perkampus meint, Du mußt sofort zum Hauptgut fahren, Liebling, um zu retten, was noch zu retten ist. Deine Geschäfte auf diesem Gut gehen gut. Außerdem hast Du eine hervorragend funktionierende Kanzlei. Positiv muß auch gesehen werden, daß die Händler vor Dir und mir sowie vor meinen Männern Angst haben.«

Stephan lächelte Luise an.

»Die Händler wissen, daß mit mir und meinen Männern nicht zu spaßen ist, Liebling. Sie wissen, daß wir ihnen das Fell über die Ohren ziehen werden, wenn sie den Versuch unternehmen sollten, Dich zu betrügen. Außerdem ist Dein Buchhalter Pjitor eine lebende Re-

chenmaschine. Er hat alle Preise im Kopf. Ihm entgeht nichts.«
Stephan lachte, das Lachen, das Luise an ihm so liebte.
»Ich habe mit Pjitor ausgemacht, daß er das zum Hof zeigende Fenster Deiner Kanzlei öffnet, wenn ein Händler bei Verhandlungen mit Dir Anstalten machen sollte, Dich zu betrügen.« Er lachte erneut. »Dann haben wir uns immer auf unsere Pferde gesetzt, sichtbar für ihn unsere Gewehre entsichert. Das hat bisher stets gewirkt.«
»Jetzt wird mir so einiges klar!« Luise nahm seinen Kopf in ihre Hände und küßte seine Augen. Stephan streichelte ihre Hüften.
»Ich habe mich oft gefragt, Liebes, warum Pjitor plötzlich das Fenster öffnete. Nun weiß ich es!«
Luise kniete nackt neben Stephan. »Du bist nicht nur ein leidenschaftlicher und zärtlicher Mann, Stephan. Du bist auch ein fürsorglicher Mann. Ich liebe Dich!«
Luise fühlte, daß sein wiederersteiftes Glied gegen ihre Oberschenkel drückte. Sie setzte sich mit gespreizten Schenkeln über ihn. Dann senkte sie ihren Unterleib so, daß er in ihren Körper dringen konnte.
Stephan bewegte sich nicht, als sie ihn zu reiten begann. Sie nahm den Parcours mit der Leidenschaft, die er an ihr so liebte. Luise stieß spitze, kleine Lustschreie aus, als er seinen Samen in ihren Körper schoß.

»Aber da ist noch etwas, was den Doktor und auch mich sehr beunruhigt!« Stephan spielte mit den rotblonden Haaren von Luise.
»Und was ist das?«
»Dein Bruder hat nur zu einem Teil mit den Händlern geschäftliche Verbindungen, mit denen auch Dein Vater zusammengearbeitet hat. Da sie die Verhandlungshärte Deines Vaters noch in Erinnerung haben, lachen sie über Deinen Bruder, weil er hinter seinem Flügel sitzend, mehr schlecht als recht mit ihnen verhandelt. Wenn man überhaupt von verhandeln reden kann.«
»Woher weißt Du das?«
»Dr. Perkampus hat das von dem Leiter der Bankfiliale in Littauland gehört. Der kennt die finanziellen Schwierigkeiten Deines Bruders vom Filialleiter der Staatsbank im Dorf Deines Bruders. Beide Filialleiter sind Vettern.«
»So ist das also!« Eine leichte Röte überflog das Gesicht von Luise.
»Ja, so ist das!« Stephan zog Luise noch enger an seinen Körper. »Wir sollten eigentlich glücklich sein, daß dies so ist, Liebling. So haben wir wenigstens erfahren, wie es um Deinen Bruder steht.«
Er streichelte ihren Körper.
»Ich kann Dir leider nicht ersparen zu hören, Liebling, wie die Händler, mit denen Dein Bruder zu tun hat, ihn bezeichnen!«
»Und wie bezeichnen sie ihn?«
Stephan zögerte einige Sekunden, bevor er antwortete. »Sie nennen ihn den Klavierfritzen!«
Luise lag wie erstarrt neben Stephan.
»Wilhelm verschenkt also, was er verkaufen müßte, Liebling. Er klimpert auf den Tasten des Klaviers, wenn er geschäftliche Verhandlungen führt, oder wie man das nennen soll«, flüsterte sie.
»Genauso ist es, Luise!«
»Gehört ihm das Hauptgut noch?«
»Ich weiß es nicht, Liebes. Niemand weiß das genau. Dein Bruder am wenigsten.«
Luise fühlte wie immer, wenn sie Angst bekam, eine Kältewelle, von ihren Füßen ausgehend, durch ihren Körper fließen.
Stephan ergriff ihre Hände.
»Dr. Perkampus meint, daß für Deinen Bruder die Stunde der Wahrheit kommen wird, wenn er bei der Bankfiliale in seinem Dorf wie immer einen Kredit beantragen wird, um Saatgut kaufen zu können.«

»Saatgut? Wie? Er hat doch selbst genug ernten können, um Saatgut zu haben.«

»Er hat in den letzten Jahren nie ausreichend Saatgut gehabt, Liebling. Er spielte Klavier, statt sich um das Gut zu kümmern. So konnte es geschehen, daß die Ernten verschenkt wurden.«

Stephan und Luise lagen nebeneinander und sahen die Decke des Schlafzimmers an.

Der Kaukasier richtete sich auf.

»Da ist noch etwas, was ich Dir sagen muß, mein Liebling!« Luise klammerte sich an Stephan.

»Ohne, daß es Dein Bruder wußte, hat ein Kunde der Bank für seine Schulden gebürgt. So gesehen, könnte dieser Kunde bereits Besitzer des Gutes sein.«

»Und wer ist dieser Kunde? Und wie ist es möglich, daß ein Bürge für Wilhelm auftritt, ohne daß dies mein Bruder weiß?«

»Zum zweiten Punkt Deiner Frage antwortete Dr. Perkampus, als ich ihn dies auch fragte: Rußland ist groß. Und zum ersten Punkt Deiner Frage: Es ist ein reicher Händler aus Königsberg. Er soll Millionär sein. Er hat Geschäftsfilialen in Memel, Stettin und Kiel sowie in Stockholm.«

»Und wie heißt er?«

»Berger, Paul Berger!«

»Diesen Namen habe ich nie gehört!«

»Kein Wunder«, sagte Stephan. »Du handelst ja auch nicht mit ihm.«

»Kennen Berger andere Gutsbesitzer von Angesicht?«

»Nein, hier war er nie. Er hat genug Agenten, die ihn hier vertreten. In der Regel hat Dein Bruder mit zwei dieser Agenten zu tun.«

»Berger?« Luise stützte sich auf. »Nein. Diesen Namen habe ich nie gehört!«

Sie legte sich wieder auf den Rücken und sah erneut die Decke des Zimmers an.

»Warum will dieser Berger das Hauptgut besitzen? Warum gerade mein Elternhaus? Es gibt genug andere Güter, die, um es vorsichtig auszudrücken, ebenfalls so salopp geleitet werden, wie das Hauptgut von meinem Bruder. Warum gerade das Gut von uns?«

Luise sah durch das Schlafzimmerfenster. Dichte Nebelschwaden schwappten um die Mauer. Sie schloß für Sekunden die Augen. Dann begann sie zu zittern. Sie glaubte wieder das Dröhnen von Hunderten von Pferdehufen zu hören. Stephan beugte sich besorgt über sie.

»Was ist mit Dir? Warum zitterst Du?«

»Der Berger heißt nicht Berger, sondern Benda!«, antwortete sie tonlos. »Ich weiß, daß er es ist. Was er damals nicht mit Gewalt erreicht hat, versucht er jetzt auf anderem Weg.«
Stephan sah sie überrascht an. Dann begann er schallend zu lachen. Das ganze Haus mußte sein lautes Lachen hören.
»Ich bitte Dich, Luise!«, sagte er. »Benda hat sich in Luft aufgelöst. Dieser Berger kann überhaupt nicht Benda sein. Dieser Berger ist ein angesehener Königsberger Kaufmann, mit einer großen Kanzlei, Speichern in Königsberg, Stettin und auch in Kiel. Er hat über fünfzig Angestellte, ist Teilhaber einer Reederei in Kiel, handelt im ganzen Ostseeraum, nicht nur mit landwirtschaftlichen Produkten, sondern auch mit schwedischen Erzen, schwedischem Marmor, mit Holz und Kohle. Und dies seit vielen Jahren.«
Stephan lachte wieder schallend. Dann küßte er Luise und streichelte ihre Schultern.
»Danke!« Luise atmete durch. »Wenn die Nebel steigen, kommen mir immer wieder verrückte Ideen!« Sie lächelte Stephan an. Aber sie konnte nicht verhindern, daß sie weiter an Benda dachte.
»Woher weißt Du, Liebling, womit dieser Berger handelt und was er besitzt?«
»Der Doktor hat mir alles über Berger erzählt. Auch über seine große Villa in der besten Gegend von Königsberg.
Luise dachte nach.
»Als er vor vier Wochen die Familien seiner Kinder in Königsberg besuchte, hat der Doktor das ...?«
»Er hat, Liebling. Du bist auf dem richtigen Weg. Dr. Perkampus ist kurzentschlossen in das Kontor von Berger gegangen und hat uns als Geschäftspartner angeboten. Er hat ...«
»Augenblick, Stephan, bitte!«
Luise richtete sich wieder auf.
»Wußte der Doktor vor seinem Besuch in Königsberg, wie es um meinen Bruder steht?«
»Ja, deshalb war er doch bei Berger!«
»Wußtest Du das auch schon so lange?« Sie blickte Stephan prüfend an.
»Nein, Liebling, das habe ich Dir doch gesagt. Ich weiß das alles erst seit gestern!«
Luise legte sich wieder zurück.
»Hat Dr. Perkampus Berger gesehen, mit ihm gesprochen, Stephan?« Luise stützte sich erneut im Bett auf.

»Ja und nein! Dr. Perkampus ist vom Vorsteher der Kanzlei empfangen worden. Er sagt, der Vorsteher ist ein seriöser, älterer Herr, der sich sein Anliegen aufmerksam angehört hat. Dann ist er in das Zimmer von Berger gegangen. Zehn Minuten später kam er mit einem abschlägigen Bescheid zurück. Er hat dies mit nicht mehr ausreichender Lagerkapazität begründet.

Als der Doktor gehen wollte, betraten zwei Franzosen die Kanzlei von Berger. Und nun hat Dr. Perkampus Berger sehen können. Er kam aus seinem Zimmer und begrüßte die Franzosen in ihrer Sprache überschwenglich. Hört sich nicht so an, als ob dieser Berger mit dem Räuberhauptmann Benda identisch ist.«

»Benda spricht bestimmt Französisch«, antwortete Luise. »Du vergißt, daß er Gutsbesitzersohn ist. Hier im Baltikum erlernen die Kinder der Gutsbesitzer nicht nur Russisch und je nach Wohnort die Landessprache, sondern fast immer auch Deutsch und Französisch.«

»Luise!« Stephan nahm sie in die Arme.

»Der Doktor sagt, er hat diesen Mann noch nie gesehen. Außerdem war Berger glänzend angezogen, sehr üppig und vermutlich etliche Jahre über die vierzig.«

»Benda, Berger, Benda, Berger! Hört sich beinahe ähnlich an?«

»Luise! Der Doktor hat seinen Sohn und seine Tochter gebeten, Erkundigungen über Berger einzuholen. Beide sind mit dem Polizeipräsidenten befreundet. Der Präsident hatte zwar große Bedenken, weil Berger hoch angesehen ist, Nachforschungen über ihn anzustellen. Er hat es dann doch getan. Sie haben nichts Nachteiliges ergeben. Berger besitzt beste Papiere, zahlt seine Steuern pünktlich und ist steinreich!«

»Ist er verheiratet?«

»Ja! Kinder hat er allerdings nicht. Seine Frau gilt als sehr hübsch und sehr extravagant. Sie kauft ihre Kleider in Berlin. Aber das Ehepaar lebt zurückgezogen. Auf offiziellen Veranstaltungen erscheinen sie nie. Auch dann nicht, wenn sie eingeladen sind.«

»Das ist verdächtig!« Luise richtete sich wieder auf.

»Ich bitte Dich, Liebes!« Stephan zog Luise an sich.

»Die Berger sind Millionäre mit ausländischen Geschäftsverbindungen. Das Ehepaar reist nach Berlin, Paris, London und Stockholm. Sie haben es wirklich nicht nötig, auf die Provinzveranstaltungen in Königsberg zu gehen!«

»Und mit diesem weltweitgereisten Millionär soll ich mich anlegen, Stephan?«

Luise schob die Bettdecke zurück und streckte sich.

Stephan beugte sich über sie und küßte ihre Brüste.

»Das wirst Du müssen, Liebling. Berger kann sicher vieles. Nur eines durfte er nicht: Für Deinen Bruder bürgen, ohne sich vorher mit ihm zu verständigen. So gesehen ...«

»... hat er sein Geld verplempert!«

Luise stand auf.

»Ich werde ihn und die Händler, die Wilhelm betrogen haben, zum Teufel jagen. Darauf kannst Du Dich verlassen, Stephan. Du wirst mit Deinen Männern hinter mir stehen. Mein Kanzleivorsteher Pjitor Polansky neben mir, diese lebende Rechenmaschine. In zwei Stunden reisen wir zu Wilhelm und Swetlana. Die Kinder bleiben hier. Alexander Ambrowisch wird, wie immer das Gut leiten, wenn wir abwesend sind. Und wir werden sicher einige Tage unterwegs sein.«

Luise streckte sich erneut. Sie drehte ihren Kopf zur Seite. Ihre rötlichen Haare flogen ihr über die Schultern und bedeckten ihre linke Brust wie einen Schleier.

»Nein!«, sagte sie Stephan anlächelnd. »Jetzt haben wir nicht mehr die Zeit für die halbe Stunde, von der ich vorhin sprach!«

Beide blickten sich in die Augen.

»Fürst Lassejew! Sie lassen das Frühstück anrichten, sammeln Ihre Männer ein, laden meine Winchester, lassen anspannen und verständigen Pjitor, das ist ein Befehl!«

Luise hielt sich außerhalb des Bereichs der Hände von Stephan.

»In Ordnung, Chefin! Befehl ist verstanden worden und wird ausgeführt!«

Stephan sah ihren Körper Sekunden an. Als er im Bett hochschnellte, lief sie in das Bad.

Stephan ließ sich auf das Bett zurückfallen und lachte wieder so laut, daß es im ganzen Haus zu hören war.

Paul Berger sah aus dem Fenster des Schnellzuges, der von Königsberg nach Berlin fuhr. »Geschafft!«, sagte er. »Ich habe es geschafft. Jetzt bin ich nicht mehr Joseph Benda, sondern Paul Berger.« Er zog eine Zigarettenschachtel aus der Seitentasche seiner Jacke und zündete sich genußvoll eine Zigarette an.

»Geschafft! Ich komme nach oben!«

Er hatte zwei Jahre auf dem ostpreußischen Gut gearbeitet, zu dem er nach dem mißglückten Überfall auf das Gut der Gräfin geflohen war. Der Gutsbesitzer hatte ihn zusammen mit Dowiekat und einigen anderen Männern auch im Winter behalten. Die Vorarbeiter hatten dem Gutsbesitzer gesagt, daß Benda und Dowiekat wie Elefanten arbeiten könnten. Ohne Pause, wenn es nötig war und ohne zu murren.

Im Unterbewußtsein waren dem Gutsbesitzer Berger und Dowiekat unheimlich. Sie machten bei der Arbeit nie einen Fehler. Sie überboten sich geradezu an Arbeitseifer. Sie redeten ihm, wenn er sie auf seinen Feldern oder in den Stallungen traf, stets zum Munde. Sie benahmen sich ihm gegenüber, wenn es ihre Kollegen nicht sahen, kriecherisch.

»Sie haben etwas zu verbergen, aber was?«, murmelte er immer wieder vor sich hin, wenn er die beiden bei der Arbeit beobachtete. »Diese beiden Männer sind gleichzeitig aus Litauen gekommen«, dachte er, »was haben sie dort gemacht?« Dowiekat hatte gute Zeugnisse vorweisen können. Sie schienen in Ordnung zu sein. Berger präsentierte ihm einige Wochen nach seiner Ankunft unaufgefordert ebenfalls gute Zeugnisse. Sie sahen für seinen Geschmack etwas zu gut aus, entsprachen aber seinen gegenwärtigen Leistungen.

Der Gutsbesitzer hatte lange nachgedacht. Er kam nicht darauf, was ihm an diesen beiden Männern nicht gefiel. Er zog, was er selten tat, seine Frau zu Rate. »Beide sind mir unsympathisch«, sagte er. »Besonders dieser Berger. Warum, daß kann ich Dir nicht sagen. Was soll ich machen?«

»Hast Du bei der Polizei nachgefragt?« Seiner Frau fiel keine bessere Antwort ein, weil sie überrascht war, daß ihr Mann sie um Rat fragte. Das war in ihrer Ehe noch nie vorgekommen.

»Ich habe diese beiden Männer noch nicht gesehen«, sagte sie. »Deshalb kann ich mir über sie kein Urteil erlauben. Aber ich verstehe nicht, warum Du vor diesen beiden Arbeitern Angst hast?« Sie legte ihren Kopf zur Seite und blickte ihren Mann an.

»Angst habe ich vor ihnen nicht!« Der Gutsbesitzer schlug mit der Faust durch die Luft. »Aber sie sind mir unheimlich. Ich sagte schon: Ich weiß nicht warum.«

Der Gutsbesitzer hatte der Polizei einen Wink gegeben. Aber die Polizei konnte nichts finden. Im Gegenteil. Die Pässe beider Männer wurden als absolut einwandfrei anerkannt. Vorsichtige Versuche, mit der russischen Polizei Verbindung aufzunehmen, schlugen fehl. Die russische Polizei ließ alle Anfragen unbeantwortet.

»Gut!«, sagte der Gutsbesitzer einige Tage später wieder zu seiner Frau. »Die Polizei hat über diese beiden Männer nichts herausgebracht. Aber ich: Der Dowiekat jagt mit großem Erfolg jeder Schürze hinterher. Ich habe ihn zur Rede gestellt und ihm gesagt, daß er Schwierigkeiten bekommen wird, wenn er auch nur ein Mädchen schwängert. Von Berger habe ich dagegen gehört, er kann überhaupt nicht!« Der Gutsbesitzer übersah die Röte, die das Gesicht seiner Frau überzog.

»Nach Auskunft der Vorarbeiter erzählen sich die Mägde dies und das über beide Männer. Aber gerade weil der eine von ihnen so wild hinter Mädchen hinterher ist, der andere dagegen offensichtlich Potenzprobleme hat, sind mir beide unsymphatisch. In welcher Form, kann ich nicht sagen. Ich halte sie für gefährlich. Warum weiß ich auch nicht. Ich wäre glücklich, wenn sie ihre Papiere von mir verlangen würden. Ich selbst werde sie nicht entlassen. Beide arbeiten für zwei.«

Drei Wochen später tat Paul Berger dem Gutsbesitzer diesen Gefallen.

»Ich habe Verwandte in Berlin, Herr«, sagte er, als er seine Papiere erbat. »Sie haben mir mitgeteilt, daß ich jederzeit auch in der Reichshauptstadt Arbeit finden kann!«

»Mitgeteilt? Mag sein«, dachte der Gutsbesitzer, »aber wie? Einen Brief hat dieser Berger nie bekommen!«

Der Gutsbesitzer schrieb das Zeugnis für Berger. Für ihn war damit der Fall erledigt.

Nach der Abfahrt aus Königsberg war Berger von der dritten in die zweite Klasse übergewechselt. Da er alleine im Abteil saß, streckte er sich weit in den Polstern aus. Er hatte die Preisdifferenz beim Zugschaffner nachbezahlt und einen Platz im Speisewagen bestellt.

Berger war glücklich. Er besaß einen unangreifbaren Paß und mehr Geld als mancher Gutsbesitzer. In seine Jacke und seine Weste hatte er Taschen eingenäht, in denen er einen Teil des Schmucks versteckt hatte, den seine Bande bei ihren Überfällen auf Güter in Litauen erbeutet hatte. Den Rest des Schmucks hatte er in den Safes zurückgelassen.

Für seinen Besuch in Berlin hatte sich Berger einen Plan ausgedacht. Er würde erst in einem einfachen Hotel absteigen, sich bei einem guten Schneider Maßkleidung vom Anzug bis zum Mantel anfertigen lassen. Dann würde er in das Adlon-Hotel umziehen, sich dort einige Tage spendabel zeigen und schließlich den Schmuck verkaufen.

Berger war sicher, daß ihn kein Juwelier, besonders nicht die besten Goldschmiede in der Innenstadt, fragen würden, woher er den Schmuck hatte. Kleider machen Leute und Leute in guten Kleidern galten immer noch als seriös.

Berger wohnte acht Wochen im Adlon. Als er den D-Zug nach Königsberg zur Rückfahrt bestieg, hatte er auf verschiedenen Banken ein Vermögen von rund drei Millionen Mark. Niemand hatte Berger gefragt, wie er zu diesem Vermögen gekommen war. Er hatte den Spitznamen »Der feine Ostpreuße« bekommen. Die Nutten in den verschwiegenen feinen Etablissements der Innenstadt nannten Berger den »winzigen Fäustler«. Er war der Schrecken der Nutten gewesen. Sie hatten seine Brutalitäten erduldet, weil Berger wie ein Großfürst zahlte.

»Kennst Du Candy, die zuckersüße, die aufregenste und schönste Nutte Berlins?« Berger hatte noch die Stimme des französischen Militärattaches im Ohr, als er ihm diese Frage stellte. Genußvoll sah er Candy an, die ihm im D-Zug gegenüber saß.

»Ich kenne sie nicht!«, hatte er dem Militärattache geantwortet, mit dem er in der Bar des Adlon gezecht hatte. Berger duzte sich mit dem Franzosen, den er auf seine Kosten durch die Berliner Nachtlokale geschleppt hatte.

Der französische Offizier hatte Berger einen Tag später zu einer Villa im Tiergartenviertel gebracht. »Du wirst in Kürze eine der sinnlichsten und schönsten Mädchens Berlins kennenlernen«, hatte er Paul unterwegs zugeflüstert. »Ich werde für Dich bürgen. Ich kenne sie. Viele andere Männer auch. Wir haben diesen Honigtopf genossen. Bis zur Neige haben wir ihn genossen. Warte ab! Ganz ruhig bleiben!« Der Offizier hatte die Schweißperlen gesehen, die sich auf der Stirn von Berger zu bilden begannen.

Candy wurde Berger vorgestellt. Der Anblick dieser Frau verschlug ihm den Atem. Ihre Haare fielen über makellose Schultern, tief in ihren Rücken. Ihr Dekollete im engsitzenden Abendkleid zeigte mehr, als es verhüllte. Volle, spitze Brüste. Ihre Taille war so eng, daß Berger sie spielend mit seinen Händen umfassen konnte. Ihre Hüften waren rund, ihre Beine lang und prachtvoll geformt.

Besonders faszinierte Berger das Gesicht des Mädchens. Die leicht vorstehenden Backenknochen versprachen, wie der volle Mund, wilde Sinnlichkeit. Die Augen des Mädchens waren tiefblau, von Wimpern umrahmt, wie Berger sie in dieser Größe noch nie gesehen hatte.

Candy hatte sich mit der Geschmeidigkeit einer Wildkatze bewegt, als sie dicht vor ihm in einen Nebenraum ging, in dem ein Abendessen für sie beide angerichtet worden war. Berger hatte zu schwitzen begonnen, als er den Körper des vor ihm gehenden Mädchens betrachtete. Die Bein- und Gesäßmuskeln von Candy waren wie Schlangen durch ihr enges Kleid geglitten. Berger hatte sich zusammennehmen müssen, um ihr nicht das Kleid vom Körper zu reißen.

Candy hatte mit Genuß das leichte Abendessen genossen, das ihnen serviert worden war. Am Sektglas hatte sie nur genippt. Berger dagegen hatte kaum etwas gegessen. Aber mehrere Gläser Sekt getrunken.

»Du bist der geilste Bock, der seit langem hier eingefallen ist«, hatte Candy gedacht, als die den schwitzenden Berger betrachtete.

»Du hast ein Problem! Aber was für ein Problem?«
Sie sah Berger aufmerksam an.

Als sie mit diesem Mann in ihr Zimmer gegangen war, hatte Berger Candy das Kleid brutal vom Körper gerissen. Darunter war sie nackt. Er hatte sich keuchend ausgezogen. Ohne mit der Wimper zu zucken, hatte Candy aus den Augenwinkeln heraus seinen »Winzling« betrachtet. »Das ist sein Problem, aber für mich kein Problem«, dachte sie. »Damit werde ich fertig!«

Candy hatte seinen »Winzling« gelassen erduldet. Seine Faust fing sie auf, als er sie in sie stoßen wollte.

»Ich weiß etwas besseres, Süßer, was Dir bestimmt gefallen wird!«, sagte sie.

Candy hatte ihr ganzes Können auf das Laken gelegt, das sie in den vergangenen Jahren erworben hatte. Benda war von einer Lust in die andere gestürzt und dann halb ohnmächtig in ihrem Bett zusammengebrochen.

Als er wieder zu sich gekommen war, hatten sich beide lange gemustert.

»Candy, ich kaufe Dich für immer! Einverstanden?«
»Ja! Aber zu meinen Bedingungen!«
»In Ordnung!«

Berger hatte sich ins Adlon zurückfahren lassen. Er schlief zwei Tage lang. Dann traf er sich mit Candy, um sich ihre Forderungen anzuhören. Dabei hatte er unentwegt auf ihre Brüste gestarrt.

»Einverstanden?«
»Einverstanden!«

Paul Berger hatte nicht zugehört, was Candy gesagt hatte. Sie war für ihn die Frau, die er ständig in seinem Bett haben wollte. Er war reich. Er konnte sich alles leisten, also auch sie. Ihre Forderungen interessierten ihn überhaupt nicht. Das würde er mit einem Federstrich in seinem Scheckheft erledigen.

Aber würde es diesem Mädchen in Königsberg gefallen? Würde sie sich seinen Anweisungen beugen, die darauf hinaus liefen, sie in einem goldenen Käfig gefangen zu halten? Sie war schließlich die Luxusnutte von Berlin, die es gewohnt war, den Luxus dieser Weltstadt zu genießen.

Berger zählte Candy seine Bedingungen auf.

»Einverstanden!« Sie sah ihn an, ohne mit der Wimper zu zucken. Paul Berger konnte sich des Gefühls nicht erwehren, daß sie innerlich über ihn lachte.

»Wirklich einverstanden?« »Ja!«

Berger konnte nicht ahnen, daß Candy seit langem nach einem Mann wie ihm Ausschau hielt, der ihr unterlegen war, der Geld hatte und der ihr aus der Hand fressen würde. Berger konnte auch nicht wissen, daß Candy überdurchschnittlich intelligent war und wußte, was sie wollte. Sie konnte sich durchsetzen – entweder mit ihrer Intelligenz oder mit Hilfe ihres Körpers.

Candy rauchte und trank nicht. So war sie immer voll da. Sie hatte ein beachtliches Bankkonto und im Safe mehr Schmuck, als die Frauen der reichsten Männer in Berlin. Sie hatte immer ihre »Miete« an das Geschwisterpaar bezahlt, dem der Edelpuff im Tiergartenviertel von Berlin gehörte.

Candy hatte auf den Pfennig genau bezahlt und immer pünktlich. Sie hatte von den reichsten ihrer Freier zusätzlich Schmuck verlangt und ihn auch bekommen. Dafür bot sie mehr als die anderen Mädchen des Hauses. Das hatte sich beim Geburts- und Geldadel herumgesprochen.

War von Candy Leidenschaft verlangt worden, hatte sie Leidenschaft gezeigt, ohne sich zu verausgaben. Wurden Abartigkeiten von ihr verlangt, hatte sie auch diese Wünsche erfüllt. Aber auch dabei war sie kühl geblieben und hatte so gekonnt geschauspielert, daß jeder Regisseur sie sofort als Naturtalent unter Vertrag genommen hätte.

Fürsten, Diplomaten und hohe Offiziere – alle sexuell verklemmt – hatten sie vom Fleck weg heiraten wollen. Ihre Eltern hatten sie gezwungen, standesgemäß langweilige Frauen zu heiraten, die sie nur als Zuchthengste für Nachwuchs betrachteten. Candy hatte ihnen das geboten, was sie sich erträumt hatten. Eine Bettgenossin, die sie von einem Höhepunkt in den anderen taumeln ließ.

Candy hatte alle Heiratsanträge lächelnd zur Kenntnis genommen. Sie war jedoch klug genug, diese Männer hinzuhalten, so lange, bis sie ihr den Schmuck zwischen ihre nackten Brüste gelegt hatten, den sie haben wollte. Dann hatte sie sich ihnen verweigert.

Komplikationen hatte das nie gegeben. Diese Männer verstanden sofort und scheuten jeden Skandal. Sie hatten sich unauffällig zurückgezogen und Candy an andere Männer weiter empfohlen. Sie waren zu ihren Frauen zurückgekehrt, um als Zuchthengste weiter ihre Pflicht zu tun. Candy war sicher, daß sie sich noch im hohen Alter dankbar an sie erinnern würden. Sie hatten zwar ein Vermögen geopfert, waren aber mit ihrer Hilfe in das Paradies gelangt, nach dem sich jeder Mann sehnte.

Candy hatte in ihrer Freizeit unermüdlich an sich selbst gearbeitet. Auch das konnte Berger nicht wissen. Sie hatte vier Sprachen perfekt erlernt: Englisch, Französisch, Italienisch und Schwedisch. Sie hatte sich private Sprachlehrer genommen und sie hoch bezahlt. Als Abschluß des Unterrichts hatte sie sich selbst angeboten. Keiner dieser alten Böcke, vom Typ Oberlehrer, hatte nein gesagt.

Candy hatte sich köstlich amüsiert, wie linkisch diese Männer sie genommen hatten. Kleinbürgerliche Opas im Sexzirkus hatte sie gedacht. Candy hatte ihnen in einer Nacht mehr geboten, als ihre Ehefrauen in jahrzehntelanger Ehe.

Der bürgerliche Name von Candy war Martha Steinholz. Sie stammte aus Lübeck.

Die Eltern von Candy hatten seit Jahren darauf hingearbeitet, sie mit einem jungen Mann zu verheiraten, der Erbe eines Handelshauses sein würde, wie sie es auch besaßen. Ein zweites Kind, einen Sohn, den sie sich so sehr gewünscht hatten, war ihnen versagt geblieben.

Candy hatte, wie es ihre Eltern von ihr erwarteten, die Schule bis zum Abitur glatt durchlaufen. Je älter sie wurde, desto mehr haßte sie ihre Eltern, die ihr ständig einzureden versuchten, daß ihre Zukunft darin zu bestehen hätte, standesgemäß zu heiraten und ein Kind nach dem anderen zu bekommen.

Candy hatte sich oft nackt vor dem Spiegel betrachtet. »Mit diesem Körper habe ich alle Chancen, viele Männer und nicht nur einen Kaufmann glücklich zu machen«, hatte sie sich vor dem Spiegel drehend gesagt. »Mit diesem Körper werde ich ein Vermögen machen. Kinder sollen andere zur Welt bringen, ich nicht!« Sie hatte sich, verliebt in sich selbst, über ihre steil aufgerichteten Brüste, ihre Taille und ihre langen Schenkel gestrichen. Nach dem Abitur wartete Candy darauf, ihrem Elternhaus zu entfliehen. Sie wußte nicht, wann sich die Gelegenheit dazu bieten würde. Plötzlich war sie da. Ihre Eltern verreisten für mehrere Tage.

Martha Steinholz hatte seit Monaten registriert, daß ihr stets ein älterer Marineoffizier auflauerte, wenn sie am Sonntag vormittag zur Kirche ging. Sie hielt zwar, wie es ihr befohlen worden war, ihre Augen gesenkt, wenn sie zum Kirchgang ihr Elternhaus verließ. Aber aus den Augenwinkeln beobachtete sie, daß der Offizier wie ein Pfau um sie herum tänzelte.

Als ihre Eltern verreist waren, hatte Martha dem Offizier unauffällig zugewinkt, als sie die Kirche verließ. Hinter der Sakristei hatte sie auf ihn gewartet.

Ohne Umschweife und ohne ihm Zeit zu lassen, sich vorzustellen, hatte sie gesagt: »Meine Eltern sind einige Tage nicht in Lübeck. Wenn Du mich entjungfern willst, kannst Du mich in zwei Stunden zu Hause besuchen. Du sollst soviel Spaß mit meinem Körper haben, wie Du willst. Allerdings wird das nicht ganz billig sein!«

Der Marineoffizier hatte sie überrascht angesehen. »Aber gnädiges Fräulein, ich weiß nicht, was ich davon halten soll ...« Er hatte nach Worten suchen müssen.

Martha sah, daß sich in seiner enggeschnittenen Uniformhose sein

Penis bereits zu strecken begann. Mit einer blitzschnellen Handbewegung hatte sie sein Glied durch den Stoff der Hose ergriffen. Seinen Penis in der Hand haltend, sagte sie leise: »Kapitän! Du sollst nichts von nichts halten! Du sollst mich entjungfern und mir anschließend alle die Stellungen zeigen, die eine Frau kennen muß, um einen Mann im Bett befriedigen zu können. Dampf genug hast Du wohl noch!«

Martha hatte den Penis des Offiziers mehrfach zusammengepreßt. Der Mann stöhnte und stieß seine linke Hand in ihren Schoß. Als er versuchte, ihr Kleid hochzuziehen, schlug sie ihm auf die Finger. Seine Hand war sofort zurückgezuckt.

»Ich habe immer vermutet, daß Du ein geiler Bock bist«, sagte sie, ihm die linke Wange tätschelnd. »Das wird ein Spaß für Dich mit mir, erst entjungfern und dann alles das zeigen, was ich wissen muß. Tabus wird es nicht geben. Das verspreche ich Dir!«

Der Offizier hatte, wie ein Hund, der den Hasen roch, zu hecheln begonnen. Martha hatte ihm die Hose aufgeknöpft und sich mit der rechten Hand zu seinen Hoden vorgetastet. Sein steifes Glied war dabei in den weiten Ärmel ihres Kleides gedrungen.

»Zweitausendfünfhundert Mark bringst Du mit. Ich wohne Schifferstraße 7. In zwei Stunden!« Sie streichelte seine Hoden.

Der Offizier stöhnte laut. »Keine Tabus?«, fragte er. Er hatte ihr in ihr Gesäß gegriffen. »Keine! Du kannst machen, was Dir Spaß macht. Bring mir auch bei, was ich mit meiner Zunge leisten kann.« Der Offizier keuchte. »Du sollst alles erlernen, alles werde ich Dir zeigen!«

Martha hatte ihre Hand aus seiner Hose gezogen.

»Du hast sicher einen Stall voller Kinder und eine Frau zu Hause, die Dich nicht mehr heranläßt, weil Du sie ständig geschwängert hast«, sagte sie lächelnd. »Bei mir brauchst Du keine Angst zu haben. Ich bin gegenwärtig unfruchtbar, da ich vor meinen Tagen stehe!«

Sie hatte sich umgedreht und war an der Kirche vorbei auf die Straße gegangen.

Der Kapitän kam zu Fuß, sich dicht an die Häuser drückend und sich ständig umdrehend.

Martha empfing ihn nackt. Er hatte sofort versucht, sie an sich zu reißen. Schweiß hatte sein Gesicht und seine Hände bedeckt.

»Erst das Geld!« Die Stimme von Martha war so hart, daß er zusammenzuckte.

Martha nahm die Scheine aus seinen zitternden Händen, die er aus seiner Jackentasche geholt hatte und zählte sie genau durch. Dann ging sie langsam, dicht vor ihm, in ihr Zimmer.

Als der Offizier sie vier Stunden später wieder verließ, blickte Martha ihm durch die Wohnzimmergardinen nach. Er ging aufrecht, wie nach einer gewonnenen Seeschlacht.

Martha ließ sich auf ihr zerwühltes Bett fallen und starrte die Zimmerdecke an. Jeder Muskel ihres Körpers schmerzte. »Aber von sofort an werde ich bestimmen, was im Bett geschieht. Dieser Bock hat mir alles gezeigt. Jetzt weiß ich, wie es geht und nun bestimme ich!«, flüsterte sie.

Martha wusch sich zwei Stunden von Kopf bis Fuß. Dann bezog sie ihr Bett neu. Am anderen Morgen packte sie ihre Koffer und rief eine Kutsche.

Ihren Eltern schrieb sie einige Zeilen, die sie auf den Wohnzimmertisch legte.

»Ich bin gegangen, weil ich immer meinen eigenen Weg machen wollte. Einen Weg ohne ständiges Kindergeschrei und ohne Eure kleinbürgerlichen Zwänge. Suche nach mir zwecklos! Reise ins Ausland mit einem Seemann!

Martha!«

Keine Anrede. Keinen Gruß. Kein Danke.

Martha reiste nach Berlin. Auf dem Lehrter Bahnhof winkte sie einen Gepäckträger heran. Sie ließ sich zu einer Kutsche bringen.

»Zu einer guten Bank!«, sagte sie dem Kutscher.

Bei der Nationalbank mietete sie ein Schließfach und deponierte darin eintausendfünfhundert Mark von ihrem ersten Liebeslohn. Als sie wieder in der Kutsche saß, spannte sie einen Sonnenschirm auf.

»Sie kennen doch bestimmt Berlin in- und auswendig?« Der Kutscher hatte sich zu ihr umgedreht. »Es gibt nichts, Madamchen, was ich hier nicht kenne!«

Martha gab ihm zehn Mark. »Fahren Sie mich bitte zu dem feudalsten Bordell Berlins. Aber wirklich zu dem feudalsten!« Sie lächelte den Kutscher entwaffnend an.

Als die Kutsche vor einer Tiergartenvilla hielt, ließ sich Martha von dem Kutscher aus dem Wagen helfen. »Warten Sie bitte!« Dann ging Martha in das Haus.

Ohne zu zögern, drang sie zielsicher bis in die Privaträume der Hausbesitzer vor, die sie in der oberen Etage vermutet hatte. Sie klopfte an eine der großen Türen und betrat ohne Aufforderung ein Zimmer, das mit kostbaren Möbeln und Teppichen angefüllt war. Ein Mann und eine Frau blickten sie überrascht an. Sie tranken Tee.

Martha zog sich wortlos aus und präsentierte den beiden ihren nackten Körper von allen Seiten. »Kann ich von sofort an hierbleiben?« fragte sie.

Der Mann musterte sie eingehend. »Das hängt davon ab, wie Du Deine Prüfung in meinem Bett bestehst«, antwortete er. »Meine Schwester wird Dir mein Schlafzimmer zeigen. Sie wird auch den Kutscher bezahlen und Dein Gepäck in das Haus bringen lassen. Du bist doch sicher mit einer Kutsche gekommen?«

Martha ließ ihre Kleider auf dem Teppich liegen und ging nackt hinter der Frau her, die sie über den Flur zu einem anderen Zimmer brachte.

Zwei Stunden später war sie engagiert. Der Inhaber der Nobelabsteige hatte ihr die Hausordnung vorgetragen, dann hatte er ihr einen neuen Rufnamen gegeben.

»Von sofort an heißt Du Candy. Du bist im Bett Spitze. Darauf kannst Du Dir etwas einbilden. Du kannst sicher sein, daß ich von Frauen viel verstehe. Besonders von Frauen Deines Kalibers!« Er hatte ihr genußvoll in die Pobacken gegriffen.

Der erste Kunde von Candy war Botschaftsrat einer skandinavischen diplomatischen Vertretung. Er aß mit ihr in einem kleinen Zimmer zu Abend. Er hatte sie für die ganze Nacht gekauft.

In ihrem Zimmer zog er sie aus. Dann half sie ihm aus seinen Kleidern.

Candy war verwirrt, als sie seinen Penis sah. Er war kräftig, hing aber schlaff über seinen prallen Hoden.

»Das ist mein Problem«, sagte er verlegen lächelnd. »Er stand noch nie und ich bin jetzt Anfang dreißig und hatte noch keinen Orgasmus. Mir ist versichert worden, daß Du das schaffen wirst!«

Candy hatte ihn auf ihr riesiges Bett gezogen. Die Wände neben und die Decke über dem Bett waren mit Spiegeln verkleidet.

Nach einer Stunde, die sie flüsternd zusammen auf dem Bett verbrachten, wußte Candy, wer der Hemmschuh dafür war, daß sein prachtvoller Penis bisher nie in Aktion getreten war. Seine Mutter, früh von ihrem Mann verlassen, hatte ihre Enttäuschung und Wut über ihren Ehegatten an ihm ausgelassen. Sie hatte ihren Sohn noch im Alter von achtzehn Jahren verprügelt, wenn er mit einem Mädchen ausgehen wollte.

Candy spielte dem Botschaftsrat ein keusches Mädchen vor, das entjungfert werden wollte. Sie zog alle Register. Mit ihren schlanken Fingern und ihrer schnellen Zunge brachte sie das Blut des Skandinaviers in Wallung.

Plötzlich schnellte sein Penis zu einer prachtvollen Stange empor. Der Skandinavier nahm sie in dieser Nacht fünfmal. Er zahlte fürstlich und empfahl sie weiter.

Für Candy mußte ein Gästebuch angelegt werden. Innerhalb weniger Wochen war sie zu einer Luxusnutte aufgestiegen, deren Namen im Berliner Diplomatenviertel als Geheimtip für höchste Bettgenüsse gehandelt wurde. Die Besitzer der Edelabsteige, die an ihr glänzend verdienten, hatten ihr kostenlos wasserdichte Papiere beschafft.

Candy konnte noch so viele Freier haben, nie zeigte sich in ihrem Gesicht eine Falte. Ihr Körper, den sie regelmäßig massieren ließ, blieb makellos. Sie mied im Gegensatz zu ihren Kolleginnen nicht nur harte Getränke und Nikotin, sondern verstand es auch, die Klippe zu umschiffen, an der die meisten Nutten alterten! Gutmütiges Mitgefühl zu zeigen, unterdrückt und ausgebeutet, die Probleme ihrer männlichen Kunden mit zu durchleiden.

Ab und zu genoß Candy gutaussehende Freier. Aber sie hielt immer Abstand. Menschliche Gefühle unterdrückte sie, auch wenn sie

Mitgefühl für sexuell verklemmte Freier glänzend heucheln konnte, die keine Ehefrauen, sondern Eisblöcke im Bett hatten. Sie blieb eiskalt und war nur auf ihren Vorteil bedacht. Nur so war es ihr möglich, ihre Eltern total aus ihrem Leben zu streichen.

Candy weinte nie, auch wenn sie im Bett gequält wurde. Sie war stets eine strahlende Schönheit. Das machte sie so begehrenswert.

Paul Berger war der steinreiche Hänfling, auf den Candy seit Jahren gewartet hatte. Sie hatte mehr als einmal beobachtet, wie schnell Mädchen aus der Nobelabsteige auf die Straße gesetzt wurden, um dann in der Gosse zu enden. Gestern waren sie noch begehrte Stars gewesen. Heute landeten sie auf dem Strich am Alex oder hinter dem Schlesischen Bahnhof. Sie hatten zuviel getrunken und zuviel geraucht. Dabei hatten sie die Kontrolle über sich selbst verloren. Der Absturz war bodenlos.

Candy sah in Berger den Mann, der ihr die Chance geben würde, unauffällig in ein bürgerliches Leben überzuwechseln. Sie hatte ihm ihre Forderungen dafür unterbreitet. Er hatte sie angenommen. Genau hatte Candy registriert, daß er überhaupt nicht zugehört hatte, als sie ihre Forderungen für eine Ehe mit ihm stellte. Er hatte nur ihren Körper gesehen. Das war ihr recht. Er würde bluten müssen. Er wollte es so, sie würde es ausnutzen.

Berger und Candy fuhren zu einem schmierigen Winkeladvokaten, der ein Büro mit vor Schmutz blinden Scheiben in der Friedrichstraße unterhielt. Candy hatte sich vorher vergewissert, daß er am Land- und Amtsgericht zugelassen war. In seiner Kanzlei wollten sie ihren Ehevertrag schließen, der für sie beide nur ein Bett-Vertrag sein würde.

Der Anwalt musterte Candy, als sie mit ihrem zukünftigen Mann sein Büro betrat. Berger war für ihn Luft. Er sah durch ihn hindurch, tastete dafür umso intensiver den Körper von Candy mit seinen Augen ab.

»Sie verpflichten sich, unter ihrem bürgerlichen Namen den Großkaufmann Paul Berger zu heiraten?«, fragte er Candy. Dabei bildeten sich, was sie lächelnd registrierte, Schweißperlen auf seiner Stirn.

Der Anwalt hatte von Candy gehört. Aber er hatte nie das Geld gehabt, sie für eine Nacht zu kaufen. Außerdem war er sicher gewesen, daß sie ihn ablehnen würde.

Der Anwalt mußte durchatmen, weil sein Blut bei ihrem Anblick in Wallung geriet. »Dieser vor Geld stinkende Fettsack kann sich diesen herrlichen Körper für immer kaufen«, dachte er. Der Anwalt spürte den bitteren Geschmack des sexuellen Neides in sich aufsteigen. Er rülpste ungeniert.

Obwohl es erst vormittags war, hatte er bereits sein zweites Taschenfläschchen geleert. Ohne die »Flachmänner« konnte er nicht mehr leben, weil er sein Leben nur noch als Nacht ohne Hoffnung auf einen Sonnenaufgang sah.

Auf den Anwalt wartete zu Hause eine Frau, die am Tag angekleidet, wie auch in der Nacht hüllenlos nichts weiter als eine dürre graue Maus war. Sie hatte keine vollen Hüften, Schenkel und Brüste. Sie war schmal wie ein Plättbrett und hatte die sexuelle Ausstrahlungskraft einer Straßenlaterne in einer Winternacht.

Als der Anwalt Candy, die mit Berger vor seinem Schreibtisch saß, genußvoll betrachtete, wurde ihm bewußt, daß er ein versoffener Versager war. Er hatte den Lebensweg über den »Flachmann« zur dürren grauen Maus gewählt. Er rülpste wieder ungeniert.

»Sie verpflichten sich, Fräulein Martha Steinholz, Ihrem zukünftigen Mann immer zu Willen zu sein«, sagte er, den Ehevertrag auf seinem Schreibtisch glättend. »Dafür bekommen Sie als Eheeinstand von Ihrem zukünftigen Mann zweihunderttausend Goldmark.«

Der Anwalt sah Candy über seine Brille an. »Das ist eine große Summe«, sagte er.

»Ich weiß es!« Candy strahlte ihn an.

»Zweihunderttausend Goldmark erhalten Sie ebenfalls, wenn Sie aus dem Ehevertrag wieder aussteigen. So haben es Ihr zukünftiger Gatte und ich ausgehandelt. Während Ihrer Ehe ist Ihr zukünftiger Mann verpflichtet, Ihnen alle Wünsche zu erfüllen, was Schmuck und Kleider betrifft. Sie können den Ehevertrag jederzeit kündigen. Ist das so richtig?«

»Ja, das ist die Abmachung, die mein zukünftiger Mann und ich getroffen haben!« Candy streckte ihre rechte Hand Berger entgegen.

Scharf beäugt von dem Anwalt, zog Berger seine Brieftasche und gab Candy zweihunderttausend Mark in großen Scheinen.

»Du kannst sie im Juliusturm in Goldmark eintauschen«, sagte er. Dann schob Berger blitzschnell seine linke Hand unter ihren Rock. Er krallte sich zwischen ihren Oberschenkeln fest.

Der Anwalt, der diese Blitzbewegung genau gesehen hatte, befürchtete vor Gier nach Candy einen Herzanfall zu bekommen. Er bekam kaum Luft, so schnell ging sein Puls. Ungeniert rülpste er erneut. Dann blickte er, um sich abzulenken, auf den Ehevertrag.

»Falls ich mich wiederholen sollte, Fräulein Steinholz«, sagte er schwer atmend, »Sie haben Ihrem Mann stets zu dienen!«

»Sie wiederholen sich, Herr Anwalt!« Candy sah ihn gelassen an. Sie zog die Hand von Berger unter ihrem Rock hervor. »Ich weiß, wozu ich verpflichtet bin«, sagte sie. »Ich habe meinem Mann Tag und Nacht zu dienen. Immer wenn er Lust auf meinen Körper hat.« Sie lächelte so ungezwungen, als ob sie eben eine Bemerkung über das Wetter gemacht hatte.

»Dafür zahlt Ihnen Ihr Mann jeden Monat zweitausend Mark, die er auf Ihr Berliner Konto überweist. Unabhängig von Schmuck und Kleidung!«

Der Anwalt stand auf, beugte sich über seinen Schreibtisch und legte den Ehevertrag Candy und Paul Berger vor. Als er in den Ausschnitt von Candy sah, mußte er wieder nach Luft ringen. Solche Brüste hatte er nackt noch nie gesehen, geschweige denn in der Hand gehalten.

Berger und Candy heirateten zwei Tage später in Berlin.

Candy zog die Vorhänge des Erster Klasse Abteils zu, als der Schaffner die Fahrkarten kontrolliert hatte. Dann nahm sie zur Überraschung von Berger einen Vierkantschlüssel aus ihrer Handtasche und sperrte die Abteiltür zu.

»Du hast zwar das ganze Abteil für uns gekauft, aber sicher ist sicher!« Sie lächelte ihren Mann an, hob ihren Rock, schlüpfte aus ihrem Slip und spreizte ihre Schenkel. Berger stürzte sich sofort auf sie.

»Erfülle ich meinen Teil unseres Vertrages gut?« Candy lachte auf den Polstern des Sitzes unter ihrem Mann liegend, der keuchend über ihr arbeitete.

»Gut, sehr gut sogar!« Er stöhnte.

Am Abend brachte sie eine Kutsche vom Bahnhof in Königsberg zur Villa von Berger.

Candy schätzte das Haus mit einem Blick ab. »Hier kannst du bleiben«, dachte sie. »Der »Winzling« hat Geld und liegt dir zu Füßen!« Das große Kontor neben der Villa interessierte sie nicht.

Candy stieg aus der Kutsche und ging auf den Eingang der Villa zu. Gelassen und selbstsicher, wie eine Königin auf ihr Schloß. Berger lief hechelnd, wie ein Jagdhund, neben ihr.

Luise mußte lachen, als sie ihren Kanzleivorsteher, Pjitor Polansky, betrachtete, der ihr in ihrer Kutsche gegenüber saß. Er hatte sich einen breiten Gürtel um seinen Anzug geschlungen, an dem das Halfter für eine große Pistole hing. Obwohl die Kutsche heftig schwankte, versuchte er, sich kerzengerade zu halten. Sein Gesicht war bleich und ernst wie immer.

»Pjitor. Eine Frage!«

»Gräfin?« Pjitor sah sie aufmerksam an.

»Können Sie mit der Pistole überhaupt umgehen?« Luise zeigte auf die Waffe.

»Im Ernstfall ganz sicher, Gräfin. Schließlich bin ich in der Kutsche Ihr einziger männlicher Begleiter. Der Fürst und seine Männer« – er hüstelte dezent, ohne eine Wimper zu verziehen »werden ganz sicher bemüht sein, Sie auch zu beschützen. Aber sie reiten weit entfernt von der Kutsche. Hier habe ich die Aufgabe, über Ihr Leben zu wachen, Gräfin!«

Luise lachte erneut, als sie ihre Winchester unter ihrer Sitzbank hervor holte und sie ihm in die Hand drückte. Pjitor zuckte so heftig zusammen, als ob ihn eine Wespe gestochen hatte.

»Werden Sie mit dieser Waffe fertig, Pjitor?«

»Noch nicht, Gräfin. Aber wenn Sie mir das Gewehr erklären, werde ich es bald sicher beherrschen!«

Luise war überrascht, wie schnell Pjitor die Funktion der Winchester begriff. Nach zwanzig Minuten konnte er die Waffe mit geschlossenen Augen auseinandernehmen und wieder zusammensetzen.

Luise ließ die Kutsche anhalten und sich von den Wagenlenkern aus dem Coupe helfen.

Stephan und seine Männer waren sofort neben ihr.

»Was ist passiert?« Stephan beugte sich über Luise.

»Nichts! Pjitor soll nur einige Schüsse aus der Winchester abgeben. Ich habe ihm die Waffe erklärt. Er hat ihren Mechanismus sofort begriffen. Nun soll er erlernen, wie er mit ihr umzugehen hat!«

Stephan stieg von seinem Hengst. Er nahm Luise das Gewehr aus der Hand.

»Pjitor! Die Winchester hat einen starken Rückschlag. Daran müssen Sie denken. Sehen Sie die wilden Sonnenblumen, einhundert Meter von uns entfernt?«

Der Kanzleivorsteher nickte.

Stephan hob die Waffe und zog viermal den Hahn durch. Vier Sonnenblumenkörbe zerplatzten.

Dann gab Stephan Pjitor das Gewehr.

»Den Kolben müssen Sie fest in die Schulter pressen! Dann die Luft anhalten, zielen und feuern!«

Pjitor schob den Kolben des Gewehres in seine rechte Schulter, hielt die Luft an und zog den Hahn durch. Wieder zerplatzte ein Sonnenblumenkorb.

Stephan klopfte Pjitor anerkennend auf die Schulter. Seine Männer und Luise klatschten Beifall.

»Gut!«, sagte Luise. »Nun fühle ich mich in der Kutsche in Ihrer Begleitung absolut sicher!«

»Danke!« Der Kanzleivorsteher verbeugte sich. Dann half er Luise wieder in das Coupe.

Pjitor stand seit fünf Jahren in den Diensten von Luise. Eine Cousine von ihr, die in Warschau verheiratet war, hatte ihr den jungen Polen empfohlen. Er hatte nach seinem Studium der Volkswirtschaft auf den Gütern der Cousine als Buchhalter gearbeitet.

»Er ist zwar spindeldürr, immer so bleich, als ob er gleich tot umfällt, viel zu ernst für sein Alter, aber ungeheuer fleißig und zuverlässig und zusätzlich eine lebende Rechenmaschine«, hatte die Cousine an Luise geschrieben. »Dem jungen Mann entgeht nichts, er vergißt nichts. Ich empfehle Dir, diesen jungen Polen nach dem Tode von William als Vorsteher Deiner Kanzlei zu nehmen. Er ist verheiratet und hat zwei Kinder. Er will mich verlassen, um zu einer Bank nach Warschau zu gehen. Ich meine, er wäre besser bei Dir aufgehoben!«

Luise hatte nicht lange überlegt und ihre Cousine telegraphisch ersucht, Pjitor Polansky zu bitten, mit seiner Familie auf ihr Gut zu kommen. Sie hatte Lassejew um Rat gefragt. Damals war er noch nicht der Mann für sie, der er heute war.

»Ich habe keine Kanzlei. Ich weiß auch nicht, was das ist oder was das soll, aber meine Cousine meint, ich sollte diesen jungen Mann und seine Familie nach hier bitten. Was halten Sie davon, Fürst Lassejew?«

Luise hatte Stephan den Brief gezeigt. Er las ihn sorgfältig durch.

»Eine Rechenmaschine können Sie gebrauchen, Gräfin. Sie sollen mit den Händlern handeln, er soll die Bücher führen und rechnen!«

Das hatte den Ausschlag gegeben.

Pjitor war mit seiner Familie sechs Wochen später auf dem Gut angekommen. Die Familie zog in ein leerstehendes Haus in Littauland.

Zur Belustigung der Dorfbewohner fuhr Pjitor jeden Morgen mit einem Fahrrad – ein im Dorf unbekanntes Vehikel – in seine Kanzlei, die er in einem geräumigen Zimmer im Erdgeschoß des Gutshauses eingerichtet hatte. Drei Monate später hatte der junge polnische Volkswirt alle finanziellen Bewegungen von Luise fest im Griff.

Der Filialleiter der Staatsbank in Littauland hatte den spindeldürren und bleichen Polen anfangs belächelt. Bald bekam er Respekt vor ihm. Er erkannte, daß ihm der Kanzleivorsteher von Luise fachlich haushoch überlegen und eisenhart war.

Pjitor blieb stets höflich, aber er bestand darauf, daß Wünsche von ihm erfüllt wurden. Der Filialleiter richtete sich danach, nicht zuletzt deshalb, weil er wußte, daß Pjitor das volle Vertrauen der Gräfin besaß und weil der Pole niemals lächelte. Er sah in Pjitor einen Teufel, dem er gehorchen mußte, wenn er keine Nachteile erleiden sollte.

Der Pole saß neben Luise, wenn sie geschäftliche Verhandlungen mit den Aufkäufern des Landhandels führte. Sie hatten anfangs versucht, dieser lebenden Rechenmaschine zu widersprechen, wenn es um Preise ging. Alsbald hatten sie gepaßt. Der Pole wußte mehr als sie und diktierte ihnen die Preise.

Als Pjitor Luise zum ersten Mal Vortrag über ihre finanzielle Lage hielt, war sie überrascht. Sie hatte gewußt, daß sie nicht unvermögend war. Aber sie hatte keine Ahnung davon, daß sie nach europäischen Maßstäben Millionärin war.

William hatte ihr Geld zum kleineren Teil bei der russischen Staatsbank angelegt. Der größte Teil lag auf Banken in Deutschland, der Schweiz und Schwedens. Sein Erbe auf einer bedeutenden Bank in England stand ihr und ihren Kindern voll zur Verfügung.

Pjitor hatte nach seinem Vortrag von den Unterlagen aufgesehen, die vor ihm auf dem Schreibtisch lagen.

»Darf ich Ihnen einen Vorschlag machen, Gräfin?«

»Bitte!«

»Die Zeiten sind unruhig, Gräfin. Ihr Gatte« – er hüstelte wie immer leise, wenn er einen Punkt anschneiden mußte, der Anteilnahme oder Diskretion erforderte – »hat ausgezeichnet gewirtschaftet. Ich gestatte mir, mit Ihrer Billigung, dieses Urteil. Aber wegen der allgemeinen Situation in Europa würde ich empfehlen, den größten Teil Ihres flüssigen Vermögens in der Schweiz anzulegen. Das trifft für Ihr Geld zu, das auf der russischen Staatsbank und den Banken in Deutschland und in London liegt. Das schwedische Konto sollten sie nicht antasten. In Deutschland und England sollten Sie nur einen Rest Ihres Geldes stehen lassen, mehr aber auch nicht. Ich bitte Sie, Gräfin, darüber nachzudenken und alsbald eine Entscheidung zu fällen.«

Luise hatte Pjitor erstaunt angesehen. Zögernd sagte sie: »Ich werde darüber nachdenken, Pjitor. Sie müssen mir schon etwas Bedenkzeit geben. Schließlich bewege ich nach Ihren Auskünften nicht nur einige tausend Mark.«

Pjitor hatte genickt.

Der Pole leitete ihre Kanzlei ausgezeichnet. Sie konnte sich hundertprozentig auf ihn verlassen. Pjitor nannte ihr vor jeder Verhandlung mit den Händlern die Preise, die gängig waren. Er saß stets neben ihr und ergriff sofort für sie Partei, wenn er merkte, daß sie übervorteilt werden sollte. Nach jedem Verkauf rechnete er mit ihr bis zur letzten Kopeke ab. Luise dankte ihm für seine Arbeit damit, daß sie ihm in Littauland ein Haus bauen ließ, das er mit seiner Familie bezog. Vom gleichen Tag spürte sie in jeder seiner Handlungen, daß sie in ihm einen neuen Verbündeten gefunden hatte.

Luise sah Pjitor in der schaukelnden Kutsche an.

»Ich möchte Ihnen jetzt mitteilen, warum Sie mich auf das Hauptgut begleiten, Pjitor!« Die Kutsche rollte über Bodenwellen, wie ein Schiff in schwerer See. Pjitor hielt noch immer die Winchester in der linken Hand. Er hatte sie mehrfach auseinander genommen und wieder zusammengesetzt. Luise war sicher, daß er dies auch in dunkler Nacht konnte.

»Ich bitte darum!« Der Kanzleivorsteher klammerte sich mit der rechten Hand an seinen Sitz. Luise nahm ihm die Waffe aus der Hand und schob sie unter ihren Sitz.

»Ich will nicht um den heißen Brei herumreden, Pjitor«, sagte sie. »Es sieht so aus, als ob mein Bruder Pleite ist. Er hat sich betrügen lassen. In den letzten Jahren hat er seine Ernten und sein Vieh praktisch verschenkt.«

Sie seufzte. Mit der linken Hand fuhr sich Luise über die Haare. »Ein Händler aus Königsberg, der hier persönlich nie in Erscheinung tritt, aber eine Reihe von Agenten unterhält, hat ständig bei der Filiale der Staatsbank im Dorf meines Bruders für Wilhelm gebürgt, wenn er Kredite aufnahm, die er mangels Masse eigentlich nicht hätte aufnehmen dürfen. Es sieht so aus, als ob das Hauptgut meiner Familie diesem Händler bereits gehört.«

»Wußte Graf Wilhelm von diesen Bürgschaften?« Pjitor sah Luise hellwach an.

»Nein!«

»Dann haben diese Bürgschaften keine Gültigkeit, Gräfin. Sicher: In Rußland gilt, daß das Reich groß und der Zar weit ist, wenn sie verstehen, was ich damit meine. Aber statthaft ist das nicht.«

»Ich verstehe sehr gut, was Sie meinen, Pjitor. Schließlich bin ich Russin.«

Sie saßen sich einige Minuten schweigend in der schlingernden Kutsche gegenüber.

Pjitor sah zu Fürst Lassejew und seinen Reitern, die dicht neben der Kutsche ritten.

»Darf ich mir eine Bemerkung gestatten, Gräfin?«

»Bitte!«

»Ich glaube, Ihr Herr Bruder ist nicht von dieser Welt!«

Pjitor errötete. »Entschuldigen Sie bitte, Gräfin, das ist mir herausgerutscht!«

»Sie treffen den Kern der Situation, Pjitor.«

Luise betrachtete ihre Hände.

»Mein Bruder ist ein guter Mensch, Pjitor. Aber ein schlechter Landwirt. Er und seine Frau sind musisch veranlagt. Ein Klavierkonzert ist ihnen wichtiger als eine gute Ernte!«

»Wenn ich unsere Fahrt zu Ihrem Herrn Bruder und der Gräfin richtig einschätze, sollen Sie, Gräfin, und ich alles wieder richten. Und Fürst Lassejew soll die bewaffnete Rückendeckung geben.«

Pjitor hüstelte zurückhaltend.

»Genauso ist es«, sagte Luise lächelnd, das ernste Gesicht von Pjitor musternd. »Sie und ich werden den Händlern, mit denen mein Bruder zu tun hatte, beweisen, daß sie ihn betrogen haben. Und Fürst Lassejew und seine Männer werden ihnen allein durch ihre Anwesenheit Angst einjagen.« Luise lachte.

»Haben Sie alle Preise des Landhandels der letzten Jahre parat, Pjitor?«

»Im Kopf, Gräfin!« Pjitor verbeugte sich.

»Dann auf in das Gefecht! Aber ich sage Ihnen, mein Bruder wird eine genauso harte Nuß wie die Händler sein. Er ist nämlich ein liebenswerter Traumtänzer!«

»Ich stehe im Gefecht an Ihrer Seite, Gräfin!«

Pjitor nahm die rechte Hand von Luise und küßte sie.

Luise liebte ihre Familie von ganzem Herzen. Deshalb hatte sie versucht, mit Engelszungen ihrem Bruder, ihrer Schwägerin und ihrer Mutter so schonend wie möglich beizubringen, daß ihre Tage auf dem Gut gezählt sind, wenn sie ihr nicht unverzüglich Vollmacht geben würden, die Geschäfte auf dem Hauptgut in die Hand zu nehmen. Ihr Bruder hatte sie erstaunt angesehen. Ihre Schwägerin schwieg. Ihre Mutter weinte. Eine verbindliche Antwort hatte Luise nicht bekommen.

Stephan, der wie Pjitor mit im Salon des Gutes am Tisch saß, wußte, was kommen würde. Er gab Wilhelm ein Zeichen. »Sieh Dich vor!«, hieß das. Aber der Bruder von Luise, der zusammen mit seiner Frau Swetlana gerade an einem von ihnen gemeinsam komponierten Choral gearbeitet hatte als Luise eintraf, verstand die Welt sowieso nicht mehr.

Dann kam, was Stehpan erwartet hatte. Luises Temperament, das er so liebte, ging plötzlich mir ihr durch. Sie legte wie ihr Vater in seinen besten Tagen los.

»Ihr seid Pleite, total Pleite, wenn Ihr nicht sofort meinen Kanzleivorsteher und mich ermächtigt, für Euch alle Geschäfte zu führen«, schrie sie. »Total Pleite und noch einmal total Pleite!«

Ihre Mutter fiel wie immer, wenn es ungemütlich wurde, in Ohnmacht. Luise hatte das unzählige Male erlebt, wenn ihr Vater laut geworden war. Sie klingelte wütend nach den Bediensteten und befahl ihnen, ihre Mutter zu Bett zu bringen.

Dann sprang Luise auf. »Wilhelm, wenn Du mir nicht sofort eine Vollmacht ausschreibst, für Dich handeln zu dürfen, kannst Du unser Elternhaus in den Wind schreiben«, schrie sie. »Morgen, am Montag, ist in Deinem Hauptdorf Samland Tier- und Getreidemarkt. Alle Händler sind da. Auch die Agenten dieses Bergers aus Königsberg. Ich bin gekommen, um ihnen an die Kehle zu gehen. Hast Du mich endlich verstanden?«

Luise hatte sich dicht vor ihren Bruder gestellt. Ihr Gesicht war rot angelaufen. Sie ballte ihre Hände zu Fäusten.

Wilhelm war zurückgezuckt, als sich Luise vor seinen Stuhl gestellt hatte. »Aber Schwesterchen, die Leute, was werden die Leute sagen, wenn Du ...« Er zog sein Taschentuch und wischte sich damit über die Stirn.

»Die Leute? Welche Leute? Was interessieren uns andere Leute!« Luise zischte ihren Bruder an. »Einen Scheiß, einen Kuhscheiß sage ich Dir, interessieren uns andere Leute!«, rief sie.

»Ich bitte Dich, Luise, welcher Ausdrücke bedienst Du Dich!« Wilhelm sah seine Schwester entsetzt an. Pjitor begann verlegen zu hüsteln.

»Ich bezeichne die Lage so wie sie ist, Wilhelm. Sie ist beschissen. Super beschissen!« Luise stützte sich auf den Tisch. »Wo wollt Ihr in Zukunft leben? Hier oder in einer Dachkammer bei mir?«

»Hier natürlich!« Wilhelm wischte sich wieder den Schweiß von der Stirn.

»Gut! Dann schreibe jetzt die Vollmacht für mich und meinen Kanzleivorsteher!« Luise riß Wilhelm das Taschentuch aus der Hand, mit dem er sich erneut über das Gesicht fahren wollte. Sie warf es auf den Boden.

»Los! Schreibe die Vollmacht aus, sofort!«

Wilhelm stand auf. Er begann zu schwanken. »Reiße Dich zusammen!« Luise zischte ihren Bruder an.

Zehn Minuten später kam Wilhelm mit der Vollmacht aus seinem Arbeitszimmer zurück.

Luise und ihr Bruder standen sich gegenüber. Plötzlich begann Luise zu weinen. Wilhelm nahm sie in die Arme.

»Du warst immer stärker als ich«, sagte er. »Du bist wie Papa. Liebst Du uns eigentlich?«

Luise löste sich aus seinen Armen. »Was für eine Frage?« Luise sah ihren Bruder und dann Swetlana an. »Warum meinst Du, bin ich sofort zu Euch gekommen?«

Luise drehte sich um und streckte ihre rechte Hand Stephan entgegen. Er stand sofort auf und kam zu ihr. »Wir lieben Euch alle! Alle lieben wir Euch!«, sagte sie weinend. Sie warf sich in die Arme von Stephan.

Pjitor hüstelte verlegen.

Luise ritt im Damensattel auf einer Stute zur Filiale der Staatsbank in Samland. Das Dorf war sechs Kilometer vom Hauptgut entfernt. Stephan und seine Kaukasier begleiteten sie sowie einhundert Reiter in Ulanenuniform.

Luise ließ sich von Stephan vor der Bankfiliale aus dem für sie ungewohnten Sattel helfen. »Ich glaube, ich habe Druckstellen am rechten Oberschenkel«, flüsterte sie Stephan zu. »Stört Dich das?«

»Im Gegenteil. Es macht Dich noch aufregender!« Er beugte sich über Luise und küßte ihre rechte Hand. Ihre Augen fanden sich für Sekunden.

Die Nacht in ihrem Zimmer auf dem Hauptgut war wie ein wilder Frühlingssturm gewesen. Luise fühlte sich so frisch und entspannt, wie seit Wochen nicht mehr.

Luise hätte die Kutsche nehmen können, um zu der Bankfiliale zu fahren. Aber sie hatte die Stute ihrer Schwägerin vorgezogen, weil sie ihre Winchester in die Halterung am Sattel stecken konnte.

Neben ihrer Stute stehend erwartete Luise den Leiter der Filiale. Ihre rechte Hand hatte sie auf den Kolben der Waffe gelegt. Der Filialleiter sollte sehen, daß sie ihm an die Kehle wollte.

Der Filialleiter kam, sich mehrfach verbeugend, auf sie zu. Er hielt Luise, Stephan und Pjitor die Tür zur Filiale auf.

Luise ging zum Schreibtisch des Filialleiters und setzte sich auf seinen Stuhl. Er sah sie überrascht an.

Sie zog die Vollmacht ihres Bruders aus der Seitentasche ihres Reitkostüms. »Ich bin gekommen, um mit Ihnen über das Gut meines Bruders zu reden«, sagte sie langsam. Stephan registrierte beunruhigt, daß ihr Gesicht von einer flüchtigen Röte überzogen wurde.

»Wie Sie bereits gesehen haben, ist nicht nur mein Kanzleivorsteher, sondern auch eine Gruppe von Bewaffneten mit mir gekommen.« Luise zeigte auf Pjitor und Stephan sowie durch die Scheiben der Bankfiliale auf die Kaukasier und die Männer in den Ulanenuniformen. »Sie sollen wissen und meine Begleiter beweisen es, daß ich nicht gewillt bin, hinzunehmen, was ich nicht hinnehmen kann. Bitte lesen Sie meine Vollmacht!«

Luise schob das Schreiben von Wilhelm über den Schreibtisch.

»Gewiß, Gräfin, Ordnung muß sein«, flüsterte der Filialleiter. Er fröstelte. »Diese eiskalte Hexe hat mir noch gefehlt«, dachte er. »Sie und ihr Kaukasischer Liebhaber. Ein Fürst aus einer russischen Kolonie. Ein Nichtsnutz, ein Vasall des Zaren.«

Der Filialleiter wußte aber, daß er in der bevorstehenden Auseinandersetzung mit der Gräfin bereits unterlegen war. Rußland war groß und der Zar weit. Es war immer dasselbe. Monatelang waren die Kosaken des Zaren in das Dorf gekommen. Ihre Offiziere hatten sich von ihm auf seine Kosten bewirten lassen. Jetzt, wo er sie brauchte, waren sie nicht zu sehen. Jeder Mensch im weiten Umkreis wußte, daß die Kosaken Angst vor den Ulanenreitern hatten, die ihnen an Ausbildung und Bewaffnung weit überlegen waren. Und an die Gräfin traute sich niemand heran, wie auch nicht an diesen Fürst aus dem wilden Kaukasus. Der Zar wollte seine Ruhe. Und er, ein kleiner Filialleiter, mußte nun sehen, wie er zurecht kam.

Der Filialleiter wußte genau, was die Gräfin von ihm wollte. Auskunft über diesen Berger aus Königsberg. Er verfluchte den Tag, an dem er sich mit Berger eingelassen hatte. Aber da sein Gehalt niedrig war, hatte er das Geld angenommen, das ihm dessen Agenten geboten hatten, um das Gut des Grafen Wilhelm zu Memel und Samland in seine Hände zu bekommen.

Der Filialleiter kochte innerlich vor Wut, als er die Gräfin ansah, die auf seinem Stuhl saß. »Meine Frau Anastasia ist schuld«, dachte er. »Immer wollte sie neue Kleider. Immer war sie nicht zufrieden.«

Drei Kinder hatte er ihr gemacht, aber noch immer war sie mit ihm nicht zufrieden. Sie lebte in einer Villa, hatte eine eigene Kutsche. Aber auch das reichte ihr nicht.

Der Filialleiter beschloß, seine Frau am Abend, ganz gleich, wie das Treffen mit der jungen Gräfin ausging, zu verprügeln und dann zu vergewaltigen. Er würde sie erneut schwängern und sie dann mit wilden langen Stößen quälen, bis sie ohnmächtig würde.

Der Filialleiter schreckte auf, als er die Stimme von Luise hörte. Sie war so scharf wie ein eben geschliffenes Messer. Er starrte die Gräfin an.

»Dich möchte ich auch stoßen«, dachte er. Er sah durch ihre Kleider hindurch ihren prachtvollen Körper an. »Stoßen, bis Du um Gnade bittest!«

»Sie haben, ohne das Einverständnis meines Bruders einzuholen, einem gewissen Berger aus Königsberg, den wir nicht kennen, für die Kredite von ihm bürgen lassen!«

Die Worte von Luise klirrten wie Eisbrocken, die in einen Becher fielen.

»Holen Sie alle Unterlagen darüber hervor, sofort!«

Der Filialleiter fühlte, als er in den Saferaum ging, wie sein Herz zu rasen begann. »Diese geile, wilde Hexe«, murmelte er. »Sie hat diese verdammte Vollmacht, und ich muß ihren Anweisungen gehorchen.« Außerdem wußte er, daß sie im Recht war. Er verfluchte erneut den Tag, an dem er von den Agenten von Berger Geld genommen hatte.

In seiner Wut malte er sich aus, wie er seine Frau im Bett quälen würde. Sie war mit ihrer ewigen Unzufriedenheit Schuld an dieser mißlichen Lage.

Der Filialleiter knallte Luise die Unterlagen auf den Tisch. Den Schweiß, der sich auf seiner Stirn bildete, tupfte er mit seinem Taschentuch ab.

Wer mag nur dieses bleiche, dürre Gespenst neben der Gräfin sein, überlegte er, als Luise die Unterlagen zu Pjitor schob. »Ich traue ihr alles zu«, dachte er. »Sie schläft auch mit dieser Bohnenstange!«

»Ich hasse Sie, Gräfin«, flüsterte er vor Wut kochend. Er hatte sich zusammennehmen wollen, aber es war ihm nicht gelungen.

Der Filialleiter stöhnte, als er den Lauf des Gewehrs von Fürst Lassejew in seinem Rücken spürte. »Nehmen Sie sich zusammen!«, hörte er die Stimme des Kaukasiers. »Sonst können Sie etwas erleben, was Sie nicht so schnell vergessen werden!« Der Filialleiter schrie vor Schmerz auf, als Stephan ihm den Lauf in den Rücken stieß.

Pjitor, der die Unterlagen durchgesehen hatte, schüttelte den Kopf.

»Völlig unhaltbar nach den einschlägigen Gesetzen, Gräfin«, sagte er. »Geradezu kindisch!« Er schob Luise die Unterlagen wieder zu. Sie nahm sie. Dann zerriß sie sie, Blatt für Blatt.

»Wir verstehen uns«, sagte sie zu dem Filialleiter. »Zerrissen und vergessen!«

»Holen Sie bitte eine Papiertüte und füllen Sie sie mit den Papierschnitzeln!«, befahl Luise. Sie spreizte ihre Beine und sah den Filialleiter an.

Er blickte auf ihre Beine. »Es wird der Tag kommen, wo auch ich Dich stoße, bis Du um Gnade bittest, wie es meine Frau heute Nacht tun wird«, dachte er. »Der Tag wird kommen und er ist nicht mehr weit!«

Der Filialleiter holte eine Papiertüte und sammelte die Papierschnitzel auf. Luise gab die Tüte Pjitor. Blitzschnell drehte sie sich um und nahm Stephan das Gewehr ab, das er in der rechten Hand hielt. Sie preßte den Lauf an den Hals des Filialleiters.

»Ich weiß, was Sie denken, Sie Widerling!«, sagte sie. »Glauben Sie vielleicht, ich habe nicht gesehen, wie Sie mich lüstern angestarrt haben? Ich könnte Sie anzeigen und den Kosaken des Zaren überlassen, weil Sie meinen Bruder hintergangen haben. Aber das tue ich nicht, weil Sie nur ein kleiner, korrupter Bankbeamter sind. Es gibt größere Lichter als Sie. Ich verpflichte Sie jedoch, in Zukunft alle Gesetze und Verordnungen genau einzuhalten. Sollten Sie noch einmal meinen Bruder hintergehen, werde ich Sie erschießen. Haben Sie mich verstanden?«

Der Filialleiter kniete vor ihr.

»Ich habe genau verstanden, Gräfin!«, antwortete er, sich verbeugend. »Aber dennoch wird der Tag kommen, an dem ich Dich stoße, Du eiskalte Hexe«, dachte er.

Luise hob das Gewehr und schoß eine Kugel in die Decke des Zimmers.

Der Filialleiter warf sich zu Boden. »Sie ist völlig verrückt geworden, völlig verrückt!«, murmelte er.

Stephan hob ihn hoch.

»Öffnen Sie die Tür, sofort, die Gräfin will gehen!« Stephan nahm Luise das Gewehr aus der Hand und stieß es dem Filialleiter erneut in den Rücken.

Luise ließ sich von Stephan in den Damensattel helfen. »Ich möchte, daß wir geschlossen auf den Vieh- und Getreidemarkt reiten, ohne Rücksicht auf die Gaffer, die sich dort aufhalten«, sagte sie zu Stephan. »Ich möchte, daß wir dort wie ein Rammbock aufkreuzen. Wir müssen bis vor den riesigen Schießstand reiten, wo die Händler stehen werden, weil es dort Bier und Wodka gibt. Ich kenne das aus meiner Jugend. Mein Vater ist dort auch immer mit berittenen Begleitern erschienen. Das hat Eindruck gemacht!«

»Gut, Luise! Wir werden das so machen, wie Du es willst!« Stephan nahm die rechte Hand von Luise. »Darf ich ehrlich sein«, er sah sie an. »Ja, bitte!«

»Ich bin froh, wenn ich erst wieder mit Dir allein in Deinem Zimmer bin. Das kannst Du mir glauben!«

»Ich auch Stephan. Wirklich, ich auch!« Sie streichelte seine Hände.

Sie ritten im Schritt bis vor den Schießstand. Die einhundert Ulanenreiter und die Kaukasier bildeten einen so geschlossenen Block um Luise, daß die Marktbesucher zur Seite stoben. Luise zog die Winchester aus der Halterung des Sattels ihrer Stute. Dann stieg sie vom Pferd.

»Was ist der höchste Preis?«, fragte sie die Männer, die hinter dem Tisch des Schießstandes standen. Die Händler, die sich um den Schießstand drängten, traten zur Seite. Sie hielten Biergläser in den Händen.

»Die eiserne Kugel, Gräfin!« Der Besitzer des Schießstandes zog an dem Hebel, der ein Gebläse in Gang setzte. Eine metallene Kugel flog aus einem Korb und stieg zwei Meter hoch. Jeder Zug an dem Hebel ließ die Kugel auf und nieder tanzen.

»Wieviele Kugeln haben Sie?«, fragte Luise.

»Vier!«

»Lassen Sie alle vier gleichzeitig aufsteigen!«

Die Händler begannen zu lachen.

»Los!«

Luise hob ihre Winchester. Sie zog viermal den Hahn ihres Gewehres, als die vier Kugeln von dem Gebläse nach oben geschleudert wurden. Sie zerplatzten in tausend Stücke.

Luise schob die Winchester in die Halterung zurück und lies sich von Stephan in den Sattel der Stute helfen. Dann sah sie die Händler an.

»Jeder von Ihnen, der mit meinem Bruder in den vergangenen

sechs Jahren sogenannte Geschäfte gemacht hat, erscheint morgen in meiner Kanzlei auf dem Gut!«, rief sie. »Damit wir uns richtig verstehen: Ich bestehe darauf, daß Sie kommen!«

Luise wendete die Stute. Dicht von den Kaukasiern und den Ulanen umgeben, ritt sie zum Hauptgut zurück.

Die Händler, die in den letzten Jahren Wilhelm übers Ohr gehauen hatten, trafen sich am Abend in der Bankfiliale. Die beiden Agenten von Berger waren mitgegangen, weil ihr Chef von ihnen einen genauen Bericht darüber erwarten würde, was sich bei dem Besuch der Gräfin in der Bank abgespielt hatte. Sie hörten, wie die anderen Händler, an den Wänden des Kassenraums stehend, dem wütenden Gebrüll des Filialleiters zu.

Die Agenten Bergers, wie auch die Händler, waren von der Sorte Kaufleute, um die jeder ehrbare Kaufmann einen Bogen machte. Sie hatten Vermögen mit Erpressung und Betrug gemacht. Niemand hatte sie daran gehindert, weil Betrug und Korruption im russischen Reich gang und gäbe war. Mit viel Geld hatten sie alle die auf ihre Seite gezogen, die den offiziellen Auftrag hatten, ihnen auf die Finger zu sehen. Sie wußten, daß jeder Mensch käuflich war. Sie wußten aber auch, daß sie nicht mit jedem Gutsbesitzer so umspringen konnten, wie mit Graf Wilhelm. Sie nannten ihn den »Klavierfritzen«, der nach ihrer Meinung nicht bis drei zählen konnte.

Mit der Gräfin hatten sie nicht gerechnet. Daß mit ihr und dem Kaukasier nicht zu spaßen war, wußten sie schon lange. Deshalb waren sie beiden in den vergangenen Jahren immer aus dem Wege gegangen. Nun war Luise Gräfin zu Memel und Samland zu Essex gekommen und wollte sie aus dem Geschäft mit ihrem Bruder drängen. Aber was hatte sie veranlaßt, zu kommen? Das wollten sie von dem Filialleiter hören, der bisher in ihren Händen weich wie Wachs gewesen war.

Die Händler und die Agenten Bergers hörten sich minutenlang den Wutausbruch des kleinen Filialleiters der Staatsbank an, der dabei mit den Händen ruderte.

Der Sprecher der Händler, ein großer, breitschultriger Mann mit kahlgeschorenem Kopf und Falten um den Mund, die Brutalität erkennen ließen, griff dem Filialleiter in die Jacke und riß ihn an sich.

»Du halber Furz, höre auf zu blöken!« Er stieß ihn mit der linken Faust in den Magen.

»Was war los? In zehn Sätzen wollen wir das hören! Diese süße Hexe von Gräfin weiß mehr, als sie wissen dürfte. Woher weiß sie das?«

Der Sprecher schlug dem Filialleiter ins Gesicht. Dann schleuderte er ihn an die Wand seines Büros.

»Ich habe Dich etwas gefragt, Du halber Furz. Antworte! Woher wußte die Gräfin, was in Deinen schlauen Büchern steht?« Der Sprecher stellte sich dicht vor den Filialleiter und stieß ihm mit dem rechten Knie in die Hoden. Der Bankbeamte schrie laut auf.

»Wenn Du noch einmal wie eine Memme brüllst, schlage ich Dich zusammen. Verstanden?« Der Sprecher trat dem Filialleiter mit Wucht auf die Füße. Wieder ertönte ein lauter Schrei.

»Los, spuck es aus! Was hast Du dafür bekommen, daß Du die Gräfin informiert hast?« Der Sprecher der Händler umklammerte den Bankbeamten an der Hüfte mit beiden Händen. Der Filialleiter zappelte in den Händen, die ihn wie Stahlklammern festhielten, wie ein Fisch im Netz. Schweiß begann ihm über das Gesicht zu fließen.

»Ich habe nichts, gar nichts erzählt«, schrie er. »Nichts habe ich erzählt. Ich hüte das Bankgeheimnis!« Todesangst hatte ihn überfallen. Er wußte, daß die Händler nicht nur eine rauhe Sprache führten, sondern auch eisenhart waren. Sie verübten keine Morde, dazu waren sie zu gerissen. Aber er hatte von anderen Händlern gehört, die geglaubt hatten, sie seien schlauer, als die, die ihn jetzt umstanden. Diese Händler waren mit zerquetschten Hoden, gebrochenen Gliedern und abgerissenen Ohren gefunden worden. Und alle hatten vor der Polizei behauptet, sie seien nach einem Zechgelage gestürzt.

»Ach. Du hast nichts erzählt, aber auch gar nichts erzählt, Du halber Furz?«, sagte der Sprecher der Händler mit leiser, aber eiskalter Stimme. »Wie ein Grab hast Du geschwiegen? Dennoch fragen wir uns alle, woher diese Zuckerpuppe von Gräfin alles wußte? Durftest Du mit ihr schlafen und hast Du dafür als Dank geplaudert? Na, wie war das?«

Der Filialleiter wollte den Mund zu einer hastigen Antwort öffnen, als wieder ein glühender Schmerz seinen Körper wie ein Blitz durchzuckte. »Beim Leben meiner Frau und meiner Kinder, ich habe nichts ausgeplaudert«, rief er gellend. Er zitterte am ganzen Körper. Seine Hände preßte er gegen seine Hoden.

»Daß ich nicht lache«, fuhr ihn der Sprecher der Händler an. »Beim Leben Deiner Frau und Deiner Kinder. Dein heißblütiges Täubchen in ihrer Villa werde ich heute nacht bedienen, Du halber Furz. Sie wartet schon lange darauf, wie ich höre. Dabei kann ich ja mithelfen, Deine Kinderschar zu vergrößern. Spaß wird es mir bestimmt machen. Denn für Dich wird es erst einmal im Bett eine Pause geben, Du halber Furz, der Du uns beschissen hast!«

Die Männer, die an den Wänden standen, begannen laut zu lachen.

Der Sprecher riß dem Filialleiter die Hose herunter und nahm seine linke Hode in seine rechte Hand. Dann preßte er ihn wie eine Zitrone zusammen.

Der Filialleiter schrie wie ein Schwein, das ohne Betäubungsschlag abgestochen wurde. Als der Sprecher seinen Hoden losließ, stürzte er zu Boden.

»Keine Angst, Du halber Furz«, sagte der Sprecher, grinsend auf den Filialleiter herabsehend. »Zwei Männer werden Dich nach Hause tragen. Dein linkes Ei wird sich wieder erholen. Ich habe ja nur etwas Spaß gemacht. Aber« – er beugte sich über den stöhnend auf dem Fußboden liegenden Filialleiter – »noch einen solchen Verrat und Du hast keine Hoden mehr. Und als zusätzliche Strafe für Dich kannst Du Deinem Täubchen bestellen, in vier Stunden bin ich in ihrem Bett. Bisher hast Du drei Töchter. Diesmal wird es Dank meiner Mithilfe ein Sohn werden.«

Er kniete sich, dröhnend lachend, neben den Filialleiter und hielt seine rechte Hand über dessen Unterleib.

»Einverstanden?«

»Einverstanden! Mach, was Du willst, sie wird auf Dich warten. Aber lasse mich in Ruhe«, wimmerte er.

Der Filialleiter richtete sich auf. »Du mußt aber zärtlich zu ihr sein«, flüsterte er. Er blickte den Sprecher mit vor Angst geweiteten Augen an, wie ein ungehorsamer Jagdhund, der eine Tracht Prügel erwartete.

»Und ob ich das bin. Du hast doch eben gemerkt, wie zärtlich ich sein kann!« Der Sprecher der Händler lachte erneut dröhnend. Seine Kollegen lachten mit. Sie schlugen sich dabei vor Vergnügen auf die Oberschenkel.

Luise saß kurz vor zehn Uhr hinter dem Schreibtisch im Büro ihres Bruders. Für Pjitor war ein Tisch neben den Schreibtisch gestellt worden. Auf einem Sessel in der Ecke des Zimmers saß Stephan. Seine Winchester lag auf seinen Knien.

»Ich bin nicht so sicher wie Du, Luise, daß die Händler Deiner Einladung folgen werden«, sagte er.

»Gewiß, alle werden sie nicht kommen. Aber ihr Sprecher wird kommen. Ich weiß es!«

»Woher weißt Du das?«

Luise sah aus dem Fenster auf den Gutshof. Die Kaukasier standen neben ihren Pferden, so gelassen, wie immer.

»Ich habe meine Informationen, Liebes«, antwortete sie. »Die Mägde, die aus dem Dorf auf das Gut kommen, haben mich unterrichtet. Sie wissen alles, was sich gestern abend und in der Nacht in Samland ereignet hat. Das war schon immer so.«

»Und was haben sie erzählt?« Stephan lehnte sich in seinem Sessel zurück.

»Erst hat der Filialleiter der Bank den wilden Mann markiert. Dann hat der Sprecher der Händler, der ein widerlicher Mensch sein soll, dem Filialleiter einen Hoden gequetscht und anschließend mit dessen Einwilligung mit seiner Frau geschlafen. Wie ich höre, soll es dabei ebenfallls ziemlich brutal zugegangen sein.«

Luise drehte ihren Kopf zur Seite und sah Stephan und Pjitor an.

»Das war eine Art Strafaktion, Stephan. Sie haben dem Filialleiter Verrat vorgeworfen und ihm nicht geglaubt, daß er nicht das Bankgeheimnis gebrochen hat.«

Pjitor begann zu hüsteln.

»Haben Sie etwas?«, fragte Luise ihren Kanzleivorsteher.

»Nein, Gräfin!« Er hüstelte erneut.

»Vor dem zweiten Teil der sogenannten Strafaktion, der erzwungenen Nacht im Ehebett des Filialleiters, haben sich die Händler darauf geeinigt, ihren Sprecher zu mir zu senden. Sie haben Angst vor Deinen Kaukasiern, Stephan, und vor den Ulanen.«

»Und der Sprecher hat keine Angst vor uns, oder?« Stephan lächelte Luise an.

»Offensichtlich nicht, Stephan. So, wie ich ihn jetzt einschätze, fürchtet er weder Gott noch Tod und Teufel. Er scheint der Typ eines eiskalten Scharfrichters zu sein, der Freude am Töten, Quälen und Vergewaltigen hat. Wir sollten vor ihm in Zukunft auf der Hut sein!«

Luise ordnete die Papiere, die vor ihr auf dem Schreibtisch lagen.

Sie hörte, daß Stephan die Kammer der Winchester öffnete und nach den Patronen sah.

»Wie ich zusätzlich erfuhr, haben sie sich bis zur Einigung, daß der Sprecher sie alle vertreten soll, zwei Stunden Zeit gelassen, Stephan!«

»Und warum?«

»Die Frau des Filialleiters sollte Gelegenheit erhalten, ihrem Mann kalte Umschläge zu machen und sich selbst anzuhübschen.«

Pjitor hüstelte wieder.

»Ich habe auch einen Spitznamen weg, wie die Mädchen erzählen!« Luise drehte sich zu Stephan.

»Und wie lautet dieser Spitzname?«

»Eiserne Kanzlerin!«

Stephan und Pjitor sahen sich fragend an.

»Ganz einfach«, sagte Luise. »Eisern, weil ich gestern auf einen Schlag die vier Eisenkugeln zerschossen habe. Kanzlerin, weil ich hier in der Kanzlei auf die Händler warte.«

Luise sah, daß sich die Kaukasier, eben noch gelassen neben ihren Pferden stehend, aufrichteten und nach ihren Waffen griffen.

»Der Sprecher der Händler kommt«, sagte Luise. »Er weiß nur noch nicht, daß es mit mir nichts zu verhandeln gibt. Ich werde meine Forderungen stellen und die Händler werden an Wilhelm zahlen. Von den Agenten von Berger werden wir nichts sehen. Sie haben am späten Abend aus dem Gasthof ein Blitztelefongespräch mit Königsberg geführt und dabei so laut gebrüllt, daß alle Bediensteten gehört haben, worüber sie mit Berger sprachen. Der Königsberger hat persönlich die Anweisung gegeben, nichts zu unternehmen. Er wird seine Gründe dafür haben, Stephan!«

Luise sah Stephan und Pjitor an. »Ich lasse mir nicht ausreden, der Berger heißt eigentlich Benda. Auch wenn ihn hier keiner kennt. Er ist es!«, flüsterte sie.

Stephan und Pjitor sahen sich schweigend an. Stephan zuckte mit den Schultern. Pjitor hüstelte.

Auf einem großen, farbfleckigen Hengst ritt der Sprecher der Händler auf den Hof. Er stieg langsam von seinem Pferd. Ohne sichtbaren Widerspruch duldete er, daß ihn einer der Kaukasier sorgfältig nach Waffen durchsuchte.

»Da ist er«, sagte Luise. »Glaubt Ihr mir nun, daß ich richtig informiert wurde?«

Luise strich sich mit der linken Hand durch ihr dichtes, rotblondes Haar. Sie wußte, daß das Blut von Stephan in Wallung geriet, wenn sie sich durch die Haare fuhr.

»Benimm Dich«, sagte sie lächelnd, ohne sich umzudrehen.

Pjitor hüstelte wieder.

Zwei Kaukasier begleiteten den Sprecher der Händler in das Zimmer.

Luise wies auf den Holzstuhl, der drei Meter vor ihrem Schreibtisch stand. Als sich der Sprecher gesetzt hatte, gingen die Kaukasier wieder auf den Gutshof.

Der Sprecher starrte Luise minutenlang an. Sie musterte ihn ebenfalls.

»Du bist ein schönes Hühnchen«, dachte er, ihr Gesicht und ihren Oberkörper mit den Augen abtastend. »Die Frau des Filialleiters war zwar auch nicht ohne, aber lieber hätte ich es mit Dir getrieben. So etwas Feines wie Dich, hatte ich noch nie im Bett!«

»Ich hörte«, sagte Luise, »Sie hatten am gestrigen Abend und in der vergangenen Nacht aus Ihrer Sicht viel Spaß!« Ihre Stimme war wieder so scharf, wie ein Rasiermesser. »Sie haben erst unter dem primitiven Geblöke Ihrer Händlerkollegen den Filialleiter der Staatsbank eigenhändig halb entmannt und dann seine Frau vergewaltigt.«

Luise sah ihn an, ohne mit der Wimper zu zucken.

»Du bist hübsch, Du Hexe«, dachte der Händler. »Wieder einmal weißt Du alles. Du bist schlimmer als die Geheimpolizei des Zaren!«

»Sie sind richtig informiert worden«, antwortete der Sprecher gelassen. »Es hat mir richtig Spaß gemacht, die Frau des Filialleiters zu schwängern, Gräfin.« Er beugte sich nach vorn und sah Luise an. Um seinen Mund spielte ein lüsternes Lächeln.

Luise griff unter den Schreibtisch und holte ihre Winchester hervor. Sie entsicherte die Waffe und spannte den Hahn. Dann legte sie das Gewehr so auf den Tisch, daß der Lauf auf den Sprecher der Händler zeigte.

»Sie sind im Irrtum, wenn Sie glauben, daß dieses Lotterleben, das Sie hier seit Jahren getrieben haben, so weitergehen wird«, zischte sie. »Sie und Ihre gleichfalls schäbigen Kumpanen haben betrogen, gestohlen, erpreßt, verprügelt, verstümmelt und vergewaltigt, wie Sie Widerling in der vergangenen Nacht.«

Luise richtete den Lauf so, daß er genau auf das Herz des Mannes gerichtet war.

Der Sprecher der Händler zeigte keine Furcht. Im Gegenteil, er lächelte Luise unverändert lüstern an.

Luise fühlte, daß ihr Blutdruck zu steigen begann. Sie mußte sich zusammennehmen, um nicht den Hahn des Gewehres durchzuziehen.

»Wir wollen es kurz machen«, sagte sie tief durchatmend. »Da ich annehmen kann, daß Sie für alle Händler und auch für die Agenten des Königsberger erschienen sind, werden Sie drei Dinge tun:

Erstens werden Sie und Ihre Kumpanen 1,5 Millionen Rubel auf das Konto meines Bruders überweisen. Das ist nur ein Teil dessen, was Sie ihm in den letzten sechs Jahren gestohlen haben.

Zweitens werden Sie den Agenten dieses Bergers sagen, daß sie noch heute dieses Land zu verlassen haben. Unsere Ulanenreiter werden sie zum nächsten Bahnhof begleiten.

Drittens werden Sie den Agenten des Berger bestellen, sie mögen ihrem Herrn in Königsberg ausrichten, ich werde ihn mit dieser Waffe« – sie zeigte mit der linken Hand auf die Winchester »töten, wenn ich ihm jemals von Angesicht zu Angesicht gegenüberstehen sollte. Er weiß schon, warum!«

Luise hob die Winchester, richtete den Lauf nach oben und zog

den Hahn durch. Eine Kugel raste in die Holzdecke des Zimmers.
Der Sprecher der Händler war weder bei der Geldforderung von Luise noch bei dem Schuß zusammengezuckt.
»Du bist die begehrenswerteste Frau, der ich je begegnet bin«, dachte er, den Pulverdampf genüßlich einatmend. »Du bist die erste Frau von Format, die meine Wege kreuzt.« Er starrte Luise an und sah durch ihre Kleider hindurch. »Du hast Rasse, Temperament und einen tollen Körper!« Er fühlte, das Blut in seinen Schoß schoß. »Verdammt«, dachte er, »was für eine wilde Stute. Und die besitzt der Halbwilde aus dem Kaukasus. Aber nicht mehr lange. Ich werde sie mir holen!«

»Haben Sie mir genau zugehört?« Luise sah an dem Sprecher vorbei auf den Hof. Er benötigte Sekunden, um in die Wirklichkeit zurückzukehren.

Die Kaukasier hatten vermutlich den Schuß gehört, standen aber in unveränderter Haltung neben ihren Pferden. Dem Sprecher der Händler war niemand gefolgt.

»Genau habe ich Ihnen zugehört, Gräfin. Wir werden zahlen!«

»Bis um 12.00 Uhr haben Sie gezahlt! Haben Sie auch das verstanden?«

»Gewiß, Gräfin, ich habe Sie genau verstanden!«

Der Sprecher der Händler stand auf. »Das war besser gelaufen, als wir gedacht haben«, sagte er sich. »Wir schulden dem Grafen vielmehr, aber dieser »Klavierfritze« hatte offensichtlich nicht einmal richtige Bücher geführt.« Er lachte lautlos in sich hinein.

»Ich wollte Ihnen noch etwas sagen!« Luise winkte mit der Hand. Der Sprecher setzte sich sofort wieder auf den Stuhl. »Sie haben völlig unberechtigt Ihre perversen Gelüste an dem Filialleiter der Staatsbank ausgetobt, als Sie ihn halb entmannten. Meine Informationen über die Machenschaften des Bergers aus Königsberg und Ihrer Banditen habe ich aus ganz anderen Quellen. Dazu ist dieser kleine Furz, wie Sie den Filialleiter gestern abend nannten, überhaupt nicht fähig. Er ist ein Angsthase, der sich eher in die Hose machen würde, als das Bankgeheimnis zu brechen. Ihr Griff in seine Hose war ebenso überflüssig, wie die erzwungene Nacht mit seiner Frau!«

Stephan zog die Luft hörbar ein. Pjitor hüstelte.

Der Sprecher der Händler machte Anstalten, wieder aufzustehen. Luise hob ihre Winchester und richtete den Lauf der Waffe auf ihn.

»Sie bleiben noch einen Augenblick sitzen!«, sagte sie. »Dieser kleine Furz von Filialleiter – wie Sie ihn nennen – mußte doppeltes

Leid erdulden«, fuhr sie fort. »Einen gequetschten Hoden und die Vergewaltigung seiner Frau durch Sie Widerling. Die Entschädigung dafür kostet eine Kleinigkeit. Sie werden auf das Konto dieses kleinen Furz fünfzigtausend Rubel einzahlen!«

Luise stand auf, nahm die Winchester und hielt den Lauf des Gewehrs gegen den Hals des Sprechers der Händler. »Verstanden?«

»Verstanden, Gräfin!«

»Und nun verschwinden Sie sofort«, sagte Luise. »Es könnte nämlich passieren, daß ich den Hahn zum zweiten Mal durchziehe!«

Als der Sprecher der Händler in den Sattel seines Pferdes stieg, drehte sich Luise zu Stephan um. Er war sofort neben ihr, als er ihr bleiches Gesicht sah.

Die Winchester von Luise polterte auf den Schreibtisch. Stephan fing Luise auf, als sie in Ohnmacht fiel.

Paul Berger saß nackt im Bett und betrachtete genußvoll die langen Haare und den schlanken Körper seiner Frau, die zwischen seinen Schenkeln kniete.

Er hatte am Vormittag ein Geschäft abgeschlossen, das sein Vermögen beträchtlich anwachsen lassen würde. Tausende von Tonnen Holz aus Finnland hatte er an den englischen und deutschen Kohlenbergbau verkaufen können. Wochenlang würden Schiffe der Reederei, an der er beteiligt war, fahren müssen, um das Grubenholz in deutsche und englische Häfen zu transportieren.

Candys schönen Körper wollte er nun als zweiten Höhepunkt des Tages genießen. Dafür hatte er sie gekauft, dafür hatte sie ihm ohne Widerrede alle Wünsche zu erfüllen, die er im Bett an sie stellte.

Berger genoß die schnelle Zunge und die schlanken Finger von Candy. Er wickelte ihre Haare um seine linke Hand und zog ihren Kopf dichter an seinen Schoß. Mit der rechten Hand nahm er ein langstieliges Glas vom Nachttisch, das bis dicht unter den Rand mit französischem Champagner gefüllt war. Er trank einige Schlucke.

»Kräftiger! Ich verlange mehr Kraft!«, sagte er genußvoll stöhnend. Schweiß begann über seinen Körper zu fließen, als Candy in immer schnellerer Folge durch ihren Mund atmen mußte. Dabei ertönte jedes Mal ein Geräusch, als ob ein Sektkorken gezogen wurde.

Ein elektrischer Stromstoß begann durch das Hauptnervenzentrum von Berger zu jagen.

»Schneller, noch schneller und kräftiger!«, schrie er. Das Sektglas in seiner Hand begann zu zittern.

Bevor sich alle Muskeln in seinem Körper vor Lust zu verkrampfen begannen, goß er Candy den Rest des Sektes über ihren Rücken. Dann ließ er sich zurückfallen.

»Gut«, dachte er, erschöpft auf dem Rücken liegend. »Sie ist ihr Geld wert. Um diese Nutte beneidet mich ganz Königsberg!«

Als Candy aus dem Bad zurückkam, begann das Telefon zu rasseln. Sie wollte nach dem Hörer des Apparats greifen, der auf einem Tisch neben dem Kleiderschrank stand.

Berger winkte ab.

»Stelle Dich vor das Bett!« Er musterte ihren Körper.

Sie blickte auf ihn herab. Seine Augen begannen sich erneut an ihren Brüsten und Schenkeln festzusaugen. »Du bist noch weniger, als eine halbe Portion im Bett«, dachte sie. »Aber Du bezahlst gut und das gefällt mir.«

Candy spreizte ihre Schenkel und atmete durch. Ihre Brüste standen steil nach oben.

Berger preßte die Augen zu Schlitzen zusammen. Sie wußte, daß er sich gleich wieder auf sie stürzen würde. Aber noch rasselte das Telefon.

»Ich würde Dir einen Supergenuß verschaffen, wenn Du kein »Winzling«, sondern ein echter Mann wärst«, flüsterte sie lautlos, ohne die Lippen zu bewegen. Dabei überzog ein Lächeln ihr Gesicht.

Ihre Stärke in Berlin war es gewesen, daß sie sich im Bett mit Männern, die ihr gefielen, ab und zu von eigenen Lustgefühlen hatte treiben lassen. Diese Freier waren in Ekstase geraten, als sie merkten, daß Candy nicht schauspielerte, sondern echte Leidenschaft gezeigt hatte. Ein Großteil des wertvollen Schmucks, der in ihrer Berliner Bank lag, war ihr Extralohn dafür gewesen.

»Das könntest Du auch haben, Berger, aber dann müßtest Du schon mehr Quantität auf die Matte bringen«, dachte sie. Sie streckte wieder ihre Hand nach dem Telefonhörer aus.

Berger sprang aus dem Bett und riß den Hörer von der Gabel. Mit der linken Hand umklammerte er den rechten Oberschenkel von Candy.

»Hoffentlich bekommt er schlechte Nachrichten«, dachte sie. »Dann jagt er mich sofort in mein Schlafzimmer. Für heute habe ich genug von ihm.«

Candy verzog keinen Muskel ihres Gesichts, als er ihren Oberschenkel zusammenpreßte. Seine breite Hand hielt ihren Schenkel wie die Pranke eines Löwen, der ein Stück Fleisch an sich gerissen hatte.

Deutlich sah Candy plötzlich den jungen Mann vor sich, der vor zwei Tagen im Kontor ihres Mannes vorgesprochen hatte. Zufällig hatte Candy hinter den Gardinen des Salons gestanden, als der Mann in einer Kutsche vorgefahren war.

Auf einem Blick hatte Candy gesehen, daß er kein Mann mit Geld war. Er war wie ein Landarbeiter gekleidet. Aber er war gut gewachsen, hatte einen sinnlichen Zug um den Mund und bewegte sich mit der Eleganz einer Raubkatze. Er hatte lange schmale Hände und nicht solche Löwenpranken, die sie jetzt schmerzhaft an ihrem Oberschenkeln spürte.

Candy hatte ihre Zofe gebeten, sich unauffällig zu erkundigen, wer der junge Mann war. Die Verschwiegenheit der Zofe hatte sie sich erkauft, in dem sie ihr ab und zu einen Geldschein zusteckte.

»Er heißt Georg Dowiekat«, hatte ihr das Mädchen einen Tag später berichtet. »Der Herr hat ihn als Lagerleiter in den Hafenspeichern angestellt. Die Schreibdamen im Kontor sagen, das hat er nicht gerne getan, aber« – sie hatte ihren Mund dicht an das linke Ohr von Candy gehalten – »die Damen im Kontor erzählen auch, der Herr und Dowiekat duzen sich.« Sie hatte gekichert.
»Und sie haben noch etwas gesagt!« Wieder hatte das Mädchen gekichert.
»Was haben sie noch erzählt?«
»Sie haben gesagt, dieser junge Mann sei ein richtiger Mann. Das haben sie bemerkt, als er sie beim Gang durch das Kontor gemustert hat. Er habe mit seinen Augen durch ihre Kleider hindurchgesehen!« Sie hatte sich vor Lachen geschüttelt.

Candy war zusammengezuckt.

»Ich brauche endlich wieder einmal einen richtigen Mann«, war es ihr durch den Kopf gefahren. »Und ich werde es möglich machen, diese Raubkatze zu verführen, wenn Berger auf Reisen ist.«

Candy hatte sich, ohne ein Wort zu sagen, umgedreht und das Mädchen stehengelassen.

Sei vorsichtig, Martha! Ganz vorsichtig! Befahl sie sich selbst. Denn diese Raubkatze will ich haben. Und Berger darf davon nichts wissen.

Das Gebrüll ihres Mannes am Telefon schreckte sie aus ihren Gedanken auf. Er hatte seine Hand von ihrem Oberschenkel genommen. Candy konnte eine Männerstimme am Telefon hören, aber kein Wort verstehen.

»Nichts unternehmen. Sofort nach hier kommen!«, schrie Berger. »Sofort!« Er knallte den Hörer auf die Gabel. Schweißperlen hatten sich auf seiner Stirn gebildet.

»Verdammt! Sechs Jahre umsonst!« Berger knurrte wie ein Hund, dem ein Knochen weggenommen worden war.

Erst dann registrierte er, daß Candy noch immer neben ihm stand. »Was machst Du hier, Martha?« Es war das erste Mal, daß er sie nicht mit Candy, sondern mit ihrem richtigen Vornamen im Schlafzimmer anredete.

»Candy wartet auf Dich!« Sie lächelte ihn an, ihren Körper streckend.

»Verschwinde in Dein Zimmer, Martha. Ich habe schlechte Nachrichten. Ich will Dich jetzt nicht mehr sehen!«

Dieser »Winzling« hat etwas zu verbergen. Aber was?

Candy lag auf dem Rücken in ihrem Bett und sah die Gardinen an, durch die das Licht der Gaslaternen drang, die vor dem Haus standen.

Mehrfach hatte Berger in den vergangenen Jahren im Schlaf geschrien, wenn sie auf seine Anordnung hin die ganze Nacht in seinen Bett bleiben mußte. Wenn sie ihn dann wachgerüttelt hatte, schien es ihr, als ob er aus einer anderen Welt kam. Er hatte für sie unverständliche Laute ausgestoßen, die wie Befehle klangen.

Minuten später hatte sich Berger sofort auf Candy gestürzt. »Ich habe ganz andere Weiber geritten«, hatte er dabei gekeucht. »Damen von Stand, keine Nutten!«

Wenn Berger Candy mit auf Reisen nahm, zeigte er sich tagsüber von einer ganz anderen Seite als in den Nächten. Stolz stellte er sie Geschäftspartnern in Stockholm, London, Genf, Paris und Amsterdam vor. Sichtbar stolz auf ihre Schönheit und ihre Sprachkenntnisse. Dabei entwickelte er einen Charme, den sie an ihm vorher nicht bemerkt hatte. In den Nächten war er dann wie immer der verklemmte, gehässige und bruale Bettyrann. Am Morgen darauf allerdings hatte er ihr die Kleider und den Schmuck gekauft, den sie in der Nacht von ihm gefordert hatte.

»Wer ist er wirklich«, überlegte sie. »Er spricht Deutsch so perfekt, wie alle Deutschen. Er spricht ausgezeichnet Englisch und Französisch so elegant, wie ein Franzose.« Überrascht hatte sie eines Tages festgestellt, daß er auch ausgezeichnet Russisch und Litauisch sprach.

»Warum hat er so in das Telefon gebrüllt und woher kam der Anruf? Was bedeutet, sechs Jahre umsonst?«

Martha konnte nicht einschlafen, obwohl bereits der Morgen graute.

»Er wird zwar immer fetter, aber er versteht sich zu kleiden und sich in der Öffentlichkeit zu benehmen«, dachte sie. »Ob er aus guter Familie stammt? Ob er Offizier gewesen ist? Aber wo, in welchem Land? Woher hatte er das Kapital, um ein Unternehmen zu gründen, das Handel mit Geschäftshäusern in mehreren Staaten trieb?«

Candy legte sich auf die Seite.

»Wer ist dieser Dowiekat? Warum duzt er sich mit ihm? Der junge Mann ist doch ein Landarbeiter und nichts anderes?«

Candy sah Dowiekat wieder vor sich, als er aus der Kutsche stieg. Eine heiße Welle floß durch ihren Unterleib.

»Berger reist in der nächsten Woche nach Schweden«, flüsterte sie. »Dann werde ich diesen Dowiekat in irgendein Bett locken!« Candy mußte ihre Hände vor ihren Mund pressen, damit ihr Mann im Nebenzimmer ihr lustvolles Stöhnen nicht hören konnte.

Die ganze Nacht über waren Gewitter über das Baltikum hinweggezogen. Wie immer, wenn die erste Heuernte vorbei war, um das nachwachsende Gras und das noch junge Korn zu tränken, dessen geschmeidige, noch grüne Halme den Wassermassen und Gewitterböen widerstanden.

Die vier Männer der Ulanen-Patrouille des Hauptgutes, die, wie zwei andere Patrouillen, am Morgen ihre vorgeschriebenen Routen abritten, hatten das Gefühl in einem Dampfbad zu sein. Zwar hatte die Sonne den Nebel bereits aufgesogen, doch klebte das Land noch immer vor Feuchtigkeit. Die Hufe der Pferde wirbelten im Gras Wasserfontänen auf, als ob sie durch die auslaufende Dünung der Ostsee trabten. Das Fell der Pferde war so feucht, daß die Tiere dampften. Glitschig das Zaumzeug und die Sättel.

Der Patrouillenführer hob die rechte Hand. Die Reiter hielten an. Mit der linken Hand bedeckte der Patrouillenführer seine Augen, um sie vor der glühenden Sonne zu schützen, die den Dampfbadeffekt zunehmend verstärkte. Die Fernsicht war mäßig, aber doch gut genug, um einige Kilometer weit die Steppe überblicken zu können.

»Wo sind wir?«, fragte er den Reiter neben sich.

»Auf dem Besitz der jungen Gräfin«, war die Antwort. »Vierzig Kilometer vom Gut der Gräfin und sechzig Kilometer vom Hauptgut entfernt.«

Der Patrouillenführer preßte beide Hände hinter seine Ohren.

»Ich glaube, ich höre Krähen kreischen«, sagte er. »Das Kreischen ungewöhnlich vieler Krähen für diese Jahreszeit. Wir haben schließlich Frühsommer und nicht Winter!«

Die vier Männer hielten jetzt ihre Hände hinter ihre Ohren. »Stimmt!« Alle Männer sagten es gleichzeitig.

»Das Geräusch kommt aus Nordwest!« Der Reiter neben dem Patrouillenführer zeigte in die Richtung, in der das Gut von Luise lag.

Der Patrouillenführer zog sein Fernglas aus der Satteltasche. Sorgfältig suchte er den Horizont Zentimeter für Zentimeter ab.

»Jetzt sehe ich die Krähen«, sagte er. »Hunderte kreisen keine zwei Kilometer entfernt über der Steppe. Sonderbar!«

Er steckte das Fernglas in die Satteltasche zurück. Dann dachte er einige Sekunden nach.

»Waffen entsichern!«, befahl er seinen Männern. »Feuere eine Leuchtkugel ab!« Er nickte dem Reiter neben sich zu.

Eine rote Leuchtkugel stieg senkrecht in den sommerblauen Himmel. Sie zog einen weißen Schweif hinter sich her. Trotz der feuchtdiesigen Luft mußte sie über zehn Kilometer weit zu sehen sein.

Das Echo ließ nicht lange auf sich warten. Einige Minuten später kletterten rechts und links von der Patrouille grüne Leuchtkugeln über den Horizont. Die beiden anderen Patrouillen hatten die rote Kugel gesehen und, wie von Wilhelm angeordnet, mit Grün geantwortet.

Auf Anregung von Fürst Lassejew hatte der Bruder von Luise, Reserveoffizier der Artillerie, die Leuchtpistolen beschafft. Die Patrouillen des Hauptgutes konnten sich mit ihrer Hilfe schneller verständigen. Da alle Patrouillenführer in der Bedienung eines Kompasses unterrichtet worden waren, konnten sie von der Skala sofort ablesen, wo ihre Hilfe benötigt wurde.

»Noch eine Rote!«, befahl der Patrouillenführer. Eine zweite Leuchtkugel stieg in den Himmel. Die Antwort kam sofort. Dreißig Minuten später sah der Patrouillenführer von beiden Seiten Reiter auf sich zu galoppieren.

»Hoffentlich ist eine der Hundepatrouillen dabei«, sagte er. »Ich glaube, wir werden die Hunde brauchen!«

Drei Schäferhunde waren Minuten vor den Reitern da. Wie ihnen beigebracht worden war, legten sie sich zwanzig Meter von den Pferden entfernt ins feuchte Gras.

Der Führer der Hunde-Patrouille rief die Tiere zu sich. Dann befahl er seinen Männern, die Hunde an die Leine zu nehmen.

»Was ist los?« Die drei Patrouillenführer lenkten ihre Pferde aneinander.

»Krähengeschrei!«

»Das Geschrei von Krähen, jetzt im Sommer?« Der Führer der Hunde-Patrouille tippte sich an die Stirn. »Völlige Ruhe bitte!« Der Führer der ersten Patrouille hob die rechte Hand. Jetzt legten alle Männer der Patrouillen ihre Hände hinter ihre Ohren.

»Tatsächlich!« Der Führer der Hunde-Patrouille nickte seinem Kameraden zu.

»Es sind Hunderte von Krähen«, antwortete der Führer der ersten Patrouille. »Ich habe sie durch mein Fernglas gesehen.«

Die Hunde begannen an ihren Leinen zu ziehen.

»Gut! Du hast das zuerst gehört, übernimm das Kommando!« Der Führer der Hunde-Patrouille klopfte seinem Kameraden auf die Schulter.

Die Hunde stöberten den Kadaver eines Hengstes auf, der am Rande eines Waldgürtels lag, bedeckt mit Laub.

Die Männer waren abgestiegen und untersuchten den bereits in Verwesung übergehenden Kadaver.

»Bruch des linken Vorderlaufes, dann erschossen!«, sagte einer der Patrouillenführer. »Aber wo kommt das Pferd her? Es hat kein uns bekanntes Brandzeichen. Also gehört es weder zum Hauptgut, noch zum Gut der Gräfin!« Die drei Patrouillenführer sahen sich an.

Einer von ihnen winkte zwei seiner Männer zu. »Reitet zum Gut der jungen Gräfin. Fürst Lassejew soll sofort kommen. Er soll fünf seiner Männer mitbringen. Das Haupttor des Gutes soll geschlossen und die Wehrgänge besetzt werden. Der tote Hengst kann alles und nichts bedeuten!«

Die Männer grüßten, stiegen auf ihre Pferde und galoppierten davon.

Stephan kam mit fünf seiner Kaukasier zweieinhalb Stunden später am Waldgürtel an. Er und seine Männer untersuchten den Kadaver des Pferdes gut zwanzig Minuten.

»Sie haben recht«, sagte er zu den Patrouillenführern. »Das Pferd gehört zu keinem der beiden Güter. Es kann von überall kommen. Aber wie kam es hierher?«

Stephan sah das tote Tier eine Weile an.

»Lassen Sie bitte drei Hunde los!«, befahl er dem Führer der Hunde-Patrouille. »Vielleicht gibt es zu dem Hengst noch einen Reiter, der sich das Genick gebrochen hat, als das Pferd stürzte.«

Die Schäferhunde begannen nach einer Stunde auf der anderen Seite des Waldgürtels zu bellen und mit ihren Pfoten zu scharren.

Die Ulanenreiter gruben einen toten Mann aus einem Grab, das offensichtlich in großer Hast angelegt worden war. Der Tote lag nur knapp unter dem Waldboden.

Stephan ließ den Toten auf den Bauch legen. Dann untersuchte er ihn.

»Wie ich mir dachte«, sagte er. »Genickbruch. Aber ich kenne den Mann nicht. Er sieht wie ein Strolch aus. Kennen Sie ihn?«

Die Ulanenreiter schüttelten verneinend ihre Köpfe.

»Ich schätze, daß der Mann vor etwa drei Tagen ums Leben gekommen ist«, sagte Stephan. »Aber wie kam er hierher und wer hat ihn eingegraben? Nach Spuren brauchen wir nicht zu suchen. Der Gewitterregen hat alle Spuren verwischt.«

Stephan lehnte sich gegen seinen Hengst.

»Das Pferd ist nicht eingegraben worden. Also ist daraus zu schließen, daß dieser Mann nur von wenigen Reitern begleitet wurde, die es zudem noch eilig hatten.«

Stephan sah auf seine Uhr. »Wir haben jetzt Vormittag. Drei Tage dürfte er tot sein. Vielleicht auch etwas länger. Ja, sicher! Sicher etwas länger. Die Männer sind in der Nacht geritten und dabei ist das Pferd fehlgetreten. Sie haben den Mann blitzschnell eingescharrt und sind weitergeritten, weil sie zu ihrem Schutz noch die Nacht brauchten. Die Zeit, die nötig war, um auch noch den Hengst einzugraben, hatten sie offensichtlich nicht.«

Stephan ging auf und ab.

»Ich meine sechs, höchstens zehn Männer waren mit ihm zusammen unterwegs«, murmelte er. »Zwanzig oder dreißig Männer hätten es auch unter größten Zeitdruck geschafft, auch das Pferd wenigstens oberflächlich eingegraben. Mindestens so tief, daß der Kadaver die Krähen nicht angelockt hätte. Aber was suchen sechs oder zehn Männer auf unserem Land? Was planen Sie? Wer hat sie geschickt?«

Stephan stieg auf seinen Hengst.

»Bindet den Toten auf ein Pferd«, befahl er. »Alle Patrouillen sollen mit uns kommen. Zwei Männer können abwechselnd auf verschiedenen Pferden reiten. Dr. Perkampus soll den Toten eingehend untersuchen!«

Die elf Männer hatten ihren Kameraden flüchtig begraben, als sein Pferd im Gewitter gestürzt war und er sich dabei das Genick gebrochen hatte. In zwei Stunden würde die Sonne aufgehen. Sie hatten es eilig. Ihr Ziel – ein einzelner großer Hof – eineinhalb Stunden vom Gut der jungen Gräfin entfernt, mußte noch während der Dunkelheit überwältigt werden. Seit vier Tagen waren sie unterwegs. Nachts waren sie geritten, am Tage hatten sie sich in Wäldern versteckt.

Den Hof überwältigten sie mühelos. Sie machten alle Männer, Frauen und Kinder nieder. Die Leichen vergruben sie noch vor Sonnenaufgang im Mist hinter der Scheune. Sie stellten ihre Pferde in die leeren Ställe und versteckten sich im Dach der Scheune.

Die Pferde und Mastrinder des Hofes waren auf den Koppeln. Milchkühe und Schweine hatte der Hofbesitzer nicht besessen. Gut organisiert, dachten die Männer. Vieh mußte nicht gefüttert und Kühe nicht ausgemolken werden. Sie sahen nur einmal vom Dach der Scheune aus eine Patrouille der Ulanenreiter des Hauptgutes in weiter Ferne vorbeireiten.

Der Großbauer, der jetzt mit seiner Familie und seinen Bediensteten unter dem Mist vermoderte, hatte weder eine Verbindung zum Hauptgut von Wilhelm, noch zum Vorwerk von Luise unterhalten. Er war Inhaber eines selbständigen Hofes gewesen und von Natur aus introvertiert. Jeden Kontakt mit den Gütern hatte er gemieden, bis der alte Graf und Luise den Versuch aufgaben, ihn und seine Familie einzuladen. Sie grüßten sich zwar, wenn sie sich zufällig sahen. Aber der Großbauer war nach dem Gruß stets schweigend weiter geritten. Seine selbstgewählte Isolation war ihm jetzt zum Verhängnis geworden. Ihn würde niemand vermissen, selbst wenn wochenlang kein Lebenszeichen von ihm zu hören war.

Drei Nächte später erschien der Mann, der die Reiter für dieses Unternehmen zu einem hohen Preis gekauft hatte. Er war fünf Tage und vier Nächte unterwegs gewesen. In den Nächten war ein Gewitter nach dem anderen niedergegangen. Das war ihm recht gewesen, weil er so keine Spuren hinterließ. Den Hof, in dem die Reiter sich seit Tagen versteckt hielten, hatte er ausgesucht. Die Männer erkannten ihn an seinem kahlgeschorenen Kopf und an seinem gefleckten Hengst, als er bei Anbruch der Dunkelheit auf den Hof ritt.

Der ehemalige Sprecher der Händler, die Wilhelm Graf zu Memel und Samland betrogen hatten, war in den letzten zwei Jahren häufig auf diesem Hof gewesen. Er hatte von dem Großbauern Mastrinder und Pferde zu Preisen gekauft, die über denen anderer Händler lagen. Deshalb war er ein gern gesehener Gast gewesen.

Bei seinen Besuchen auf dem Hof hatte er alles das ausgekundschaftet, was er für sein Vorhaben wissen mußte. Die sechzehn Menschen, die auf dem Anwesen lebten, hatten sterben müssen, weil der Hof abseits aller Wege lag und der Besitzer kaum Kontakte zur Außenwelt unterhielt. Außerdem gab es auf dem Hof kein Vieh, das täglich versorgt werden mußte. Hühner und Enten liefen frei und suchten sich ihr Futter selbst. Hunde gab es nicht.

Der Kahlköpfige schlief mit den Männern den ganzen Tag in der Scheune. Er gab sich äußerlich gelassen, obwohl er innerlich der von ihm geplanten Aktion gegen Luise und ihre Kinder entgegenfieberte.

Drei Jahre war es her, daß ihm Luise den Lauf ihrer Winchester gegen den Hals gepreßt hatte. Die Rubel, die er und seine Kumpanen an Graf Wilhelm zurückzahlen mußten, hatten ihn nicht weiter aufgeregt. Er hatte inzwischen weit mehr Geld verdient, weil die anderen Händler nach dem Auftritt von Luise in Samland das Feld geräumt hatten. Er hatte es seit dieser Zeit, wie der Königsberger Großhändler Berger gehalten. Agenten waren für ihn vor Ort. Er hatte sich in Liebau niedergelassen.

Allein die Tatsache, daß ihn eine Frau mit einer Waffe bedroht und gezwungen hatte klein beizugeben, war es, die seinen Durst nach Rache immer größer hatte werden lassen. Diese Demütigung plante er mit gleicher Münze heimzuzahlen. Mit seinen Söldnern wollte er die Kutsche von Luise überfallen, wenn sie zusammen mit ihren Kindern zum Hauptgut fuhr.

Die Gräfin und ihre Kinder sollten nach seinen Planungen auf diesen Hof gebracht werden. Zwei Millionen Rubel Lösegeld und einen Abzug für sich und seine Männer würde er verlangen. Und er war sicher, daß seine Forderungen erfüllt werden würden.

Der ehemalige Sprecher der Händler hatte wie ein Generalstab geplant: Nach seiner Meinung würde der Petersburger Hof Zustimmung telegrafieren. Der Zar konnte es sich nicht erlauben, daß die bekannteste Gräfin des Baltikums unter den Augen seiner Kosaken mit ihren Kindern ermordet würde. Der ehemalige Sprecher der Händler würde mit Mord drohen, um seinen Forderungen Nachdruck zu verleihen. Da die Gräfin eine Verwitwete zu Essex war, würde, so glaubte er, auch England Protest einlegen. Die Deutschen würden ebenfalls zur Stelle sein, weil die Verwandten zu Memel von Luise beim Berliner Hof großen Einfluß hatten. Und vor den Reaktionen der Lassejews im Kaukasus mußte sich der Zar nach Ansicht des ehemaligen Sprechers zusätzlich fürchten.

Der Kahlköpfige lag mit geschlossenen Augen im Heu der Scheune. Er hatte Stunden geschlafen. Jetzt ging er Schritt für Schritt noch einmal die geplante Aktion durch. Im Unterbewußtsein witterte er Gefahr. Ihm war aufgefallen, daß in den Tag- und Nachtstunden mehr Ulanenreiter als sonst unterwegs waren. Aber, da sie weder seine Spuren noch ihn entdeckt hatten, begann er sich wieder schnell zu beruhigen. Obwohl er jetzt entspannt im Heu lag, mußte er sich sehr konzentrieren. Sein Herz begann schneller zu schlagen, als er den ganzen Plan noch einmal durchspielte.

Bis er das Geld kassieren konnte, so sagte er sich, würden noch Tage vergehen. In diesen Tagen würde er die Gräfin so oft vergewaltigen, wie er Lust dazu hatte. Und er hatte Lust darauf! Das würde der Höhepunkt der ganzen Aktion für ihn sein. Zwischendurch würde er die hübsche Tochter der Gräfin entjungfern und sie dann seinen Männern überlassen. Zumindest denen, die überleben würden. Sie sollten auch ihre Freude haben.

Der ehemalige Sprecher der Händler wußte genau, daß er ein Glücksspiel erster Ordnung beginnen würde, wenn er die Gräfin in seine Gewalt bekommen sollte. Alle verfügbaren Kosaken im weiten Umkreis würden ihm auf der Spur sein. Aber er war sicher, daß sie ihm nichts tun würden, solange sich die Gräfin in seiner Hand befand. Deshalb konnte er mit ihr machen was er wollte. Nach seinen Planungen wollte er mit der Gräfin und ihren Kindern zu einem kleinen Fischerdorf quer durch das ganze Baltikum zur Ostseeküste reiten. Dort lag ein Kutter, der ihn übernehmen würde. Im Schutze einer Nacht wollte er mit dem Kutter das Weite suchen. Was dann aus seinen Leuten würde, war im gleichgültig. Er würde kassieren und dann verschwinden.

Wochenlang hatte sich der ehemalige Sprecher der Händler unbemerkt von Patrouillen des Hauptgutes und den Kosaken in der Nähe des Fahrweges zwischen den beiden Gütern aufgehalten. Sehr schnell hatte er herausgefunden, daß Luise mit preußischer Pünktlichkeit an jedem 25. eines Monats um 7.00 Uhr morgens ihr Gut verließ. Immer wurde ihre Kutsche von Kaukasiern begleitet. Die Reiter in den Ulanenuniformen, die ihr vom Hauptgut entgegenkamen, empfingen die Kutsche etwa sechzig Kilometer vom Vorwerk der Gräfin entfernt. Stets an der selben Stelle und immer zur gleichen Uhrzeit. Von diesem Augenblick an wäre selbst ein Kosakenregiment aufgerieben worden, hätte es versucht, die Kutsche der Gräfin zu überfallen. Die Ulanenreiter und die Kaukasier waren die schlagkräftigste Truppe der ganzen Provinz.

Bei der Rückfahrt, zwei Tage später, blieben fünfzig Ulanenreiter, wie auch die Kaukasier, solange in unmittelbarer Nähe der Kutsche, bis sie auf den Gutshof rollte. Die Ulanenreiter verließen das Gut erst vor Anbruch der Dunkelheit. Sie teilten sich in kleine Gruppen und durchkämmten in den Nachtstunden die riesigen Ländereien beider Güter.

Irritiert war der Kahlköpfige, als Luise mit ihren Kindern bei der letzten Fahrt vor vier Wochen eine neue, sehr große Kutsche benutzte, die von vier Pferden gezogen wurde. Sechs Menschen hatten bequem in dem breiten Coupe der Kutsche Platz. Zwei Männer lenkten den Wagen. Auf einem erhöhten Sitz, auch durch Seitentüren zugänglich, saßen hinter dem Coupe vier der Kaukasier. Ihre Pferde liefen, an langer Lederleine, hinter der Kutsche mit.

Wunderbar, hatte der ehemalige Sprecher der Händler gedacht, als er die neue Kutsche aus einem Versteck heraus durch ein Fernglas betrachtet hatte. Besser geht es nicht. Bis die vier nach den ersten Schüssen hoch sind, haben wir sie bereits durchsiebt. Wir werden aus einer Dimension kommen, aus der sie uns nicht erwarten. Dann werden wir es nur noch mit sechs Kaukasiern zu tun haben. Und das machen wir mit links.

Der Kahlköpfige befeuchtete mit der Zunge seine Lippen. Sie waren plötzlich spröde und rissig geworden, weil er bereits den schönen Körper der Gräfin nackt unter sich liegen sah.

Am Abend, nach Anbruch der Dunkelheit, rief der ehemalige Sprecher der Händler die Männer auf der Tenne zusammen. Sie war vom Licht einer Kerze schwach erhellt. Er konnte die Männer, die zwischen ihren gesattelten Pferden standen, kaum sehen.

»In einer halben Stunde geht es los«, rief er. »Kein Laut, kein Schuß aus Versehen. Dann wird alles glattgehen. Verstanden?« Er gab sich bewußt optimistisch.

»Verstanden!«, murmelten seine Männer.

»Ihr könnt alles umlegen, was sich außerhalb des Coupes der Kutsche aufhält«, sagte er, »und zwar so schnell, wie Ihr hier alles umgelegt habt. Aber den Insassen der Kutsche darf kein Haar gekrümmt werden. Die brauche ich lebend, weil das unsere aller Lebensversicherung ist. Und wenn einer von Euch eine der Frauen antastet, die in der Kutsche sitzen, schieße ich ihn sofort nieder, verstanden?«

»Verstanden!«

»Also, macht Euch fertig!«

Der Kahlköpfige hatte den Überfall monatelang geplant. Jetzt war er sicher, daß alles klappen würde. Aber weil sein Durst nach Rache nun, wo das Unternehmen anlief, sprunghaft gestiegen war, machte er einen gravierenden Fehler. Er vergaß, seine Männer abzuzählen.

Sie waren nicht zwölf, sondern nur elf, als sie mit ihm durch die mondlose Nacht ritten. Keiner der Strolche, die er angeworben hatte, hätte von sich aus den Mund aufgemacht, um ihm zu berichten, daß einer von ihnen nicht mehr lebte. Sie hatten eine Anzahlung erhalten, jetzt wollten sie den Hauptteil des versprochenen Söldnerlohns. Und darauf wollten sie nicht eine Minute länger als nötig warten.

Der Sprecher der Händler war im Dunkeln angekommen. Er hatte den Tag verschlafen. Und jetzt war er wieder in der Dunkelheit unterwegs. In einer Nacht, die so feucht war, daß sich kein Stern zeigte.

Candy mietete telefonisch ein Zimmer unter falschem Namen in einem Gasthof am Rande von Königsberg. Sie konnte sicher sein, daß sie in diesem Haus niemand kannte, weil sich Berger mit ihr nur in den besten Häusern sehen ließ, wenn er Lust hatte, mit ihr außerhalb zu essen.

Candy war zu Fuß zum Bahnhof gegangen. Dort mietete sie eine Kutsche und ließ sich zu dem Gasthof fahren. Sie wartete vor der Tür, bis der Wagen außer Sichtweite war.

Der Besitzer des Gasthofes, legte ihr, sich mehrfach verbeugend, die üblichen Anmeldeformulare vor. »Ich miete das bestellte Zimmer für eine Nacht, bleibe aber nur einige Stunden!« Candy schob die Anmeldeformulare beiseite und legte zwei Einhundertmarkscheine auf den Tresen.

Der Gasthofbesitzer steckte die Geldscheine blitzschnell ein. »Das geht in Ordnung«, sagte er, ohne eine Gemütsbewegung zu zeigen. Offensichtlich waren ihm Gäste, die es ablehnten sich auszuweisen, nicht unbekannt.

»Zu welcher Zeit soll ich Ihnen für die Rückfahrt eine Kutsche bestellen und wo wollen Sie hin?« Candy blickte den Gastwirt an. Um ihren Mund spielte ein Lächeln. »Ich bin nicht von gestern«, antwortete sie. »Die Kutsche bestellen Sie bitte so, daß Sie in vier Stunden hier ist. Mehr wird Sie wohl kaum interessieren!« Der Gastwirt verzog keine Wimper.

»Ich habe noch einen Auftrag für Sie, den Sie bitte sofort ausführen«, sagte Candy. »Schicken Sie einen Boten zu den Lagerhäusern im Hafen. Er soll sich zu einem Mann namens Dowiekat durchfragen. Dieser Mann soll so schnell wie möglich hier erscheinen. Ich habe etwas mit ihm zu besprechen. Ich warte auf meinem Zimmer.« Candy legte dem Gastwirt erneut einen Einhundertmarkschein auf den Tresen. »Für Ihre zusätzlichen Ausgaben!« Sie musterte den Gastwirt einige Minuten. »Und den Namen, den ich Ihnen eben genannt habe, vergessen Sie bitte so schnell wie möglich. Sollten Sie den Namen entgegen meiner Anweisung nicht vergessen und etwa den Versuch machen, daraus Vorteile zu ziehen, welcher Art auch immer, können Sie sicher sein, daß dieser Sommer der letzte Ihres Lebens war!«

Der Wirt dienerte untertänig. »Ich habe den genannten Namen beinahe schon vergessen«, sagte er, den Geldschein einsteckend. »Schön, aber eiskalt«, dachte er. »Ich traue dieser Frau zu, daß sie mich umbringen läßt.«

Candy hatte ihn strahlend angelächelt. Aber der Gastwirt hatte bemerkt, daß ihre Augen eiskalt geblieben waren. Deshalb verdrängte er sofort jeden Gedanken daran, ihr oder dem Mann nachzuspionieren, den sie bestellt hatte.

Der Wirt nahm die Tasche von Candy und begleitete sie auf ihr Zimmer. Als er zur Treppe zurückging, hörte er, wie sich der Schlüssel im Schloß drehte.

Dowiekat kam eine Stunde später. Candy ließ ihn in das Zimmer und schloß sofort hinter ihm die Tür ab. Sie hatte sich in ihrem ersten schnellen Urteil über ihn nicht getäuscht.

Georg Dowiekat war durch und durch Mann. Er musterte ihren Körper, dessen Nacktheit nur dürftig von einem hauchdünnen Morgenmantel verborgen wurde. Er stand mit dem Rücken zur Wand. Seine Augen tasteten ihre langen Beine, ihren Schoß, ihre Hüften und ihre Brüste ab.

»Wer sind Sie und was wollen Sie von mir?« Dowiekat ging durch das Zimmer und lehnte sich gegen den Schrank. Er ging so geschmeidig wie ein Panther. Mit der Zunge befeuchtete er dabei seine Lippen.

Candy ließ den Morgenmantel von ihren Schultern gleiten. Als sie nackt vor ihm stand, atmete er hörbar durch.

»Ich will zwei Dinge von Ihnen«, sagte sie mit leiser Stimme. »Ich will, daß Sie mit mir schlafen, und ich will einige Auskünfte von Ihnen. Alles hat seinen Preis, Sie genauso wie ich!«

Dowiekat musterte Candy. An seinem leicht geröteten Gesicht sah sie, daß sein Blutdruck zu steigen begann. Auch sein Glied begann sich in seiner engen Hose bereits zu bewegen.

»Sie sind kein Landei, das scharf darauf ist, von mir gestoßen zu werden, Sie sehen auch nicht wie eine Nutte aus, die noch schnell vor dem Wochenende einige Scheinchen verdienen will«, sagte er. »Schon gar nicht, wie eine Nutte, die es nötig hat, in einem solchem Bumshotel, wie diesem, abzusteigen. Außerdem: Ich habe es noch nie nötig gehabt, eine Frau zu kaufen, wenn ich mein Vergnügen haben wollte. Wer sind Sie also?«

»Ich bin die Frau Ihres Chefs! Mein Name ist Berger!« Dowiekat zuckte zusammen. Dann begann er unverschämt zu grinsen.

»Ich weiß zwar nicht, woher Sie mich kennen, aber eines weiß ich ganz sicher: Der ›Winzling‹ von meinem alten Freund Paul kann Sie nicht zufriedenstellen.«

Dowiekat lachte laut. Dann begann er sich auszuziehen.

»Und was gedenken Sie mir zu zahlen, gnädige Frau?«

Er ging auf Candy zu, hob sie hoch und legte sie auf das Bett.

»Das kommt darauf an, was Sie leisten!«, antwortete sie. Candy hatte endlich wieder einmal das gesehen, was sie seit Jahren im Bett zu sehen wünschte.

»Zweihundert Mark?«, fragte sie.

»Einverstanden!« Dowiekat beugte sich über ihre Brüste.

Candy fragte sich noch Tage später, warum der Gastwirt nicht nach oben gekommen war, um nach dem Grund des Getöses zu forschen, das fast zwei Stunden – so schien es ihr – das Gasthaus erschüttert hatte. Aber er schien derartiges Treiben gewohnt zu sein.

Candy hatte alles auf das Bettlaken gelegt, was sie in Berlin gelernt hatte. Und da dieser Bauernbursche über unerschöpfliche Kräfte zu verfügen schien, war sie von einem Höhepunkt zum anderen gejagt. Nun würde sie den »Winzling« noch länger aushalten können, als sie gedacht hatte.

Candy beugte sich über Dowiekat und zog die Schublade des Nachttisches neben dem Bett auf. Er saugte sofort wieder an ihren Brüsten.

»Nein!«, sagte sie. »Vielleicht später noch einmal, als Abschluß. Ich habe nur noch wenig Zeit!« Sie schob seinen Kopf zurück und legte ihm zweihundert Mark auf seinen Penis.

»Danke!« Dowiekat bettete sich bequem neben sie.

»Was willst Du nun noch?«

»Woher kennst Du meinen Mann?«

»Ich habe ihn vor Jahren kennengelernt.«

»Wart Ihr schon vorher Freunde? Ihr duzt Euch doch?«

»Nein, wir hatten uns vorher nie gesehen!«

Dowiekat legte sich auf die rechte Seite und ließ seine linke Hand über den Rücken von Candy gleiten.

»Wo habt Ihr Euch kennengelernt?«

»Auf einem ostpreußischen Gut, nahe der litauischen Grenze. Das war während der Zeit der Bandenüberfälle auf Güter in Litauen. Ich war damals nach Ostpreußen geflohen. Ich hatte auf dem Gut als Landarbeiter eine Anstellung gefunden. Dein Mann kam zwei Tage später. Wir wohnten zwei Jahre zusammen in einer Kammer. Dann verschwand er plötzlich. Wollte sich wieder als Händler selbständig machen, hatte er mir einige Tage vorher gesagt. Das ist ihm ja auch mit Erfolg gelungen. Ich hörte vor einigen Wochen seinen Namen zufällig wieder. Da habe ich bei meinem Gutsherrn, es war der vierte nach meiner Flucht aus Litauen, gekündigt und Paul aufgesucht. Er hat mich sofort genommen. Daß ich arbeiten kann, weiß er. Aber gerne hat er mich, so hatte ich das Gefühl, nicht angestellt.« Dowiekat tastete die Gesäßbacken von Candy ab.

»So eine Dame wie Dich, hatte ich noch nie im Bett«, sagte er. »So eine schöne und dann auch noch so eine scharfe Dame!«

Candy ging darauf nicht ein. »Kam mein Mann mittellos nach Ostpreußen? Und was heißt, er wollte sich wieder als Händler selbständig machen?«

»Mittellos? Ich habe ihm nicht in die Brieftasche gesehen. Er hätte es wohl auch kaum gestattet, wenn ich ihn darum gebeten hätte. In Gelddingen ist mit Paul nicht zu spaßen. Großzügig war er nur, wenn er Weiber fand, die seinen ›Winzling‹ in Stimmung brachten.« Dowiekat lachte wieder laut.

»Sonst ist Dein lieber Mann ein Geizkragen, Süße. Aber was heißt mittellos? Er brachte ein Pferd mit. Ich auch. Wir verkauften unsere Pferde zusammen auf einem Pferdemarkt. Mein Hengst hatte mehr Rasse und Dampf in den Backen. Ich bekam das Sechsfache von dem, was ihm für sein Pferd bezahlt wurde. Auf meine Kosten haben wir dann zwei Weiber aufgerissen. Er war dabei nicht gerade Spitze. Wir schliefen mit den Mädchen gemeinsam in einem Zimmer. Nicht nur sein Mädchen, sondern auch ich, haben darauf gewartet, daß seiner endlich auftauchte. Na, da merkte ich, was er für Probleme hat. Du tust mir leid!«

Dowiekat richtete sich auf und sah Candy an. »Was willst Du eigentlich von Deinem Alten, diesem Männchen, der jetzt mein Chef ist?«, fragte er. »Er stinkt doch vor Geld. Du wärst blöd, wenn Du die Absicht hättest, ihn in die Pfanne zu hauen. Hör auf mit Deinen Fragen und lasse uns noch einen Sprint machen!«

Dowiekat kniete sich blitzschnell zwischen ihre Schenkel. Sein Glied schob sich erneut in ihren Schoß. Candy zog ihren Unterleib zurück und legte ihre Hände vor ihren Schoß.

»Ich will noch mehr wissen«, sagte sie energisch. »Lege Dich wieder neben mich!« Er tat, was sie ihm befahl.

»Ich frage Dich noch einmal: Hattest Du das Gefühl, daß Paul nach seiner Flucht aus Litauen völlig mittellos war?«

»Ich weiß nicht, was Du eigentlich willst. Aber gut: Ich glaube nicht, daß er mittellos war. Wir Landarbeiter bekamen nur einen Minilohn. Der Gutsherr bot uns ein Dach über dem Kopf, ein Bett und vier Mahlzeiten am Tag. Da kann viel Bares nicht übrigbleiben. Aber Dein Alter hatte im Gegensatz zu mir, der ich davon leben mußte, immer Geld. Ab und zu fuhr er für zwei Tage nach Königsberg. Ich weiß nicht, was er dort gemacht hat. Aber eines Tages war ich lange vor ihm in unserem Zimmer. An einem Sommerabend. Und da fiel mir zufällig auf, daß eine Diele unter seinem Bett anders als vorher aussah.« Er beugte sich wieder über Candy.

»Du wirst es nicht glauben, Süße: Ich habe die Diele vorsichtig gelockert. Darunter lagen über eintausend Mark in Scheinen sowie Goldstücke und etwas Schmuck.«

»Wie bitte? Geld, Gold und Schmuck?« Candy richtete sich auf. »Lege Dich bitte wieder bequem hin!«, sagte Dowiekat. »Ich habe nichts davon angerührt. Aber ich habe mir meine Gedanken gemacht und mich umgehört.« Er lachte wieder.

»In den Betten der Mägde«, sagte Candy ironisch. Sie fühlte, daß sich sein steinharter Penis gegen ihre Oberschenkel drückte. »Genau«, antwortete Dowiekat. »Dein Alter mußte goldene Zwanzig-Mark-Stücke springen lassen, um überhaupt noch einmal in einem Bett landen zu können. Das haben mir die Mägde erzählt, die ich kennenlernte.«

»Wenige werden das wohl nicht gewesen sein!«, sagte Candy lächelnd.

Jetzt tat Dowiekat so, als ob er das nicht gehört hatte.

»Und wo kommst Du her, ich meine, woher aus Litauen?«, fragte Candy.

»Vom Gut derer zu Memel und Samland. Und falls Du es genau wissen willst: Ich habe das Pferd, mit dem ich nach Ostpreußen floh, auf dem Gut gestohlen. Als es überfallen wurde, bin ich abgehauen. Ich glaube, ich bin der einzige, der entkommen ist. Was sagen Sie nun, gnädige Frau?«

Dowiekat fuhr ihr mit seiner rechten Hand durch ihren Schoß. Sie stöhnte.

»Ich sage Dir folgendes: Wenn wir hier aus diesem Bumslokal verschwunden sind, bin ich für Dich nur noch Frau Berger, falls wir uns in der Firma meines Mannes sehen sollten, was ich kaum glaube. Aber wenn mein Mann wieder einmal auf Reisen ist, was in Abständen regelmäßig und oft ohne mich erfolgt, dann werde ich wieder hier sein und nach Dir rufen. Dem Gastwirt wirst Du klarmachen, daß er keine Fragen zu stellen hat, dafür gebe ich ihm Geld. Verstanden?«

Dowiekat lag grinsend neben ihr. »Ich werde ihm nachher einen Schwinger verpassen, den er nicht vergißt, Süße. Diese Sprache wird er verstehen!«

Dowiekat schob seinen rechten Arm unter ihren Nacken und spannte seine Muskeln. Candy hatte das Gefühl, als ob ein Stein ihren Kopf anhob.

»Und wie ist es jetzt mit uns?« Dowiekat wollte sich wieder zwischen ihre Oberschenkel drängen.

»Noch nicht!« Candy preßte ihre Schenkel zusammen. »Du sagtest, Du hättest Dich umgehört, Du hättst Dir Gedanken gemacht. Welche Gedanken?«

Dowiekat hatte sich wieder neben sie gelegt und starrte die Zimmerdecke an. »Ich habe mir Gedanken darüber gemacht, wie es kommt, daß Dein Alter, ein Landarbeiter wie ich, der, wie er mir erzählte, in Litauen Händler war, nach seiner Flucht über Vermögen verfügen konnte. Angeblich hatte er nichts mitgebracht. Aber er hatte Geld, er hatte immer Geld!« Dowiekat starrte weiter die Decke an.

»Die Bande, die das Gut der Gräfin zu Memel und Samland zu Essex überfiel, wurde, so hörte ich, von einem dicklichen Mann geführt, der nicht nur perfekt Deutsch und Russisch, sondern auch Englisch und Litauisch spricht«, sagte Candy.

Dowiekat richtete sich erneut auf.

»Spricht Dein Mann diese Sprachen? Davon weiß ich nichts. Ich weiß nur, daß er immer Geld hatte. Aber woher Dein Mann das Geld hatte, um später sein Handelshaus aufzubauen, das entzieht sich meiner Kenntnis. Und ich glaube nicht, daß ein Landarbeiter so viel Geld machen kann, wie dafür nötig ist!«

Dowiekat begann mit den Brüsten von Candy zu spielen. Sie stieß seine Hände weg.

»Wie hieß die Bande, die das Gut überfallen hat und hatte sie vorher schon Beute gemacht?« Candy drehte sich zur Seite und sah Dowiekat an.

»Benda-Bande wurde sie genannt«, antwortete Dowiekat. »Sie hatte große Beute vorher gemacht. Alle Gutsbesitzer fürchteten sich vor dieser Bande!«

Candy legte sich wieder auf den Rücken. »Also Benda heißt Paul«, dachte sie. »Er kann nur Benda sein, von dem in Königsberg erzählt wird, er sei der größte Bandit des Baltikums gewesen, habe Schmuck und Bargeld in Millionenhöhe an sich gerafft und sei nach dem Überfall auf das Gut der Gräfin zu Essex spurlos verschwunden. Tot soll er sein, wird erzählt. Er ist alles andere als tot. Er liegt in meinem Bett. Dessen bin ich sicher. Aber, was bedeutet sechs Jahre umsonst?«

Candy grübelte einige Minuten über diese Formulierung von Benda nach, die er wutentbrandt nach dem Telefongespräch ausgestoßen hatte. Dann spreizte sie ihre Schenkel.

»Komm, mache endlich, worauf wir beide warten!« Candy umklammerte stöhnend die Schulter von Dowiekat, als er in sie eindrang.

Der Überfall auf die Kutsche von Luise kam wie ein Blitz aus heiterem Himmel. Und er kam aus einer Dimension, die für Überfälle von Wegelagerern auf Kutschen ungewöhnlich war. Er kam von oben aus den Kronen der Bäume des Waldgürtels, den die Kutsche gerade durchfuhr.

Stephan, der links unmittelbar neben der Kutsche ritt, registrierte den Überfall bewußt erst, als er beide Kutscher blutüberströmt vom Bock fallen und die beiden ersten Pferde zusammenbrechen sah. Dann hörte er das Dröhnen von Schüssen aus mehreren Gewehren.

Stephan ließ sich aus dem Sattel fallen, als ein glühender Schmerz, der ihm fast die Sinne raubte, durch seine linke Schulter fuhr. Aus den Ästen über ihm blitzten Abschüsse. Stephan hob, vor Schmerzen stöhnend, sein großkalibriges, kurzrohriges Gewehr und jagte eine Schrotladung in die Baumwipfel. Zwei Männer stürzten aus den dichten Zweigen. Der eine fiel tot hinter die Kutsche zwischen die angeleinten Pferde der Kaukasier. Die Tiere keilten wild aus. Ein Pferd riß sich los, raste über Stephan hinweg und brach dann getroffen zusammen.

Der zweite Mann fiel, gellende Schreie ausstoßend, auf den Bock der Kutsche, brach sich das Rückgrat und blieb mit dem Oberkörper über den Bock hinaushängend liegen.

Schüsse dröhnten von allen Seiten. Die beiden anderen Kutschpferde stürzten ebenfalls zu Boden. Sie schlugen im Todeskampf wild um sich.

Stephan lud sein Gewehr nach. Glassplitter, aus den Seitenscheiben der Kutsche, besprühten sein Gesicht. Er hörte laute Schmerzensschreie von Marlies.

Kochend vor Wut schoß er erneut in die Baumwipfel. Ein Mann fiel neben ihn. Als er sich aufrichten wollte, zog Stephan sein Messer und stieß es ihm durch die Rippen ins Herz.

Seine Männer auf dem höheren Sitz hinter dem Coupe der Kutsche schossen in schneller Folge in das Geäst der Bäume. Einer von ihnen richtete sich plötzlich auf, faßte sich an die Brust und fiel, ebenfalls Schmerzensschreie ausstoßend, vor die Hinterräder der Kutsche. Das zweite Pferd riß sich los und raste davon. Nach zwanzig Metern brach es ebenfalls tot zusammen.

Stephan wollte sich aufrichten. Aber der brüllende Schmerz in seiner Schulter warf ihn sofort wieder zu Boden. Er sah flüchtig das Gesicht von Luise, die ihre Winchester durch die zerschossenen Scheiben schob und in schneller Reihenfolge zehn Schüsse abgab. Drei Männer stürzten tödlich getroffen aus dem Geäst der Bäume.

Auch auf der anderen Seite der Kutsche dröhnten Schüsse aus einer Winchester. Charles hatte in den Kampf eingegriffen, der bisher keine einhundertzwanzig Sekunden dauerte. Drei Männer fielen leblos aus den Bäumen.

Stephan sah, unter dem Boden der Kutsche hindurchblickend, das Pferd eines seiner Männer zusammenbrechen. Blutfontänen schossen aus der Halsschlagader des Tieres.

Der Reiter feuerte, obwohl er halb unter dem sterbenden Tier lag, eine Schrotladung in die Wipfel. Ein Mann fiel auf das Pferd, daß ihn im Todeskampf mit den Hufen um sich schlagend, tötete. Dem Kaukasier gelang es, unter dem Pferd hervorzukommen. Sein rechtes Bein war gebrochen.

Drei rote Leuchtkugeln, vom hinteren hohen Sitz der Kutsche abgefeuert, stiegen durch eine freie Stelle zwischen den Baumgipfeln in den Himmel.

Stephan wollte sich erneut aufrichten. Es war unmöglich. Er schrie wie ein Tier vor Schmerz auf. Mit zitternden Händen lud er sein Gewehr nach.

»Die Ulanenreiter müßten längst hier sein«, dachte er. »Wir hatten doch den Treffpunkt weit zum Vorwerk vorgeschoben, nachdem der unbekannte Tote gefunden worden war. Jetzt wissen wir, was es mit dem Toten auf sich hat.«

»Schießt mehr rote Leuchtkugeln«, brüllte Stephan seinen Männern auf dem hinteren Sitz zu.

»Wir sind alle verletzt«, antwortete einer der Kaukasier. Er klammerte sich mit einer Hand an der Seitenlehne des Sitzes fest. Die Hand war von Blut verschmiert.

»Schießt, los schießt!«

Wieder kletterten drei rote Kugeln in den Himmel.

Im selben Augenblick setzte erneut Gewehrfeuer ein. Es kam jetzt von der rechten Seite der Kutsche. In den Bäumen gab es offensichtlich keine Schützen mehr.

Stephan hörte, wie Luise laut aufschrie.

»Um Gottes Willen«, dachte er. »Erst Marlies, jetzt sie getroffen.« Die Kutsche begann zu schwanken.

»Lege Dich flach auf den Boden, neben Marlies!« Die Stimme von Charles übertönte den Gefechtslärm. Die Kutsche schwankte noch heftiger, als ein Körper im Coupe zu Boden fiel. Stephan konnte deutlich hören, daß Luise und Marlies vor Schmerzen zu weinen begannen.

Wut, die ihm Bärenkräfte verlieh, erfaßte Stephan.

Jedes Blatt, jeden Busch hatte er während der Fahrt der Kutsche aufmerksam beobachtet. Nur in die Baumwipfel hatte er nicht gesehen. Er fluchte laut auf kaukasisch. Dann begann er, unter der Kutsche hindurchzukriechen.

»Ich kann nicht schießen, eine Patrone klemmt im Lauf. Wo ist Deine Winchester?« Es war die Stimme von Charles. Wieder schwankte die Kutsche.

Stephan hatte den jungen Kaukasier erreicht, der noch immer hinter seinem toten Pferd lag. Das rechte Bein des Kaukasiers sah übel aus. Der Bruch war kompliziert. Die gebrochenen Knochen des Schienenbeins hatten die Hose durchstoßen.

Der Junge sah Stephan mit schmerzverzerrtem Gesicht an. Stephan zog seinen Landsmann mit dem rechten Arm unter die Kutsche. Dabei stöhnten beide vor Schmerzen.

In diesem Augenblick hörte Stephan das Feuer von Gewehren. Es war etwa zweihundert Meter von der Kutsche entfernt. Die Ulanenreiter waren auf dem Kampfplatz erschienen.

Herrenlose Pferde rasten an der Kutsche vorbei. Eines der Pferde schleifte einen Mann mit, der tot im linken Steigbügel hängengeblieben war. Die Lederriemen des Steigbügels hatten sich um seinen Fuß geschlungen. Er schien der Pferdehalter der Banditen gewesen zu sein.

Den Kahlköpfigen auf dem Hengst mit dem gefleckten Fell sah Stephan in dem Augenblick, als er im Sattel seines hochgebauten Pferdes aus dem Buschwerk rechts vor der Kutsche hervorbrach.

Charles tötete das Pferd mit einem Schuß. Der ehemalige Sprecher der Händler ließ sich so geschickt aus dem Sattel fallen, daß er unverletzt blieb. Er sprang sofort auf und richtete sein Gewehr auf die Kutsche.

Stephan hatte mit einer Blitzbewegung sein Messer gezogen. Ohne auf den rasenden Schmerz in seiner linken Schulter zu achten, sprang er den Kahlköpfigen an. Aus seinem Mund drang ein wilder Schrei. Stephan stieß sein Messer in den Magen des Banditen. Flüchtig sah er über dreißig Ulanenreiter, die dicht hinter dem Kahlköpfigen aus dem Buschwerk kamen.

Beide Männer stürzten zu Boden. Sie verklammerten sich, wilde Schreie ausstoßend, ineinander. Ehe die Ulanenreiter aus ihren Sätteln waren, hatte sich Pjitor, mit einem Sprung aus dem Coupe der Kutsche heraus, auf beide Männer geworfen. Er blutete stark aus einer Wunde, die sich über seine Stirn zog. Auch sein linker Jackenärmel war blutverschmiert.

In der rechten Hand hielt der Kanzleivorsteher von Luise die große Pistole, die er stets im Gürtel getragen hatte, wenn er seine Herrin in der Kutsche begleitet hatte.

Pjitor hielt den Lauf der Waffe an die Schläfe des Kahlköpfigen und drückte ab. Der Bandit war sofort tot.

Pjitor sah einige Sekunden auf den ehemaligen Sprecher der Händler. Dann begann er zu schwanken und brach zusammen. Auch Stephan schwanden die Sinne.

Im Abstand von wenigen Minuten waren einhundertfünfzig Ulanenreiter auf dem Platz eingetroffen, an dem sich der Überfall ereignet hatte. Sie wurden von dem ehemaligen Rittmeister geführt, der beim Überfall der Benda-Bande auf das Gut von Luise als erster mit seinen Männern auf dem Vorwerk eingetroffen war.

Charles, der kreidebleich, noch immer das Gewehr seiner Mutter in der Hand, aus der demolierten Kutsche stieg und der Rittmeister sahen sich entsetzt an.

»Außer mir ist offensichtlich niemand unverletzt davongekommen«, rief Charles. Der ehemalige Rittmeister blickte sich einige Sekunden lang auf dem Kampfplatz um. Dann preßte er, ebenfalls erbleichend, seine linke Hand gegen seinen Mund.

»Graf Charles, wo ist Ihre Frau Mutter und Ihr Fräulein Schwester?« Er sprang aus dem Sattel.

»Sie liegen schwer verletzt und ohne Besinnung auf dem Boden im Coupe der Kutsche«, antwortete Charles. »Aber am schlimmsten scheint es Fürst Lassejew getroffen zu haben. Er hat eine schwere Schulterverletzung. Auch der Kanzleivorsteher meiner Mutter sieht übel aus.« Charles zeigte mit der Hand auf Stephan und Pjitor, die neben dem toten ehemaligen Sprecher der Händler lagen.

»Die beiden Kutscher sind tot. Auch einer der Männer von Fürst Lassejew ist tödlich getroffen worden. Alle anderen verletzt, Inspektor.« Charles drehte sich zur Seite und erbrach sich.

»Zwanzig Männer sofort zu Dr. Perkampus! Er soll sich auf Notoperationen vorbereiten. Die Zwanzig richten sich im Haus des Arztes darauf ein, als Krankenpfleger tätig sein zu müssen!« Die Befehle des ehemaligen Rittmeisters folgten in schneller Reihenfolge.

»Gräfin Luise und Gräfin Marlies vorsichtig aus der Kutsche heben. Fürst Lassejew, den Kanzleivorsteher sowie die beiden Gräfinnen in das Gras legen. Sanitäter legen sofort Notverbände an. Äußerste Vorsicht dabei. Die verletzten Kaukasier ebenfalls unverzüglich verbinden. Neben den Fürst legen!«

Der ehemalige Rittmeister stand breitbeinig zwischen seinen Männern, die um ihn herumliefen und seine Befehle ausführten.

»Die toten Pferde ausspannen. Pferde von uns neu einspannen. Das Kutschencoupe und den Hochsitz mit Blattwerk und Mänteln so auspolstern, daß die Verletzten nebeneinander gelegt werden können. Unsere Toten auf Pferden festbinden. Die toten Gangster bleiben hier. Wir holen sie später. Die Männer, deren Pferde benötigt werden und zwanzig Reiter zusätzlich, bleiben hier und warten, bis wir zurückkommen. Alle freilaufenden Pferde einfangen.«

Der ehemalige Rittmeister nahm Charles zur Seite. »Können Sie die Kutsche zurückfahren, Graf?«

»Selbstverständlich, Inspektor!«

»Gut. Steigen Sie auf den Kutschbock. Geben Sie alles an Kraft und Fahrkünsten, was Sie haben, Graf. Es geht auch jetzt um Leben und Tod!«

Der Rittmeister, der seine Hand auf die rechte Schulter von Charles gelegt hatte, drehte sich zur Seite.

»Die Kadaver der Zugpferde wegräumen«, schrie er seinen hektisch arbeitenden Männern zu. »Vier der Reitpferde einspannen, die auch als Zugpferde eingesetzt werden können. Arbeitet so schnell, wie noch nie in Euerem Leben. Der Tod steht noch immer neben uns!«

Seine Männer bekreuzigten sich, sichtlich erschrocken. Zehn Minuten später war die Kutsche wieder fahrbereit. Alle Verwundeten lagen auf den Decken, die über weiches Geäst, Baumblätter und Grasbüschel gespannt worden waren.

Charles, der zusammen mit einem Ulanenreiter auf dem Bock saß, wendete die Kutsche vorsichtig. Sie war von Kugeln durchlöchert worden, alle Seitenfenster waren zerschossen, die Außenbespannungen zerrissen und blutverschmiert.

Der ehemalige Rittmeister drängte sein Pferd dicht neben die Vorderräder der Kutsche. Achtzig Ulanenreiter bildeten einen dichten Kordon um das Fahrzeug. »Je schneller wir bei Dr. Perkampus sind, desto besser Graf!«, rief er Charles zu.

Als die Kutsche zehn Minuten unterwegs war und der Waldstreifen hinter ihnen lag, begann sich die innere Anspannung bei Charles zu legen. Er konnte wieder durchatmen. Seine Hände zitterten nicht mehr. »Ich werde es schaffen! Ich muß es schaffen«, befahl er sich. Er ließ den Pferden freien Lauf.

Seine Mutter hatte einen Unterschenkelschuß mit starkem Blutverlust. Die Kugel war im Knochen steckengeblieben. Marlies hatte eine Kugel die Rückenhaut dicht an der Wirbelsäule aufgerissen. Sie war vor dem Beckenknochen steckengeblieben. Die Schulterwunde von Stephan sah fürchterlich aus. Die Kugel saß im Schulterblatt. Sie hatte große Stücke aus der Haut gerissen. Die Stirnhaut von Pjitor war gespalten. Eine Kugel hatte seinen linken Unterarm durchschlagen. Alle vier, dick bandagiert, waren ohnmächtig.

Die Kaukasier, die auf dem ebenfalls ausgepolsterten oberen

Rücksitz lagen, waren zwar bei Bewußtsein, durch Streifschüsse jedoch ebenfalls verletzt. Sie stöhnten bei jeder Bewegung der Kutsche. Sie litten offensichtlich unter starken Schmerzen.

»Wir haben Glück«, rief der ehemalige Rittmeister Charles zu, den noch immer kreidebleichen jungen Grafen besorgt musternd. »Nicht nur der neue Assistent von Dr. Perkampus ist anwesend, sondern auch sein Sohn und seine Schwiegertochter, die gerade zu Besuch sind. Beide sind Chirurgen!«

»Richtig«, dachte Charles. »Da stehen vier Ärzte bereit.« Er atmete auf. Er hatte vergessen, daß die Kinder von Dr. Perkampus im Dorf waren. Charles nickte dem ehemaligen Rittmeister erleichtert zu. Er holte das letzte aus den vier Pferden heraus, steuerte aber die Kutsche so geschickt über alle Bodenwellen, daß sie kaum schwankte.

Als Charles die Kutsche vor dem Haus des Arztes abbremste, sah er die Bewohner des Dorfes. Sie knieten auf der Straße. Die Nachricht vom Überfall auf die Kutsche, die von den vorausgerittenen Ulanenreitern in das Dorf gebracht worden war, hatte sich in Windeseile verbreitet.

»So muß es gewesen sein, als Mutter nach dem Überfall der Benda-Bande auf unser Gut zurückkehrte«, dachte Charles. Die Frauen stießen Rufe des Entsetzens aus, als sie die blutverschmierte, zerschossene Kutsche sahen. Die Glocke der kleinen Kirche läutete Sturm. Die Mägde und Arbeiter des Gutes kamen ins Dorf gelaufen.

Alexander Ambrowisch, der wie immer bei Abwesenheit von Luise und Stephan das Gut leitete, traf in dem Augenblick auf seinem Hengst vor dem Haus von Dr. Perkampus ein, als Charles die Kutsche anhielt.

Alexander sprang vom Pferd und riß die zerschossene Seitentür des Coupes aus den Angeln und warf sie auf das Pflaster. Als er die vier Schwerverletzten sah, die leblos in der Kutsche lagen, stieß er einen Schrei aus. Blitzschnell bekreuzigte er sich. Auch die Dorfbewohner schlugen das Kreuz. Die Frauen begannen laut zu klagen und zu weinen.

Dr. Perkampus und sein Assistent kamen, in weiße Kittel gekleidet, durch den Garten gelaufen. Sie trugen ihre Arzttaschen bei sich.

»Es ist alles vorbereitet, Graf!«, rief Dr. Perkampus. »Wer ist am schwersten verletzt?« Er sah Charles an, der vom Bock gestiegen war.

»Die Reihenfolge ist so, Doktor: Fürst Lassejew, Pjitor, meine Schwester und dann meine Mutter. Sie müssen zwei Gruppen bilden. Auch die Kaukasier haben schlimme Wunden, doch sind sie im Gegensatz zu meiner Familie und Pjitor bei Besinnung.« Charles mußte sich erneut erbrechen.

»Lassen Sie bitte die Kaukasier auf die Diele und die vier hier«, Dr. Perkampus zeigte in das Coupe, »in das Sprechzimmer bringen«, sagte er zu dem ehemaligen Rittmeister. »Auf der Diele werden mein Assistent und ich, im Sprechzimmer meine Kinder operieren. Eile ist geboten!«

Charles und Alexander hoben Marlies aus der Kutsche. Zwei Ulanenreiter nahmen Luise auf ihre Arme.

Als die Dorfbewohner die ohnmächtigen Frauen in ihren blutverschmierten und zerrissenen Kleidern sahen, ertönten Schreie des Entsetzens. »Warum hat der Herr uns wieder gestraft? Warum? Wir haben nichts weiter getan, als gearbeitet. Wir haben nicht gesündigt, Herr. Wir haben Frieden gehalten, die Felder bestellt und abgeerntet. Warum hast Du uns wieder gestraft, wie damals, beim Überfall der Benda-Bande? Warum?«

Die Dorfbewohner und die Arbeiterinnen und Arbeiter des Gutes knieten und schlugen mit den Händen auf das Pflaster der Straße. Noch immer läutete die Glocke Sturm.

Als Pjitor aus der Kutsche gehoben wurde, übertönte der gellende Schrei einer Frau das Klagen und Weinen. Die Ulanenreiter fingen die Frau des Kanzleivorstehers auf, die an jeder Hand eines ihrer laut weinenden Kinder haltend, auf die Kutsche zu taumelte. Die Frauen des Dorfes warfen sich auf den Boden.

»Heilige Jungfrau von Tschenstochau, rette meinen Mann, schon wegen unserer Kinder!«, schrie die Frau von Pjitor auf polnisch. »Erbarme Dich unser, ohne ihn sind wir verloren!«

Die Frau von Pjitor ließ ihre Kinder los und ergriff die blutbesudelte, schlaff herunterhängende Hand ihres Mannes und bedeckte sie mit Küssen. Dann griff sie sich an ihr Herz und brach besinnungslos zusammen.

Die Ulanenreiter hoben sie auf und trugen sie ebenfalls in das Haus des Arztes. Auch ihre Kinder wurden in das Haus gebracht. Gerda Perkampus nahm sie in Empfang.

Die unverletzten Kaukasier hoben Stephan aus der Kutsche. Ihre Kameraden waren von Ulanenreitern in das Haus des Arztes getragen worden. Sie hoben den noch immer besinnungslosen Fürsten auf ihre Schultern. Seinen Körper hielten sie mit ihren Händen fest umklammert. Sie gingen langsam im Gleichschritt auf das Haus von Dr. Perkampus zu. Ihre Gesichter waren vor ohnmächtiger Wut verzerrt. Wie auf Kommando, begannen sie in ihrer Muttersprache zu singen.

Charles ergriff den Kopf von Stephan und hielt ihn hoch. Ihm flossen Tränen über das Gesicht. Er verstand kein Wort von dem, was die Kaukasier sangen. »Sie singen von Liebe und Tod«, murmelte er. »Nichts anderes, kann dieser Gesang bedeuten!«

Mit der linken Hand streichelte er die blutverschmierten Haare von Stephan.

»Mein Vater, Du bist seit Jahren mein Vater! Jetzt verliere ich Dich auch!«, rief er weinend.

Der Sohn von Dr. Perkampus beugte sich über den Rücken von Marlies, die auf dem Operationstisch lag. »Sie hat viel Blut verloren«, sagte er zu seiner Frau, die die lange Schußwunde untersuchte. »Die Wunde zu versorgen, wird kein Problem für uns sein. Auch die Kugel ist zu fühlen und kann leicht entfernt werden. Aber warum ist sie, eine so junge Frau, ohne Besinnung?«

Er sah zu seiner Frau, die Marlies eine Spritze gegen Wundstarrkrampf gab.

»Die Kugel hat zwei Rippen angebrochen. Ob sie gegen die Wirbelsäule geprallt ist?« Das Arztehepaar blickte sich an.

»Das kann eine totale Lähmung bedeuten. Sie kann aber auch einen schweren Schock erlitten haben, Liebes. Wir wollen erst die Wunde versorgen und die Kugel herausoperieren. Dann müssen wir sie zu sich holen. Wir müssen ihre Reflexe prüfen!«

Zwanzig Minuten später holten sie Marlies aus ihrer Bewußtlosigkeit. Das Mädchen begann zu stöhnen.

»Können Sie mich hören, Gräfin?« Der junge Arzt beugte sich über Marlies.

»Ja!« Marlies hauchte mehr, als sie sprach.

»Bewegen Sie bitte Ihre Finger und Zehen, Gräfin.« Gespannt, blickte das Ehepaar auf den Körper von Marlies. Ganz langsam begann sie ihre Finger und dann ihre Füße zu bewegen. Beide Ärzte atmeten auf. »Nur ein Schock!« Die junge Ärztin bekreuzigte sich.

Als ihnen Pjitor auf den Tisch gelegt wurde, zeigte er nur schwache Lebenszeichen. Das Arztehepaar stabilisierte Herz und Kreislauf. Dann säuberten sie seine Stirnwunde und vernähten sie, wie auch die Armwunde. Die Kugel hatte den Arm glatt durchschlagen.

»Sorgen macht mir seine schwere Gehirnerschütterung«, sagte die Ärztin, als sie den Arm von Pjitor verband. »Wir werden die ganze Nacht besonders auf ihn und Fürst Lassejew aufpassen müssen, Liebes«, antwortete der Sohn von Dr. Perkampus. »Beide Männer haben einen besonders schweren Schock und einen sehr starken Blutverlust erlitten.«

Das Arztehepaar holte Luise mit Spritzen aus ihrer Ohnmacht. »Wie geht es meinen Kindern und Stephan?« Ihre Stimme war, wie ihre Atmung, flach.

»Den Umständen entsprechend gut«, antwortete die Schwiegertochter von Dr. Perkampus. Sie hatte sich bei ihrer Ausbildung zur Chirurgin angewöhnt, zu lügen, wenn Angehörige nach dem Zustand ihrer Väter, Frauen und Kinder oder Eltern fragten, die operiert worden waren. Sie hatte gelernt, daß diese Lügen allen halfen: Patienten, Angehörigen und den Chirurgen. Die Angehörigen der frisch Operierten atmeten nach einer solchen Auskunft auf, weil sie nichts über den tatsächlichen Zustand des Patienten und die Schwere des Falles wußten. Die Chirurgen, weil ihnen dieses Aufatmen vorgaukelte, die Operation war doch nicht so kompliziert gewesen, wie sie sie in Erinnerung hatten.

»Wir müssen Sie in eine Vollnarkose legen, Gräfin«, sagte der Sohn von Dr. Perkampus. »Sie haben eine Kugel im linken Unterschenkel und einen erheblichen Blutverlust erlitten. Es bekommt Herz und Kreislauf besser, wenn Sie nicht spüren, wie wir die Kugel entfernen.«

Luise nickte.

Der junge Chirurg gab seiner Frau einen Wink. Sie setzte Luise eine Gesichtsmaske auf und ließ Chloroform auf Mund und Nase tropfen.

»Atmen Sie tief ein, Gräfin!« Der Sohn von Dr. Perkampus, der den Puls von Luise prüfte, sah flüchtig auf den nackten Körper der Gräfin. »Sie ist zwar über zwanzig Jahre älter als ihre Tochter, doch noch immer so schön wie Marlies«, dachte er.

Das Ehepaar sondierte den Schußkanal und holte die Kugel aus der Wunde. Sie steckte im Knochen. Dann reinigten, desinfizierten und vernähten sie die Schußwunde.

»Die Gräfin kann Wundfieber bekommen«, sagte die Schwiegertochter von Dr. Perkampus. Ihr Mann nickte. »Hoffentlich ist es uns gelungen, Liebling, bei allen Verletzten restlos die Stofffetzen aus den Wunden zu holen.«

»Hoffentlich!«

Der junge Chirug drehte sich um und winkte den Frauen zu, die durch die Türöffnung sahen. Wie Marlies wurde auch Luise von den Frauen in saubere Laken gehüllt. Dann wurde sie von Ulanenreitern in das Obergeschoß des Hauses getragen.

Dr. Perkampus und sein Assistent standen in der Tür. »Die Kaukasier sind versorgt«, sagte der Arzt zu seinen Kindern. »Jetzt kommt der Fürst auf den Tisch. Wir müssen alle zusammen operieren. Er sieht sehr schlimm aus!«

Die vier Ärzte umstanden den Operationstisch, auf den die Kaukasier Stephan gelegt hatten. Sie hatten ihn ausgezogen und gewaschen. Jeder seiner Männer hatte seine rechte Hand geküßt. Dann waren sie in den Vorraum gegangen und hatten sich dort niedergekniet.

Gerda Perkampus blickte durch die Tür. »Gehe bitte nach oben und kümmere Dich um unsere Patienten«, sagte Dr. Perkampus.

»Wenn wir den Fürst operiert haben, soll er neben die Gräfin gelegt werden. Das kann Wunder wirken.« Dr. Perkampus lächelte seine Frau flüchtig an. Sie nickte ihm zu und schloß leise die Tür.

Die vier Ärzte operierten Stephan über eine Stunde. Sein Herz schlug unregelmäßig, sein Kreislauf mußte ständig stabilisiert werden. Sie konnten ihn deshalb nur leicht chloroformieren.

Kurz bevor die Ärzte seine Schulter in Gips betten wollten, begann sein Herz wie wild zu flattern. Dann blieb es stehen.

Während Dr. Perkampus und sein Sohn den Brustkorb von Stephan rhythmisch zusammenpreßten, injizierte die junge Chirurgin Herzmittel. Der Assistent von Dr. Perkampus hob die Beine von Stephan und legte sie sich auf die Schultern. Dann massierte er die Unterschenkel. Das Herz von Stephan sprang Sekunden später wieder an. Erst flatternd, sich dann langsam wieder beruhigend.

»Bei ihm, Pjitor, der Gräfin und Marlies müßt Ihr die ganze Nacht bleiben«, sagte Dr. Perkampus. Er schlug das Kreuz. Seine Schwiegertochter konnte sich nicht erinnern, je gesehen zu haben, daß er das Kreuz schlug.

Dr. Perkampus sah auf den Operationstisch gestützt zu, wie die Kaukasier Stephan vom Tisch hoben und dann in das Obergeschoß trugen. »Die Frau von Pjitor kann in das Zimmer ihres Mannes«, sagte er. »Sie wird mit ihren Kindern neben seinem Bett knien. Das wird ihm gut tun. Schwierigkeiten wird sie nicht machen. Ich kenne sie genau.«

Dr. Perkampus zog seine Operationshandschuhe und seinen weissen Kittel aus.

Er ging zum Fenster des Sprechzimmers und sah minutenlang in den Garten, der voller blühender Büsche und Bäume war.

»Ich werde jetzt zusammen mit den Dorfbewohnern und den Arbeiterinnen und Arbeitern des Gutes sowie Graf Charles in die Kirche gehen«, sagte er leise. »Wir wollen für die Errettung unserer Patienten beten. Ich bin sicher, daß Gott uns erhören wird. Graf Charles werde ich dann in das Zimmer schicken, in dem seine Mutter, seine Schwester und der Fürst liegen. Er wird bei ihnen die ganze Nacht bleiben. Das wird auch ihnen nützen.«

Dr. Perkampus drehte sich um und verließ mit schleppenden Schritten das Sprechzimmer.

Seine Kinder und sein Assistent sahen dem alten Mann nach, der tief gebeugt die Halle und dann den Garten durchquerte. Seine Schwiegertochter bekreuzigte sich.

Paul Berger hatte sich in einem guten Stockholmer Hotel einquartiert. Er war allein nach Schweden gereist. Seit langem zum ersten Mal ohne seine Frau. Er wollte alleine sein. Paul Berger wollte nachdenken, über sich, seine Frau, sein gegenwärtiges Leben, seine Geschäfte, seine Zukunft.

Das Geschäft, das er in Stockholm abgewickelt hatte, hätte jeder seiner Angestellten übernehmen können. Er hatte einhundert Tonnen roten schwedischen Marmor gekauft, der nach Deutschland verschifft werden sollte. Der Berliner Geldadel verlangte nach rotem Marmor, um sich beim Ausbau seiner Villen gegenseitig an Pomp überbieten zu können. Jeder Lehrling hätte dieses Geschäft abwikkeln können.

Berger saß in seinem Zimmer vor dem Spiegel und betrachtete sich. »Ich bin fett, habe Tränensäcke unter den Augen und einen Stiernacken und einen gewaltigen Bauch«, sagte er. Er sah sich im Spiegel an. »Nur Fett, keine Muskeln.« Paul Berger tastete seinen Mund ab. »Volle weibische Lippen, für einen Mann zu rot!«

Berger schnitt Grimassen. Auch dabei blieben seine Mundwinkel nach unten gezogen. »Selbst, wenn ich ein Weib wäre, würde sich kein Mann für mich interessieren«, redete er mit sich selbst. »Ich bin zu fett.«

Berger schloß die Augen. Er sah den schönen Körper seiner Frau vor sich. »Sie wird sich über kurz oder lang einen Liebhaber nehmen«, dachte er. »Ich werde es nicht erfahren. Sie wird mich dem Gespött der Leute aussetzen. Aus dem goldenen Käfig wird sie ausbrechen, in dem ich sie gefangenhalte. Ausbrechen wird sie, weil ich als Mann ein Hänfling bin.«

Berger schlug sich in die Hoden. Vor Schmerz aufstöhnend, stützte er sich auf den Tisch vor dem Spiegel.

Er sah die langen Beine und die festen, vollen Brüste von Candy vor sich. Er stöhnte wieder. Sein Blut schoß zwischen seine Schenkel. Er schlug sich erneut in die Hoden. »Ich bin als Mann eine Mißgeburt«, sagte er.

Berger spürte, daß sein »Winzling« stand. »Aber er ist und bleibt ein Winzling«, sagte er. »Candy sehnt sich nach einem richtigen Mann. Ich fühle das und ich kann sie nicht einmal halten, wenn sie ausbrechen will. Ich muß das hinnehmen. Dieser Ehevertrag gestattet ihr das!«

Berger fühlte, daß Wut in ihm aufstieg. »Was bin ich eigentlich?«, rief er.

Er sah über die Dächer der Stadt, die von den Strahlen der untergehenden Sonne von einem rotgoldenen Schimmer überzogen wurden. Glocken läuteten. Der Lärm der Straße drang in seinen Raum. »Ich bin Millionär«, flüsterte er. »Kaufmann, Massenmörder, ehemaliger russischer Offizier und Gutsbesitzerssohn, Russe mit einem wasserdichten deutschen Paß, guter Steuerzahler, Ehemann einer ehemaligen Nutte. Ich bin ein Chaot«, schrie er.

Berger nahm einen der Flakons, die auf dem Spiegeltisch standen. Er wog ihn in der Hand. Dann schleuderte er ihn gegen den Spiegel, der laut klirrend zusammenbrach.

Berger war froh, seinen feisten Körper nicht mehr sehen zu müssen.

»Die Gräfin zu Memel und Samland zu Essex ist wieder in aller Munde«, sagte er. Wütend sah Berger auf die Titelseite der Zeitung, die vor seinem Ankleidetisch auf dem Boden lag.

»Sie, Ihre Kinder, dieser halbwilde Fürst aus dem Kaukasus, dessen Affen und ihr Kanzleivorsteher, alle haben einen Überfall überlebt, der auf ihre Kutsche verübt worden war, als sie ihren Bruder besuchen wollten«, murmelte er. Berger fühlte Wut und Haß in sich aufsteigen. »Der Zeitungsschreiber ist vor Mitleid zerflossen, als er den Bericht über den Überfall zu Papier gebracht hat«, zischte Berger wütend. Er hob die Zeitung auf und betrachtete das Bild auf der Titelseite.

Berger mußte sich eingestehen, daß die Gräfin so schön wie Candy war. Aber Candy konnte er immer haben, die Gräfin nicht. »Sie sieht, wie die Schwester ihrer Tochter aus«, dachte er. »Auch dieser Kaukasier ist ein Mann, wie aus einem Bilderbuch!«

»Der Überfall ist keine sechs Wochen her«, keuchte Berger. »Und schon stehen sie alle vor dem Apparat des Fotografen, als ob nichts geschehen wär. Nur der Kanzleivorsteher sieht noch klapprig aus.«

Der Blutdruck von Berger stieg, als er neben der Gräfin ihren Bruder Wilhelm entdeckte. Diesen »Klavierfritzen« hätte er beinahe aufs Kreuz gelegt, wenn die »Eiserne Kanzlerin« nicht in letzter Sekunde erschienen wäre.

Paul spuckte auf das Bild, weil er das Gefühl hatte, der Bruder von Luise grinst ihn an. Dann zerriß er die Zeitung.

»Diese Hexe von Gräfin und ihr halbwilder Fürst haben wieder einmal einen Schutzengel gehabt«, dachte Paul. Er lehnte sich in seinem Sessel zurück.

»Was weiß sie wirklich über mich?«, flüsterte er. »Weiß sie, daß ich Benda und nicht Berger bin? Woher weiß sie das? Mehr als deutlich hat sie mich über diesen Sprecher der Händler, der sich wie einst ich an ihr die Zähne ausgebissen hat, wissen lassen, daß sie gefährlich viel über mich weiß.«

Berger stand auf und ging im Zimmer hin und her.

»Diese verdammte Gräfin kann mir überhaupt nichts«, sagte er. »Sie lebt in Rußland. Ich in Deutschland. Die russische und die deutsche Polizei haben noch nie zusammengearbeitet.«

Dennoch blieb Unruhe in ihm. In dem Zeitungsbericht wurden die verwandtschaftlichen Verbindungen der Gräfin zum Adel einer ganzen Reihe von europäischen Staaten ausführlich geschildert. Sie reichten von Rußland, über England und Deutschland bis nach Schweden.

»Überall sitzen Vettern von ihr in hohen Stellungen«, flüsterte er. »Verwandte sind an den Höfen in Petersburg, Berlin, Stockholm und London in Spitzenpositionen tätig. Sie kann mir gefährlich werden, aber will sie das überhaupt?«

Berger klingelte nach dem Stockwerkskellner.

»Sie wünschen?« Der Kellner stand, sich verbeugend, in der Tür.

»Ein armes und doch reiches, fettes Schwein«, dachte der Kellner, Berger musternd. »Er langweilt sich zu Tode, weil er zu fett ist. Dabei bietet Stockholm für Männer seines Alters und seines Geldes Abwechslung jeder Art.«

»Sie wünschen?« Er wiederholte seine Frage, weil Berger nicht geantwortet hatte.

Paul drehte sich nicht um. Er zog einen Geldschein aus der Tasche und hielt ihn hoch. Der Kellner trat hinter ihn und nahm ihm den Schein aus der Hand.

»Beschaffen Sie mir ein Mädchen!«, sagte Berger. »Es muß bildschön und langbeinig sein, verstanden?«

»Verstanden, mein Herr. Spätestens in einer Stunde ist das schönste Mädchen von Stockholm in Ihrem Zimmer.« Der Kellner schloß geräuschlos die Tür.

»Für diesen Schein hätte ich ihm zwei Mädchen beschaffen können«, dachte er. »Von der exklusivsten Sorte, aber dann wäre für mich nicht genug übriggeblieben!«

Er betrachtete, genüßlich grinsend, die einhundert Dollarnote in seiner Hand. Dann ließ er sie blitzschnell in seiner Hosentasche verschwinden.

Drittes Kapitel: Der Krieg

»Diese Güter sind den Staaten als die hauptsächlichsten zu wünschen: Friede, Freiheit, Eintracht!«
 (Inschrift am Hohen Tor zu Danzig)

»Ein furchtbar wütend Schrecknis ist der Krieg; die Herde schlägt er und den Hirten.«
Friedrich von Schiller
(Wilhelm Tell, 1804)

Pjitor hüstelte, als Luise an einem späten Nachmittag in ihre Kanzlei kam. Sie war unter Mittag mit Stephan und ihren Kindern, begleitet von den Kaukasiern, über die Felder und Wiesen des Gutes geritten. Es war Anfang April. Der Frühling hatte die Reste des Schnees eines bitterkalten Winters schmelzen lassen. Zum ersten Mal hatte die Sonne an diesem Tag eine Kraft entwickelt, die sie sonst erst im Mai zeigte. Die Knospen von Bäumen und Büschen waren aufgeplatzt. Auf den Wiesen, die sich mit einem satten Grün zu überziehen begannen, waren die Frühlingsblumen durch das Erdreich gebrochen.

Unterwegs waren sie Alexander Ambrowisch begegnet. Wie sein Vater früher war er unterwegs, um das Wachstum auf Feldern und Wiesen zu beobachten. Er war ein ausgezeichneter Gutsverwalter. Nichts entging ihm. Die Mitarbeiter auf dem Gut hatte er fest im Griff.

Der Sohn von Alexander saß vor seinem Vater im Sattel. Obwohl seine Mutter Litauerin war, sah er seinem mongolischen Großvater noch ähnlicher als Alexander. Seine drei Jahre alte Schwester kam dagegen nach ihrer Mutter. Sie war hellhäutig, blond und blauäugig.

Stephan, der seinen linken Arm wieder wie früher bewegen konnte, hob den fünf Jahre alten Jungen, der ebenfalls Alexander hieß, aus dem Sattel seines Vaters und reichte ihn Luise. Sie küßte ihn und setzte ihn vor sich in den Sattel ihrer Stute.

Der Junge sah seinen Vater an. Als dieser ihm zunickte, drehte der Knabe seinen Kopf zur Seite.

»Guten Tag, Gräfin! Guten Tag, Fürst Lassejew!«, sagte er mit heller Stimme. Er neigte grüßend seinen Kopf. Dann nahm er die rechte Hand von Luise und küßte sie.

»Guten Tag, Alexander!« Luise drückte den Jungen an sich. Stephan klopfte ihm auf die Schulter.

»Wie geht es Dir, Deiner Mutter und Deiner Schwester?« Luise fuhr dem Jungen über die dunklen, kurzgeschnittenen Haare.

»Ihnen geht es so gut, wie Papa und mir!« Er lachte. Der Junge nahm wieder die Hand von Luise und küßte sie.

»Ich schätze Sie, Gräfin, so sehr, wie ich meine Mutter liebe!«, sagte er. Wie alle Asiaten wurde er von frühester Jugend an von seinem Vater dazu erzogen, Erwachsenen mit Hochachtung zu begegnen und mit ihnen höfliche Konversation zu pflegen.

Luise winkte Alexander Ambrowisch neben sich. Für sie war er noch immer der Junge geblieben, der sein Leben eingesetzt hatte, um sie, Marlies und ihren damals noch ungeborenen Sohn zu retten, obwohl er lange verheiratet und Vater war. Er sah noch so jung aus, als ob er gerade fünfundzwanzig Jahre alt geworden wäre.

»Ihr Sohn ist ein höflicher und liebenswürdiger, wohlerzogener Junge«, sagte Luise, den Fünfjährigen erneut an sich drückend. Der Vater zog seine Mütze und verbeugte sich im Sattel.

»Sie können sich immer auf mich und meine Familie stützen, Gräfin«, sagte er. »Ganz gleich, was auch kommt. Wir werden, wie früher auch meine Eltern, stets an Ihrer Seite stehen!« Alexander lächelte Luise an. Sein Sohn lachte so unbefangen, wie nur Kinder lachen können.

»Ich habe eine Bitte, Gräfin!

»Sie haben mich immer geduzt, Gräfin. Es wäre eine Ehre für mich und meine Familie, wenn Sie das beibehalten würden!«

»Gewährt, Alexander!« Luise und Alexander lächelten sich an. Luise reichte ihm seinen Sohn zurück. Sie sah die kleine Hand des Kindes noch minutenlang ihr zuwinken, als sein Vater, vom Wege ab, über eine Koppel ritt.

Luise lehnte sich in ihrem Sessel zurück. »Die Welt ist schön«, dachte sie. »Wir sind alle wieder gesund. Unsere Wunden verheilt.« Seit Wochen erfüllte sie eine innere Ruhe und Zufriedenheit, wie sie sie schon lange nicht mehr erlebt hatte. Neue junge Kaukasier waren auf dem Gut angekommen. Die, die den Überfall auf die Kutsche überlebt hatten, waren nach einem Abschiedsfest so fröhlich davongeritten, als ob nichts gewesen wäre. Die Neuankömmlinge sahen, wie alle Kaukasier, mit einem unbeugsamen Optimismus nach vorne. Hinter sich sahen sie nie. Vergangenheit war für sie Vergangenheit. Außerdem waren sie stolz auf ihre Kameraden, die im Kampf beim Überfall auf die Kutsche der Gräfin ums Leben gekommen waren. Sie hatten ihr Leben für die Gräfin, ihre Kinder und den Fürst gegeben. Das war in ihren Augen höchste Pflichterfüllung. Dafür waren sie von Kindesbeinen an erzogen worden. Sie hatten die fürstliche Familie und ihre eigenen Angehörigen nicht enttäuscht. Jetzt ruhten ihre Kameraden in dem Massengrab, in dem auch William und sein Schwiegervater lagen. Im Tode hatten ihre bei dem Überfall ums Leben gekommenen Kameraden gleiches Recht wie die Grafen erhalten. Eine höhere Auszeichnung konnte es für kaukasische Wachmannschaften nicht geben.

Luise stützte sich auf die Lehnen ihres Sessels. »Wir leben wieder wie auf einer Insel des Friedens«, dachte sie. »Wir sind alle wieder glücklich. Die Ernte des vergangenen Jahres war gut. Sie hatte, wie die Viehverkäufe, ausgezeichnetes Geld gebracht. Fünfzehn Paare auf dem Gut und in den Dörfern hatten geheiratet. Zwanzig Kinder waren geboren worden.«

Luise fühlte, vor sich hindösend, die Zärtlichkeit, mit der die Hände von Stephan in der vergangenen Nacht ihren Körper gestreichelt hatten. »Wir sind glücklich. Alle sind wir glücklich Und wie sehr liebe ich Stephan und wie sehr liebt er mich«, sagte sie.

Luise seufzte. Sie atmete genußvoll die frische Luft ein, die ihrem Reitkostüm entströmte. Auf dem Hof, den sie durch das breite Fenster ihrer Kanzlei sehen konnte, hatten Stephan und seine Männer damit begonnen, ihre Pferde zu striegeln. Einige der Kaukasier arbeiteten mit bloßem Oberkörper.

Stephan lächelte Luise durch die Scheibe an. Er warf ihr einen Kuß zu.

»Wie schön ist diese Welt!«, murmelte sie. Luise dehnte ihren Körper.

Pjitor hüstelte erneut.

»Entschuldigen Sie, Pjitor!« Luise drehte sich zu ihrem Kanzleivorsteher um. »Ich war einige Minuten ganz woanders!«

»Ich habe das bemerkt, Gräfin!« Pjitor nickte ihr zu.

»Was wollen wir bereden?« Luise sog erneut den Duft der frischen Luft ein, den ihr Reitkostaum ausstrahlte.

Pjitor ordnete die Zeitungsausschnitte, die vor ihm auf seinem Schreibtisch lagen. Luise wußte, daß er alle Zeitungen genau las, die ihn wöchentlich erreichten.

»Ich glaube, es ist für Sie und Ihre Familie gut, wenn Ihr Auslandsvermögen in Deutschland und England mit dem Geld vereinigt wird, das schon Ihr Herr Vater in der Schweiz angelegt hat«, antwortete Pjitor. »Sie erinnern sich, Gräfin, daß wir schon vor längerer Zeit darüber kurz gesprochen hatten.« Pjitor ordnete die Zeitungsausschnitte, ohne sie anzusehen. Luise antwortete nicht.

Seine Worte hatten sie aus einer eben noch sonnigen Welt gerissen. Sie sah einen Abgrund vor sich, ohne sagen zu können, warum. Luise wußte, daß sie jedem Wort von Pjitor glauben konnte. Er hielt die Verbindung zur Außenwelt, studierte die Preisentwicklungen auf den Märkten des Ostseeraums, kannte die politische Lage in Europa. Seine Zeitungen waren das Vergrößerungsglas, mit dem er die alte Welt studierte.

»Ich halte das deshalb für wichtig, Gräfin, weil es so aussieht, als ob die europäischen Mächte es nicht abwarten können, übereinander herzufallen«, sagte er leise. »Das Geschrei derer, die Krieg wollen, ist ein Sturm im Vergleich zu dem lauen Lüftchen derer, die der Sicherung des Friedes das Wort reden!«

Luise hatte sich in ihrem Sessel aufgerichtet. Eine eisige Kälte war, von ihren Füßen ausgehend dabei, sich in ihrem Körper auszubreiten.

»Krieg? Einen Krieg, in den auch Rußland hineingezogen werden kann?«

Pjitor sah sie an und wie es ihr schien, durch sie hindurch.

»So wird es kommen«, flüsterte er. »Es wird, wie ich es sehe, eine unvorstellbare Katastrophe geben. Alle Verantwortlichen, auch der schwache Zar, haben den Überblick verloren. Sie sind Gefangene ihrer unbedachten Worte. Sie sitzen alle im selben Boot, auf reißendem Strom. Selbst wenn einer von ihnen in letzter Sekunde vor den tödlichen Stromschnellen aussteigen wollte, er könnte es nicht mehr. Das Boot ist zu schnell, das Ufer zu weit!«

»Und was soll ich unternehmen, Pjitor? Was schlagen Sie vor?« Luise flüsterte ebenfalls.

»Gestatten Sie mir, Gräfin, daß ich, mit Vollmachten von Ihnen ausgerüstet, nach Deutschland und England reise, um Ihre dortigen Guthaben aufzulösen und in die Schweiz zu transferieren. Es wird etwa sechs Wochen dauern, bis ich wieder zurück bin. Meine Frau und meine Kinder werden selbstverständlich hier bei Ihnen bleiben.« Er hüstelte wieder verlegen.

»Pjitor!« Luise stand auf, ging zu seinem Schreibtisch und legte ihre rechte Hand auf seine Schulter. »Die letzte Bemerkung hätten Sie sich sparen können. Ich vertraue Ihnen hundertprozentig. Sie haben in den letzten Jahren bewiesen, daß Sie voll an meiner Seite stehen. Sie haben Ihr Leben für mich eingesetzt. Sie sind deshalb nicht nur ein guter Mitarbeiter von mir. Sie und Ihre Frau und Ihre Kinder sind für mich viel mehr: Sie gehören zu meiner Familie!«

Pjitor war ebenfalls aufgestanden. Er ergriff die Hand von Luise und verbeugte sich vor ihr. »Danke«, sagte er. »Danke!«

Luise faßte Pjitor wieder an die Schulter. »Was zwingt Sie, mir diesen Vorschlag zu unterbreiten? Wir leben doch hier im tiefsten Frieden. Wir sind glücklich. Uns geht es gut. Der Frühling ist da. Der Sommer steht vor der Tür!«

»Wie die politische Lage in Europa wirklich ist, kann ich Ihnen in wenigen Sätzen sagen, Gräfin!« Pjitor sah Luise an. Er nahm die Zeitungsausschnitte von seinem Schreibtisch. Er legte sie jedoch sofort wieder zurück.

»Ich habe seit Wochen das aus den bedeutendsten europäischen Zeitungen ausgeschnitten, was ich für wichtig hielt. Ich kann die

Texte auswendig.«
»Schlimm?«
»Sehr schlimm!«
Pjitor nahm erneut die Hand von Luise. »Entschuldigen Sie bitte, Gräfin!« Er zog seine Hand sofort zurück. »Ich bitte um Entschuldigung!«
»Pjitor! Wir sind hier nicht bei Hof in Petersburg!« Luise lachte. »Ich bin nur eine kleine Gräfin, eine kleine Gutsbesitzerin, nicht die Zarin.«
Pjitor hüstelte. Luise sah in seinem Gesicht Falten, die sie noch nie gesehen hatte. Er blickte immer ernst in die Welt. Aber jetzt überzogen Falten wie ein Spinnennetz sein Gesicht.
»Was ist genau los, Pjitor? Bitte berichten Sie!«
Luise setzte sich hinter ihren Schreibtisch und forderte ihren Kanzleivorsteher mit einer Handbewegung auf, sich ebenfalls zu setzen. Pjitor blickte so aufmerksam auf seinen Schreibtisch, als ob dort die geheimen Karten der europäischen Generalstäbe ausgebreitet worden wären.
»Das deutsche Reich ist eingekreist, Gräfin«, sagte Pjitor. »Der deutsche Kaiser trägt mit Schuld daran. Er ist zwar edler Herkunft, aber, Gräfin, Sie gestatten mir, einem einfachen Polen, den Hinweis, daß er ein Großmaul ist. Er hat laut tönend Erklärungen abgegeben, die nicht zu verantworten sind. So hat er sich gefährliche Feinde geschafffen. England ist mit Frankreich und beide mit Rußland verbündet. Deutschland hat vergessen, was einst Bismarck predigte, nämlich immer Freundschaft mit Rußland zu halten. Nun ist das deutsche Reich an Österreich gebunden, obwohl jeder politisch informierte Europäer weiß, daß der österreichische Vielvölkerstaat wie Rußland auch vor dem Auseinderbrechen steht. Dritter im Bunde der sogenannten Mittelmächte ist Italien. Ich halte Italien für einen mehr als unsicheren Bündnispartner der Deutschen und Österreicher. Der deutsche Kaiser hat in seiner Überheblichkeit alles getan, um die Engländer bis zur Weißglut zu reizen. Die Deutschen und die Engländer konnten keine Einigung darüber erzielen, wie viele Kriegsschiffe jede Nation bauen darf, ohne die Seeherrschaft Englands zu gefährden. Die Seeherrschaft auf den Weltmeeren beanspruchen nun einmal die Engländer. Die Deutschen haben mehr schwere Kriegsschiffe auf Kiel gelegt, als die Engländer hinnehmen können. Und die Franzosen haben nicht vergessen, daß sie 1871 den Krieg gegen Deutschland verloren haben. Sie wollen Rache!«

»Was haben wir damit zu tun, Pjitor? Was hat Rußland damit zu tun?« Luise fühlte, daß Kälte ihren Körper durchflutete.

»Rußland ist dabei. Rußland ist mittendrin, wenn ich das so formulieren darf. Kommt es zum europäischen Krieg und ich glaube, daß es dazu kommt, dann wird Rußland zuerst in die Knie gehen!«

»Aber was hat Rußland mit den Problemen der Engländer, der Franzosen und der Deutschen zu schaffen? Rußland ist ein riesiges Reich. Wer es erobern will muß wissen, daß er wie Napoleon unterliegen wird. Rußland ist doch so groß, daß niemand genug Truppen hat, um es zu besetzen und vollständig kontrollieren zu können!«

»Stimmt, Gräfin!« Pjitor sah wieder auf seine Zeitungsausschnitte. »Aber Rußland ist seit langem ein Koloß auf tönernen Füßen. Viele der Völker Rußlands streben nach Unabhängigkeit. Wir Polen zum Beispiel, entschuldigen Sie bitte, Gräfin, wollen wieder selbständig sein. Nach Unabhängigkeit streben auch die Ukrainer, die Kaukasier, die Litauer, die Letten und die Esten und eine ganze Reihe anderer Völker Rußlands ebenfalls.« Pjitor zog sein Taschentuch und wischte sich über die Stirn. Dann stand er auf und stützte sich auf die Platte seines Schreibtisches. »Rußland brodelt wie ein Kochkessel, Gräfin, dessen Deckel so festsitzt, daß der Dampf nicht entweichen kann. Rußland ist voller Demagogen, die das Volk gegen den Zaren aufhetzen.« Seine Augen saugten sich in dem Gesicht von Luise fest.

»Darf ich eine sehr direkte Bemerkung machen, Gräfin?«

»Bitte!«

»Der Zar ist ein Unglück für Rußland«, sagte Pjitor. »Er regiert nur noch mit Terror. Er ist ein Schwächling, Gefangener seiner herrschsüchtigen Frau, dieser deutschen Prinzessin. Da er innenpolitisch versagt hat, sucht er außenpolitisch Erfolg. Und das bedeutet Krieg. Entschuldigen Sie, Gräfin, wenn ich so etwas sage. Ich bin Pole, Sie Russin. Aber ich vertraue Ihnen.«

Pjitor hüstelte.

Beide schwiegen einige Minuten.

»Ein Koloß auf tönernen Füßen«, sagte Pjitor noch einmal leise. »Ab und zu hebt sich der Deckel des Kessels. Denken Sie bitte an die Folgen der Niederlage bei Tsushima, als die japanische Flotte russische Seestreitkräfte, die um die halbe Erde gedampft waren, vernichtend schlug, Gräfin! Seitdem geht es unaufhaltsam abwärts. Das habe ich sehr deutlich begriffen, als ich studierte. Das Ende ist seit langem abzusehen. Es wird ein schreckliches Ende für Rußland geben. Nach dem Zaren werden Männer die Macht übernehmen, die alles umkrempeln wollen. Alles, aber auch alles. Dann wird es den Adel und seinen Besitz in Rußland nicht mehr geben. Das große Chaos wird für Jahre folgen. Millionen werden verhungern. Ich kann gegenwärtig nicht übersehen, ob es jemals wieder mit Rußland aufwärts gehen wird.« Auf der Stirn von Pjitor bildeten sich Schweißperlen. Er atmete heftig.

»Pjitor, Sie sind Russe nach den gegenwärtigen Gesetzen. Gestatten Sie mir eine Frage: Sind Sie unverändert Pole, der an den Wiederaufstieg Polens glaubt?« Luise und Pjitor blickten sich an.

»Ich bin Pole, und ich werde immer Pole bleiben, Gräfin!«, antwortete er. »Aber ich bin Ihr Bürovorsteher und werde stets an Ihrer Seite stehen!«

Luise stand auf. Sie ging in ihrer Kanzlei auf und ab. »Wenn ich Sie richtig verstanden habe, Pjitor, stehen die, die Rußland und den Adel vernichten wollen, bereits in den Startlöchern. Wer sind diese Männer, die Rußland und auch meine Familie, wie andere Familien des Adels vernichten wollen?«

»Das kann jeder sein, Gräfin«, antwortete Pjitor. »Alle, die Ihnen heute Treue schwören, Gräfin, können das sein. Ich auch. Es kommt auf die Umstände an, in denen sie plötzlich gezwungen werden, zu leben. Jeder ist sich selbst der nächste. Wer Familie hat, wird erst an ihr Wohlergehen und dann an andere denken.«

»Können Sie sich vorstellen, daß sich Fürst Lassejew, Alexander Ambrowisch, Sie, die Kaukasier, die Ulanenreiter oder sogar meine Kinder gegen mich wenden oder mich einem Henker ausliefern könnten?«

»Ich kann es mir nicht vorstellen, Gräfin. Ich will es auch nicht. Alle, die Sie genannt haben, lieben oder verehren Sie. Aber, Gräfin, wir leben noch in einer Welt des Friedens. Wissen wir, wie wir uns verhalten, wir alle, Sie und auch ich, wenn Chaos herrscht, wenn Krieg herrscht, wenn unser aller Leben bedroht wird? Ich weiß es nicht, weil ich mir das alles nicht vorstellen kann. Wissen Sie es, Gräfin?«

»Ich weiß es auch nicht, Pjitor!«

»Haben sie schon einmal den Namen Lenin gehört, Gräfin?« Pjitor musterte Luise.

»Lenin, wer ist das? Nein, diesen Namen habe ich noch nie gehört!«

»Das ist der Mann, der Rußland umkrempeln wird, wenn der Zar in einen europäischen Krieg einsteigt und diesen Krieg verliert. Eines ist sicher, Gräfin, Rußland wird unterliegen, wenn es sich mit den

Deutschen anlegen sollte. Deutschland ist heute ein moderner Industriestaat, ein geeintes Reich, auch wenn es noch viele deutsche Fürstenhäuser gibt. Deutschland besitzt eine große Armee, mit hervorragend ausgebildeten Soldaten, dazu eine gewaltige Flotte, die sich selbst mit der Englands messen kann. In Deutschland herrscht Ordnung. Hier bei uns Chaos, auch in der Armee. Der Zar ist ein Weichling. Lenin ein eisenharter, hochintelligenter Revolutionär, der die Massen sofort um sich scharen wird, wenn bei uns Chaos ausbricht. Auf der Universität wurde er von meinem Kommilitonen wie ein Gott verehrt. Ich übertreibe nicht, Gräfin. So war das!«

»Und was halten Sie von diesem Lenin, Pjitor?« Luise lehnte sich gegen ihren Schreibtisch.

»Ich fürchte ihn, Gräfin«, antwortete ihr Kanzleivorsteher. »Ich habe seine Lehren heimlich auch studiert, wie meine Kommilitonen. Aber im Gegensatz zu den meisten von ihnen bin ich zu der Ansicht gelangt, daß Lenin nicht das Paradies, sondern die Hölle bringen wird. Zuerst jedenfalls. Später kann das anders werden. Das kann ich nicht abschätzen. Aber erst einmal will er alle Besitzenden enteignen, den Adel vernichten, die gegenwärtig herrschende Klasse ausrotten, kurz, alles umkrempeln. Er will einen Arbeiter- und Bauernstaat errichten. Kein Mensch soll mehr über Eigentum verfügen dürfen. Können Sie sich vorstellen, was es bedeuten würde, wenn dieser Lenin an die Macht kommt?«

Luise ging zum Fenster und sah auf den Hof ihres Gutes. Die Kaukasier umstanden Stephan und unterhielten sich mit ihm. Sie lachten. Ihre Pferde waren gestriegelt und abgefüttert worden und standen jetzt in den Ställen. Sie sah Alexander Ambrowisch, der die Schließung des Gutstores beaufsichtigte. Die Wachen waren bereits auf dem Wehrgang der Umfassungsmauer.

Luise drehte sich zu Pjitor um. »Ich bin gegenwärtig so glücklich, wie seit Jahren nicht mehr«, sagte sie. »Als Frau, als Mutter und als Gutsherrin. Ich kann und will mir einfach nicht vorstellen, daß die Schrecken, die Sie aufzeigen, auf uns zukommen. Mein Gut, das Gut meines Bruders, das mein Elternhaus ist, soll enteignet und uns weggenommen werden? Meiner Familie und mir sowie Fürst Lassejew droht der Tod? Ich kann es nicht glauben! Wir leben doch hier in einer Welt des Friedens. Das Gut und Littauland sowie die anderen Dörfer sind für mich der Inbegriff des Friedens. Wir sind glücklich. Wir leben in einem Wohlstand, wie wir ihn noch nie hatten. Glauben Sie wirklich, Pjitor, daß das alles bedroht ist?«

Der Kanzleivorsteher sah die Tränen, die das Gesicht von Luise überschwemmten. Er war ebenfalls aufgestanden.

»Die europäischen Zeitungen, die ich seit Jahren lese, sagen dies alles voraus«, antwortete er. »Europa ist krank. Europa hat Fieber. Europa ist dabei, sich selbst zu vernichten. Ich glaube, was ich sage. Und weil ich das glaube, empfehle ich Ihnen, Gräfin, Ihr ausländisches Barvermögen in die Schweiz zu bringen. Ich schlage das auch deshalb vor, weil ich will, daß Sie den Wohlstand erhalten können, den Sie jetzt besitzen. Zum Wohle von Ihnen und Ihren Kindern schlage ich das vor. Und ich glaube auch, daß es fünf Minuten vor Zwölf ist, um diese Aktion einzuleiten. Vier Wochen später wird es nicht mehr möglich sein!« Er hüstelte einige Sekunden.

»Bitte, Gräfin, geben Sie mir die Vollmachten«, sagte er. »Ich spreche neben Polnisch und Russisch auch perfekt Deutsch und Englisch und ausreichend Französisch, um mich in Frankreich verständigen zu können. Ich werde mit aller Kraft mein Können einsetzen, um Ihnen zu helfen. Bitte!«

Pjitor ging auf Luise zu und kniete sich vor ihr auf den Boden. »Bitte, Gräfin, glauben Sie mir!«

Luise legte ihre Hände auf die Schultern ihres Kanzleivorstehers. Pjitor stand auf. Stephan, der in diesem Augenblick in die Kanzlei kam, sah beide überrascht an.

»Wir werden beide zusammen die Vollmachten sofort ausstellen, Pjitor«, sagte Luise. »Sie sollen morgen abreisen. Fürst Lassejew und seine Kaukasier werden Sie auf Ihrer Fahrt zum Bahnhof begleiten. Fahren Sie durch ganz Europa in der ersten Klasse. Steigen Sie nur in guten Hotels ab. Kommen Sie gesund zurück. Wir alle werden für Sie beten, daß Sie gesund wiederkommen. Fürst Lassejew und ich werden uns in der Zwischenzeit um Ihre Familie kümmern. Sie werden Sie so gesund wiederfinden, wie Sie sie verlassen. Das verspreche ich Ihnen, Pjitor.«

Luise zog ihren Kanzleivorsteher an sich und küßte ihn, der Sitte des Landes entsprechend, dreimal auf die Wangen. Pjitor trat einen Schritt zurück und verbeugte sich.

»Sie werden mit mir zufrieden sein, das verspreche ich Ihnen, Gräfin«, sagte er. Pjitor verbeugte sich wieder. Er zog sein Taschentuch und tupfte die Tränen von seinem Gesicht.

»Ihr Polen seid wie wir Russen«, sagte Luise. »Ihr könnt wie wir, Rührung nicht verbergen. Ich danke Ihnen, Pjitor!«

Pjitor hatte sich einen Fensterplatz in einem der Erster Klasse Abteile des Schnellzuges Königsberg-Berlin gekauft. Er zog aus einer Reisetasche einen Roman von Tolstoi, den er schon seit Jahren lesen wollte.

Als Pjitor die vierte Seite umblätterte, zog ein Gepäckträger die Abteiltür auf. Ein dicker Mann schob sich an ihm vorbei in das Abteil. Ihm folgte eine schlanke, ungewöhnlich schöne Frau. Das Reisekostüm der jungen Frau betonte die Rundungen ihres Körpers. Es war so raffiniert geschnitten, wie Pjitor noch nie an einer Frau ein Kleidungsstück gesehen hatte.

Pjitor erhob und verbeugte sich. »Ich hoffe, wir haben zusammen eine gute Reise nach Berlin«, sagte er auf Deutsch.

Der Korpulente, der mißmutig dem Gepäckträger zusah, wie er die Koffer im Gepäcknetz verstaute, reagierte nicht. Seine Frau hingegen lächelte Pjitor an. »Wir wünschen auch Ihnen eine gute Reise, mein Herr«, antwortete sie.

Pjitor setzte sich und vertiefte sich wieder in seinen Roman. »Was für ein unsympathischer Mann«, dachte er. »Und was für ein sonderbares Ehepaar. Er ist klein und fett. Sie groß und bildschön.«

»Sprechen Sie Französisch?« Berger fauchte Pjitor auf Deutsch an.

»Nein, mein Herr, ich spreche Russisch und Deutsch.« Pjitor sah kurz von seinem Buch auf.

»Warum haben wir das Abteil nicht wie sonst für uns allein?«, fragte Berger auf Französisch seine Frau. »Dieser Hänfling da stört mich!« Er bewegte seinen Kopf in Richtung von Pjitor. Schweißperlen bildeten sich auf seiner Stirn. »Diesen russischen Affen möchte ich auf unserer Reise nach Berlin nicht ständig bei uns haben!«

»Der Zug ist fast ausverkauft«, antwortete Candy in fließendem Französisch. »Auch die Erster Klasse Abteile. Du wirst Dich damit abfinden müssen, daß wir diesmal kein Abteil für uns alleine haben. Hilf mir bitte aus meinem Jackett!«

Berger nahm ihr das Jackett von den Schultern und hängte es neben ihren Sitz. Er kochte sichtlich vor Wut. Pjitor konnte deutlich sehen, wie sein Blutdruck gestiegen war. Wütend zog der dicke Mann seinen Mantel aus und warf ihn auf den Nebensitz.

Pjitor tat so, als ob er den Roman las. Aber aus den Augenwinkeln beobachtete er, wie der dickleibige Mann seine Knie an den Beinen der jungen Frau rieb.

»Ein Widerling«, dachte Pjitor. »Wie kommt diese schöne Frau zu diesem häßlichen Mann?«

»Wer kontrolliert Dowiekat? Ist er eingestiegen? Wo ist unser Hauptgepäck?«, bellte Berger wieder auf Französisch.

»Dowiekat sitzt mit unserem Hauptgepäck im Dritter Klasse Abteil«, antwortete Candy. Sie lächelte ihren Mann an. »Es wird alles gut gehen, keine Sorge!«

Candy hätte den schmalbrüstigen kleinen Mann auf dem Fensterplatz des Abteils umarmen können. Zum ersten Mal seit Jahren konnte sie ungestört nach Berlin reisen. Sie brauchte nicht die Tür zu verschließen und ihren Rock zu heben, um sich dann ihrem Mann hinzugeben. Sie atmete hörbar durch und legte sich genußvoll in ihrem Sitz zurück.

»Bist Du sicher, daß Dowiekat auch mit dem Hauptgepäck im Zug ist? Der D-Zug fährt sofort ab!« Benda fauchte Candy erneut auf Französisch an.

»Du kannst wirklich beruhigt sein, Liebling!«, antwortete sie. »Ich habe ihn in den Zug einsteigen sehen. Vorher ist unser Gepäck verladen worden.«

Candy lag bequem zurückgelehnt in den Polstern ihres Platzes. Eine heiße Welle floß, von ihrem Schoß ausgehend, durch ihren Körper. Dowiekat reiste mit ihr nach Berlin. Seit ihrem ersten Treffen in dem Hotel war er ihr ständiger Geliebter geworden. Wenn ihr Mann verreist war, trafen sie sich jeden Nachmittag.

Candy genoß diesen wilden Hengst, obwohl sie ihn bezahlen mußte. Seit Dowiekat in ihr Leben getreten war, war sie sicher, es mit dem »Winzling« noch Jahre aushalten zu können. Ihr Mann mußte mehr als früher an sie zahlen. Sie machte alles, was er wollte, aber er mußte ständig bezahlen, wenn er eine Zusatzforderung im Bett an sie stellte.

Berger blickte ungeniert Pjitor an.

»Diesen kleinen bleichen Mann kenne ich«, dachte er. »Ich weiß nur nicht, woher.«

Berger grübelte, aber er kam nicht darauf, woher er das Gesicht des Mitreisenden kannte. Aufgrund seiner europäischen Handelsverbindungen lernte er ständig neue Menschen kennen.

»Dieser Zwerg wird Angestellter eines meiner Geschäftspartner sein«, dachte er. So sehr er sich auch anstrengte, er kam nicht darauf, woher er das Gesicht von Pjitor kannte.

Pjitor tat weiter so, als ob er in seinem Roman las. Der von dem dicken Mann genannte Name Dowiekat hatte ihn elektrisiert. Pjitor schloß die Augen. Der Schnellzug hatte den Bahnhofsbereich lange hinter sich gelassen.

»Dowiekat? Woher kenne ich diesen Namen?« Pjitor dachte darüber nach. Er hatte die Augen geschlossen und döste und grübelte zugleich. Nach einigen Minuten zuckte er förmlich zusammen. Ihm war plötzlich eingefallen, woher er den Namen Dowiekat kannte. Vor Jahren hatte die Gräfin diesen Namen in einer Unterhaltung mit Fürst Lassejew in der Kanzlei genannt. Dowiekat, der auf das Gepäck der Herrschaften, die mit ihm reisten, aufpaßte, war Vorarbeiter auf dem Gut gewesen und beim Überfall der Benda-Bande geflohen.

Pjitor nahm wieder sein Buch in die Hände. Aus den Augenwinkeln betrachtete er erneut den schwammigen Mitreisenden, der schnarchend auf seinem Sitz lag.

»Berger? Benda?«

»Wer ist dieser Widerling«, dachte Pjitor. »Ich habe zwar andere Aufgaben, als mich hier als Detektiv zu betätigen. Aber wissen möchte ich doch, wer dieser Mann ist. Und sehen will ich den Dowiekat auch. Auf dem Bahnhof in Berlin spätestens. Dann kann ich ihn der Gräfin genau beschreiben.«

Pjitor konnte sich nicht mehr auf den Roman konzentrieren. Er legte sich ebenfalls in seine Sitzpolster zurück und döste weiter vor sich hin.

Der Speisewagenschaffner kam, einen Gong schlagend, durch den Gang neben den Abteilen des D-Zug-Wagens. Er öffnete die Abteiltür.

»Gnädige Frau!« Er lächelte Candy an. »Herr Berger! Möchten Sie, wie immer, den selben Platz im Speisewagen?«

»Wie immer«, murmelte Berger. Er griff, ohne die Augen zu öffnen, in die Seitentasche seines Jacketts und schob dem Schaffner einen Zehnmarkschein in die Hand. »Wie immer! Für meine Frau Sekt, für mich Rotwein!«

»Danke, Herr Berger!« Der Schaffner verbeugte sich.

»Und Sie, mein Herr?« Der Schaffner blickte Pjitor an. »Möchten Sie auch zu Mittag speisen?« Pjitor nickte. Der Schaffner reichte ihm die Speisekarte.

»Ich nehme das zweite Gedeck!« Der Schaffner nannte Pjitor den Platz, den er im Speisewagen einnehmen sollte.

»Ich bitte Sie, meine Herrschaften, um 13 Uhr im Speisewagen zu erscheinen«, sagte er. Der Schaffner schob die Abteiltür zu und schlug erneut seinen Gong.

Pjitor hielt seine Augen halb geschlossen und musterte den dicken Mann.

»Das ist also der Berger, der mit allen möglichen Tricks versucht hat, das Hauptgut an sich zu bringen«, dachte er. Weder Berger noch seine schöne Frau sehen so aus, als ob sie ihr Leben auf einem Gut beschließen wollten.

Pjitor beobachtete unentwegt das Ehepaar, so unauffällig wie möglich. Er prägte sich die Gesichtszüge des Mannes und der Frau sowie ihre Kleidung genau ein.

Im Speisewagen saß Pjitor zwei Tische hinter den Bergers. Ihm fiel auf, daß das Ehepaar kaum ein Wort miteinander wechselte. Pjitor konnte genau sehen, daß die junge Frau nur ab und zu einen Schluck aus ihrem Sektglas nahm. Ihr Mann war bereits bei der zweiten Flasche Rotwein.

»Dieser Berger sieht seine Frau so lüstern an, als ob er die Absicht hat, mit ihr zu schlafen«, dachte Pjitor. Er errötete und begann zu hüsteln.

Berger winkte dem Kellner. Pjitor konnte bis zu seinem Tisch hören, daß er einen kurzen Befehl auf deutsch bellte.

Zehn Minuten später betrat ein blonder Mann den Speisewagen. Er ging so elastisch wie ein Panther. Er verbeugte sich vor dem Ehepaar.

»Das ist Dowiekat«, dachte Pjitor. Sein Gehirn fotografierte ihn mehrfach. Pjitor würde der Gräfin nach seiner Rückkehr auf das Gut diesen jungen Mann so genau schildern können, als ob er ihr ein Foto auf den Tisch legte.

Vor Überraschung zuckte Pjitor zusammen, als die junge Frau mit einer blitzschnellen Handbewegung über den Oberschenkel von Dowiekat strich, der dicht neben ihrem Platz stand. Berger, bereits betrunken, hatte diese Handbewegung nicht bemerkt. Dowiekat stieß, ebenfalls blitzschnell, sein rechtes Knie gegen den linken Oberschenkel der jungen Frau.

»Sieh an«, dachte Pjitor. »Frau Berger hat offensichtlich ein Verhältnis mit diesem Mann, der wie ein Landarbeiter aussieht. Kein Wunder: er scheint das ganze Gegenteil von Berger zu sein.« Nach Ansicht von Pjitor war der junge Mann im Alter von Frau Berger. Er sieht sportlich aus und ist genauso schlank wie sie.

Berger winkte dem Kellner.

Einige Minuten später nahm Dowiekat an einem der kleinen Tische an der Kopfseite des Wagens hinter Berger Platz.

Pjitor beoachtete, daß er Frau Berger unentwegt ansah. Der junge Mann ließ plötzlich seine Zungenspitze vorschnellen und bewegte sie blitzschnell zwischen seinen Lippen. Pjitor konnte genau sehen, wie die junge Frau aufstöhnte.

Er wurde wieder rot und begann erneut zu hüsteln.

Pjitor kündigte von Königsberg aus telegrafisch seine Rückkehr an. Fünf Wochen war er unterwegs gewesen. Er fieberte vor Aufregung, als er in Königsberg den Zug bestieg, der ihn in die baltischen Provinzen Rußlands zurückbringen sollte.

Der Kanzleivorsteher von Luise hatte ein Europa durchquert, das voller Begeisterung war, sich in einen Waffengang zu stürzen. Kriegsgeschrei hatte er überall gehört. Die Franzosen forderten Rache für die Niederlage von 1871. Sie litten noch immer unter der Schmach, daß das deutsche Kaiserreich nach dem Waffenstillstand ausgerechnet auf ihrem Boden im Schloß von Versailles ausgerufen worden war. Die Engländer, die die Deutschen als Hunnen beschimpften, betrachteten sich als die Beherrscher der Weltmeere und verlangten die Vernichtung der deutschen Hochseeflotte. Die Deutschen, die, so war es Pjitor erschienen, unentwegt »Die Wacht am Rhein« sangen, wünschten unumwunden, daß den »Franzmännern« und dem »Perfiden Albion« das Genick umgedreht würde. Pjitor konnte sich nicht erinnern, in England und Deutschland sowie bei der Durchreise durch Frankreich, auch nur einen Menschen getroffen zu haben, der nicht davon begeistert war, daß es nun Krieg in Europa geben würde.

Erst in der wohltuenden Kühle der Bankhäuser in England, Deutschland und der Schweiz war er auf Männer getroffen, die das alles ganz anders betrachteten. Sie sahen zwar, daß ein europäischer Krieg Riesenprofite bringen würde, aber sie sahen auch das Chaos voraus, das dem Krieg folgen würde.

Pjitor war in den Banken Englands und Deutschlands gleich behandelt worden: Wie ein erster Kanzleisekretär. Er hatte seine Vollmachten vorgelegt und Anweisungen gegeben. Seine Forderungen waren sofort erfüllt worden. Nur in der Bank von England war er aus dem Kassenraum in die Direktion gebeten worden.

Ein Direktionsmitglied der Bank hatte ihn, durch die Nase sprechend, darauf hingewiesen, daß die Gräfin zu Essex gut daran täte, sechzig Prozent des Vermögens ihres Mannes auf der Bank zu lassen.

»Mein Herr, Sie sind bevollmächtigt, so zu handeln, wie Sie es für richtig halten«, hatte ihm der Bankdirektor gesagt. »Sie können das gesamte Vermögen der Gräfin zu Essex in die Schweiz transferieren. Aber vergessen Sie bitte nicht, mein Herr, auch die Schweiz liegt auf dem Kontinent. Wer weiß, was kommt.«

Der Bankdirektor, der Pjitor hinter einem riesigen Schreibtisch gegenüber saß, hatte seine Ellenbogen auf die Schreibtischplatte gestützt und seine Finger ineinandergeschoben. Er hatte Pjitor, ohne Bewegung in seinem Gesicht, angesehen.

»Er nennt die Gräfin nur Gräfin zu Essex, nicht auch zu Memel und Samland«, dachte Pjitor. »Welch einen Grund hat er dafür?«

Beide Männer schwiegen einige Minuten.

»Gut«, sagte Pjitor. »Fünfzig Prozent des Vermögens, das die Gräfin und ihre Kinder von dem verstorbenen Grafen zu Essex geerbt haben, bleiben hier. Ich entscheide dies so. Ich bin sicher, die Gräfin wird mir zustimmen. Die anderen fünfzig Prozent gehen jedoch in die Schweiz!«

»Ein weiser Entschluß, junger Mann«, hatte der Bankdirektor geantwortet. »Die Gräfin zu Essex wird es Ihnen eines Tages danken, so vorausehend gehandelt zu haben. Schließlich geht es um einige Millionen Pfund.«

Pjitor hatte registriert, daß sein Blutdruck gestiegen war. »Die Gräfin heißt Gräfin zu Memel und Samland zu Essex«, hatte er ohne besondere Betonung in seiner Stimme gesagt.

»Ich weiß!« Der Bankdirektor verzog wieder keine Wimper. »Aber zu Essex klingt in der gegenwärtigen Situation hier besser, junger Mann!«

Pjitor hatte die Zurechtweisung genau verstanden. Beide Männer hatten sich gemeinsam erhoben. Pjitor hatte zwar eine Erwiderung auf der Zunge gehabt, aber geschwiegen.

Die deutschen Bankiers hatten sich, auf das Komma genau, nach seinen Anweisungen gerichtet. Pjitor hatte die Konten von Luise aufgelöst und in Goldmark in die Schweiz überweisen lassen. Einhunderttausend Mark legte er in Goldmark in ein Schließfach bei der Reichsbank in Berlin. »Besser als Papier«, dachte er, bevor er in die Schweiz weiterreiste. Gold bleibt Gold!

In der Schweiz hatte sich Pjitor mehrere Stunden lang mit dem Besitzer der Privatbank unterhalten, auf die er das Vermögen von Luise aus England und Deutschland überwiesen hatte. Die Gelder waren pünktlich eingetroffen.

»Ich mache Ihnen einen Vorschlag, Herr Polansky, den die Gräfin zu Memel und Samland zu Essex nicht bereuen wird, wenn sie ihm folgen sollten«, hatte der Schweizer Bankier gesagt. »Sie, Herr Polansky, sind Volkswirt. Sie haben den Durchblick, den ich von Ihnen als Sekretär der Gräfin erwarte.« Der Bankier hatte seine Hände flach auf seinen Schreibtisch gelegt. Er wirkte so entspannt, als ob er ein Beruhigungsmittel genommen hatte. »Und wie lautet Ihr Vorschlag?«

Pjitor sah den Bankier gespannt an.

»Sie tauschen drei Millionen Franken des Vermögens der verehrten Frau Gräfin in amerikanische Dollar um«, hatte der Bankier geantwortet. »Das läßt das Vermögen der Gräfin zwar im Augenblick etwas zusammenschrumpften. Zugegeben, das kann man nicht übersehen. Aber nach dem Krieg, der so sicher wie das Amen in der Kirche kommen wird, bläht sich dieses Dollar-Vermögen zu einem riesigen Luftballon auf, mit dem sie ganz Europa kaufen kann.«

Pjitor glaubte nicht richtig gehört zu haben. »Nach dem Krieg?« Pjitor hatte den Bankdirektor erstaunt angesehen. »Der Krieg hat doch noch gar nicht begonnen. Wer weiß, ob es überhaupt Krieg gibt!«

Der Bankier hatte schallend gelacht.

»Herr Polansky: Wir haben uns lange unterhalten. Dabei habe ich sehr deutlich herausgehört, wie Sie die Situation in Europa einschätzen. Sie haben zwar nicht gesagt, daß es Krieg geben wird, aber Sie haben deutlich anklingen lassen, daß Sie ein Völkergemetzel in Europa für unausweichlich halten. So kann ich doch Ihre Worte interpretieren?«

Pjitor hatte verlegen die Schultern hochgezogen.

Der Bankier hatte sich eine Zigarre angezündet. Dichte Rauchwolken ausstoßend, sagte er:

»Es kommt zum Krieg, Herr Polansky. Wir Schweizer sehen von unseren Bergen auf das Getöse, das Waffengeklirre herab, das die Nachbarstaaten verursachen. Und weil auch ich diesen wütenden Lärm seit Jahren aufmerksam beobachte, wage ich folgende Vorhersage: Rußland wird im kommenden Krieg zuerst verlieren, weil der Zar ein Schwachkopf ist, der auf einem kochenden Kessel sitzt, der seit langem zu platzen droht. Dieser Zar hat es nie verstanden, das Notventil des Kessels rechtzeitig zu lockern. Im Gegenteil. Er hat das Notventil immer fester angezogen. Jeder Volksschüler weiß, was dann passieren muß. Nur der Zar weiß es offensichtlich nicht. Also werden er und sein Reich in die Luft fliegen. Mit einem Krieg kann er keinen Dampf ablassen. Er wird durch Blut waten und selbst darin ertrinken!«

Der Bankier war aufgestanden. Heftig an seiner Zigarre ziehend, war er hinter seinem Scheibtisch auf und ab gegangen.

»Der deutsche Kaiser ist zwar mächtig, Herr Polansky, weil sein Reich vor Waffen starrt. Aber er ist ein aufgeblasener Pfau, der nicht zu erkennen vermag, was ein Zweifrontenkrieg für das Deutsche Reich bedeuten wird. Er ist keinesfalls dumm. Viel schlimmer, er ist größenwahnsinnig. Er wird ebenfalls verlieren, so wie sein russischer Verwandter, der Zar. Der deutsche Kaiser wird alles verlieren und sein Reich wird vorher ausbluten.«

Als Pjitor etwas sagen wollte, hatte der Bankier energisch abgewunken.

»Frankreich, Herr Polansky, nur auf Rache für 1870/71 erpicht, kann sich auch nicht im Zaum halten. Der Gallische Hahn, von den Deutschen 70/71 halb kastriert, kräht sich selbst pausenlos Mut zu. Frankreich wird von den Deutschen im kommenden Krieg so schwer zusammengedroschen werden, daß die Engländer zu Hilfe eilen müssen, um den Gallischen Hahn vor der Totalkastrierung zu bewahren. Die Engländer werden so blöd sein und das tun, was ich voraussage. Beide Länder werden ebenfalls ausbluten und verlieren, am Ende jedoch als Sieger dastehen. Dann wird ihr Rachedurst so groß sein, daß ihr Verstand in ihren Hosen sitzen wird. Sie werden Deutschland schwer demütigen. Damit werden sie den Grundstein für den nächsten Krieg legen, der fürchterlich sein wird. Und dabei werden sie total verlieren. Kleine Mittelmächte werden sie danach sein. Nicht mehr und nicht weniger!«

Pjitor hatte gehüstelt und sich verwirrt an den Kopf gefaßt. Seine Narbe an der Stirn zeichnete sich deutlicher als sonst auf der Haut ab.

»Engländer und Franzosen werden einen dritten Verbündeten nach Europa rufen, um den deutschen Kaiser zu bändigen: Die USA«, sagte der Bankier weiter. »Die Amerikaner werden sofort kommen und die Deutschen k.o. schlagen. Ein Jahr darauf werden die Europäer bemerken, wen sie da mit offenen Armen empfangen haben. Die neue und größte Weltmacht dieser Erde. Zusammengefaßt Herr Polansky: Es wird nur Verlierer und nur einen Sieger in dem bevorstehenden Krieg geben. Und zwar den amerikanischen Dollar. Der Wert des Dollars wird nach diesem Gemetzel in unvorstellbare Höhen klettern. Wer nur einige Dollar besitzt, wird Mietshäuser in Europa in Masse kaufen können. Und für etwas mehr Dollar, Herr Polansky, werden Rittergüter zum Verkauf anstehen. Und wer ein großes Vermögen hat und dies schlage ich gerade für die Gräfin vor, kann ganze Nationen aufkaufen.«

Pjitor hatte wieder zu hüsteln begonnen.

»Hüsteln Sie nicht, handeln Sie, Herr Polansky!« Der Bankier war zum ersten Mal laut geworden.

Pjitor hatte sich wieder an den Kopf gefaßt. Er starrte den Bankier an. Das Gesicht des Bankiers war unverändert unbeweglich.

»Einverstanden!«, hatte Pjitor geantwortet. »Einverstanden!«

»Ich will Ihnen noch etwas sagen, Herr Polansky!« Der Bankier hatte sich über seinen Schreibtisch gebeugt und Pjitor durchdringend angeblickt.

»Sie sind Pole, Herr Polansky. Nach dem Krieg wird Rußland, das heute schon so schwache Rußland, nicht verhindern können, daß sich Polen selbständig macht. Litauen, Estland und Lettland auch. Finnland ebenfalls. Und weiß ich, wer noch alles. Den Zar wird es dann nicht mehr geben. Der neue russische Zar wird dann Lenin heißen. Hier bei uns lebt dieser Lenin. Meinen Segen hat er. Euer Zar ist eine Witzfigur auf dem europäischen Parkett. Ein Schwächling, der, so glaube ich, auf seinen Sturz wartet.«

Pjitor war zusammengezuckt.

»Ein freies Polen, wieder ein selbständigs Polen?« Durch den Körper von Pjitor war eine Welle heißen Blutes geschossen. Er hatte sich zwar sofort wieder in der Gewalt. Aber der Bankier hatte nicht übersehen, welche Wirkung seine Worte auf den Kanzleivorsteher der Gräfin gehabt hatten.

Pjitor hatte sich mit seiner rechten Hand unter den Kragen gefaßt. »Entschuldigen Sie bitte«, sagte er. »Ich bin zu Ihnen nicht als polnischer Patriot, sondern als Sekretär der Gräfin gekommen.«

Der Bankier hatte mit seiner rechten Hand auf den Schreibtisch geklopft. »Abschließend sage ich Ihnen noch etwas, Herr Polansky: Bestellen Sie der Gräfin zu Memel und Samland zu Essex nicht nur, daß ich sie herzlich grüßen lasse, ihr versichere, daß ich über ihr Vermögen wachen und es vermehren werde, schließlich bin ich der anerkannteste Privatbankier der Schweiz, sondern, daß ich sie dringend um folgendes bitte, ja sie geradezu beschwöre, es zu tun: Sie soll sofort nach Petersburg reisen und für sich und ihre Kinder ihre britischen Pässe verlängern lassen.« Er hatte beschwichtigend beide Hände erhoben, als Pjitor etwas sagen wollte.

»Diese Pässe soll sie bei sich behalten. Sie möglichst gut verstecken. Am Anfang des Krieges soll sie mit ihrem russischen Paß wedeln. Außerdem halte ich es für gut, wenn sie sich in Petersburg auch deutsche Pässe für sich und ihre Kinder besorgt. Das wird ein wenig Geld kosten, aber weiter keine Mühe machen. Sie ist, wenn auch weit entfernt, deutscher Abstammung. Aber die Gräfin hat am Berliner Hof genügend einflußreiche Verwandte. Bestellen Sie das der Gräfin, Herr Polansky. Bestellen Sie ihr das sofort nach Ihrer Rückkehr!«

Pjitor hatte den Bankdirektor erstaunt angestarrt. Er hatte nicht gewußt, wie gut der Bankier über die verwandtschaftlichen Verbindungen der Gräfin informiert war.

Er hatte wieder zu hüsteln begonnen.

Der Bankier war aufgestanden.

»Ich weiß, Herr Polansky«, hatte er, sich auf seinen Schreibtisch stützend, gesagt, »was Sie antworten wollten. Ich meine Ihre Gedankengänge zu kennen. Aber gestatten Sie mir, daß ich eine zusätzliche Bemerkung mache: Das Baltikum, Herr Polansky, ist zwar weit von der Schweiz entfernt, aber alle Informationen laufen schnell durch Europa. Die guten wie die schlechten. Wir Banker haben außerdem unsere Ohren überall. Die Gräfin, so hörte ich, liebt Fürst Lassejew. Gut. Er soll ein sehr schöner und sehr zärtlicher Mann sein, der die Gräfin ebenfalls liebt, und auch ihr und ihren Kindern Schutz bietet. Herr Polansky: Ich bitte Sie, der Gräfin noch etwas zu bestellen! Heiraten soll sie Fürst Lassejew nicht! Jedenfalls gegenwärtig nicht. Durch eine Heirat würde sie Kaukasierin. Bei aller Wertschätzung des Fürsten: Als Frau des Fürsten würde sie sich an den Kaukasus binden. Sie würde ihren englischen Paß verlieren. Wenn sie sich einen deutschen beschaffen wollte, würde sie ihn nicht bekommen, weil sie einen kaukasischen Fürsten geheiratet hat. Die Gräfin hätte dann kein Schlupfloch mehr, um aus dem Chaos zu entkommen, daß ich für Rußland voraussehe, wenn es sich in einen Krieg mit Deutschland einläßt. Und das wird der Zar, dieser Weichling, dieses Blatt im Winde, tun. Die Gräfin hat Verwandte in Großbritannien, in Deutschland, in Schweden. Sie ist reich, wie Sie wissen. Sie hat hier in der Schweiz ein beträchtliches Vermögen. Sie hat mehr als genug Geld in England. Und Sie, Herr Polansky, werden auch noch einen hübschen Rest ihres ehemaligen Vermögens in Berlin in Goldmark umgewechselt haben, wenn ich Sie richtig einschätze!«

Wieder sahen sich beide Männer an. Der Bankier hob abwehrend die Hand, obwohl Pjitor nichts antworten wollte.

»Fahren Sie nach Hause, Herr Polansky«, sagte der Schweizer. »Bestellen Sie der Gräfin meine besten Empfehlungen. Sie hat verwandtschaftliche Verbindungen in ganz Europa. Und sie hat Geld. Heiraten kann sie immer noch. Jung genug ist sie schließlich. Sie soll sich nicht selbst Handschellen anlegen, auch wenn sie aus einem goldenen Ring bestehen. Das kann sie nach dem Krieg. Aber nicht vor diesem Gemetzel, das ich erwarte.«

Der Bankier war aufgestanden und um seinen Schreibtisch herum auf Pjitor zugegangen. Beide Männer hatten sich gegenüber gestanden.

»Wir Schweizer werden von unseren Bergen herab beobachten, wie Ihr anderen Europäer Euch gegenseitig die Schädel einzuschlagen versucht«, hatte er mit unbeweglichem Gesicht gesagt. »Ich wünsche Ihnen, Herr Polansky, eine gute Rückreise. Kommen Sie nicht unter die Räder. Nach dem Krieg sehen wir uns wieder. Hier in diesem Raum. Dann werden wir zusammen die Weichen stellen, die für die Gräfin gestellt werden müssen.«

»Ich danke Ihnen und ich werde kommen, wieder als Sekretär der Gräfin«, hatte Pjitor gesagt und sich verbeugt.

»Kommen werden Sie sicher, Herr Polansky«, hatte der Bankier geantwortet. »Und ich bin auch sicher, daß Sie als Sekretär der Gräfin kommen werden, junger Mann. Aber ich bin genauso sicher, daß Sie dann nicht mit einem russischen Paß in die Schweiz reisen werden. Sie werden als Pole mit polnischem Paß kommen. Das sage ich voraus!«

Luise hob im Speisesaal eines Petersburger Hotels, in dem sie mit Stephan und ihren Kindern seit einer Woche wohnte, ihr Champagnerglas und prostete Marlies, Charles und Stephan zu.

»Marlies und Charles!« Luise sah ihre Kinder an. »Ich muß Euch jetzt eine Mitteilung machen, die mir sehr sehr schwer fällt. Genau gesagt: Was ich Euch mitteilen muß, zerreißt mir das Herz.«

Die Augen von Luise wurden feucht. Wie durch eine Milchglasscheibe sah sie die Gesichter ihrer Kinder. Marlies blickte sie erschrocken an, Charles ernst wie immer.

»Wir müssen uns vorübergehend trennen, Marlies und Charles!«

Nun war heraus, was Luise seit der Rückkehr von Pjitor wie Blei belastet hatte.

»Bitte!« Luise hob ihre Hände, als sie bemerkte, daß beide Kinder etwas sagen wollten.

»Wartet erst ab, was ich Euch mitzuteilen habe!« Luise tupfte sich mit ihrem Taschentuch ihre Augenwinkel.

»Wir haben vor zwei Tagen unsere englischen Pässe verlängern lassen«, sagte sie. »Ich habe auch gleichzeitig im Innenministerium überprüfen lassen, ob unsere russischen Pässe in Ordnung sind. Das ist der Fall. Pässe beider Staaten stehen uns zu, weil Euer Vater Engländer war und ich Russin bin. Ihr wißt, daß unsere Familie auch deutscher Abstammung ist. Aber einer meiner Cousins, der im Innenministerium hier in Petersburg arbeitet und mit dem ich die nicht ganz unkomplizierte Frage erörterte, ob ich auch für Euch und mich einen deutschen Paß beantragen sollte, empfahl mir, angesichts der allgemeinen außenpolitischen Lage, keinen Kontakt mit der deutschen Botschaft in Petersburg aufzunehmen. An diese Empfehlung habe ich mich gehalten. Wir sind also nach unseren Pässen in erster Linie Russen, aber auch Engländer.«

»Und welcher Nationalität bist Du, Stephan?« Charles sah Fürst Lassejew an, der für ihn in den letzten Jahren Freund und Vater zugleich geworden war. »Entschuldige Mama, wenn ich Dich unterbrochen habe«, sagte Charles. »Aber Du wirst verstehen, daß mich dies interessiert, weil Du uns vorübergehende Trennung angekündigt hast.«

»Ich bin Russe, kaukasischer Abstammung«, antwortete Stephan. »Einen Paß hatte ich bisher allerdings nicht. Das brauchte ich auch nicht. Aber ich werde jetzt einen bekommen. Eure Mutter hat das möglich gemacht.« Stephan nahm die Hand von Luise.

»Morgen, am Vormittag werden Stephan und ich mit Euch zum Hafen fahren«, sagte Luise zu ihren Kindern. »Stephan und ich werden wegen seines Passes einen Tag länger als ihr in Petersburg bleiben. Dann werden Stephan und ich auf unser Gut zurückreisen. Für Euch aber habe ich Plätze auf einem schwedischen Schiff gebucht. Über Stockholm werdet Ihr nach England reisen, in die Heimat Eures Vaters. Alle Kleider, die wir in den letzten Tagen für Euch gekauft haben, waren nur für diese Reise bestimmt!«

»Mama!« Marlies schossen Tränen in die Augen. »Warum hast Du uns nicht das vor unserer Abreise nach Petersburg gesagt? Ich wäre im Bett geblieben. Nichts, aber auch nichts hätte mich bewegen können, aus dem Bett aufzustehen. Mama, Du hättest mich nach Petersburg tragen müssen.«

»Eben deshalb habe ich Euch nichts gesagt. Ich weiß, wie sehr Ihr am Gut, an Littauland, an Eurer Heimat hängt.« Luise ergriff die Hand ihrer Tochter.

»Als Dein Vater mir beim Überfall der Benda-Bande auf das Gut befahl, sofort mit Dir, gedeckt durch Stephan und seine Männer, zum Hauptgut zu fliehen, wollte ich mich auch weigern, mein Kind. Wir haben uns gestritten. Ich wollte bei ihm bleiben, in der Stunde der Not. An seiner Seite bleiben. Aber er wurde so energisch, wie ich ihn noch nie erlebt hatte. Ich mußte fliehen, obwohl ich es nicht wollte. Und es war gut so. Hätte ich es nicht getan, würdest Du und Charles, den ich damals unter dem Herzen trug, so wie ich und auch Stephan, nicht mehr leben. Wir wären hingemetzelt worden. Was ich vorher noch hätte erdulden müssen, kannst Du Dir kaum vorstellen.«

Luise steichelte die Haare ihrer Tochter. »Euer Vater hatte, als er mir befahl, zu fliehen, nur ein Ziel vor Augen: Wir sollten überleben. Und heute habe auch ich nur ein Ziel vor Augen: Ihr sollt überleben. Das ist im Sinne Eures Vaters. Die Zeichen der Zeit deuten auf Krieg. Ist es da verwunderlich, daß ich meine Kinder in Sicherheit bringe? Millionen von Müttern würden das auch gerne tun. Sie haben entweder nicht das Geld dafür oder die Möglichkeiten dazu. Ich habe beides, und ich nutze dies!«

Marlies umklammerte die Hände ihrer Mutter und blickte sie mit weit aufgerissenen Augen an.

»Gerettet hat mich damals Stephan, der hier mit uns zusammensitzt«, sagte Luise weiter. »Ich liebe ihn so, wie ich Euren Vater geliebt habe. Und er – ich weiß das – liebt mich ebenfalls so, wie Euer Vater mich damals geliebt hat. Kaukasische Männer, die uns beschützt haben, Marlies und auch Charles, sind für uns gestorben.« Luise trank einen Schluck Champagner.

»Damals liebte ich Stephan noch nicht«, sagte sie. »Das kam erst später. Es ergab sich so. Und weil Euer Vater Stephan und seine Männer zu unserem Schutz eingestellt hatte, habe ich mich jetzt mit ihm beraten, was angesichts der chaotischen Lage in Europa mit Euch geschehen soll. Wir haben zu unseren Gesprächen Dr. Perkampus zugezogen, der für uns ein Freund ist. Und wir sind dann alle zu der Ansicht gelangt, wir wollen abwarten, was Pjitor berichtet, wenn er von seiner langen Reise zurückkehrt. Nach dem Bericht von Pjitor waren Dr. Perkampus, Stephan und ich einer Meinung: Es ist im Sinne Eures Vaters, wenn wir Euch nach England reisen lassen.«

Luise ergriff die Hände von Marlies und Charles.

»Stephan, der uns jahrelang beschützt hat, den ich so sehr liebe, wie er mich, wäre längst Euer Ersatzvater, wenn ich ihn hätte heiraten können«, sagte sie. »Wir konnten aber nicht heiraten, weil das Probleme aufgeworfen hätte, die wir nicht hätten lösen können. Der Zar hätte mir nie verziehen, wenn ich einen kaukasischen Fürsten geheiratet hätte. Wie Ihr wißt, war Euer Großvater der Festungsbaumeister des Zaren. Großvater genoß am Hof in Petersburg hohes Ansehen. Dies ist einer der Gründe dafür, daß der Zar unsere Familie nie aus den Augen verloren hat, auch wenn das Verhältnis zu mir nicht mehr so gut wie früher war, als Großvater noch lebte. Das hängt unmittelbar mit meiner Liebe zu Stephan zusammen. Aber so sonderbar es für Euch klingen mag: Obwohl Großvater nicht mehr lebt, hält er noch immer seine Hand über mich und auch Euch. Eben weil er so großes Ansehen beim Zaren besaß, hätte der Zar es nie gewagt, mich direkt anzugreifen, auch wenn er mit Mißfallen sah, daß ich ein Verhältnis mit Stephan habe. Dennoch hätte er nie geduldet, daß ich einen kaukasischen Fürsten zum Ehemann nehme. Rußland ist nämlich nicht das, was sich viele Menschen in Europa vorstellen. Rußland ist ein Vielvölkerstaat, der ausschließlich von Russen regiert wird. Die Völker, die einst von den Russen unterworfen wurden, sind in den Augen der Romanovs unverändert Vasallen der Krone, auch wenn in den offiziellen Verlautbarungen dies ganz anders dargestellt wird. Eine Russin, wie ich es bin, hat eben nur einen Russen zu heiraten und keinen Angehörigen eines Vasallenstaates, auch wenn er den Titel eines Fürsten trägt.«

Luise nahm die Hand von Stephan. »Fürst Lassejew und ich werden eines Tages heiraten«, sagte sie zu ihren Kindern. »Ich weiß nicht, wann das sein wird. Aber ich weiß, daß dieser Tag kommen wird.«

»Was soll aus Dir, Mama, und aus Dir, Stephan, werden, wenn es ein solches Chaos in Europa geben wird, wie Du, Mama, es annimmst?« Charles blickte seine Mutter an.

»Ihr braucht Euch um uns keine Sorgen zu machen«, antwortete sie. »Stephan wird immer bei mir sein. Ich immer bei ihm. Er wird mich auch in Zukunft beschützen. Wichtig ist in erster Linie, daß Du und Deine Schwester in England in Sicherheit sind. Wir haben Geld in England, in der Schweiz und auch in Deutschland. Ich habe unseren Verwandten in England vor Tagen Eure Ankunft telegrafisch mitgeteilt. Ich habe einem hohen Beamten in der britischen Botschaft hier in Petersburg einen Brief an Euch und unsere Verwandten gegeben. In dieser Post, die der Beamte in den nächsten Tagen nach London als diplomatischer Kurier bringen wird, liegt auch mein Testament. Ihr werdet, falls Stephan und mir etwas passieren sollte, erfahren, wo unser Geld liegt und was uns gehört. Ihr werdet keine Not leiden müssen. Sollte Stephan allein überleben, ist auch für ihn gesorgt. Ich bitte Euch, kümmert Euch um Stephan immer so, wie er sich stets um Euch gekümmert hat!«

Luise liefen Tränen über die Wangen. Stephan steichelte ihre Hände. Auch er hatte feuchte Augen. »Und nun habe ich noch einen Hinweis: Unsere Verwandten in England haben mir heute morgen telegrafisch geantwortet. Das Telegramm kam in das Hotel. Sie werden Euch so fürsorglich aufnehmen, wie ich, Eure Mutter, Euch auch immer behandelt habe. Ihr werdet zwar Eure Mutter nicht bei Euch haben, aber Ihr werdet Nestwärme finden und keine Not leiden.

Du Marlies, wirst in England auf ein Internat gehen, auf dem Du zusammen mit anderen Mädchen von Stand zu einer formvollendeten jungen Dame erzogen wirst. Du sollst mehr werden, als ich es bin. Nicht nur eine einfache Gutsfrau, sondern eine junge Dame, der man schon vom Auftreten her ansieht, daß sie aus guter Familie kommt, aus den Familien derer zu Memel und Samland wie auch zu Essex.«

»Aber Mama, wie kannst Du Dich so sehen!« Marlies schüttelte ihren Kopf so energisch, daß sich ihre rotblonden Haare um ihre Schultern legten. »Du bist keine einfache Bäuerin«, sagte sie. »Damit will ich nichts Nachteiliges über Bäuerinnen sagen, deren Fleiß ich kenne und deren schwere Arbeit ich sehr wohl einzuschätzen weiß. Aber Du sprichst mehrere Sprachen, hast eine gute Erziehung genossen und leitest praktisch zwei Güter. Das zählt doch, oder?«

»Marlies, ich bin dennoch nur eine einfache Gutsfrau«, antwortete Luise. »Ich bin vielleicht energischer oder vielleicht etwas gerissener im geschäftlichen Denken als andere Gutsbesitzer. Aber ich bin auf dem Gut von Deinen Großeltern nur von Hauslehrern erzogen worden, Du aber sollst eine hervorragende Internatsausbildung haben. Wenn Du das Internat absolviert hast, bist Du mehr als ich. Vergiß das nicht, mein Kind!«

»Ich will das nicht, Mama, ich will bei Dir bleiben. Charles soll auch hier bleiben!« Marlies preßte ihre Lippen zusammen. Luise hatte das Gefühl, sich selbst vor sich zu sehen, als sie in diesem Alter war. Sie hätte in dieser Situation ähnlich reagiert. Aber sie hätte sich an ihrem Vater die Zähne ausgebissen. Sie wußte, daß sie jetzt wie ihr Vater handeln mußte.

»Du und Dein Bruder, liebe Marlies, werden morgen nach England reisen!« Stephan zuckte zusammen, als er die Schärfe in der Stimme von Luise hörte, die er in den vergangenen Jahren nur zwei- oder dreimal vernommen hatte. »Es gibt für Euch kein Zurück. Vorerst jedenfalls, Marlies. Ich will, daß Ihr in Sicherheit gebracht werdet. Ich verlange von Euch, daß Ihr dieser, meiner Anweisung, ebenso folgt, wie ich einst einem Befehl Eures Vaters. Absichtlich betone ich, daß ich damals einem Befehl gehorcht habe!«

Charles umfaßte die Schultern seiner Schwester. »Natürlich werden wir reisen, Mama«, sagte er. »Marlies wird selbstverständlich mit mir kommen. Ich möchte darum bitten, daß wir uns jetzt, gerade jetzt, nicht streiten. Bitte, Marlies, bitte Mama!«

Luise stand auf. Marlies flog ihr in die Arme. »Verzeih! Bitte verzeih, Mama!« Sie umarmte ihre Mutter.

Luise drückte ihre Tochter auf ihren Stuhl zurück und strich ihr wieder durch die Haare. »Es ist gut mein Kind«, sagte sie. »Alles vergessen! Ich kann Euch versichern, bei Hofe ist man längst darüber informiert, daß Ihr beide nach England reisen werdet. Als ich eine Schiffspassage buchte, stand in der Passageabteilung der schwedischen Reederei ein Kerl vom Geheimdienst herum, der so tat, als wäre er nicht anwesend, aber auf jedes Wort hörte, das ich mit der Angestellten in der Passageabteilung wechselte. Als ich einen Tag später meinen Cousin im Innenministerium besuchte, wußte er genau über Eure Reise bescheid. Er hatte dazu wenig gesagt, obwohl er sich seinen Teil denken wird. Aber er hat mich gefragt, ob ich und Fürst Lassejew im Lande bleiben wollen. Als ich das bestätigte, war er sichtlich erleichtert. Ich hätte nie den Paß für Stephan durchgesetzt, wenn ich ihm nicht versichert hätte, daß wir keine Reisepläne haben. Das ist die Lage. Und ich finde, das ist sehr beunruhigend!«

Luise beugte sich über den Tisch.

»Die Verantwortlichen hier, sind wirklich so blöd zu glauben, daß Ihr in wenigen Wochen zurückkommt«, sagte sie leise. »Die sind auch so blöd zu glauben, daß ich mich von Stephan trenne. Und sie sind in ihrer ganzen blasierten Blödheit und Unfähigkeit so dumm anzunehmen, daß sie einen eventuellen Krieg gegen Deutschland siegreich überstehen und weiter regieren werden. Mein Cousin eingeschlossen, den ich nie leiden konnte, weil er in diesem unfähigen, hilflosen Zaren schon immer einen Gott sah. Aber gut, er ist mit mir verwandt und deshalb hat er mir geholfen!«

Als Stephan hörbar die Luft einsog, drehte sich Luise um. Die wenigen Gäste, die noch im Speisesaal saßen, waren von ihrem Tisch so weit entfernt, daß sie unmöglich gehört haben konnten, was Luise gesagt hatte.

Luise winkte dem Oberkellner und bestellte eine zweite Flasche Champagner. Sie fechelte sich Luft zu. Dann nahm sie die Hand ihres Sohnes.

»Du, Charles, wirst in England eine Hochschulreife anstreben«, sagte sie zu ihrem Sohn. »Du sprichst perfekt Englisch, Französisch, Deutsch, Russisch und Schwedisch und auch Litauisch. Deine Hauslehrer haben beste Zeugnisse über Dich abgegeben. Es wird Dir deshalb sicher nicht schwerfallen, die Hochschulreife zu erlangen. Dein Ziel für die Zukunft muß es sein, Landwirtschaft zu studieren. Ob Krieg oder nicht Krieg, wir benötigen einen Gutsherrn, der ein exellenter Fachmann ist. Sonst können wir nicht überleben. Wir bewirtschaften unsere Güter noch immer so, wie wir das seit Jahrhunderten tun. Und das wird auf Dauer nicht gut gehen. Aus Deutschland höre ich zum Beispiel, daß sich dort die Landwirtschaft im Umbruch befindet. In England soll das nicht anders sein. Du, Charles, bist aufgerufen, neueste wissenschaftlich fundierte Erkenntnisse nach hier zu bringen. Willst Du das?«

»Selbstverständlich, Mama!« Charles streichelte die Hand seiner Mutter.

»Aber mich bewegt noch etwas, was ich Dir mitteilen muß, Charles!« Luise wartete, bis der Kellner die Gläser nachgefüllt hatte. »Du bist zwar wie Marlies ein Abkomme derer zu Memel und Samland. Darauf kannst Du stolz sein. Aber in England wirst Du in erster Linie ein Graf zu Essex sein. Von Dir, mein Sohn, wird erwartet, daß ein Graf zu Essex in einem möglichen Krieg seine Pflicht tut. Sollte es zu diesem Krieg kommen, mußt Du Dich unverzüglich beim Regiment Deines Vaters melden. Es fällt mir, als Deine Mutter, schwer, Dir dies sagen zu müssen. Aber die zu Essex erwarten das von Dir, als dem Sohn des Grafen zu Essex, Deinem Vater.«

Luise schwieg einige Sekunden.

»Selbstverständlich, Mama, werde ich mich beim Regiment meines Vaters melden«, antwortete Charles.

Luise zog den Kopf ihres Sohnes an sich. Sie küßte Charles. »Verstehe mich richtig, mein Sohn«, sagte sie. »Du mußt zu dem Regiment Deines Vaters. Das geht nicht anders. Aber Du wirst auch verstehen, daß ich vor Angst um Dich nicht mehr schlafen kann, wenn es zum Krieg kommen sollte!«

Luise nahm wieder die Hände ihrer Kinder. »Ich bin sicher, daß Ihr nie vergessen werdet, daß Ihr Geschwister seid«, sagte sie. »Ihr müßt Euch immer zur Seite stehen. Komme, was da wolle. Und Ihr dürft auch nie vergessen, daß nur ich Euch zur Rückkehr auffordern kann. Wenn Ihr darauf länger warten müßt, als Ihr es erwartet, so werde ich meine Gründe dafür haben. Denn, wie die Lage hier sein wird, können nur Stephan und ich beurteilen. Das dürft Ihr nie vergessen!«

Luise stand auf und hob ihr Glas. Ihre Kinder und Stephan erhoben sich ebenfalls. Sie tranken ihre Gläser in einem Zug aus. Dann warfen sie die Gläser in den Kamin neben ihrem Tisch.

»Gott beschütze Euch«, sagten Luise und Stephan wie aus einem Mund. Alle vier gingen aufeinander zu und umarmten sich. Dann küßten sie sich nach russischer Sitte dreimal auf die Wangen.

Luise sah über Marlies hinweg zu zwei Geheimpolizisten, die am Eingang zum Speisesaal standen und so taten, als ob sie eine Tarnkappe aufhätten. Als sie bemerkten, daß Luise sie anblickte, verließen sie den Saal.

»Ob wir morgen am Kai Schwierigkeiten bekommen werden? Was meinst Du, Stephan?« Luise sprach Lassejew über ihre Schulter an, ohne ihre Stellung zu verändern.

»Nein, Liebling, ich glaube nicht«, antwortete Stephan. »Ich habe gestern einen einflußreichen Verwandten von mir besucht, als Du mit Deinen Kindern einkaufen warst. Charles und Marlies werden zwar sehr genau kontrolliert werden, aber das wird alles sein. Ich sage Dir das jetzt schon, um Dein mich stets berauschendes Temperament in ruhige Bahnen zu leiten. Der Verwandte hat mir versichert, daß es keine Schwierigkeiten geben wird!«

Stephan und Charles lächelten sich an.

»Mama, bitte ganz ruhig morgen, ja!«

Luise hatte ihren Sohn in den vergangenen Jahren selten so lächeln gesehen, wie in diesem Augenblick. Er lächelte sie von innen heraus so jungenhaft an, wie er es noch nie getan hatte. Sie nahm ihn in ihre Arme und küßte ihn.

Blitzschnell drehte sich Luise um. »Ihr seid mir die Richtigen, Du und mein Sohn«, sagte sie, Stephan ansehend. Charles und Stephan lächelten sich so an, wie nur Vater und Sohn sich anlächeln können. Luise fühlte eine Welle warmen Blutes durch ihren Körper fließen.

»Ich bin so glücklich, daß sich meine Kinder und Stephan so gut verstehen«, dachte sie. »Wie gerne hätte ich es gesehen, wenn Stephan vor dem Gesetz an die Stelle von William hätte treten können. Ich hätte noch mehr Kinder haben können. Und wir wären ganz sicher alle unsagbar glücklich geworden.«

Stephan ergriff die Hände von Marlies und Charles. Luise trat beiseite und sah die drei Menschen an, die der Mittelpunkt ihres Lebens waren.

Stephan, knapp vierzig, sah gut zehn Jahre jünger aus. Sein schwarzes Haar war unverändert dicht und wellig. Er überragte selbst Charles und war so schlank, wie Kadetten um die Zwanzig. Sein Gesicht, jetzt ernst, wirkte wie aus Holz geschnitzt. In seiner kaukasischen Kleidung wirkte er wie ein Offizier der Garde.

Marlies, etwas größer als Luise, hatte eine Figur, nach der sich alle Männer umsahen. Ihre Taille konnte ein Mann mit beiden Händen umfassen. Ihre Beine, die sich wie ihre Hüften durch ihr Abendkleid abzeichneten, waren lang, wie auch ihre Arme. Ihre rotblonden Haare fielen tief in ihren Rücken. Sie hatte das Gesicht einer Slawin: Vorstehende Backenknochen, leicht gerötete Wangen, einen vollen roten Mund und die tiefblauen Augen ihres Vaters. Ihr etwas vorspringendes Kinn verriet, daß sie es verstehen würde, sich durchzusetzen. Luise hatte manchen Strauß mit ihr ausgefochten. Wenn sich Marlies eine Meinung gebildet hatte, hielt sie sie bis zur Selbstaufgabe durch.

Luise sah in ihrer Tochter sich selbst. Sie mußte zugeben, daß sie in ihrer Jugend leidenschaftlicher gewesen war. Im Gegensatz zu ihr war Marlies, vor allem was Männer betraf, bedeutend zurückhaltender. Luise war sicher, daß sie unberührt in eine Ehe gehen würde.

Charles, der seinen linken Arm um die Taille seiner Schwester gelegt hatte, war ein zwar von Natur aus sehr ernster, aber schlaksiger junger Mann, mehr Engländer als Russe. Er kleidete sich so lässig, wie vermutlich sein Vater in seiner Jugend. Er war sich der Wirkung seiner körperlichen Größe gegenüber anderen Menschen bewußt und nutzte dies zeitweilig auch aus.

Bereits jetzt war er eine absolute Persönlichkeit. Die perfekte Beherrschung mehrerer Sprachen hatten es ihm ermöglicht, auch die steifsten Veranstaltungen mühelos durchzustehen, an denen Luise ab und zu mit ihren Kindern hatte teilnehmen müssen.

Nach seiner Haarfarbe hätte Charles der Sohn von Stephan sein können. Aber seine stahlblauen Augen und seine Gesichtsfarbe verrieten, daß er englischer Herkunft war.

Charles war kein schöner Mann im üblichen Sinne, fand Luise. Dazu wirkte er auf der einen Seite zu schlaksig, auf der anderen Seite zu kantig. Sein Gesichtsausdruck war fast immer ernst, beinahe erfahren über seine Jahre hinaus, aber, wenn er lächelte, zerschmolzen die Damen. Luise wußte, daß er, im Gegensatz zu seiner Schwester, nicht mehr unberührt war. Um mehrere Ecken herum hatte sie erfahren, daß es einige Damen in der Gesellschaft gab, die es verstanden hatten, ihn zu verführen. Leidenschaft hatte er von ihr geerbt.

Charles hatte seine Ausbildung durch Privatlehrer sehr genau genommen. Er hatte mehr gelernt, als von ihm verlangt worden war. Stephan hatte zusammen mit Alexander Ambrowisch in Charles die Liebe zu Pferden geweckt. Der Kaukasier und der Mongole hatten aus ihrem Sohn einen Reiter geformt, der mit jedem der Pferde des Gutes eine Einheit bildete. Zusätzlich hatten ihn beide mit Handfeuerwaffen vertraut gemacht. Wenn sich die Gutsbesitzer alljährlich zu ihren Reit- und Schießveranstaltungen getroffen hatten, war es immer Charles gewesen, der alle wichtigen Siegestrophäen nach Hause gebracht hatte.

Charles hatte sich zusätzlich ein Hobby zugelegt, das nicht nur Luise, sondern auch Stephan und Dr. Perkampus überraschte. Er hatte in seiner Freizeit stundenlang an Maschinen gebastelt, die, wenn sie zu rattern begannen, Gutspersonal und Vieh gleichermaßen erschreckten.

Im letzten Sommer hatte er – und dies war für alle eine zusätzliche Überraschung – zusammen mit Marlies einen Apparat konstruiert, den er als Flugzeug bezeichnete. Die Pläne für den Bau dieser Maschine hatte er sich von der Technischen Hochschule in Petersburg kommen lassen. Zehn Pferde hatten, gegen den Wind galoppierend, das Flugzeug für einige Minuten in die Luft gehoben. Luise war vor Schreck beinahe das Herz stehengeblieben, als sie sah, wie Charles vergeblich versucht hatte, die Maschine auf Kurs zu halten. Ihr erschien es heute noch wie ein Wunder, daß sich ihr Sohn beim Absturz des Flugzeuges nicht den Hals gebrochen hatte. Charles war unverletzt aus den Trümmern gestiegen. Er war auf Marlies und seine Mutter zugegangen. Beide hatte er umarmt und dann zu seiner Schwester gesagt: »Wir versuchen das noch einmal, bist Du damit einverstanden, Schwesterchen?« Marlies hatte ihren Bruder umarmt. »Natürlich bin ich dabei, Charles«, hatte sie geantwortet. »Wie bisher, hattest Du das anders erwartet?«

Luise riß sich von ihren Erinnerungen los, als sie sah, daß sich Marlies, Charles und Stephan umarmten.

»Ihr könnt Euch darauf verlassen, daß ich immer Eurer Mutter zur Seite stehen werde«, hörte sie Stephan sagen. »Meine Männer und ich werden stets um Eure Mutter sein. Wir werden sie, wie bisher, beschützen. Darauf gebe ich Euch mein Ehrenwort.«

Luise mußte lächeln, als sich Stephan mit der rechten Hand durch die Haare fuhr. Das tat er immer, bevor er eine Erklärung abgab, die er für bedeutend hielt.

»Ich hätte Eure Mutter sehr gerne schon vor Jahren geheiratet«, sagte er. »Sie wäre sicher auch gerne meine Frau geworden, wie sie ja eben selbst erklärt hat. Ich weiß, daß es für sie deprimierend sein muß, all die Jahre hindurch nichts weiter als die Geliebte dieses Halbwilden aus dem Kaukasus zu sein, der ich nach Ansicht des Hofes bin. Der Adel und auch der Hof hatte sie das fühlen lassen. Aber sie hat das so tapfer getragen, wie sie überhaupt tapfer ist.«

Stephan fuhr sich wieder durch die Haare. Er suchte die Hand von Luise. Sie ging zu ihm und nahm seine linke Hand.

»Ich konnte Eure Mutter nicht heiraten, weil ich als junger Mann meinem Herzen und nicht meinem Verstand folgend, ein Verbrechen verübt und damit einen Skandal ausgelöst habe, der nicht nur Schande über meine Familie brachte, sondern auch beinahe einen Stammeskrieg im Kaukasus ausgelöst und so vielleicht das gesamte Reich in innenpolitische Schwierigkeiten gestürzt hätte«, sagte er. »Ich habe aus Liebe zwei Menschen erschossen!« Marlies sah Stephan erschrocken an.

»Und warum hast Du zwei Menschen erschossen und wußten mein Vater und meine Mutter davon?« Charles war bei den letzten Worten von Stephan, im Gegensatz zu seiner Schwester, weder zusammengezuckt, noch hatte er Erschrecken gezeigt. Ernst wie immer, sah er Stephan prüfend an.

»Ja, Eure Eltern wußten davon«, antwortete Stephan. »Euer Vater hatte zwar kein Verständnis dafür gezeigt, daß aus Liebe so ein Verbrechen geschehen kann, aber er hatte begriffen, daß wir Kaukasier zu Unbegreifbarem bereit sind, wenn es um Liebe und Ehre geht. Ich kann Euch beruhigen: Später habe auch ich begriffen, daß ich große Schuld auf mich geladen habe und heute würde mir so etwas nicht mehr passieren!«

Stephan streckte seine rechte Hand Marlies und Charles entgegen. Sie ergriffen sie.

»Ich hatte mich, als ich etwas älter war, als Ihr jetzt seid, unsterblich in die Tochter eines anderen kaukasischen Fürsten verliebt«, sagte er. »Diese Liebe, die so leise und heimlich vor sich gehen mußte, wie ein Fuchs auf der Jagd, war für mich damals der Traum vom ganz großen Glück. Und diese Liebe wurde so leidenschaftlich erwidert, wie ich sie gab. Aber es war eine verbotene Liebe, eine Liebe, die es überhaupt nicht geben durfte, weil unsere Familien, obwohl wir Nachbarn sind, seit Jahrzehnten in Todfeindschaft lebten, was immer wieder zu blutigen Auseinandersetzungen geführt hatte.«

Stephan zog sein Taschentuch und wischte sich damit über die Stirn. »Was diese Todfeindschaft ausgelöst hatte, wußte niemand mehr«, erzählte er weiter. »Dennoch wurde dieser tödliche Haß geradezu gepflegt. Aber wenn es zu blutigen Kämpfen kam, waren davon immer nur die Bediensteten beider Familien betroffen. Sie sind nicht nur Landarbeiter, sondern auch Soldaten der Streitkräfte beider Familien, wenn ich das zum allgemeinen Verständnis so ausdrücken darf.

Gewiß, bei diesen Schlachten, die oft nach langen Pausen, eigentlich kaum begreifbar, aus nichtigen Anlässen heraus, ausbrachen, kamen auch Gutsinspektoren ums Leben. Aber niemals wäre die eine oder andere Familie auf die Idee gekommen, den anderen Clan direkt anzugreifen. Für Euch, die Ihr Europäer seid, ziemlich unverständlich. Aber dies zu tun, blieb mir vorbehalten, weil mein Herz blutete und ich deshalb den Überblick verlor.«

Stephan fuhr sich wieder durch die Haare. »Diese leidenschaftliche Liebe konnte monatelang geheimbleiben, weil ich die drei Männer der Leibgarde des Mädchens auf ihr Anraten hin hoch bestochen hatte«, sagte er. »Aber eines Tags kam doch alles heraus. Warum, weiß ich bis heute nicht. Er werdet es sicher nicht glauben: Der Vater des Mädchens und einer ihrer Brüder erschossen sie und auch die drei Männer ihrer Leibgarde.«

»Und warum? Um Gottes Willen, warum?« Marlies bekreuzigte sich.

»Sie hatte sich entehren lassen und damit Schande über die Familie gebracht«, sagte Stephan. »Die Gesetze meiner Heimat sind in dieser Beziehung unmenschlich. Aber sie sind nun einmal so.«

Stephan schwieg einige Minuten. Luise hatte das Gefühl, er war in diesen Minuten tausende Kilometer entfernt in den Bergen seiner Heimat.

»Als ich davon hörte«, sagte er, noch immer wie abwesend wirkend, »bin ich zu dem Gut der Nachbarfamilie geritten. Ich weiß nicht, wie es mir gelungen ist, an allen Wachen vorbei, in das Herrenhaus zu gelangen. Ich habe den Vater und den Sohn erschossen, der sich an der Tötung seiner Schwester beteiligt hatte. Gott hat mich beschützt, als ich floh, obwohl er auch mich eines Tages dafür strafen wird.«

Stephan tupfte sich mit seinem Taschentuch die Schweißperlen ab, die sich auf seiner Stirn gebildet hatten.

»Mein Vater, ein angesehener Fürst im Kaukasus, fand mit vermittelnder Hilfe anderer Adeliger, die in jedem Fall einen sich ausdehnenden Stammeskrieg verhindern wollten, einen Weg, um das Blutbad zwischen beiden Familien zu verhindern, das kommen mußte«, sagte Stephan. »Er ließ mich öffentlich demütigen und verstieß mich dann. Allerdings konnte ich mich mit seiner Zustimmung versteckt halten. Mein Vater unterschrieb eine von den Vermittlern vorbereitete Erklärung, in der er zugab, daß ich ein gemeiner Mörder bin und auf seinen Befehl hin nie mehr den Kaukasus betreten dürfte. Gleichzeitig enterbte er mich und bestimmte meinen zweitjüngsten Bruder zu seinem Erben. Dann bat er für meinen Bruder um die Hand einer der Töchter der Nachbarfamilie. Diese Familie war klug genug, dieser Bitte zuzustimmen.

Mein Vater war zwar auch gedemütigt worden, aber er hatte sein Gesicht nicht verloren. Sein bis dahin schon hohes Ansehen wuchs weiter, weil er eine Blutrachefehde und damit einen möglichen Bürgerkrieg verhindert hatte. In diese Fehde wären nämlich alle Mitglieder unserer über das Land weit verstreut lebenden Familien hineingezogen worden.«

Stephan fuhr sich mit beiden Händen über sein Gesicht. »Der Zar sandte ein anerkennendes Handschreiben«, sagte er. »Der Pferdefuß dabei war allerdings, daß er mich in diesem Schreiben verdammte. In den Augen des Zaren bleibe ich ein Mörder. Er hätte mich verhaften und hinrichten lassen können. Er hat es nicht getan, weil die nun durch die Heirat vereinten Familien dies als eine Kriegserklärung an sie angesehen hätten. So hatte sich mein weitblickender Vater klüger als der Zar gezeigt.

Niemand wird es wagen, mich festzunehmen, ganz gleich, wo ich mich aufhalte – abgesehen vom Kaukasus. Mein Vater hat mich immer großzügig unterstützt in den vergangenen Jahren. Auf seine Initiative kommen in Abständen stets neue Reiter auf Euer Gut, um die abzulösen, die bis dahin bei mir waren. So sorgt mein Vater dafür, daß ich immer von Landsleuten umgeben bin. Viele Augen sehen mehr als zwei. So kann es nicht passieren, daß mich die Geheimpolizei doch eines Tages unbemerkt ergreift oder daß mich eine Kugel trifft, die aus einem Gebüsch oder einem Wald auf mich abgefeuert wird. Meine Kaukasier sehen und hören alles. Jeder Versuch, mich anzugreifen, würde für den Angreifer tödlich enden. Aber heiraten kann ich Eure Mutter nicht. In den Augen des Zaren bin und bleibe ich ein Mörder!«

Stephan sah Marlies und Charles an. Dann streckte er ihnen seine Hände entgegen. Sekunden später fielen sie sich in die Arme.

»Lebt wohl«, sagte er leise. »Ich hoffe von ganzem Herzen, daß Ihr bald zurückkommt. Ich verspreche Euch, Eure Mutter immer so, wie bisher, zu lieben und immer so, wie in der Vergangenheit, für sie da zu sein, auch wenn ich dabei mein Leben einsetzen muß. Das bin ich auch Eurem Vater schuldig, der mir bei Euch eine zweite Heimat gegeben hat.«

Stephan löste sich von Marlies und Charles. Dann umarmte er Luise und legte seinen Kopf auf ihre Schulter. »Luise«, sagte er mit den Tränen kämpfend, »es sind Deine Kinder, aber es sind auch meine, weil ich sie so liebe, wie Du sie liebst!«

Paul Berger saß im Zimmer eines Hotels in Luzern und kochte vor Wut. Einige seiner Geschäfte in der Schweiz waren in den letzten Tagen total schiefgegangen. Er war in diesen Vier-Sprachen-Staat gereist, der sich aus Tradition aus allen europäischen Konflikten heraushielt, um den größten Teil seines Vermögens in Sicherheit zu bringen, weil die Spatzen in Europa von den Dächern pfiffen, daß ein Krieg drohte. Mit großen Mengen an Schmuck, den Berger in seinen Kleidern und den doppelten Böden seiner Koffer versteckt hatte, war er unbehelligt über die Grenze gekommen. Zusätzlich hatte er für sündhaft teures Geld zwei Schmuggler gekauft, die für ihn ebenfalls Bargeld und Schmuck in die Eidgenossenschaft bringen sollten. Der eine hatte korrekte Arbeit geleistet, der andere hatte sich in Luft aufgelöst. Berger hatte mehr als eine halbe Million Mark verloren.

Berger hatte Geld und Schmuck auf verschiedenen, in der Regel mehr als verschwiegenen, Schweizer Banken verteilt. Bei einer kleineren Privatbank jedoch war er in eine Falle gestolpert. Sein Gespür für Gefahr hatte ihn dabei verlassen. Der Bankier, der Berger von Anfang an nicht geheuer gewesen war, hatte ihn erpreßt. Er hatte Diskretion über das eingezahlte Geld und den in Safes untergebrachten Schmuck nur dann zugesichert, wenn er fünfzig Prozent des Wertes als Anteil bekommen würde. Dabei war er so laut geworden, daß Berger nicht mehr zurück konnte. Er hatte, aus Angst der Polizei überstellt zu werden, in diesen Kuhhandel eingewilligt. Dabei hatte er rund zweihundertfünfzigtausend Mark verloren.

Berger saß keuchend in einem Sessel und starrte ein Telegramm an, das ihm sein Kanzleivorsteher übermittelt hatte. Das Telegramm rief ihn sofort nach Königsberg zurück, weil er, wie es ihm sein Kanzleivorsteher mitteilte, sich bei einer Millitärbehörde zur Musterung zu stellen hatte. In seiner ersten Wutaufwallung hatte Berger angenommen, die Konkurrenz stecke dahinter, um ihm zu schaden. Dann war er jedoch zu der Ansicht gelangt, Candy wolle ihn aus dem Verkehr ziehen. Sie war im Bett wieder so willfährig wie früher, beinahe untertänig. Da dies nicht zu dem Selbstbewußtsein paßte, das sie seit einigen Monaten zur Schau trug, wurde Berger den Verdacht nicht los, daß sie einen Liebhaber hatte. Er selbst hatte keinen Nebenbuhler ausmachen können. Berger hätte einen Privatdedektiv beauftragen können, Candy zu beobachten. Aber darauf hatte er verzichtet, weil dies gegen seinen eisernen Grundsatz verstoßen hätte, so unauffällig wie möglich in Königsberg zu leben. Angesehen, wie er war, hätte es den Dedektiv reizen können, seine Ermittlungsergebnisse an

Dritte teuer weiter zu verkaufen. Der Skandal, der darauf unweigerlich gefolgt wäre, hätte wieder andere, die Berger wegen seiner geschäftlichen Erfolge nicht grün waren, veranlassen können, sich näher mit seiner Person zu beschäftigen.

»Meine sogenannte Ehefrau hat mich in der Hand, Tag und Nacht«, dachte Berger wütend. »Sie kann wieder herumhuren, wie es ihr Spaß macht. Und mir sind die Hände gebunden.« Berger fühlte, daß sein Blutdruck stieg. »Nicht einmal verprügeln kann ich sie. Sie würde sofort nach Berlin zurückkehren. Auch dies würde einen Skandal in Königsberg auslösen.« Berger verfluchte den Tag, an dem er mit Martha Steinholz in Berlin einen Ehevertrag unterzeichnet hatte. »Andere Huren, die genauso schön waren wie sie, hätte ich billiger haben können«, dachte er.

Drei Tage später meldete sich Berger beim Standortkommando in Königsberg. Er ließ schweigend die ihm unangenehme körperliche Untersuchung über sich ergehen. Der Millitärarzt betrachtete eingehend seinen »Winzling« und kniff brutal in sein Bauchfell.

»Auf der einen Seite zuviel, auf der anderen Seite zuwenig«, sagte er grinsend. »Aber auf dem Schlachtfeld werden Männer, keine Penisse benötigt!« Berger hätte ihm am liebsten wegen dieser Bemerkung und wegen seines unverschämten Grinsens mit der Faust in das Gesicht geschlagen. Da auch dies einen Skandal nach sich gezogen hätte, verbarg er seine Wut hinter einem unbeweglichen Gesicht.

Gut eine Stunde mußte Berger anschließend unter lauter nackten jungen Männern warten, bis er sich anziehen durfte. Die jungen Männer riefen ihm drastische Bemerkungen zu, als er in den Umkleideraum ging. »Habe ich das nötig?«, murmelte er. »Ich zahle in einem Jahr in Königsberg mehr Steuern, als diese unverschämten Kerle in einem ganzen Leben verdienen werden. Ich muß diese Blicke zwischen meine Schenkel erdulden«, fauchte Berger, als er sich anzog. »Ich kann ihnen nicht sagen, daß ich russischer Offizier bin, und daß selbst Gutsbesitzer jahrelang vor mir gezittert haben, als ich noch der große Benda war, vor dem sich alle, auch die stolzesten Frauen im Baltikum, fürchteten, weil sie wußten, daß sie mir gehören werden, wenn ich ihre Güter überfiel. Ich muß das erdulden, weil mir der Strick droht, wenn sie hinter meine Vergangenheit kommen.«

Berger ging nach der Musterung in ein Lokal und betrank sich. Mit einer Kutsche ließ er sich nach Hause fahren. Er hatte sich vorgenommen, Candy zu verprügeln. Aber er war so betrunken, daß er Mühe hatte, ins Bett zu kommen.

Zwei Wochen später stand Berger mit Candy auf dem Bahnhof in Königsberg, um in einem schäbigen Personenwagen eines langen Militärzuges ins Rheinland zu fahren. Er verstand die Welt nicht mehr. Auch die, die geschäftlich kleiner, viel kleiner als er waren, blieben als »Unabkömmlich« in Königsberg zurück. Er war als »Schmalspuroffizier« eingezogen worden, zuständig für die Verpflegung einer Division, die an der Grenze zu Belgien aufmarschierte.

Berger hatte zwei Tage und zwei Nächte im Bett seine Wut an Candy ausgelassen. Mehrfach hatte er sie verprügelt. Aber auch dies war für ihn enttäuschend ausgegangen. Seine Frau hatte nicht einen Laut ausgestoßen. Im Gegenteil, sie hatte seine Koffer gepackt und war modisch gekleidet und schöner denn je, mit ihm zum Bahnhof gefahren.

Die Soldaten, die in den offenen Türen der Güterwagen saßen, die hinter dem Personenwaggon angekoppelt waren, in dem er einen Platz hatte, klatschten Beifall, als Candy auf dem Bahnhof erschien. Selbst Offiziere sahen mit lüsternen Augen Candy an. Berger konnte sehen, daß sie mit großem Genuß die Aufmerksamkeit registrierte, die sie auf dem Bahnhof erregte.

»Du wirst Dich in der Division wohlfühlen, General«, sagte sie. Dabei lächelte Candy so charmant, wie nie zuvor. »Alles tolle Männer, Herr General, die Sie begleiten. Im Gegensatz zu Ihnen, Herr General, sicher alles richtige Männer. Ich hätte Lust mitzufahren, um mich von Wagen zu Wagen durchzuarbeiten. Was muß das für ein Vergnügen sein, richtige Männer genießen zu können und keine ›Winzlinge‹, keine Versager, die nichts weiter können, als wehrlose Frauen zu verprügeln!«

Berger fühlte, wie sein Blutdruck blitzartig stieg. Er mußte sich zusammennehmen, um sie nicht erneut zu verprügeln.

»Nenne mich nicht General«, sagte er. »Im übrigen finde ich, Du bist ein widerliches Miststück!« Berger lächelte Candy an, weil er sich von vielen Augen beobachtet fühlte. Sie lächelte ebenfalls. »Unterstehe Dich, Dich in meine Geschäfte während meiner Abwesenheit einzumischen«, sagte er, noch immer lächelnd. »Um meine Geschäfte kümmert sich mein Kanzleivorsteher. Da hälst Du Dich heraus. Er wird Dir das Geld geben, das Du zum Unterhalt des Haushaltes brauchst!«

»Aber mein Liebling!« Candy strahlte Berger an. »Ich denke nicht daran, mich um Deine Dukatenscheißerei zu kümmern. Die Zeiten sind ernst, und zwar so ernst, daß alles getan werden muß, nur nicht eines: Deine Goldhaufen zu vergrößern. Das brauche ich auch nicht, weil ich selbst vermögend, also völlig unabhängig von Dir bin. Ich werde während Deiner Abwesenheit das tun, wozu jede Frau in dieser schweren Stunde des Vaterlandes verpflichtet ist: Ich werde die schönsten Offiziere der hiesigen Garnison mit meinem Körper so beglücken, daß sie mit einem Liebeslied auf den Lippen in den Krieg ziehen, wenn es zum Krieg kommen sollte. Und dieses Vergnügen werde ich an dem Platz genießen, Herr General Berger, wo ich in den letzten Jahren mehr als gelitten habe: In Ihrem Bett!« Candy lachte so laut, daß sich Offiziere und Soldaten, die in ihrer Nähe standen, umdrehten.

Berger lief rot an. Sein Herz begann zu rasen. Aber so sehr er sich auch bemühte, es gelang ihm nicht, das Lächeln von seinem Gesicht zu vertreiben, weil Candy ihn weiter anstrahlte.

»Wenn Herr General den Gedanken hegen sollten, mich dafür beim ersten Urlaub zu verprügeln, so gebe ich Herrn General schon jetzt zu bedenken, daß inzwischen mindestens ein Obergeneral meinen Körper genossen haben wird«, sagte sie mit einem drohenden Unterton. »Und dieser Obergeneral wird mir aus der Hand fressen. Machen, was ich ihm befehle. Und mein Befehl wird lauten: Hetze diesen Berger, diesen Schmalspur-Küchenbullen mit seinem »Winzling« und seinem Fettbauch, diesen Anti-Bett-Hengst, mitten auf das Schlachtfeld, damit er endlich einmal selbst um Gnade fleht. So, wie ich Nacht für Nacht. So, wie die Frauen Litauens einst, Herr Schmalspur-Küchenbulle. Sie wissen, was ich meine!«

Dieser Schlag hatte gesessen. Berger begann nach Luft zu röcheln. Eine panische Angst überfiel ihn.

»Ich liebe Dich, Martha«, sagte er mit zitternder Stimme. »Und wie ich Dich liebe. Ich habe mich völlig falsch benommen, mein Liebling. Jetzt erkenne ich dies. Auf Händen werde ich Dich tragen, wenn ich Urlaub bekomme. Alles, was Du willst, werde ich dann tun. Alles!«

»Sie weiß alles, diese widerliche Hure«, dachte er. Die Hände von Berger begannen zu zittern. »Wenn sie mit einem General schläft und ihm zuflüstert, wer ich wirklich bin, wird er mich erschießen lassen!«

»Mein Liebling!« Berger nahm die Hände von Candy und küßte sie. »Ich bin Dein Untertan«, flüsterte er. »Du kannst alles mit mir machen. Alles von mir haben. Aber ich bitte Dich: Schone mein Leben. Das wird auch Dein Vorteil sein!«

Berger sah Candy wie ein geprügelter Hund an.

»Ich werde Dich eines Tages erdrosseln«, nahm er sich vor. »Deine spitzen Brüste abschneiden. Heißen Teer in Deinen Körper pumpen. Meine Stunde kommt, wenn Du es nicht erwartest!« Haß stieg in Berger auf. Unbändiger Haß. Aber er sah Candy unverändert bittend an. Wie ein kleiner Junge, der sich vor Schlägen fürchtet, weil er eine Fensterscheibe eingeworfen hatte.

Eine Millitärkapelle begann dröhnend »Preußens Gloria« zu spielen. Soldaten und Offiziere rissen, wie auf Kommando, die Arme hoch und brüllten dreimal Hurra. Paul Berger schrie aus voller Kehle mit. Damit schrie er seine Angst vor Candy aus sich heraus.

Als die Musiker ihre Instrumente wieder absetzten, hob Candy ihre schlanken Arme. Dabei spannten sich ihre Brüste unter ihrer dünnen Kostümjacke. Es sah so aus, als ob sie nackt wäre. Hunderte von Männeraugen tasteten gierig ihren Körper ab.

»Es lebe unser heiß geliebter Kaiser! Sieg für unser Vaterland!« Ihre Stimme war bis in den letzten Winkel des Bahnhofs zu hören.

Candy hielt sich eine Hand vor den Mund, um nicht in Gelächter auszubrechen. Sie ahnte, was kommen würde. Hunderte von Soldaten brachen, wie auch Offiziere, in begeisterten Beifall aus. »Puppen an Drähten«, dachte Candy. »Nichts als Puppen an Drähten, die doch nichts weiter als Kanonenfutter sind!«

Paul ergriff den rechten Arm von Candy und hob ihn hoch.

»Es lebe der Kaiser!«, schrie er. Hundertfach wurde auch ihm geantwortet. Die Kapelle intonierte das Deutschlandlied.

Candy beobachtete amüsiert ihren Mann, der seinen Bauch einziehend, stramm neben ihr stand und seine Hand, an seine Mütze hielt.

»Nun wird er mir für alle Zeiten aus der Hand fressen«, dachte sie. »Ich weiß zwar nicht, warum ihn meine Bemerkung über Litauen so getroffen hat, aber gesessen hat sie. Jetzt kann ich machen, was ich will. Auch in seinem Bett.« Candy hatte das Gefühl, die Nationalhymne würde nur für sie intoniert.

»Keine Angst, mein Untertan«, flüsterte sie, kaum hörbar. »Ich werde Dein Leben schonen. Aber mein Körper wird die Freiheiten genießen, die Du ihm während Deiner Abwesenheit zugestanden hast. So ist es doch, mein Liebling?«

Berger ging schwer atmend neben Candy zu seinem Waggon. Sie küßte ihn unter Tränen, als er einstieg. Candy nahm die Hand ihres Mannes, der in der geöffneten Tür des Waggons stand und auf sie herab sah.

»Du hättest weiter Gold in Königsberg anhäufen können, wenn Du nicht einen Fehler gemacht hättest«, sagte sie.

»Und welchen?« Berger begann erneut zu zittern.

»Du hättest den unzähligen Einladungen folgen müssen, die Dich in den letzten Jahren erreichten«, antwortete Candy. »Dann wären alle beglückt gewesen, die Dich bei sich haben wollten: Vom General über den Polizeipräsidenten bis zu den Politikern. Sie alle hätten verhindert, daß Du eingezogen worden wärest. Aber ich war Dir wohl nicht schön genug? Oder?«

»Mein Liebling: Du bist die schönste!« Berger schrie seine Antwort so laut, daß sich die Offiziere, die noch vor dem Wagon standen, umdrehten.

»Oder hinderte Dich, mein Liebling, Litauen daran, aus Deiner Zurückhaltung herauszugehen?« Candy wollte noch einmal wissen, ob er die Nennung des Namens Litauen fürchtete. Sie hatte sich nicht getäuscht. Berger wurde erst kreideweiß, dann dunkelrot. Er begann zu keuchen.

»Ich weiß alles, mein Liebling, alles!«, sagte sie zynisch. »Und Du wirst zahm wie ein Lamm sein, wenn Du auf Urlaub kommen solltest. Mich mit Liebe, Geld und Schmuck überhäufen. Wird es so sein?«

»So wird es sein!« Berger konnte nur noch flüstern. Angst und Wut raubten ihm fast die Sinne. Er sah das strahlende Lächeln von Candy, als der Zug anfuhr. Er lächelte zurück, obwohl sein Magen rebellierte.

Luise und Stephan ritten, gedeckt durch die Kaukasier, vom Hauptgut zum Vorwerk zurück. Die Sonne, bereits tief im Westen stehend, überflutete Felder und Wiesen. Die Hitze, die wie eine Glocke über dem Baltikum stand, wollte noch immer nicht weichen. Grillen zirpten, Schwalben schossen wie Pfeile am Himmel entlang. Durch die Wiesen stolzierten Störche. Ihr Tisch war, wie immer, reich gedeckt.

Luise genoß den Ritt durch diese Welt des Friedens. Die Wiesen waren gemäht, das Heu getrocknet und eingefahren. Auf den Koppeln muhten, obwohl bereits abgemolken, die Kühe. Die Pferdeherden beider Güter galoppierten über das kurzgeschnittene Gras. Links von ihnen ritt eine Streife der Ulanenreiter vom Hauptgut. Die Streife überholte sie. Die jungen Männer und ihre Pferde standen wie Scherenschnitte vor der untergehenden Sonne.

Luise dachte an das Gespräch zurück, das sie beim Mittagessen mit ihrem Bruder und ihrer Schwägerin geführt hatte. Sie liebte ihre Verwandten. Aber im Innersten verzweifelte sie daran, daß sowohl ihr Bruder als auch ihre Schwägerin völlig lebensuntüchtig waren. Sie lebten nur noch mit ihrer Musik. Alles Reden von Luise und Stephan hatte nichts gefruchtet. Wilhelm und Swetlana waren denkbar ungeeignet, ein Gut zu leiten. Sie müßten nach Ansicht von Luise in der Stadt leben, möglichst im leerstehenden Haus ihrer Großeltern in Petersburg. Aber das lehnten sie ab. Sie wollten auf dem Hauptgut bleiben. Am meisten war Luise darüber beunruhigt, daß Wilhelm und Swetlana ihre beiden Kinder ebenfalls so erzogen, als ob sie Kinder der Stadt wären.

Wilhelm und Swetlana hatten kein Verständnis dafür aufbringen können, daß Luise ihre Kinder nach England geschickt hatte. Ihre Mutter, inzwischen wunderlich geworden, hatte ihr sogar vorgeworfen, eine Rabenmutter zu sein, die nur ihren Gelüsten lebte. Luise hatte nicht darauf geantwortet. Das hatte sie Wilhelm überlassen, der energisch ihre Liebe zu Stephan verteidigte.

Aber dann war das Gespräch plötzlich versandet, als Luise die dringend notwendigen landwirtschaftlichen Arbeiten anmahnte. Ihr Bruder hatte zerstreut reagiert und sich mehr als desinteressiert gezeigt. Swetlana hatte mit totalem Schweigen reagiert. Ihre Mutter war, wie immer, in Tränen ausgebrochen, wenn Entscheidungen gefällt werden mußten. Sie hatte sich zu Bett bringen lassen.

Stephan und Luise hatten danach – wie alle zwei Wochen üblich – die Verwalter zu sich gebeten und ihre Anweisungen erteilt. Aus dem Musikzimmer ihres Bruders war dabei Klaviermusik zu hören.

Luise seufzte. Die Arbeiten auf dem Hauptgut liefen, wenn auch zum Teil sehr schleppend. Alexander Ambrowisch mußte immer wieder zum Hauptgut reiten, um die Arbeiter und auch die Inspektoren anzutreiben. Nur ihm war es zu verdanken, daß Luise und Stephan regelmäßig auf dem Hauptgut nach dem Rechten sehen konnten. Er führte das Vorwerk mit energischer Hand. Pjitor hatte, wie immer, alle Zahlen im Kopf, die beim Verkauf der Ernten, des Viehs und der Pferde von Bedeutung waren. Die beiden waren ein prachtvolles Gespann, das nie aus der Spur geriet.

Die Ulanenreiter waren nicht mehr zu sehen. Sie waren nach rechts abgeschwenkt. Weit hinter sich hörte Luise den Hufschlag einer zweiten Streife.

»Ich könnte heute nackt über mein Land reiten«, dachte sie. »Niemand würde mich antasten, weil es auf unserem Land keine Fremden mehr gibt. Dafür hat Papa gesorgt.«

Stephan, der, wie immer, dicht neben ihr ritt, galoppierte an. Seine Männer folgten ihm. Sie zogen ihre Gewehre aus den Halterungen an ihren Sätteln. Luise gab auch ihrer Stute die Sporen. Die Sonne war untergegangen. Von der See her begann, erst zaghaft, dann stärker, der Abendwind zu blasen. Die Grashalme unter den Hufen ihrer Pferde begannen zu nicken.

Als sie nach dem Abendessen ins Bett gegangen war, ergab sich Luise Stephan wie immer in voller Leidenschaft. Sie liebten sich, sie lebten zusammen. Alle Welt wußte das. Deshalb legte sich Luise auch keinen Zwang auf. Ihre kurzen spitzen Lustschreie waren im ganzen Obergeschoß ihres Hauses zu hören. Luise genoß diese zärtlich wilden Nächte mit Stephan so intensiv, als ob jede von ihnen die letzte wäre.

Luise, Stephan, Alexander und Pjitor tranken gemeinsam Kaffee im Garten des Gutes. Dieser erste Sonnabendnachmittag nach der zweiten Heuernte war immer die Stunde gewesen, an dem sie die Arbeit für die nächsten Wochen erörterten.

Luise schreckte zusammen, als Dr. Perkampus auf den Hof ritt und die Zügel seines Pferdes an den Zaun band, der den Garten umgab. Stephan, der sofort, wie auch Pjitor und Alexander, aufgestanden war, sah den Arzt an, der mit langsamen Schritten in den Garten kam. Weder Luise noch die drei Männer hätten später eine Erklärung darüber abgeben können, warum sie alle in dieser Sekunde dasselbe dachten. Ein Unglück bahnt sich an.

Dr. Perkampus setzte sich auf den Stuhl, den ihm Luise anbot. »Er sieht alt aus, sorgenvoll sieht er aus«, dachte sie. Luise schenkte dem Arzt eine Tasse Kaffee ein. Sie sah ihn an, stellte aber keine Fragen. Instinktiv ahnte Luise, daß Dr. Perkampus der Überbringer einer Schreckensbotschaft war.

Der Arzt trank langsam seinen Kaffee. Dieser Mann, der immer die Ruhe in Person war, zittert, registrierte Luise. Sie faßte sich an ihr Herz.

»Ich bin gekommen, um mich von Ihnen, Gräfin, und von Ihnen, meine Herren, zu verabschieden«, sagte Dr. Perkampus, kaum hörbar. »Ich hoffe, nur vorübergehend. Vielleicht aber auch für immer. Der österreichische Thronfolger ist ermordet worden. Ein Postbote hat diese Nachricht mitgebracht. Das bedeutet nur eins: Krieg!« Dr. Perkampus stellte seine halbleere Tasse auf den Tisch.

»Ich soll Sie, Gräfin, und Sie, meine Herren, von meiner Frau grüßen«, sagte er. »Sie sitzt vor unserem Haus in Littauland auf einem Wagen, der mit unseren wichtigsten Sachen beladen wurde und weint. Sie kann nicht mehr kommen. Wir gehen schließlich auf die siebzig zu!« Dr. Perkampus blickte auf seine Hände. Er zog hilflos die Schultern hoch.

»Wir sind Deutsche, Gräfin«, sagte er. »Man wird uns verhaften, wenn es zum Krieg kommt und nach Sibirien schicken. Wir wollen bei unseren Kindern in Köngisberg sein. Ich hoffe, Gräfin, Sie verstehen das. Eine Verbannung können wir nicht überleben.« Dr. Perkampus stand auf, ging auf Luise zu, die wie erstarrt in ihrem Stuhl saß.

»Mein Kind«, sagte er, über die Haare von Luise streichelnd. »Ihr Herr Vater würde, wenn er noch lebte, sagen, wir sind Fahnenflüchtige. Das stimmt aber nicht, Gräfin. Wir sind alte Menschen, die zu ihren Kindern und Enkelkindern in der Stunde der Not wollen. Wir danken Ihnen für alles. Für die glücklichen Jahre, die wir hier verbringen durften. Wir nehmen nur unsere Kleider, unser Geschirr und unsere Bilder mit. Alle medizinischen Bücher, wie auch die gesamte Praxis lassen wir unangetastet zurück. Der junge russische Arzt, der mich seit langem unterstützt hat, übernimmt das alles. Er ist ein guter Mensch und auch ein guter Arzt. Ich möche ihn Ihnen anempfehlen!«

Luise sprang von ihrem Stuhl auf. Sie umklammerte den Arzt. »Dr. Perkampus!«, rief sie. »Sie sind für mich das gewesen, was man einen Vater nennt. Was mache ich bloß ohne Sie?« Luise begann zu weinen.

Dr. Perkampus streichelte wieder ihre Haare. »Ich weiß es nicht, mein Kind«, antwortete er. »Ich weiß es wirklich nicht. Ich weiß nur, daß ich alles daran setzen muß, meine Frau vor der Verbannung zu retten.«

Luise küßte Dr. Perkampus auf die Wangen, dreimal, wie es die Sitte des Landes verlangte. »Danke, für alle Ihre Hilfe, Ihre selbstlose Hilfe«, flüsterte sie. »Danke auch für die selbstlose Hilfe Ihrer Frau!«

Luise kniete sich vor Dr. Perkampus nieder. »Bitte kommen Sie zurück, wenn es möglich sein sollte. Bitte!« Sie legte ihren Kopf in das Gras des Gartens und weinte hemmungslos.

Vier Kaukasier begleiteten Dr. Perkampus und seine Frau zur deutschen Grenze. Stephan hatte acht Pferde vor ihren Wagen spannen lassen. Erst dicht vor der Grenze hatten die Kaukasier die sechs Pferde des Gutes wieder ausgespannt. Die Männer von Stephan hatten sehen können, daß der Arzt und seine Frau ungehindert nach Deutschland einreisten.

Zwei Tage später ritten alle Inspektoren des Hauptgutes auf den Hof des Vorwerkes. Der Inspektor, der nach dem Überfall der Benda-Bande auf das Vorwerk dem Vater von Luise die Nachricht vom Tod Williams zugeflüstert hatte, verbeugte sich vor ihr und Stephan. Sie standen mit Alexander Ambrowisch vor dem Gutshaus.

»Wir müssen nach Deutschland zurück, Gräfin«, sagte er. »Wir alle sind, wie Sie sich vorstellen können, als ehemalige Offiziere der kaiserlichen Armee sehr gefährdet, wenn es zum Krieg kommen sollte. Wir müssen davon ausgehen, daß wir zusammen mit unseren Familien verbannt werden.« Er verbeugte sich erneut.

»Wir bitten zu entschuldigen, daß sich unsere Familien nicht persönlich bei Ihnen verabschieden, Gräfin. Die Zeit drängt.« Der Inspektor zog seine Uhr aus der Tasche und sah auf das Zifferblatt.

»Unsere Familien sind mit unseren Wagen schon seit gestern abend unterwegs. Wir werden sie erst dicht vor der deutschen Grenze wieder einholen. Wir konnten unsere Familien nicht gleich auf der Fahrt zur Grenze begleiten, weil wir die Ulanenreiter mit ihren neuen Gruppenführern Ihrem Bruder vorstellen wollten, Gräfin. Der Graf und die Gräfin waren jedoch nicht gleich zu erreichen.« Der Inspektor blickte Luise verlegen an.

»Und wie lange haben Sie warten müssen und wo haben Sie meinen Bruder und meine Schwägerin endlich gefunden?« Luise fuhr sich durch die Haare.

»Wir haben gut acht Stunden auf Ihren Herrn Bruder und Ihre Frau Schwägerin warten müssen«, antwortete der Inspektor. »Sie waren in der Kirche des Nachbardorfes, um dort ein Kirchenkonzert einzustudieren!«

Luise und Stephan blickten sich an. Stephan zuckte verlegen mit den Schultern.

»Die Ulanenreiter wird es weiter geben, Gräfin«, sagte der Inspektor. »Nur unter einer neuen Führung.« Der ehemalige Rittmeister sah wieder auf seine Uhr.

Erst in diesem Augenblick fiel Luise auf, was Stephan sofort registriert hatte. Alle Inspektoren trugen zivile Reitanzüge und waren unbewaffnet.

»Sie haben keine Waffen bei sich?« Stephan sah den Inspektor an.

»Nein, Fürst Lassejew!«, antwortete er. »Wir wollen an der Grenze keine Schwierigkeiten bekommen. Weder mit den russischen noch mit den deutschen Grenzwachen!«

»Zehn meiner Männer werden Sie begleiten, bis Sie unmittelbar vor der Grenze sind«, sagte Stephan. »Wenn Sie damit einverstanden sind, Inspektor!«

»Das würden wir sehr zu schätzen wissen, Fürst!«

Der Inspektor beugte sich zu Luise. »Ich darf Ihnen, Gräfin, im Namen aller meiner Kameraden für die wunderbaren Jahre danken, die wir bei Ihnen verbringen durften. Wir werden diese Zeit nie vergessen. Auch Ihnen danken wir, Fürst Lassejew!«

Alle Inspektoren verbeugten sich.

Zusammen mit den Kaukasiern, die Stephan gerufen hatte, galoppierten sie Minuten später durch das Haupttor. Luise sah auf die Staubwolken, die die Hufe ihrer Pferde aufgewirbelt hatten.

Sie umfaßte Stephan. »Ich glaube, jetzt ist der Zeitpunkt gekommen, wo wir begreifen müssen, daß es von nun an nie mehr so wie früher sein wird, Liebster«, sagte sie. »Die Sonne wird zwar weiter auf- und untergehen. Aber sie wird eine andere Welt bescheinen, eine Welt, die nicht mehr die unsere sein wird.« Sie ergriff die Hand von Stephan. »Ich glaube auch, Liebster, daß Marlies und Charles kaum noch einmal nach hier zurückkehren werden. Und wenn doch, dann werden sie hier eine Welt vorfinden, die ebenfalls nicht mehr die ihre sein wird.«

Luise und Stephan beobachteten, wie die Wachen das Haupttor des Gutes schlossen.

»Das Tor und die Wachen werden uns nur noch heute schützen«, sagte Luise. »Morgen oder übermorgen vielleicht auch noch. Aber dann nicht mehr.«

Luise stützte sich auf Stephan. Von ihren Füßen her floß eine Welle eisiger Kälte durch ihren Körper.

Luise saß hinter ihrem Scheibtisch in ihrer Kanzlei. Stephan lag mehr, als er saß in einem Sessel in der Ecke des Raumes neben dem Ofen. Pjitor stand aufrecht wie ein Zinnsoldat neben dem Aktenschrank.

Luise sah Scharen von Soldaten, Meldereitern und Offizieren auf dem Gutshof wie Ameisen durcheinander laufen. Alle zehn Minuten klirrten die Scheiben des Gutshauses. Eine schwere Batterie schoß sich auf eine ihrer Koppeln, zehn Kilometer vom Gut entfernt, ein. Die schweren Geschütze waren unmittelbar hinter dem östlichen Teil der Mauer in Stellung gegangen.

Stephan und sie bewohnten nur noch drei Räume im Obergeschoß ihres Hauses. Alle anderen Zimmer waren vom Oberkommando einer russischen Division beschlagnahmt worden.

Der Befehlshaber der Division, ein älterer General, hatte sich formvollendet bei Luise anmelden lassen, als er mit seinem Stab auf dem Gut erschienen war. Luise hatte ihn in ihrem besten Kleid empfangen und ihn mit Stephan bekanntgemacht. Sie hatten zusammen ein Glas Sekt getrunken und belanglose Floskeln ausgetauscht.

»Der Krieg, Gräfin und Fürst, zwingt mich leider zu Maßnahmen, die Ihnen Unannehmlichkeiten bringen werden«, hatte der General gesagt. »Bis auf einige Zimmer muß ich alle Räume des Gutshauses, die meisten Stallungen, Scheunen und leider auch alle Rinder und Pferde bis auf die Zuchttiere beschlagnahmen lassen. Ihre Heuernte werde ich Ihnen allerdings lassen können.«

Der Offizier hatte sein Sektglas verlegen in der rechten Hand hin und her gedreht. Dabei hatte er weder Luise noch Stephan angesehen.

»Auch die Einwohner von Littauland werden Einquartierungen hinnehmen müssen, wie auch die Bewohner Ihrer anderen Dörfer, Gräfin«, sagte der General weiter. »Das wird Reibereien geben, aber ich versichere Ihnen, Gräfin, und Ihnen, Fürst, daß ich energisch durchgreifen werde, wenn es zu Übergriffen kommen sollte. Das bin ich Ihnen, Gräfin, als Tochter Ihres Vaters schuldig, der früher einmal mein Vorgesetzter war. Außerdem sind Sie als eine Gräfin zu Essex Angehörige eines Volkes, das mit uns in diesem Krieg gegen Deutschland verbündet ist.«

Der General hatte wieder verlegen auf sein Glas geblickt. »Ich habe zusätzlich direkt vom Hofe Order, mich auch um Ihr Wohl zu kümmern, Fürst Lassejew. Allerdings« – er machte eine Pause – »muß ich darauf bestehen, daß Sie, Fürst, und Ihre Männer die Waffen ablegen. Sie verstehen, warum ich das sage!«

Der General blickte von seinem Glas auf und sah Stephan an.
»Gewiß, General!«
Stephan verzog keine Wimper.
»Ihr Schutz, Gräfin, ist meine Leibwache«, sagte er.
»Ich habe ebenfalls verstanden«, antwortete Luise. »Ich habe jedoch eine Bitte: Dürfen Fürst Lassejew und seine Männer dabei helfen, unsere Zuchttiere von den Koppeln in die Stallungen zu bringen?«
»Gewiß, Gräfin! Selbstverständlich!« Der General hatte sein Glas ausgetrunken. Er ergriff die linke Hand von Luise und küßte sie. Deutlich war ihm anzusehen, daß es ihm außerordentlich peinlich war, ausgerechnet auf dem Gut seines ehemaligen Vorgesetzten einquartiert worden zu sein. Er stellte sein Glas auf einen Beitisch und verneigte sich dann vor Luise und Stephan. Sekunden später verließ er grüßend den Salon des Gutshauses. Eine Stunde später hatte der Stab der Division im Salon den Hauptkartenraum eingerichtet.

Wieder klirrten alle Scheiben des Gutshauses.

»Außer dem Zuchtvieh und den Heuvorräten besitzen wir nichts mehr, Gräfin!« Pjitor steckte den Zeigefinger seiner rechten Hand in seinen Kragen und bewegte ihn nervös hin und her.

»Ich weiß es, Pjitor«, antwortete Luise. »Seit Tagen weiß ich das. Danke!«

Luise lehnte sich in ihrem Sessel zurück. Jeden Vormittag hörte sie denselben Hinweis von Pjitor. Und jeden Vormittag gab sie dieselbe Antwort.

Stephan räusperte sich in seiner Ecke. »Luise: Wir haben unsere Waffen auf dem Gut so gut versteckt, daß wir sie selbst kaum wiederfinden werden«, sagte er.

»Ich weiß es, Liebling«, antwortete Luise. »Das hast Du mir mindestens schon zehnmal erzählt.«

Luise stand auf. Alle drei lächelten sich an. Damit war ihre Tagesarbeit auch schon erledigt. Sie durften nicht auf ihre Felder, nicht einmal den Hof verlassen. Was sollten sie auch auf ihren Feldern und Koppeln. Das Vieh war beschlagnahmt und abtransportiert worden. Die Geschütze, die hinter der Mauer aufgefahren waren, zerwühlten mit ihren Granaten die Hauptkoppel. Sie feuerten alle zehn Minuten eine Salve ab.

Die Ulanenreiter des Hauptgutes gab es nicht mehr. Kurz nach Verkündung der Mobilmachung waren sie eingezogen worden. Luise und Stephan waren in den drei Wohn- und Schlafräumen im Obergeschoß des Gutshauses am sichersten aufgehoben. Dort wurden sie von niemand befragt, von niemand belästigt. Sie konnten zwar ungehindert im Haus hin und her gehen, aber sie hatten bald bemerkt, daß sie den Mitarbeitern des Stabes der Division nur im Wege waren.

»Das ist also der Krieg«, dachte Luise. Alexander Ambrowisch war eingezogen worden, wie alle jungen Männer des Gutes und die von Littauland sowie der anderen Dörfer. Ihr Bruder Wilhelm stand als Offizier an der Front. Ihre Schwägerin Swetlana hatte mit ihren Kindern das Hauptgut verlassen und war nach Petersburg zu ihren Eltern gereist. Die Mutter von Luise hatte sich nach langem Zögern ebenfalls entschieden, zu ihrer Schwiegertochter nach Petersburg zu gehen. Sie hatte Luise keinen Abschiedsgruß zukommen lassen. Luise trug das mit Fassung.

Einer der Kaukasier war auf Befehl von Stephan zum Hauptgut geritten. Es erschien Luise wie ein Wunder, daß er lebend zurück gekommen war. Nach seinen Erzählungen wimmelte das Hauptgut von Kosaken. Es war total ausgeplündert worden. Nicht ein Huhn hatte er sehen können. Die Kosaken schossen auf jeden, der sich dem Hauptgut näherte. Der Kaukasier war, ohne sein Pferd zu schonen, in wilder Flucht zurückgaloppiert.

»Das Hauptgut kann ich vorerst abschreiben«, hatte Luise zu Stephan gesagt, als sie dem Bericht des Kaukasiers zugehört hatten. »Was soll es auch. Ich habe hier genug Sorgen.«

Alexander Ambrowisch waren nur wenige Minuten geblieben, um sich von ihr und Stephan zu verabschieden. Als Unteroffizier der Reserve hatte er sich einer Kavalleriedivision anschließen müssen, die sofort an die Front ausrückte.

»Ich flehe Sie an, Gräfin, beschützen Sie zusammen mit Fürst Lassejew meine Frau und meine Kinder«, hatte er mit zitternder Stimme gesagt. Er war vor Luise niedergekniet und hatte ihre Hände ergriffen.

»Das verspreche ich Dir, Alexander«, hatte Luise ihm versichert.

»Du kannst Dich auf uns verlassen, Alexander.« Luise hatte den jungen Mongolen hochgezogen und umarmt. »Du weißt genau, daß Du für mich wie ein Sohn bist. Und gerade deshalb werde ich mich um Deine Familie wie eine Mutter kümmern.«

Eine Woche später war die Frau von Alexander vor Luise mit ihren Kindern niedergekniet. Weinend hatte sie Luise gebeten, mit ihren Kindern zu ihren Eltern zurückkehren zu dürfen, die auf einem Dorf lebten, das drei Tagesritte vom Vorwerk entfernt war. Vier Männer von Stephan hatten sie auf Schleichwegen reitend, zu ihren Eltern gebracht.

»Im ganzen Land herrscht Chaos«, hatte der älteste der Kaukasier nach der Rückkehr zu Stephan und Luise gesagt. »Die Offiziere haben die Kosaken ganz offensichtlich nicht im Griff. Wir konnten sehen, daß sie plündern, und wir haben auch gehört, daß sie Frauen schänden. Wir haben die Ehefrau von Alexander Ambrowisch zwar gesund bei ihren Eltern abgeliefert. Aber als wir uns aus dem Westausgang des Dorfes davon machten, zog eine Kosakeneinheit am Osteingang in das Dorf.«

Luise und Stephan hatten sich, wie so oft in der letzten Zeit, schweigend angesehen.

»Habe ich einen Fehler gemacht, als ich die Frau von Alexander mit ihren Kindern ziehen ließ?«, fragte Luise Stephan. »Was meinst Du, Liebling?«

»Nein, Luise«, antwortete Stephan. »Das glaube ich nicht. Du hättest sie nicht halten können. Hättest Du ihr befohlen, hier unter unserem Schutz zu bleiben, wie es Alexander wollte, wäre sie heimlich abgereist. Und dann wäre sie keine zwei Kilometer weit gekommen. Das Land wimmelt von Soldaten, die auf eine so hübsche Frau warten.«

Wieder klirrten die Scheiben des Gutshauses.

»Ich möchte, daß wir in unseren Garten gehen«, sagte Luise zu Stephan.

»Und was willst Du da?« Stephan sah sie aufmerksam an.

»Erst mit Dir einige Stunden im Kreis gehen«, antwortete sie. »Wie Zirkuspferde. Dann sollten wir uns an den Gartentisch setzen und so tun, als ob wir Kaffeetrinken. Hier im Haus fällt mir die Decke auf den Kopf!«

»Einverstanden, Luise«, antwortete Stephan. »Aber alleine wirst Du dort nicht sein. Soldaten werden Dich anstarren!« Stephan war aufgestanden und bot Luise seinen Arm an.

»Pjitor!« Luise drehte sich zu ihrem Kanzleivorsteher um.

»Besteigen Sie Ihr Rad und radeln Sie zu Ihrer Familie«, sagte sie. »Ihre Frau und Ihre Kinder werden sich freuen, wenn Sie auch heute früher als sonst üblich nach Hause kommen. Vielleicht haben wir morgen mehr zu tun!«

»Danke, Gräfin. Es wird sicher gut sein, wenn ich früher als üblich nach Hause komme. Wir haben das ganze Haus voller Soldaten. Und da wir Polen sind, ist das für uns keine so besonders leichte Situation.«

Pjitor sah Luise verlegen an.

»Hat Ihre Frau Schwierigkeiten, Pjitor?« Luise löste sich von Stephan.

»Nein, Gräfin«, antwortete Pjitor. »Das ist es eigentlich nicht. Bei uns wohnen auch zwei Offiziere. Die sorgen schon für Ordnung. Aber die Soldaten lassen uns fühlen, daß wir keine Russen sind. Deshalb müssen wir ...«

Pjitor verschluckte die letzten Worte seines Satzes.

»Was müssen Sie deshalb, Pjitor?« Luise war mit zwei Schritten neben ihm.

Pjitor hatte sich zur Wand gedreht. Er wischte sich über die Augen.

»Was ist los, Pjitor?« Luise griff an seine Schulter.

»Wir haben nur einen kleinen Vorratsraum neben dem Stall«, antwortete er. »Dort müssen wir, meine Frau, meine Kinder und ich hausen. Wir sind ja nur Polen!«

Pjitor wischte sich wieder über die Augen.

»Alles was ich erarbeitet habe, unsere Möbel, unsere Bilder, unser Geschirr und auch ein Teil unserer Kleider ist kaputt oder verschwunden«, sagte er leise. »Wir besitzen so gut wie nichts mehr, Gräfin!«

Luise fühlte, wie ihr Blutdruck stieg.

»Was ist das für ein Unsinn, wenn Sie, Pjitor, sagen, Sie seien nur Polen. Ihr Volk hat die Kultur Europas mehr bereichert, als andere Völker zusammen. Sie können stolz auf Ihr Volk, auf Ihre Geschichte sein. Aber das will ich nur am Rande bemerken.« Luise fuhr sich mit ihren Händen durch ihre Haare.

»Meine Mitarbeiter hausen nicht mit ihren Familien in Hundehütten«, sagte sie. »Auch jetzt nicht. Das ist mein Gut. Es gehört nicht der Armee!« Über ihr Gesicht breitete sich eine helle Röte aus. »Ich will sofort den General sprechen!« Sie drehte sich zu Lassejew um und stemmte ihre Hände in ihre Taille. »Sofort will ich ihn sprechen!«

Der General empfing Luise, Stephan und Pjitor zehn Minuten später. Als er sich vor Luise verbeugte, klirrten wieder alle Scheiben des Herrenhauses. Heulend zogen die Granaten der Geschütze, die hinter der Mauer standen, über das Dach des Gutes.

»Mir steht es nicht zu, Kritik an den Kanonieren Ihrer Division zu üben, Herr General«, sagte Luise. »Aber wäre es nicht besser, die Granaten würden für den Kampf an der Front aufgehoben, wo immer sie auch sein mag? Außerdem weiß ich, Herr General, daß die russischen Artilleristen glänzend mit ihren Geschützen umgehen können.

Mein Vater hat mir mehr als einmal erzählt, daß sie die besten Kanoniere der Welt sind.«

Der General sah Bruchteile von Sekunden Stephan an, der hörbar die Luft einzog. Dann gab er einem seiner Adjudanten einen Wink. Wenige Minuten später schwiegen die Geschütze.

»Ich weiß nicht, was ich für Sie tun kann, Gräfin«, sagte der General. »Aber da Sie gerade die Front erwähnten: Wir sind siegreich nach Deutschland vorgestoßen, Gräfin. Halb Ostpreußen haben wir schon besetzt. Berlin ist für uns nicht mehr unerreichbar. Die von den Deutschen und auch sonst in der Welt gefürchtete russische Dampfwalze ist dabei, alles vor sich niederzurollen.« Der General lächelte Luise an.

»Eine schöne Frau«, dachte er. »Sie würde auch mein Herz und meinen Körper erwärmen. Jung würde ich in ihren Armen werden. Völlig unverständlich, daß sie sich diesem Halbwilden aus dem Kaukasus hingibt. Gut, er ist ein Fürst und der Zar wünscht, daß ich Lassejew mit Samthandschuhen anfasse. Dennoch: Bei Licht besehen, würde sie besser zu mir passen. Ich könnte ihr mehr als nur wilde Nächte bieten. Ansehen bei Hofe vor allem.« Der General seufzte.

»Ich beglückwünsche die russische Armee dafür, daß sie Siegestrophäen an ihre Fahnen heften kann«, sagte Luise. »Und ich danke Ihnen für diese Information, Herr General. Wir leben hier sehr abgeschlossen, und wir wissen nicht, was in der Welt passiert. Aber der Grund, daß ich um eine Audienz bei Ihnen, Herr General, gebeten habe, ist im Verhältnis zu Ihrer Information mehr als banal. Es geht um meinen Kanzleivorsteher und seine Familie.«

Der General hörte schweigend zu, was Luise ihm berichtete. Dann winkte er wieder einen seiner Adjudanten herbei.

Drei Stunden später konnten Pjitor und seine Familie zwei Zimmer und die Küche ihres Hauses beziehen. Soldaten möblierten die Räume neu. Sie trugen die Möbel aus Nachbarhäusern in das Haus von Pjitor.

Luise kuschelte sich in den Armen von Stephan, als sie ins Bett gegangen waren.

»Was hälst Du von der Erklärung des Generals, Berlin ist für die russische Armee nicht mehr weit? Glaubst Du, Liebling, daß die russische Armee halb Ostpreußen erobert hat?« Luise strich mit ihren Händen durch die Haare von Stephan.

»Halb Ostpreußen? Das mag sein!« Stephan zog Luise fester an sich.

»Die russische Dampfwalze wird das erreicht haben«, sagte er. »Aber Berlin? Ich glaube, da täuscht sich der General. Die Deutschen sind keine Papiertiger. Sie kämpfen zwar an zwei Fronten. Ich bin dennoch davon überzeugt, daß sie in absehbarer Zeit zu einem eisenharten Gegenschlag ausholen werden. Von unserem russischen Gast werden wir dann nur noch eine Staubwolke sehen. Samt seinem Stab wird er, wie der Blitz, verschwinden. Ich kann nur hoffen, daß wir das Gemetzel überleben, das dabei entstehen wird.«

»Wieso, Stephan? Wir leben doch hinter dicken Mauern. Das wird uns Schutz bieten!« Luise richtete sich auf und suchte seine Lippen.

Stephan drückte sie zurück. »Eben die Mauern um das Gut sind es, die mir Sorgen machen, Liebling«, antwortete er. »Die Deutschen könnten annehmen, dahinter verbirgt sich eine Festung, in der es von russischen Soldaten wimmelt.«

Luise fühlte wieder, wie eine eisige Welle von ihren Füßen durch ihren Körper aufstieg.

Als das Korn auf den Feldern zu reifen begann, wurde Luise unruhig. Aber alle Anträge, die sie an den General stellte, den Kaukasiern von Stephan Soldaten bei der Einbringung der Ernte zur Seite zu stellen, wurden abgelehnt. Die Frauen von Littauland und ihre Kinder hatten sich geschlossen bereit erklärt, bei der Ernte zu helfen. Alle Männer standen an der Front. Vom ausgedroschenen Korn hing auch ihr Leben im bevorstehenden Winter ab.

Anfang August gestattete der General Luise plötzlich völlig überraschend, die Getreidefelder abzuernten. Er kommandierte dazu Hunderte von Soldaten ab und gab auch alle beschlagnahmten Scheunen wieder frei. Zehn Tage schufteten Soldaten und Frauen sowie Kinder wie die Teufel auf den Feldern.

Stephan hatte die Kaukasier als Inspektoren eingesetzt. Sie wurden von russischen Offizieren unterstützt. Innerhalb weniger Tage war die Hälfte des Korn ausgedroschen, die andere Hälfte des Getreides unausgedroschen in den Scheunen eingelagert worden.

Luise lud den General zwei Tage später mit einigen Offizieren seines Stabes zum Essen in den ehemaligen Musiksalon des Herrenhauses ein.

»Ich danke Ihnen, General«, sagte sie in ihrem Toast vor dem Essen. »Ich danke Ihnen auch im Namen der Bewohner von Littauland, daß Sie uns nicht nur gestattet haben, die Ernte einzubringen, sondern auch Soldaten dafür abkommandiert haben.« Luise hob ihr Glas und prostete dem General zu.

»Was für ein Weib«, dachte der Divisionskommandeur. Er musterte die Brüste von Luise, die in ihrem tiefdekolletierten Kleid voll zur Geltung kamen. »Ihre Brüste sind Früchte des Paradieses. Schade, daß ich sie nicht genießen kann, wie ihre wundervollen Lippen, ihre Hüften und ihre Schenkel, die sich deutlich in ihrem Rock abzeichnen. Ihr Schoß muß das Wunder des Himmels sein.«

Der General dankte Luise mit einem kurzen Lächeln. Dann ergriff er sein Glas und stand auf.

»Es freut mich, Gräfin, daß Sie so glücklich sind«, sagte er. »Und Sie sicher auch, Fürst Lassejew«, der Offizier nickte Stephan zu. »Aber, falls Sie, Gräfin, nun den Wunsch vorbringen wollten, Ihre Felder pflügen zu dürfen, muß ich ihn abschlagen. Wir haben heute den 22. August. Informationen, die ich nicht an Sie weitergeben darf, zwingen mich, alle meine Soldaten bei ihren Truppenteilen festzuhalten. Ein Pflügen der Felder mit unserer Hilfe ist gegenwärtig leider nicht möglich.« Er räusperte sich und sah auf seinen Teller.

»Die Deutschen sind dabei, zum Gegenschlag auszuholen«, dachte Stephan. »Nichts anderes, kann diese Entschuldigung bedeuten. Wenn einer an diesem Tisch entsprechende Informationen hat, kann es nur der General sein.«

Als Stephan seinen Kaukasiern, die die russischen Offiziere bedient hatten, nach dem Essen den Wink gab, Cognac anzubieten, betrat ein Ordonanzoffizier den Musiksalon. Er salutierte, ging auf den General zu und beugte sich zu seinem rechten Ohr. Luise konnte nicht verstehen, was er flüsterte.

Der General stand sofort auf. »Meine Offiziere und ich danken Ihnen für das ausgezeichnete Essen und den wunderbaren Abend«, sagte er, sein Glas hebend. »Ich habe mich die ganze Zeit über gefragt, wie Sie aus dem wenigen, was Sie noch haben, so ein hervorragendes Essen zaubern konnten, Gräfin. Ich danke Ihnen noch einmal, auch im Namen meiner Offiziere.«

»Gräfin! Fürst Lassejew!« Der General verbeugte sich vor Luise und Stephan. Seine Offiziere waren ebenfalls aufgestanden. Sekunden später saßen Luise und Stephan allein am Tisch. »Noch ein Glas Cognac für die Gräfin und mich!«, befahl Stephan den Kaukasiern. »Schenkt Euch auch jeder ein Glas ein! Wir werden diese Stärkung alle nötig haben. Das glaube ich!«

Vom Gutshof waren laute Kommandorufe zu hören. Soldatenstiefel klapperten über das Pflaster vor dem Herrenhaus. Pferde wieherten, Wagen begannen anzufahren.

»Was bedeutet diese plötzliche Unruhe?« Luise sah Stephan an. »Die Deutschen kommen, Liebling«, antwortete er. »Und nun wirst Du die Staubwolken sehen, von der ich vor kurzem sprach. Ich glaube, es ist für uns alle besser, wenn wir vom Obergschoß in den Keller des Hauses umziehen. Mit den Deutschen ist nicht zu spaßen. Besonders nicht mit ihren Geschützen. Sie sollen sehr treffsicher schießen!«

Luise ergriff die Hände von Stephan.

»Ich habe Angst«, sagte sie. »Angst, wie ein kleines Mädchen vor einem Gewitter.«

»Luise, mein Liebling. Du wirst es nicht glauben. Ich habe ebenfalls Angst. Wir Kaukasier kämpfen vom Pferd aus. Vor Geschützen haben wir einen höllischen Respekt!«

»Können wir noch irgendwohin fliehen?«

»Nein, Luise, dazu ist es zu spät. Wir müssen jetzt hierbleiben. Wo willst Du denn auch hin?« Stephan streichelte die Hände von Luise.

»Möchtest Du zusammen mit Horden von Soldaten über Feldwege in Richtung Petrograd fliehen, die vor ihren Gegnern davonlaufen?«, fragte Stephan. »Diese Soldaten werden keine Soldaten mehr sein, sondern Horden ängstlicher Tiere, die sich alles nehmen, was ihnen gefällt und die ihre Offiziere niederknallen werden, wenn sie es versuchen sollten, sich ihnen in den Weg zu stellen. Vergiß bitte nicht, daß die russische Armee eine Armee von Bauernsöhnen ist, schlecht ausgebildet, schlecht bewaffnet, schlecht ernährt, von ihren Offizieren gedemütigt, ohne postalische Verbindung zu ihren Familien und mehr als schlecht besoldet. Die russische Artillerie, das ist international bekannt, ist hervorragend. Aber das reicht alleine nicht aus. Keine Artillerie kann ungestört schießen, wenn sie nicht von tapfer kämpfenden Soldaten umgeben ist. Der russischen Armee steht mit den Deutschen eine Truppe gegenüber, die glänzend ausgebildet, bewaffnet und durchorganisisiert ist. Die Deutschen folgen jedem Befehl, auch dann, wenn sie sehenden Auges in den Tod laufen müssen. Diesen Kampfmaschinen ist der russische Bauer nicht gewachsen. Die sogenannte russische Dampfwalze kann aufgrund ihrer Masse nur Anfangserfolge erzielen. Wenn der russische Soldat zum Einzelkampf gezwungen wird, verfällt er schnell in Panik und flüchtet. Der russische Soldat ist ein Bauer, der seine Feldarbeit liebt. Er ist alles, nur keine Kampfmaschine, wie die deutschen Soldaten, mein Liebling!«

Stephan blickte seine Männer an. »Ihr habt mir treu gedient, wie es Euch mein Vater befohlen hat«, sagte er. »Wenn Ihr wollt, könnt Ihr jetzt nach Hause reiten. Noch ist Zeit dazu. Ich entbinde Euch von dem Befehl meines Vaters. Ihr seid jung und habt Euer Leben noch vor Euch. Ich jedenfalls bleibe bei der Gräfin. Sie ist die Frau, die ich liebe. Ich werde sie nicht verlassen. Zusammen mit ihr werde ich auf die deutsche Dampfwalze warten. Wir werden sie über uns hinwegrollen lassen, in der Hoffnung, sie zu überleben. Wenn Ihr, meine Männer, aber bleiben wollt, aus freien Stücken bleiben wollt, dann muß ich Euch bitten, Eure Waffen aus den Verstecken wieder hervorzuholen. Ich bin sicher, daß wir sie brauchen werden. Und ich bin sicher, daß wir sie erneut verstecken müssen, wenn die Deutschen uns überfallen sollten.«

Stephan stand auf und legte seine Hände auf die Schultern von Luise.

»Ich sage noch einmal: Ich bleibe bei der Gräfin, meine Männer«, sagte Stephan. »Weder die Russen noch die Deutschen können mich von ihr trennen. Wie ist Eure Entscheidung?«

Die Kaukasier blickten sich an.

»Wir bleiben bei der Gräfin und Ihnen, Fürst«, sagten sie wie aus einem Mund.

»Danke!« Stephan umarmte jeden seiner Kaukasier.

»Ich wußte, daß Ihr so entscheiden werdet«, sagte er. »Von Anfang an wußte ich das. Aber ich wäre auch nicht enttäuscht gewesen, wenn Ihr nach Hause geritten wäret. Jeder ist sich in dieser Situation selbst der Nächste. Auf jeden von Euch wartet eine Braut. Eben deshalb muß ich Euch sagen, daß es in den nächsten Tagen für uns alle mehr als gefährlich werden kann. Es ist möglich, daß wir nicht überleben werden!«

»Wir bleiben«, antworteten die Kaukasier wieder wie aus einem Munde. Vom Gutshof her drang das Gepolter schwer beladener Wagen durch die geschlossenen Fensterscheiben in den Musiksalon. Ein Trompetensignal ertönte. Soldaten liefen über den Hof. Im Gutshaus wurden Türen geöffnet und zugeschlagen.

»Stephan!« Luise stand vom Tisch auf. »Sagtest Du Petrograd, statt Petersburg?«

»War Dir nicht bekannt, Liebling, daß der Name der Stadt zu Beginn des Krieges geändert worden ist?« Stephan sah Luise erstaunt an.

»Nein«, sagte sie.

Am 31. August wurde die Zweite russische Armee bei Tannenberg in Ostpreußen von den Deutschen unter dem Befehl von Generaloberst Paul von Hindenburg vernichtend geschlagen. Massen von russischen Soldaten flüchteten nach Litauen. Die russische Dampfwalze hatte sich in umgekehrter Richtung in Bewegung gesetzt. Die russischen Soldaten ließen ihre Wut über diese Niederlage an den Bewohnern Litauens aus, besonders an den Frauen.

Luise ging kaum noch aus dem Keller ihres Hauses. Stäbe der russischen Armee kamen, Stäbe gingen. Ihre Soldaten und Schreiber mußten auf dem nackten Boden schlafen. Das Herrenhaus war total ausgeraubt worden.

Am 27. Februar 1915 schlug Hindenburg erneut zu. In der Winterschlacht von Masuren rieben seine Divisionen die dort stehende russische Armee auf. Die deutschen Soldaten, die ihre Landsleute an Scheunentore genagelt vorfanden, deren Mütter und Schwestern vergewaltigt worden waren, kämpften wie die Teufel.

Wieder flüchteten russische Soldaten mordend und vergewaltigend durch Litauen. Sie rächten sich erneut an den Litauern. Sie betrachteten dieses baltische Volk als Verbündete der Deutschen und deshalb als ihren Feind.

Das Chaos war vollkommen. Russische Truppenverbände zogen Richtung Deutschland, andere flohen in Richtung Petrograd. Aber alle hielten sich schadlos an den Litauern. Sie hausten, wie einst die Mongolen.

In Litauen gab es kaum noch eine Frau, die nicht geschändet worden war. Selbst sechzehn Jahre alte Mädchen waren vergewaltigt worden. Väter und Brüder, die sich der Soldateska in den Weg gestellt hatten, waren erschossen worden.

Pjitor, dessen Frau dreimal vergewaltigt worden war, floh – sich kurz von Luise und Stephan verabschiedend – mit seiner Familie nach Warschau. Sie waren in Sicherheit, als die Neunte deutsche Armee am 5. August die polnische Hauptstadt eroberte.

Stephan und seine Männer hatten alle Nahrungsmittelvorräte, die sie noch finden konnten, in den unteren Keller des Herrenhauses gebracht. Für Luise hatten sie ein Versteck unter dem Kellerboden ausgehoben. Das Versteck deckten sie mit Säcken zu, die mit Holz gefüllt waren. Die Kaukasier betraten am Tag kaum den Gutshof, den im schnellen Wechsel immer neue Soldaten bevölkerten.

An einem Sommermorgen wurde Luise von mehreren russischen Soldaten zu Boden gerissen, als sie, entgegen der Anweisung von

Stephan, den Hof betreten hatte, um Luft zu schöpfen. Sie schrie gellend um Hilfe. In Sekunden war sie fast nackt. Einer der russischen Soldaten versuchte, während vier andere sie auf den Boden preßten, sein steifes Glied in ihren Schoß zu stoßen.

Stephan und seine Männer rissen die russischen Soldaten zur Seite und warfen sie die Kellertreppe hinunter. Dann trug Stephan Luise in den Keller. In Stephans Armen liegend, sah sie mit vor Angst geweiteten Augen, wie die Kaukasier die Soldaten mit den Kolben ihrer Gewehre erschlugen.

»Hunderte von Russen müssen gesehen haben, wie Stephans Männer die Soldaten in den Keller warfen«, dachte sie. »Sie werden uns alle erschlagen. Mich aber werden sie vorher so lange vergewaltigen, bis ich den Verstand verliere.«

Es geschah jedoch nichts. Die Verbände, zu denen die Männer gehörten, die versucht hatten, Luise zu vergewaltigen, rückten ohne weitere Nachforschungen nach ihren verschwundenen Kameraden ab. Zwanzig Prozent ihrer Soldaten hatten den Ruhetag auf dem Gut sowieso dazu genutzt, zu desertieren. Als die Sonne untergegangen war, trugen die Kaukasier die Leichen der russischen Soldaten in den Wald hinter dem Gut und vergruben sie.

Die Nacht, die dann folgte, war die erste seit Monaten, in der sie keine Einquartierung hatten. Die Kaukasier schlossen das Hoftor.

Luise und Stephan standen, sich an den Händen haltend, auf dem Gutshof. Sie besaßen nichts mehr. Das Zuchtvieh, die Reitpferde und die letzten Erntevorräte, wie auch alle Wagen, waren gestohlen worden.

Das Herrenhaus war ein Gebäude mit leeren Zimmern. Kein Stück Möbel, kein Tisch, kein Stuhl, kein Bild, kein Bett mehr. Alles war von den Stäben mitgenommen worden. Aber Luise und Stephan hörten seit Wochen zum ersten Mal wieder die Grillen zirpen. Sie standen fast eine Stunde lang eng umschlungen auf dem Hof.

»Es ist beinahe wie früher«, flüsterte Luise. »Beinahe«, antwortete Stephan. »Nur beinahe. Ich befürchte, es ist die Ruhe vor dem Sturm!«

Luise und Stephan gingen Hand in Hand in ihr Schlafzimmer. Sie liebten sich leidenschaftlich auf dem Holzboden.

Als sie erschöpft auf dem Rücken lagen, hörten sie, wie ein Kaukasier einem anderen auf dem Wehrgang der Mauer zurief: »Tor zu! Keine besonderen Vorkommnisse!«

An einem Julimorgen begann der Keller des Herrenhauses wie ein Schiff im Sturm zu schwanken. Luise schreckte aus dem Schlaf hoch. Stephan war sofort bei ihr. Er nahm sie in seine Arme.

»Die Deutschen sind da«, sagte er. »Sie beschießen das Gut, das Dorf und die Wälder mit Artillerie. Habe keine Angst Liebling! Die Mauern und der Keller wie auch das Herrenhaus sind so sicher, wie ein Bunker.«

Stephan warf sich über Luise, als eine Salve von Granaten in das Dach des Herrenhauses schlug. Mehrere andere Salven folgten in schneller Reihenfolge. Staubwolken drangen in den Keller. Luise begann nach Luft zu ringen.

»Keine Angst, mein Liebling«, sagte Stephan. »Die Deutschen schießen mit mittelschweren Geschützen. Unsere Wände und auch die Mauern halten stand. Es wird nur mächtig stauben. Aber den Beton wird keine Granate durchschlagen können.«

Das Getöse des Artillerieüberfalls war ohrenbetäubend. Salve auf Salve donnerte in den Hof. Luise hatte das Gefühl hin- und hergeworfen zu werden.

»Was sollen wir machen?« schrie sie Stephan zu. »Können wir fliehen?«

»Nein, unmöglich! Hier sind wir sicher!« Stephan drehte sich zu seinen Männern um.

»Versteckt Eure Waffen. Die Deutschen kommen. Einer von Euch muß sofort das Tor öffnen. Ein anderer eine weiße Fahne auf der Mauer, möglichst neben dem Tor, hissen!« Stephan rief seine Befehle so laut, daß sie den Lärm der Einschläge übertönten. Luise lag unter ihm und preßte die Zeigefinger in ihre Ohren. Dennoch hörte sie das Getöse der Granateinschläge. Der Staub, der in den Keller drang, wurde immer dichter. Sie rang weiter nach Atem.

Luise begann am ganzen Körper zu zittern. »Gott, bitte hilf uns!« rief sie. Stephan, der sie unter seinen Körper gezogen hatte, nahm ihren Kopf in seine Hände. »Keine Angst, mein Liebling«, schrie er. »Wir sind hier wirklich völlig sicher. Meine Männer werden das Tor öffnen und eine weiße Fahne aufziehen. Dann wird der Beschuß sofort aufhören!«

Minuten später war es so still, wie in einer Kirche bei der Sonntagspredigt. Stephan stand auf und hob Luise hoch. Noch immer zitternd lag sie in seinen Armen. Die Männer von Stephan kamen in den Keller zurück. Sie trugen einen ihrer Kameraden. Er röchelte und spuckte Blut.

»Die weiße Fahne hat geholfen, Herr«, sagte er schwer atmend. Blut strömte aus seinem Mund.

Stephan kniete sich neben ihn. »Du hast uns gerettet! Ich danke Dir!« Stephan nahm die Hand des Kaukasiers. Die Männer sahen sich sekundenlang an.

»Ich will in den Bergen des Kaukasus begraben werden!« Der junge Mann bäumte sich auf und umfaßte die Schultern von Stephan. »In den Bergen meiner Heimat, nicht hier!«

»Das wirst Du!« sagte Stephan. Er legte seine Hände um den Kopf des jungen Kaukasiers.

»Danke!«

Der Kaukasier begann zu husten. Ein Schwall von Blut drang aus seinem Mund. Stephan umfaßte ihn und preßte seinen Oberkörper gegen sich. Luise kroch zu Stephan und dem schwer verwundeten Kaukasier. Als sie ebenfalls ihre Arme um den Jungen schlang, starb er.

»Warum muß er sterben?« schrie sie, seinen Körper schüttelnd. »Konnten wir die weiße Fahne nicht vor Beginn der Beschießung aufziehen, Stephan?« Sie beugte sich über den Toten und küßte dessen Gesicht. Mit ihren Händen strich sie über seinen Brustkorb. Sie zuckte zusammen, als sie durch den Stoff seiner blutverschmierten Bluse die Wunde fühlte, die ihm der Splitter einer Granate gerissen hatte.

Stephan schloß dem Toten die Augen. Dann hob er Luise hoch und führte sie zur Seite.

»Wir konnten eine weiße Fahne nicht früher aufziehen, Luise«, sagte er. »Hätten wir das getan, hätten uns die russischen Verbände, die hinter dem Gut standen, niedergemetzelt. Einige Stunden saßen wir zwischen zwei Stühlen. Jetzt sieht es so aus, als ob sich die Lage geklärt hat. Aber nun benötigen wir Dich, Liebling. Wenn die Deutschen auf das Gut kommen, bist Du, weil Du Deutsch perfekt sprichst, ganz sicher unsere Rettung. Wasche Dich blitzschnell und ziehe Dir Dein bestes Kleid an!«

Luise lag wie erstarrt in den Armen von Stephan. Sie blickte über seine Schulter zu den Kaukasiern, die damit begonnen hatten, ihren toten Kameraden in eine Decke einzuhüllen. Dann hoben sie den Toten hoch und trugen ihn in einen Nebenkeller.

»Wir können den Toten doch nicht in dem Nebenkeller liegen lassen«, sagte Luise weinend. »Wir müssen ihn begraben. So schnell wie möglich.«

»Das werden wir tun!«, antwortete Stephan. »Aber wir müssen

erst abwarten, bis die Deutschen das Gut besetzt haben. Dann wird sich sicher Gelegenheit bieten, mit einem der hohen Offiziere der Deutschen zu sprechen. Ich kann mir nicht vorstellen, daß sie die Beisetzung meines Kameraden auf dem Friedhof von Littauland verweigern werden.«

»Auf dem Friedhof von Littauland?«, fragte Luise. »Das kommt in keinem Fall in Frage. Der Junge wird im Massengrab beigesetzt werden. Dort ruhen alle die, die bei der Verteidigung des Gutes gestorben sind. Dort gehört Dein Kamerad hin. Nicht auf den Friedhof von Littauland.«

Eine Stunde später war der Hof des Gutes voll mit deutschen Soldaten. Sie hatten ihre Gewehre zusammengestellt und ihre Pferde abgesattelt.

Stephan nahm die Hand von Luise, als sie gemeinsam aus dem Keller auf den Hof kamen. Die deutschen Soldaten sahen sie mehr gleichgültig als interessiert an.

Eine Gruppe von Offizieren ritt durch das weit geöffnete Tor auf den Hof. Der General, der die Gruppe anführte, sprang vor dem Herrenhaus aus dem Sattel, als er Luise sah. Er verbeugte sich vor Luise und Stephan.

»Ich bedauere sehr, liebe Cousine, daß wir versucht haben, Dein Gut in Trümmer zu verwandeln«, sagte er. »Aber bis zum Hissen der weißen Fahne mußten wir annehmen, daß sich eine ganze Armee von russischen Soldaten hinter Deinen dicken Mauern verschanzt hat.« Er legte seine Hand an seine Pickelhaube.

»Fürst Lassejew!« Der General grüßte zu Stephan. »Ich freue mich, Sie kennenzulernen. Ich habe viel von Ihnen gehört. Nur Positives!«

Stephan blickte überrascht Luise an. Er sah, daß Ihr Gesicht von einem breiten Lächeln überzogen wurde.

»Du bist Max Graf zu Memel und zwar von der Pommerschen Linie unserer Familie«, sagte sie. »Der muntere Knabe, der mir den Hof machte, als ich zwölf Jahre alt war.«

»Genau, Luise, der bin ich!«

»Fürst Lassejew, Sie gestatten?« Stephan nickte, obwohl er aufgrund seiner schwachen Deutschkenntnisse kaum verstanden hatte, was der General gesagt hatte. Nur eines hatte er begriffen: Dieser deutsche Offizier war mit Luise verwandt. Der General umarmte Luise und küßte sie auf beide Wangen: »Du bist ein Prachtweib geworden, Cousinchen«, sagte er. »Ich bin beeindruckt. Fürst« – er wandte sich Stephan zu – »Sie haben eine sehr gute Wahl getroffen!« Er lachte Stephan an, der sich ebenfalls lächelnd vor dem General verbeugte. Seine Männer, die aus dem Keller auf den Hof gekommen waren, sahen dieser Szene ebenso überrascht zu, wie die deutschen Soldaten, die wie Ameisen auf den Gutshof drängten.

»Und nun zum Praktischen, Luise!« Der General betrachtete den Hof, das Herrenhaus und die Scheunen.

»Ich nehme an, Du besitzt weder ein Möbelstück noch ein Huhn«, sagte er.

»Uns ist alles genommen worden«, antwortete Luise. »Alles, aber auch alles. Im Keller, wo wir uns versteckt hielten, haben wir etwas Geschirr und etwas Garderobe. Mehr nicht!«

»Kein Anlaß zur Aufregung, Cousinchen«, antwortete der Offizier lachend. »Dieses Land ist voll von herrenlosen Pferden und Rindern. Hühner und Gänseherden irren umher. Meine Ulanen sind dabei, das Vieh zusammenzutreiben. Wie wäre es, wenn wir Deine Ställe bis an den Rand damit füllen?« Er sah Luise an.

»Bitte, Cousin, gib sofort den entsprechenden Befehl!«, sagte Luise.

Der deutsche Offizier winkte zwei seiner Kameraden aus seinem Stab zu sich. Sekunden später ritten sie durch das Tor.

»Und wie komme ich zu den Männern, die uns bei der Ernte helfen, das Dorf, das sicher sehr gelitten hat, wie auch das Gut wieder aufbauen und zusätzlich noch in der Lage sind, mein Haus mit neuen Möbeln auszustaffieren, damit Du, Dein Stab und wir in der Nacht in richtigen Betten schlafen und uns am Tage wieder auf richtige Stühle und an richtige Tische setzen können?«, fragte Luise.

»Abgelagertes Holz haben wir genug, Cousin. Aber nicht die Männer, die daraus Möbel fertigen können!«

Luise, die alles auf eine Karte gesetzt hatte, lächelte ihren Cousin so strahlend an, wie sie seit Monaten nicht mehr gelächelt hatte.

»Kein Problem, Cousinchen«, antwortete der General. »Wir haben eine ganze Armee russischer Soldaten gefangen. Zweitausend, was sage ich, viertausend Gefangene werden Dir zur Hand gehen. Noch kann ich hier befehlen, weil die Schreibstubenhengste erst auf der Bildfläche erscheinen werden, wenn die Garantie von mir gegeben worden ist, daß auch nicht eine Kugel mehr durch die Luft saust. Diese Garantie werde ich gut zwei Wochen hinauszögern, dann sind Deine Ställe wieder voll, alle Schäden hier und im Dorf ausgebessert, das Korn, inzwischen beinahe überreif, ausgedroschen, Dein Haus möbiliert und der Hof gefegt. Das verspreche ich Dir!« Er lachte so laut, daß sich auch die neu eingetroffenen Soldaten umdrehten, die ihre Gewehre auf der hinteren Seite des Gutes zusammenstellten.

»Aber an dieses Versprechen knüpfe ich eine Bitte, Cousinchen!«
»Gewährt!«
»Mein Stab und ich wollen bei Dir wohnen, Cousinchen, bis wir weiter müssen!«
»Einverstanden, Du bist mit Deinen Offizieren unser Gast!«

Max Graf zu Memel aus der Pommerschen Linie hielt sein Versprechen. Keine drei Wochen später standen in allen Ställen des Gutes Rinder und Pferde. Selbst eine Schweineherde transportierten die Soldaten des Generals auf das Gut. Hühner und Gänse spazierten in großen Scharen durch die Freigehege hinter dem Gut. Die Kriegsschäden im Dorf und auf dem Gut wurden von Kriegsgefangenen beseitigt, die Felder umgepflügt, die Wintersaat ausgesät.

Der deutsche General hatte sofort dem Vorschlag von Luise und Stephan zugestimmt, die Kaukasier als Inspektoren einzusetzen. Obwohl unbewaffnet, steuerten sie von den Pferden aus, die ihnen zugeteilt worden waren, alle Arbeitseinsätze der Kriegsgefangenen so sicher, wie früher Alexander die Gutsarbeiter.

An einem kaltem Oktobertag bat der General Luise und Stephan zu einem kleinen Essen in sein Zimmer. »Wir müssen morgen weiter«, sagte er ohne Vorrede. »Die Schreibstubenhengste sind jetzt bereits fest etabliert. Mit ihnen kannst Du, Luise, nicht so unbefangen wie mit mir umgehen. Sie sind Verwaltungshengste ohne Herz. Du und auch Sie, Fürst Lassejew, sind in ihren Augen Feinde. Als Glücksumstand für Dich, Luise, bewerte ich, daß ihr oberster Chef ein weitläufiger Verwandter von meiner Frau ist. Ich habe ihn gebeten, sein fürsorgliches Auge auf Dich zu richten. Er hat es mir versprochen. Du kannst zweihundert Kriegsgefangene auf dem Gut als Landarbeiter behalten. Einige ältere Soldaten von uns werden deshalb als Bewacher hierbleiben.«

Der General lehnte sich in seinem Sessel zurück. An seiner Zigarre ziehend, sah er durch das Fenster in den grauen Oktoberhimmel.

»Ich danke Dir, Cousin, für Deine Fürsorge«, sagte Luise.

»Ich muß Dir noch einen Rat mit auf den weiteren Lebensweg geben, Luise!« Der Offizier war aufgestanden und ging im Zimmer auf und ab.

»Und welchen?«

Der General sah Luise und Stephan kurz an. So ernst war sein Gesichtsausdruck noch nie gewesen, seit er auf dem Gut war.

»Bleibe hier«, antwortete er. »Auch Sie, Fürst Lassejew. Leben Sie beide so unauffällig wie möglich. Fahren Sie nie zum Hauptgut. Es ist beschlagnahmt worden. Du, Luise, mußt so tun, als ob es Dir nicht gehört. Dein Bruder ist schließlich russischer Offizier. Aber viel unangenehmer ist, daß es an der Westfront auf der anderen Seite, nämlich bei den englischen Fliegerverbänden, einen jungen Offizier gibt, der aufgrund seiner Luftsiege international bald so populär wie

Richthofen werden wird. Es ist der Oberleutnant Charles Graf zu Essex. Dein Sohn!«

Luise wurde schwarz vor Augen. Stephan und ihr Cousin legten sie auf das Bett des Generals. Der herbeibefohlene deutsche Stabsarzt brachte Luise schnell wieder zu sich.

»Mein Sohn ist Flieger?« Luise versuchte sich aufzurichten, fiel aber wieder auf die Kissen zurück.

»Nicht nur das«, antwortete ihr Cousin. »Charles ist dabei, eine Art Königsadler unter den englischen Jagdfliegern zu werden. Nur dem Einfluß Deiner mächtigen Verwandten am Berliner Hof ist es zu verdanken, daß Du deshalb keine Schwierigkeiten bekommen hast, nachdem wir Litauen besetzt haben. Der Kaiser ist verstimmt, daß der Sohn einer deutschstämmigen Gräfin aus dem Baltikum so erfolgreich auf Seiten der Engländer kämpft. Aber er konnte durch Deine Verwandten besänftigt werden.«

»Ich habe offensichtlich immer Schwierigkeiten mit den regierenden Höfen«, flüsterte Luise. »Der Zar war permanent verstimmt, wenn er an mich dachte. Nun auch der deutsche Kaiser. Es ist zum Verzweifeln!«

»Du kannst beruhigt in die Zukunft sehen, Luise«, sagte der General. »Dein Sohn kann alle deutschen Flugzeuge vom Himmel holen. Passieren wird Dir nichts. Unsere gemeinsamen Verwandten in Schweden, die dem Hof in Stockholm dienen, sind zusätzlich so aktiv geworden, daß der deutsche Kaiser seine Hacken zusammengeschlagen hat. Sie haben veranlaßt, daß Berlin eine ganz einfache Erklärung übermittelt wurde. Sie lautet sinngemäß: Bekommst Du Schwierigkeiten, erhält Deutschland keine schwedischen Erze. Dann läuft bei uns nichts mehr. Seitdem ist es in Berlin still geworden.«

Der General ging zu Luise und beugte sich über sie. Er küßte sie auf die Wange.

Dann griff er in die Seitentasche seines Uniformrocks. Er zog einen Ausschnitt einer englischen Zeitung hervor. Mit beiden Händen glättete er das Papier und reichte es seiner Cousine.

Luise sah auf den Zeitungsausschnitt und brach in Tränen aus. Ein großes Bild zeigte Charles vor einem Jagdflugzeug. Ihr Sohn hatte so ernst, wie sie ihn in Erinnerung hatte, in die Linse des Fotoapparates geblickt. An seiner Lederkleidung entdeckte sie mehrere Ordensspangen. Als Mutter sah Luise sofort, daß Charles scharfe Falten am Mund und an der Stirn bekommen hatte.

Sie küßte das Bild und seufzte. »Er ist doch noch immer ein

Kind«, sagte sie. »Ich habe entsetzliche Angst um ihn!« Luise brach wieder in Tränen aus.

»Bitte, Luise, lies den Text unter dem Bild vor!« Der General räusperte sich verlegen.

»Ich kämpfe dafür, daß die Völker Europas vom Joch der Deutschen befreit werden«, las Luise mit leiser Stimme vor. »Ich kämpfe dafür, daß meine Mutter« – Luise zögerte einige Sekunden – »nicht länger unter den Deutschen zu leiden hat. Dies erklärte Oberleutnant Charles Graf zu Essex nach seinem dreißigsten Luftsieg.«

»Eine wenig überlegte Erklärung«, sagte der General. »Sie zeugt von jugendlichem Ungestüm und von Unerfahrenheit. Du kannst Dir vorstellen, liebe Cousine, wie dieser Text beim Berliner Hof gewirkt hat. Bitte rege Dich nicht mehr auf. Alle Probleme sind beseitigt. Ich kann mich des Eindrucks nicht erwähren, daß Dein Sohn offensichtlich nicht darauf gekommen ist, daß die englischen Zeitungen über Schweden weiter ungehindert nach Deutschland kommen.«

Luise sah das Foto von Charles an. Dem General und auch Stephan schien es so, als ob sie die Worte des Offiziers überhaupt nicht gehört hatte.

»Es ist die erste Nachricht, die ich von meinem Sohn erhalte«, sagte sie. »Kann ich den Zeitungsausschnitt behalten?«

»Gewiß, Cousine. Deshalb habe ich ihn Dir mitgebracht!«

»Kann ich Charles und meiner Tochter schreiben?« Luise sah noch immer das Bild ihres Sohnes an. »Ich sehne mich danach, Cousin, meinen Kindern schreiben zu können!«

»Das kannst Du, Luise«, sagte der General. »Schreibe Deinen Kindern heute nacht einen Brief. Ich werde dafür sorgen, daß dieser Brief morgen an unsere Verwandten nach Schweden geht. Sie werden die Post weiterleiten.«

Der deutsche General sah wieder durch die Fensterscheiben in die grauen Wolken des Oktobertages.

»Fürst Lassejew, Sie verstehen doch sicher, warum ich meiner Cousine empfohlen habe, so unauffällig wie möglich hier auf dem Gut zu leben?«, sagte der Offizier.

»Jawohl, Herr General, ich verstehe das sehr gut!«, antwortete Stephan.

Der General ging zu Luise, nahm ihre Hand und küßte sie. Dann drehte er sich abrupt um und ging zu der Tür des Zimmers, in dem er monatelang gelebt hatte. Als er die Tür geöffnet hatte, drehte er sich noch einmal zu Luise um.

»In der letzten Nacht auf Deinem Gut, Luise, schlafe ich mit meinen Offizieren im Heu bei meinen Soldaten«, sagte er. »Das haben wir immer so gehalten. Ich danke Dir für Deine Gastfreundschaft. Ich hoffe, wir sehen uns bald gesund wieder!«

Der General ging auf den Flur vor dem Zimmer. Noch einmal drehte er sich um.

»Dein Sohn, Luise, kämpft auf der richtigen Seite«, sagte er leise. »Ich bin zwar ein deutscher Patriot, ein wirklich überzeugter Nationalist, aber ich glaube, mein Kaiser hat den Überblick verloren. Wie konnte er einen Zweifrontenkrieg beginnen. Den steht das Deutsche Reich nicht durch. Wie konnte er überhaupt einen Krieg beginnen. Das ist mir, als ausgebildeter Generalstäbler, völlig unverständlich. Offensichtlich haben der Kaiser und sein Hauptquartier niemals auf den Globus gesehen. Wenn dies geschehen wäre, hätten die Herren sicher bald festgestellt, daß das Deutsche Reich nur ein kleiner Punkt auf der Weltkarte ist. Wir siegen zwar unverändert. Aber wir werden uns totsiegen. Und wenn das geschehen ist, wird die ganze Welt uns verdammen. Das wird neue Schrecken bringen. Wir werden einem Dampfkessel gleichen, der kein Notventil besitzt. Vor uns Deutschen wird Europa eines Tages wieder erzittern. Das wird gar nicht so lange dauern. Es muß Dich überraschen, liebe Cousine, wenn ich so etwas sage. Aber ich habe nächtelang, seit Jahren immer wieder, über die Entwicklung nachgedacht, die nach dem Krieg in Europa beginnen wird. Und da sehe ich schwarz für die Zukunft.«

Der General grüßte in das Zimmer. Dann legte er seine linke Hand an seine Lippen, küßte seine Fingerspitzen und warf Luise den Kuß zu.

»Fürst Lassejew!«, sagte er. »Bewachen Sie meine reizende Cousine!«

Der General verbeugte sich.

Vier Wochen später fiel der Cousin von Luise in einer neuen Schlacht an der Ostfront.

Paul Berger, Verwaltungsoffizier einer Armee, die vor Verdun lag, kam sich wie ein Fels in der Brandung vor. Er stand aufrecht in einem Bunker in der vordersten Linie, der wie ein Kutter im Sturm schwankte. Seit einer Stunde schleuderten Hunderte von französischen Geschützen Tonnen von Granaten auf die deutschen Stellungen. Das Getöse, das dabei entstand, war unerträglich. Obwohl der Bunker gut dreißig Meter unter der Erde lag und Holz, Beton und Eisenbahngleise ihn schützten, befürchtete Berger, daß er jeden Augenblick einstürzen würde.

Berger blieb aber aufrecht stehen. Er hatte unzählige solcher Feuerüberfälle in den letzten vier Kriegsjahren durchgestanden. Dabei hatte er gut vierzig Pfund an Gewicht verloren. Der Grund dafür war einfach: Die Verpflegung an der Front war genauso schlecht wie in der Heimat. Außerdem lebte Berger in einem Dauerstreß. In der Woche mußte er drei- bis viermal an die vorderste Front, um zu kontrollieren, ob der Nachschub von Verpflegung bis zur Munition so funktionierte, wie es der Generalstab angeordnet hatte. Berger war so drahtig wie ein Hochleistungssportler geworden. Sein Körper bestand nur noch aus Muskeln.

Dreimal war Berger verwundet worden. Einmal schwer und zweimal leicht. Unzählige Male war er in Kämpfe, Mann gegen Mann, hineingezogen worden. Und immer hatte er dabei seinen Mann gestanden. Er war mit einer Reihe von Orden ausgezeichnet worden. Besonders stolz war er auf das Eiserne Kreuz erster Klasse.

Aber noch stolzer war Berger darauf, daß er nach seiner schweren Verwundung das Lazarett als vollwertiger Mann verlassen hatte. Einem Oberstabsarzt blieb es vorbehalten, mit einer Serie von Kupferspritzen seinen »Winzling« in die richtige Form zu bringen. Seit dieser Zeit lebte Berger in seinem Privatquartier hinter der Front mit einer jungen Französin zusammen, die ihm das bot, auf das er vorher hatte verzichten müssen.

Auf Urlaub war Berger nie gefahren. Dank der Tüchtigkeit seines alten Kanzleivorstehers liefen seine Geschäfte in Königsberg glänzend. An Candy war er nicht mehr interessiert. Er hatte sich vorgenommen, Candy aus seinem Haus zu werfen, wenn er lebend aus dem Krieg zurückkehren sollte. Ihren Platz sollte dann seine französische Geliebte einnehmen.

Paul Berger wußte genau, was seine Frau in den vergangenen Jahren in ihrem Schlafzimmer getrieben hatte. Ein Privatdetektiv, den er von der Front aus beauftragt hatte, sie zu beobachten, hatte ihm ausführlich Bericht erstattet. Einer ihrer Liebhaber, dessen Gier nach Frauen seinen immer potenten Penis in ihren Schoß geleitet hatte, hockte jetzt an einer der Seitenwände des Bunkers und umklammerte zitternd sein Gewehr: Georg Dowiekat. Paul Berger hatte ihn zufällig auf einer Straße hinter der Front gesehen und sofort veranlaßt, daß er in die vorderste Linie versetzt wurde.

Staub überflutete Berger. Er blieb weiter aufrecht stehen. Mit einem zynischen Lächeln um seine Mundwinkel beobachtete er die sechzig Soldaten, die auf dem Boden des Bunkers kauerten. Keiner von ihnen sah mehr so aus wie die strahlenden Sieger, die in den ersten Jahren des Krieges alle feindlichen Armeen vor sich hergejagt hatten. Diese Soldaten waren hohlwangig, ihre Uniformen unzählige Male ausgebessert, ihre Stiefel notdürftig repariert.

Berger sah nur einen von ihnen unentwegt an. Dowiekat. Als das Feuer der Franzosen nach hinten sprang, zog Berger seine Pistole. Er feuerte einen Schuß in die Decke des Bunkers.

Er war zwar nur Verwaltungsoffizier, aber vom Rang her dem Leutnant überstellt, der diese Gruppe befehligte. Außerdem trug er eine dick bestückte Ordensschnalle. Der Leutnant, ein junges, blasses Kerlchen von knapp zwanzig Jahren, besaß dagegen nicht eine Auszeichnung.

»Raus!«, brüllte Berger. »Die Franzosen kommen. Dowiekat an die Spitze!« Der Leutnant sah Berger sekundenlang an. Wagte aber keinen Widerspruch.

Paul Berger sah mit tierischem Vergnügen wie sein ehemaliger Kumpel und Angestellter vor Schreck zusammenzuckte.

»Los!«, schrie Berger. »In den Graben, Du elender Hurenbock! Die Franzosen werden in wenigen Minuten vor unseren Stellungen sein. Nun kannst Du Dich endlich für Volk und Vaterland bewähren!« Berger feuerte eine zweite Kugel dicht an dem Kopf von Dowiekat vorbei.

Georg Dowiekat erklomm, schnell wie ein Affe, die Leitern, die in den Graben führten. Paul Berger war dicht hinter ihm. Als sie und die anderen Männer in dem durch das Granatfeuer fast eingeebneten Graben erschienen, sahen sie dichte Reihen von französischen Soldaten auf sich zukommen.

»Gegenangriff!«, befahl Berger. »Dowiekat weiter vorn!« Wieder feuerte Berger eine Kugel aus seiner Pistole dicht neben Georg Dowiekat in die zusammengebrochene Wand des Grabens.

Überrascht registrierte Paul Berger, daß deutsche Maschinengewehre zu hämmern begannen. Offensichtlich hatten mehr Bunker dem Trommelfeuer standgehalten, als er vermutet hatte. Die in dichten Gruppen anstürmenden Franzosen fielen reihenweise.

»Los, Dowiekat!« Die Stimme von Berger überschlug sich. »Gegenangriff!«

Der ehemalige Vorarbeiter von William und Luise sah Paul Berger einige Sekunden an.

»Du bist ein widerliches Schwein und ein Mörder«, schrie Dowiekat. »Wenn ich jetzt sterben muß, habe ich wenigstens eine Genugtuung: Ich habe unzählige Male mit Deiner Frau geschlafen. So eine Klasse-Puppe hatte ich noch nie im Bett, Du Widerling! Außerdem habe ich ihr das geboten, was sich eine Frau wünscht. Keinen ›Winzling‹. Und dann noch eins, Du Widerling: Ich weiß genau, daß Du der verkrachte ehemalige russische Offizier Joseph Benda bist, der im Baltikum wie ein Hunne gehaust hat!«

Dowiekat kletterte über den Grabenrand und lief den Franzosen entgegen. Zwei Soldaten, die das starke Maschinengewehrfeuer überlebt hatten, rammten ihre Bajonette in den Körper von Dowiekat.

Als Berger sicher war, daß Dowiekat nicht mehr lebte, erschoß er die beiden Soldaten.

»Dowiekat war die Nummer eins in meinem Rachefeldzug«, sagte er lächelnd. »Nummer zwei ist Martha Steinholz. Sie hat mit diesem widerlichen Arbeiter geschlafen, der jetzt dort draußen tot im Schlamm liegt. Dafür wird sie büßen müssen!«

Dreißig Minuten später war der Angriff der Franzosen zusammengebrochen. »Die Deutschen, die Engländer und auch die Franzosen sind nicht zu begreifen«, murmelte Berger. »Sie rennen unentwegt aufeinander zu und bringen sich zu Hunderttausenden um. Besonders die Deutschen sind nicht zu verstehen. Sie haben in keinem Fall den Bären erfunden. Wäre dem so, würden sie längst um Verdun herumgestoßen sein und hätten die gesamte Front der Franzosen aufgerollt. Stattdessen jagen sie Division auf Division vor Verdun in den Tod.«

Berger gelang es, mit einem Transportfahrzeug für Verwundete in die Etappe zu kommen. Ungerührt saß er zwischen Schwerverwundeten auf der offenen Ladeklappe des Fahrzeuges. In diesem Krieg hatte er Verwundete in unvorstellbaren Massen gesehen. Wehklagen und Schreien beeindruckte ihn nicht mehr. Wie alle Männer, die Trommelfeuer auf Trommelfeuer erlebt hatten, war er so abgestumpft, daß er an seiner Umgebung kaum Anteil nahm.

Berger blickte in den blauen Himmel. Etwa zwanzig englische und deutsche Jäger lieferten sich einen wilden Luftkampf. Obwohl der Motor des Verwundetenfahrzeuges hustete und spuckte, konnte er deutlich das Aufheulen der Flugzeugmotoren hören, wenn sich die Jäger in die Kurve legten. Offensichtlich blieb der Luftkampf für beide Seiten ohne Erfolg. Berger sah nicht, daß eine der Maschinen brennend abstürzte. Wenig später war der Spuk am Himmel verschwunden. Die englischen und die deutschen Jagdmaschinen hatten ihre Feldflughäfen angesteuert.

Berger fand die Nachschubkolonne, die ihm unterstand und von Oberfeldwebel Hans Leder befehligt wurde, nach einer Stunde in einem zerstörten Dorf. Die Kolonne bestand aus sechzig Pferdefuhrwerken. Die Fahrzeuge waren bereits abgeladen worden. Sie hatten Munition aller Kaliber und Verpflegung nach vorn gebracht.

Berger war berühmt dafür, daß bei ihm der Nachschub klappte. In seinem Befehlsbereich verging kein Tag, an dem auch die Soldaten in vorderster Front nicht wenigstens einmal innerhalb von vierundzwanzig Stunden ein warmes Essen bekamen. Berger knauserte nie. In den Suppen, die seine Köche zubereiteten, schwammen immer einige Wurst- und Fleischstücke. Wie er das trotz schmalster Zuteilungen möglich machte, blieb sein Geheimnis. Der Oberfeldwebel und er fanden stets einen Weg, die Suppen für die Soldaten vorne mit einigen Fettaugen anzureichern. Daß der Nachschub von Berger bis in die vorderste Stellung nahtlos klappte, war nicht zuletzt darauf zurückzuführen, daß er sich nicht scheute, auch bei schwerstem Beschuß in die vorderste Front zu gehen und dort auszuhalten. Selbst hier trieb er seine Essenträger zu äußerster Leistung an. Weil er dabei oft rücksichtslos vorging, war er bei diesen Männern wenig beliebt. Wohl aber bei den Soldaten. Sie wußten, wenn er auftauchte, konnte es nicht mehr lange dauern und ihre Kochgeschirre würden wieder mit einer heißen Mahlzeit gefüllt sein.

Berger und Leder setzten sich ins Gras neben der Umfassungsmauer eines großen Gartens, in dem einst ein prachtvolles Herrenhaus gestanden hatte. Jetzt war es nur noch ein Trümmerhaufen.

Leder öffnete eine Segeltuchtasche und nahm eine Flasche Schnaps heraus. Er entkorkte die Flasche mit den Zähnen und bot sie Berger an. Als beide Männer die Flasche halb geleert hatten, aßen sie Mettwurst und Brot und tranken dazu Bier. »Wo hast Du das Bier her, Hans?«, fragte Berger.

»Das habe ich gefunden!«, antwortete Leder.

»Schmeckt ausgezeichnet, mein Lieber!« Berger wischte sich über den Mund.

Berger und Leder legten sich in das Gras und dösten. Beide Männer verband eine enge Freundchaft, obwohl sie von völlig unterschiedlichem Temperament waren. Außerdem war Leder groß und breitschultrig. Er überragte Berger um gut fünfzehn Zentimeter. Während Berger leicht aufbrausen konnte, blieb Leder immer die Ruhe selbst. In diesem Gespann war Leder auch das geborene Organisationstalent. Er roch förmlich, wenn Nachschub aus Deutschland an die Front kam, und er fand auch meist innerhalb weniger Stunden heraus, was Berger und er für die Soldaten an der Front benötigten. Dabei ging er nicht zimperlich vor. In der Etappe wurde er der Pate genannt. Sein Motto war, eine Hand wäscht die andere. Er gab und nahm, und er scheute sich auch nicht, andere Verwaltungsoffiziere zu erpressen, die er mit Naturalien und Geld bestochen hatte. So organisiert und geschmiert, lief der Nachschub von Berger glänzend.

Berger und Leder hatten sich vor gut drei Jahren auf einer Konferenz weit hinter der Front getroffen. Sie verstanden sich auf Anhieb. Berger gelang es, den Oberfeldwebel in seine Einheit versetzen zu lassen. Seit dieser Zeit arbeiteten sie Hand in Hand. Sie bewohnten sogar gemeinsam in einem noch unzerstörten Dorf eine kleine Wohnung. Dort wohnte die Geliebte von Berger, die, wie sie selbst in gebrochenem Deutsch sagte, Tag und Nacht auf ihren Teutonen wartete und immer zu allen Späßen bereit war. »Für Liebe ich gut«, sagte sie lächelnd, wenn sie Berger sah. »Ich alles können, Du hast Deine Freude!« Seit gut einem Jahr war ihre Schwester die Geliebte von Leder. »So bleibt wenigstens alles in der Familie«, hatte der Oberfeldwebel gesagt, als er die erste Nacht mit diesem Mädchen verbracht hatte. Beide Männer hatten sich grinsend angesehen. Die Mädchen hatten gekichert.

Berger stieß Leder an. »Weißt Du was mich stört?«

»Kann ich mir denken, General!« Leder sprach Berger stets mit diesem Titel an. Das schmeichelte Berger. Er hielt sich sowieso für viel bedeutender als jeder General weiter hinter der Front. Ohne ihn lief hier schließlich nichts. Wenn die Soldaten keine Munition bekommen würden und nichts mehr zu Essen hätten, wäre der Krieg nach seiner Meinung sowieso beendet. Da konnte der Generalstab noch so viel schöne Pläne ausarbeiten.

Beide Männer sahen in den frühherbstlichen Himmel, der sonnenberflutet sich italienblau über ihnen wölbte.

»Wir müssen in einer Stunde zurück, weil wir vor Mitternacht wieder vollbeladen hier antanzen sollen!« Berger musterte den Himmel. »Dann werden die verdammten englischen Flugzeuge kommen und aus uns auf der Rückfahrt Kleinholz machen!«

»Glaube ich auch, General! Ich frage mich, warum wir unbedingt noch bei Tageslicht abfahren müssen. Das können wir auch im Schutz der Nacht erledigen. Da die Tage jetzt erheblich kürzer geworden sind, sollte es uns doch sicher nicht schwerfallen, vor Sonnenaufgang wieder hier zu sein.«

»Da kannst Du nichts machen«, antwortete Berger. »Befehl ist Befehl. Die Klugscheißer in der tiefsten Etappe haben keine Ahnung, was vorne wirklich los ist. Wenn sie ein einziges Mal einen Artillerieüberfall oder einen Luftangriff miterleben würden, gebe es solche Befehle sicher nicht mehr. Aber diese Hosenscheißer kommen aus ihren Bunkern nicht heraus. Die machen ihre Pläne am grünen Tisch, und wir müssen gehorchen. Gehen wir dabei hops, schicken sie andere nach hier. So einfach ist das!« Berger spuckte im hohen Bogen ins Gras.

»War es schlimm, Hans?« Der Oberfeldwebel richtete sich auf und kaute gelassen auf einem Grashalm, den er gerade abgerissen hatte.

»Wir hatten großes Glück, General«, antwortete er. »Die Kameraden von der anderen Feldpostnummer setzten ihre Feuerwalze nach dem ersten Schlag soweit nach hinten, daß wir genau zwischen der ersten und der zweiten lagen. War wie im tiefsten Frieden. Einmal abgesehen davon, daß die Koffer in Massen über uns hinwegrauschten. Aber das hatte auch Vorteile: Die englischen Flieger ließen uns in Ruhe. Sie hatten keine Lust, vom Himmel geholt zu werden. Ich möchte nicht wissen, was passiert wäre, wenn die Tommys gestartet wären. Die meisten der Fuhrwerke waren bis zur Halskrause mit Munition beladen!«

Leder griff nach der Schnapsflasche und trank einige Schlucke. Dann reichte er die Flasche Berger.

»Du warst sicher wieder mitten in der Scheiße, ganz vorn!«

»Wie immer!«

»Du hast einen Scheißjob, Paul«, sagte der Oberfeldwebel. »Können nicht die Offiziere von vorn nach hinten berichten, ob der Nachschub geklappt hat? Du bist doch Verwaltungsoffizier. Was hast Du da vorne eigentlich zu suchen?«

»Wie meist in der Vergangenheit gab es nach dem Artillerieüberfall auch heute keine Offiziere mehr, die nach hinten berichten können!« Berger nahm dem Oberfeldwebel die Schnapsflasche aus der Hand. »Ich stand im Tiefbunker, während die im Flachbunker oben hockten. Sie sind alle zermalmt worden.«

»War also so wie immer und wie damals?«

»So war es, Hans!«

»Damals«, das war ein Trommelfeuer, das beide zusammen vor zwei Jahren erlebt hatten. Nach wochenlanger relativer Ruhe an der Front hatten die Franzosen die deutschen Stellungen eines Morgens stundenlang mit schwersten Granaten belegt. Berger und Leder hatten gerade die Stellungen verlassen wollen, als das Trommelfeuer begann. Wie der Blitz waren sie in einen Tiefbunker abgetaucht. Sie hockten sich in dem Bunker nebeneinander in eine Ecke.

Was sich in den zwei Stunden während des Trommelfeuers abgespielt hatte, war die Hölle hoch zehn gewesen. Einige Streben des tief unter der Erde liegenden Bunkers waren wie Streichhölzer zerbrochen. Pulvergase und Sandstaub waren ihnen durch ihre weit aufgerissenen Münder in die Lunge gedrungen. Beide hatten geglaubt, sie müßten ersticken.

Drei der siebzig Soldaten, die angstschlotternd auf dem Boden des Bunkers lagen, hatten sich erschossen. Acht andere wurden wahnsinnig. Ihre Unteroffiziere schlugen solange mit den Fäusten auf sie ein, bis sie zu schreien aufhörten. Andere Soldaten beteten unentwegt. Wieder andere riefen gellend nach ihren Müttern.

Der junge Leutnant, der die Bunkerbesatzung befehligte, war nach einem neuen Strebenbruch plötzlich aufgesprungen und aus dem Bunker gerannt. Sie sahen ihn nie wieder. Nach dem nächsten Strebenbruch rutschten Sandmassen in den Bunker und begruben dreißig Soldaten unter sich. Sie erstickten.

Berger hatte überrascht registriert, daß der Oberfeldwebel und er die einzigen Insassen des Bunkers waren, die in diesem Chaos die Nerven behielten. Sie saßen in ihrer Ecke wie Zuschauer in einem Theater, die einem Tanz des Teufels auf der Bühne zusahen. Als das Feuer nach hinten gesprungen war, waren beide wie auf Kommando hochgeschnellt. Sie jagten die Überlebenden aus dem Bunker, dessen Ausgang wie durch ein Wunder nicht verschüttet worden war. Von dem ehemaligen Graben war nichts mehr zu sehen. Obwohl vor dem Trommelfeuer metertief und mit Stahl und Holz abgesteift, war er völlig plattgewalzt. Es sah so aus, als ob eine riesige Planierraupe über ihn hinweggerollt war.

Hunderte Franzosen, die sich bereits vor dem Bunker versammelt hatten, stürzten sich sofort auf die deutschen Soldaten. Der Oberfeldwebel und Paul Berger schlugen sich mit ihnen, ihre eigenen Männer mit lautem Gebrüll anfeuernd, gut dreißig Minuten im Kampf Mann gegen Mann herum. Soldaten beider Seiten waren dabei durch Blut gewatet. Als aus dem zweiten und dritten Graben dahinter deutsche Grenadiere zu Hilfe kamen, hatten sie nicht nur die Lage stabilisieren, sondern im sofortigen Gegenangriff die Franzosen weit hinter ihre erste Linie zurückdrängen können.

Berger und der Oberfeldwebel, die nicht einen Kratzer abbekommen hatten, waren mit dem Eisernen Kreuz Erster Klasse ausgezeichnet und im Heeresbericht lobend erwähnt worden. Wie immer hatten alle deutschen Zeitungen den Heeresbericht nachgedruckt. Berger war sicher, daß auch Candy den Heeresbericht gelesen hatte. Zum ersten Mal schrieb er von der Front an sie. In seinem Brief an sie stand nur ein Satz: »Jetzt weißt Du, mit wem Du es zu tun bekommst, wenn ich zurückkehre!« Keine An- und keine Abrede.

Charles war am späten Nachmittag dieses Tages zum vierten Mal vom Feldflugplatz vierzig Kilometer hinter der Front gestartet. Zweimal waren er und seine Kameraden vergeblich unterwegs gewesen. Abseits der Schußbahnen der Artillerie, viertausend Meter über dem Schlachtfeld stehend, konnten sie sehen, wie die deutschen Stellungen umgepflügt wurden. Am Himmel hatte sich kein deutsches Flugzeug gezeigt.

»Jetzt wird der Durchbruch gelingen«, dachte Charles, als er nach unten auf die deutschen Stellungen sah. Da blieb kein Stein auf dem anderen. Um so überraschter war er, als er drei Stunden später erfuhr, daß seine auf der Erde kämpfenden französischen Kameraden eine schwere Niederlage hatten einstecken müssen.

Am frühen Nachmittag, kurz nach der Kanonade, flog Charles zusammen mit zwanzig seiner Kameraden wieder über die Front. Sie wurden von Schwärmen deutscher Dreidecker angegriffen. Der »rote Baron«, Manfred von Richthofen, lebte nicht mehr. Aber seine Schüler beherrschten ihr Handwerk ebenso gut.

Die Deutschen waren aus der Sonne gekommen. Sie stießen auf die Engländer, wie Habichte auf einen Taubenschwarm. Charles hatte mehrfach prüfend den Himmel über sich gemustert. Gesehen hatte er nichts. Außerdem befanden sich er und seine Kameraden noch immer im Steigflug.

Die Deutschen mußten hoch über ihnen gestanden haben. Sie rasten durch den englischen Verband hindurch. Dabei feuerten sie aus allen Rohren. Acht der englischen Maschinen schossen sie auf einen Schlag ab.

Charles hatte seinen Jäger sofort in einer Linkskurve herumgerissen und war den Deutschen nachgejagt. Mit seiner Eigenbaubewaffnung – zwei Maschinengewehre schossen durch seinen Propeller, zwei mit übergroßen Munitionstrommeln klebten neben den Rädern am Fahrgestell – schoß er drei Deutsche ab. Damit hatte er sechsundvierzig Luftsiege errungen.

Da der Verband von Charles durch den Blitzüberfall der Deutschen jeden Zusammenhang und damit die gegenseitige Deckung verloren hatte, sagte ihm sein sechster Sinn, daß sich hinter ihm totsicher eine der wendigen deutschen Dreidecker befinden müßte. Charles riß seine Maschine nach rechts und zog den Steuerknüppel gleichzeitig ruckartig an. Keine Sekunde zu spät. Eine Maschinengewehrgarbe riß Löcher in die linke Tragfläche und in den Rumpf links neben seinen Sitz. Mit beträchtlichem Überschuß jagte ein deutscher

Jäger an ihm vorbei. Charles hängte sich sofort hinter ihn und schoß ihn ab. Der deutsche Pilot sprang aus seiner Maschine. Sein Fallschirm blähte sich zu einem riesigen Pilz auf.

Als Charles seine Maschine in eine linke Kurve zog, fühlte er einen rasenden Schmerz, der von seinem linken Oberschenkel aufsteigend, seinen ganzen Körper durchzog. Er preßte seine linke Hand auf seinen Oberschenkel. Als er die Hand hob, war sein Handschuh voller Blut.

»Mich hat wie Richthofen ein Anfänger getroffen«, schoß es ihm durch den Kopf. Für Bruchteile von Sekunden wurde ihm schwarz vor Augen. Erst vierhundert Meter über den deutschen Stellungen gelang es Charles, seine Maschine, die zu trudeln begonnen hatte, abzufangen. Dicht über dem Boden flog er seinen Feldflugplatz an. Er setzte seinen Jäger glatt auf und rollte aus. Dann fiel er in Ohnmacht.

Entgegen der Anweisung des Stabsarztes seines Geschwaders war Charles am späten Nachmittag wieder in der Luft. Wegen seines dick bandagierten Oberschenkels hatte er das Gefühl, nicht in einem Cockpit zu sitzen, sondern in eine Fischdose gepreßt worden zu sein.

Sie flogen nur noch zu sechs. Alle anderen englischen Piloten hatten den Angriff der deutschen Dreidecker nicht überlebt. Charles und seine Kameraden kurvten über dem Schlachtfeld. Keine deutsche Jagdmaschine ließ sich sehen. »Die deutschen Piloten feiern ganz sicher ihren glänzenden Luftsieg«, dachte Charles.

Als er seine Maschine in eine Linkskurve legte, fühlte Charles auf seiner nackten Haut unter seiner Kombination das Telegramm von Marlies, das er kurz vor dem Start zum vierten Flug des Tages erhalten hatte. »Mama und Stephan leben!«, hatte Marlies telegrafiert. »Mama hat einen sechs Seiten langen Brief an uns geschrieben. Er ist über Schweden gekommen. Unser Gut ist schwer umkämpft worden. Aber es ist alles in Ordnung. Ich schreibe den Brief für Dich ab. Bleibe für uns gesund. Viele Küsse, Deine Schwester Marlies«.

Charles konnte den Text des Telegramms rückwärts aufsagen. Ein Glücksgefühl durchströmte ihn, als er das Papier des Telegramms auf seiner Haut fühlte. Seit Jahren hatten Marlies und er in ihren Abendgebeten Gott um eine Nachricht von ihrer Mutter und Stephan angefleht. Nun hatte Gott ihren Wunsch erfüllt.

Charles wollte seinen Arm heben, um seinen Kameraden seinen Entschluß zur Rückkehr zum Feldflugplatz zu signalisieren, als er links unter sich auf freier Straße eine lange, pferdebespannte Nachschubkolonne der Deutschen sah. Statt seinen Arm nach oben zu heben, richtete er ihn, sich aus seinem Cockpit beugend, nach unten. Alle sechs Piloten drückten ihre Maschinen im Sturzflug abwärts. Sie rollten die Nachschubkolonne von hinten anfliegend auf. Im Feuer ihrer Maschinengewehre stürzten Pferde und Kutscher tot zu Boden. Andere Gespanne gingen durch. Die Geschosse der vierten englischen Maschine traf zufällig ein deutsches Munitionslager, das neben der Straße unter Bäumen eines Mischwaldes angelegt worden war. Es flog in einer gewaltigen Explosion in die Luft. Splitter und der Explosionsdruck rissen die fünfte und sechste englische Maschine in Stücke.

Als Charles seinen Steuerknüppel anzog, prasselten Maschinengewehrgeschosse durch seine Maschine. Er drehte sich, seinen Jagdeinsitzer auf die Seite legend, um. Die hinter ihm fliegenden Maschinen seiner Kameraden standen in Flammen. Im Bruchteil einer Sekunde sah Charles, daß sie von acht deutschen Dreideckern angegriffen wurden, die sie, wie aus dem Nichts auftauchend, über dem Mischwald hinweg angeflogen hatten.

Charles täuschte die deutschen Piloten, in dem er nicht weiter stieg, sondern seinen Jäger blitzschnell nach unten drückte. Als die Deutschen ihren Irrtum bemerkten, standen sie bereits gut eintausend Meter über ihm. Sie legten ihre Maschinen auf die Seite und stellten sie dann auf den Kopf. Charles drosselte die Geschwindigkeit seines Flugzeuges, gab dann Vollgas und zog den Steuerknüppel an. Als die Deutschen dicht vor ihm nach unten stürzten, drückte er auf den Auslöser seiner Maschinenwaffen. Im Feuer seiner vier Maschinengewehre gingen zwei deutsche Jäger in Flammen auf. Sie fielen wie Steine auf den Acker neben der Straße und explodierten.

Charles hängte sich sofort an die anderen Jäger an und schoß erneut zwei Deutsche ab. Damit hatte er seinen fünfzigsten Luftsieg errungen. Die anderen deutschen Piloten suchten nach diesem Desaster das Weite.

In Charles stieg eine ihm bisher unbekannte Wut gegen die Deutschen auf. Er legte seine Maschine in eine Flachkurve und griff erneut die Reste der Nachschubkolonne an, obwohl ihm sein Verstand sagte, daß er alle Karten ausgereizt hatte. Beim Anflug auf die Kolonne sah er die brennenden Wracks der Fluzeuge seiner Kameraden und die der deutschen Piloten. Über dem Munitionslager stand eine riesige schwarze Brandwolke, die sich schnell ausdehnte.

Als Charles die Kolonne in zweihundert Meter Höhe ansteuerte, sah er die beiden Deutschen, die auf einem der unbeschädigt gebliebenen Wagen standen und ein Maschinengewehr auf seine Maschine richteten. Charles sowie Berger und Oberfeldwebel Leder feuerten gleichzeitig. Die beiden Deutschen fielen wie Puppen vom Wagen, denen man einen Stoß gegeben hatte. Flüchtig sah Charles, daß sie dabei dennoch ihre Arme und Beine bewegten.

Der Motor seiner Maschine begann zu husten. Wieder im linken Bein, jetzt im Fuß und im Unterschenkel, fühlte er rasende Schmerzen. Eine Wolke heißen Öls nahm ihm für Sekunden die Sicht.

Charles drosselte instinktiv den Motor und gab sofort wieder Vollgas. Der Motor hustete, brachte dann aber seine volle Leistung. Aus der Seite des Motors drangen Qualmwolken. Charles raste so dicht wie nie über die Stellungen der Deutschen hinweg zu seinem Feldflugplatz. Knapp einen Kilometer hinter der englischen Linie blieb der Motor stehen. Charles sah einen wassergefüllten Trichter hinter dem anderen unter sich. Er verlor die Besinnung, als seine Maschine das zerrissene Land durchfurchte.

Eine Woche später war Charles in England. »Du bist mit dem Viktoriakreuz ausgezeichnet und zum Hauptmann befördert worden«, sagte Marlies, die an seinem Bett saß und seine Hand hielt. »Aber der Krieg, mein lieber Bruder, ist für Dich vorbei. Du wirst ein Leben lang ein steifes Bein behalten und am Stock gehen müssen.« Marlies beugte sich über Charles und begann zu weinen.

Charles griff in die Haare seiner Schwester. »Ich weiß gar nicht, warum Du weinst, Marlies«, sagte er mit leiser Stimme. »Jetzt werde ich Landwirtschaft studieren, so wie es Mama sich wünscht. Das werde ich doch wohl können, obwohl ich ein steifes Bein habe? Und außerdem, liebe Marlies, Du hast mir noch nicht den Brief von Mama vorgelesen!«

Viertes Kapitel: Die silberne Schlange

»Unmögliches wird möglich,
wenn es an Mut nicht fehlt.«
Elisabeth Kuhlmann
(Gedichte, 1846)

So hat man mich gefraget:
»Was quält Dich sehr?«
»Ich kann nicht nach Hause,
hab' keine Heimat mehr.«
Hermann von Hermannsthal, 1837

Der Krieg, der nach eigenen Gesetzen in einen Weltbrand ausuferte, war zu Ende gegangen. Die Völker Europas, die in seinen Strudel gerieten, waren ebenfalls am Ende: Sieger und Besiegte gleichermaßen.

Das Deutsche Reich war vernichtend geschlagen worden. Der Vielvölkerstaat Österreich, der Deutschland in den Krieg gezogen hatte, war zerbrochen. Aus der ehemaligen K.- und K.-Monarchie waren neue Staaten hervorgegangen, die vom ersten Tag ihrer Gründung an unter Überdruck standen. Es konnte nur eine Frage der Zeit sein, bis auch sie explodieren würden.

Polen war wie Phönix aus der Asche des Krieges aufgetaucht. Bis dahin zweimal geteilt, hatte es auf der europäischen Landkarte bis 1918 nicht existiert. Aber die Polen waren auch unter russischer und deutscher Oberhoheit Polen geblieben. Für den nationalen Zusammenhalt der Polen hatte ihre katholische Kirche gesorgt. Die Polen, durch und durch Nationalisten, standen wie ein Mann zusammen, als das neue Rußland, nun Sowjetunion genannt, sie erneut unterjochen wollte. Sie schlugen die sowjetischen Eindringlinge vernichtend. Der so gedemütigte riesige Nachbar an der Ostgrenze des Landes gab zwar klein bei, sann aber ständig auf Rache.

Litauen, Estland, Lettland und auch Finnland hatten sich ebenfalls aus den Armen des russischen Bären gelöst. Die baltischen Staaten mit deutscher Hilfe. Auch hier gaben die Sowjets klein bei. Aber es war sicher, daß sie diese jungen Staaten an den Ufern der Ostsee nie aus den Augen lassen würden.

Der Kaukasus und die Ukraine hatten gleichfalls ihren Austritt aus dem ehemaligen Kolonialreich des Zaren verkündet. Ihre Selbständigkeit war jedoch nur kurz. Sie wurde in einem Blutbad ertränkt. Unter dem neuen Zaren, Wladimir Iljitsch Lenin, der mit deutscher Hilfe im verblombten D-Zugwagen aus seinem Schweizer Exil nach Rußland gebracht worden war, hatte sich im Prinzip nichts geändert. Es gab eine neue Oberklasse, die ohne Gnade ihre Macht durchzusetzen versuchte und darunter ein riesiges Volk, das, wie stets in seiner langen Geschichte, alle aufgebürdeten Lasten trug.

Rußland war in einen blutigen Bürgerkrieg getaumelt, der Ströme von Blut fließen ließ, die so breit wie die russischen Flüsse waren. »Weiße« und »Rote« bekämpften sich erbittert. Ausländische Staaten mischten sich ein. Millionen von Menschen kamen um. Aber was waren Millionen in einem Land, das ein Sechstel der Erde bedeckte und in dessen Grenzen Hunderte von Millionen Menschen lebten?

Die Sowjets, auf deutsch Räte, hatten die Macht übernommen.

Millionen waren zu ihren Fahnen geeilt. Arbeiter, Intelligenzler, ehemalige Soldaten der zaristischen Armee. Die Bauern hielten sich zurück. Sie erhofften sich von den neuen Machthabern Land und wenn sie Land besaßen, es behalten zu können. Sie hatten mehr zu verlieren, als die Fabrikarbeiter, die bisher nichts besessen hatten.

Ihre Wut an der bisher herrschenden Klasse reagierten die Räte durch Massenmord ab. Alle die, die mehr als einige Morgen Land besaßen, wurden im neuen Arbeiter- und Bauernstaat für vogelfrei erklärt. Ihre Häuser und Güter gingen in Flammen auf. Sie selbst wurden erschossen. Das war einer der Anlässe dafür, daß Rußland in die Nacht eines Bürgerkrieges stürzte. Die »Roten« wollten alles sofort und mit Gewalt. Die »Weißen« setzten sich dagegen zur Wehr. Aber auch sie wurden nicht von edlen Motiven geleitet. Sie wollten die Macht erhalten, die ihre Klasse bisher besessen hatte. Die Leidtragenden dieses blutigen Gemetzels waren die Völker Rußlands. Sie besaßen nicht das Geld, um auszuwandern, über sie rollte eine Welle des Bürgerkrieges nach der anderen hinweg. Die Blutströme, die durch Rußland flossen, wurden noch breiter.

Der Zar, einst vom deutschen Kaiser zärtlich Vetter »Nicki« tituliert, hatte abgedankt. Die »Roten« hatten ihn und seine Familie gefangen gesetzt. Als die Gefahr bestand, daß der Zar von »weißen« Truppen befreit werden könnte, wurde er zusammen mit seinen Angehörigen als »Bürger Romanow« im Keller eines Landsitzes erschossen.

Die Welt nahm dies gelassen hin. Die Völker der Erde, die an dem Krieg beteiligt waren, leckten ihre Wunden. Ihnen war das Schicksal von Kaiserfamilien gleichgültig, besonders das der Romanows und das der deutschen Hohenzollern. Der Zar galt weltweit als ein Schwächling, als ein Pantoffelheld, der sich ständig dem Willen seiner exzentrischen deutschstämmigen Frau unterworfen hatte, die zum Okkultismus neigte. Angeblich hatte sie sich dem verlausten Mönch Rasputin, wie viele Frauen des Hochadels bei Hofe, hingegeben, weil er Rußland sündenfrei zu machen geschworen hatte, indem er die Sünde mit Sünde bekämpfte. Der Zarewitsch, zukünftiger Thronerbe, war Bluter, ein verängstigtes Kind, das ständig vom Tode durch Verbluten bedroht war.

Die Welt nahm am Schicksal der Romanows keinen Anteil. Europäische Königshäuser protestierten zwar, als die Mordtat bekannt wurde, aber nur deshalb, weil sie mit der Zarenfamilie verwandt waren. Dabei blieb es. Sonst reagierte niemand. Rußland war weit, die

Lage dort nach der Oktoberrevolution für Außenstehende undurchschaubar. Die Welt sehnte sich nach Frieden. Sie beweinte Millionen von Toten. Was zählte da eine hingemeuchelte Zarenfamilie.

Der bisher größte aller Kriege war zu Ende. Triumphiert hatten letzten Endes die USA, die sich als neue Weltmacht etablierten. Anfang 1917 waren sie mit ausgeruhten Soldaten und Bergen von Material auf dem europäischen Kampfplatz erschienen. Keine Sekunde zu spät: Frankreichs Soldaten, die mit den Deutschen nicht fertig wurden, hatten zu meutern begonnen. Die Engländer, die den Franzosen zu Hilfe geeilt waren, hatten ebenfalls Mühe gehabt, sich aufrecht zu halten.

Die USA waren es, die den deutschen Armeen den Todesstoß versetzten. Mit den Amerikanern war der Dollar in Massen nach Europa gekommen. Im Verhältnis zum Wert der europäischen Währungen hatte er einen unvorstellbaren Höhenflug erlebt.

Die europäischen Völker, die gegeneinander gekämpft hatten, waren ausgeblutet, erschöpft, fast verhungert und finanziell ruiniert. Ihre Staatskassen waren leer. Der Tanz um den Dollar begann. Der amerikanische Dollar galt bei Siegern und Besiegten als der rettende Strohhalm. Alle Völker griffen nach ihm. Ihre Verschuldung wuchs weiter und erreichte astronomische Höhen.

Der deutsche Kaiser, körperlich mißgestaltet und deshalb von krankhafter Selbstüberschätzung, war auf Anraten der Obersten Heeresleitung im November 1918 nach Holland geflohen. Einige Tage später hatte er abgedankt. Er hatte sich auf das Schloß Doorn zurückgezogen. Dort konnten er und seine Familie, in finanzieller Sicherheit lebend, gelassen dem Chaos zusehen, das die Hohenzollern zurückgelassen hatten.

Auf Befehl von Wilhelm II. waren Millionen deutscher Soldaten in den Tod marschiert. Den Karren, den er in den Dreck gefahren hatte, mußten nun andere deutsche Männer und Frauen wieder flott machen. Sie waren aufrechte Demokraten und Patrioten. Sie hatten die Republik ausgerufen und versuchten, das Reich zusammenzuhalten.

Aber diese Männer und Frauen führten einen Kampf gegen Windmühlenflügel. Sie mußten gegen Feinde von außen und innen kämpfen. Deutschland drohte ebenfalls im Bürgerkrieg zu versinken. Diese Männer und Frauen, die nun in der Regierungsverantwortung waren, mußten Deutsche auf Deutsche schießen lassen, um die innere Ordnung wiederherzustellen. Die Fanatiker von links und rechts schworen, ihnen das nie zu vergessen.

Die Sieger behandelten diese Männer und Frauen nach der alten römischen Devise: »Wehe dem Besiegten!« Sie hoben die Hunger-Blockade gegen Deutschland nicht sofort auf und diktierten einen sogenannten Friedensvertrag, der den Grundstein zu einem neuen Völkergemetzel legen sollte. Die Sieger hatten den Krieg gewonnen, aber sie waren nicht in der Lage, den Frieden zu gewinnen.

Luise saß auf einem Stuhl am weit geöffneten Fenster ihres Schlafzimmers und sah in den aufquellenden Morgen. Sie schlief seit Monaten schlecht und weinte viel. Sie hatte die Gardinen zugezogen, damit Alexander Ambrowisch sie nicht sah, wenn er – wie auch früher immer – den Gutshof betrat, um die Tagesarbeit einzuteilen. Das Hoftor war noch geschlossen. Wachen gab es zwar auf den Mauern nicht mehr. Der Sommer klang aus, der Herbst stand vor der Tür. Die Morgenluft war klar wie Glas.

Nie würde Luise den kühlen, verregneten Maitag vergessen, an dem Alexander zurückgekehrt war. Sie hatte auf dem Gutshof auf ihrer Stute gesessen. Um sie herum hatten ihre Vorarbeiter gestanden, ehemalige russische Kriegsgefangene, die nach dem Waffenstillstand bei ihr geblieben waren. Luise war dabei gewesen, ihre Arbeitsanweisungen zu geben. Als sie zufällig zum Hoftor sah, erblickte sie einen kahlköpfigen, verhungert aussehenden jungen Mann in zerrissener Uniform. Er stand mitten in dem weit geöffneten Tor.

Ihre Vorarbeiter, die ebenfalls den zerlumpt aussehenden Mann entdeckt hatten, begannen, eine feindselige Haltung gegen den ihnen Unbekannten einzunehmen. Luise und der Hohlwangige hatten sich minutenlang angeblickt.

»Alexander!« Luise hatte den Namen so laut gerufen, daß ihre Vorarbeiter zusammengezuckt waren. Dann war sie aus dem Sattel gesprungen und zum Tor gelaufen. Tränen waren ihr dabei über ihr Gesicht gelaufen. Blitzartig war Luise eingefallen, daß sie die fürchterliche Aufgabe hatte, Alexander die Schreckensnachricht zu übermitteln, daß seine Frau und seine Kinder den Krieg nicht überlebt hatten. Die Frau von Alexander war, wie es die Kaukasier vermutet hatten, die sie mit ihren Kindern zu ihren Eltern brachten, von den in das Dorf einreitenden Kosaken zu Tode geschändet worden. Danach waren ihre Kinder und Eltern erschlagen worden.

Luise hatte weinend die Hände von Alexander ergriffen. Sie nickte verneinend, als er sie etwas fragen wollte. Ohne daß er ein Wort gesagt hatte, wußte sie, was er sie hatte fragen wollen. Alexander hatte einige Sekunden wie erstarrt vor ihr gestanden. Dann war er, wie vom Blitz gefällt, zusammengebrochen.

Ihre Vorarbeiter hatten Alexander in das Zimmer von Charles getragen, den Leblosen gewaschen und ihn dann in das Bett ihres Sohnes gelegt. Drei Tage und drei Nächte hatte Luise neben dem Bett gesessen. Als Alexander zu sich gekommen war, hatte sie ihn wie ein kleines Kind gefüttert.

Alexander schlief Stunden, wachte kurz auf, ließ sich füttern, sah Luise an, schlief wieder ein. Am Abend des dritten Tages hatte er sich plötzlich aufgerichtet.

»Darf ich Ihre Hand nehmen, Gräfin?« Luise hatte ihm ihre Hand gegeben.

»Warum?« Alexander hatte Luise angeblickt.

»Ich konnte Deine Familie nicht halten«, antwortete Luise. »Deine Frau hat vor mir auf Knien gelegen und weinend darum gebeten, mit ihren Kindern zu ihren Eltern zurückreisen zu dürfen!«

Alexander hatte die Hände von Luise gestreichelt und kein Wort gesagt. Sie war überrascht zusammengezuckt, als er nach Minuten fragte: »Wo sind Marlies und Charles? Wo ist Fürst Lassejew?«

Luise hatte zu weinen begonnen. »Meine Kinder sind in England«, sagte sie. »Du wirst Dich daran erinnern, Alexander, daß sie vor dem Krieg in die Heimat meines Mannes gereist sind. Ich habe seit Jahren von ihnen so gut wie nichts gehört. Ich habe einen Brief an sie schreiben können. Er ist über Schweden an meine Kinder gesandt worden. Ein Jahr später habe ich, auch über meine Verwandten in Schweden, von meiner Tochter eine Antwort erhalten. Der Brief war allerdings monatelang in Petersburg festgehalten worden. Durch einen Verwandten von mir, der an der englischen Botschaft in Petersburg arbeitete, habe ich gehört, daß Charles ein berühmter englischer Jagdflieger war, und daß er schwer verwundet wurde. Nach Aussagen meines Verwandten wird er ein Leben lang am Stock gehen müssen. Wie ich erfuhr, hat er ein Studium der Landwirtschaft in England begonnen.«

Luise hatte sich über die Hände von Alexander gebeugt. Er hatte ihr über ihre Haare gestreichelt, als er ihre Tränen auf seinem Handrücken fühlte.

»Wir sitzen alle im selben Boot, Gräfin!« hatte er gesagt.

»Aber der Krieg ist seit über einem Jahr vorbei, Alexander. Warum höre ich nichts von meinen Kindern?«

»Ich weiß es nicht, Gräfin«, hatte Alexander geantwortet. »England gehört zwar zu den Siegern. Aber ich glaube, der neue litauische Staat muß sich erst etablieren, bis er Ihnen, Gräfin, gestattet, Post von Ihren Kindern zu bekommen oder sie selbst empfangen zu können. Diesen Staat hat es nicht gegeben. Er muß erst Profil, internationales Profil gewinnen!«

Luise hatte Alexander einige Sekunden schweigend angesehen. Er imponierte ihr. Darauf war sie noch nicht gekommen.

»Sind Sie noch immer Russin oder inzwischen Litauerin, Gräfin?«
»Ich bin jetzt Litauerin, aber auch Engländerin«, hatte Luise geantwortet. »Wir mußten unsere russischen Pässe in litauische umtauschen. Meinen englischen Paß konnte ich jedoch behalten, weil mein ehemaliger Mann Engländer war. Aber ich bin nur eine einfache Bürgerin Litauens, obwohl ich mich weiter Gräfin nennen darf. Das ist mir von den hiesigen Behörden mehr als deutlich gesagt worden.«
»Und wo ist Fürst Lassejew?«
»Er hat vor über einem Jahr mit seinen Männern das Gut verlassen und ist zum Kaukasus geritten«, hatte Luise geantwortet. »Die Deutschen, die damals im Lande standen, haben dafür gesorgt, daß es hier zu keinen Übergriffen mehr kam. Ich habe Fürst Lassejew darin bestärkt, mit seinen Männern nach Hause zu reiten. Sie sollten nach seinem Wunsch selbst entscheiden, ob sie in der Heimat oder bei uns bleiben wollten.«
Luise hatte Alexander seufzend angeblickt. »Seit dieser Zeit habe ich von Fürst Lassejew nichts mehr gehört. Als die Umtauschaktion der Pässe eingeleitet wurde, habe ich den neuen Behörden offiziell mitgeteilt, daß ich Stephan Lassejew heiraten will. Dadurch ist es mir gelungen, für ihn einen Platz in diesem Staat offen zu halten. Er kann Litauer werden. Allerdings nur, wie ich auch, als ein einfacher Bürger Litauens. Er wird seinen Fürstentitel behalten können, wenn er mich heiratet. Dennoch wird er nur noch ein ganz gewöhnlicher Litauer sein können.«
Alexander hatte wieder die Hände von Luise fest in die seinen genommen. »Wir sitzen alle im selben Boot«, hatte er zum zweiten Mal gesagt. »Sie können sicher sein, Gräfin, daß ich weiter an Ihrer Seite stehen werde. Eines Tages werden der Fürst oder Graf Charles zurückkommen, um Sie dann zu stützen. Ich habe Ihrem Vater, Gräfin, in die Hand versprochen, Ihr Schutz zu sein. Deshalb will ich vorerst, Gräfin, wieder sehr gerne als Verwalter arbeiten!«
Luise hatte Alexander spontan umarmt und geküßt. »Natürlich, Alexander, kannst Du wieder bei mir als Verwalter arbeiten«, hatte sie gesagt. »Ich bin so glücklich, daß Du wieder bei mir bist. Jetzt habe ich mit Dir einen Menschen neben mir, auf den ich mich voll verlassen kann!«
Alexander hatte die Hände von Luise geküßt. »Sie werden verstehen, Gräfin, daß es für mich nicht einfach sein wird, wieder auf den Wegen zu gehen, auf denen ich mit meiner Familie gegangen bin«, sagte er leise. »Ich werde immer die Stimmen meiner Frau und mei-

ner Kinder hören. Aber sie sind nun in einer Welt, in der es Ihnen besser als uns geht. Ich will versuchen, ihren Mördern zu vergeben. Aber vergessen können, das werde ich nicht.«

Luise hatte die Tränen getrocknet, die über sein Gesicht liefen.

Luise sah die Sonnenstrahlen an, die über den Horizont griffen. Sie war froh, daß es Tag wurde. In der vergangenen Nacht hatte sie, wie so oft in den letzten Monaten, kaum geschlafen. Sie sehnte sich nach ihren Kindern und nach Stephan.

Durch die Gardinen sah sie Alexander über den Hof gehen. Er lebte im Zimmer von Charles. So hatte Luise wenigstens einen männlichen Beschützer im Gutshaus. Die Haare von Alexander waren nachgewachsen. Er sah wieder so drahtig wie früher aus.

Aber immer, wenn sie ihn morgens sah, mußte sie daran denken, daß er gesagt hatte, darf ich bei vorerst wieder als Verwalter arbeiten.

»Vorerst!«

Was bedeutete diese Einschränkung? Sie hatte Alexander nie danach gefragt, weil er sie beschützte, weil er so zuverlässig, wie früher auch, arbeitete. Mit fraulichem Instinkt hatte sie allerdings bemerkt, daß er anders als früher war. Sie hatte beobachtet, daß er viel grübelte, daß er zwar energisch, aber doch nicht mehr so energisch im Umgang mit den Vorarbeitern, wie vor dem Kriege, war.

Die Vorarbeiter hatten Alexander als Autorität akzeptiert, aber er hatte ein anderes Verhältnis zu ihnen, als zu den Vorarbeitern, mit denen er früher zu tun gehabt hatte. Luise hatte beobachten können, daß sich Alexander als Erster unter Gleichen gab. Er beriet sich mit den Vorarbeitern, bevor er seine Anweisungen gab. Er hatte nicht mehr die Distanz zu ihnen, die er vor dem Krieg zu den Vorarbeitern gezeigt hatte. Wenn Luise ihm bei der Arbeit mit den Vorarbeitern auf den Feldern zusah, bemerkte sie, daß er mit seinen Untergebenen wie in einem Kollektiv zusammen tätig war. Aber immer ließ Alexander erkennen, daß er an ihrer Seite stand. Das hatte Luise beruhigt.

Nie würde Luise auch den Tag vergessen, an dem Pjitor mit seiner Familie auf das Gut zurückgekehrt war. Sie hatte in ihrer Kanzlei gesessen, als ein Fuhrwerk auf den Hof rollte. Luise hatte nicht von ihren Büchern aufgesehen, weil sie dabei war, auszurechnen, wieviele Steuern sie an die Republik Litauen zu zahlen hatte. Im Russischen Reich hatte sie, wie alle anderen Gutsbesitzer auch, keinen Pfennig an Steuern gezahlt. Die Republik Litauen ließ sie dagegen kräftig zu Ader.

Plötzlich hatte Luise hinter sich ein Hüsteln gehört. Es war so unverkennbar, daß sie sofort wußte, wer in die Kanzlei gekommen war. Sie blieb dennoch unbeweglich auf ihrem Schreibtischstuhl sitzen. Eine Hand hatte über sie gegriffen und ihr den Federhalter weggenommen.

»Pjitor Polansky meldet sich zurück!« hatte eine Stimme gesagt. »Der polnische Staatsbürger Polansky, der monatelang um die Einreise nach Litauen gestritten hat, um wieder zu Ihnen kommen zu können, Gräfin. Und Pjitor Polansky hat noch immer alles im Kopf und kann mit Steuerzahlungen besser als Sie umgehen, Gräfin!«

Luise war aufgesprungen. So, als ob sie einen Stromstoß erhalten hatte. Pjitor und Luise waren sich in die Arme gefallen. Wie Alexander, hatte sie auch Pjitor getröstet, als sie vor Freude zu weinen begonnen hatte.

Luise stand auf und glättete die Gardinen, die sich im Morgenwind zu blähen begannen. Pjitor kam mit seinem Fahrrad, das er aus Polen mitgebracht hatte, auf den Gutshof geradelt. Er bremste vor Alexander und stieg vom Rad. Beide Männer schüttelten sich die Hände. Dann drehten sie sich wie auf Kommando gleichzeitig um, zogen ihre Mützen und verbeugten sich vor dem Schlafzimmerfenster von Luise. Sie zog die Gardinen auf und winkte beiden lachend zu. Pjitor und Alexander wußten genau, daß sie jeden Morgen am Fenster saß.

Luise würde auch niemals den Tag vergessen, an dem sie die Stimme von Doktor Perkampus wiederhörte. Sie war in seinem Haus und unterhielt sich mit dem russischen Arzt, der Assistent von Perkampus gewesen war. Mehr im Unterbewußtsein hatte sie registriert, daß sich hinter ihr die Tür des Sprechzimmers geöffnet hatte. Der russische Arzt hatte überrascht über Luise hinweggesehen.

»Mein Kind«, hatte Doktor Perkampus gesagt, als sich Luise zur Tür umdrehte. »Ich bin so glücklich, Dich gesund wiederzusehen!«

Luise hatte sich im Zeitlupentempo um die eigene Achse gedreht. Der Film ihres bisherigen Lebens flog an ihr vorbei: Ihre Eltern, ihre sorglose Kindheit, die ersten leidenschaftlichen Nächte mit William, der Traum des Glücks, an seiner Seite leben zu dürfen, die Geburt von Marlies, und später die Geburt von Charles sowie die Jahre mit Stephan. Immer war dabei Doktor Perkampus in ihrer Nähe gewesen. Er hatte ihr bei ihren Kinderkrankheiten und bei den Geburten ihrer Kinder zur Seite gestanden. Er hatte sie nach dem Tod von William getröstet..

Nun stand der Doktor wieder neben ihr. Luise wußte, daß es kein Zurück in die Vergangenheit gab. Aber zum ersten Mal seit langem, seit der unentwegten Angst und Sorge um ihre Kinder und Stephan, fühlte sie, daß sie sich gehen lassen konnte, weil der sie früher stets stützende Arzt wieder da war. Doktor Perkampus war ihr väterlicher

Freund. Er würde alle Lasten mit ihr gemeinsam tragen, die auf ihren Schultern lagen.

Luise hatte Doktor Perkampus angelächelt. »Gut, gut, daß Sie gekommen sind!« sagte sie leise. »Sie kommen im richtigen Augenblick. Ich bin am Ende meiner Kräfte. Ich bedarf Ihrer Hilfe!«

Luise hatte Doktor Perkampus beide Hände entgegengestreckt. Sie trat einen Schritt nach vorn, stolperte und fiel in die weit geöffneten Arme des Arztes. Dann versank sie in eine tiefe Ohnmacht.

Doktor Perkampus und seine Frau Gerda waren am Abend des nächsten Tages Gäste von Luise im Salon des Herrenhauses. Luise fühlte sich so wohl wie seit langem nicht mehr. Während des Abendessens berichteten der Arzt und seine Frau ausführlich über ihre Kinder und Enkelkinder. Das Ehepaar ging auf achtzig zu, aber beide waren körperlich und geistig so beweglich, wie Menschen von sechzig.

Luise hörte ihnen aufmerksam zu. Als sich das Ehepaar ausführlich über das Kriegsende und das Schicksal von Stephan sowie seinen Kaukasiern erkundigte, fiel Luise auf, daß sie nicht einmal nach Marlies und Charles fragten.

Nachdem das Hausmädchen den Tisch abgeräumt hatte, schwieg das Ehepaar. Luise fühlte, daß plötzlich eine für sie unerklärliche Spannung im Raum stand. Impulsiv fragte Luise: »Wissen Sie etwas von meinen Kindern?«

Doktor Perkampus griff über den Tisch hinweg nach den Händen von Luise.

»Ja, sehr viel sogar, Gräfin!«

Das Herz von Luise begann zu rasen. Doktor Perkampus, der noch immer ihre Hände hielt, legte den Daumen seiner rechten Hand auf ihren Puls.

»Bitte beruhige Dich, mein Kind«, sagte er. »Wir haben gute Nachrichten. Wir wollten nur nicht gleich mit der Tür ins Haus fallen!«

Gerda Perkampus stand auf, ging um den Tisch herum, umarmte Luise und setzte sich neben sie. »Marlies ist verheiratet!« sagte sie, die Schultern von Luise umfassend. »Sie lebt in Stockholm als Frau eines Bankiers. Sie hat einen Sohn. Ein zweites Kind ist unterwegs. Wir waren vor zwei Monaten bei ihr zu Gast«.

Vor Luise begann sich das Zimmer zu drehen.

»Ganz ruhig, mein Kind«, sagte Doktor Perkampus, der unverändert die Hände von Luise hielt. Mit seiner linken Hand streichelte er ihre Unterarme. »Du bist noch immer so jung und attraktiv und dennoch bist Du inzwischen Großmutter geworden!« Doktor Perkampus ließ die Hände von Luise los und lachte so ansteckend, daß sie mitlachen mußte. In Luise war ein Knoten geplatzt. Sie konnte wieder frei durchatmen.

»Und was ist aus Charles geworden, wo lebt Charles?«

Doktor Perkampus ergriff wieder die Hände von Luise. »Ihm geht es gut«, sagte er. »Sehr gut sogar!« Der Arzt lachte Luise wieder an. »Ich habe ihn untersucht, als wir bei Marlies waren. Er kam extra unseretwegen zu seiner Schwester. Er ist immer in der Nähe von Marlies, wie es ihm seine Mutter aufgetragen hatte, als beide Geschwister vor dem Krieg nach England reisten. Charles studiert jetzt in Stockholm Landwirtschaft. Und in einem Jahr ist er fertig, der große Kriegsheld!«

Doktor Perkampus beugte sich über den Tisch und streichelte die linke Wange von Luise. »Bitte bekommen Sie keinen Schreck, Gräfin, wenn ich Ihnen nun das Ergebnis meiner Untersuchung mitteile«, sagte er vom Du zum Sie wechselnd. »Charles hat aufgrund seiner Verwundung ein steifes Bein. Das linke Bein ist nicht mehr in dem Zustand, in dem es ihm Gott mit auf die Welt gegeben hatte. Aber Ihr Sohn, Gräfin, hat aus England ein Flugzeug mit nach Schweden gebracht, dieser international angesehene Kriegsheld. Und wie seine körperliche und geistige Verfassung im allgemeinen ist, können Sie daran ersehen, daß er das geachtetste Mitglied des feinsten Flugclubs in Schweden geworden ist, ohne auch nur einen Pfennig Mitgliedsbeitrag zahlen zu müssen. Offensichtlich betrachten es die Schweden als eine Auszeichnung, daß Charles in ihrem Lande lebt und studiert.«

Doktor Perkampus tätschelte den linken Unterarm von Luise. »Dieser Junge ist trotz seiner unveränderten Schlaksigkeit und trotz seiner Verletzung so attraktiv wie früher auch, Gräfin«, sagte der Arzt. »Charles ist ein Hansdampf in allen Gassen der Luft. Sie können stolz auf Ihre beiden Kinder sein, Gräfin!«

»Und warum fliegt dieser Hansdampf mit Marlies nicht zu mir?«, fragte Luise, mit den Tränen kämpfend.

»Weil die litauischen Behörden das noch nicht gestattet haben«, beantwortete Gerda Perkampus die Frage von Luise.

»Und außerdem:« – Doktor Perkampus hob seine linke Hand – »dazu ist seine Maschine auch zu klein. Sie ist nur ein Einsitzer. Er müßte schon eine große Maschine besitzen, um alle die Menschen nach hier zu fliegen, die sich danach sehnen, bei Ihnen zu sein, Gräfin: Charles, Marlies, Ihr Enkelkind, Ihr Schwiegersohn. Und dann ist da noch jemand, der auch gerne mit auf dieses Gut zu Ihnen kommen würde, Großmütterchen Luise!« Der Arzt lachte.

»Noch jemand?« Luise sah Doktor Perkampus überrascht an.

»Das schönste Mädchen, das in den letzten einhundert Jahren im Vereinigten Englischen Königreich geboren wurde«, antwortete er. »Es ist die zwanzig Jahre alte Viktoria, Gräfin zu Manchester. Sie ist mit Charles verlobt. Viktoria studiert ebenfalls Landwirtschaft in

Stockholm. Aber heiraten wollen beide Kinder erst, wenn die Hochzeit hier auf diesem Gut stattfinden kann!«

Das Zimmer drehte sich wieder vor den Augen von Luise. »Und warum schreiben sie nicht an ihre Mutter, die jahrelang um sie vor Angst gezittert hat?« Luise begann so bitterlich zu weinen, daß sich Doktor Perkampus ebenfalls neben sie setzte und sie umarmte.

»Sie haben Dir geschrieben, mein Kind«, sagte er leise. »Alle haben Dir geschrieben, seitenlang. Wir haben die Briefe bei uns, weil es noch immer keine Postverbindung gibt. Aber die wird es bald wieder geben, wie auch die Möglichkeit, daß Deine Kinder, wie wir, zu Dir reisen können!«

Kurz vor Mitternacht legte Doktor Perkampus die Briefe auf den Tisch und wechselte gleichzeitig abrupt das Thema. Er kannte Luise. Sie brauchte eine Überbrückungspause, um ihre Gedanken ordnen zu können, bevor sie die Briefe las. Sie hatte beobachtet, mit welcher Rührung der Arzt ihre blitzschnelle Handbewegung registrierte, mit der sie die Briefe an sich nahm.

»Wie ist Ihre Situation, Gräfin?« fragte Doktor Perkampus Luise, die die Briefe fest umklammert hielt. »Gehören Ihnen noch das Hauptgut und die Dörfer?«

»Das Hauptgut ist total zerstört worden«, antwortete Luise. »Erst hausten im Hauptgut die Kosaken, die alles gestohlen haben, was nicht niet- und nagelfest war. Dann kamen die Deutschen und zertrümmerten das Gut mit ihren schweren Geschützen, weil die Kosaken nicht weichen wollten.«

Luise stützte ihren Kopf in ihre Hände.

»Wo mein Bruder, seine Familie und meine Mutter sind, weiß ich nicht«, sagte sie. »Meine Schwägerin war mit ihren Kindern und meiner Mutter nach Petersburg gereist, als der Krieg begann. Mein Bruder war sofort als Artillerieoffizier eingezogen worden. Er hat mir zweimal von der Front geschrieben. Dann habe ich nichts mehr von ihm gehört. Viele Männer sind nach dem Krieg nach Hause zurückgekehrt. Von meinem Bruder habe ich keine Nachricht erhalten, auch nicht von seiner Familie und von meiner Mutter!«

Luise bemühte sich, nicht zu weinen. Es gelang ihr nicht. »Ich habe keine Ahnung, was aus meinen Verwandten geworden ist«, sagte sie, ihre Tränen abtupfend. »Ich glaube, sie leben nicht mehr. Die Bolschewisten haben alle Herrschenden umgebracht. Aber sollten meine Verwandten noch leben, leben wir in völlig verschiedenen Welten, getrennt durch eine Grenze, die nur von ganz wagemutigen

Menschen überwunden werden kann. Und zu dieser Gruppe Menschen gehören weder mein Bruder, noch seine Frau und seine Kinder. Und schon gar nicht meine Mutter!«

Luise schwieg einige Minuten. »Ich habe nicht die Absicht, Besitzrechte auf das Hauptgut anzumelden«, sagte sie. »Das Hauptgut ist ein Trümmerhaufen, Acker- und Weideland völlig verunkrautet. Ich habe mir das angesehen. Kurz vor Kriegsende. Deutsche Soldaten haben mich auf der Fahrt zum Hauptgut begleitet.

Die neuen Behörden wollten mich anfangs zwingen, das Hauptgut und sein Land wieder in Schuß zu bringen. Ich konnte beweisen, daß dieses Gut meinem Bruder und nicht mir gehört. So bleibt der Trümmerhaufen wie er ist. Das Land verunkrautet weiter. Außerdem, Doktor Perkampus, habe ich genug zu tun, um mein Gut am Leben zu erhalten. Einfach ist das heute nicht. Das können sie mir glauben.« Luise lehnte sich auf ihrem Stuhl zurück.

»Und die Dörfer?«

»Die Dörfer, Doktor Perkampus, die früher zu meinem Gut gehörten, sind heute selbständig. Auch Littauland. Der Witz dabei ist allerdings, daß sich vor allem die Bewohner von Littauland weiter an mich klammern. Ich bin ihr Arbeitgeber wie auch früher, obwohl ich das offiziell nicht mehr sein darf. Aber dies regelt alles Pjitor. Er hat die Bestimmungen und die neuen Gesetze im Kopf. Das Dorf arbeitet für mich. Anders geht es auch nicht. Ich kann ohne die Männer und Frauen von Littauland mein Gut nicht bewirtschaften, und sie können auch ohne mich nicht leben. Sie werden heute in bar und mit Naturalien entlohnt. Viele junge Männer und Frauen, Kinder der Bewohner von Littauland, leben auf dem Gut als Landarbeiterinnen und Landarbeiter. Das war früher auch so. Nur ist die Entlohnung völlig anders als vor dem Krieg. Aber auch das regelt Pjitor.«

»Haben Sie Schwierigkeiten mit den Behörden, Gräfin?« Doktor Perkampus sah Luise an.

»Ja und nein«, antwortete sie. »Die Behörden betonen zwar ständig, daß den Gutsbesitzern nur noch die Güter und nicht mehr die Dörfer gehören. Aber sie haben nichts dagegen, daß die Männer der Dörfer auf meinen Feldern arbeiten. Es hat sich ausgezahlt, daß vor allem die Einwohner von Littauland vor dem Krieg ausreichend eigenes Land von uns bekommen haben. So gelten sie als selbständige Bauern, die sich bei mir zusätzlich Geld oder Naturalien verdienen. Und mein Kanzleivorsteher legt das so in den Büchern nieder, daß wir keine Schwierigkeiten haben.«

Doktor Perkampus und seine Frau, die nur zwei Wochen hatten bleiben wollen, etablierten sich für drei Monate in Littauland. Sie wohnten in ihrem alten Haus, als ob sie nie weggewesen wären. Der alte Arzt war sichtlich aufgelebt, nachdem er mit seinem ehemaligen Assistenten Patienten von früher besucht hatte.

Jeden Abend kamen Doktor Perkampus und seine Frau zu Luise. Die ausführlichen Gespräche mit dem Ehepaar befreiten Luise von allen Sorgen und Ängsten, die sie in der Vergangenheit geplagt hatten. Sie sah der Zukunft viel ruhiger als in der Vergangenheit entgegen. Luise schrieb Briefe an ihre Kinder, die sie dem Arztehepaar mitgab, als Doktor Perkampus und seine Frau im September nach Königsberg zurückreisten.

»Im Mai kommen wir wieder, Gräfin«, sagte Doktor Perkampus als sie sich voneinander verabschiedeten. »Ich bin sicher, Gräfin, dann werden wir auch Fürst Lassejew wieder hier auf dem Gut begrüßen können.«

Anfang Oktober gingen die Regenfälle des Herbstes in Schnee über. Die Temperaturen fielen über Nacht auf zehn Grad minus. Noch nie war der Winter so früh und mit solcher Härte gekommen.

Das Vieh des Gutes stand in den Ställen. Die Scheunen waren bis unter die Dächer mit Heu, Kartoffeln, Rüben und unausgedroschenem Getreide gefüllt. Der Wind, der vor Tagen aufgekommen war, ging in Sturm über. Schneewolken begannen sich in einer Fülle zu entladen, wie sonst erst im Dezember.

Luise hatte die Fenster des Herrenhauses abdichten und alle Öfen anheizen lassen. Die Mehrheit der Fenster würde bis zum Frühjahr nicht mehr geöffnet werden, das Feuer in den Öfen nicht mehr ausgehen.

Luise schreckte in einer Novembernacht aus dem Schlaf hoch. Sie mußte überlegen, was der Anlaß dafür gewesen war. Sturmböen umtosten das Herrenhaus. Schnee klatschte gegen die Scheiben ihres Schlafzimmers.

Eine eisige Kälte breitete sich von ihren Füßen her durch ihren Körper aus, als sie zwei Schüsse hörte. Schüsse, das fiel ihr schlagartig ein, hatten sie auch geweckt. Sie erstarrte, als sie hörte, daß Alexander über die Treppe in die Halle ging. Die Tür des Hauses fiel in das Schloß. Die Jagdhunde, die in der Nacht frei über den Hof liefen, begannen zu bellen.

Luise stand auf und ging zum Fenster. Sie zog die Gardinen beiseite. Deutlich konnte sie trotz des Schneegestöbers sehen, daß das Hoftor geöffnet worden war. Der Mann, der neben dem Tor stand, mußte Alexander sein, er beruhigte die Hunde, die sofort aufhörten, zu bellen.

Zwei Männer ritten auf den Hof. Im Licht einer Laterne, die Alexander hochhielt, sah Luise, daß die Männer tief gebeugt auf ihren Pferden saßen. Auf ihren Umhängen und dem Fell der Pferde lag der Schnee wie dichter Puderzucker.

Alexander schloß das Tor, als die Reiter im Hof waren. Der erste der Reiter stieg ab. Überrascht sah Luise, daß die Hunde, die eben noch gebellt hatten, an ihm hochsprangen. Als Alexander den Reiter umarmte, begann das Herz von Luise zu rasen.

Sie riß den linken Flügel des Schlafzimmerfensters auf. »Stephan, Liebster, bist Du es?« Sie schrie so laut sie konnte gegen den Sturm an.

Obwohl Luise nur ein Nachthemd anhatte, fühlte sie nicht den eisigen Wind, der über sie hinwegwirbelnd in das Schlafzimmer drang.

Der Reiter, den Alexander umarmt hatte, sah, sich auf den Mongolen stützend, zu ihrem Fenster hoch. Er winkte Luise zu, aber er sagte kein Wort. Sein Begleiter saß weiter unverändert, tief nach vorn gebeugt, auf seinem Pferd.

Luise schloß das Fenster. Als sie die Gardinen vorzog, sah sie mehrere ihrer Gutsarbeiter über den Hof laufen. Sie hoben den zweiten Reiter aus dem Sattel und trugen ihn zum Herrenhaus. Er lag leblos wie eine Puppe in ihren Armen. Andere Arbeiter nahmen sich der Pferde an.

Luise warf sich blitzschnell einen Morgenmantel über und lief die Treppe zur Halle hinunter.

Stephan und ein junger Kaukasier, den Luise nicht kannte, lagen auf dem Boden der Halle. Alexander und mehrere Gutsarbeiter bemühten sich um sie. Alexander war dabei, Stephan den Überzug vom Körper zu ziehen, der mehr einem Eispanzer als einem Reitmantel glich. Unter Anleitung der Köchin waren mehrere Hausmädchen dabei, auch den jungen Kaukasier von seinem Umhang zu befreien. Die Halle des Gutshauses füllte sich von einer Minute zur anderen mit Menschen.

Obwohl Luise halb nackt war, drängte sie sich durch die Männer und Frauen. Sie kniete sich neben den Kopf von Stephan auf den Boden. Er sah sie mit weit geöffneten Augen an.

Luise hatte den Eindruck, er sah durch sie hindurch.

Als Luise das Gesicht von Stephan küßte, schwiegen wie auf Kommando die Frauen und Männer in der Halle, die bisher lebhaft durcheinander geredet hatten.

»Ich habe Dir versprochen, zu Dir zurückzukehren, Luise«, sagte Stephan leise. Weil es in der Halle so still wie in einer Kirche war, konnte ihn jeder der Männer und Frauen verstehen. »Da bin ich mein Liebling. Ich besitze nichts mehr. Keine Heimat, keine Familie, nur etwas Hausrat und Schmuck meiner Eltern. Meine gesamte Familie ist ermordet worden. Unsere Güter wurden zerstört, mein geliebter Kaukasus erneut unterjocht.«

Stephan versuchte sich aufzurichten. Drei der Männer, die in der Halle standen, griffen ihm hilfreich unter die Arme.

»Kaukasien, was ist aus Dir geworden?« schrie er. Tränen liefen über sein Gesicht. Speichel floß aus seinem Mund.

Luise umklammerte den Oberkörper von Stephan. »Du hast doch mich, und hier bist Du zu Hause«, sagte sie weinend. »Du und Dein Begleiter!«

»Ja«, flüsterte Stephan. »Ich habe Dich und Andrejew, einen guten Freund und Kameraden!« Stephan versuchte, die Hände von Luise zu ergreifen. Es gelang ihm nicht. Bewußtlos fiel er nach hinten.

Die Männer, die Stephan und seinen Begleiter in die Halle gebracht hatten, hoben ihn auf und trugen ihn in das Obergeschoß. Sie zogen Stephan aus, wuschen ihn und legten ihn in das Bett von Luise. Der junge Kaukasier wurde ebenfalls gewaschen und in das Zimmer von Marlies getragen.

»Sie können beruhigt sein, Gräfin«, sagte der russische Arzt, den Alexander gerufen hatte, eine Stunde später zu Luise. »Beide Männer sind gesund, aber total erschöpft. Lassen Sie sie einige Tage im warmen Bett schlafen und wie Kleinkinder füttern. Spätestens in einer Woche sind sie wieder putzmunter. Sie brauchen Ruhe, nichts als Ruhe und kräftiges Essen!«

Als der Arzt mit einem Schlitten in das Dorf zurückgefahren war, legte sich Luise in ihr Bett neben Stephan und hüllte sie beide in warme Decken. Sie streichelte seinen Körper und küßte seinen Nacken. Stephan drehte sich im Halbschlaf zu ihr und nahm sie so fest in seine Arme, daß sie kaum atmen konnte. Er umklammerte Luise wie ein Schiffbrüchiger einen im Wasser treibenden Balken.

»Stephan ist zurückgekommen, zu mir ist er zurückgekommen«, flüsterte Luise. »Er ist gekommen, weil er weiß, daß ich ihn liebe, weil er weiß, daß hier sein Zuhause ist. Was muß er ausgehalten haben, wenn er so erschöpft zu mir kommt. Was muß er erlitten haben, wenn ihn nur noch ein Mann begleitet hat. Welcher Schmerz muß in seiner Brust sitzen, wenn er weinend nach dem Kaukasus ruft?«

Luise löste sich vorsichtig aus der Umklammerung von Stephan und streichelte wieder zärtlich seinen Körper.

Stephan und sein kaukasischer Begleiter blieben drei Tage und drei Nächte im Bett. Immer wenn Stephan aufwachte, fütterte ihn Luise, wie Alexander damals, als er mehr tot als lebendig aus dem Krieg auf das Gut zurückgekehrt war. Luise und Stephan blickten sich dabei an, sprachen aber kein Wort miteinander.

Die junge litauische Köchin von Luise hatte sich des Begleiters von Stephan angenommen, der im Bett von Marlies lag. Die Köchin hatte Luise gesagt, daß er mit Vornamen Andrejew hieß. Das Mädchen schlief kaum noch. Sooft es ihre Arbeit zuließ, wachte sie an dem Bett des Kaukasiers. Kaum hatte er die Augen geöffnet, begann sie ihn zu füttern.

»Da bahnt sich etwas an«, dachte Luise, als sie sich bei der Köchin nach dem Befinden von Andrejew erkundigte. »Ich bekomme ihn schon durch«, hatte die Köchin errötend geantwortet. Dabei hatte sie die Augen niedergeschlagen und sich bekreuzigt. Ihr schneller Atem verriet Luise, daß sie sich in Andrejew verliebt hatte. »Kein Wunder«, dachte Luise. »Andrejew ist ein schöner, gut gewachsener junger Mann.« Aber auch die Köchin mußte nach Ansicht von Luise jungen Männern gefallen. Sie war groß, blond und an den richtigen Stellen ihres Körpers kräftig gerundet.

Vier Tage nach der Rückkehr von Stephan ging Luise in die Küche. Sie sah einige Minuten ihrer Köchin zu, die ein kräftiges Essen für Andrejew zubereitete.

»Amanda, ich würde gerne dabei sein, wenn der junge Kaukasier Dein Essen einnimmt«, sagte Luise. »Ich hoffe, Du hast nichts dagegen, wenn ich mit ihm einige Sätze wechsele.« Amanda knickste vor Luise. »Gewiß nicht!« antwortete sie. Wieder flog Röte über ihr Gesicht.

Luise lächelte, als sie im Zimmer von Marlies standen. Andrejew beobachtete jede Handbewegung der Köchin. Wenn sich das Mädchen über ihn beugte, errötete auch er.

Luise trat an das Bett und küßte Andrejew auf die Stirn. »Ich danke Ihnen, daß Sie Fürst Lassejew bis zu uns begleitet haben«, sagte sie. »Mein Gut kann, wenn Sie es wollen, auch Ihr neues Zuhause sein!«

Der Kaukasier nahm die rechte Hand von Luise und küßte sie. »Ich würde sehr gerne bei Ihnen, Gräfin, und bei Fürst Lassejew bleiben«, antwortete er. »Sehr gerne sogar. Wenn es nötig sein sollte, werde ich mein Leben für Sie und den Fürst einsetzen, Gräfin!«

Andrejew richtete sich im Bett auf. Dann küßte er wieder die Hand von Luise.

Am Morgen des achten Tages nach seiner Rückkehr stand Stephan sehr früh auf, wusch sich eiskalt und kleidete sich an. Luise blieb im Bett liegen und sah ihm zu, als er sich anzog.

Stephan verließ das Zimmer und weckte Andrejew. Luise zuckte zusammen, als er in das Schlafzimmer zurückkehrte. Unter seinem Überwurf zeichnete sich deutlich ein kurzläufiges Gewehr ab, das er und seine Männer früher immer bei sich gehabt hatten.

Stephan beugte sich über Luise, schlug die Bettdecke zurück, zog ihr Nachthemd hoch und küßte ihre Brüste und ihren Schoß. Eine heiße Welle schoß durch den Körper von Luise. Sie griff nach den Händen von Stephan und wollte ihn an sich ziehen.

Stephan löste sich von ihr. »Andrejew und ich müssen über die Grenze in die Sowjetunion zurück«, sagte er. »Wir haben dort drei Packpferde untergestellt, die das letzte tragen, was vom Besitz meiner Familie übrig geblieben ist. Wir hatten in der vergangenen Woche nicht mehr die Kraft, die Packpferde mit über die Grenze nach Litauen zu bringen.«

Luise richtete sich im Bett auf. »Du läßt die Pferde wo sie sind!« sagte sie. »Ich will, daß Du und der Junge am Leben bleiben. Ich weiß genau, wie gefährlich es ist, die Grenze zu überqueren. Hier auf dem Gut habt Ihr beide alles, was Ihr braucht!«

Stephan, der sich noch immer über ihren Körper beugte, schüttelte seinen Kopf.

»Richtig, Liebling, wir haben hier alles, was wir brauchen!« sagte er. »Aber wir haben nicht das Letzte, was ich besitze und was die Packpferde monatelang quer durch die Sowjetunion getragen haben.«

Stephan preßte seine linke Hand auf den Schoß von Luise. Wieder schoß eine heiße Welle durch ihren Körper.

»In zwei Tagen sind wir wieder hier, Liebling«, sagte er. »Dann komme ich so zurück, wie früher immer zu Dir!«

Luise sprang aus dem Bett und umklammerte ihn. »Komm schnell zurück, ganz schnell zurück und gesund«, flüsterte sie.

Luise wußte, daß niemand Stephan zurückhalten konnte, wenn er einen Entschluß gefaßt hatte. Auch sie nicht. Er ging immer den Weg, zu dem er sich entschlossen hatte.

Achtundvierzig Stunden später saßen Luise und Amanda vor dem Kamin im Salon. Luise hatte das Mädchen zu sich geholt, weil es vor Aufregung seit Stunden nur weinte. Beide hatten Holz auf Holz in den Kamin geworfen und die Stunden gezählt.

Luise legte sich ihren Pelz um, als die Hunde auf dem Hof zu bellen begannen. Obwohl seit Stunden wieder ein Schneesturm tobte, war das Bellen der Tiere deutlich zu hören.

Alexander und mehrere Arbeiter öffneten das Hoftor. Sie mußten sich mit aller Kraft gegen das Tor stemmen. Der Sturm drückte es immer wieder in die Halterung zurück.

Luise schlug ihre Hände gegen ihren Mund, als sie sah, daß Stephan und der junge Kaukasier auf einem Pferd saßen. Die Köchin stieß laute Schreckensrufe aus. Stephan hielt Andrejew fest umklammert. Sein kurzläufiges Gewehr hing an einem Lederriemen locker um seinen Hals.

»Schnell, ruft den Arzt!« rief Stephan. Das Fell der Pferde und die Kleidung der beiden Männer war von Schnee und Eis verklebt. »Der Junge hat eine Kugel im linken Oberschenkel. Schnell holt den Arzt!« Stephan hatte Mühe, zu sprechen. Sein Gesicht war von Schnee überzogen. Hinter seinem Pferd stand das Reitpferd von Andrejew und die drei Packpferde. Alle Tiere waren so erschöpft, daß sie sich kaum auf den Beinen halten konnten.

Einer der Arbeiter galoppierte Minuten später in das Dorf, um den Arzt zu holen. Die anderen hoben den stöhnenden Jungen aus dem Sattel. Als er einen Schrei ausstieß, begann die Köchin zu weinen. Die Gutsarbeiter trugen Andrejew in das Haus. Amanda wich nicht von seiner Seite. Sie hielt seine linke Hand.

Andere Arbeiter halfen Stephan aus dem Sattel und entluden die Packpferde. »Bringt die Pferde in die Ställe und reibt sie ab!« befahl Alexander den Arbeitern. »Die Packlast der Pferde muß sofort in das Herrenhaus!«

Stephan, der sich schwer atmend nach vorne beugte, klopfte Alexander auf die Schulter. »Das Tor muß sofort wieder geschlossen werden, wenn der Arzt das Gut verlassen hat, Alexander«, sagte er. »Der Schneesturm verwischt unsere Spuren. Auch die des Arztes. Je höher der Schnee vor dem Tor liegt, desto besser ist dies für uns!« Stephan begann zu husten.

»Und warum sollen die Spuren verwischt werden?« Alexander sah Stephan an, der sich auf Luise stützte.

»Wir haben die Packpferde aus der Sowjetunion geholt«, sagte

Stephan. »Dort hatten wir sie bei uns gut gesinnten Menschen zurückgelassen. Aber als wir die Grenze mit den Pferden überquerten, beschossen uns Rotarmisten. Dabei ist Andrejew verletzt worden. Dann waren litauische Grenzer hinter uns her. Diese Grenzer konnten wir allerdings abschütteln.« Stephan begann wieder zu husten.

»Auf die Litauer brauchte ich nicht zu schießen«, sagte Stephan schwer atmend. »Sie waren zu weit hinter uns. Aber auf die Rotarmisten mußte ich schießen. Zwei, so glaube ich, habe ich getroffen. Sie fielen von ihren Pferden. Daraufhin blieben die anderen Rotarmisten zurück. Um Haaresbreite hätten sie uns erwischt!«

Alexander richtete sich ruckartig auf. Er schüttelte kurz seinen Kopf. Dann nahm er Stephan das Gewehr ab.

Als sie zum Herrenhaus gingen, half Alexander Luise dabei, Stephan zu stützen. Mit fraulichem Instinkt registrierte sie jedoch, daß Alexander ihr zwar half, Stephan zum Herrenhaus zu begleiten, mit seinen Gedanken offensichtlich aber ganz woanders war.

Sie bemerkte deutlich, daß Alexander Stephan nicht ansah. Er blickte in den Schneesturm, als ob er in eine andere Welt sah.

»Vorerst!«

Luise musterte den Mongolen.

»Vorerst!«

»Ich glaube«, dachte Luise, »jetzt kommt die Stunde der Wahrheit. Alexander hat Stephan immer umarmt, wenn er auf das Gut zurückkehrte. Diesmal nicht. Bei Alexander ist eine Klappe zugefallen, als Stephan berichtete, daß er auf Rotarmisten schießen mußte.«

Luise zog den Kragen ihres Pelzmantels hoch.

»Alexander, den ich und auch Stephan wie ein eigenes Kind lieben, ist ein Anhänger dieser Sowjets«, schoß es Luise durch den Kopf. »Er wird uns verlassen. Noch in dieser Nacht wird er uns verlassen.« Luise musterte wieder verstohlen den Mongolen.

Alexander sah noch immer durch den Schneesturm, als ob er in eine andere Welt blickte.

Der russische Arzt benötigte gut eine Stunde, um die Kugel aus dem Oberschenkel des jungen Kaukasiers heraus zu operieren und die Wunde zu versorgen. Luise und Amanda assistierten ihm dabei. Die Kugel war dicht unter dem Oberschenkelgelenk eingedrungen und hatte sich bis zum Kniegelenk vorgeschoben. Dort war sie im Knochen stecken geblieben.

Der Arzt mußte einen langen Schnitt machen, um den Schußkanal zu säubern und die Kugel ergreifen zu können. Obwohl nur örtlich betäubt, gab Andrejew keinen Laut von sich. Erst als er in das Zimmer von Marlies getragen wurde, begann er laut zu stöhnen.

Alexander stand während der Operation an der Wand des Salons, in dem der Arzt arbeitete. Luise drehte sich mehrfach zu ihm um. »Wir lieben Dich, Alexander, alle lieben wir Dich. Ich und Stephan lieben Dich ganz besonders. Merkst Du das nicht?« Obwohl sie immer wieder diese Sätze leise flüsterte, konnte sie, wenn sie sich umdrehte, keine Reaktion bei dem Mongolen feststellen. Alexander lehnte mit geschlossenen Augen an der Wand des Salons. Er wirkte so leblos wie eine Puppe.

Als der Arzt seine Instrumente einzupacken begann, zuckte Alexander zusammen. Er begleitete den Doktor zu seinem Schlitten und schloß hinter ihm das Hoftor. Dann kam er in den Salon zurück. Er sah den Mädchen zu, die den Salon aufräumten.

Wieder lehnte sich Alexander an der Zimmerwand. Plötzlich ging er auf Luise zu, ergriff ihre Hände und küßte sie. »Danke, Gräfin! Danke für alles!« Er sah Luise einige Sekunden an. Stephan, der neben Luise stand, war für ihn Luft. Der Kaukasier zuckte mit keiner Wimper. Luise hatte das Gefühl, daß zwischen beiden Männern eine Wand der Feindschaft stand, die keiner von ihnen überwinden konnte. Sie stieß Stephan an. Er bewegte sich jedoch nicht. Alexander drehte sich um und verließ ohne ein weiteres Wort den Salon.

»Es war das vorletzte oder sogar das letzte Mal, daß wir seine Schritte in diesem Haus hören«, flüsterte Luise Stephan zu, als Alexander die Tür zum Salon geschlossen hatte.

»Das glaube ich auch, Liebling«, antwortete Stephan. »Bisher war Alexander auch mein Freund. Aber jetzt habe ich das Gefühl, er ist mein Feind. Ich glaube, das hängt damit zusammen, daß ich vorhin berichtete, ich hätte bei der Grenzüberquerung auf Rotarmisten schießen müssen. Wie siehst Du das?«

»So sehe ich das auch, Stephan«, sagte Luise. »Seine Welt ist nicht unsere Welt. Alexander fühlt sich zur Sowjetunion hingezogen. Schüsse auf Rotarmisten müssen ihn schwer getroffen haben. So, als ob die Kugeln, die Du abgefeuert hast, in seinen Körper gedrungen sind. Deshalb ist er jetzt Dein Feind. Glaube mir, Liebling: In Kürze ist Alexander verschwunden!«

Luise und Stephan schreckten zwei Tage später aus dem Schlaf hoch. Amanda klopfte gegen die Tür ihres Schlafzimmers und rief ihre Namen. Luise brauchte Sekunden, um zu sich zu kommen. Sie lag nackt in den Armen von Stephan, der sie in einer Wolke von wilder Zärtlichkeit so glücklich wie in ihrer ersten Nacht gemacht hatte. Luise fühlte noch immer die wohlige Erschlaffung in ihrem Schoß, nach der sie sich so lange gesehnt hatte.

»Wo ist mein Gewehr?« Stephan richtete sich auf. Es mußte etwa neun Uhr morgens sein. Noch immer klatschten Schneewolken gegen die Scheiben des Schlafzimmers. Der Sturm hatte an Stärke nicht verloren.

»Hörst Du nicht, Liebes, wie wild die Hunde bellen?« rief Stephan. »Sie verbellen Pferde und fremde Reiter. Außerdem sprechen Männer, deren Stimmen ich nicht kenne, in der Halle. Ich glaube, es sind Soldaten!«

Für den Bruchteil einer Sekunde schoß eine kalte Welle der Angst durch den Körper von Luise. »Sie wollen Stephan und den Jungen verhaften«, dachte sie. »Nun ist Stephan kaum wieder hier und schon wollen ihn Soldaten mir wieder wegnehmen.« Ihre Augen füllten sich mit Tränen.

»Sie haben Eure Spur gefunden und bis zum Gut verfolgt!« flüsterte sie. »Du mußt Dich verstecken, Liebling.« Luise klammerte sich an Stephan.

»Unsinn, Liebes«, antwortete er. »Bei diesem Schneesturm hält keine Spur länger als eine halbe Stunde. Du vergißt, daß ich seit zwei Tagen bei Dir bin!« Stephan stand auf und streichelte das Gesicht von Luise.

»Wo ist nun mein Gewehr?« fragte er erneut.

»«Ich habe es versteckt, Liebling«, antwortete Luise. »Du kannst lange nach dem Gewehr suchen, Du wirst es nicht finden. Du nicht und andere auch nicht. Hast Du Dir eigentlich einmal überlegt, daß Du noch nicht angemeldet bist? Wie stellst Du Dir das vor, unangemeldet mit einem Gewehr über das Gut zu spazieren? Du hast offensichtlich noch nicht begriffen, wie streng die neuen Herren sind, die jetzt in Litauen regieren!«

Stephan sah Luise einige Sekunden an. Dann nickte er. »Stimmt, Luise, daran habe ich noch nicht gedacht!«

Stephan ging zur Schlafzimmertür und öffnete sie. Die Köchin war sofort im Zimmer. Luise stand in diesem Augenblick ebenfalls auf. Amanda errötete, als sie Stephan und ihre Herrin nackt vor sich sah.

»Wir sind dabei, uns anzuziehen, Amanda«, sagte Luise völlig unbefangen. Sie ließ sich von Stephan in ihren Morgenmantel helfen. Er zog sich ebenfalls einen Morgenmantel über.

»Was ist los, Amanda?«

»Eine Patrouille der litauischen Grenzwachen, die aus Offizieren und Unteroffizieren besteht, ist auf den Hof gekommen«, antwortete Amanda. »Das Tor, Gräfin, war offen. Sie warten in der Halle auf Sie und den Fürsten!« Amanda sprudelte ihre Worte wie ein Wasserfall die Gischtfontänen.

»Das Tor war offen?« Stephan schüttelte seinen Kopf. »Ich habe doch deutlich gehört, daß Alexander das Tor gestern Abend geschlossen hat!«

»Alexander ist verschwunden«, sprudelte das Mädchen weiter. »Ebenfalls verschwunden ist noch ein Landarbeiter. Zwei Pferde aus dem Stall sind weg. Das habe ich gehört, bevor die Patrouille in das Herrenhaus kam. Das Bett im Zimmer von Alexander ist gemacht, das Zimmer aufgeräumt. Ich habe« – Amanda griff in ihren Ausschnitt – »auf dem Bett von Alexander diesen Brief gefunden!« Sie reichte Luise das Papier.

»Verstecke den Brief sofort, Luise, unauffindbar mußt Du ihn verstecken«, sagte Stephan. »Und Sie, Amanda, wissen von diesem Brief nichts, verstanden?«

»Sehr wohl, Fürst!« Amanda verbeugte sich. »Ich kann Ihnen versichern, Ihnen Gräfin und Ihnen Fürst, daß auf diesem Gut niemand etwas von irgendetwas weiß. Der starke Schneefall hält jeden auf dem Gut fest. Keiner hat etwas gesehen, keiner hat etwas gehört. Die Arbeiter haben heute morgen das Vieh getränkt und es gefüttert. Auch sie haben nichts gesehen und nichts gehört. Das ist mir zugeflüstert worden!« Ein flüchtiges Lächeln flog über ihr Gesicht.

Stephan schlug sich plötzlich an die Stirn. »Mein Kamerad, wo ist er!« sagte er. »Ich ... «

Amanda verbeugte sich wieder. »Ich habe ihn versteckt, Fürst«, sagte sie leise. »Niemand wird ihn finden. Sein Zimmer ist total aufgeräumt. So total, daß es so aussieht, als ob dort seit Jahren kein Mensch mehr gelebt hat!« Sie lächelte wieder.

»Versteckt? Wo hast Du Andrejew versteckt?« Stephan sah die Köchin überrascht an.

»Im Dach, Fürst!« antwortete sie.

»Im Dach?« Luise und Stephan sahen Amanda verwirrt an.

»Jawohl im Dach!« antwortete die Köchin. »Das Versteck kennen weder Sie, Gräfin, noch Sie, Fürst! Ich habe es vor einigen Monaten entdeckt. Dort liegt Andrejew. Niemand wird ihn finden. Er liegt dort warm und sicher!«

»Hatten Sie die Zeit dazu, Amanda?« fragte Luise. »Ist diese Grenzpatrouille nicht sofort ins Herrenhaus gekommen?«

Luise ergriff die Hand der Köchin, mit der sie ein besonderes Vertrauensverhältnis verband. Amanda war in Littauland geboren und auch dort aufgewachsen. Kochen hatte sie bei ihrer Mutter gelernt. Seit einem Jahr war sie auf dem Gut angestellt. Seit sechs Monaten kommandierte sie, trotz ihrer Jugend, alle Bediensteten des Herrenhauses.

»Wir hatten Zeit genug, Gräfin«, antwortete Amanda. »Die Offiziere und Unteroffiziere befragten über eine Stunde lang alle Arbeiter des Gutes. Ich konnte sogar heimlich einen Mann zum Arzt ins Dorf schicken. Auch der Doktor weiß jetzt nur, daß es seit Tagen ununterbrochen schneit und stürmt. Als die Offiziere und Unteroffiziere an die Tür des Herrenhauses klopften, hatte ich bereits für alle ein kräftiges Frühstück parat. Außerdem weiß ich jetzt, was sie wollen: Es hat offensichtlich an der Grenze wieder eine Schießerei gegeben. Und Spuren führen in Richtung des Gutes. Aber genau bin ich nicht darüber informiert, warum diese Patrouille auf das Gut gekommen ist. Aber immerhin: Die Unteroffiziere essen bereits in der Küche. Für Sie, Gräfin, und Sie, Fürst, habe ich im Salon aufdecken lassen. Die Offiziere warten in der Halle auf Sie beide!«

Alle drei mußten lachen. Luise umarmte die Köchin.

»Gehen Sie bitte in die Halle, Amanda, und sagen Sie den Herren, daß wir in Kürze kommen werden!«

Luise war stolz auf die Köchin. Sie schätzte an ihr nicht nur ihr entschlossenes Handeln, sondern auch, daß sie sich vor nichts fürchtete, obwohl sie noch sehr jung war.

Am Ende des Krieges hatte eine Bande von umherstreuenden ehemaligen russischen Soldaten den am Rande von Littauland stehenden Hof ihres Vaters überfallen. Die Banditen hatten ihren Vater und ihren achtzehn Jahre alten Bruder niedergeschlagen und gefesselt. Dann hatten sie versucht, die Mutter von Amanda sowie ihre beiden Schwestern, fast noch Kinder, zu vergewaltigen.

Amanda war zufällig im Kuhstall des Hofes gewesen, als sich der Überfall ereignete. Sie hatte, wie sie später Luise erzählte, Reiter auf den Hof kommen hören, aber angenommen, eine deutsche Militärpatrouille sah im Dorf wieder nach dem Rechten. Als sie die gellenden

Hilfeschreie ihrer Mutter und ihrer Schwestern hörte, war sie, ohne eine Sekunde zu zögern, zum Kornspeicher neben dem Kuhstall gelaufen. Dort verwahrte ihr Vater seit Anfang des Krieges seine Gewehre in einem Versteck auf. Amanda nahm zwei der Gewehre aus dem Versteck, lud sie durch und entsicherte sie. Kaltblütig hatte sich Amanda in die Tür des Stalles gestellt und die zwei Banditen niedergeschossen, die auf dem Hof die Pferde ihrer Kameraden hielten, die sich gerade über die Mutter von Amanda und ihre Schwestern hermachen wollten. Als sie die Schüsse hörten, verließen sie fluchtartig das Wohnhaus. Amanda hatte blitzartig auf sie angelegt. Sie schoß zwei der Banditen nieder. Ein dritter wurde verletzt. Er entkam mit den anderen Banditen.

Die Gruppe prallte hinter dem Dorf mit einer deutschen Patrouille zusammen. Die deutschen Soldaten, die sofort die Situation erkannt hatten, überwältigten die ehemaligen russischen Soldaten. Sie wurden von einem deutschen Militärgericht zu hohen Freiheitsstrafen verurteilt. Die litauischen Behörden schoben sie später in die Sowjetunion ab, wo sie wegen dieser Tat erschossen wurden. Diese Nachricht kam Monate später nach Littauland von einem Überläufer. Das ganze Dorf wunderte sich über diese Reaktion der Verantwortlichen eines Staates, der in einen mörderischen Bürgerkrieg verwickelt war.

Luise versteckte den Brief von Alexander im Bad unter einer Diele hinter dem Badeofen. Stephan warf in großer Hast Holz und Torfkohle auf die Diele.

Als sich beide flüchtig gewaschen hatten, lächelte Luise Stephan im Spiegel über dem Waschbecken an. »Keine Angst, Liebes!« sagte er. »Von meinem Kameraden und mir wollen unsere Gäste nichts. Ich glaube, sie sind hinter Alexander und seinem Kameraden her. Andrejew und ich sind schließlich gut zehn Tage bei Dir. Genaugenommen natürlich nur ich. Hast Du schon einmal den Namen Andrejew gehört? Ich jedenfalls nicht. Gut versteckt wie er ist, können wir ihn verleugnen. Auch den Namen Alexander kennen wir nicht. Weder den einen noch den anderen werden wir erwähnen, wenn wir mit den Männern der Patrouille frühstücken!« Stephan küßte Luise.

»Du mußt Dich jetzt so flott wie möglich anziehen!« flüsterte Stephan Luise zu, seinen Kopf auf ihre Schultern legend. »Sie sollen nur Deinen herrlichen Körper sehen und dabei alles andere vergessen!«

Luise schlang ihre Arme um Stephan.

»Was wollen sie von uns, Stephan?« flüsterte sie. Stephan fühlte, daß sie vor Angst zitterte. »Ich wäre froh, Liebling, wenn ich noch mit Dir im Bett liegen könnte. Bei diesem Schneesturm können wir doch keinen Schritt vor die Tür gehen. Im Bett mit Dir, Stephan: da würde ich mich wohl und sicher fühlen!«

Luise löste ihre Arme von den Schultern von Stephan. »Ich habe Angst«, sagte sie. »Sehr große Angst!«

»Du mußt Dich jetzt beruhigen!« sagte Stephan. »Von uns, Liebes, wollen diese Männer nichts. Ich glaube, sie haben einen Zusammenstoß mit Alexander und seinem Begleiter gehabt. Von uns werden sie wissen wollen, ob wir die beiden Männer kennen. Ganz sicher haben sie ihre Spuren aufgenommen und gehen davon aus, daß sie vom Gut kommen, da sie das Hoftor offen gefunden haben. Bei dem Sturm kannst Du sicher sein, daß die Spuren nicht bis zum Gut zurückreichten. Sie sind sicher nur deshalb mißtrauisch, weil das Hoftor offen stand. Das wird alles sein!«

Stephan küßte das Gesicht von Luise. »Kennst Du einen Alexander Ambrowisch? Kennst Du einen möglichen Begleiter von ihm?«

»Nie gehört!« antwortete Luise. Beide umarmten sich.

»Gott möge sie beschützen!« flüsterte Luise.

Stephan fuhr Luise über die Haare. Beide schlugen das Kreuz.

Die Offiziere nahmen Haltung an, als Luise und Stephan die Treppe zur Halle hinabgingen. Luise hatte sich einen engen, langen schwarzen Rock und eine blaue Seidenbluse angezogen, die die Rundungen ihres Körpers zur Geltung brachten. Über ihren Schultern trug sie eine Stola aus ungefärbter Kaschmirwolle. Sie registrierte, daß die Offiziere ihren Körper zu mustern begannen. Sie salutierten, als Luise von der letzten Stufe in die Halle trat.

»Guten Morgen, meine Herren«, sagte Luise mit strahlendem Lächeln. Ihre blauen Augen blitzten die Offiziere an, als ob alle der Zar persönlich wären.

Ein Oberstleutnant trat aus der Gruppe der Offiziere vor und verbeugte sich vor Luise. »Verzeihen Sie, Gräfin, meinen Kameraden und mir, daß wir Sie in so früher Stunde überfallen haben«, sagte er. »Aber dienstliche Gründe zwangen uns, Ihr Gut aufzusuchen.« Er salutierte erneut. »Fürst!« Der Oberstleutnant verbeugte sich auch leicht vor Stephan.

»Sie sind uns herzlich willkommen, Herr Oberst«, antwortete Luise, dem Offizier ihre rechte Hand reichend. Er ergriff die Hand von Luise und küßte sie.

»Das hat er früher bei Hofe gelernt«, dachte Luise. »Ganz sicher entstammt er der ehemaligen zaristischen Armee. Woher sollen auch die Litauer so schnell Offiziere bekommen.«

Der Oberstleutnant hatte Luise auf russisch angesprochen. In fließendem Litauisch antwortete sie, den Offizier anblickend: »Wäre es den Herren lieber, wenn wir uns weiter in russisch oder in litauisch unterhielten. Wir können uns natürlich auch auf deutsch, englisch oder französisch unterhalten. Ganz wie es Ihnen beliebt. Sie sind unsere Gäste!«

»Also doch ehemaliger zaristischer Offizier«, dachte sie, als sich der Oberstleutnant hilflos zu einem jungen Hauptmann umdrehte, der dicht hinter ihm stand. Der Oberstleutnant hatte offensichtlich kein Wort von dem verstanden, was Luise auf litauisch gesagt hatte.

»Der Herr Oberst würde es, wie wir, begrüßen, wenn wir Russisch oder Deutsch sprechen könnten«, sagte der Hauptmann, sichtlich verlegen.

»Auch Deutsch?« Luise blickte den jungen Offizier an.

»Ja, auch Deutsch!« Der Oberstleutnant drehte sich zu den anderen Offizieren um. »Wir haben nämlich zwei deutsche Kameraden bei uns, die in unseren Einheiten als Militärberater tätig sind!« sagte er. Der Oberstleutnant verbeugte sich erneut vor Luise.

»Eine umwerfend schöne Frau«, dachte er. »Dieser kaukasische Fürst ist zu beneiden. Ich würde schon etwas dafür geben, sie besitzen zu können.« Der Oberstleutnant unterdrückte ein Seufzen. »Dieses Weib hat mich doch sofort ausmanövriert. Spricht perfekt litauisch. Wer hätte das gedacht!«

»Ich würde mich freuen, wenn wir Russisch oder Deutsch miteinander reden könnten«, hörte er die Stimme von Luise wie aus weiter Ferne. Seine Augen hatten sich an ihren Oberschenkeln und ihren Brüsten festgesogen, die sich deutlich unter ihrem Rock und ihrer Bluse abzeichneten.

»Dieser Fürst ist ein Glückspilz«, dachte er. »Bei diesem Sauwetter wird er Tag und Nacht mit diesem herrlichen Körper spielen. Das richtige Wetter, um sich mit dieser Frau im warmen Bett zu tummeln. Was für ein Genuß muß das sein.«

Der Offizier starrte Luise und Stephan an. »Und selbst, wenn sie in den Fall verwickelt sein sollte, dem wir nachgehen: Ich kann ihr nicht einmal in ihre wundervollen Schenkel greifen, von ihren Brüsten ganz zu schweigen. Das können wir bei jedem Bauernmädchen. Ein energischer Griff unter deren Rock oder in deren Ausschnitt, und sie reden. Aber hinter dieser Gräfin steht der englische Botschafter und außerdem ist ihr Sohn ein großer Luftheld. Sie ist also unantastbar.«

Der Oberstleutnant holte wieder Luft.

»Kaum zu glauben, daß dieses so jung aussehende Prachtweib bereits einen so erfolgreichen Sohn hat.«

Der Oberstleutnant mußte wieder Luft holen. Um sich abzulenken, sagte er: »Gräfin, darf ich Ihnen meine Offiziere vorstellen?« Er lächelte Luise und Stephan schief an.

Sie frühstückten im Salon und plauderten dabei über das Wetter. Als Luise Kognak reichen ließ, stand der Oberstleutnant plötzlich auf. Ihm war es im Salon zu heiß geworden. Der Ofen, der neben der Tür stand, strahlte eine wohlige Wärme ab. Außerdem hatte sich sein Blutdruck auf großer Höhe stabilisiert. Jedes Mal, wenn ihm Luise Kaffee nachschenkte, waren in ihrem tiefen Ausschnitt ihre vollen Brüste zu sehen. Er dürstete nach diesem Weib.

Der Oberstleutnant ging im Salon auf und ab. »Fürst Lassejew, seit wann sind Sie in der Republik Litauen, und wie sind sie über die Grenze gekommen?« Der Offizier hatte diese Frage so bissig wie möglich gestellt. Als er die blauen Augen von Luise auf sich gerichtet sah, hüstelte er einige Sekunden lang.

»Ich bin seit gut zehn Tagen hier, Herr Oberst«, antwortete Stephan. »Über die Grenze bin ich mit einem Pferd geritten, direkt aus dem Kaukasus kommend. Ich bin auf das Gut der Gräfin zurückgekehrt, um sie zu heiraten!« Stephan lächelte den Oberstleutnant so entwaffnend an, wie ein Schüler einen Oberlehrer, den er bei einer falschen Auskunft ertappt hatte.

Der Oberstleutnant drehte sich ruckartig um und setzte seinen Marsch durch den Salon fort.

»Bei Hofe wurde dieser Lassejew schon gefürchtet, dieser Halbwilde aus dem Kaukasus«, dachte der Offizier wütend. »Heute fürchten die Regierenden der Republik Litauen ihn auch, weil er alsbald der Mann dieses Prachtweibes sein wird, das auch jetzt unantastbar ist.«

Der Offizier ging auf und ab. Aus den Augenwinkeln musterte er den Körper von Luise. Welche Rundungen, welche Brüste, noch immer frei schwebend, welch ein Po, welche Beine. Der Oberstleutnant machte sich nicht mehr die Mühe, sein Seufzen zu unterdrücken.

Sie ist noch immer so schön, wie man schon vor Jahren bei Hofe erzählt hat. Alle Männer in Petersburg haben damals den englischen Grafen zu Essex beneidet, als er sie heiraten durfte und später den Kaukasier, als sie ihn als ihren Geliebten in ihr Bett nahm. Die Männer in Petersburg, besonders die Offiziere, kannten sie von Bällen. »Aber meinen Offizierskameraden konnte es gleichgültig sein, mit wem sie schlief«, dachte er. »Sie hatten stets handfeste Weiber im Bett – legal oder illegal. Ich hatte immer nur mit dem Abfall zu tun. Mit dürren Ziegen, ohne volle Schenkel und Brüste. Wenn ich an meine Frau denke, dieses zänkische Gespenst, wird mir schlecht. Die reinste Bohnenstange. Als Mann war ich immer benachteiligt. Warum nur, warum? Nun läßt meine Potenz nach und so etwas, wie diese Gräfin, eine solche Frau, habe ich nie besessen!«

Wut quoll in dem Oberstleutnant auf. Er haßte seine zänkische Frau, die nie mit ihm zufrieden war. Und er haßte seine ebenfalls dürren Töchter, die immer, wenn sie ihn sahen, sofort mit ihm zu zanken anfingen. Außerdem haßte er sein Amt als verantwortlicher Grenzoffizier, das ihn zwang, bei klirrender Kälte durch Schneestürme zu reiten. Er sehnte sich nach einer Stellung im Stab. Dort könnte er jetzt in einem warmen Zimmer sitzen und Untergebene in diesen Schneesturm schicken.

»Zehn Tage sind Sie also hier, Fürst«, sagte er. »Zehn Tage! Illegal, wenn ich es richtig sehe. Und sie haben es nicht für nötig befunden, wenigstens den Versuch zu machen, sich bei den hiesigen Behörden anzumelden?« Der Offizierte bellte wie ein Schneefuchs diese Sätze in den Salon.

»Nein«, antwortete Stephan langsam. »Ich bin kein Selbstmörder, Herr Oberst. Bei diesem Wetter bleibe ich im Haus!« Stephan stand ebenfalls auf. Luise sah, daß die Adern an seinen Schläfen zu schwellen begannen.

»Sie wollen mir doch wohl nicht unterstellen, Herr Oberst, daß ich der Republik Litauen Schaden zugefügt habe, weil ich mich bei diesem Wetter nicht sofort bei der nächsten Behörde gemeldet habe«, sagte Stephan mit kalter Stimme. »Ich bin kein Kind mehr, Herr Oberst! Ich weiß genau, was ich zu tun habe. Wenn das Wetter besser ist und Wege und Straßen wieder passierbar sind, werde ich mich offiziell hier in Litauen anmelden!«

Luise, die erschrocken über diese Wendung des Gesprächs war, versuchte die Hand von Stephan zu ergreifen. Er zog seine Hand jedoch sofort zurück, als er fühlte, daß sie nach ihr griff.

»Ich unterstelle überhaupt nichts, Fürst«, bellte der Oberstleutnant. »Ich stelle nur fest, was meine Pflicht als verantwortlicher Grenzoffizier ist!« Beide Männer sahen sich wütend an.

»Ich werde diesem Halbwilden eins versetzen«, dachte der Oberstleutnant, nach Luft ringend. »Einen Schlag werde ich ihm versetzen, den er nicht vergißt.«

»Sie, Fürst, und ich wissen doch genau, warum Sie in den letzten Jahren hier leben mußten, von Petrograd aus gesehen am Ende der Welt«, sagte er. »Sie ...«

»Überlegen Sie Ihre Worte genau, Herr Oberst«, sagte Luise. Die Tigerin in ihr hatte die Krallen aus den Tatzen geschoben. »Es könnte nämlich sein, Herr Oberst, daß Sie Ihre Worte, vor so vielen Zeugen abgegeben, später bereuen werden!« Luise spürte, daß die anderen Offiziere die Luft anhielten.

Der Oberstleutnant griff sich an seine Brust. Ihm war die Uniformjacke zu eng geworden. Blitzartig hatte er begriffen, daß die Gräfin noch immer zum schweren Säbel griff, wenn sie sich getroffen fühlte. Als er noch bei Hofe diente, hatte er miterlebt, daß selbst der Zar kniff, wenn eine Entscheidung gefällt werden sollte, die sich gegen die Gräfin richtete, die in Petersburg als selbstherrlich galt.

Jedes Wort wählend, sagte er: »Der Unterschied zwischen Ihnen, Fürst, und mir ist der, daß ich im Krieg an der Front gestanden habe, als russischer Patriot, während Sie – ohne daß ich Ihnen daraus einen

Vorwurf mache – das nicht brauchten. Die Last des Krieges hatten wir Russen zu tragen. Ganz gleich, wo wir auch geboren waren. Später waren auch die Ukrainer betroffen. Aber der Kaukasus, Fürst, war weit von der Front entfernt. Und betroffen war, soweit ich weiß, der Kaukasus auch indirekt nicht vom Krieg.«

Der Oberstleutnant sah Stephan an. Er wußte, daß er zwar auch noch mit dieser Erklärung den Kaukasier verletzt haben konnte, daß sie aber schwach gegen das war, was er eigentlich hatte sagen wollen. »Du widerlicher Halbwilder«, dachte er. »Du konntest Dich vor dem Krieg drücken, weil Du einen einflußreichen Vater hattest, der selbst Mord mit einer Handbewegung beiseite wischen konnte.«

Der litauische Grenzoffizier zuckte zusammen, als Stephan einen halben Schritt auf ihn zu trat. In den Augen des Kaukasiers sah er Flammen auflodern. »Wenn wir uns jetzt vergessen, werde ich degradiert und in eine Schreibstube versetzt«, dachte er. Er verfluchte sich selbst. Wie konnte er diesen Mann angreifen, der an der Seite der Gräfin so sicher wie in einem Safe war. Ein Wort von ihr zum britischen Botschafter, und er war erledigt. Er würde nie mehr befördert werden. Seine Frau würde ihm die Hölle auf Erden bereiten. Sie sah sein jetziges Einkommen schon als Hungerlohn an. Was würde sie erst sagen, wenn er degradiert werden würde. Auch seine Töchter würden in dieselbe Kerbe hauen.

Der Oberstleutnant begann zu frösteln. Er hätte viel dafür gegeben, wenn er die Uhr nur um eine halbe Stunde hätte zurückstellen können.

»Der Unterschied zwischen Ihnen und mir, Oberst, ist einfach!«, sagte Stephan mit schneidender Stimme. »Sie sind aus der zaristischen Armee in die Dienste der Republik Litauen getreten. So ganz einfach. Ohne viel Umstände. Aus der zaristischen Armee nahtlos in den Dienst Litauens. Ich, Stephan Fürst Lassejew, dagegen, habe meine Heimat und meine gesamte Familie verloren, als der Krieg zu Ende war. Und wissen Sie warum? Weil die zaristische Armee, der Sie angehörten, nicht in der Lage war, weder den Deutschen noch den Bolschewisten pari zu bieten. Kein Wunder, denn an der Spitze der russischen Armee stand ein Herrscher, dem in meiner Heimat kein Landarbeiter einen Schluck Wasser gereicht hätte, weil er ein Hänfling, ein Schwächling war. So war auch die ganze zaristische Armee, einschließlich ihrer Offiziere!« Stephan hatte die letzten Sätze so laut geschrien, daß alle am Tisch zusammenzuckten.

Der Oberstleutnant drehte sich um. Sein Gesicht war blutrot. Mit einer blitzschnellen Bewegung griff er zu seiner Revolvertasche.

»Aber Herr Kamerad!«. Einer der deutschen Offiziere in litauischer Uniform, der Luise gegenüber saß, hob beschwichtigend die Hände. »Herr Kamerad, wir sind Gäste bei der verehrten Gräfin und Fürst Lassejew. Vergessen Sie das bitte nicht!«

Der Oberstleutnant nahm die Hand von seiner Revolvertasche.

»Ich hatte Ihren Namen bei der Vorstellung nicht genau verstanden. Verzeihen Sie bitte!« Luise blickte den deutschen Offizier hilfesuchend an. Sie griff nach der Hand von Stephan und zog ihn auf seinen Stuhl zurück.

»Oberst von Wismar!«

»Er ist ranghöher als dieser Litauer«, dachte Luise aufatmend. »Was führt Sie eigentlich zu uns, Herr Oberst?« fragte sie auf deutsch.

Der litauische Oberstleutnant hatte sich zögernd auf seinen Stuhl gesetzt, der neben ihr stand. Er atmete schwer.

»Verzeihen Sie, Gräfin, und auch Sie, Fürst«, murmelte er. »Ich habe schwere Jahre hinter mir. Meine Nerven sind nicht mehr die besten. Verzeihen Sie, ich habe mich völlig danebenbenommen!«

»Ich nehme die Entschuldigung an!« antwortete Luise.

Stephan stand auf. Er bot dem Oberstleutnant seine Hand. Der Offizier ergriff sie.

»Mein litauischer Kamerad, Gräfin, wird Ihnen erklären, was uns mit dieser hochkarätigen Patrouille bei diesem Schneesturm zu Ihnen geführt hat.« Der Deutsche lächelte erst Luise und dann den Oberstleutnant aufmunternd an.

Der litauische Offizier, der zusammengesunken auf seinem Stuhl saß, richtete sich ruckartig auf.

»Ich muß mich noch einmal bei Ihnen, Gräfin, und bei Ihnen, Fürst Lassejew, entschuldigen«, sagte er. »Ich habe das Gastrecht verletzt. Aber glauben Sie mir, meine Nerven sind wirklich nicht mehr die besten. Der Krieg, die lange Gefangenschaft in Deutschland, die Sorge um die Familie und die Heimat. Es war etwas zuviel für mich in den letzten Jahren!« Er stand auf und verbeugte sich vor Stephan und Luise.

»Sie haben recht, Fürst!« flüsterte er. »Der Hof in Petersburg war durch und durch korrupt. Wir wurden in den Krieg mit Soldaten geschickt, die keine richtige Ausbildung hatten. Natürlich gab es bei uns glänzende Elitedivisionen. Aber die Masse der Soldaten blieb auch in Uniform Bauern. Bauern, die sich nur danach sehnten, nach Hause zurückkehren zu können. Statt Stahl erhielten wir Pappe, die dem Staat als Stahl verkauft worden war. Mit Soldaten, die nichts anderes als Bauern waren, und mit Pappe statt Stahl, mit Küchen für Offiziere, mit Küchen für Unteroffiziere, und mit einem Fraß für Manschaften, den nicht einmal ein Hund angerührt hätte, konnten wir diesen Krieg nicht gewinnen. Ich bin von Geburt aus Litauer. Aber wir waren doch alle Russen, als dieser verdammte Krieg begann. Alle, ob wir aus Litauen oder aus dem Kaukasus stammen.« Er stützte sich auf die Rückenlehne seines Stuhls und sah durch die Fenster des Salons in den Schneesturm.

»Verzeihen Sie mein ungebührliches Benehmen«, sagte er noch einmal.

»Das genügt«, dachte Luise. Ihr war klar geworden, daß sich der Oberstleutnant vor einer Beschwerde von ihr beim britischen Botschafter fürchtete, der für Litauen zuständig war. »Ich glaube, Charles hält jetzt seine Hand über uns«, dachte sie. »Niemand wird es wagen, die Mutter von Charles und ihren zukünftigen Mann in Schwierigkeiten zu bringen.« Luise atmete erleichtert durch.

»Und was führt Sie bei diesem schrecklichen Wetter zu uns, Herr Oberst?« fragte sie. Luise lächelte den Litauer an.

Der Oberstleutnant gab sich wieder einen Ruck. Luise ergriff die Hand von Stephan.

»Die sowjetische Regierung hat bei unserer Regierung scharfen Protest dagegen erhoben, daß zwei ihrer Grenzsoldaten vor einigen Tagen von illegalen Grenzgängern angeschossen wurden«, sagte er. »Vermutlich waren es Schmuggler, die die Grenze im Schneesturm überquerten. Sie hatten, wie die Sowjets erklärten, Packpferde bei sich. Unsere Grenzer haben diese Männer auch kurz zu Gesicht bekommen, im Schneesturm aber schnell wieder verloren.«

Der Oberstleutnant sah Luise und Stephan einige Sekunden an. Luise fühlte wieder die eisige Kälte der Angst von ihren Füßen her durch ihren Körper aufsteigen. Sie preßte die Hand von Stephan zusammen.

»Wir sind gezwungen, dieser Sache nachzugehen, weil wir eine Mücke gegen den sowjetischen Elefanten sind, Gräfin«, sagte der Oberstleutnant. »Die Sowjets haben nicht vergessen, daß wir Litauer Rußland verlassen und uns selbständig gemacht haben. Wir sind den Deutschen dankbar, daß sie uns dabei geholfen haben.« Er nickte den deutschen Offizieren zu. »Aber aus den Augen werden uns die Sowjets nicht verlieren. Darauf können Sie sich verlassen, Gräfin und Fürst Lassejew. Wir, die kleine litauische Republik, müssen den Sowjets gegenüber ständig Demut zeigen.«

Der Oberstleutnant wischte sich über die Stirn. »Ihre Besitzungen liegen so, Gräfin, daß sie nicht weit von der Sowjetunion, aber auch nicht weit von der deutschen Grenze entfernt sind«, sagte er. »Es ist deshalb durchaus möglich, daß Schmuggler über Ihr Gebiet reiten. Es könnte auch sein, daß sie bei Ihnen Station machen. Haben Sie Unbekannte in den letzten Tagen auf Ihrem Land beobachtet?«

»Nein, Herr Oberst!« Luise war sichtlich erleichtert. Spuren, die Tage zurücklagen, konnte niemand bei diesem Wetter verfolgen. Sie waren längst verweht. »Ich habe nichts gesehen und meine Leute wohl auch nicht. Wäre dem so, Herr Oberst, hätten sie mir davon erzählt!«

»Gut!« Der Oberstleutnant ging wieder auf und ab.

»Unsere hochkarätige Patrouille, wenn ich mich auch so wie mein deutscher Kamerad ausdrücken darf, ist nach dem Protest der Sowjets sofort auf höchsten Befehl hin in Marsch gesetzt worden«, sagte er. »Sie wissen jetzt, daß wir alles tun müssen, um die Sowjets bei guter Laune zu halten.« Der Litauer sah wieder aus den Fenstern in den Schneesturm, der heulend um das Herrenhaus tobte.

»In den Morgenstunden des heutigen Tages kämpfte sich ein Meldereiter zu unserem Quartier durch«, sagte er. »Es hat wieder eine Schießerei an der Grenze gegeben. Dabei verloren wir drei Männer.«

Der Oberstleutnant ging zu einem der Fenster des Salons und stützte sich gegen die Scheiben.

»Zwei Männer waren auf die Grenze zugeritten«, sagte er. »Als unsere Grenzsoldaten sie stellten, schossen die beiden sofort zurück. Drei unserer Männer ließen ihr Leben. Das sind die Realitäten! Und doch ist diese Schießerei mit vielen Unbekannten behaftet!«

»Und warum, Herr Oberst?« Luise fühlte wieder, wie eine eisige Kälte in ihrem Körper aufstieg.

»Weil die Sowjets, so sagen unsere Grenzer, die überlebt haben, nicht ebenfalls auf die beiden Männer schossen«, antwortete er. »Im Gegenteil: Unsere Grenzsoldaten konnten sehen, daß sie die beiden Männer wie alte Bekannte in ihre Mitte nahmen und mit Ihnen davonritten.«

Der Oberstleutnant drehte sich um und musterte Luise.

»Wir haben die Spuren der beiden Reiter verfolgt, Gräfin«, sagte er. »Sie führten zu Ihrem Gut. Das Tor Ihres Gutes war offen. Die Spuren waren zwar nur noch schwach auf dem Gutshof zu erkennen. Aber sie führten zu Ihren Pferdeställen. Was sagen Sie dazu?«

Alle Offiziere blickten jetzt Luise an. Der deutsche Oberst, der ihr gegenübersaß, blinzelte mit seinem linken Auge. Der Oberstleutnant der litauischen Grenztruppen stand hinter ihm, konnte sein Gesicht also nicht sehen.

»Ich bin überrascht«, antwortete Luise. Sie mußte alle Kraft zusammennehmen, um zu verhindern, daß ihre Stimme zitterte.

»Herr Oberst!« Stephan stand auf. »Wir sollten unsere Vorarbeiter in das Herrenhaus bitten«, sagte er. »Uns ist nicht bekannt, daß Mitarbeiter des Gutes fehlen und Pferde gestohlen wurden!«

»Nicht nötig«, antwortete der Oberstleutnant. »Wir haben Ihre Arbeiter bereits vernommen. Bei diesen Vernehmungen haben wir herausbekommen, daß zwar zwei Pferde des Gutes verschwunden sind, aber daß keiner Ihrer Arbeiter fehlt.« Der Offizier sah Luise wieder an.

»Aber wir fragen uns natürlich, Gräfin und Fürst Lassejew, wie es möglich ist, daß Unbekannte auf Ihrem Gut zwei Pferde stehlen können«, sagte er. »Schließlich war das Gutstor am Abend des gestrigen Tages geschlossen worden. Dies haben uns Ihre Arbeiter bestätigt. Und Ihre beiden Jagdhunde, so wurde uns auch gesagt, laufen in der Nacht frei über den Hof. Wie erklären Sie es sich, Gräfin, daß dennoch zwei offensichtlich fremde Männer auf den Gutshof gelangen und zwei Pferde stehlen konnten?«

»Keine Ahnung, Herr Oberst«, antwortete sie. »Aber ich kann Ihnen sagen, daß dies vor dem Krieg unmöglich gewesen wäre. Wenn das Hoftor geschlossen war, hatten wir Wachen auf den Wehrgängen der Mauer. Das haben wir heute nicht mehr. Wer will, kann also über die Mauer steigen. Das ist kein Kunststück. Das kann sogar ich. Und unsere Hunde, Oberst: Die sind so friedlich wie Lämmer. Wenn Sie Ihnen ein Stück Wurst vor die Schnauze halten, wedeln sie mit dem Schwanz und sind freundlich zu Ihnen. Ich hoffe, das wird nun anders, wenn sich Fürst Lassejew der Ausbildung der Hunde annimmt. Dazu hatte ich keine Zeit!«

Luise sah aus den Augenwinkeln, daß der deutsche Oberst sie anblinzelte. »Gut gemacht!« hieß das Blinzeln.

Der litauische Oberstleutnant stützte sich wieder gegen die Scheibe des Salonfensters.

»Die Gräfin ist nicht nur ein echtes Weib, eine Frau, nach deren Brüsten und Schenkeln jeder Mann dürsten muß, wenn er ein echter Mann ist, sie ist außerdem noch schlagfertig«, dachte er. »Sie weiß genau, wer von ihrem Gut verschwunden ist. Aber sie ist glatt wie ein Aal, nicht zu greifen.« Der Offizier sah in den Schneesturm. Er fröstelte bei dem Gedanken, daß er in kürze wieder Schnee und Kälte erdulden mußte.

»Wenn wir weg sind, kann sich dieser Halbwilde aus dem Kaukasus wieder im warmen Bett mit der Gräfin genußvoll beschäftigen.« Er fühlte, wie sein Glied anschwoll. »Ich werde noch verrückt, wenn es mir nicht gelingen sollte, wenigstens eine Nacht mit einer solchen Frau zu verleben. Eine einzige Nacht. Nur eine einzige Nacht!«

Es hätte nicht viel gefehlt, und der Oberstleutnant hätte laut Gott um diese einzige Nacht angefleht. Der Offizier biß sich auf die Zunge, um das Stöhnen zu unterdrücken, das aus seinem Brustkorb aufzusteigen begann. Diese Gräfin hat alles behalten. Ihr Gut, das Glück, die Liebe und sicher auch Geld. Wieder stieg Wut in ihm auf. »Und was habe ich, der ich jahrzehntelang der Krone mit Hingabe gedient habe? Nichts, gar nichts. Andere haben sich am Krieg bereichert und ihr Geld rechtzeitig in Sicherheit gebracht. Sie hatten sich Druckposten in Petrograd beschafft und Millionen gescheffelt, die sie heute im Ausland verprassen. Ich mußte an die Front, weil meine Familie, außer einem kleinen Gut in Litauen, nichts besaß. Die Schande, in Gefangenschaft geraten zu sein, hat verhindert, daß ich noch während des Krieges Oberst oder sogar General in der zaristischen Armee geworden bin.« Der Oberstleutnant spürte, daß ihn alle, die im Salon saßen, anblickten. Aber sie sahen nur seinen Rücken. Nicht sein Gesicht, aus dem sie seine Enttäuschung über sein persönliches Schicksal so deutlich wie in einem aufgeschlagenen Buch hätten ablesen können. Er blickte weiter in den Schneesturm und tat so, als ob er nachdachte.

»Und was habe ich?« Der Offizier stöhnte leise. »Eine knochige Frau, die ich in das Ehebett prügeln muß, wenn ich in der Stellung mit ihr schlafen will, die mir einen Hauch von Genuß bereitet. Eine Frau, die es nicht einmal in ihrer Jugend verstanden hat, Feuer auf das Laken zu bringen. Eine Frau, die nur mault, die ständig an mir herumkritisiert und ihre Befriedigung nur im sonntäglichen Kirchgang findet.«

Der Offizier schüttelte sich. »Und nun müssen wir von dem Hungerlohn leben, den mir der litauische Staat zahlt«, dachte er. »Ein Staat voller Hungerleider. Ein Staat, der so schwach auf der Brust ist, daß er selbst verhungert wirkt. Ein Staat, in dem mit 2,5 Millionen weniger Menschen als in europäischen Großstädten leben, der zwar an der Ostsee liegt, aber keinen eigenen Hafen besitzt, und der ein politisches Kleinkind bleiben wird, das die Sowjets eines Tages mit einer Handbewegung einfangen werden, wie eine Fliege, die über dem Honig schwirrt. Dann aber« – er faßte sich mit der rechten Hand an den Uniformkragen – »Gnade uns Gott. Die Sowjets werden Hackfleisch aus uns machen.«

Der Oberstleutnant trommelte mit den Fingerspitzen der rechten Hand gegen die Fensterscheibe des Salons. Dann drehte er sich um.

»Das Wetter, Gräfin«, sagte er. »Wer blickt bei diesem Wetter schon aus dem Fenster. Wer wird bei diesem Wetter gar in der Nacht aus dem Fenster sehen. Und was kann man in der Dunkelheit bei diesem Wetter schon sehen. Und hören kann man auch nichts. Meine Kameraden werden wie ich der Meinung sein, daß Sie und Fürst Lassejew weder etwas gesehen noch etwas gehört haben können. Ich bin sogar der Ansicht, Sie hätten auch dann nichts gehört, wenn zwanzig Reiter das Gut verlassen hätten. Der Wind heult zu laut, und der Schnee fällt zu dicht. Das verschluckt alle Laute.«

Der Oberstleutnant verbeugte sich vor Luise und Stephan.

»Ich glaube, ich habe mich gut aus der Affäre gezogen«, dachte er. »Was soll es auch. Ich kann der Gräfin nicht nachweisen, daß sie darüber informiert ist, wer von ihrem Gut kommend den blutigen Zwischenfall an der Grenze ausgelöst hat. Und selbst wenn ich es könnte, würde die britische Regierung sofort massiv intervenieren. Die Gräfin ist schließlich eine von Essex. Ihr Sohn ein internationaler Kriegsheld.«

Der Oberstleutnant gab seinen Offizierskameraden einen Wink. Sie erhoben sich wie auf Kommando von ihren Stühlen.

Luise und Stephan sahen vom Salonfenster aus zu, als die Offiziere und Unteroffiziere aufsaßen.

»Warum hast Du sie nicht aufgefordert, bis morgen früh bei uns zu bleiben?« fragte Stephan Luise. »Dann wird der Sturm sich ausgeblasen haben. Ich fühle das. Er heult zwar noch immer kräftig, legt aber doch schon ab und zu Pausen ein.«

»Ich weiß, Stephan, daß sie gut drei Stunden brauchen werden, bis sie die Grenzstation erreichen, wo sie ihre Pferde unterstellen und übernachten können«, antwortete Luise. »Aber ich konnte mich nicht dazu durchringen, den Offizieren und Unteroffizieren der Patrouille anzubieten, bei uns zu bleiben. Dieser Oberstleutnant haßt uns. Er ist ein Weichling, der mit seinem Schicksal hadert und uns nicht die Butter auf dem Brot gönnt.«

Luise errötete.

»Hast Du nicht gesehen, Stephan«, sagte sie heftig atmend, »wie er mich ständig gemustert hat? Wie ein Fleischbeschauer auf dem Viehmarkt. Ich wette mit Dir, Liebling, daß seine Frau eine zänkische, dürre Bohnenstange ist. Hast Du nicht auch begriffen, was er Dir eigentlich an den Kopf werfen wollte? Dieser Schwächling lenkte sofort ein, als ich meine Krallen ausfuhr und gab eine Puddingerklärung ab, weil er sich vor uns fürchtet. Weil er genau weiß, daß Charles jetzt seine Hand über uns hält.«

Luise lehnte sich gegen Stephan. Die Reiter hatten das Tor erreicht. Sie waren im Schneegestöber kaum noch zu erkennen.

»Ich weiß genau, was dieser Offizier sagen wollte, Luise!« Stephan strich ihr über das Gesicht. »Er wollte sagen, ich bin ein ganz primitiver Mörder, ein Halbwilder aus dem Kaukasus, aus der ehemaligen Kolonie des Zaren, der in der Republik Litauen nichts zu suchen hat!«

»Halbwilder? Wie kommst Du gerade auf diese Formulierung?«

»Als Dein Mann mich und meine Kaukasier damals zu Euch holte, hat er mir gesagt, wie man mich bei Hofe bezeichnet!«

»Und wie hat William das formuliert?«

»Fürst Lassejew, hat er gesagt, Sie und Ihre Männer können hier in Petersburg nicht bleiben. Besonders Sie gelten bei Hofe als der Halbwilde aus dem Kaukasus, der, einmal in Wut gebracht, sofort mordet. Aber einen Mann wie Sie kann ich zusammen mit Ihren Kaukasiern auf unserem Gut gebrauchen. Ich habe Sie lange genug hier in Petersburg beobachtet. Sie machen auf mich einen ausgezeichneten Eindruck. Auch Ihre Männer. Außerdem kenne ich Ihre Geschichte. Ich weiß, was der Anlaß dafür war, daß Sie sich außerhalb der Gesetze des Kaukasus gestellt haben. Oder besser formuliert, nicht nur außerhalb der Gesetze des Kaukasus, sondern außerhalb der Gesetze überhaupt. Aber als eine Art Leibwache für meine Frau und meine Tochter hätte ich Sie und Ihre Männer trotzdem gerne auf meinem Gut!«

»Und was hast Du darauf geantwortet, Stephan?«

»Ich habe überhaupt nicht darauf geantwortet, Luise, sondern ich habe an den Grafen Essex eine Frage gerichtet!«

»Und welche Frage?«

»Haben Sie, Graf Essex, von einem Minister des Zaren oder einem seiner Vertrauten einen Wink bekommen, mich und meine Männer aus Petersburg zu entfernen? Dein Mann, Luise, hat mich einige Sekunden prüfend angesehen. Ja, das ist so, hat er geantwortet. Ich bin, Fürst, auf diesen Wink sofort eingegangen, weil ich, wie ich schon sagte, Sie schätze, und weil ich mich in Ihre Lage versetzen kann. Sie sind ein kaum geduldeter Außenseiter in Petersburg. Ich bin es in diesem Riesenreich auch, das immer fremdenfeindlich war und es immer bleiben wird.«

Stephan fühlte, daß Luise zusammenzuckte. Er zog sie an sich. »Aber zwischen Ihnen, Fürst, und mir besteht ein großer Unterschied, antwortete Dein Mann. Sie, Fürst, können nicht mehr nach Hause. Ich dagegen habe ein wunderbares Zuhause. Und zwar auf dem Gut meiner Frau. Wollen Sie zu uns kommen? Sie werden dort ebenfalls, zusammen mit Ihren Männern, ein echtes Zuhause finden!«

Stephan suchte die Lippen von Luise und küßte sie.

»So sind wir zu Euch gekommen, Liebling«, sagte er. »So bin ich zu Dir gekommen. Und weil ich Deinem Mann versprochen habe, Dich und Deine Kinder zu beschützen, werde ich mich für Dich in Stücke hauen lassen, wie wir in unserer Heimat sagen. Aber auch aus einem ganz anderen Grunde: Ich liebe Dich!«

Luise breitete den Brief von Alexander auf dem Tisch aus und glättete ihn.

»Bitte!« Stephan ergriff ihre Hände. »Lies Du den Brief vor!«

Luise glättete erneut das Briefpapier. »Mit diesem Brief geht erneut ein Abschnitt meines Lebens zu Ende, Liebster«, sagte sie leise. »Wenn ich diesen Brief gelesen haben werde, weiß ich, daß ich einen Menschen verloren habe, der mir so nahe steht, wie meine Kinder und Du. Einen Menschen, der mir, meinen Kindern und auch Dir, Stephan, das Leben gerettet hat. Er hat sein Leben für uns alle eingesetzt!«

Luise richtete sich auf.

»Sehr verehrte Gräfin«, las sie vor. »Immer wird mein Herz für Sie schlagen. Immer, auch wenn ich Sie vermutlich in meinem zukünftigen Leben nicht mehr wiedersehen werde. Mein Herz wird auch deshalb in Zukunft für Sie schlagen, weil ich Sie so wie meine Mutter liebe. Sie haben mich, wie Ihre Kinder, an die Hand genommen, mich wie sie beschützt, mir wie ihnen ein Zuhause gegeben, als ich nach dem schrecklichen Tod meiner Eltern alleine stand und in großer Not war. Sie haben sich wie eine Mutter um mich gekümmert, als Sie selbst auch in großer Not waren. Sie sind damals sofort an die Stelle meiner Eltern getreten. Und Sie haben mir in den Jahren danach ein Leben, ein so erfolgreiches Leben, ermöglicht, für das ich Ihnen stets dankbar sein werde. Sie, verehrte Gräfin, waren voller Liebe und Güte zu meiner Frau und meinen Kindern. Und ich weiß auch, daß Sie nicht verhindern konnten, daß meine Familie ebenfalls wie meine Eltern ein so schreckliches Ende fand.«

Luise drehte den Briefbogen um und las mit leiser Stimme weiter.

»Nun, sehr verehrte Gräfin, bin ich aus Ihrem Leben gegangen. So schwer mir dies fiel und so sehr mein Herz blutet: Ich mußte diesen Schritt tun!

In den langen schweren Jahren des Krieges und der folgenden Gefangenschaft bin ich Kommunist geworden. Ich bin dennoch zu Ihnen zurück gekommen, weil ich hoffte, bei Ihnen meine Familie zu finden. Und ich bin bei Ihnen dann doch geblieben, obwohl meine Familie nicht mehr lebte, weil Sie wieder in großer Not und wieder alleine waren. Ich hatte Ihrem Herrn Vater versprochen, Sie zu beschützen. Deshalb bin ich geblieben. Nun ist Fürst Lassejew wieder bei Ihnen. Und nun kann ich gehen.

Ich habe in der Vergangenheit – ohne daß Sie es wußten – Kontakte mit meinen ehemaligen Kameraden gehabt, die nach dem Weltkrieg in die Rote Armee eingetreten sind. Sie werden mich an der Grenze erwarten, wenn ich dort ankomme. Begleiten wird mich einer Ihrer Arbeiter. Er ist wie ich Kommunist. Aber außerdem ist er Offizier der Roten Armee. Er hatte in Litauen einen Sonderauftrag zu erfüllen, über dessen Inhalt ich Ihnen nichts sagen darf. Dieser Sonderauftrag ist erledigt. Ich schreibe Ihnen mehr, als ich schreiben darf. Aber ich muß Ihnen das schreiben, damit sie verstehen, warum dieser ehemalige Arbeiter von Ihnen mit mir in die Sowjetunion zurückgekehrt ist.

Nun werden Sie sich fragen, verehrte Frau Gräfin, warum ich Kommunist geworden bin. Der Grund dafür ist einfach:

Ich habe erst im Krieg, im Chaos des Krieges, gesehen, daß die herrschende Klasse Rußlands unter dem Zaren durch und durch korrupt war. Wir Soldaten waren für diese Klasse nur Kanonenfutter. Wir wurden in die Schlachten gehetzt, um ihre Macht zu erhalten. Diese Klasse hat das Blut des Volkes vergossen. Dabei verfolgte sie nur ein Ziel: Sie wollte an der Macht bleiben, um das Volk weiter ausbeuten zu können – Arbeiter und Bauern. Als ich das erkannt hatte, gab es für mich nur noch einen Weg. Ich wurde Kommunist.

Nun gehe ich in die Sowjetunion zurück. In ein Land, an dessen Zukunft ich glaube. In einen Arbeiter- und Bauernstaat, in dem alle Macht vom Volke ausgeht. So einem Staat gehört in dieser Welt die Zukunft. Und das muß, so glaube ich, eine glückliche Zukunft sein. Die herrschende Klasse existiert nicht mehr. Das Volk kann nun sein Schicksal selbst bestimmen. Und ein solches Volk kann nur glücklich werden. Ich möchte Angehöriger eines solchen Volkes sein.

Ich kann Ihnen, verehrte Gräfin, jedoch versichern, daß ich Sie und Ihre Familie niemals hassen kann, obwohl Sie ebenfalls Mitglied der herrschenden Klasse waren und es heute auch noch in Litauen sind. Ihr von mir so sehr geschätzter Gatte, William Graf zu Essex, und Sie, Luise Gräfin zu Memel und Samland zu Essex, haben Ihre Arbeiterinnen und Arbeiter wie auch die Bauern Ihrer Dörfer stets wie Menschen und nicht wie Leibeigene behandelt. Dadurch haben Sie sich mit ihnen auf eine Stufe gestellt. Sie haben keine Rassendiskriminierung geduldet, und Sie haben für gute Arbeit gute Löhne gezahlt. Sie haben Land verschenkt und für Wohlstand gesorgt. Und Sie haben sich nie vor dem Zaren gefürchtet, wenn Sie Maßnahmen zum Wohle Ihrer Untergebenen einleiteten. Sie werden jetzt sicher lachen, wenn ich Ihnen folgendes schreibe: So gesehen haben Sie gehandelt, wie ich es von guten Kommunisten erwarte.

Nun haben Sie sich gewundert, und ich habe Ihnen dies angesehen, verehrte Frau Gräfin, daß ich Fürst Lassejew nach seiner zweiten Grenzüberquerung nicht mehr so herzlich wie sonst umarmt habe, als er mit seinem jungen Kameraden und den Packpferden auf den Hof kam. Der Grund dafür ist folgender: Der Fürst hat Kameraden von mir niedergeschossen, als er die Grenze überquerte. Gute Kameraden von mir, die mit mir durch den Krieg und die Gefangenschaft gegangen sind. Durch Jahre, die ich als Hölle bezeichnen würde. Er wird dafür in der Sowjetunion in Abwesenheit zum Tode verurteilt werden. Sie dürfen nicht vergessen, daß er Männer erschossen hat, die im Dienste ihres Vaterlandes Wache an der Grenze der Sowjetunion hielten.

Dennoch, verehrte Frau Gräfin, kann ich Fürst Lassejew nicht so hassen, wie ich es als Kommunist und als Kamerad meiner getöteten Kameraden müßte. Ich habe mich dazu durchgerungen, weil Fürst Lassejew mein Freund in schweren Tagen war. Das bindet für ein ganzes Leben. Ich wäre glücklich, wenn Sie ihm dies ausrichten würden. Außerdem bin ich sicher, daß auch ich zur Waffe greifen würde, wenn sich mir jemand bei der bevorstehenden Grenzüberquerung in den Weg stellen sollte. Das klingt sicher alles sehr ungereimt. Aber ich kann es in der Eile, in der ich schreibe, nicht anders ausdrücken.

Verehrte Gräfin: Ich werde in wenigen Stunden, wenn ich meine Sachen gepackt habe, das Gut heimlich verlassen. Genaugenommen werden mein Kamerad und ich uns davonschleichen. Es geht aber nicht anders. Sie können sicher sein, daß es mir sehr schwer fällt, den Platz verlassen zu müssen, an dem ich viele glückliche Jahre verbracht habe. Ich hätte Ihnen noch so viel zu schreiben. Aber dazu ist keine Zeit mehr.

Ich versichere Ihnen, daß ich Sie, Ihre Kinder und alle Menschen, die hier leben, immer lieben werde. Was auch an der Grenze bei der Rückkehr von Fürst Lassejew vorgefallen sein sollte: Bitte grüßen Sie ihn von mir.

Mögen wir uns immer als das begegnen, sofern es überhaupt jemals wieder zu einer Begegnung zwischen uns kommen sollte, was wir sind: Freunde!

Ihr Alexander Ambrowisch«

Luise legte den Brief aus der Hand. Sie lehnte sich in ihrem Stuhl zurück. »Bitte, Stephan«, sagte sie, »ich würde so gerne jetzt einen Kognak trinken.« Luise bedeckte ihre Augen mit ihren Händen. Sie und Stephan schwiegen minutenlang.

Luise stand auf. Mit langen Schritten ging sie im Salon hin und her. Dann drehte sie sich zu Stephan um. »Warum hat Alexander keine Aussprache mit mir gesucht?« fragte sie Stephan. »Was hat ihn bewogen, beinahe gläubig einer Ideologie zu fröhnen, die Rußland mit Mord und Totschlag überzieht?«

Luise faltete den Brief von Alexander zusammen.

»Ich verstehe diese Welt nicht mehr, Stephan«, sagte sie. »Sie ist voller Blut und Tränen!«

Stephan, der Luise gegenüber saß, stützte seinen Kopf in seine Hände.

»Dieser Junge, den ich so wie Deine Kinder liebe, glaubt, in eine neue schöne Heimat zu reiten«, antwortete er. »Er wird ein Chaos vorfinden. Wenn Alexander es durchsteht, durch Ströme von Blut und Tränen waten zu müssen, wird er nach oben kommen. Wenn nicht, wird er in einem Massengrab enden. Ich glaube, er wird das zweite Los ziehen. Alexander ist ein gutgläubiger Idealist. Vielleicht ist das der Grund dafür, daß ich ihn so sehr mag. Er war immer ein fröhlicher Mensch. Er lachte gerne. Er glaubte an das Gute in den Menschen. Mein Herz wird schwer, wenn ich daran denke, was Alexander erwartet. Ich weiß es. Ich habe es erlebt!«

Stephan sah die Decke des Salons an. Dann brach aus ihm heraus, worauf Luise seit seiner Rückkehr gewartet hatte. Wie von einer schweren Last befreit, bäumte er sich auf, als er zu erzählen begann.

»Wir sind nur nachts geritten. Am Tage haben wir uns wie Hasen im Korn versteckt. Wir mußten ständig nach Osten ausholen, weil die Deutschen weit in die Ukraine vorstießen. Aber nicht nur ihnen, sondern auch den russischen Truppen mußten wir ausweichen. Das war alles andere als einfach in einer Landschaft, die, wie die Ukraine, so flach wie ein Brett ist.

Nachts haben wir uns in Dörfer geschlichen, um Wasser, Futter für die Pferde und Lebensmittel zu holen. Wir wurden freundlich und unfreundlich empfangen. Ab und zu wurde auch auf uns geschossen. Aber wir kamen immer durch.

Nach langen Wochen, noch weit entfernt vom Kaukasus, erkrankten unsere Pferde. Innerhalb von drei Tagen hatten alle Pferde Kolik. Mir war sofort klar, daß sich eine Katastrophe anbahnte. Zu Fuß von dort weiter in den Kaukasus war unmöglich. Ohne Pferde ging es aber nicht. Wir führten die kranken Tiere in ein Sumpfgebiet, wo wir uns versteckten.

Hast Du schon einmal erlebt, Luise, was es bedeutet, wenn zwanzig Pferde gleichzeitig an Kolik erkranken?« Stephan saß auf seinem Stuhl weit zurückgelehnt. Er sah Luise flüchtig an.

»Nein, Liebster, das habe ich noch nicht erlebt!« antwortete sie.

»Die Pferde schlagen vor Schmerzen um sich, sie beginnen wie Menschen zu schreien!« Stephan stützte seine Arme auf die Lehnen seines Stuhls. »Wir haben die Pferde auf den Boden gepreßt, ihre Beine gefesselt, ihre Mäuler verbunden und mit unseren Händen versucht, tief in ihre Därme zu greifen, um sie von den schmerzhaften Verstopfungen zu befreien. Es hat nichts genützt. Wir mußten alle Pferde erschießen.«

Stephan wischte sich mit der rechten Hand über die Stirn. »Hast Du, Luise, schon einmal ein Pferd getötet, das Dir so nahe steht wie ein Freund?« Er wartete die Antwort von Luise nicht ab.

»Wir haben die Pferde im Sumpfgebiet liegen gelassen«, erzählte er weiter. »Tagelang mußten wir unsere Sättel tragen. Dann fanden wir ein Gestüt, auf dem es vor Pferden wimmelte.«

Stephan warf sich auf seinem Stuhl hin und her. »Wir waren fast verhungert und verdurstet, als wir das Gut erreichten. In der Nacht darauf überfielen wir das Gestüt. Es war stärker bewacht, als wir nach unseren Beobachtungen angenommen hatten. Vier meiner Männer kamen bei dem Kampf mit den Wachen des Gestüts ums Leben. Wir erbeuteten dreißig Pferde, auf denen wir sofort flüchteten.

Drei Tage ritten wir Tag und Nacht. Mehr tot als lebendig erreichten wir an einem Abend ein Dorf. Wir überfielen es ebenfalls und holten, was wir brauchten: Wasser und Nahrungsmittel, Futter für die Pferde und neue Kleidung.«

Stephan legte seinen Kopf auf den Tisch. Luise sah, daß er weinte.

»Im Dorf mußte ich einen meiner jungen Männer erschießen«, flüsterte er. »Seine Kameraden verlangten das von mir. Der Junge hatte, als er auf meinen Befehl hin in ein Bauernhaus einbrach, um Nahrungsmittel zu holen, eine junge Bäuerin aufgestöbert, die nackt im Bett lag. Niemand außer ihr war im Haus. Der Junge hatte sie vergewaltigt und erstochen, als sie zu schreien anfing.«

Stephan hob seinen Kopf. Er betrachtete seine Hände.

»Das Blut dieses jungen Kaukasiers klebt noch immer an meinen Händen«, sagte er. Seine Hände fuhren dabei nervös über seine Hosenbeine. »Aber ich mußte ihn töten, Luise. Er hat Schande über mein Volk gebracht!«

Stephan legte beide Hände auf den Tisch. Luise konnte deutlich sehen, daß sie zitterten.

»Als wir nach Monaten den Kaukasus erreicht hatten, glaubten wir, zu Hause zu sein«, sagte er. »Das war ein Irrtum. Wir glaubten, als Kaukasier in unserer Heimat unter Tag reiten zu können. Wir wurden sofort von Rotarmisten gestellt und in eine schwere Schießerei verwickelt. Zehn von uns fielen dabei. Wir sechs, die wir überlebt hatten, flüchteten in panischem Schrecken. Immerhin war es für mich ein Trost, zu wissen, daß die getöteten zehn Männer, im Gegensatz zu ihren Kameraden, die bei dem Überfall auf das Gestüt in der Ukraine umgekommen waren, in ihrer Heimat begraben worden sind. Ich gebe zu, daß ich von diesem Augenblick an den Überblick verlor. Ich war wie meine Männer erschöpft und entmutigt. Befehle gab ich nicht mehr.«

Stephan goß sein Kognakglas halb voll. Er trank es in einem Zug aus.

»Wir versteckten uns tagelang in einem Gebirgstal, abseits der üblichen Wege. Von dort aus konnten wir beobachten, daß Tag und Nacht Patrouillen nach uns suchten. Aber diese Reitergruppen waren keine Kaukasier, sondern Rotarmisten aus Weißrußland, die den Kaukasus nicht kannten. Deshalb hielten sie sich von den Bergen fern, die ihnen sicher fremd und unheimlich sein mußten. Das war unser Glück.

Wir berieten tagelang darüber, was wir machen sollten. Schließlich beschlossen wir, uns zu trennen. Zwei Männer sollten bei mir bleiben, die anderen versuchen, einzeln in den Nachtstunden ihre Familien zu erreichen. Wir machten aus, daß wir uns drei Monate später wieder in dem Versteck treffen wollten. Außerdem hatten wir uns geschworen, daß keiner den anderen verraten würde, auch dann nicht, wenn wir dafür unser Leben lassen müßten.

In den Nächten danach verließ jeweils einer das Versteck. Jeder dieser Kaukasier hatte Tränen in den Augen, wenn wir uns verabschiedeten. Aber keiner von ihnen sah sich um, wenn er davonritt.

Einige Tage später schickte ich auch die beiden Männer weg, die bei mir bleiben sollten. Ich hatte bemerkt, wie sehr sie darauf brannten, nach ihren Angehörigen Ausschau halten zu können. Erst wollten sie nicht gehen. Aber als ich ihnen den Befehl dazu erteilte, gehorchten sie. Das war mein letzter Befehl als Fürst Lassejew!«

Stephan stand auf und lehnte sich an das Innenbrett des Fensters, vor dem der litauische Oberstleutnant gestanden hatte. Stephan sah in das Schneegestöber. Er drehte sich nicht um, als er weiter erzählte.

»Ich hatte jedem einzelnen meiner Männer eingeschärft, sich so unsichtbar wie eine Wildkatze zu machen«, sagte er. »Ich hatte sie beschworen, sich auf keinen Kampf einzulassen, sondern sofort zu fliehen, wenn sie entdeckt werden sollten. Aber Menschen bleiben Menschen mit Stärken und Schwächen. Im Gegensatz zur Wildkatze werden sie unvorsichtig. Und junge Menschen, gerade zwanzig Jahre alt, sind doch noch immer mehr Kinder als Erwachsene. Wenn sie den Stallduft wittern, wenn sie glauben, kurz vor der Tür des einst so sicheren Hauses der Eltern zu sein, werden sie sorglos.

Keiner dieser Männer hat überlebt. Einer von ihnen, das erfuhr ich erst später, hat immerhin so lange gelebt, daß er unter der Folter doch aussagte, mit wem er in die Heimat zurückgekommen war. Da einer der Rotarmisten, der an der Folterung teilgenommen hatte, nicht schweigsam blieb, sprach es sich wie ein Lauffeuer im Kaukasus herum, daß ich zurückgekommen war.

Die Menschen, die meinen Vater gekannt hatten, dachten, nun würde sich alles wieder zum Guten wenden. Sie konnten nicht wissen, daß ich wie ein Hase gehetzt wurde, allein war und nicht, wie sie annahmen, Befehlshaber einer Befreiungsarmee war. Sie ahnten auch nicht, daß ich alles andere nur nicht so stark wie mein Vater war. Ich war abgehetzt, verzweifelt, ohne Unterstützung und schwach wie sie alle. Erst sehr viel später erfuhr ich, mit welcher

Euphorie die Menschen im Kaukasus meine Rückkehr aufgenommen hatten.«

Stephan ging zum Tisch, goß sich erneut ein Glas Kognak ein und trank es wieder in einem Zug aus. Er ging zum Fenster zurück.

»Die Rote Armee schlug überall da zu, wo sie potentielle Verbündete von mir zu sehen glaubte. Sie wußte, welche große Bedeutung der Name Lassejew in der Vergangenheit für die Entwicklung des Kaukasus gehabt hatte. Schon dies war für die Rotarmisten Anlaß, mit eisernem Besen zu kehren. Der Kaukasus, der mit Feuer und Blut in das Sowjetreich nach der Ausrufung der Selbständigkeit zurückgeholt worden war, ging wieder in Flammen auf. Erneut starben Menschen. Und ich war Schuld daran, allein durch die Tatsache, daß ich nach Hause gekommen war!«

Stephan malte Kringel in das Eis, das den unteren Teil der Scheiben überzogen hatte. »Ich hätte sofort zurückreiten können, als drei Monate verstrichen waren und sich keiner meiner Männer in dem Versteck sehen ließ«, flüsterte er. »Aber ich blieb. Woche um Woche, Monat um Monat. Ich konnte mir nicht vorstellen, daß alle meine Kameraden umgekommen sein sollten. Ich wußte, daß ich keine Gnade finden würde, wenn die Rotarmisten mich aufstöbern sollten. Für Fürsten war in meiner Heimat kein Platz mehr. Ich ging davon aus, daß meinen Kameraden nichts passieren konnte. Sie waren schließlich Kinder dieses Landes und stammten aus einfachen Familien. Später wurde ich darüber aufgeklärt, daß auch sie automatisch zu Tode verurteilt worden waren, nur weil sie mich begleitet hatten. Wie desolat mein Zustand war, kannst Du, Luise, daran ersehen, daß ich mich weiter versteckt hielt. Ich konnte mich zu nichts entschließen. Ich wagte es auch nicht, zum Gut meiner Eltern zu reiten. Ich hatte schlicht gesagt Angst. Angst davor, daß es nicht mehr existierte, Angst davor, daß meine Familie nicht mehr lebte, Angst davor, daß ich von den Rotarmisten überrumpelt werden würde. Ich zeigte Feigheit wie noch nie in meinem Leben. Aber am schlimmsten war, daß ich nicht einen Entschluß fassen konnte, der mich entweder zu Dir oder zum ehemaligen Gut meiner Eltern führte. Ich verharrte wochenlang in völliger Hilflosigkeit.«

Stephan setzte sich wieder an den Tisch.

»Als der Winter vorbei war, nahm ich mein Herz in beide Hände und machte mich auf den Weg zu den Besitzungen meiner Familie.« Stephan stützte wieder mit beiden Händen seinen Kopf. Er sah auf die Tischplatte. Luise bemerkte, daß seine Hände zitterten.

»Ich bewegte mich jedefalls dabei wie eine Wildkatze«, sagte er. »Niemand hörte das Pferd und mich. Dem Hengst hatte ich die Hufe umwickelt. Das Tier, das ich erst seit einigen Monaten ritt, schien begriffen zu haben, worum es ging. Es unterdrückte selbst dann ein Schnauben, wenn es eine rossige Stute roch!«

Stephan legte sich in seinem Stuhl zurück. Mit den Fingern der rechten Hand trommelte er auf die Tischplatte.

»Ich brauchte Wochen, um das weite Tal zu erreichen, in dem die Güter meiner Familie gegründet worden waren«, murmelte er. »Ich ritt nur in der Nacht. Immer wieder stieß ich auf Soldaten, die in großen Gruppen unterwegs waren. Ich sah, und ich hörte sie. Sie aber mich nicht. Es konnten keine Kaukasier gewesen sein. Denn wir Kaukasier hören das Gras wachsen und riechen die Ausdünstungen eines Pferdes meilenweit.«

Stephan sprach so leise, daß sich Luise auf jedes seiner Worte konzentrieren mußte.

»Ich versteckte das Pferd in einer Felshöhle. Die letzten zehn Kilometer ging ich zu Fuß. Dabei beobachteten mich mehrere Männer, die ich nicht bemerkt hatte, obwohl ich so vorsichtig wie möglich meinen Weg suchte. Aber das erfuhr ich erst später.

Sicher hatte auch mich der Geruch der unmittelbaren Heimat unvorsichtiger als sonst üblich werden lassen. Ich sah nur noch nach vorn, nach vorn, in die Richtung, in der früher das Gut meiner Eltern gestanden hatte. Ich sehnte mich so sehr nach meiner Familie und nach meinem Zuhause, daß ich offensichtlich meinen sechsten Sinn für Gefahr verloren haben mußte. Denn sonst hätte ich im Unterbewußtsein registriert, daß jeder meiner Schritte beobachtet wurde.

An einem Morgen, kurz nach Sonnenaufgang, blickte ich in das Tal. Es war öde und leer. Kein Mensch, kein Vieh war zu sehen. Unsere Güter waren nur noch Ruinen.«

Stephan legte seinen Kopf auf den Tisch. Die Hände von ihm suchten die Hände von Luise. Als sich ihre Finger gefunden hatten, klammerte sich Stephan an ihre Hände.

»Ich sah zwei Stunden unentwegt in das Tal, obwohl ich bereits nach Sekunden begriffen hatte, daß von meiner Familie niemand mehr leben konnte, und daß wir nichts mehr besaßen!« Stephan stand auf und ging im Salon auf und ab.

»Ich betrachtete den ganzen Tag lang das Tal«, sagte er wieder flüsternd. »Ich saugte jede Einzelheit auf, die ich erkennen konnte. Es war nicht nur das Land meiner Familie, meine Heimat, die ich Meter für Meter mit den Augen abtastete, es war meine Jugend, die ich vor mir sah.

Ich schlug das Kreuz. Für jeden meiner Verwandten. Und für das Seelenheil aller betete ich.«

Stephan ging zum Fenster. »Als es dunkel geworden war, lief ich zu dem Versteck zurück, in dem mein Pferd stand«, sagte er. »Wochen war ich dann wieder unterwegs. Im ersten Versteck hatte ich eine schriftliche Nachricht hinterlassen. Wer kam, sollte auf mich warten.

Die Männer, die mich beobachtet hatten, folgten mir unentwegt. In einer Regennacht hatten sie meine Spur verloren. Aber sie suchten weiter. Sie fanden mich, als ich gerade dabei war, mich auf den Weg zu Dir zu machen, Liebes. Sie waren so schnell vor dem Versteck, in dem ich die Nacht verbringen wollte, daß ich nicht mehr zu meinem Gewehr greifen konnte. Das war gut so. Denn diese Männer waren Freunde, Kaukasier, die mir helfen wollten.«

Stephan stellte sich hinter Luise und umfaßte ihre Schultern. »Ich werde allerdings nie in meinem Leben ihren Gesichtsausdruck vergessen, als sie mich aufstöberten«, sagte er. »Die Reiter hatten erwartet, daß ich sie zu einer Befreiungsarmee führen würde, zehn Männer waren es, die auf ihren Pferden sitzend um mich herum standen. Nun fanden sie mich alleine vor. Abgehetzt und halb verhungert. Sie blickten mich entsetzt an. Dann schlugen sie das Kreuz.

Der Anführer von ihnen fragte mich: Wo sind Deine Truppen, Herr? Man hat uns erzählt, Du hast eine Armee bei Dir, um uns von den Sowjets zu befreien. Du bist doch ein Lassejew! Alles wartet auf Dich. Alle erwarten, daß Du mit einer Armee über den Kaukasus wie ein Herbststurm hereinbrichst, um uns die Freiheit zurückzubringen. Du bist doch der Sohn des großen Fürsten Lassejew. Wo ist Deine Armee?

Als ich ihnen sagte, daß ich alleine und wie sie auf der Flucht bin, stiegen sie aus ihren Sätteln und knieten vor mir. Sie weinten, Luise, sie weinten, unentwegt weinten sie. Ich hatte Mühe, sie zu beruhigen.

Wir saßen stundenlang zusammen und sprachen über den Kaukasus, vor allem über die Vergangenheit. Aus ihrem Munde erfuhr ich, daß meine Familie, wie unzählige andere adlige Familien des Kaukasus, hingemetzelt worden war. Einige von ihnen hatten zugesehen, wie die Güter der Herrschenden im Kaukasus angesteckt worden waren. In ihrem Blutrausch machten die Sowjets auch nicht vor den Tieren halt. Sie schossen Pferde und Rinder nieder. Nur deshalb, weil sie von den Gütern der Herrschenden stammten.

Du kannst Dir vorstellen, daß es jetzt an mir war, zu weinen. Gut, nicht alle Adligen hatten sich ihren Untergebenen gegenüber so benommen, wie man es von Menschen von hohem Stand erwarten kann. Aber ich fand, dies alles ist kein Anlaß, um ganze Familien auszurotten, ihren Besitz bis auf die Grundmauern zu zerstören und ihr Vieh zu töten.

Kurz vor Anbruch der Morgendämmerung losten die Kaukasier untereinander aus, wer von ihnen die Nachricht in den Kaukasus tragen sollte, daß der Sohn des einst so großen Lassejew ohne eine Befreiungsarmee in seine Heimat zurückgekehrt war. Diesen Mann habe ich nie mehr gesehen. Offensichtlich ist er den Sowjets wenige Tage später in die Hände gefallen. Aber seine Mission mußte erfolgreich gewesen sein. Wenige Tage später brach jeder Widerstand gegen die Rote Armee im Kaukasus zusammen. Die Kameraden dieses Reiters brachten mir diese Nachricht in mein Versteck. Sie waren ebenfalls mehrere Nächte unterwegs gewesen und hatten sich unter der Bevölkerung umgehört.«

Stephan ging wieder im Salon auf und ab.

»Du wirst es nicht glauben, Luise«, sagte er, jedes Wort betonend, »ich war glücklich, als ich in meinem Versteck diese Nachricht erhielt. Mein Volk hatte genug gelitten. Erst unter dem Zaren und nun unter den Sowjets. Es kann nur noch nach vorn sehen und nicht zurück, wenn es überleben will. Und es wird überleben. Davon bin ich überzeugt. Es muß sich mit den neuen Machthabern arrangieren. Nur so wird es überleben können. Die Sowjets haben gewonnen. Unsere Familie war nur ein kleines Stück einer großen Vergangenheit des Kaukasus. Mehr nicht. Das habe ich akzeptiert.«

Stephan stützte sich auf die Platte des Tisches. »Der Rest, Luise, ist schnell erzählt, obwohl einige Kaukasier und ich noch Monate des Schreckens durchleben mußten. Einige Reiter brachten das, was ich vom Besitz meiner Familie mit zu Dir transportierte. Sie hatten die Trümmer unseres Gutes durchwühlt und alles, was sie fanden, auf ihre Pferde geladen. Ich merkte bald, daß sie zwar noch Hochachtung vor mir hatten, weil ich ein Lassejew bin, aber daß ich für ihre Zukunft unbedeutend war. Ich war in ihren Augen der Abkömmling einer großen Familie, die eine bedeutende Vergangenheit hinter sich, aber keine Zukunft vor sich hatte. Dennoch waren sie so anständig, mich nicht an die Sowjets zu verraten. Im Gegenteil: Sie sorgten dafür, daß ich ungehindert aus dem Kaukasus herauskam. Neun junge Männer begleiteten mich. Sie hatten sich aus freien Stücken entschlossen, mich auf dem Ritt quer durch das riesige sowjetische Reich zu Dir zu begleiten.«

Stephan erhob sich und trat wieder hinter Luise. Er legte seine Hände um ihre Schultern.

»Wir brauchten Monate, um die Ukraine zu durchqueren. Dabei gerieten wir immer wieder in Gefechte mit Polizeipatrouillen. Als wir im Schneesturm die Grenze zwischen der Sowjetunion und Litauen erreichten, waren wir nur noch zwei. Alle anderen Männer waren im Kampf mit sowjetischen Patrouillen gefallen. Mein Leben lang wird mich belasten, daß sie nicht in ihrer kaukasischen Heimat beerdigt werden konnten. Wir Kaukasier glauben nämlich, daß die Seelen derer, die fern der Heimat zur letzten Ruhe gebettet werden, ruhelos die ganze Welt umrunden.«

Luise stand auf und umarmte Stephan. Sie streichelte zärtlich seine Haare, als er zu weinen begann.

Paul Berger beugte sich aus einem Abteilfenster des Zuges, der langsam, von zwei altersschwachen Lokomotiven gezogen, in den Potsdamer Bahnhof in Berlin einlief. Neben ihm am Fenster stand Hans Leder.

Benda und der Oberfeldwebel musterten die Eisenbahner, die der Einfahrt des aus zwanzig Waggons bestehenden Zuges zusahen.

»Was können Herr General noch an Menschen sehen, außer den Eisenbahnern?« fragte Leder, Berger auf die Schulter klopfend. »Für uns Ostpreußen, die wir aus dem Felde heimkehren, steht auch hier keine Musikkapelle«, antwortete Berger. »Offensichtlich haben die Berliner etwas gegen uns, weil wir in Gefangenschaft geraten sind. Ich sehe nur den üblichen Pulk von Soldatenräten, dicht vor der Sperre. Wie auf allen Bahnhöfen, die wir bisher ansteuerten. Ich frage mich, was wir auf dem Potsdamer Bahnhof sollen. Wir wollen nach Hause. Nach Ostpreußen. Die Bahn hätte uns um Berlin herum leiten sollen. Was meinst Du dazu, Oberfeldwebel?«

»Ich glaube, Herr General, die Soldatenräte wissen, was wir für ein Haufen sind«, antwortete Leder. »Ich glaube, sie wollen Staub machen. Ich bin sicher, daß wir hier in Berlin Schwierigkeiten bekommen werden!« Hans Leder grinste Berger an.

Paul beugte sich weit aus dem Fenster, als der Zug quietschend zum Stehen kam. »Gut, wenn sie Staub haben wollen, sollen sie ihn bekommen«, sagte er. Jetzt grinste Berger Leder an.

Berger war schon lange nicht mehr der korpulente Verwaltungsoffizier, als der er 1914 in den Krieg gezogen war. Er war schlank und muskulös. In den letzten Monaten des Krieges war Berger, wegen Tapferkeit vor dem Feind, zum Hauptmann befördert worden.

Drei Monate hatten Berger und sein Oberfeldwebel im Lazarett gelegen, nachdem sie von den Maschinengewehrkugeln eines englischen Jagdfliegers verwundet worden waren. Beide Männer waren mehr tot als lebendig aus den Trümmern ihrer zusammengeschossenen Nachschubkolonne geborgen worden. Aber sie hatten überlebt. Berger humpelte auf dem rechten Bein. Das würde er ein Leben lang müssen. Hans Leder konnte seinen linken Arm nicht mehr wie früher bewegen. Aber sonst waren beide gesund.

Ihre Genesung hatten sie in einem Besäufnis in einem französischen Freudenhaus gefeiert. Als Berger danach in sein Quartier zurückgekommen war, hatte er vergeblich auf seine französische Geliebte gewartet. Sie war verschwunden. Mit ihr war auch ihre Schwester gegangen, die mit Leder liiert war. »Die Ratten verlassen das sinkende Schiff«, hatte der Oberfeldwebel zu Berger gesagt, als alle ihre Bemühungen vergeblich gewesen waren, die beiden Französinnen wiederzufinden.

Berger hatte tagelang danach mit Leder über sein Geschäft und seine Ehe gesprochen. Dabei hatte er alle Karten bis auf eine auf den Tisch gelegt. Über sein Leben in Litauen verlor er kein Wort. Hans Leder hatte ihm stundenlang zugehört.

»Ich gebe Dir einen Ratschlag«, hatte der Oberfeldwebel zu Berger gesagt. »Du kannst ihn annehmen, aber auch ablehnen. Schreibe Deiner Frau einen Brief, aus dem Du Honig über Honig quellen läßt. Schreibe ihr, daß Du sie liebst und nie eine andere Frau so lieben können wirst wie sie. Dann kannst Du wieder mit ihr schlafen, wann Du willst. Am Tag oder in der Nacht. Du mußt sie immer wissen und fühlen lassen, daß Du sie liebst, und daß Du ohne sie nicht leben kannst. Dann wird sie Dir aus der Hand fressen, an Deiner Seite stehen und Schaden von Dir fernhalten. Nutten, auch Luxusnutten, sind gutmütig, Paul. Der Grund dafür ist, daß sie Demütigung auf Demütigung erlebt haben. Sie suchen Geborgenheit, wenn sie aus ihrem Geschäft ausgestiegen sind. Glaube mir das, Paul. Ich habe zwei Jahre mit einer Nutte vor dem Krieg zusammengelebt. Sie war eine Seele von Mensch, hilfsbereit und im Bett so scharf wie eine Sense. Wenn nicht der Krieg gekommen wäre, wäre sie noch heute an meiner Seite.«

Paul hatte fast dreißig Minuten lang kein Wort gesagt. Leder stieß ihn an. »Paul! Noch einen Ratschlag: Du mußt daran denken, daß Du für alle Zukunft nicht mehr Joseph Benda, sondern Paul Berger bist. Du hast mir nichts über Litauen erzählt, sondern nur gesagt, daß Du dort Joseph Benda geheißen hast. Das habe ich schon vergessen, Paul. Für mich bist Du Paul Berger, nichts anderes!«

Berger hatte den Ratschlag seines Oberfeldwebels befolgt und Candy einen sechs Seiten langen Liebesbrief geschrieben. Die Antwort war prompt gekommen. Die ehemalige Edelnutte Candy hatte sich ihm schriftlich völlig unterworfen. Kein Wort mehr von der Drohung Litauen, die sie ihm auf dem Bahnhof in Königsberg bei seiner Abfahrt zur Westfront nachgeschleudert hatte. Candy hatte als Ehefrau geantwortet, die bereit war, ihrem Mann in Zukunft bedingungslos zu folgen.

»Und wo bringe ich Dich unter, Hans?« Paul hatte Leder angesehen.

»Bei Dir Paul«, hatte Leder lachend geantwortet. »Denn ich bin nicht nur Dein Freund, sondern auch gelernter Kaufmann.« Beide hatten brüllend gelacht und sich lange auf die Schultern geklopft.

»Mein Kanzleivorsteher macht nur noch einige Jahre, Hans«, hatte Berger geantwortet. »Er wird Dich einarbeiten, und dann werden wir, wenn er in den Ruhestand gegangen ist, uns mit Schwung der Zukunft annehmen. Schon eine Idee?«

Paul hatte Hans angelächelt.

»Idee, Chef? Tatsachen zählen! Zwei Züge mit je dreißig Waggons werden auf Königsberg zurollen, beladen mit allen Kostbarkeiten, die die preußische Armee zu bieten hat. Ich werde dies arrangieren, wenn wir in Königsberg angekommen sind. Darauf kannst Du Dich verlassen!«

Paul Berger und Hans Leder hatten neun Monate in französischer Gefangenschaft verbringen müssen. Als alte »Frontschweine« hatten sie sich dabei nicht verausgabt. Nun kamen sie in das Deutsche Reich zurück.

Hans Leder zog seine Trillerpfeife aus seiner Tasche. Als der Zug anhielt, schickte er zwei Pfeifensignale an den Waggons entlang. Die ehemaligen Kriegsgefangenen, die sich bei einem zweitägigen Aufenthalt in Magdeburg heimlich Karabiner, Maschinengewehre und Berge von Munition beschafft hatten, ergriffen ihre Waffen.

Berger öffnete die Tür seines Wagens und stieg aus. Innerhalb von Sekunden waren vierzig schwer bewaffnete Soldaten neben ihm. Berger blieb dicht vor der Sperre stehen.

Ein hochgewachsener Mann in einem geflickten Uniformmantel, der offensichtlich der Anführer der Soldatenräte war, ging auf ihn zu.

»Du roter Schleimscheißer kannst Deine Klappe halten«, sagte Berger, bevor der Hochgewachsene überhaupt ein Wort sagen konnte. »Solltet Ihr auf die Idee kommen, uns anzugreifen, werden wir Euch in Sekunden zu Hackfleisch verarbeiten. Wir kommen aus der französischen Gefangenschaft und sind alle Ostpreußen. Berlin interessiert uns einen feuchten Käse. Wir haben nur einen Wunsch, nach Hause zu kommen. Verstanden?«

Paul sah aus den Augenwinkeln, daß die Reichsbahnbeamten fluchtartig den Bahnsteig verließen, als sie seine Drohung gehört hatten.

»Du Kacker von kaiserlichem Offizier«, antwortete der Hochgewachsene, »kommst Dir wohl sehr wichtig vor. Du bist aber auf dem Holzweg. Alle Macht in Deutschland gehört jetzt den Soldatenräten. Und sie befehlen: Schulterstücke und Scheißorden ab. Wir, die Soldatenräte, bestimmen, wie es hier läuft. Und nicht solche kaiserlichen Schleimscheißer, wie Du es offensichtlich immer noch bist. Verstanden?« Er hob seinen rechten Arm. Gut einhundertfünfzig Männer, die um ihre rechten Arme rote Binden trugen, liefen auf ihn zu.

»Sehr interessant, was Du da sagst, Kamerad Rosinenkacker«, antwortete Paul Berger. »Aber uns Ostpreußen, die wir den ganzen Krieg an der Front mitgemacht haben, langweilt das. Unsere Lokomotiven werden hier Wasser und Kohlen nehmen. Darauf bestehen wir. Dann werden wir weiter fahren. Auch ohne Euren Segen. Noch eine Frage?«

Der hochgewachsene Mann hob wieder seinen rechten Arm. »Schlagt die kaiserlichen Säue in Stücke!« brüllte er. Sekunden später lag er blutüberströmt am Boden. Hunderte von ehemaligen Soldaten waren aus den Waggons gesprungen und schlugen mit ihren Gewehrkolben auf die Soldatenräte ein. Sie ergriffen die Flucht, so schnell wie Hasen bei einer Treibjagd.

Achtzig Berliner Schutzpolizisten erschienen eine halbe Stunde später auf dem Perron. Berger winkte ihren Offizier heran. »Herr Kamerad«, sagte er lächelnd. »Es tut uns leid, daß es hier eine kleine Auseinandersetzung gegeben hat, die Ärzten in den umliegenden Krankenhäusern zusätzliche Arbeit bringen wird. Sie können uns glauben: Das tut uns wirklich leid! Aber das Empfangskomitee, das uns hier erwartet hat, war offensichtlich von dem Wunsch beseelt, Staub zu machen. Bedauerlich für diese Männer, daß sie Sturm geerntet haben. So ist das nun einmal!«

Der Polizeioffizier und Berger musterten sich.

»Welche Wünsche haben Sie, Herr Kamerad?« sagte der Polizeioffizier, Berger fixierend.

»Kohlen und Wasser für unsere Lokomotiven zur Weiterfahrt nach Ostpreußen, Herr Kamerad!« antwortete Berger. »Mehr Wünsche haben wir nicht!«

Zwei Stunden später zogen zwei neue Lokomotiven den Zug aus der Halle. Berger und Leder konnten sehen, daß der Polizeioffizier aufatmete, als der Zug die Halle verließ.

Berger und Leder hatten ein Abteil für sich. Der Oberfeldwebel hatte sich auf einer der Sitzbänke ausgestreckt und schnarchte seit Stunden. Paul beneidete ihn. Leder konnte, sobald sich eine Gelegenheit dazu bot, tief und fest schlafen. Das hatte er hundertfach an der Front erlebt.

Berger breitete auf der zweiten Sitzbank Decken und Kissen aus.

Obwohl der Zug seit über einer Stunde auf freier Strecke stand, gelang es ihm nicht, einzuschlafen. Er lag auf dem Rücken und starrte die Decke des Abteils an. Draußen begann es zu dämmern.

»Gut«, dachte er. »Candy und ich haben unseren Frieden miteinander gemacht. Mich interessiert nicht mehr, wieviele Männer ihr Bett während meiner Abwesenheit gewärmt haben. Sie ist klug und gerissen zugleich. Sie wird sich mir unterwerfen und zu mir halten. Sie weiß genau, daß sie dabei am besten fährt.«

Berger fühlte, wie sich sein Blut in seinem Schoß sammelte. Er lechzte danach, den Körper von Candy wieder in Besitz nehmen zu können. Jetzt, als vollwertiger Mann, würde ihm das dreifachen Genuß bereiten.

»Aber wer bin ich eigentlich«, überlegte er. »Ich komme als hochdekorierter, mehrfach verwundeter Offizier nach Königsberg zurück. Wird man mich jetzt mit anderen Augen als früher ansehen? In den letzten Monaten des Krieges bin ich sogenannter Tapferkeitsoffizier geworden. Ein Jahr vorher wäre der Beförderung zum Hauptmann eine umfangreiche Ermittlung über mich vorangegangen. Das hätte schiefgehen können. Aber am Ende des Krieges hat sich niemand mehr darum gekümmert. Ich wurde befördert und damit basta.«

Berger zündete sich eine Zigarette an. Er blies Rauchkringel an die Decke des Coupes. Leder drehte sich auf seiner Bank um. Er schnarchte ohne Unterbrechung weiter.

»Ich glaube, ich habe in Hans einen Freund gefunden«, dachte Berger. »Einen echten Freund für mein weiteres Leben. Monat für Monat haben wir zusammen in Lebensgefahr geschwebt. Das verbindet. Auch in der Gefangenschaft haben wir uns die Bälle zugeworfen, die es uns ermöglicht haben, so gut wie es den Umständen entsprach, zu leben. Hans ist ein Organisationstalent. Deshalb wird er ein guter Kanzleivorsteher werden. Auf ihn werde ich mich verlassen können.«

Der Zug ruckte an. Stahl auf Stahl schlug mit schrillen Tönen aufeinander. Dann ratterten die Räder über die Schienenstöße.

Du bist Berger! Du bist Berger! Mit jedem Radschlag gegen die Schienenstöße preßte sich dieser Satz in das Gehirn von Paul. Du bist Berger! Du bist Berger!

Paul wälzte sich auf seiner Bank hin und her. Einschlafen konnte er nicht.

»Also gut«, dachte er. »Niemals mehr Benda, sondern in Zukunft nur noch Berger. In Zukunft werde ich ein braver bürgerlicher Kaufmann sein. Kann ich das überhaupt?«

Berger richtete sich auf und sah aus dem Abteilfenster. Er konnte nur schwach Wälder und Wiesen erkennen.

»Hans und ich werden Hechte im Karpfenteich sein«, flüsterte er. »Hans wird die zwei Züge, voll beladen mit allen Köstlichkeiten, die die Armee bieten kann, organisieren. Auf ihn war schon immer Verlaß. Wenn er etwas in Angriff nahm, glückte es ihm auch. Mit dieser Ladung werden wir das große Geld machen. Sicher werden wir die größten Schieber Ostpreußens werden. Auch gut! Dabei wird kein Blut fließen. Im Verhältnis zu meinem Leben, das ich vor meinem Übertritt von Litauen nach Deutschland führte, ist das schon ein gewaltiger Fortschritt.«

Berger schreckte Stunden später aus einem Halbschlaf hoch. Die Bremsen des Zuges begannen zu quietschen. Schwach hörte er eine Kapelle. Sie spielte »Heil Dir dem Siegerkranz!«

»Wach auf, Hans!« rief er. »Wir sind zu Hause!«

Berger und Leder standen am Fenster ihres Abteils. Der Bahnhof von Königsberg war voller Menschen, die Fahnen schwenkten. Die Militärkapelle intonierte den »Hohen Friedberger«. Dann »Die Wacht am Rhein«.

Berger kämmte sich die Haare, zog seine Uniform glatt und setzte seine Mütze auf. »Meldung an den Kommandeur Hauptfeldwebel!« rief er.

Beide Männer stiegen aus dem Zug und gingen auf einen Oberst zu, der mitten auf dem Bahnsteig stand. Hinter ihm standen zwei Adjudanten.

Berger salutierte.

»Die Soldaten Ostpreußens melden sich aus der französischen Gefangenschaft zurück, Herr Oberst«, meldete er. »Im Felde waren sie unbesiegt!«

Die Menge brach in Hochrufe aus. Die Kapelle spielte erneut »Heil Dir dem Siegerkranz«.

Dann sah Paul Berger Candy. »Sie ist schöner denn je«, dachte er. Candy lief auf ihn zu und warf sich ihm in die Arme.

Die Menge brach erneut in Hochrufe aus. Die Kapelle spielte »Preußens Gloria«.

Die folgende Nacht würde Candy in ihrem Leben nie vergessen. »Welch ein Mann«, dachte sie, »als Paul sie zum vierten Mal nahm. Ich habe einen dicken ›Winzling‹ in den Krieg ziehen lassen und einen drahtigen und unermüdlichen Liebhaber zurückbekommen.« Zum ersten Mal in ihrer Ehe waren ihre Lustschreie, die das ganze

Haus durchdrangen, nicht geschauspielert.

»Woher hast Du diesen Luststab?« fragte sie mit belegter Stimme, erschöpft auf ihrem Bett liegend.

»Spaß gehabt?« Paul blickte sie an. Er streichelte genußvoll ihre Brüste.

»Und wie!« Candy spreizte ihre Schenkel und stöhnte.

»Den Luststab habe ich von einem Militärarzt«, antwortete er lächelnd. »Der Arzt hat mir einige Spritzen gegeben. Wie Du sehen kannst, haben sie geholfen. Das war alles!« Er beugte sich über ihren Körper und massierte ihre Schenkel.

Luise schreckte aus dem Schlaf hoch. Sie drehte sich zu Stephan um. Er war wach und lag auf dem Rücken. Sie konnte förmlich spüren, wie er sich auf das Geräusch konzentrierte, das sie und vorher auch ihn aufgeweckt hatte. Der klagende Ruf eines Uhus drang durch die weit geöffneten Fenster des Schlafzimmers.

»Das ist nicht der Ruf eines Uhus, sondern der eines Menschen, Liebes«, sagte Stephan leise, ohne sich zu bewegen. »Der erste Uhuruf kam von der Mauer. Der zweite eben vom Hof. Ich habe die Hufe von Pferden gehört. Ich bin seit gut zwanzig Minuten wach. Vorher waren Schüsse zu hören. Aus langläufigen Waffen und auch aus Pistolen. Ein Mensch hat geschrien. Ein Mensch, der von einer Kugel getroffen worden ist.«

Luise preßte sich gegen den Körper von Stephan. Wie immer, wenn sie Angst hatte, floß eine eisige Welle durch ihren Körper. Pferde galoppierten an der Mauer des Gutshofes vorbei. Kurz danach ertönte wieder der Ruf des Uhus. Jetzt dicht vor dem Fenster ihres Schlafzimmers. »Es ist etwa drei Uhr morgens«, flüsterte Luise Stephan zu. Die Nacht dieses Junitages begann bereits in ein zartes Grau überzugehen.

Luise zuckte zusammen. Vor dem Fenster des Schlafzimmers tauchte der Schatten eines Menschen auf.

»Keine Angst, Gräfin und Fürst Lassejew! Ich bin es. Alexander!«

Alexander schwang sich über die Fensterbrüstung. Keuchend fiel er auf den Boden des Schlafzimmers. Stephan sprang aus dem Bett. Er beugte sich über Alexander.

»Bitte, helfen Sie mir, Fürst«, flüsterte Alexander. »Ein Kamerad von mir liegt auf dem Hof. Er ist verletzt. Wir sind mit letzter Kraft über die Mauer geklettert. Nur Sie und die Gräfin können uns retten. Meine anderen Kameraden sind unverletzt entkommen.«

»Kein Licht, Luise!« rief Stephan. Er half Alexander dabei, sich aufzurichten. »Wecke sofort Amanda und Andrejew«, befahl er Luise. »Sie werden zusammen im Bett von Andrejew schlafen. Ziehe Dich nicht erst an, Liebling. Sie sollen den Verletzten sofort vom Hof holen und im Dach verstecken. Nicht anziehen. Wir haben keine Zeit zu verlieren!«

Stephan fing Alexander auf, der zu schwanken begann. Wieder galoppierten Reiter an der Hofmauer entlang. Der Hufschlag der Pferde drang dröhnend in das Schlafzimmer.

»Bist Du verletzt?« fragte Stephan.

»Unwesentlich!« antwortete Alexander. »Nur am Knie. Mein Kamerad ist schlechter dran!«

Luise lief nackt aus dem Zimmer. Minuten später hörten Stephan und Alexander, daß ein stöhnender Mensch in das Haus getragen wurde. Die Hunde begannen in ihrem Gatter wie wild zu bellen.

Luise kam in das Schlafzimmer zurück. Sie wollte sich ihr Nachthemd anziehen. »Ziehe Dich später an, Liebes«, sagte Stephan. »Laufe sofort in den Hof und beruhige die Hunde. Danach muß Alexander ebenfalls im Dach versteckt werden. Auch er ist verwundet. Amanda soll Pfeffer auf dem Hof und im Haus ausstreuen. Sollten die litauischen Grenzer Hunde bei sich haben, wird der Pfeffer die Nasen der Tiere in die Irre leiten!«

Luise lief wieder nackt durch das Haus. Wenig später war Amanda im Treppenhaus zu hören. Sie schüttelte den Inhalt von Pfefferdosen auf, in dem sie die Dosen auf die Treppenstufen stieß. Auch die Hunde hatten aufgehört zu bellen. Amanda und Andrejew brachten Alexander ebenfalls zum Dachversteck. Er humpelte heftig und stöhnte.

Luise und Stephan suchten, beide noch immer nackt, den Hof nach verräterischen Spuren ab.

»Ich fühle kein Blut an der Stelle, an der der Kamerad von Alexander gelegen hat«, sagte Stephan, den Boden abtastend. »Komme sofort wieder ins Bett, Liebling. Wir werden bald Besuch haben. Es muß dann so aussehen, als ob wir ungestört geschlafen haben!«

Luise und Stephan lagen eng umschlungen in ihrem Bett und zählten die Minuten zwischen den Blitzen eines Gewitters, das sich im Westen aufzubauen begann.

»Es muß kommen, obwohl wir dann mit unserer Heuernte Schwierigkeiten haben werden«, sagte Luise. »Es muß kommen, um alle Spuren zu verwischen!«

Dreißig Minuten später öffnete der Himmel seine Pforten. Zwei Stunden tobte sich ein Gewitter über dem Gut aus, das von einer Intensität war, wie seit Jahren nicht mehr.

Als der Morgen graute, goß es noch immer wie aus Kannen.

Amanda klopfte gegen die Schlafzimmertür. Sie öffnete die Tür und kam an das Bett von Luise und Stephan.

»Andrejew muß in das Dorf und den Arzt holen«, flüsterte sie. »Der Begleiter von Alexander Ambrowisch hat eine schwere Schulterverletzung. Der Arzt muß sofort kommen. Die Kniewunde von Alexander haben Andrejew und ich bereits verbunden. Eine zwar schmerzhafte, aber harmlose Verletzung!«

»Du, Amanda, und Andrejew machen wohl alles gemeinsam?« fragte Stephan. »Ja, Herr, weil wir uns lieben«, antwortete sie unbefangen. »Wir wollen heiraten!«

»Gut! Andrejew soll ins Dorf reiten«, sagte Stephan. »Aber er soll vorsichtig wie eine Wildkatze sein. Der Arzt ebenfalls. Sage das Andrejew. Ich werde mich hinter dem Tor postieren. Wenn ich die Pferde von Andrejew und dem Arzt höre, werde ich das Tor kurz öffnen und sofort wieder schließen. Die Pferde müssen abgesattelt in die Ställe gebracht werden. Niemand darf erkennen, daß sie geritten worden sind!«

»Das wird alles in Ordnung gehen, Herr!«, antwortete Amanda. »Andrejew wird meinen Vater verständigen. Er wird auf meinen Vorschlag hin am Vormittag mit drei unserer Kastenwagen auf das Gut kommen, um Heu zu holen, wie in den letzten Tagen auch. Unter dem Heu versteckt, kann der Arzt in das Dorf zurückkehren. Sein Pferd wird mit eingespannt werden. Es kann vor einem Wagen gehen. Andrejew läßt sein Pferd bei meinem Vater. Er und der Arzt werden auf einem Pferd zurückkommen. Gut?«

»Ausgezeichnet, Amanda!«

Stephan sprang aus dem Bett. »Du bist ein Goldstück, Amanda!« sagte er. Stephan zog Amanda an sich und küßte sie auf die Wangen. Kichernd lief sie aus dem Zimmer.

Stephan wartete im Regen vierzig Minuten hinter dem Tor, das er nur für Sekunden geöffnet hatte, als Andrejew in das Dorf ritt. Er wußte, daß ihn viele Augen beobachteten. Aber er wußte auch, daß keiner der Arbeiterinnen und Arbeiter des Gutes ein Wort der litauischen Polizei sagen würden, wenn sie über die Ereignisse des Morgens verhört werden sollten.

Als Stephan das Schnauben des Pferdes des Arztes hörte, öffnete er wieder für einige Sekunden das Tor. Der Arzt stieg sofort aus dem Sattel. Andrejew hatte hinter ihm gesessen.

»Wo?« fragte der Arzt.

»Im Haus!« antwortete Stephan. »Im Dachversteck!«

Der Arzt lief mit seinen beiden Taschen zum Gutshaus. Gutsarbeiter, die bisher nicht zu sehen gewesen waren, standen plötzlich neben Stephan und Andrejew.

»Versteckt den Sattel des Pferdes und stellt das Tier – gut abgerieben – so in einen der Ställe, daß es nicht auffällt«, befahl Stephan. »In zwei Stunden kommt der Vater von Amanda mit drei Wagen und holt wie immer Heu. Dann muß das Pferd des Arztes mit eingespannt werden. Das dafür ausgespannte Pferd muß ebenfalls so in den Ställen untergebracht werden, daß es niemand merkt!«

»Jawohl, Herr!« antwortete einer der Männer.

»Und nun noch eins: Ihr habt nichts gesehen und nichts gehört! Und sollte die Polizei auf dem Gut erscheinen, wenn der Vater von Amanda mit seinem Wagen kommt, spannt Ihr die Pferde so geschickt um, daß den Polizisten nichts auffällt. Es geht um Tod und Leben!«

»Jawohl, Herr!« antworteten mehrere Männer gleichzeitig. »Wir sind blind, taub, aber geschickt!« sagte einer der Arbeiter. Alle schlugen das Kreuz.

Der Arzt hatte eine Stunde zu tun, um den Verletzten zu versorgen.

»Wenn er kein Wundfieber bekommt, wird er in zwei Wochen wieder auf den Beinen sein«, sagte er zu Luise und Stephan, die in der Bibliothek auf ihn gewartet hatten. »Ich habe ihm eine relativ große Dosis Morphium gegeben. Er wird in den nächsten zehn Stunden keinen Laut von sich geben. Amanda habe ich Morphium dagelassen. Sie ist ein sehr geschicktes Mädchen. Ich habe ihr gezeigt, wie sie dem Verletzten Morphium in kleinen Dosen mit einem Löffel einflößen kann. Sie hat sofort begriffen. Morphium, Gräfin und Fürst, muß nicht unbedingt gespritzt werden. Man kann es auch trinken.«

Der Arzt nahm seine beiden Taschen auf. Dann blickte er Luise und Stephan an.

»Was ist hier eigentlich los, Gräfin?« fragte er. »Sie können sicher sein, daß ich wie immer wie ein Grab schweigen werde. Aber Sie werden verstehen, daß ich mehr als überrascht bin, Alexander Ambrowisch als zweiten Patienten vorzufinden. Er hat zwar große Schmerzen, jedoch eine harmlose Verletzung!«

Der Arzt setzte seine beiden Taschen wieder ab. »Schüsse habe ich in der Nacht ebenfalls gehört«, sagte er. »Sie, Gräfin, und Sie, Fürst, sicher auch. Außerdem habe ich das Geräusch vieler Hufe gehört. Ich meine, eine ganze Reiterschar ist erst durch das Dorf und dann an dem Gut vorbeigeritten. Warum?«

»Es geht um Tod und Leben!« antwortete Stephan.

»Aber warum?« Der Arzt hob seine Hände.

»Das wissen wir auch nicht, Doktor!«, antwortete Luise.

»Das wissen Sie nicht?« Der Arzt sah erstaunt erst Luise und dann Fürst Lassejew an.

»Nein!« antwortete Stephan. »Wir wissen wirklich nicht, was sich in der letzten Nacht ereignet hat!«

Stephan klopfte dem Arzt auf die Schulter. »Sie müssen jetzt zur zweiten Heuscheune gehen«, sagte er. »Unsere Arbeiter werden Sie verstecken. Am Vormittag werden Sie unter einer Heuladung in das Dorf zurückkehren. Ihr Pferd wird mit eingespannt werden!«

Hinter dem Kastenwagen von Amandas Vater ritten dreißig Grenzbeamte auf das Gut. Die Sonne schien. Der Himmel war wieder so stahlblau, wie in den letzten Tagen. Der Gutshof war abgetrocknet, die Pfützen verdampft.

Eine Gruppe von Gutsarbeitern schob den ersten Kastenwagen rückwärts in die zweite Heuscheune. Vorher hatten sie die Pferde ausgespannt. Als der Wagen hochbeladen zwanzig Minuten später den Gutshof verließ, war das Pferd des Arztes mit im Gespann. Der Doktor lag gut versteckt im Heu. Eine Stunde später ritt er zu einer Schwangeren in ein Nachbardorf. Da ihn am frühen Vormittag kein Patient konsultiert hatte, war dem Doktor schwer nachzuweisen, daß er Stunden auf dem Gut verbracht hatte.

Luise und Stephan empfingen den Oberstleutnant und zwei seiner Offiziere in der Diele des Gutshauses.

»Eine Formsache, Gräfin«, sagte der Oberstleutnant, Stephan kurz zunickend. »Was haben Sie in der vergangenen Nacht gehört?«

»Schüsse und Reiter!« Luise sah die Offiziere an, ohne mit der Wimper zu zucken.

»«Und was haben Sie getan, als Sie die Schüsse hörten?«

»Nichts!«

»Ich dachte es mir!«

»Hätten Sie etwas getan, Herr Oberst? Ich meine, wenn Sie wie wir Zivilisten wären?«

»Nein!« Der Oberst bellte dieses Nein wieder wie ein Schneefuchs.

»Diese Gräfin ist unverändert die bildschöne, aufregende, aalglatte Schlange, die einem durch die Hände rutscht«, dachte er, den Körper von Luise fixierend. »Sie hat alles gehört. Sie hat heute nacht mitgemischt. Aber ich kann ihr wieder nichts beweisen. Dieses verdammte Gewitter hat alle Spuren unlesbar gemacht.«

»Wir haben eine Gruppe von Reitern verfolgt, die sich wieder einmal, ich hoffe erneut zufällig, in der Nähe Ihres Gutes herumtrieb, Gräfin«, sagte der Oberstleutnant. »Wir haben die Reiter weite Strecken durch das Land gejagt. Ich will Ihnen etwas verraten, Gräfin: Wir gehen davon aus, daß diese Reitergruppe aus Rotarmisten besteht und von einem Offizier geführt wird.«

Der Oberstleutnant griff in die Seitentasche seiner Uniformjacke, holte eine Zigarette hervor und zündete sie an.

»Sie gestatten doch, Gräfin, daß ich rauche?« sagte er. Sein Gesicht überzog ein eiskaltes Lächeln.

»Aber bitte, Herr Oberst«, antwortete Luise. »Lassen Sie die Asche auf den Boden fallen. Die Halle wird, wenn Sie das Gut wieder verlassen haben, sowieso gründlich gesäubert werden!«

Der Offizier zuckte für den Bruchteil einer Sekunde zusammen. »Diese Tigerin schiebt schon wieder ihre Krallen aus. Vorsicht. Keinen weiteren Fehler machen!«, dachte er. Er war gezwungen, sich zusammenzunehmen. In der Seitentasche seiner Uniform trug er einen Brief des Außenministeriums sowie ein Handschreiben des britischen Botschafters für Luise mit sich. Der Brief und das Handschreiben brannten wie Feuer in seiner Tasche.

»Wir wissen nicht, was die Rotarmisten hier wollten, Gräfin«, sagte er eine Spur freundlicher. »Wir wissen auch noch nicht, wer der

Offizier ist, der die Gruppe führt. Aber wir haben den Hinweis bekommen, daß die Rotarmisten leise wie Füchse über die Grenze gekommen sind. Sie wollten Litauen ebenso leise wieder verlassen.« Der Oberstleutnant musterte Luise, die noch immer keine Wimper verzog. »Aber da wir entsprechende Hinweise über die Anwesenheit der Rotarmisten bekommen haben, werden wir auch herausfinden, welchen Auftrag sie hatten und wer der Offizier ist, unter dessen Kommando sie stehen!«

Luise fühlte, daß ihr schwindlig wurde. »Der Offizier ist Alexander«, schoß es ihr durch den Kopf. »Er ist im Dach meines Hauses versteckt.« Ein kalter Schauer lief über ihren Rücken. Aber sie blieb so aufrecht wie bisher stehen, obwohl ihr Herz zu rasen begann.

»Wir haben die Reiter in der Nähe Ihres Gutes in die Zange nehmen können, Gräfin«, sagte der Oberstleutnant. »Zwei oder drei der Reiter haben wir durch Schüsse verletzen können. Wir haben jedenfalls Schmerzensschreie gehört. Und Gräfin, sie werden es nicht glauben: Ausgerechnet in der Nähe Ihres Gutes haben sich die Verletzten, und wir gehen davon aus, daß sich unter der Gruppe Verletzte befinden, in Luft aufgelöst. Es regnete zwar in Strömen, aber unsere Männer haben beobachten können, daß zumindest zwei Pferde ohne Reiter weiterliefen. Was sagen Sie dazu?«

»Dazu kann ich nichts sagen!« Luise merkte, daß ihr Blutdruck anstieg. »Im übrigen, Herr Oberst: Fürst Lassejew und ich haben die vergangene Nacht zusammen in einem Bett verbracht«, sagte sie. »In einem Bett unter dem Dach dieses Hauses. Wohlig entspannt. Im Regen waren Ihre Männer. Wir nicht!«

Das Gesicht des Grenzoffiziers lief rot an. »Dieser schönen Schlange ist nicht beizukommen«, dachte er, nach Luft ringend. Wohlig entspannt! Er fühlte in seinen Herzkranzgefäßen Schmerzen. Eine Nacht mit dieser Frau und dann sterben!

»Gestatten Sie, Gräfin, daß wir Ihr Gutshaus vom Keller bis zum Boden durchsuchen?« bellte er.

»Ich bitte darum! Und ich bitte zusätzlich darum, daß Sie das ganze Gut durchstöbern. Ich bin sicher, Sie werden niemand finden, der nicht zum Gutsbetrieb gehört!« Luise griff nach der Hand von Stephan und lächelte den Offizier provozierend an.

»Sie halten sich zu meiner Verfügung, Gräfin«, knurrte der Oberstleutnant. »Ich habe Post für Sie!«

Stephan hielt die Luft an, als Luise zu lachen begann. »Sie treibt es wieder einmal auf die Spitze«, dachte er.

»Herr Oberst sind doch nicht etwa zum Postboten degradiert worden?« sagte sie. Das Lachen von Luise brach abrupt ab. Ihre Stimme war so scharf wie eine Stahlklinge. »Geben Sie mir bitte die Post sofort!« sagte sie.

»Ich trage Diplomatenpost bei mir und die gebe ich heraus, wenn ich es für richtig halte!« bellte der Offizier zurück. »Sie können beruhigt sein, Postbote bin ich noch nicht. Aber die Post, die ich bei mir trage, kann nur durch einen Offizier überbracht werden!«

Luise streckte ihre linke Hand aus und hielt sie auf.

»Später!« schnarrte der Oberstleutnant wütend. Dann drehte er sich blitzartig um und verließ mit seinen Offizieren die Halle.

Als er die Haustür zuwarf, fiel Luise in die Arme von Stephan. »Ich muß mich hinlegen«, flüsterte sie. »Vor meinen Augen dreht sich alles!«

Zwanzig Minuten später ritten die Grenzsoldaten durch das Gutstor. Die Post, die der Oberstleutnant bei sich getragen hatte, brachte Luise der Gutsarbeiter, der die Grenzer bis zum Tor begleitet hatte.

»Der Herr Offizier, der mir die Post an Sie überreichte, sah so rot im Gesicht aus, als ob ihn der Schlag bedroht, Gräfin«, sagte der Arbeiter. Er drehte verlegen seine Mütze in seinen Händen hin und her. »Der Offizier hatte das, was man den bösen Blick nennt!«

»Soll ihn der Schlag treffen!« entfuhr es Luise.

»Aber Liebes!« Stephan faßte Luise an die Schulter.

»Ja, Stephan, ich weiß, diese Bemerkung ist unverschämt. Aber ich habe meine Gründe dafür!«

Luise lächelte den Arbeiter an. Er war Russe und gehörte zu der Gruppe der Kriegsgefangenen, die auf dem Gut geblieben waren.

»Wie war die Durchsuchung des Gutes?« fragte Luise den Arbeiter.

»Flüchtig und schnell, Gräfin«, antwortete er. »Das Herrenhaus wollte der Herr Offizier nicht noch einmal betreten. Das hat er mir gesagt.«

Luise mußte lachen.

Der Arbeiter blieb breitbeinig vor Luise stehen und drehte weiter, sichtlich verlegen, seine Mütze in seinen Händen hin und her.

»Möchten Sie noch etwas sagen?«, fragte ihn Luise.

Überrascht registrierten sie und Stephan, daß sich das Gesicht des Arbeiters, der weit über fünfzig war, plötzlich mit einer flüchtigen Röte überzog. Seine Mütze schneller in seinen Händen drehend, antwortete er: »Offiziell haben viele auf dem Gut nach den Schüssen in der letzten Nacht und während des Gewitters natürlich nichts gesehen.«

Der Arbeiter stockte. Wieder wurde er rot. »Bitte reden Sie weiter«, ermunterte ihn Luise.

»Ja ...«. Der Arbeiter suchte nach Worten. »Ja, aber wir meinen alle, Sie, Gräfin und der Fürst, bringen sich in große Gefahr, wenn Sie dem sowjetischen Offizier, ich meine Alexander Ambrowisch und seinen Begleiter, zu lange beherbergen«, sagte er. Er strich sich über die Stirn. Wieder flog Röte über sein Gesicht. »Alexander Ambrowisch ist Hauptmann einer sowjetischen Armeeinheit, die sich mit Spezialaufgaben befaßt, Gräfin. Das wissen hier auf dem Gut alle, die Alexander sehr schätzen.«

Luise zog hörbar die Luft ein. Selbst Stephan, der sonst immer gelassen blieb, fühlte, daß sich ihm die Rückenhaare sträubten. »Woher wissen Sie, daß wir Alexander Ambrowisch und einen Kameraden beherbergen?« fragte Luise den Arbeiter, jedes Wort wählend. »Und woher wissen Sie, daß er Hauptmann der Sowjetarmee und mit einer Spezialaufgabe betraut ist? Wir wußten dies jedenfalls bisher nicht!«

Luise hatte sich blitzschnell entschlossen, die Wahrheit zu sagen, weil eine Lüge, die ihr zugetanenen Arbeiterinnen und Arbeiter mißtrauisch werden lassen könnte.

»Haben einige der Arbeiterinnen und Arbeiter die Stimme von Alexander Ambrowisch wiedererkannt, als er seinen schwerverletzten Kameraden über die Mauer half und dabei auf ihn einredete?« Luise musterte das Gesicht des Arbeiters. Er verzog keine Wimper. Aber er antwortete auch nicht.

Luise trat einen Schritt vor und ergriff die rechte Hand des Arbeiters. »Woher wissen Sie, daß Alexander Ambrowisch eine Spezialaufgabe in Litauen hatte?« fragte sie.

»Das möchte ich nicht sagen!« Der Arbeiter legte seine linke Hand auf die von Luise. Beide sahen sich an.

»Sind Sie geschickt worden, uns zu warnen?« Luise sah sich den ehemaligen Kriegsgefangenen zum ersten Mal genau an. Er war ordentlich angezogen und hatte das offene, gutmütige Gesicht eines einfachen russischen Bauern. Aber die Tatsache, daß er von anderen Arbeitern vorgeschickt wurde, ließ sie vermuten, daß er eine Funktion innerhalb einer Gruppe auf ihrem Gut haben mußte, deren Bedeutung sie nicht einzuschätzen vermochte.

»Ja, ich bin geschickt worden, um Sie zu warnen, Gräfin«, antwortete er. »Ich bin geschickt worden, weil wir, die Gutsarbeiterinnen und Gutsarbeiter, Sie und den Fürsten schätzen. Wir wollen nicht, daß Sie in Schwierigkeiten kommen.«

Der Gutsarbeiter sah Luise zum ersten Mal während dieses Gesprächs direkt an. In seinen Augen bemerkte sie mehr Intelligenz und Entschlossenheit, als sie bei ihm vermutet hätte.

»Ich danke Ihnen, daß Sie uns diese Warnung zukommen lassen«, sagte sie. »Teilen Sie dies bitte auch denen mit, die Sie geschickt haben. Wir werden die Verletzten solange pflegen, wie es nötig ist und ihnen dann zur Flucht verhelfen. Ich kann doch davon ausgehen, daß Sie mit dem Hinweis auf Gefahren, die uns allen durch die Anwesenheit von Alexander Ambrowisch und seinem Begleiter drohen, nicht den Wunsch verbinden, beide Männer sofort auf die Straße zu setzen!«

»Nein, Gräfin, das wollte ich damit nicht sagen«, antwortete der

Arbeiter. »Ich habe mich vermutlich falsch ausgedrückt. Ich meinte, wir alle, die wir auf diesem Gut leben, sollten in diesem Fall Hand in Hand zusammenarbeiten, um drohende Gefahren zu verhindern. Wir, die Landarbeiter, bieten Ihnen an, Alexander Ambrowisch und seinen Kameraden unauffällig sofort vom Gut zu bringen, wenn die Grenzsoldaten zurückkehren sollten. Das wollte ich sagen!«

»Danke«, sagte Luise. »Fürst Lassejew und ich sind froh, daß Sie uns alle helfen wollen.«

Luise sah, daß sich Erleichterung im Gesicht des Arbeiters zu zeigen begann. Aber, da er weiter vor Stephan und ihr stehen blieb, fragte sie: »Möchten Sie uns noch etwas mitteilen?«

»Ja, Herrin!« Der Arbeiter benutzte statt Gräfin die Anrede, mit der früher alle Gutsarbeiter ihre russischen Herrschaften angesprochen hatten.

»Verfolgt er damit ein bestimmtes Ziel?« dachte Luise. »Sicher, er will einen Bogen zur Vergangenheit schlagen. Aber warum?«

»Es ist für Sie nicht gut, wenn alle Welt davon redet, daß es auf dem ehemaligen Hauptgut spukt!« Der Arbeiter sah Luise wieder direkt in die Augen. Sie faßte sich erschrocken ans Herz.

»Was soll ich darunter verstehen?« Luise atmete so schnell, daß sie Mühe hatte, ohne ins Stocken zu geraten, diese Frage zu formulieren.

»Sie sollten nachprüfen lassen, Herrin, was dort los ist!« Wieder drehte der Arbeiter seine Mütze in seinen Händen hin und her.

»Wir werden auf dem Hauptgut nachsehen lassen, was unter Spuk zu verstehen ist!« sagte Luise schwer atmend. »Aber woher wissen Sie, daß es auf dem Hauptgut spuken soll? Und wer weiß außer Ihnen noch davon?«

Luise ergriff die linke Hand von Stephan. Sie fühlte, daß ihr schwindelig wurde. Sie preßte die Hand von Stephan zusammen.

»Befragen Sie bitte den Hauptmann über die Spukgeschichte«, antwortete der Arbeiter, seine Mütze in die linke Hand nehmend. »Er wird Ihnen mehr darüber erzählen können.«

»Dieser Mann oder ein anderer Arbeiter des Gutes müssen schon vor der Ankunft von Alexander Kontakt mit ihm gehabt haben«, schoß es Luise durch den Kopf. »Woher sollte er sonst wissen, daß es irgendwelche Probleme auf dem Hauptgut gibt. So muß es gewesen sein. Niemand konnte schließlich wissen, daß Alexander und sein Kamerad verletzt auf ihr Gut flüchten würden.«

Luise begann zu schwanken. Stephan stellte sich so dicht neben sie, daß er sie stützen konnte.

»Ich muß Ihnen noch etwas mitteilen, Gräfin und Fürst Lassejew, was sie wissen müssen!« In den Augen des Arbeiters flammte Entschlossenheit auf, wie Luise sie noch nie bei einem ihrer Untergebenen gesehen hatte. »Wir hatten einen Verräter unter uns, der den litauischen Oberst darüber informiert hat, daß Hauptmann Ambrowisch mit seinen Männern nach Litauen gekommen ist!« sagte er mit energischer Stimme. »Dieser Verräter hat den Hauptmann und seine Männer in Schwierigkeiten gebracht.«

Der Arbeiter richtete sich auf und nahm Haltung an. »Wie ein Soldat, der einem Vorgesetzten eine Meldung überbringt«, dachte Luise. In ihr kam der Verdacht auf, daß auch dieser Landarbeiter ein Offizier irgendeiner sowjetischen Einheit sein mußte, aber welcher? Er gab sich bisher immer nur so, als ob er ein einfacher russischer Bauer ist. Dem scheint aber nicht so zu sein.

Luise faßte sich an ihre Stirn, auf der sich Schweißperlen gebildet hatten.

»Und weiter?« Luise mußte wieder tief durchatmen. Ihr Herz begann sehr schnell zu schlagen.

»Der Verräter ist liquidiert worden!« sagte der Arbeiter mit eiskalter Stimme. Er stand immer noch so kerzengerade wie ein Zinnsoldat. »Seine Leiche, Gräfin, wird niemand finden. Das ist für Sie, Gräfin, und für uns alle auf dem Gut das Beste!«

Der Landarbeiter drehte sich um und verließ ohne Gruß das Herrenhaus.

Stephan mußte Luise stützen, als sie in die Bibliothek gingen. Ihre Knie drohten einzuknicken. Sie ließ sich in einen Sessel fallen. Stephan holte zwei Gläser und schenkte Kognak ein. Luise trank ihr Glas in einem Zug aus.

»Auf unserem Gut scheint die Mehrheit der Arbeiterinnen und Arbeiter Kommunisten zu sein«, sagte sie.

»Ich glaube, es sind mehr als die Mehrheit, Liebes«, antwortete Stephan, sein Kognakglas hin- und herschwenkend. »Um es genauer zu sagen: Nach diesem Gespräch habe ich das Gefühl, das Gut ist eine Art Stützpunkt für Aktionen der Sowjetunion in Litauen. Und Alexander ist das kommunistische Idol unserer Leute. Sie beten ihn an!«

Stephan sah durch die Fensterscheiben auf den Gutshof. »Ja, Luise, ich glaube ganz fest daran. Unser Gut ist ein kommunistischer Stützpunkt!«

»Und was kann ich und soll ich dagegen tun? Ich habe mit den Sowjets so wenig im Sinn wie Du, Stephan!«

»Nichts! Du kannst nichts dagegen tun, Luise. Denn wenn Du Dein Wissen darüber der Polizei offenbarst, kommt der Oberst und verhaftet Dich und mich. Er wird Dir kein Wort glauben, wenn Du beteuerst, Du hättest davon nichts gewußt, sondern nur rein zufällig davon gehört. Und unsere Arbeiterinnen und Arbeiter, die heute zu Dir stehen, werden sich verraten fühlen. Du mußt ihre politische Einstellung von ihrer Wertschätzung für Dich trennen.« Stephan begann in der Bibliothek auf und ab zu gehen.

»Die litauische Polizei wird, wie hierzulande schon immer üblich, nicht gerade zimperlich mit unseren Arbeiterinnen und Arbeitern umgehen«, sagte Stephan. »Sie werden alles erzählen, was sie bisher auf dem Gut gesehen haben. Und unter Druck gesetzt werden sie noch einiges dazudichten, nur um ihre Haut zu retten. Und das wird uns das Genick brechen. Ich schlage Dir deshalb folgendes vor, Luise: Wir haben bisher nicht gewußt, daß Kommunisten auf diesem Gut leben. Also tun wir unverändert so, als ob die Welt hier in Ordnung ist!«

Luise legte ihren Kopf auf die Sessellehne und sah die Decke des Zimmers an. »Ich glaube, Stephan, unsere Tage auf dem Gut sind gezählt«, sagte sie leise. »Nicht morgen, nicht in einem oder in zehn Jahren, aber eines Tages werden wir hier nicht mehr leben können. Litauen ist winzig, wie auch die anderen baltischen Staaten. Die Sowjetunion, erst einmal innerlich stabilisiert, wird Litauen und die anderen baltischen Länder schlucken, zurückholen in das zaristische Reich. Darauf sollten wir uns vorbereiten.«

Luise stand auf, ging zu Stephan und umklammerte ihn. »Ich sollte eigentlich sofort die Post lesen, die der Oberst gebracht hat«, sagte sie. »Aber ich kann es nicht, noch nicht. Wir beide sollten erst einmal darüber sprechen, was auf dem Gut wirklich los ist. Finden hier nachts politische Versammlungen statt? Treffen sich auf dem Gut Verschwörer, die, wie einst im zaristischen Rußland, die Regierung stürzen wollen? Kann es sein, daß auf diesem Gut Pläne besprochen werden, die darauf abzielen, Litauen mit Gewalt an die Sowjetunion anzugliedern?« Luise sah Stephan ratlos an.

»Ich verstehe nichts von Politik, Liebster«, sagte sie. »Ich bin nur eine einfache Gutsbesitzerin. Eine bessere Bäuerin. Ich bin hier geboren, bin hier aufgewachsen. Gewiß, ich hatte gute Hauslehrer, die mir mehr Wissen als Millionen anderer Menschen vermittelten, die mir mehrere Sprachen beibrachten, die von der Welt erzählten, von einer Welt, die ich nie gesehen habe und die ich deshalb auch nicht verstehen kann. Nur einmal war ich auf der Hochzeitsreise mit William in England, als er mich seiner Familie vorstellte. Aber über Politik haben weder er noch meine Hauslehrer mit mir gesprochen. Darüber unterhielten sich früher höchstens Männer. Wir Frauen wurden davon ferngehalten. Aber Du, Stephan, mußt doch etwas davon verstehen. Dein Vater hat Politik im großen Stil betrieben. Er hat sogar den Zaren in Schach halten können. Dein Vater muß Dir zumindest die Grundbegriffe der Politik erklärt haben!«

Stephan löste sich von Luise und stützte sich auf den Lehnstuhl. »Bekomme bitte keinen Schreck, Liebes«, antwortete er. »Ich muß Dir erklären, daß ich von Politik soviel und sowenig wie Du verstehe.« Um den Mund von Stephan zog sich ein verlegenes Lächeln.

»Ich bin schon als kleiner Junge dazu erzogen worden, daß ein Lassejew in erster Linie ein Fürst – eine Art König – zu sein hat und in zweiter Linie erlernen muß, Güter zu verwalten. Ein Lassejew hat als junger Mann zu lernen, daß er die Gesetze seines Stammes und seines Landes befolgen muß. Er muß ein vorzüglicher Reiter und Schütze sein und darf niemals Angst zeigen. Und über allem steht eines: Er hat immer seinem Vater zu gehorchen und mit Demut der Liebe seiner Mutter zu begegnen. Über Politik hat mein Vater nie mit mir gesprochen. Politik ist die Sache der Familienväter, der meist alten Männer. Uns jungen Männern wurde ständig eingetrichtert, daß wir uns selbst zu Außenseitern stempeln, wenn wir auch nur gegen eine der unumstößlichen Regeln verstoßen, die unser Stamm in vielen Generationen formuliert hat. Und genau das habe ich getan. Ich bin durch meine Tat zum Außenseiter geworden. Allerdings hatte ich das Glück, daß mein Vater dennoch weiter seine Hand über mich hielt. Warum er das tat, weiß ich nicht. Ich hatte keine Gelegenheit mehr, mit ihm darüber zu sprechen. Aber zurück in die Heimat durfte ich nicht mehr kommen. Da ich meinen Vater nie mehr gesehen habe, bin ich auch nicht in die Spielregeln der Politik eingeführt worden, die er betrieb.« Stephan füllte ihre Gläser mit Kognak. Jetzt war er es, der sein Glas in einem Zug austrank.

»Aber selbst, wenn es anders gekommen wäre, Luise: Mit dem politischen Wissen, das mir mein Vater eingeimpft hätte, könnte ich heute nichts mehr anfangen«, sagte er. »Bei meinem Vater ging es um die Erhaltung der Macht unserer Familie im Kaukasus und damit im gewissen Sinne um den Kaukasus selbst. Heute, Liebling, haben wir uns mit den Bolschewisten auseinanderzusetzen. Die gab es vorher nicht. Mein Vater, in allen politischen Schachzügen seiner Zeit gerecht, ist ihnen unterlegen. Er kannte sie nicht. Das hat meiner Familie das Leben gekostet. Und von den Sowjets verstehe ich ebenfalls soviel und sowenig wie Du. Ich meine von ihrer Ideologie und von ihrem politischen Machtstreben. Für mich sind sie die neuen Zaren. Aber, sie sind gewalttätiger als alle Zaren zusammen. Sie waten durch Blut. Warum sie so sind, kann ich nicht beurteilen.«

»Gut!« Luise warf ihre Haare zurück. »Ich möchte Dich aber doch etwas fragen!«

»Bitte!«

»Hast Du wie ich Angst, Stephan, daß wir hier in Litauen in ein Chaos stolpern werden? Oder besser: Glaubst Du wie ich, daß Litauen für alle Zeit unsere Heimat bleiben kann oder daß Litauen eines Tages doch an die Sowjetunion angegliedert werden wird? Also in das russische Reich, aus dem sich Litauen befreit hat, zurückkehren muß?«

»Die Antwort ist einfach«, antwortete Stephan. »Dieser Staat ist zu klein, um sich gegen die riesige Sowjetunion auf Dauer behaupten zu können. Das sehe ich wie Du. Du hast es vorher schon formuliert: Noch können wir hierbleiben, können vielleicht glücklich sein, die Felder bestellen und abernten. Ich gebe diesem Staat aber nur fünfzehn Jahre, vielleicht zwanzig selbständiger Existenz. Dann wird die Sowjetunion alle ihre Krisen überwunden haben und stark genug sein, sich das wiederzuholen, was die Zaren einst für Rußland erobert haben und was bei Ende des ersten Weltkrieges verloren ging!«

Luise und Stephan hielten sich an den Händen.

»Und was sollen wir jetzt tun, Liebling?« fragte Luise.

»Du hast dies vorhin gesagt, Luise: Wir sollten uns darauf vorbereiten. Das muß nicht gleich sein. Aber wir sollten immer daran denken, daß wir hier nur auf Abruf leben.« Stephan zog Luise an sich.

»Du hast Post, Liebling, flüsterte er. »Ich erahne, daß die Post von Deinen Kindern stammt, und daß sie uns nun endlich besuchen können. Aber -« er strich mit seiner rechten Hand durch ihre Haare – »Du solltest sie erst später lesen. Wir müssen jetzt mit Alexander sprechen und klären, was sich auf dem Hauptgut tatsächlich abspielt. Es kann sein, daß uns von da in irgendeiner Form Gefahr droht. Deshalb müssen wir mit Alexander reden. Ich werde ihn bitten, in die Bibliothek zu kommen und werde auch Pjitor dazu bitten. Er wird sicher längst in der Kanzlei sein.«

»Hauptmann Ambrowisch, was ist auf diesem Gut und auf dem Hauptgut los?« Luise, Stephan und Pjitor blickten Alexander nach dieser Frage von Luise aufmerksam an. Pjitor konnte ein verlegenes Hüsteln nicht unterdrücken. Er hörte zum ersten Mal davon, daß Alexander als Offizier in der Roten Armee diente.

Alexander zog eine Zigarettenschachtel aus seiner Jackentasche.

»Darf ich, Gräfin?«

»Bitte!« Luise nickte ihm zu.

Alexander zündete sich eine Zigarette und zog den Rauch tief in seine Lungen. Dann lehnte er sich auf seinem Stuhl zurück.

»Einer unserer Vertrauensleute auf dem Gut, Gräfin, hat Ihnen heute gesagt, welchen Rang ich in der Roten Armee habe«, sagte er. »Ich hatte ihn darum gebeten. Er hat Ihnen auch gesagt, daß Sie meine Kameraden und mich alsbald zu Ihrer eigenen Sicherheit auf den Rückweg schicken müssen. Das muß so sein, weil wir Sie in höchste Gefahr bringen. Aber wie ich Sie einschätze, Gräfin, haben Sie geantwortet, daß Sie damit warten wollen, bis wir gesund sind und daß Sie uns dann bei unserer Flucht helfen werden.«

»Stimmt!«

Alexander lächelte Luise so freundlich, von Herzen kommend an, wie er das früher immer getan hatte.

»Und dann hat Ihnen unser Vertrauensmann die Spukgeschichte erzählt, die die Menschen hier beunruhigt und die Ihnen deshalb schaden kann.«

Als Luise Alexander eine Zwischenfrage stellen wollte, winkte er ab. Mit einer Handbewegung, die bekundetete, daß er es gewohnt war zu befehlen.

»Sie werden verstehen, Gräfin, wenn ich nichts darüber sage, welche Aufgabe ich in Litauen zu erfüllen hatte. Wissen kann belastend sein! Aber ich will Ihnen gerne berichten, was ich über die Spukgeschichte weiß.« Alexander zog heftig an seiner Zigarette.

»Kurz nachdem wir die Grenze überquert hatten, ritten wir auf Schleichwegen zum Hauptgut«, berichtete er. Alexander gab nicht zu erkennen, was unter dem wir zu verstehen war.

»Ich war durch meine Arbeit nach dem Kriege hier auf diesem Gut darüber informiert, daß das Hauptgut Ihrer Familie ein Trümmerhaufen ist. Ich hatte aber auch die Information, daß es dennoch ein gutes Versteck sein kann, indem selbst Pferde verborgen werden können. Außerdem habe ich gehört, daß Sie, Gräfin, offiziell auf die Besitzrechte an dem Hauptgut verzichtet haben. Wir konnten also damit rechnen, daß sich niemand um das Hauptgut kümmern wird. Alle Wege zum Hauptgut sowie auch der Gutshof, so wurde ich unterrichtet, sind zugewachsen, die Felder und Wiesen total verunkrautet.«

Alexander zündete sich eine neue Zigarette an.

»Woher wissen Sie, Alexander, daß ich auf die Besitzrechte an dem Hauptgut verzichtet habe, und wer hat Sie, der sie in der Sowjetunion leben, über den Zustand der Ruine informiert?«

Luise sah Alexander aufmerksam an.

»Ich sagte doch schon, Gräfin, Wissen kann belastend sein!« Alexander sah die Zigarette an, die er in der linken Hand hielt.

»Er ist Offizier durch und durch«, dachte Luise. »Noch vor einem Jahr hätte er darum gebeten, daß ich ihn, wie immer in der Zeit vorher, duze. Aber dieser Abschnitt unseres gemeinsamen Lebens ist endgültig vorbei.«

»Und was entdeckten Sie auf dem Hauptgut, Herr Hauptmann?«

Alexander blickte noch immer auf seine Zigarette, deren Rauch senkrecht aufstieg.

»Ich war mit einem Teil unserer Gruppe nur eine Nacht auf dem Hauptgut«, antwortete er. »Wir, daß heißt unsere Gruppe, mußten uns teilen, weil wir verschiedene Aufgaben hatten, die Sie, Gräfin und auch Sie, Fürst, ganz sicher nicht interessieren werden.« Alexander blickte Luise, Stephan und Pjitor kurz an.

»In dieser Nacht habe ich wie ein Kleinkind geschlafen«, sagte er, seine Zigarettenasche im Aschenbecher abstreifend. »Ich habe also nichts gesehen und nichts gehört. Einige Tage später traf sich unsere gesamte Gruppe wieder in der Nähe des Hauptgutes. Wir wollten uns für vierundzwanzig Stunden in der Ruine verstecken und ausruhen, um dann die Grenze zu überqueren.« Alexander wischte sich mit der linken Hand über die Stirn, auf der sich Schweißperlen zu bilden begannen.

Ohne die Stimme zu heben oder zu senken, sagte er: »Wir trafen uns zwar, mußten aber sofort flüchten. Verrat war geschehen. Sie wissen, daß dieser Verrat gesühnt worden ist. Meine Gruppe mußte erst einmal nach Norden, von der Grenze weg ausholen. Unterschlupf fanden wir in einem Sumpfgebiet. Daß wir dann später, ausgerechnet auf Ihrem Land, Gräfin, in die Zange genommen wurden, wissen Sie ebenfalls. Aber das war offensichtlich reiner Zufall. Die litauischen Grenzwachen hatten ein weites Fangnetz ausgeworfen, in das wir uns verstrickten.« Alexander drückte seine Zigarette aus.

»Als wir uns im Sumpfgebiet versteckt hatten, befragte ich die

Mitglieder aller Gruppen, welche Erfolge oder Mißerfolge sie bei der Erfüllung ihrer Befehle gehabt haben«, sagte er. »Die Männer, die sich anfangs mit mir zusammen eine Nacht in den Trümmern des Hauptgutes versteckt gehalten hatten, berichteten übereinstimmend von Beobachtungen in der Ruine, die man früher als Spukgeschichten bezeichnet hätte. Ich sagte Ihnen ja bereits, Gräfin, ich habe fest geschlafen. Meine Männer konnte ich erst später befragen, was sie erlebt hatten, weil unsere Aufträge so gestellt worden waren, daß wir am Morgen unverzüglich weiterreiten mußten.«

Luise fixierte Alexander. »Herr Hauptmann, welcher Unterschied besteht zwischen Spukgeschichten, die man sich früher erzählte und Spukgeschichten, die man heute hört?« fragte sie.

»Rotarmisten glauben nicht an Spuk, Gräfin«, antwortete Alexander. »Sie halten sich an die Realitäten. Sie berichten reale Dinge, die sie auf dem Gut mit eigenen Augen gesehen haben. Und sie haben das gesehen und gehört, wovon die Bewohner im Dorf, das früher zum Hauptgut gehörte, seit Wochen reden!«

»Und was haben Ihre Männer gesehen, Herr Hauptmann?«

Alexander zündete sich eine neue Zigarette an. »In der Nacht haben sie laute Stimmen gehört«, sagte er. Er sprach so monoton, wie eine der Sprechmaschinen, die in Frankreich in Mode gekommen waren. »Nach Aussagen meiner Männer klang es so, als ob sich eine Frau und ein Mann stritten. Verstehen konnten meine Männer kein Wort. Im Morgengrauen haben sie aus ihren Verstecken heraus einen Greis beobachtet, der ab und zu aus dem Keller des zertrümmerten Herrenhauses kam. Der Greis machte auf sie den Eindruck, als ob er geistig umnachtet ist.«

»Geistig umnachtet?« fragte Luise. Von ihren Füßen her stieg wieder eine Kältewelle durch ihren Körper auf.

»Der Greis, so sagten meine Männer, kam aus dem Keller der Ruine, ging zu einem Tisch, der neben einer stehengebliebenen Wand steht, beugte sich über den Tisch und bewegte seine Hände so über die Tischplatte, als ob er auf einem Klavier spielt!«

Luise sah Alexander sekundenlang an. Ihr Gesicht spiegelte Entsetzen wider.

»Wilhelm!« Sie rief den Namen ihres Bruders so laut, daß alle im Zimmer zusammenzuckten. Dann stürzte sie besinnungslos vom Stuhl.

Stephan bat Alexander in die Bibliothek, nachdem der Arzt Luise behandelt hatte, den er aus dem Dorf hatte holen lassen. Amanda wachte an ihrem Bett.

Beide Männer saßen sich gegenüber.

»Ich habe eine große Bitte, Herr Hauptmann«, sagte Stephan.

»Gewährt!«

»Können Sie, Herr Hauptmann, als Wache bei der Gräfin bleiben? Nur einen Tag noch. Ich will mit dem Doktor und zehn Gutsarbeitern zum Hauptgut reiten. Es würde mich sehr beruhigen, wenn Sie im Haus bleiben. Ich weiß nicht, wie Ihre Pläne sind. Vielleicht wollen Sie alleine über die Grenze reiten, vielleicht wollen Sie auch so lange bleiben, bis Ihr Kamerad soweit wieder hergestellt ist, daß er ebenfalls den Übergang in die Sowjetunion wagen kann.«

»Einige Tage werden wir noch bleiben müssen«, antwortete Alexander. »Ich denke, dann wird mein Kamerad soweit wieder hergestellt sein, daß wir zusammen in die Sowjetunion zurückkehren können. Sie können also beruhigt zum Hauptgut reiten. Ich werde mich neben Amanda im Schlafzimmer postieren, Fürst Lassejew. Sollte allerdings die Grenzpolizei zurückkehren, muß ich mich erneut im Dach verstecken. Gewarnt werden werde ich allerdings rechtzeitig. Dessen kann ich sicher sein!« Er blickte Stephan ernst an.

»Und wie geht es dann weiter, Herr Hauptmann?«

»Es ist bereits alles vorbereitet, Fürst Lasejew«, antwortete Alexander. »In einer der Nächte, die dem Wochenende folgen, werden mein Kamerad und ich das Gut verlassen. Ich bin darüber unterrichtet worden, daß uns niemand dabei beobachten wird, der uns nicht gut gesonnen ist. Es wird eine Ablenkungsaktion an anderer Stelle der Grenze geben. Zusammen mit anderen Männern werden wir die Grenze ungehindert überqueren können. Diese Hilfe ist notwendig, weil mein Kamerad gefahren werden muß. Sie wissen aus Erfahrung, daß es kaum möglich ist, mit einem Fahrzeug so schnell zu fliehen, wie man es mit Pferden kann.«

Alexander zündete sich eine Zigarette an. Er rauchte einige Minuten schweigend.

»Sie sollten für die Zukunft folgendes wissen, Fürst«, sagte er. »Wenn der Uhu ruft, können Sie unbesorgt den Mann einlassen, dessen Schatten sich in der Nacht vor Ihren Fenstern zeigt. Dieser Mann muß nicht immer Alexander Ambrowisch heißen. Aber der Ruf des Uhus weist ihn als ein Freund dieses Hauses aus. Er wird Ihnen einen Rat geben, den Sie unbedingt sofort befolgen sollten!«

Alexander stand auf und ging in der Bibliothek hin und her. »Ich danke Ihnen und der Gräfin für die Unterstützung, die Sie uns gegeben haben. Sie haben ohne Rücksicht auf Ihre eigene Sicherheit sofort geholfen. Sie haben sich für uns in Lebensgefahr begeben. Daran, Fürst, werde ich mich immer erinnern. Und dafür werde ich mich eines Tages erkenntlich zeigen.«

Stephan wollte Alexander unterbrechen. Er winkte jedoch ab.

»Ich bin nach hier geflohen, Fürst, weil ich hier zu Hause bin«, sagte er leise. »Und ich habe das Zuhause gefunden, das ich erwartet habe. Danke, Fürst!«

Stephan stand auf und umarmte Alexander. Beide Männer hielten sich wie Vater und Sohn in den Armen.

»Ich möchte Ihnen noch einen Hinweis für den morgigen Tag geben, Fürst«, sagte Alexander. »Wenn Sie damit einverstanden sind?«

»Ich bin damit einverstanden, Herr Hauptmann!«

»Reiten Sie auf dem Weg zum Hauptgut, den Sie damals einschlugen, als Sie die Gräfin und Ihre Tochter Marlies retteten. Sie müssen Ihren damaligen Weg genau einhalten. Etwa fünf Kilometer vor dem Hauptgut werden Sie einen Reiter sehen. Er wird plötzlich vor Ihnen wie aus dem Nichts auftauchen.«

Alexander stützte sich auf einen der Stühle in der Bibliothek. Stephan anblickend sagte er: »Dieser Reiter ist ein Rotarmist in Zivil. Er hat eine hellbraune Jacke an und reitet einen Rappen. Er ist einer meiner zuverlässigsten Männer im Baltikum und von mir zu diesem Treffpunkt befohlen worden. Er wird Ihnen sagen, ob Sie zum Hauptgut reiten können, ohne in eine Falle der Grenzpolizei zu geraten. Danach wird er sofort verschwinden, weil er zu den Rotarmisten gehört, die meinen Kameraden und mich über die Grenze bringen werden. Er muß einige Tage in einem Waldgebiet versteckt leben. Dies ist eine kleine Dankesschuld an Sie. Mehr nicht!«

Stephan stellte sich neben Alexander. »Ich habe noch zwei Fragen«, sagte er.

»Bitte, Fürst!«

»Ist dieses Gut ein Stützpunkt für sowjetische Aktionen gegen die Republik Litauen?«

»Nein! Wir haben hier Verbündete. Mehr jedoch nicht. Sie können beruhigt sein!«

»Werden wir Sie, Herr Hauptmann, in absehbarer Zeit wiedersehen?«

»Nein! Ich werde versetzt und eine Generalstabsausbildung erhalten. Mehr will ich Ihnen nicht sagen. Aber vergessen Sie und die Gräfin nie den Ruf des Uhu!«

Alexander drehte sich auf dem Absatz um und verließ humpelnd die Bibliothek.

Der Rotarmist, wie von Alexander angekündigt, mit einer hellbraunen Jacke bekleidet und einen Rappen reitend, kam auf Stephan und seine Männer kurz vor dem Hauptgut von rechts auf sie zu. Er drängte sein Pferd neben den Hengst von Stephan.

»Keine Gefahr, Herr!«, sagte er. »Grenzsoldaten sind nicht zu sehen!« Der Rotarmist salutierte.

Als er sein Pferd wendete, sah Stephan, daß er eine langläufige Waffe in der rechten Hand hielt. Stephan und seine Begleiter waren unbewaffnet.

Der Reiter grüßte noch einmal und tauchte dann in den Morgennebel ein, den die Sonne produzierte.

Stephan und seine Männer ritten langsam auf die Ruine des Hauptgutes zu. Vor dem ehemaligen Haupttor hob Stephan die rechte Hand. Der Arzt und die Landarbeiter zügelten ihre Pferde.

Stephan stieg aus dem Sattel. Er gab einem der Arbeiter die Zügel seines Hengstes.

»Der Doktor und ich werden jetzt auf das Gut gehen«, sagte er. »Sie reiten etwa drei Kilometer zurück. Lassen Sie unsere Pferde hier. Kommen Sie in einer Stunde wieder. Vier von Ihnen müssen einen weiten Sicherungsring bilden. Wir dürfen in keinem Fall überrascht werden. Weder durch Bauern, noch durch Grenzsoldaten.«

Stephan nahm die Zügel seines Pferdes und die des Hengstes des Arztes in die Hand. Er schlang die Zügel um eine Birke, die auf der Auffahrt zum Haupttor zwischen dem Pflastersteinen gewachsen war.

Die Gutsarbeiter ritten davon. Stephan konnte sehen, daß sich die Gruppe teilte. Die Hauptgruppe blieb mit den Packpferden zusammen. Vier Reiter galoppierten sternförmig auseinander. Sie hatten die Aufgabe übernommen, als Späher im weiten Umkreis um das Hauptgut herum tätig zu werden. Unbewaffnet wie sie waren, keine leichte Aufgabe.

Stephan und der Arzt gingen um die zusammengeschossenen Mauern des Gutes herum. Sie bewegten sich dabei so unauffällig wie möglich. Vorsichtig überkletterten beide Männer einen Trümmerberg an der Rückseite des Gutes.

Stephan und der Arzt kauerten sich in den Trümmern nieder. Sie beobachteten den Hof. Er war ebenfalls voller Trümmer. Vom ehemaligen Herrenhaus standen nur noch die Seitenwände des unteren Stockwerkes. Alle Ställe und Scheunen waren Schuttberge. Die Granaten der deutschen Geschütze hatten das Gut umgepflügt. Es war kaum ein Stein auf dem anderen geblieben.

Deutlich konnten Stephan und der Arzt den Tisch sehen, von dem Alexander gesprochen hatte. Er stand neben einem Kellereingang des ehemaligen Herrenhauses.

Stephan und der Arzt zuckten zusammen, als nach etwa zwanzig Minuten ein Mann aus dem Keller auf den Hof trat. Er trat er an den Tisch. Seine Finger flogen auf der Tischplatte so hin und her, als ob er Klavier spielte.

Stephan studierte durch sein Fernglas das Gesicht des Mannes. »Er sieht uralt aus«, flüsterte er dem Arzt zu. »Aber ich bin sicher, es ist der Bruder der Gräfin!«

Stephan gab dem Doktor das Fernglas. Der Arzt blickte lange durch die Gläser. »Ich bin Ihrer Ansicht, Fürst«, sagte er. »Es ist der Bruder der Gräfin!«

Stephan richtete sich auf.

»Ich bin es Wilhelm«, rief er. »Keine Angst! Ich bin es, Stephan! Wir sind gekommen, um Dich, Deine Frau und Deine Kinder zu Deiner Schwester Luise zu holen!«

Der Mann, der eine Art Uniform trug und lange weiße Haare hatte, stützte sich ruckartig auf die Tischplatte. Dann drehte er sich blitzschnell um. Er floh in den Keller. Dabei stieß er laute Angstschreie aus. Sekunden später hörten Stephan und der Arzt zwei Schüsse.

Der Doktor und Stephan liefen so schnell wie sie konnten über den Hof.

»Sofort in den Keller!« rief Stephan. In den weit verzweigten Kellergewölben des Gutes stießen sie nach wenigen Minuten auf zwei Tote.

Stephan und der Arzt trugen die Leichen auf den Hof. Der Arzt kniete vor den Toten und untersuchte sie.

»Der Graf hat erst seine Frau und dann sich erschossen«, sagte er. »Es ist ein Wunder, daß sie überhaupt noch lebten. Sie sind total ausgehungert. Sehen Sie selbst, Fürst!«

Stephan blickte fassungslos Swetlana an. Diese einst so schöne Frau sah wie eine Mumie aus. Ihr Gesicht war eingefallen, ihre Haare weiß und ungepflegt. Ihre Arme und Beine waren so dünn wie die eines Kindes. Im Todeskampf hatte sie den Mund geöffnet. Ihre Kiefer waren fast zahnlos. Auch ihr Mann war völlig verhungert. Er hatte eine zerrissene Uniform an. Seine verdorrt aussehenden Hände sahen wie Klauen aus. Wilhelm hatte sich in den Mund geschossen, aber kaum Blut verloren. Auch Swetlana, die einen Herzschuß hatte, blutete wenig.

Neben der Leiche von Wilhelm hatte der Arzt ein Pappschild gefunden. Mit ungelenker Hand war in Deutsch auf das Schild geschrieben worden: »Feinde haben die Mauern überwunden. Ruft L. und L. zu Hilfe!«

»Ich würde sagen, Fürst, L. und L. bedeutet Luise und Lassejew«, sagte der Arzt. Beide Männer blickten das Schild schweigend an. Dann schlugen sie das Kreuz.

Der Arzt und Stephan durchsuchten das gesamte Kellergewölbe. Eine halbe Stunde später fanden sie die Leichen von zwei Kindern. Sie lagen in einem der hinteren Kellerräume.

»Sie sind verhungert«, sagte der Arzt, nachdem er die Leichen untersucht hatte. »Glatt verhungert!« Stephan und der Doktor trugen die Leichen der Kinder auf den Hof und legten sie neben ihre toten Eltern. Dann durchsuchten beide Männer ergebnislos jeden Winkel der Ruine nach der Mutter von Luise.

Als sie wieder auf dem Hof vor den Toten standen, fragte Stephan den Arzt: »Können Sie sich vorstellen, Doktor, wie es Wilhelm und seine Frau in diesem Zustand geschafft haben, aus der Sowjetunion zu fliehen? Und warum, Doktor, haben sie nicht den Weg zu uns gesucht?«

Der Arzt schüttelte den Kopf. »Ich weiß es nicht, Fürst«, sagte er. »Aber als Arzt kann ich sehen, sie haben Unsagbares in den letzten Jahren erleiden müssen. Sie waren nicht mehr Herr ihrer Sinne. Offensichtlich hatten sie auf ihrer Flucht nur eine Triebfeder: In jedem Fall nach Hause, nach hier zu kommen. Als Arzt kann ich jedoch nicht ausschließen, daß ihnen dabei geholfen worden ist. In ihrem körperlichen Zustand muß es völlig unmöglich gewesen sein, alleine und mit eigener Kraft den Weg auf das Hauptgut zu finden.«

Stephan starrte die Leichen an. »Ich glaube auch, Doktor, daß man ihnen geholfen hat, auf das Hauptgut zu kommen«, sagte er. »Ich wüßte allerdings im Augenblick nicht zu sagen, von wem und wie. Menschen, die so verhungert aussehen, können unmöglich die Strapazen einer Flucht aus der Sowjetunion nach Litauen durchstehen!«

Wieder schlugen beide Männer das Kreuz.

»Ist Ihnen etwas aufgefallen, als wir den Keller durchsuchten, Doktor?«

»Nein!«

»Nahrungsmittelvorräte habe ich nicht gesehen, Doktor, Sie?«

»Nein!« Der Arzt rieb sich sein Kinn.

»Ich habe das Gefühl, Fürst, daß wir nicht von ungefähr auf das

Hauptgut geschickt wurden?« sagte der Arzt langsam. »Sind Sie nicht auch der Meinung?«

Stephan zuckte mit den Schultern.

»Wir bringen die Toten auf das Vorwerk, Doktor«, sagte Stephan. »Wir lassen einige Arbeiter vorwegreiten. Sie sollen am Rande des Massengrabes neue Gräber ausheben. Erst wenn die Toten beerdigt sind, werde ich die Gräfin verständigen. Sie soll sie nicht mehr sehen. Einverstanden?«

Luise brach in Tränen aus, als Stephan und der Arzt sie zu dem Massengrab führten.

»Wo ist meine Mutter geblieben?« rief sie, auf die Knie sinkend. Stephan, der sich neben ihr niederkniete, nahm sie in die Arme.

»Niemand weiß es«, antwortete er. »Niemand, Liebes. Nur Gott. Und er gibt uns keine Antwort!«

Paul Berger saß hinter seinem Schreibtisch in der Kanzlei seines Handelshauses. Er trug Trauerkleidung wie Candy und Hans Leder, die ihm auf einem Ecksofa gegenübersaßen. Sie waren vor einer Stunde vom Friedhof in die Kanzlei zurückgekehrt. Ihren bisherigen Kanzleivorsteher hatten sie zur letzten Ruhe begleitet.

»Sterben bedeutet für die Überlebenden nicht ebenfalls das Ende«, sagte Berger. »Im Gegenteil. Wir werden unsere Geschäfte nicht nur kontinuierlich fortsetzen, sondern sie mit einer neuen Geschäftsspitze weiter ausweiten.«

Berger zündete sich eine Zigarre an. Durch die Rauchwolken sah er seine Frau und seinen ehemaligen Oberfeldwebel an.

»Als sich mein Kanzleivorsteher zum Sterben niederlegte, habe ich mir Gedanken darüber gemacht, wie es mit meinem Unternehmen in Zukunft weitergehen soll«, sagte er. »Ich bin zu der Ansicht gelangt, daß die Firma auf mehreren Schultern ruhen sollte: Auf hübschen,« – er lächelte Candy an – »auf den breiten von Dir, Hans, und selbstverständlich auf meinen!«

Berger zog kräftig an seiner Zigarre und stieß weiter dichte Rauchwolken aus.

»Von meinen Anwälten habe ich einen Vertrag ausarbeiten lassen, der hier auf meinem Schreibtisch liegt«, sagte er. Mit seinem rechten Zeigefinger zeigte er auf den Vertrag. »Abgesehen von den üblichen Formulierungen, die in solchen Verträgen stehen müssen, beinhaltet er einen wichtigen Passus: Die Gesellschaft soll in Zukunft in den Händen von drei gleichberechtigten Gesellschaftern liegen. Jeder dieser Gesellschafter soll vom Stammkapital ein Drittel halten, jeder gemäß seinem Anteil das gleiche Stimmrecht wie die anderen beiden Gesellschafter haben.«

Berger schwenkte seine Zigarre durch die Luft. »Wir wollen das Gesellschaftskapital auf sechshunderttausend Mark erhöhen«, sagte er lächelnd. »Sicher ungewöhnlich für eine Gesellschaft mit beschränkter Haftung, aber gut für Geschäfte mit Banken, die Kapital sehen wollen, wenn sie Kredite geben müssen. Ich meine, meine Frau, Du Hans und ich zahlen jeder zweihunderttausend Mark dafür ein. Jeder von uns verpflichtet sich, mit seinem Kapital zu haften. Der Vertrag sieht ferner vor, daß meine Frau mit einem Federstrich Alleininhaberin des Unternehmens sein kann, wenn es die Umstände notwendig machen sollten. Meine Anwälte haben mir zu einer solchen Formulierung geraten. Die Zeiten, das wißt Ihr selbst, sind chaotisch. Niemand weiß, wohin uns der Wind eines Tages wehen wird.«

Berger sah über den Rauch seiner Zigarre hinweg Candy und Hans Leder an. Sein ehemaliger Spieß blickte versonnen auf die Decke des Zimmers. Er machte den Eindruck, als sei er soeben aus einem tristen Flur in ein Wunderland getreten. Candy lächelte. So ein bezauberndes Lächeln hatte Berger noch nie in ihrem Gesicht gesehen.

»Wo war ich stehengeblieben?«, sagte er. Er klopfte vorsichtig die Asche seiner Zigarre ab. »Richtig! Beim Wind, der mal aus dieser und mal aus jener Richtung weht. Ja, wir haben alle drei rauhe Winde in unserem bisherigen Leben verspürt. Zum Teil haben wir sie selbst erzeugt, zum Teil waren andere Menschen die Windmacher. Wir sind gezeichnet worden, und, so glaube ich, wir sind alle auch gleichzeitig gereift. Noch besser gesagt: Wir sind gehärtet worden, wissend, daß Vergangenheit Vergangenheit ist. Wir wissen auch, daß wir aufeinander angewiesen sind. Ganz gleich, was da auch kommen mag.«

Berger drehte seine Zigarre zwischen dem Zeigefinger und Daumen seiner rechten Hand hin und her. Er blickte Candy an. Dann überzog sein Gesicht ein Lächeln, das von ihr erwidert wurde.

»Und weil ich davon überzeugt bin, daß wir alle drei dies wissen, und daß wir alle drei in Zukunft, ohne auf die Vergangenheit zurückzublicken, Hand in Hand arbeiten werden, habe ich der Formulierung innerhalb des Vertrages zugestimmt, der vorsieht, daß meine Frau im Fall der Fälle Alleininhaberin sein kann«, sagte er. »Im Vertrag wird auch geregelt, Hans, daß Candy uns nicht verhungern lassen kann. Aber ich bin sicher, daß sie uns auch aus innerem Antrieb heraus im Fall der Fälle über Wasser halten wird!«

»Paul hat seine Schulaufgaben gemacht«, dachte Hans Leder. »Er hat mit seiner Frau Frieden geschlossen. Er hat kapiert, was ich ihm empfohlen habe.« Leder hob die rechte Hand.

»Warte bitte noch einen Augenblick, Hans«, sagte Paul Berger. »Du kommst gleich zu Wort. Ich möchte erst einmal hören, was meine Frau zu diesem Vertrag zu sagen hat.«

»Nur einen Satz«, antwortete Candy. »Ich bin einverstanden und werde nicht nur nach dem Vertrag, sondern auch nach der Stimme meines Herzens handeln!« Wieder lächelte sie Paul Berger so an, wie sie ihn früher nie angelächelt hätte.

»Seitdem ich ein vollwertiger Mann bin, frißt sie mir aus der Hand«, dachte Berger, Candy einen Kuß zuwerfend. »Sie wird mir ein Leben lang aus der Hand fressen. Hans hat den richtigen Riecher gehabt: Frauen ihrer Vergangenheit sind gutmütig, wenn man ihnen gutmütig entgegen kommt. Das habe ich endlich begriffen.«

Berger seufzte. »Ich bin sicher«, dachte er, »ich liebe diese Frau.« Seit er Candy für sich zurückerobert hatte, begehrte er sie unsagbar, Tag und Nacht. Er wußte, daß er diese Frau immer begehren würde. »Besonders stolz macht mich«, schoß es ihm durch den Kopf, »daß sie meine Leidenschaft mit gleicher Leidenschaft erwidert. Dies ist die Basis, auf der wir Jahrzehnte miteinander auskommen werden«, dachte er.

»Gut, mein Täubchen«, sagte er, sich räuspernd. »Ich freue mich über Deine Antwort!« Er warf ihr wieder einen Kuß zu.

»Und wie bekommen wir unser Kapital zusammen? Oder einfacher gesagt: Woher bekomme ich mein Kapital, um gleichberechtigter Gesellschafter zu werden?« sagte Hans Leder.

»Aber Hans! Die von Dir organisierten Züge der ehemaligen kaiserlichen Armee haben uns ein Vermögen eingebracht«, erwiderte Paul. »Dein Anteil am Gewinn ist viel, viel mehr Wert als das kleine Sümmchen Eigenkapital, daß der Vertrag von Dir fordert!«

»Ich bin dabei!« Leder stand auf und salutierte vor Berger.

Keine zwei Jahre später hatte das Dreiergespann Paul, Candy und Hans ein zweites großes Handelshaus in Schweden aufgebaut. Mit viel Geld erwarben alle drei die schwedische Staatsbürgerschaft. Der Landhandel mit den baltischen Staaten blühte wie vor dem Krieg. Dem Gut der Gräfin zu Memel und Samland und Essex gingen die Agenten Bergers aus dem Weg. Paul Berger hatte den Namen von Luise aus seinem Gedächtnis gestrichen. Er war fest davon überzeugt, seine Vergangenheit war für immer und überall vergessen. Weltreiche waren nach dem Krieg zerbrochen, von der Landkarte verschwunden. Millionen Menschen waren im Krieg getötet worden. Berger glaubte fest daran, daß es keinen Menschen mehr gab, der ihn mit dem ehemaligen Räuberhauptmann Joseph Benda in Verbindung bringen würde. Mit seiner unverändert schönen Frau brillierte er in allen Hauptstädten der Ostseestaaten.

»Uns kann keiner«, sagte er eines Nachts zu Candy in einem Stockholmer Hotel. Er lag über ihr und küßte ihre Brüste.

»Hans schmeißt als Geschäftsführer den Laden in Königsberg. Wir holen den Aufträge aus dem Ausland herein. Uns kann wirklich keiner mehr etwas anhaben. Wir sind Schweden. Das ist unsere Garantiekarte für eine gute Zukunft!«

Candy, Hans Leder und Paul Berger hatten jedoch den österreichischen Gefreiten Adolf Hitler übersehen, der in München seine kreischende Stimme zu erheben begann. Berger hatte außerdem die sowjetische Geheimpolizei übersehen, die sich für alles und jeden, auch außerhalb der UdSSR, interessierte. Er konnte sich nicht vorstellen, daß sich die sowjetische Geheimpolizei für ihn, ausgerechnet für ihn, einen schwedischen Händler, interessierte. Aber ihr Interesse richtete sich auf ihn. Berger tanzte vor den Toren dieses Riesenreiches um das goldene Kalb. Zu auffällig nach Ansicht der sowjetischen Geheimpolizei von seinem Pomp her und zu russisch nach der Art, wie er sich gab. Die sowjetische Geheimpolizei betrachtete Berger durch eine Lupe. Und durch diese Lupe sah eines Tages auch ein Offizier der Roten Armee. Sein Name war Alexander Ambrowisch.

Die Antwort auf die Frage, welches Schicksal ihre Mutter erlitten hatte, erhielt Luise acht Wochen nach der Rückkehr von Alexander Ambrowisch in die Sowjetuinion.

In einer mondlosen Sommernacht wurde Stephan durch die Stimmen von Männern geweckt, die leise auf die Hunde in ihrem Zwinger einredeten. Stephan, der mit der Wachsamkeit eines Luchses auch im Tiefschlaf auf jedes ungewohnte Geräusch reagierte, war sofort aufgewacht. Wie immer im Sommer standen die Flügel des Schlafzimmerfensters weit offen.

Stephan weckte Luise. Er hielt ihr aber sofort mit der linken Hand den Mund zu. »Keinen Laut, Liebes!«, flüsterte er. »Auf dem Hof tut sich etwas!« Luise erstarrte vor Schreck.

Der Ruf eines Uhus drang über die Mauer. Lang und klagend. Vom Hof aus antwortete ebenfalls ein Uhu. Luise begann zu frieren. Sie zitterte so stark, daß Stephan sie dicht an sich zog.

Stephan und Luise konnten deutlich hören, daß das Hoftor geöffnet wurde. »Ein Pferd wird auf den Hof gebracht«, sagte Stephan. »Die Hufe des Tieres sind umwickelt. Deshalb ist kaum ein Geräusch zu hören!«

Stephan preßte seinen Mund gegen das linke Ohr von Luise, die sich noch dichter an ihn schmiegte, als er ihr seine akustischen Beobachtungen zuflüsterte. »Ich glaube, daß über die Hufe des Pferdes breite Lederstulpen gezogen worden sind, um mögliche Spuren unkenntlich zu machen«, murmelte Stephan. »Das Pferd, ich höre es deutlich, tritt anders als üblich auf!« Stephan richtete sich hoch.

»Du Luchs«, antwortete Luise leise. Ihre Zähne schlugen vor innerer Aufregung aufeinander.

»Es ist ein Hengst«, sagte Stephan. »Nur ein Hengst reagiert so auf die Ausdünstungen unserer rossigen Stuten, die in den vorderen Ställen stehen. Ein Gut abgerichtetes Tier. Sein Schnauben ist kaum zu vernehmen. Kannst Du das Schnauben hören?«

»Nein, ich höre überhaupt nichts!« Die Stimme von Luise zitterte.

»Du bist zwar eine Wildkatze, was sage ich, ein vor Leidenschaft kochendes Tigerweibchen, doch hast Du ein Gehör, das bei Artilleristen nach langer Dienstzeit üblich ist!« flüsterte Stephan. Luise mußte trotz ihrer Angst lachen.

»Das Hoftor ist eben wieder geschlossen worden«, flüsterte Stephan. »Der Hengst steht unmittelbar hinter dem Tor. Er reibt sein Maul an den Holzbohlen.«

Wieder ertönte der klagende Ruf eines Uhus. Jetzt dicht vor ihrem

Schlafzimmerfenster. Luise schob sich unter die Bettdecke, als ein Schatten vor dem Fenster auftauchte.

»Machen Sie bitte kein Licht und sagen Sie kein Wort, Gräfin und Fürst Lassejew. Ich habe eine Nachricht für Sie!« Die Stimme des jungen Mannes, der sich über die Fensterbank schwang, kannten sie nicht. Er lief geduckt zu der Seite des Bettes, in dem Stephan lag.

»Ich bin Fürst Lassejew«, flüsterte Stephan. »Die Gräfin liegt neben mir!« Stephan streckte seine linke Hand aus. Bevor sie, zuerst von einer Hand, dann von zwei ergriffen wurde, die sie kräftig zusammendrückten, hatte er eine Pistolentasche und den Stoff einer Uniformjacke ertastet.

»Wer sind Sie, wer schickt sie zu uns?« fragte Stephan.

»Mein Name spielt keine Rolle. Sie kennen sicher den Satz: Wissen kann belastend sein!«

»Sie kommen von A.?« fragte Stephan.

»Ja, mich sendet A. zu Ihnen!«

»Und was haben Sie uns mitzuteilen?«

»Ich habe eine Nachricht für die Gräfin. Bitte, Gräfin, kommen Sie unter der Decke hervor!« Der junge Mann schien die Gabe zu haben, wie eine Katze im Dunkeln sehen zu können.

Luise schob sich unter der Decke hervor.

»Darf ich Ihnen meine linke Hand über Fürst Lassejew hinwegreichen, Gräfin?« Der junge Mann sprach Russisch mit einem Akzent, der darauf schließen ließ, daß er kein Weißrusse war.

Luise suchte seine Hand. »Schieben Sie bitte Ihre Finger über mein Handgelenk. Was fühlen Sie?«

»Eine Schlange«, antwortete Luise. Noch immer klapperten ihre Zähne vor Angst. »Ich glaube, die Schlange ist aus Silber, so fühlt sie sich jedenfalls an!«

»Stimmt«, antwortete der junge Mann. »Neben dem Ruf des Uhus ist dies in Zukunft ein zusätzliches Erkennungszeichen. Ertasten Sie oder sehen Sie diese Schlange in Jahreszeiten, in denen der Uhu nicht ruft, wissen Sie, daß Sie eine Nachricht von A. erwartet.«

Luise fühlte, daß sich der Junge nach vorne beugte. »Tasten Sie bitte mein Gesicht ab, Gräfin!«

Luise tat, was er befohlen hatte.

»Sie sind Mongole«, sagte sie, nachdem ihre Hände mehrfach über sein Gesicht geglitten waren.

»Stimmt! Nun wissen Sie, wer mich mit dieser Schlange am Arm zu Ihnen schickt!«

»Außerdem sind Sie sehr jung«, sagte Luise. »Sind Sie Offizier der Roten Armee?«

»Ja, ich bin jung«, kam die Antwort. »Aber auf die zweite Frage antworte ich wie vorhin: Wissen kann belastend sein!«

»Hat A. viele Mongolen um sich?«

»Einige!«

Der junge Mann richtete sich auf und ging um das Bett herum. Er kniete vor Luise nieder.

»A. läßt Ihnen, Gräfin, folgendes mitteilen: Ihre Frau Mutter ist während des Krieges in dem Haus Ihrer Familie im ehemaligen Petrograd an Altersschwäche ohne Schmerzen gestorben. Sie ist mit allen Ehren beigesetzt worden. Nach dem Krieg wurden Ihre Anverwandten inhaftiert. Sie mußten sehr leiden. Hunger und schwere Erkrankungen, die auf den Hunger zurückzuführen sind, ließen sie schneller als üblich vorzeitig altern. A. hat nach Ihren Verwandten geforscht und sie aus der Haft holen lassen. Ihre Gesundheit konnte er ihnen allerdings nicht zurückgeben. Auch konnte er sie nicht so ernähren lassen, wie er es gerne gewollt hätte. Die Hungersnot war so groß, daß dies nicht möglich war. A. hat aber bei seiner letzten Aktion in Litauen dafür gesorgt, daß sie mit seinen Männern zusammen über die Grenze der Sowjetunion nach Litauen transportiert wurden. Sie waren jedoch kränker als A. dachte. Ein Zwischenaufenthalt bei einem befreundeten Bauern in Litauen hat sie nicht stärken können. A. hatte die Absicht, Ihre Verwandten nach Abschluß der Aktion selbst zu Ihnen auf Ihr Gut zu bringen. Verrat hat dies jedoch verhindert!«

»Aber A. hat uns erzählt, seine Männer hätten sich auf dem Gut versteckt und dort gesehen, daß es spukt, wie er sich ausdrückte«, antwortete Luise. »Uns ist berichtet worden, auch die Bewohner des Dorfes ...«

»Gräfin!« Der Mongole nahm die Hand von Luise. »Ich verstehe, daß Sie viele Fragen haben. Schließlich handelt es sich um Ihre nächsten Verwandten. Ich kann diese Fragen aber nicht beantworten. Ich war bei der letzten Aktion von A. in Litauen nicht dabei. Verstehen Sie bitte auch, daß ich sehr wenig Zeit habe. Ich kann nur die Mitteilung von A. überbringen. Dann muß ich sofort zurück!«

»A. mußte Sie anlügen, Gräfin, um zu erreichen, daß der Fürst und der Arzt, wie es dann auch geschehen ist, das Hauptgut aufsuchten«, sagte er. »Nur so konnten Ihre Verwandten gefunden werden. Deshalb schickte A. erst einen Ihrer Arbeiter vor, der mit uns sympathisiert, und erzählte dann selbst eine sogenannte Spukgeschichte, von der kein Wort stimmte. Seine Männer haben ihre Verwandten auf das zerstörte Hauptgut gebracht. Sie haben auch den Kellereingang unter dem Herrenhaus freigeschaufelt. In diesem Keller sollten Ihre Verwandten vorübergehend leben. Im Dorf nahe des Hauptgutes wußte niemand davon, daß Ihre Verwandten zurückgekehrt waren.«

Der Mongole schwieg einige Sekunden. »A. wollte nur eines erreichen: Der Fürst sollte zum Hauptgut reiten. Weiter konnte A. nicht helfen. A. bedauert zutiefst, daß der Fürst nur Tote zurückbrachte. A. läßt Ihnen durch mich sein Beileid aussprechen!«

Der Mongole stand auf.

»Ich danke A.«, sagte Luise in die Richtung des Schattens, der vor dem Bett stand. »Ich danke ihm von ganzem Herzen für die Mühe, die er sich gemacht hat, und ich weiß zu würdigen, daß er große Gefahren deshalb auf sich genommen hat. Bestellen Sie ihm das bitte. Aber warum hat er das getan?«

»A. läßt Ihnen sagen, er habe Ihrem Vater geschworen, für Sie immer da zu sein und immer an Ihrer Seite zu stehen«, antwortete der Mongole. »Deshalb tat er dies für Sie!«

Der Schatten glitt über die Fensterbrüstung. Wieder hörten Stephan und Luise, daß leise Stimmen die Hunde beruhigten. Das Hoftor wurde geöffnet und sofort wieder geschlossen. Nur Stephan hörte die leisen Hufschläge des davon galoppierenden Hengstes. Dann ertönte noch einmal der Ruf des Uhus.

»Das ist schon weit, weit weg«, sagte Stephan zu Luise. Er und Luise klammerten ihre Finger ineinander.

Auf den Tag genau, wie es der britische Botschafter und das litauische Außenministerium in den Schreiben angekündigt hatten, die der Oberstleutnant der Grenztruppen bei seinem Besuch auf dem Gut in der Tasche getragen hatte, umkreiste ein Flugzeug das Gut. Luise und Stephan standen Hand in Hand am Rande der Hauptkoppel des Gutes und sahen diesem brüllenden Drachen zu, der Kurve auf Kurve um das Gut zog.

Den Anweisungen des britischen Botschafters entsprechend, hatten die Arbeiter des Gutes ein Feuer angezündet, das kurz vor Ankunft des donnernden Ungeheuers mit feuchtem Laub bedeckt worden war. Der dabei entstehende Rauch zeigte die Richtung des Windes an. Das Ungeheuer drehte gegen den Rauch und setzte zur Landung an.

Luise hatte das Gefühl, ihr Herz würde stehenbleiben. Sie blickte ängstlich auf die graue Maschine, die von zwei riesigen Propellern angetrieben wurde.

»Das geht nicht gut!« schrie sie Stephan zu, als sich die Maschine der Grasnarbe näherte.

»Abwarten!« Stephan war gelassen wie immer. Das Flugzeug setzte auf und rollte dann über die Koppel. Das Gebrüll der Triebwerke erstarb. Plötzlich war es auf der Koppel so still wie immer. Nur der Wind, der die Gräser streichelte, war zu hören.

Zwei junge Männer, die in Lederkombinationen gehüllt im Cockpit an der Spitze der Maschine im Freien saßen, winkten Luise und Stephan zu. An den Fenstern der Kabine lachten Luise und Stephan Menschen an. Hände winkten Luise und Stephan zu.

Die Landarbeiter, die geflohen waren, als das Flugzeug landete, kehrten auf die Koppel zurück. Sie hatten wie Luise und Stephan noch nie so einen donnernden Drachen gesehen. Zwei der Arbeiter stiegen vorsichtig auf die linke Fläche der Maschine. Deutlich war ihnen anzusehen, daß sie sich vor dem Flugzeug fürchteten. Sie halfen einem jungen Mann aus dem Cockpit. Bevor sich der junge Mann aufrichtete, winkte er Luise lachend mit einer Krücke zu.

»Stephan, das ist Charles, mein Sohn Charles!« rief Luise. Sie ergriff die Hand von Stephan und lief mit ihm zu dem Flugzeug.

Der junge Mann, der neben Charles saß, stützte ihren Sohn, als er auf die Tragfläche der Maschine stieg. Charles nahm seine Lederkappe ab. Dann ließ er sich von den Landarbeitern, die ihm ihre Hände entgegenstreckten, von der Fläche heben.

Mutter und Sohn standen sich gegenüber. Sie sahen sich Sekunden an. Charles humpelte, ohne seine Krücke zu benutzen, seiner Mutter entgegen. Er warf sich in ihre Arme.

»Marlies, viel Anhang und ich melden uns zurück, Mama!«, sagte er. Charles lachte, obwohl ihm Tränen über das Gesicht flossen.

Sekunden später umklammerte auch Marlies ihre Mutter. Luise fühlte Kinderhände, die in ihren Rock griffen. Eine junge Frau drängte sich dazwischen und küßte sie. Ein junger Mann, der größer als Charles war, griff über alle hinweg. »Was bin ich glücklich, Dich endlich zu sehen, Mama«, rief er mit dröhnender Stimme. »Ich bin Dein Schwiegersohn Christian!«

Luise blickte über Arme und Köpfe hinweg zu Stephan. Er stand abseits. Sie konnte deutlich sehen, daß Schmerz sein Gesicht überflutete. Luise löste sich von ihren Kindern, Enkelkindern und den anderen jungen Menschen, die sie noch nicht einordnen konnte. Die Welle des Schmerzes, die das Gesicht von Stephan überflutete, zeigten ihr, daß er an seine Familie dachte, die nicht mehr lebte und daß er sich offensichtlich erneut wie ein Ausgestoßener vorkam. Luise umarmte Stephan, nahm seine Hände und küßte ihn.

Dann drehte sie sich um und rief, Stephans linke Hand hebend: »Dies ist jetzt Euer Vater, Schwiegervater, Großvater und Freund. Herr auf dem Gut von Littauland!«

Die Menschen, die mit einem zur Passagiermaschine umgebauten ehemaligen englischen Bomber aus Schweden gekommen waren, liefen zu Luise und Stephan. Charles, der seine Krücke nicht benutzte, stolperte. Er lag am Boden und lachte. »Stephan«, rief er, »komme bitte zu mir und hilf mir hoch. Ich möchte Dich, meinen Freund und Vater, mit gleicher Freude umarmen, wie meine Mutter!« Stephan löste sich aus den Armen von Luise, ging zu ihm und half ihm auf die Beine. Charles hielt sich an Stephan fest.

»Ich danke Dir, mein Freund und Vater, daß Du Mama in den vergangenen Jahren so fürsorglich beschützt hast«, sagte Charles. »Ich hätte im Krieg nicht kämpfen, nicht überleben können, wenn ich nicht sicher gewesen wäre, daß Du, auch unter Einsatz Deines Lebens, ständig Deine schützende Hand über Mama gehalten hättest!« Charles zog sein steifes Bein ein Stück vor und umarmte Stephan. »Ich danke Dir, mein Vater. Ich liebe Dich wie meinen Vater, der oben im Grab auf der Bodenwelle ruht. Ich habe ihn nie kennnlernen dürfen. Aber Du bist an seine Stelle getreten. Und diese, für Dich so schwierige Situation hast Du glänzend gemeistert. Ich bin glücklich zu wissen, daß es Dich gibt, mein Freund und Vater!«

Charles und Stephan hielten sich eng umschlungen.

»Ich wäre dankbar, wenn Marlies und ich an der Hand unserer Mutter wie einst als Kinder, zum Grab auf der Bodenwelle zusammen mit Dir, Stephan, gehen könnten«, sagte Charles. »Ich möchte am Grab meines leiblichen Vaters knien, um ihm zu sagen, daß ich als sein Sohn in den letzten Jahren nicht versagt habe, daß ich, wie er es war, Offizier und Landwirt bin, und daß ich in Dir, Stephan, einen würdigen Nachfolger meines Vaters gefunden habe. Ich möchte meinem leiblichen Vater sagen, daß Du mein Freund Stephan, den Auftrag, den er Dir gegeben hat, nämlich, meine Mutter und uns zu beschützen, voll erfüllt hast. Und ich möchte ihm sagen, daß meine Mutter unter Deiner Fürsorge und Liebe, wie ich sehen kann, schöner denn je geworden ist. So, als ob er selbst an ihrer Seite geblieben wäre. Bist Du, mein Freund und Vater, damit einverstanden?«

Stephan nahm den Kopf von Charles in seine Hände. »Ja, mein Junge«, antwortete er. »Gehe zu Deiner Mutter und Deiner Schwester, ich werde Euch folgen!«

Luise nahm Marlies an die Hand. Stephan griff nach der jüngsten Tochter von Marlies, die wie ihre Großmutter Luise hieß und hob sie auf seine Schultern. Die Zweijährige lachte und hielt sich in seinen Haaren fest. An der linken Hand hielt er Luises ältesten Enkelsohn, der den Namen William trug. Rechts von ihm gingen Christian, der Mann von Marlies, daneben Elisabeth, die Verlobte von Charles. Hinter ihm James, ein Kriegskamerad von Charles, der mit ihm die Maschine geflogen hatte, und seine Frau Sarah. Dann folgten die Landarbeiter.

Als Luise mit Marlies und Charles vor dem Grab niederkniete, taten es ihr alle anderen nach.

»Gütiger Vater, geliebter William, Wilhelm, Swetlana, geliebte Kinder und Du, meine Mutter im fernen Petrograd«, flüsterte Luise. »Ich spreche in Demut zu Euch, weil ich das Glück habe, wieder einen wundervollen Tag in meinem Leben genießen zu können. Unsere Kinder, William, sind mit Deinen Enkelkindern, ihren Männern und Frauen und mit ihren Freunden zu uns zurückgekommen.«

Luise schlug die Hände vor ihre Augen und preßte ihren Kopf in den Sand vor dem Grab. »Verzeihe mir, geliebter William, wenn ich Dir sage, daß ich heute wieder so unsagbar glücklich bin. Verzeihe mir, weil auch Du mir so unendlich viel Glück gegeben hast.« Luise sprach so laut in Englisch, daß auch die hinter ihr knienden Menschen jedes Wort von ihr verstehen konnten.

»Heute ist der Tag gekommen, auf den ich so lange gewartet habe«, sagte sie. »Meine Kinder sind bei mir, Deine Kinder, William. Dein Sohn wird hier auf unserem Besitz seine Verlobte heiraten. Und ich werde Stephan heiraten, den Mann von dem ich weiß, daß er mir soviel Liebe entgegenbringen wird, wie Du es getan hast!« Luise preßte wieder ihre Stirn in den Sand der Grabumrandung.

»Nun nehme ich auf dieser Erde endgültig von Dir Abschied, geliebter William«, flüsterte sie. »Verzeih mir. Verzeih mir! Erst im Himmel werden wir uns wiedersehen. Dann werde ich Dich und Stephan an die Hände nehmen, als die beiden Männer, die mir alles Glück auf dieser Erde geschenkt haben. Du hast Dein Leben für Marlies, Charles und mich gegeben, William. Dafür bin ich Dir unendlich dankbar. Stephan hat ebenfalls sein Leben für uns drei eingesetzt. Das werde ich ihm nie vergessen. Ich werde ihm eine so gute und treue Ehefrau sein, wie ich es für Dich war. Und wie ich Dich kenne, William, wirst Du Verständnis dafür haben, daß ich wieder glücklich bin und den Blick nach vorne richte. Auf einen Weg, der eines Tages Stephan und mich zu Dir führen wird.«

Luise preßte erneut ihren Kopf in den Sand.

Nach dem Vaterunser, das alle gemeinsam beteten, stand Luise auf. Sie lief mit ihren Kindern zu Stephan und warf sich in seine Arme, wie ihr Sohn vorher in ihre, als er nach der Landung aus seinem Flugzeug gestiegen war.

Dreihundert Gäste kamen zu der Doppelhochzeit von Charles und Elisabeth, Luise und Stephan. Dr. Perkampus, seine Frau Gerda, nach einem Schlaganfall im Rollstuhl sitzend, führte, gebeugt von der Last der Jahre, Elisabeth und Luise zum Altar der kleinen Kirche in Littauland. Die Enkelkinder von Luise und Kinder aus Littauland streuten vor beiden Paaren Blumen. Elisabeth trug Kranz und Schleier. Die Schleppe ihres Hochzeitkleides war acht Meter lang.

Die Schleppe war von einem jungen Mongolen vor der Kirche geglättet worden, der zur Überraschung aller Gäste plötzlich wie aus dem Nichts aufgetaucht war. Als er die Schleppe ordnete, sah Luise an seinem rechten Arm eine silberne Schlange, die sich um sein Handgelenk wand. Luise und der Mongole lächelten sich an. Eine Stunde später hatte sich der Mongole wieder wie in Luft aufgelöst.

Luise trug ein weißes Seidenkleid. Auf Kranz und Schleier hatte sie verzichtet. »Ich kann nicht schöner angezogen sein als Elisabeth«, sagte sie zu Stephan. »Sie ist die jüngere Braut und muß den Vortritt haben.« Stephan hatte die Hand von Luise genommen und sie geküßt. »Du siehst wundervoll aus, geradezu aufregend«, hatte er geantwortet. Stephan beugte sich über sie und küßte ihren Hals.

Charles und Stephan waren vor der Kutsche, in der Dr. Perkampus mit Luise und Elisabeth zur Kirche fuhr, in das Dorf geritten. Beide warteten vor dem Altar auf ihre Bräute.

Charles trug die Uniform eines Obristen der Königlichen Luftwaffe Großbritanniens. Auf der Brust trug er zwei Ordensspangen. Seine Krücke stand neben seinem Platz. Sein Freund James, in der Uniform eines Oberstleutnant der Königlich britischen Luftwaffe und ebenfalls hoch dekoriert, stützte ihn.

Auf der anderen Seite des Mittelgangs der Kirche wartete Stephan. Er und Andrejew trugen die Uniformen der bewaffneten Einheiten ihres ehemaligen kaukasischen Stammes. Über ihren Brustkörben spannten sich Patronengurte. Amanda, die Andrejew einige Monate vorher geheiratet hatte, kniete mit anderen jungverheirateten Frauen aus Littauland vor dem Altar.

»Wer führt die Bräute zum Altar?« rief der russische Geistliche mit lauter Stimme, der zusammen mit einem anglikanischen Amtsbruder, der aus London angereist war, die Trauung beider Paare vornehmen würde. Der Anglikaner wiederholte die Frage auf Englisch.

»Ich, Max Perkampus, Doktor der Medizin!« Die Stimme von Dr. Perkampus war so kraftvoll wie immer.

»Dann führe die Bräute zu uns«, riefen beide Geistliche in verschiedenen Sprachen. Doktor Perkampus ergriff die Hände von Elisabeth und von Luise. Er führte beide Frauen durch das Mittelschiff der Kirche zum Altar, wo Charles und Stephan warteten. Zweisprachig fragten beide Geistliche gleichzeitig die Paare, ob sie vor Gott Mann und Frau sein wollten, bis der Tod sie scheide. Als sie mit ja geantwortet hatten, überfluteten die Töne der kleinen Orgel das Kirchenschiff.

Die Bewohner von Littauland und die Arbeiterinnen und Arbeiter des Gutes, die dicht gedrängt in und vor der Kirche standen, brachen in Jubelrufe aus. Sie feierten zwei Tage die Doppelhochzeit mit einer natürlichen Ausgelassenheit, wie es nur die Völker des Ostens können.

Am Nachmittag des zweiten Tages entdeckten Luise und Stephan den Oberstleutnant der litauischen Grenzpolizei unter den Gästen. Er stand umgeben von Offizieren seiner Einheit dicht vor dem Tor des Gutes. Luise winkte Charles zu, der sofort mit seiner Frau zu ihr kam.

»Fürst Lassejew, mein Sohn Charles, seine Frau und ich freuen uns, daß Sie unserer Einladung zu unserer Doppelhochzeit mit ihren Offizieren gefolgt sind«, sagte Luise zu dem Oberstleutnant. »Darf ich Sie mit meiner Schwiegertochter und meinem Sohn bekanntmachen?«

Der Oberstleutnant und seine Offiziere verbeugten sich. Luise und der Oberstleutnant sahen sich an.

Der Offizier der litauischen Grenztruppen verbeugte sich erneut. »Du bist die aufregendste Frau, der ich je begegnet bin«, dachte er, Luise ansehend. »Eine echte Wildkatze, wie man sie als Mann nur einmal in zwei Leben sieht!« Der Offizier seufzte.

»Herr Kamerad«, sagte er, Charles militärisch grüßend, »ich freue mich, Sie und Ihre Gattin kennenzulernen. Alles Gute Ihnen, Ihrer Gattin, Ihnen Gräfin und auch Ihnen, Fürst Lassejew.« Der Oberstleutnant nahm die rechte Hand von Luise und küßte sie.

Luise zögerte einige Sekunden. Dann umarmte sie den Oberstleutnant und küßte ihn nach russischer Sitte dreimal auf die Wangen. Von dieser Minute an hatte Luise einen Freund gewonnen, der über Jahrzehnte hinweg an ihrer Seite stehen sollte.

Die jetzt so große Familie saß im Salon des Gutshauses. Amanda hatte ein Abendessen serviert, das so eindrucksvoll war, daß selbst die Enkelkinder von Luise mit Genuß schweigend gegessen hatten: Ostseelachs als Vorspeise auf Schwarzbrot, bestrichen mit goldgelber Butter aus eigener Produktion, überstäubt mit Kaviar, beträufelt von Zitronensaft, eine naturreine Suppe von inländischen Flußkrebsen, gebratene Täubchen, leicht in Paprika gewälzt und mit flüssiger Butter übergossen, Elchsteak mit Tomaten und Paprika geschmort, als Zugabe schneeweiße gedünstete Kartoffeln mit Knoblauchquark gefüllt und mit Salatblättern überdeckt sowie als Nachtisch Himbeergrießpudding und mehrere Käsesorten. Die Weine, die Andrejew serviert hatte, waren von weiß zu rot gewechselt. Anschließend folgten Zuckertörtchen mit Sahne und ein tiefbrauner Mokka. Nach dem Essen servierten Amanda und Andrejew Cognac und Liköre.

Die Kinder von Marlies hatten als »Schlaftrunk« Sahnebonbons bekommen, die von einer Schokoladen-Honig-Kruste überzogen waren, die vor dem Erstarren mit Cognac übergossen worden war. Sie schliefen bereits so fest, wie seit langem nicht mehr.

Als die Mädchen in der Küche das Geschirr, die Gläser und Bestecke abwuschen, wollten sich Amanda und Andrejew zurückziehen.

»Bitte, bringt Champagner und setzt Euch zu uns«, sagte Luise. Das Paar servierte und setzte sich dann auf Stühle in der Ecke des Salons.

»Kommt bitte zu uns an den Tisch!« sagte Luise. »Ihr gehört zur Familie!«

Die Herren zündeten sich Zigarren und Zigaretten an. Die Damen nahmen sich Konfekt, das in großen Schalen auf dem Tisch stand.

»Charles, Du bist unser Sohn. Alsbald das Oberhaupt der Familie«, sagte Luise. »Winke bitte nicht ab. Das ist der Lauf der Welt. Wir haben einige Fragen an Dich!« Luise strich über die rechte Hand von Dr. Perkampus, der mit seiner Frau links neben ihr am Tisch saß.

»Ich habe Sie nach dem Tod von William sicher zu oft um Rat gefragt, Doktor«, sagte Luise. »Aber jetzt geht es um Probleme, die vermutlich nur mein Sohn beantworten kann.« Dr. Perkampus winkte lächelnd ab. »Es war nie zuviel, Gräfin«, antwortete er. »Und es hat Gerda und mir Freude bereitet, Ihnen helfen zu können, Gräfin.« Er nahm die linke Hand von Luise und küßte sie. Luise beugte sich zu ihm und küßte ihm auf die Wange. Dann stand sie auf und umarmte die Frau des Arztes.

»Und auch Sie, Pjitor, der Sie mir immer zur Seite gestanden haben und weiter zur Seite stehen werden, habe ich ebenfalls sicher zu oft um Rat gefragt und werde das weiter tun«, sagte sie. »Aber jetzt muß ich Charles um Antwort auf eine Frage bitten, die nur er uns geben kann, weil er aus der großen in unsere kleine Welt mit seiner Frau, der Familie von Marlies und seinen Freunden gekommen ist.«

Pjitor, der mit seiner Frau Luise gegenübersaß, hüstelte verlegen. »Sie wissen Gräfin, pardon, Fürstin, wie sehr ich Sie schätze und liebe – in Ehren natürlich!«, antwortete er. »Kein Auftrag, keine Frage von Ihnen an mich ist mir zuviel. Im Gegenteil. Ihnen dienen und helfen zu können, Ihnen zur Seite stehen zu dürfen, ist der Inhalt meines beruflichen Lebens!« Er verbeugte sich vor Luise.

»Pjitor!« Luise beugte sich über den Tisch. »Ich bleibe die kleine Landgräfin, die ich immer gewesen bin«, sagte sie. »Auch wenn ich mich durch die Heirat mit Fürst Lassejew als Fürstin anreden lassen könnte, bleibe ich eine kleine Landgräfin. Außerdem ist es nicht mehr zeitgemäß, eine Frau in Litauen mit Fürstin anzureden. Pjitor: Reden Sie uns bitte so an, wie bisher. Einverstanden?«

Pjitor, der sich wieder hüstelnd verbeugte, antwortete: »Gewiß Fürstin, äh, äh, ich wollte sagen, Gräfin!« Alle Anwesenden im Salon lachten.

»Charles!« Luise wandte sich ihrem Sohn zu, der mit Elisabeth an der rechten Seite des Tisches saß, auf dem Platz, den früher sein Vater eingenommen hatte. »Mein Sohn, Ihr könnt nichts dafür, aber wir haben lange warten müssen, bis wir Euch alle endlich in die Arme schließen konnten«, sagte Luise. »Unsere Frage an Dich ist: Wie sollen wir uns verhalten, damit wir hier weiter leben können? Das alte Rußland gibt es nicht mehr. Ein System, das uns hier alle erschaudern läßt, ist an seine Stelle getreten. Litauen, Lettland und Estland haben sich, wie andere Staaten auch, vom ehemaligen russischen Reich gelöst und selbständig gemacht. Wird das auf Dauer gutgehen? Wird die Sowjetunion dies auf Dauer hinnehmen? In Lettland, wo gut zweiundsechzigtausend Deutschbalten leben, ist vor kurzem der – wie es heißt – deutschbaltische Großgrundbesitz enteignet worden. Dort herrscht jetzt wie in der Sowjetunion ebenfalls eine Diktatur. Die anderen baltischen Staaten, nämlich Estland und Litauen, könnten ähnliche Maßnahmen einleiten. Was sollen wir tun? Sollen wir alles stehen und liegen lassen – niemand hier hat das Geld, uns unseren Besitz abzukaufen – oder sollen wir bleiben?«

Charles drehte sein Cognacglas in seiner rechten Hand einige Minuten schweigend hin und her.

»Ich bin Engländer und Schwede zugleich, Mama«, sagte er. »Ich und auch meine Frau haben zwei Pässe, zwei Staatsangehörigkeiten. Ich bin in erster Linie ein von Essex, also Engländer, und werde es auch bleiben. Das bin ich der Familie von Papa schuldig. Aber Soldat, Mama, kann ich niemehr sein. Ich bin Invalide. Keine Luftstreitkraft der Welt würde mich jemals mehr anmustern. Ich werde also immer in Schweden leben. Dort habe ich mit meinem Anteil von Papas Erbe ein Gut gekauft, das dreimal so groß ist, wie unser Stammgut hier. Es gehört Elisabeth und mir zu gleichen Teilen. Wir wollen dort leben und eines Tages sterben. Wenn Du verstehst, was ich meine! Dies vorweg, Mama!«

Charles und seine Mutter sahen sich an.

»Aber Du hast mir eine Frage gestellt, Mama«, sagte Charles. »Die will ich gerne beantworten: Damit Du und Stephan auch in Zukunft ungestört und ungehindert hier weiterleben können, würde ich vorschlagen, daß Ihr die schwedische Staatsbürgerschaft beantragt. Schweden wird – so kompliziert die europäische Lage auch sein kann – immer bemüht sein, neutral zu bleiben. Und dies wird, wie ich es sehe, Schweden auch gelingen. Es wird mich keine große Mühe kosten, Euch dabei behilflich zu sein, die schwedische Staatsbürgerschaft zu bekommen. Du weißt, welche verwandtschaftlichen Verbindungen wir in Schweden haben. Dies wird alle Wege für Euch ebnen.«

Charles blickte zu seiner Frau. Sie stand auf und half ihm aus dem Stuhl. Er ging mehrere Minuten im Salon auf und ab.

Als er sich wieder auf seinen Stuhl gesetzt hatte, sagte er: »Unser Gut in Schweden ist auch Euer Gut. Ich habe das so geregelt. Es ist auch zusätzlich das Gut von Marlies und Christian. Das ist alles von mir testamentarisch festgelegt worden. Elisabeth hat diesen Formulierungen des Testamentes zugestimmt.«

Charles ergriff die Hand seiner Frau und küßte sie.

»Mein Sohn«, antwortete Luise. »Stephan und auch ich danken Dir, Dir und Elisabeth, daß Ihr uns für den Fall der Fälle ein Zuhause anbietet. Aber was wird aus Pjitor, seiner Familie und was wird aus Amanda und Andrejew?«

»Ich habe auch darüber nachgedacht, Mama«, sagte Charles. »Sie werden ebenfalls schwedische Staatsbürger. Es wird kein Problem für Elisabeth und mich sein, dies ebenfalls zu ermöglichen. Vergiß bitte nicht, Mama, daß Marlies durch ihre Heirat mit Christian, einem Urschweden, Schwedin geworden ist. Sie werden für Pjitor, seine Familie und auch für Amanda und Andrejew bürgen. Und damit sind alle Wege für sie in dieses Wunderland Skandinaviens geebnet.«

Charles hob sein Glas und prostete Pjitor, seiner Frau, Amanda und Andrejew zu.

»Warum hast Du das alles so geregelt, mein Sohn?« fragte Luise.

»Mama: Das ist doch ganz einfach. Für unseren Freund, Dr. Perkampus, seine Frau und seine Familie gibt es nichts zu regeln. Sie sind Deutsche und leben in Deutschland. Ein noch immer großes, wenn auch im Krieg geschlagenes Deutschland. Deutschland lebt gegenwärtig in chaotischen Verhältnissen. Aber das wird sich ändern. Die Familie Perkampus lebt hinter Grenzen, die als sicher gelten können.

Ihr jedoch, Mama, lebt hier in einem Ministaat, der sich wie auch die anderen baltischen Länder, von der Sowjetunion getrennt hat. Das duldet die Sowjetunion zwar gegenwärtig. Aber auf Dauer wird die UdSSR dies nicht hinnehmen. Nach meiner Meinung bleibt auch die Sowjetunion ein Kolonialstaat. Sie wird die Kolonien, die sich die Zaren ihrem Reich einverleibt haben, zurückholen, und zwar mit Gewalt. Nicht sofort. Aber in zehn oder fünfzehn Jahren. Mehr gebe ich der Freiheit der baltischen Staaten nicht. Schwedische Pässe, Mama, können dann für Euch alle von großem Vorteil sein. Sie können Euer Leben retten.«

»Glaubst Du, mein Sohn, daß auch wir hier in Litauen enteignet werden können? Ist es nicht denkbar, daß auch Litauen plötzlich zu einer Diktatur wird, die auf die Minderheiten in diesem Land, nämlich die Baltendeutschen, keine Rücksicht mehr nimmt. Auch wenn es wirtschaftlich dem Staat Schaden zufügen sollte?«

Luise stand auf und stellte sich hinter den Stuhl von Charles. Sie stützte sich auf die Schultern ihres Sohnes.

»Diese Frage kann ich nicht beantworten, Mama«, sagte Charles. »Ich kann mir jedoch nicht vorstellen, daß Litauen ähnlich wie Estland eine Diktatur einführen wird, die Euch schaden kann. Litauen liegt zu dicht an Deutschland. Deutschland hat Litauen zur Selbständigkeit verholfen. Deutschland würde, so glaube ich, nicht dulden, daß die Deutschstämmigen in Litauen enteignet werden. So schwach Deutschland auch gegenwärtig sein mag.«

»Wenn es gestattet ist, möchte ich mich in diese Diskussion einschalten«, sagte Dr. Perkampus.

Luise nickte dem Arzt zu.

»Ich sehe das wie Ihr Sohn, Gräfin«, sagte Dr. Perkampus. »Die

Litauer werden stets daran denken, daß es Deutschland war, welches ihnen am Ende des Krieges ermöglicht hat, selbständig zu werden. Das Deutsche Reich wird Mittel und Wege finden, welcher Art auch immer, um Litauen, dicht vor den Toren Ostpreußens, an der langen Leine zu führen. Natürlich wird Deutschland nicht verhindern können, daß die Sowjetunion Litauen wieder in das russische Reich zurückholt. Aber ich glaube, wie Ihr Sohn Charles, dies wird vorläufig und auf absehbare Zeit nicht der Fall sein.«

»Gut!« sagte Luise. Sie ging wieder im Salon auf und ab. »Wir werden dafür beten, daß wir in Litauen, wie in den vergangenen Jahrzehnten, ungestört leben können. Aber als Gutsbesitzerin bewegt mich noch eine andere Frage: Ich ernte Korn und Rüben. Ich habe Rinder in großen Herden. Alle diese Produkte müssen verkauft werden. Wohin verkaufe ich, Charles?« Luise musterte ihren Sohn und Christian.

»Mama!« Charles ließ sich von seiner Frau wieder aus seinem Stuhl helfen. Er trat neben seine Mutter. »Du hast amerikanische Dollar in der Schweiz«, sagte er. »Gib mir bitte einen Kredit. Er kann nach meinen Vorstellungen nicht klein sein. Mir ist es peinlich, Dir dies sagen zu müssen. Aber Pjitor kann es regeln. Mit Hilfe dieser Dollar werde ich das Gut – unser gemeinsames Gut in Schweden – zu einem ganz großen Unternehmen ausbauen. Mit Elisabeth zusammen, die ebenfalls ein studierter Landwirt ist, wird dieser Kredit unser aller Zukunft sein. Mit Papas Erbe werde ich Dir Jahr für Jahr soviel Zuchtvieh, Pferde und Saatgut abkaufen, wie Du entbehren kannst. Aber den Kredit benötige ich, um den Ausbau des Gutes zu finanzieren. Du wirst von mir diesen Kredit mit guten Zinsen zurückbekommen.«

»Charles!« Luise nahm den Kopf ihres Sohnes in ihre Hände. »Mein Geld ist auch Dein Geld, mein Sohn. Haben wir uns verstanden?«

Mutter und Sohn preßten ihre Hände zusammen. »Pjitor wird das regeln, Charles. Wie immer, wird er das regeln. Und Du sagst nichts weiter dazu!« Luise legte ihre rechte Hand auf den Mund ihres Sohnes.

»Und wie soll der Handel zwischen uns vor sich gehen, mein Sohn?« fragte sie. »Litauen hat keinen Hafen. Kühe und Pferde können nicht wie Du fliegen!«

»Mama!« Charles, der stets so ernst wie sein Vater war, begann zu lachen. »Ganz einfach, liebe Mama«, sagte er. »Mein Schwager Christian ist nicht nur Banker, sondern auch noch Reeder. Zehn große

Frachter gehören ihm. Einige davon werden den Handel zwischen uns über den deutschen Hafen Memel abwickeln.«

Charles küßte die Hände seiner Mutter. »Damit, Mama, bist Du für immer unabhängig von diesem Königsberger Händler Berger, den Du ja nicht leiden kannst!« Er zog Luise fest an sich, weil er spürte, wie sie zu zittern begann.

»Beruhige Dich, Mama!«, sagte er. »Berger ist Schwede geworden. Er beherrscht – außer der Sowjetunion – den gesamten Ostseehandel der anderen Staaten. Den Handel mit der UdSSR haben Christian und andere schwedische Kollegen von ihm sowie auch deutsche Reeder fest in der Hand!«

»Schwede? Dieser Bandit ist Schwede geworden?« Luise faßte sich an den Kopf.

»Ja, Mama, er ist Schwede geworden«, sagte Charles. »Aber was stört uns das! In Leningrad jedenfalls, wie das ehemalige Petersburg heute heißt, dürfen die Schiffe der Flotte von Berger, die in Kiel beheimatet ist, nicht anlegen. Ich weiß nicht warum, Mama. Die Sowjets werden ihre Gründe dafür haben. Christian weiß sicher mehr darüber. Schließlich ist er nicht nur Banker und Reeder, sondern auch noch zusätzlich Spezialist für den Handel mit der Sowjetunion!«

Christian stand auf. »Ja, Mama, Charles hat recht, daß wir und andere im UdSSR-Handel diesen Berger ausschalten, von dem alle Welt im Ostseeraum redet, beser ausgedrückt, von dem alle Welt in den Branchen redet, mit denen ich zu tun habe«, sagte er. »Er ist nun einmal einer der Größten. Auch wenn es Dir nicht paßt, Mama!«

»Warum redet bloß alle Welt von diesem fetten Widerling, den ich zum Teufel wünsche!« Luise hatte wieder ihre Krallen ausgefahren. Sie zischte mehr als sie sprach.

»Aber Liebes!« Stephan stand auf und legte seinen Arm um Luise. Ehe sie eine zusätzliche Bemerkung machen konnte, begann Christian zu lachen. »Bitte, Mama, keine Angst vor Berger«, sagte er. »Er ist ein Händler. Nichts weiter. Sicher ein Schlitzohr. Aber das ist meiner Meinung nach auch alles!«

Luise mochte ihren Schwiegersohn, den sie wegen seiner Größe »den Riesen« getauft hatte. Er war breitschultrig, blond und blauäugig. Ein Bilderbuchschwede. Und offensichtlich von unbändiger Kraft. Christian hatte auf einem Spaziergang Marlies auf die Schulter und seine beiden Kinder unter seine Arme genommen, als sie eine nasse Wiese überqueren mußten. Trotz dieser Last hatte er keinen Deut schneller geatmet, sondern sich unverändert weiter gelassen mit

Luise unterhalten. Christian sprach fünf Sprachen, ritt wie ein Teufel und war die personifizierte gute Laune. Luise hatte mehr als einmal an Gesten von ihm feststellen können, daß er ihre Tochter abgöttisch liebte. Und sie hatte auch bemerkt, daß Marlies dies genoß.

Christian war ständig um Marlies bemüht. Er aß keinen Happen, bevor nicht auch sie ihren Teller gefüllt hatte. Er ließ keine Gelegenheit vergehen, um eine ihrer Hände zu nehmen. Sein Verhältnis zu seinen Kindern war das eines Löwen zu seinen Jungen. Er spielte mit ihnen und beschützte sie. Aber er ließ sie auch energisch ihre Grenzen spüren.

Im Gespräch mit Charles war Christian, der so gerne laut lachte, wie verwandelt. Er war ernst, hörte aufmerksam zu und war sofort zur Stelle, wenn Charles Schwierigkeiten beim Laufen hatte. Luise konnte feststellen, daß beide jungen Männer große Symphatien für einander empfanden. Charles bestaunte die unverwüstliche Fröhlichkeit seines Schwagers und seine unbändige Kraft. Christian dagegen zeigte offen, daß er Charles als Luftheld des Krieges bewunderte und ihn als studierten Landwirt schätzte.

»Die beiden haben sich gesucht und gefunden«, hatte Marlies Luise eines Tages bei Tisch zugeflüstert. »Elisabeth und ich wie auch die Kinder sind ihre Kronjuwelen. Ich glaube, sie würden jeden sofort gemeinsam umbringen, der uns ein Leid zufügen wollte.«

»Ihr seid alle also sehr glücklich?« hatte Luise zurückgeflüstert.

»Unsagbar, Mama!« Marlies hatte tief durchgeatmet, als sie bei dieser Antwort Christian ansah.

Christian lachte noch einmal laut auf. Er wurde sofort ernst, als Charles seine linke Hand hob. »Deine Schwiegermutter, Christian, glaubt, daß dieser Berger mit dem Benda identisch ist, der das Gut vor langer Zeit überfiel und zusammen mit vielen anderen Menschen auch meinen Vater tötete«, sagte er. »Stephan und seine Kaukasier haben Mama und Marlies zum Hauptgut gebracht. Mama trug mich damals unter dem Herzen. Ein Wunder, daß alle überlebt haben. Männer von Stephan haben ihr Leben für Deine Schwiegermutter, Marlies und wenn man es so will, auch für mich gelassen. Durfte ich darauf hinweisen?«

Christian stand sofort auf. Er ging zu Stephan und Luise und umarmte beide. »Ich bin Dir unendlich dankbar, daß Du damals Dein Leben eingesetzt hast, Stephan«, sagte er. »Ich empfinde auch Schmerz im Herzen, wenn ich an den Vater meiner Frau und an Deine Männer denke, die ihr Leben lassen mußten. Ohne Dich hätte ich heute nicht die aufregenste Frau der Welt um mich: Marlies. Auch müßte ich auf die zweitaufregenste Frau dieses Erdballs verzichten, Deine Ehefrau Luise und die Ehefrau von meinem Freund und Schwager Charles, Elisabeth. Ferner hätte ich auch nicht einen so guten Freund wie Charles, den ich wie meinen Bruder liebe. Und nicht zu vergessen, unsere Kinder. Entschuldigt bitte, wenn ich das sage. Aber ich finde, dies mußte gesagt werden. Entschuldigt bitte auch, wenn ich gelacht habe. Das hat einen ganz anderen Grund!« Christian küßte die linke Hand von Luise und klopfte Stephan auf die Schulter.

»Und welchen Grund hat das?« fragte Stephan.

»Mama hat Berger als dicken Widerling bezeichnet«, antwortete Christian. »Das ist der Grund, warum ich lachte!«

Luise und Stephan sahen sich überrascht an.

»Ganz einfach, Mama«, sagte Christian. »Ich kenne Berger. Ich habe mit ihm am Rande einer Konferenz von Reedern vor einigen Monaten in Stockholm gesprochen. Berger ist ein drahtiger, jung aussehender Mann, der den ehemaligen deutschen Offizier, der im Krieg war, nicht verleugnen kann. Er ist hochdekoriert aus dem Krieg zurückgekehrt. Er hat nur Augen für seine Frau, die eine echte Schönheit ist. Er trägt sie auf Händen. Und sie hat nur Augen für ihn!«

Pjitor begann zu hüsteln. Luise drehte sich zu ihm um und nickte ihm zu.

»Wenn ich mir eine Bemerkung gestatten darf«, sagte Pjitor. »Ich habe Berger ebenfalls kennengelernt, kurz vor dem Krieg auf einer D-Zug-Fahrt nach Berlin. Gewiß« – er hüstelte wieder – »seine Frau ist eine Schönheit, aber Berger war damals fett, richtig fett!« Er hüstelte erneut.

»Ich kann das bestätigen«, sagte Dr. Perkampus. »Richtig fett war dieser Mann. Ich habe ihn in Königsberg in seinem Büro gesehen!«

Christian fuhr sich mit der linken Hand über sein Kinn. »Entweder hat er sich verwandelt oder wir kennen verschiedene Männer unter diesem Namen«, sagte er. »Ich sehe diesen Berger ganz deutlich vor mir: drahtig, schlank, energisch. Neben ihm eine bildschöne Frau. Ich kann mich immer gut an Menschen erinnern, mit denen ich gesprochen habe.«

»In welcher Sprache hast Du mit Berger geredet?« Charles wandte sich Christian zu.

»Wir haben Russisch miteinander gesprochen«, antwortete Christian. »Ja, Russisch. Ich weiß noch ganz genau, daß ich ihn um seine glänzende Aussprache beneidete. Ich spreche Russisch ebenfalls perfekt. Aber er spricht diese Sprache so, wie sie von einem Russen der gebildeten Schichten gesprochen wird.«

»Hast Du ihn auf russisch oder er Dich in dieser Sprache angesprochen?« Charles hatte sich von Elisabeth auf seinen Stuhl helfen lassen.

Christian strich sich wieder über das Kinn. »Ich weiß es nicht mehr genau«, sagte er. »Ich glaube mich zu erinnern, daß Berger mich auf russisch ansprach!«

»Und seine Frau? Sprach Sie auch Russisch?«

»Nein. Aber ich konnte bemerken, daß sie jedes Wort verstand. Sie antwortete jedoch, wenn ich sie etwas fragte, auf französisch. Das ist für gebildete Russinnen typisch!«

»Mama«, sagte Charles, »dieser Berger ist nicht Benda. Dieser Mann mit dieser Frau ist kein Räuberhauptmann. Dessen bin ich jetzt sicher!« Er küßte seine Mutter.

»Was würdet Ihr sagen?« fragte Charles Amanda und Andrejew, »Ihr seid Russen. Sprechen Damen der russischen Gesellschaft im Gespräch mit Ausländern Russisch oder Französisch?«

»Französisch!« antworteten beide wie aus einem Mund.

»Christian, ich möchte Dich noch etwas fragen!« Luise, die sich auf die Schultern von Stephan stützte, sah ihren Schwiegersohn an. »Berger oder Benda, nennen wir ihn, wie wir es wollen, ist einer der bedeutendsten Händler im Ostseeraum mit einer eigenen Flotte. Seine Schiffe dürfen jedoch sowjetische Häfen nicht anlaufen. Offensichtlich wollen die Sowjets dies nicht. Warum?«

»Genau weiß ich das natürlich nicht, Mama«, antwortete Christian. »Aber ich habe mir so meine Gedanken gemacht!«

»Und welche?«

Christian griff sich in die Haare. »Im Frühjahr bin ich mit einem meiner Frachter nach Leningrad gefahren«, sagte er. »Ich hatte ein Visum bekommen, weil ich geschäftliche Verhandlungen in der Stadt führen mußte. Das ging auch alles glatt über die Bühne. Die Sowjets sind überaus korrekte Handelspartner. Sie zahlen auch auf die Minute pünktlich. Als Gesprächspartner sind sie jedoch nicht einfach. Sie wollen ihr Schäfchen im Trocknen halten. Aber das wollen wir schließlich auch!«

Christian nahm sein Champagnerglas und trank einige Schlucke. »Einen Tag, bevor wir auslaufen wollten, meldete mir der Erste Offizier, daß ein sowjetischer Offizier an Bord gekommen ist, der mich zu sprechen wünschte. Ich war völlig überrascht. Ich wußte beim besten Willen nicht, was ich, ein Kaufmann, ein Reeder und Banker mit einem sowjetischen Offizier anfangen sollte. Ich empfing diesen Offizier im Salon.«

Christian trank wieder einen Schluck Sekt.

»Der Offizier sah unglaublich jung aus«, berichtete er weiter. »Viel zu jung für einen Offizier. Ich konnte mir wirklich nicht vorstellen, was er von mir wollte. Wir begrüßten uns und musterten uns einige Minuten.«

Christian fuhr sich mit beiden Händen über sein Gesicht. »Plötzlich zog der Offizier den Ärmel seiner linken Uniformjacke hoch«, sagte Christian. »Überrascht sah ich, daß sich um seinen Unterarm eine Schlange aus Silber wand. Ich verstand nicht, was er damit andeuten wollte. Der Offizier schob den Ärmel der Uniformjacke zurück.«

Christian schüttelte seinen Kopf.

»Ich habe eine Mitteilung für Sie und Ihre Verwandten in Littauland, sagte der Offizier zu mir. Für die Verwandten, die auf den Ruf des Uhus hören! Nun verstand ich überhaupt nichts mehr.«

Christian sah seine Schwiegermutter an, die zu schwanken begann. Er stützte sie sofort. »Mama, ich gebe nur wieder, was mir dieser Offizier sagte. Ich wollte Dich nicht erschrecken!«

»Schon gut, Christian«, antwortete Luise mit schwerer Stimme. »Der Offizier ist ein Mongole, Christian, vermute ich das richtig?«

Christian sah Luise überrascht an. »Stimmt, Mama«, sagte er sichtlich verwirrt. »Der Offizier ist ein Mongole. Kennst du ihn?«

»Ja, ich kenne ihn«, antwortete sie. »Stephan kennt ihn auch. Er war vor einiger Zeit nachts in unserem Schlafzimmer und dann auch in der Kirche bei der Doppeltrauung.«

Alle, die um den Tisch saßen, atmeten hörbar durch.

»Ich habe in der Kirche keinen Mongolen gesehen«, sagte Christian.

»Das ist gut möglich, Christian«, antwortete Luise. »Ich dagegen habe ihn gesehen. Er kam zuletzt und ging zuerst. Er hat sich, wenn man es so sagen kann, praktisch in Luft aufgelöst. Stephan und ich haben verstanden, daß er uns durch seine Anwesenheit, seine schweigende Anwesenheit, Glückwünsche zu überbringen hatte!«

Christian sah Luise aufmerksam an.

»Dich wird kaum interessieren, von wem die Glückwünsche kamen«, sagte Luise. »Erzähle bitte weiter!«

»Die Mitteilung war kurz, Mama: Der Mongole sagte, Sie und andere Reeder können mit uns Handel treiben. Berger niemals!« Christian griff wieder nach seinem Glas, das seine Frau gefüllt hatte.

»Und warum nicht dieser Berger, habe ich den Offizier gefragt. Das werden wir später einmal erklären, war die Antwort. Er musterte mich wieder einige Sekunden. Erst in diesem Augenblick fiel mir auf, daß er sich nicht auf einen der Stühle im Salon gesetzt hatte, obwohl ich ihm einen Platz angeboten hatte. Er war mitten im Salon stehengeblieben. So, als ob er so schnell wie möglich wieder gehen wollte. Er stand praktisch auf dem Sprung, wie man so sagt.«

Christian fuhr sich erneut durch die Haare. »Dann sagte der Offizier zu mir, übermitteln Sie Ihren Verwandten folgende Nachricht: Wenn der Uhu rufen kann, wird der Uhu rufen, wenn es nötig ist. Wenn nicht, wird sich die Schlange zeigen. Sagt Euch das etwas?«

»Mehr als genug«, antwortete Stephan. »Für uns bedeuten beide Zeichen, daß Alexander Ambrowisch oder Männer von ihm Hilfe brauchen.«

»Leistet Ihr diese Hilfe? Ich meine Mama und Stephan, habt Ihr bereits Hilfe geleistet?«, fragte Charles.

»Ja, Charles, das haben wir!« antwortete Luise. Charles stützte sich auf die Tischplatte.

»Ihr schwebt in permanenter Lebensgefahr«, flüsterte er. »Seid um Gottes Willen vorsichtig, so vorsichtig wie möglich!«

Fünftes Kapitel: Die Rückkehr

»So selten kommt der Augenblick im Leben, der wahrhaft wichtig ist und groß.«

Friedrich von Schiller
(Piccolomini, 1799)

»Gottes Mühlen mahlen langsam,
mahlen aber trefflich klein;
ob aus Langmut er sich säumet,
bringt mit Schärf' er alles ein.«

Friedrich von Logau
(Deutsche Sinngedichte, 1654)

In Deutschland war ein Österreicher an die Macht gekommen, der sich ständig als »der einfache böhmische Gefreite des Weltkrieges« bezeichnete: Adolf Hitler. Sein gutturales Gebrüll drang, von deutschen Rundfunksendern ausgestrahlt, über alle Grenzen in die Nachbarländer. Die Stimmen derer, die vor Hitler warnten, wurden jedoch nicht zur Kenntnis genommen. Die westlichen Demokratien waren noch immer zu sehr mit sich selbst beschäftigt, um den neuen Mann in Berlin zu analysieren. Sie trugen unverändert an der Folgelast des Weltkrieges sowie an der Arbeitslosigkeit als unentwegt andauerndes Nachbeben der katastrophalen Weltwirtschaftskrise, die Anfang der dreißiger Jahre fast alle Länder in chaotische wirtschaftliche Verhältnisse gestürzt hatte.

Hitler hatte sich in Deutschland etabliert. Erst mit Überraschung und dann mit Interesse registrierten viele verantwortliche Politiker des Westens, daß die von Hitler geführten Nationalsozialisten damit begonnen hatten, das Chaos in Deutschland in geordnete Bahnen zu lenken. Aber diese Politiker sahen nicht oder wollten nicht sehen, daß Hitler damit begann, durch Blut zu waten. Erst Hunderte, dann Tausende von Demokraten, die vor der Machtergreifung Hitlers in verantwortlichen Positionen der Weimarer Republik gesessen hatten, wurden verhaftet, in Gefängnisse, Zuchthäuser und Konzentrationslager eingeliefert. Auch erst Hunderte, dann Tausende wurden ermordet. Die westliche Welt tat so, als ob sie dies alles nicht sah. Es gab sogar viele Stimmen aus dem Westen, die Hitler Beifall zollten. Er war für sie der Mann, der, wenn auch mit Gewalt, für Ordnung sorgte. Viele westliche Politiker begannen, ihn zu bewundern. Sie lagen ihm zu Füßen, als das nationalsozialistische Deutschland 1936 in Berlin die Olympischen Spiele veranstaltete. Eine so exakte Organisation hatten sie bei Olympischen Spielen noch nicht gesehen. So exakt verlief auch der Terror, mit dem Hitler und seine Helfershelfer Deutschland überzogen.

Die Weltöffentlichkeit reagierte erschrocken, als Hitler damit begann, Deutschland wieder aufzurüsten. Praktisch hatte er die Friedensverträge von Versailles zerrissen. Aber diese Aufregung legte sich bald wieder. Die westliche Welt hörte erstaunt, daß Millionen Deutsche wie auf Kommando »Ein Volk, ein Reich, ein Führer!« riefen, wenn sie Hitler sahen. Auch wenn Hitler Phrasen drosch: Die Deutschen hingen an seinen Lippen. In der großen Not der Massenarbeitslosigkeit, als die Nazis sich anschickten, zum Gipfel des Erfolgs zu stürmen, fragte ein englischer Journalist Dr. Josef Goebbels, den skrupellosen wie auch genialen Werbemanager Hitlers, was eigentlich unter Nationalsozialismus zu verstehen sei. Goebbels, der große Demagoge und Psychologe antwortete schlagfertig: »Das Gegenteil von dem, was jetzt ist!« Damit war ein Netz geworfen worden, in das mehr Wähler als genug hineinschwammen. Denn wer in der kalten Nacht des Winters die Sonne des Sommers verspricht, zündet ein Licht an, das die Motten in Massen anzieht. Mit Sprüchen dieser Art war es Hitler gelungen, die Mehrheit der Deutschen auf seine Seite zu ziehen. Sie folgten ihm bedingungslos auf seinem weiteren Weg, als bereits für viele zu sehen war, daß er ein blutrünstiger Diktator war. Der Westen schwieg, als die ersten Schreckensnachrichten über die deutschen Grenzen ins Ausland drangen. Er schwieg auch, als Hitler eine große Armee aufzubauen begann.

Der neue Herr des Riesenreiches im Osten, der Georgier Josef Stalin, seit 1927 absoluter Diktator der Sowjetunion und von Hitler zu seinem Todfeind erklärt, sah die Entwicklung in Deutschland völlig anders, als die verantwortlichen Politiker im Westen. Der Pfeifenraucher Stalin, selbst durch Blut gewatet, nahm den Österreicher in Berlin ernst. Selbst ein guter Psychologe, wie sich später in der Stunde der Not des Zweiten Weltkrieges zeigen sollte, begann er Hitler zu analysieren. Offensichtlich hatte Stalin die neue deutsche Bibel, Hitlers »Mein Kampf«, genau studiert. Er wußte, was der Österreicher plante. Und er bereitete sich darauf vor.

Stalin fand Ansatzpunkte, die die Möglichkeit boten, sich mit Hitler zu arrangieren. Stalin tat dies, als er das für notwendig hielt. Nicht zuletzt deshalb, weil dieser rote Diktator den braunen Diktator fürchtete. Stalin hatte begriffen, daß Hitler für Deutschland Lebensraum im Osten suchte. Er erkannte, daß der Österreicher sein Augenmerk auf die Sowjetunion richtete. Das zwischen dem Deutschen Reich und der Sowjetunion liegende Polen nahmen weder Hitler noch Stalin für ernst. Beide sahen in Polen einen Zwerg, den der Vertrag von Versailles geschaffen hatte. Beiden war Polen ein Dorn im Auge. Aber noch waren Stalin und Hitler damit beschäftigt, die Verhältnisse in ihren Reichen zu ordnen. Dennoch ließen sie sich nie aus den Augen.

Der schwedische Kaufmann Paul Berger verspürte an einem Sommerabend vor der Pforte seiner Kanzlei in Königsberg am eigenen Körper mit welchen Rauhbeinen die Nazis die Macht in Deutschland errungen hatten. Berger, der zu Fuß von einem Empfang der Handelskammer in seine Kanzlei zurückkehrte, wurde auf offener Straße von einer Bande von SA-Leuten überfallen und verprügelt.

Der ehemalige Bandenchef russischer Abstammung und hochdekorierte deutsche Offizier des Weltkrieges hatte wegen seiner Kriegsverletzung keine Chance, mit diesen SA-Rüpeln fertig zu werden. Er rief um Hilfe, als die SA-Männer ihn zu Boden schlugen. Im Bruchteil von Sekunden war auf der eben noch belebten Straße kein Mensch mehr zu sehen.

Candy, die den Überfall auf ihren Mann vom Wohnzimmer aus beobachtet hatte, lief, ebenfalls laut um Hilfe rufend, auf die Straße. Hinter ihr folgte Hans Leder. Candy rannte in ein wahres Trommelfeuer von Ohrfeigen. Sie stolperte und fiel ebenfalls zu Boden. Hans Leder, der anfangs mehrere SA-Männer wie ein Panzer niedergewalzt hatte, brach unter den Faustschlägen und Fußtritten der SA-Leute zusammen.

Candy, die wie benommen im Staub der Straße lag, fühlte, daß zwei gierige Hände ihre Bluse zerrissen und ihre nackten Brüste zusammenpreßten. Sie schrie vor Schmerz und dann vor Entsetzen auf, als eine der Hände ihren Rock hochriß und, sich in ihren Slip drängend, zwischen ihre Schenkel griff.

Halb ohnmächtig hörte Candy die Stimme eines der Rabauken: »Vergreife Dich nicht an der Alten von Berger, Sturmführer! Das bringt Ärger. Lege ein Zimmermädchen im Haus um, wenn Du es unbedingt brauchst. Da kräht kein Hahn nach. Schließlich arbeiten diese Mädchen bei einem ausländischen Schieber!«

Die Hand, die mit Gewalt in den Schoß von Candy zu dringen versuchte, wurde zurückgezogen.

»Eigentlich wollte ich diese Nutte hier seit Jahren schon besitzen!« sagte der SA-Mann, der Candy den Rock hochgerissen hatte. Als er von ihr abließ, erkannte sie in ihm einen ehemaligen Arbeiter ihres Mannes, der wegen Diebstahls entlassen worden war. Als er sich aufrichtete, trat er ihr mit voller Wucht gegen den linken Oberschenkel.

»Du widerliches Schwein!« fauchte ihn Candy an. Sie versuchte sich aufzurichten. Der SA-Mann beugte sich erneut über sie und drückte sie auf den Boden. Dann schlug er ihr ins Gesicht. Sie fiel in Ohnmacht, als ihr Mund sich mit Blut füllte.

Aus dieser Ohnmacht wurde Candy durch die gellenden Schreie ihrer jungen Zofe geweckt. Klirrend zerbrachen Fensterscheiben. Deutlich konnte Candy hören, daß Möbel im Haus zerschlagen wurden. Neben Candy ratterte der Motor eines Lastwagens.

Als Candy ihren Kopf zur Seite drehte, sah sie, wie ihr Mann und Hans Leder, beide stark blutend, wie Mehlsäcke auf die Ladefläche des Fahrzeuges geworfen wurden. Als letzter schwang sich der SA-Mann auf die Ladefläche, der Candy den Rock hochgerissen hatte. »Ich lege Euch alle um, Ihr Huren, alle!« brüllte er. »Ich komme wieder!« Sein Gesicht schwoll dabei rot an.

Als der Wagen abgefahren war, drang die plötzliche Stille Candy wie Stecknadeln ins Gehirn. Mühevoll richtete sie sich auf. Sie blickte auf das Haus. Alle Fensterscheiben und Türen waren eingeschlagen. Im warmen Wind des Sommerabends tanzten Berge von Papier aus der Kanzlei ihres Mannes über die Straße.

Nie in ihrem Leben würde Candy die Aufschrift des Transparentes vergessen, das an der Vorderfront der Kanzlei befestigt worden war: »Juden und ausländische Schieber – raus aus Deutschland!«

Candy schleppte sich in das Haus, in dem sie ihre Zofe laut weinen hörte. Als sie auf ihre zerrissene Bluse blickte, bemerkte sie, daß ihr Schmuck fehlte. Candy schüttelte sich vor Ekel, weil sie noch immer die gierige, heiße Hand in ihrem Schoß fühlte.

Ihre weinende Zofe fand Candy fast nackt auf dem Boden des Wohnzimmers. Mit blutbesudeltem Schoß und Oberschenkeln lag sie noch immer so breitbeinig da, wie sie der SA-Rabauke nach der Vergewaltigung verlassen hatte.

Candy kniete sich neben dem Mädchen auf den Boden und nahm deren Hände. »Mein Kind«, sagte sie, in Tränen ausbrechend. »Dieser Widerling wollte erst mich vergewaltigen. Hätte er es doch nur getan. Ich bin schließlich eine Frau, die viel hinter sich hat. Aber nun hat es Dich getroffen, mein Kind. Du bist doch erst siebzehn Jahre alt und warst noch unberührt!«

Candy nahm den Kopf ihrer Zofe in ihre Hände und küßte ihr Gesicht. Dann half sie dem Mädchen auf die Beine. Sie stützte die Zofe, die jetzt leise vor sich hinwimmerte, als sie sie zum Bad führte. Im Badezimmer zog Candy das Mädchen aus.

»Ich habe kein warmes Wasser«, sagte Candy leise zu dem Mädchen. »Bitte steige jetzt in die Wanne. Bekomme keinen Schreck, wenn ich eine Spülung vornehme. Beiße die Zähne zusammen. Das ist die einzige Chance für Dich, von diesem Widerling kein Kind zu bekommen!«

Candy drehte die Brause vom Ende des Wasserschlauches ab. Mit ihrem linken Arm umklammerte sie den Körper des Mädchens, das laut aufzuschreien begann, als kaltes Wasser in ihren Unterleib strömte. Das Mädchen versuchte, um sich zu schlagen. Aber Candy hielt sie, wie mit einer eisernen Klammer, fest.

Candy half der Zofe aus der Wanne und brachte sie zu ihrem Bett. Sie hüllte die Siebzehnjährige in Decken ein. Dann wusch sich Candy ebenfalls und zog sich um.

Das Mädchen sah Candy mit großen Augen an, als sie mehrere Koffer zu packen begann.

»Wir müssen hier weg, mein Kind«, sagte Candy. »Dieser große Koffer mit Kleidern von mir ist für Dich. Geld, viel Geld, liegt in einem Umschlag unten im Koffer. Ich werde eine Droschke telefonisch für Dich rufen. Fahre zu Deinen Eltern. Handgeld für die Droschke und die Eisenbahn gebe ich Dir. Dein Zeugnis sende ich Dir per Post zu. Komme nie mehr in dieses Haus zurück!« Candy ging zum Bett und nahm erneut beide Hände des Mädchens.

»Sind Sie sicher, gnädige Frau? Ich meine ...«. Die Zofe sah Candy fragend an.

»Ganz sicher, mein Kind«, antwortete Candy. »Stehe jetzt bitte auf und ziehe Dich an. Sage keinem Menschen, auch nicht Deinen Eltern, daß Du vergewaltigt worden bist. Du mußt an Deine Zukunft denken. Du willst doch sicher heiraten!«

Das Mädchen nickte. »Ich bin bereits einem Mann versprochen worden«, flüsterte sie. Die Zofe begann wieder zu weinen.

»Wir haben leider nur noch Minuten«, sagte Candy. »Die Bande kann jeden Augenblick zurückkommen. Bitte ziehe Dich sofort an!«

Als das Mädchen mit zwei großen Koffern in die Droschke stieg, wußte sie von Candy, was sie wissen mußte, um ihren zukünftigen Mann in der Hochzeitsnacht glaubwürdig eine keusche Jungfrau vorzuspielen. Die Zofe winkte Candy zu.

»Was für eine erfahrene Frau«, dachte sie. »So erfahren möchte ich auch einmal sein.«

Sie zog ihr Taschentuch und ließ es in der offenen Kutsche so lange im Winde flattern, bis sie sicher war, daß Candy sie nicht mehr sehen konnte.

Candy ging zum Telefon. Sie ließ sich mit dem Polizeipräsidenten in seiner Privatwohnung verbinden.

»Ich weiß Bescheid, worum es geht, gnädige Frau«, sagte der Präsident, ohne Candy zu Wort kommen zu lassen. »Wir hatten einen Wink bekommen, daß Ihr Gatte und Herr Leder in ein SA-Sturmlokal verschleppt worden sind. Meine Beamten haben sie aus diesem Lokal geholt und in ein Krankenhaus gebracht. Rufen Sie sofort eine Droschke. Fahren Sie ebenfalls in dieses Krankenhaus.« Er nannte Candy den Namen des Krankenhauses.

»Sind Sie noch am Apparat, Herr Präsident?« Der Polizeibeamte hatte einige Sekunden geschwiegen.

»Ja, natürlich, gnädige Frau«, antwortete er. »Bekommen Sie keinen Schreck, wenn Sie Ihren Gatten und Herrn Leder sehen. Sie sind übel zugerichtet worden. Aber Sie werden überleben!«

»Und was sollen wir jetzt unternehmen, Herr Präsident?«

»Packen Sie einen kleinen Koffer mit dem Nötigsten und fahren Sie erst einmal in das Krankenhaus«, antwortete er. »Haben Sie bitte keine Angst mehr. Ihr Haus und das Krankenhaus stehen unter unserer Kontrolle. Es kann also nichts mehr passieren. Auch Ihre Zofe ist bereits unbehelligt mit der Eisenbahn aus Königsberg abgereist.«

Der Präsident schwieg wieder einige Sekunden.

»Ja?«

»Ich bin noch am Apparat, gnädige Frau«, sagte er. »Ihr Haus können Sie so lassen, wie es ist. Niemand wird es betreten.«

»Bis auf diese Banditen!« antwortete Candy. Der Präsident ging auf diese Bemerkung nicht ein.

»Darf ich zwei Bemerkungen machen?« fragte Candy.

»Ja, bitte!«

»Erstens: Wir werden in unser Haus nach Stockholm reisen, wenn wir wieder gesund sind«, sagte Candy. »Und zweitens: Wir werden nie mehr nach Königsberg zurückkehren!«

»Das ist gut, gnädige Frau!« antwortete der Präsident. »Aber ich würde nie, nie sagen. Niemand weiß, was das Leben noch bringt!«

»Vom Krankenhaus aus, Herr Präsident, das ja unter Ihrem Schutz steht, werde ich die schwedische Botschaft in Berlin über das unterrichten, was uns hier zugestoßen ist«, sagte Candy weiter. »Ich werde Schadensersatz und die Bestrafung dieser Straßenräuber verlangen, besonders des Banditen, der meine Zofe vergewaltigt hat.«

»Reden Sie bitte nicht weiter, gnädige Frau!« unterbrach sie der

Polizeipräsident. Seine Stimme blieb so neutral, wie vom Anfang des Telefongesprächs an.

Candy war irritiert. Sie erinnerte sich sehr gut daran, wie ihr der Präsident auf dem letzten Empfang des Oberbürgermeisters den Hof gemacht hatte. Aber er würde seine Gründe haben, dachte sie, sich so kühl zu geben.

»Die schwedische Botschaft zu verständigen, ist Ihr gutes Recht, gnädige Frau«, hörte Candy die Stimme des Polizeipräsidenten in ihrem Ohr. »Schadensersatz für zertrümmerte Fenster, Türen und Möbel mögen Sie auch bekommen.« Er seufzte. »Aber was Ihre Zusatzforderung betrifft, da gebe ich zu bedenken: Die Männer der SA sind, obwohl der Reichskanzler eigenhändig vor einigen Jahren einen Putschversuch ihrer alten Führung mit der Pistole in der Hand niedergeschlagen hat, weiter die geliebten Soldaten des Führers!«

Dann hängte er ein.

Der junge Mann, der drei Tage später das Krankenhauszimmer betrat, in dem Berger und Candy lagen, war hochgewachsen und blond. Er hätte sich nicht vorzustellen brauchen. Auf den ersten Blick war ihm anzusehen, daß er der von Candy angeforderte Attache der schwedischen Botschaft in Berlin war.

»Es ist gut, daß Sie so schnell gekommen sind«, sagte Candy. Sie lächelte ihn trotz der vielen Pflaster, die ihr Gesicht verklebten, so charmant wie möglich an. Der Attache ergriff ihre Hand, die sie ihm entgegenstreckte und küßte sie.

»Von sofort an stehen Sie und Ihr Gatte, wie auch Herr Leder unter unserem Schutz!« sagte der Schwede. Er verbeugte sich vor Candy.

»Ihre Ausreise nach Schweden ist geregelt«, erklärte er. »Das Reichsaußenministerium überschlug sich geradezu vor Freundlichkeit, als wir um die dafür üblichen Formalitäten nachkamen. Ihr gesamter Hausrat wird bereits verpackt. Ein Kollege von mir bewacht das. Ihre Konten in Deutschland können Sie bis zum letzten Pfennig auflösen und nach Schweden transferieren.«

Der Attache zog ein weißes Taschentuch und tupfte sich damit gegen beide Schläfen. Candy zog den Duft eines herben Männerparfüms ein. Sie errötete für den Bruchteil einer Sekunde. »Alle Männer, die ich vor meiner Ehe mit Berger gekannt habe, hatten so appetitlich geduftet wie dieser Attache«, dachte sie. »Das erste was ich tun werde, wenn wir in Stockholm sind, sofern wir überhaupt nach Stockholm kommen: Ich werde Berger ein solches Parfüm schenken.«

»Ich bleibe hier, bis Sie soweit hergestellt sind, daß Sie reisen können«, sagte der Attache. Er verbeugte sich wieder vor Candy. »Sie können sicher sein, gnädige Frau, daß ich von Ihnen und von Ihrem Mann nicht einen Meter weichen werde, bis Sie sicher an Bord eines Schiffes sind, das Sie zusammen mit Herrn Leder nach Stockholm bringt. Wann glauben Sie, daß Sie reisen können?«

»Spätestens in vier Tagen!« antwortete Berger. Er hatte Mühe, zu sprechen. Im SA-Sturmlokal waren ihm sein Oberkiefer und beide Unterarme gebrochen worden. Sein Körper war voller Blutergüsse.

Der Attache sah Berger an und schüttelte den Kopf. »Als Diplomat darf ich nichts zu Ihrem Zustand sagen«, murmelte er. »Als Mensch kann ich aber nur staunen. In Deutschland scheinen sich Verhältnisse anzubahnen ...«. Er unterbrach sich.

»Was ist der Grund dafür, daß wir so schnell und unter so günstigen Bedingungen ausreisen können? Es gibt in Deutschland genug Menschen, nicht nur die bedauernswerten Juden, die lieber heute als

morgen das Land verlassen würden, aber keine Ausreise erhalten.«
Candy musterte den schwedischen Diplomaten. Er hielt ihrem Blick stand. »Ganz einfach, gnädige Frau«, sagte er langsam, jedes Wort überlegend. »Sie sind schwedische Staatsbürger. Schweden liefert die Erze, die Deutschland dringend benötigt, um weiter aufrüsten zu können. Ohne unser Erz läuft hier nichts. Genügt diese Antwort?«

»Sie genügt«, flüsterte Berger. »Als ehemaligem Offizier genügt sie mir völlig!«

Der Attache klingelte nach der Stationsschwester.

»Bringen Sie bitte Herrn Leder in dieses Zimmer«, befahl er der Schwester. »Wir müssen hier gemeinsam geschäftliche Dinge besprechen!«

Die Schwester und ein Krankenpfleger rollten das Bett von Leder in das Zimmer. Candy machte ihn mit dem Attache bekannt.

»Wie geht es Dir, altes Haus?« Berger drehte seinen Kopf zu seinem Geschäftspartner.

»Jeden Tag besser, Chef!« antwortete Leder. »Aber am besten würde es mir gehen, wenn ich aus diesem SA-Staat verschwinden könnte!« Er zeigte auf seinen linken Arm, der bis zur Schulter eingegipst worden war.

Im SA-Sturmlokal waren Leder durch Fußtritte alle Finger der linken Hand und der Unterarm gebrochen worden. Außerdem hatte er so schwere Prellungen im Beckenbereich, daß er sich nicht aufrichten konnte.

»Wir können alle drei ausreisen, Hans!« Candy ging zu Leder und strich ihm über die Haare.

»Von sofort an bin ich gesund!« sagte Hans Leder. Er schlug vor Freude mit der rechten Faust gegen die Rahmen seines Bettes.

Gut zwei Stunden dauerte es, bis der Attache alle Formulare ausgefüllt hatte, die für die Ausreie von Candy, ihrem Mann und Hans Leder benötigt wurden.

»Was soll aus Ihrem Besitz hier werden?« Der Attache packte die Papiere zusammen und sah Paul Berger an.

»Das Haus und unser Kontor sollen die Nazis renovieren und in Schuß halten«, flüsterte Berger. Wellen des Schmerzes flossen über sein Gesicht.

»Ich bin sicher, daß sie dies tun werden«, antwortete der Attache. »An Ihrer Stelle würde ich das Haus und das Kontorgebäude nicht verkaufen. Den Kaufpreis bestimmen nämlich die, die hier das Sagen haben. Nicht Sie!« Der Attache ließ offen, wen er mit die hier meinte.

Candy wälzte sich unruhig im Bett hin und her. Sie überlegte seit zwei Stunden, ob sie die Nachtschwester rufen und sich eine Schlaftablette geben lassen sollte. Als sie sich dazu durchgerungen hatte und die Hand nach der Klingel über dem Bett ausstreckte, sagte ihr Mann: »Ich kann auch nicht schlafen!«

»Hast Du Schmerzen, Paul?« Candy richtete sich auf, beugte sich zu ihm und küßte ihn auf die Schulter.

»Ja, ich habe Schmerzen«, antwortete er. »Aber was mich nicht schlafen läßt, sind eine Fülle von Gedanken, die mir durch den Kopf gehen!«

Candy und Paul lagen in ihren nebeneinandergestellten Krankenbetten und sahen schweigend zur Decke des Zimmers, die von einer Straßenlaterne angeleuchtet wurde.

»Candy: Ich habe eine Frage!«

»Bitte!«

»Liebst Du mich?«

»Ja, ich liebe Dich mit der gleichen Leidenschaft, mit der ich früher gehaßt habe. Man sagt, eine Frau mit meiner Vergangenheit kann nicht lieben. Das stimmt nicht. Ich liebe Dich wirklich!«

Beide sahen wieder die Decke an.

»Mir geht es keinen Deut anders, Candy«, sagte Paul. »Ich liebe Dich ebenfalls heute so, wie ich Dich einst gehaßt habe. Ich hatte früher die Nutte Martha Steinholz gekauft. Aus ihr ist die Frau, meine Frau Candy geworden, die ich über alles liebe und mit der ich glücklich bin. Der Name Candy stört mich nicht. Ich weiß, wo er herkommt, aber ich sage Dir: Auch ich liebe den Namen Candy!«

Candy richtete sich erneut auf und blickte im schwach erleuchteten Zimmer auf ihren Mann. Sie sah, daß ihm Tränen über das Gesicht liefen.

»Mein Lieber, bitte weine nicht«, sagte sie. »Wir haben unseren Frieden miteinander gemacht. Wir haben einen Schlußstrich unter das gezogen, was war. Wir lieben uns. Ich finde, das ist viel mehr Wert, als das Vermögen, das wir besitzen!«

Plötzlich brach es aus Berger heraus, was er jahrelang für sich behalten hatte. Zwei Stunden erzählte er Candy flüsternd und immer wieder von Schmerzen geplagt, seine Vergangenheit.

»Nun wirst Du mich verlassen«, sagte er, erschöpft im Bett liegend. »Du kannst gar nicht anders. Mit so einem Monstrum, einem Mörder und Frauenschänder, kannst Du auf Dauer nicht zusammenleben!«

Candy stand auf und ging um die Betten zu ihm. Sie nahm den Kopf von Paul in ihre Hände.

»Ich werde Dich nie verlassen, Paul«, sagte sie. »Niemals werde ich Dich verlassen. Gerade deshalb nicht. Du hast unvorstellbare Schuld auf Dich geladen. Um sie in Zukunft tragen zu können, brauchst Du eine Stütze. Diese Stütze will ich Dir sein. Mit Gott allerdings, Paul, mußt Du alleine fertig werden. Aber, wenn Du vor ihm stehst, werde ich ebenfalls neben Dir sein, um Dich auch dort zu stützen.«

Candy küßte Paul auf die Lippen.

»Es gibt mehrere Menschen, die meine Vergangenheit kennen«, sagte Paul Berger. »Einige glauben zumindest, sie zu kennen. Aber alle können mich an den Galgen bringen.«

»Ich wußte schon immer einiges von Deiner Vergangenheit«, sagte Candy. »Frage mich nicht, woher. Das ist Vergangenheit. Eine Vergangenheit, die wir gestrichen haben, gemeinsam gestrichen haben!«

Candy strich über die Haare von Paul. »Heute bin ich Dir dankbar, daß Du Dich mir offenbart hast«, sagte sie. »Ich glaube, das wird unser gemeinsames Leben festigen.«

Sie küßte wieder seine Lippen. »Wer weiß außer mir, Paul, welche Vergangenheit Du hast? Oder glaubt es zu wissen. Es wäre gut, wenn Du mir das sagen würdest. Dann kann ich mich darauf einstellen.«

»Die Gräfin zu Memel und Samland zu Essex«, antwortete er leise. »Sie hat mich mehrfach durch Dritte wissen lassen, daß sie mich für Joseph Benda hält, ohne es allerdings beweisen zu können. Denn gesehen hat sie mich nie – weder so, noch so!« Candy fühlte, daß Paul zu zittern begann.

»Und wer noch?«

»Die Sowjets!« Candy zuckte zusammen.

»Das ist viel gefährlicher, als diese Gräfin«, sagte sie. »Wie kommst Du darauf?«

»Die Sowjets haben mich vom Handel mit ihnen ausgeschlossen. Sie haben mir ebenfalls durch Dritte bedeuten lassen, ich wüßte schon, warum ich bei ihnen nicht willkommen bin!«

»Wer kann dahinter stecken?«

»Ich weiß es!« Paul Berger rutschte unruhig im Bett hin und her.

»Und was weißt Du?«

»Es hat mich viel Geld gekostet, herauszubekommen, wer in der Sowjetunion mein Feind ist und wer über mich Bescheid wissen könnte.«

»Und wer ist das?«

»Ein ehemaliger Inspektor der Gräfin. Er ist heute Offizier in der Roten Armee.«

»Bist Du da sicher?«

»Nicht ganz. Aber vieles spricht dafür!«

Candy setzte sich auf sein Bett. »Wir müssen hier so schnell wie möglich weg«, sagte sie. »Nach Schweden. Und später am besten sofort in die USA. Der Arm der Sowjets ist lang. Aber bis in die USA reicht er nicht!«

Acht Tage später waren Candy, ihr Mann und Hans Leder in ihrem Haus in Stockholm.

Hitler zündete die Fackel eines neuen Krieges an. Er schleuderte sie zuerst gegen Polen. Dies konnte er ungehindert tun. Stalin hielt ihm den Rücken frei. Der rote Diktator im Kreml hatte mit dem braunen Diktator in der Reichskanzlei entsprechende Verträge abgeschlossen. Allerdings war die Initiative dazu von Hitler ausgegangen. Stalin hatte sich darauf eingelassen, weil er Hitler fürchtete. Sein Terrorregime hatte die Rote Armee geschwächt. Er glaubte Hitler vorerst nicht widerstehen zu können. Deshalb spielte er auf Zeit.

Nur zwanzig Jahre hatte Polen als unabhängiger Staat bestanden. Innerhalb von knapp drei Wochen war er von zwei Mühlensteinen zermalmt worden. Den einen hatte Hitler, den anderen Stalin gedreht. Die Welt hielt den Atem an.

Die Mordkommandos Hitlers, die der kämpfenden Truppe auf dem Fuße folgten, trieben die Intelligenz und die Juden Polens zusammen, um sie dann systematisch zu vernichten. Stalins Mordkommandos liquidierten viertausend polnische Offiziere in Katyn bei Smolensk. Beide Diktatoren standen sich in nichts nach. Beide hatten gemeinsam den Frieden gebrochen. Beide wateten wieder durch Blut.

Stalin allerdings stand mit dem Rücken zur Wand. Als er sah, mit welcher Perfektion die Kriegsmaschinerie Hitlers laufen konnte, überfiel diesen schlitzohrigen Georgier eine Art Lähmung. Er kapselte sich ein und hörte nicht auf die Warnungen, die ihm aus dem Westen zugetragen wurden. Der deutsche und der sowjetische Außenminister unterzeichneten im Kreml einen Freundschaftspakt. Stalin war für jeden Aufschub dankbar, der ihn vor den deutschen Armeen schützte.

Aber dennoch war Stalin ein russischer Zar, wie alle Zaren vor ihm. Er holte zurück, was die Zaren für Rußland erobert und was Rußland nach dem ersten Weltkrieg verloren hatte. In einem geheimen Zusatzprotokoll vereinbarte er mit Hitler: Liquidierung des polnischen Staates, die Aufteilung Osteuropas in eine deutsche und sowjetische »Interessensphäre« sowie Übernahme der baltischen Staaten Finnlands und auch Bessarabiens. Ostpolen wurde ihm in diesem Abkommen ebenfalls zugesprochen.

In Europa waren die Lichter ausgegangen. England und dann auch Frankreich hatten in den Krieg eingegriffen. Sie band ein Freundschafts- und Beistandspakt an Polen. Über den alten Kontinent senkte sich eine dunkle, eisige Nacht.

Stephan wurde blitzartig wach. Wachsam wie ein Wildkater, der sich beim leisesten Knacken eines Zweiges unter seinem Nest aus dem Schlaf heraus sofort zum Angriffssprung duckte, spannte er seine Arm- und Beinmuskeln. Er hätte sich ebenfalls wie ein Wildkater aus der Horizontalen heraus einem Eindringling entgegenwerfen können.

Stephan preßte die Augen zusammen, um sich ganz auf das zu konzentrieren, was seine Ohren registriert hatten. Sie hatten durch die Windböen hindurch, die zwei Stunden vor Mitternacht aufgekommen waren und kräftige Regenschauer ankündigten, ihm im Augenblick noch nicht identifizierbare Geräusche angekündigt.

Nach seinem Zeitgefühl mußte es ein Uhr morgens sein. Er war aus dem Tiefschlaf hochgeschreckt. Luise schlief fest wie ein Baby neben ihm.

Wegen der Windböen waren die Flügel des Fensters des Schlafzimmers eingehakt. Sie waren nur eine Handbreit geöffnet.

Stephan schüttelte Luise. »Wache auf!« flüsterte er. »Komme sofort zu Dir!« Stephan hatte seinen Mund auf das linke Ohr von Luise gelegt. Luise setzte sich erschrocken im Bett auf. »Was ist Liebster? Es ist doch mitten in der Nacht!« Sie legte sich zurück und preßte sich an Stephan.

»Sei bitte still. Ich muß mich konzentrieren!« Stephan preßte erneut die Augen zusammen.

»Die Hunde werden unruhig!« sagte Luise. Stephan war mit einem Satz aus dem Bett, lief zum Fenster und stieß einen leisen Pfiff aus. Aus dem Hundezwinger war kein Laut mehr zu hören.

»Jetzt weiß ich, was mich aufwachen ließ, Liebling!« sagte er. »Pferde! Ich höre Pferdehufe. Es müssen vierzig bis fünfzig Pferde sein. Sie stehen in der Nähe des Massengrabes. Die Pferde treten auf der Stelle hin und her.«

Obwohl Stephan so leise wie mit sich selbst redete, konnte Luise jedes seiner Worte verstehen. Wie immer in solchen Situationen jagte ihr die Angst, die in ihr aufstieg, Kälteschauer durch ihren Körper.

»Stehe sofort auf und ziehe Dich an, Liebling!« sagte Stephan. »Kein Licht machen!«

Luise zog sich so schnell an, wie noch nie. Schemenhaft sah sie Stephan, der sich ebenfalls ankleidete.

»Ich höre einen Reiter«, flüsterte Stephan, der bereits angezogen wieder am Fenster stand. »Er reitet schnell, aber leise von der Bodenwelle zum Tor. Die anderen Pferde stehen noch immer neben dem Massengrab.«

Stephan drehte sich zu Luise um. »Hast Du unsere Papiere, Deinen Schmuck und unser Bargeld griffbereit in der Nähe?«

»Ja!« Luise beugte sich unter ihr Bett und zog einen wasserdichten Rucksack hervor. Sie fühlte, daß ihr Herz flog.

»Behalte den Rucksack in der Hand!« befahl ihr Stephan. »Der Reiter ist jetzt abgestiegen und läuft auf das Tor zu. Das kann dies und das bedeuten. Wir müssen auf dem Sprung sein!«

Luise stöhnte vor Schreck auf, als plötzlich der Schrei eines Uhus über die Mauer drang. Er war so laut, daß er auf dem ganzen Gutshof zu hören sein mußte.

»Der Mann, der mit dem Pferd gekommen ist, klettert schnell wie eine Katze über die Mauer«, flüsterte Stephan. »Zwei andere Männer, die ich vorher nicht gehört habe, öffnen jetzt leise das Tor. Sie müssen dort schon seit längerem gewartet haben. Nun führen Sie das Pferd in den Hof!«

Der Klageruf des Uhus ertönte jetzt unmittelbar vor dem Herrenhaus. Stephan hakte einen Fensterflügel auf. Sekunden später war der Schatten eines Mannes im Fensterkreuz zu sehen.

»Ergreifen Sie meine Hand, Fürst!« Es war die Stimme des Mongolen, der zum letzten Mal vor Jahren auf dem Gut gewesen war.

»Was fühlen Sie an meinem Handgelenk?«

»Eine Schlange!«

Der Mongole stieg von der Fensterbank in das Zimmer.

»Sie sind angezogen?« Seine Stimme drückte Überraschung aus.

»Auch meine Frau ist bereits angezogen«, antwortete Stephan. »Ich habe Sie gehört und etwa vierzig Reiter, die in der Nähe des Gutes warten!«

»Das stimmt. Wir sind vierzig.«

Der Mongole ging im Schlafzimmer auf und ab. »Mich schickt A.«, sagte er. »Sie müssen sofort mit mir kommen. Wecken Sie Ihren Freund und seine Frau. Sie müssen auch mitkommen. Ihr Kanzleivorsteher ist mit seiner Familie schon unterwegs. Sie fahren in einem Wagen, weil weder der Pole noch seine Frau und seine Kinder reiten können. Männer von uns begleiten sie!« Der Mongole atmete heftig.

»Schnell! Rufen Sie das junge Ehepaar. Wir müssen zur Küste. Dort, Gräfin, liegt ein Frachter Ihres Schwiegersohnes in offener See. A. hat ihn in diese Position dirigiert. Das Schiff kam leer aus Leningrad. Ihr Schwiegersohn ist zufällig an Bord.«

Der Mongole mußte Luft holen. »Machen Sie kein Licht, Fürst«, befahl er. »Ziehen Sie sich beide dicke Reitmäntel an. Es wird Regen und zusätzlichen Wind geben. Die Nacht wird kalt. Wir müssen wie die Teufel reiten. Die Pferde werden unterwegs gewechselt werden. Es ist alles vorbereitet. Wir müssen noch bei Dunkelheit die Küste erreichen. Schnell! Machen Sie schnell! Stellen Sie jetzt keine Fragen. Sie müssen alles stehen und liegen lassen. Es geht um Ihr Leben. Wenn Sie auf hoher See sind, werden Sie wissen, warum!«

Stephan lief polternd durch das Haus. Als er zurückkam, nahm er Luise den Rucksack aus der Hand und schnallte ihn sich um. Der Mongole war bereits wieder durch das Fenster auf den Hof geklettert. Reiter kamen durch das Tor.

»Wir befinden uns in einer sehr schwierigen, wirklich bedrohlichen Lage«, sagte Stephan zu Luise. »Ich ahne, worum es geht. Die Situation ist schlimmer als damals, als Dein Mann mir den Befehl gab, Dich in Sicherheit zu bringen. Wir haben zwar die Männer überstanden, die seit dem Staatsstreich 1926 in Litauen regierten. Hier, auf Deinem Gut konnten wir bis zu dieser Stunde unbehelligt leben, weil wir schwedische Staatsbürger sind und Charles seine Hand über uns hielt. Aber das ist nun vorbei. Die, die jetzt kommen, werden uns sofort liquidieren. Und jetzt kommt Stalin. Ich ahne es!« Stephan hatte so schnell gesprochen, daß Luise nur die Hälfte verstanden hatte.

»Komm, Liebling, wir müssen fliehen«, rief er. »Es geht jetzt wirklich um unser Leben!« Im Treppenhaus begegneten Luise und Stephan Amanda und Andrejew. Sie waren ebenfalls in dicke Reitmäntel gehüllt. Andrejew hatte sich wie Stephan ebenfalls einen kleinen Rucksack auf den Rücken geschnallt. Alle vier liefen wie gehetzt auf den Hof. Als sie sich in die Sättel der dort stehenden Pferde schwangen, begannen die Hunde zu bellen. Sie ließen sich auch nicht mehr durch Pfiffe beruhigen. Es schien so, als wüßten die Tiere, daß die Menschen, denen sie bisher gehorcht und die sie beschützt hatten, sie für immer verlassen wollten. Das Bellen der Hunde ging in lautes Jaulen über.

»Laßt die Hunde mit uns laufen«, rief Luise.

»In keinem Fall, Gräfin«, sagte der Mongole. »Die Tiere können nicht durchhalten und würden dann nur Verwirrung stiften.« Er winkte energisch mit der linken Hand ab.

Luise hörte noch das Jaulen der Hunde, als sie bereits das Dorf erreicht hatten. Es war so menschenleer wie der Gutshof, als sie durch das Tor geritten waren. Luise war sicher, daß die Gutsarbeiterinnen und Gutsarbeiter, wie alle Bewohner von Littauland wußten, daß sie und Stephan sowie Andrejew und Amanda auf der Flucht waren. Sie war sicher, daß sie mitbekommen hatten, daß fremde Reiter Pjitor und seine Familie abgeholt hatten. Aber niemand winkte ihnen zu. Erst Jahre später sollte Luise erfahren, daß die Menschen auf dem Gut und im Dorf in ihren Schlafräumen gekniet und für das Seelenheil der Flüchtlinge gebetet hatten.

Luise hatte sich noch einmal umdrehen wollen, als sie das Gut verließen. Aber der Mongole hatte die Pferde sofort zur schnellsten Gangart angetrieben. Luise konnte nur noch nach vorn sehen und sich auf ihr Pferd konzentrieren. Sie mußte alle Kraft zusammennehmen, um diesen rasanten Galopp im Sattel durchzuhalten. Nur schwach konnte Luise die Männer erkennen, die dicht hinter dem Tor aufgetaucht waren und nun mit ihnen zusammen ritten. Neben ihr ritt Stephan, dicht hinter ihr Andrejew und Amanda. Das einzige, was Luise von ihren Begleitern erkennen konnte, waren ebenfalls dicke Mäntel und langläufige Gewehre, die sie in den Händen hielten. Die Pferde dieser Männer waren nicht so hochbeinig wie die, auf denen Luise, Stephan, Amanda und Andrejew ritten. Luise war erst in Littauland aufgefallen, daß sie, ihr Mann sowie Andrejew und Amanda Pferde des Gutes ritten. Es waren die kräftigsten Hengste, die das Gut besaß. »Wer mag die Tiere und wann für uns gesattelt haben«, dachte sie. Luise schüttelte den Kopf. Alles kam ihr so unwirklich wie in einem Horrorroman vor.

Die Ulanenreiter ihres Vaters hatten ab und zu einige Worte mit ihr gewechselt, wenn sie zusammen geritten oder sich begegnet waren. Die Begleiter in dieser Nacht schwiegen jedoch. Sie ritten gradlinig auf die Küste zu. In einem Tempo, das den Pferden das letzte an Kraft abverlangte.

Nach einer Stunde stießen sie auf eine Gruppe von Männern, die mit frischen Pferden auf sie warteten. Es hatte in Strömen zu regnen begonnen. Ihr Glück war, daß der Wind von hinten kam. Er wirkte wie ein Schiebewind.

»Nicht absteigen!« rief der Mongole Luise und Amanda zu. Beide Frauen wurden von Männern von einem Sattel in den anderen gehoben. Erst jetzt erkannte Luise, daß Soldaten sie trugen. Auch ihre bisherigen Begleiter hatten Uniformen an.

Stephan und Andrejew stiegen ebenfalls von einem Pferd auf das andere, ohne den verschlammten Boden zu berühren.

»Wo ist der Wagen?« hörte Luise den Mongolen fragen.

»Er ist gut eine Stunde vor Ihnen, Genosse Hauptmann«, antwortete einer der uniformierten Männer. »Wir haben ihn mit acht Pferden bespannt, wegen des Regens. Das Fahrzeug ist jetzt sehr schnell.« Die Antwort gab einer der Soldaten, der die Austauschpferde gehalten hatte.

Minuten später waren er und seine Kameraden mit den Pferden verschwunden. Die Dunkelheit der Nacht, so schien es Luise, hatte sie aufgesogen.

Genosse Hauptmann. Luise registrierte erst, als sie weiter galoppierten, daß sich der Mongole mit seinen Untergebenen in russisch unterhalten hatte. »Wenn der Mongole Hauptmann ist, welchen Rang mochte dann Alexander haben«, dachte sie. »Wieso begleiten uns Rotarmisten? Wo waren die Soldaten der litauischen Streitkräfte? Wie kamen so viele Sowjets so tief nach Litauen?« Luise hatte viele Fragen auf den Lippen. Aber sie hätte keine dieser Fragen gestellt, selbst wenn sie die Zeit dazu gehabt hätte. Stellen Sie jetzt keine Fragen, hatte der Mongole gesagt. Also fragte Luise nicht. Sie mußte sowieso unverändert alle ihre Kräfte einsetzen, um dieses rasende Tempo durchzuhalten.

Noch zweimal wechselten sie die Pferde. Luise hatte, wie alle anderen auch, keinen trockenen Faden mehr am Körper. Der Regen war noch stärker geworden. Obwohl der Sturm unverändert von hinten blies, war sie durch und durch naß.

Zwei Stunden später hatten sie die Küste erreicht. Der Wind war zwar ablandig, dennoch ging die See hoch.

»Reiten Sie in das Wasser, Gräfin«, rief der Mongole. Stephan und Luise ritten dicht nebeneinander in die Wellen. Soldaten drängten sich auf ihren Pferden um sie sowie um Andrejew und Amanda.

»Wo ist mein Kanzleivorsteher und seine Familie?« rief Luise, als die Hufe ihres Pferdes vorsichtig einen Weg durch die Brandung suchten.

»Sie sind bereits an Bord des Schiffes ihres Schwiegersohnes«, antwortete der Mongole.

Luise fühlte, daß ihr Hengst schwamm. Die Ufergewässer fielen hier steiler ab, als sie vermutet hatte. Sie klammerte sich in die Mähne des Hengstes. Zwei abgeblendete Handscheinwerfer durchbrachen die Dunkelheit. Sie kamen von einem Boot.

Luise konnte den Motor hören, der das Boot trotz der Windböen und der Wellen auf der Stelle hielt.

»Los, holt meine Schwiegermutter und ihre Begleiterin an Bord. Danach die Männer!« Die Stimme von Christian war es, die diesen Befehl gab.

Fäuste von Seeleuten griffen in die Reitjacke von Luise, hoben sie aus dem Sattel und zogen sie in das Boot, das plötzlich vor ihr aufgetaucht war. Unmittelbar danach wurde Amanda in das Boot geholt. Dann Stephan und Andrejew.

Amanda lag neben Luise auf dem Boden des Bootes und weinte. »Was wird aus meinen Eltern und Verwandten?« rief sie klagend. »Werde ich sie wiedersehen?« Luise tastete nach einer ihrer Hände und richtete sich auf.

»Dank, besten Dank an A.!« schrie sie in die Nacht. »Was wird aus den Menschen, die auf dem Gut und in Littauland leben?«

»Ihnen wird kein Haar gekrümmt werden. Dafür sorgt A.!« Die Stimme des Mongolen war nur noch schwach zu hören.

Die Handscheinwerfer erloschen. Das Boot nahm Fahrt auf. Gischt flog über die Insassen hinweg. Luise und Amanda begannen vor Kälte mit den Zähnen zu klappern. Stephan legte sich neben Luise, Andrejew neben Amanda. Beide Männer hielten ihre Frauen in dem wild stampfenden Boot umschlungen. Luise und Amanda weinten hemmungslos.

Über die Gesicher von Luise und Amanda tasteten sich zwei Hände. »Mutter und Amanda: Ich, Christian, bin bei Euch«, rief der Schwiegersohn von Luise. »Gleich sind wir an Bord meines Frachters. Dann seid Ihr wieder zu Hause!«

Luise wachte Stunden später in der Eignerkajüte des Frachters auf. Sie lag, nackt wie immer, in den Armen von Stephan. Im Schlafzimmer ihres Gutes war sie ins Bett gegangen. Zu sich kam sie wieder an Bord eines Schiffes.

Die dunkle, regnerische Nacht war vorbei. Sie war wie ein Spuk verflogen. Sonnenstrahlen, die durch die Bullaugen drangen, füllten die Kabine. Stephan, der kaum geschlafen hatte, streichelte den Körper von Luise.

»Nun sind wir beide Flüchtlinge«, sagte er leise. »Eben hatten wir noch ein Zuhause. Jetzt werden wir nur noch Gäste sein. Ich bin sicher, daß sich Deine Kinder um uns umbringen werden. Aber wir werden doch immer nur Gäste bleiben.« Stephan zog Luise an sich.

»Wir wollen versuchen, das beste daraus zu machen«, flüsterte Luise. »Schließlich haben wir uns, und wir sind in Sicherheit. Das ist es, was unser weiteres Leben lebenswert machen wird. Wir haben zwar keine Heimat mehr. Kein eigenes Dach über dem Kopf. Aber Liebling, wir haben uns. Das wird in Zukunft unsere Heimat sein!«

Einen Tag später rief die von der Sowjetunion erzwungene Volkssozialistische Regierung Litauens die Sowjetrepublik Litauen aus. Wenige Tage später wurde sie in die Sowjetunion eingegliedert. Alle Besitzenden und alle ehemaligen Funktionsträger des bisherigen litauischen Staates wurden verhaftet und nach Sibirien verbannt. Die meisten Offiziere der Streitkräfte der Grenztruppen und der Polizei wurden erschossen. Der ehemalige Oberstleutnant der Grenztruppen, der im Laufe der Jahre immer gern gesehener Gast auf dem Gut von Luise gewesen war, konnte flüchten. Mit einigen seiner Offiziere gelang es ihm, nach Deutschland zu entkommen. Dort vor die Wahl gestellt, entweder ausgeliefert zu werden oder in einen Verband der SS einzutreten, dem überwiegend Baltendeutsche angehörten, entschlossen sich er und seine Offiziere, Mitglieder der SS zu werden.

Der neue Zar, Josef Stalin, hatte erreicht, was er immer hatte erreichen wollen. Mit Billigung Hitlers hatte er auf einen Streich alle drei baltischen Staaten wieder seinem Reich einverleibt. Stalin griff auch nach Finnland. Zur Überraschung der Weltöffentlichkeit, erlitt seine Armee dabei schwere Niederlagen. Für Hitler stand von diesem Zeitpunkt an fest, daß das sowjetische Imperium auf tönernen Füßen stand. Wie einst Napoleon, beschloß er mit seiner Militärmaschine diesen Koloß zu zerschmettern. Stalin setzte weiter auf Zeit. Er hielt seine Verträge mit dem Berliner Diktator buchstabengetreu ein. Bis zu der Stunde, in der die sieggewohnten deutschen Armeen in sein Land einfielen.

Der Torpedo traf den britischen Holzfrachter »Elisabeth« in das Heck. Die Welle des achttausend Bruttoregistertonnen großen Einschraubenschiffes brach. Teile davon rissen große Löcher in den Boden des Frachters. Der Propeller flog davon, das Ruder wurde durch den Druck der Explosion abgerissen.

Der Frachter geriet sofort außer Kurs. In der stark bewegten See begann das Schiff zu schlingern. Kraftlos taumelte es von einem Wellental in das andere. Tonnen von Seewasser drangen in den Rumpf.

Ruckartig sank die »Elisabeth« einen Meter tiefer. Über achtzig Tonnen Grubenholz aus Kanada, die am Oberdeck verzurrt worden waren, gerieten in Bewegung. Sie rissen sich los und rutschten über die Bordwände an Back- und Steuerbord, je nach den Taumelbewegungen des Schiffes.

Die Hölzer schwammen auf. Sie bildeten einen dichten Ring um das Schiff. Dabei schlugen sie gegen die Bordwände. Der Lärm, der dadurch entstand, war ohrenbetäubend. Der Frachter begann in allen Verbänden zu zittern. Die Hauptmaschine, die von einer Sekunde zur anderen ohne Druck auf den Propeller war, begann durchzudrehen.

Der Leitende Ingenieur stellte, ohne ein Kommando von der Brücke abzuwarten, den Maschinentelegraph auf Stop. Dann löste er die Dampfsperren der Kessel. Mit schrillem Heulen rauschte Dampf durch den Schornstein. Das waren die letzten Handgriffe des Ingenieurs auf seinem Schiff. Als er sich umdrehte, sah er eine riesige Wand graugrünen Wassers auf sich zukommen. Sie ertränkte ihn, wie auch das gesamte Maschinenpersonal, in Sekunden. Dann brach die Flutwelle, gierig nach weiterem Leben, durch die Decks über dem Maschinenraum. Die Männer der Freiwache ertranken wie die Ratten vorher im Laderaum. Die Wassermassen löschten die Feuer unter den Kesseln. Wegen des blitzartigen Temperaturumschwungs gab es einen Kesselreißer nach dem anderen. Dank der Geistesgegenwart des Leitenden Ingenieurs in den letzten Sekunden seines Lebens explodierte keiner der Kessel. Das hätte die »Elisabeth« in Stücke gerissen.

Tausende von Tonnen Wasser füllten das Schiff bis unter das Deck. Alle Hilfsmaschinen fielen aus. An Bord erloschen sämtliche Lampen. Auch die Notbeleuchtung versagte.

Der Funker, der wach in seiner Koje gelegen hatte, war nach dem Torpedotreffer sofort aufgesprungen und hatte Notruf auf Notruf mit der Standortbestimmung des Schiffes gemorst. Zwei Funkstationen an Land hatten den Notruf bestätigt. Als sie ihn anzupeilen begannen, brach die Stromversorgung an Bord zusammen. Der Funker hämmerte noch minutenlang auf die Morsetaste. Vergeblich. Er konnte weder senden noch empfangen.

Die »Elisabeth« sackte erneut zwei Meter durch. Sie lag jetzt schwerfällig rollend in der See. Hochgehende Brecher schlugen über das Deck. Sie warfen Stämme des losgerissenen Grubenholzes von Außenbord auf das Deck zurück. Die beiden Rettungsboote, die in ihren Davits am Heck hingen, zersplitterten.

Theoretisch hätte die »Elisabeth« bereits auf den Grund des Meeres sinken müssen. Die See war unter ihr fast achthundert Meter tief. Aber der Frachter hielt sich weiter über Wasser, weil er auf seiner Ladung schwamm. Fünftausend Tonnen kanadischen Grubenholzes, die Stämme dicht an dicht gelagert, die einzelnen Partien fest verkantet, füllten Dreiviertel des riesigen Laderaumes. Über den Stämmen lagerten zweitausend Tonnen amerikanische Baumwolle. Die Baumwollballen hatten sich voll Wasser gesogen und begannen aufzuquellen. Sie hielten die Holzladung zusätzlich fest. Wenn die Verbände des Schiffes dem gewaltigen Druck standhielten, der jetzt auf ihnen lag, konnte der Frachter noch Stunden schwimmen. Bei ruhiger See würde er sich noch tagelang auf ebenem Kiel über Wasser halten. Aber die See war nicht ruhig. Im Gegenteil. Der Wind nahm an Stärke zu. Der bis unter das Deck mit Seewasser gefüllte Rumpf des Schiffes begann zu ächzen und zu knarren. Schleifgeräusche ertönten so schrill, als ob die Klingen von tausenden von Messern gleichzeitig geschliffen wurden.

Die Explosion des Torpedos, die den Frachter bis in die Mastspitzen hinein hatte erzittern lassen, das Übergehen der Deckladung, verbunden mit taumelnden Schiffsbewegungen und das abrupte Absinken des Schiffsrumpfes schleuderte die Brückenbesatzung zu Boden. Nur der Rudergänger hielt sich aufrecht. Er klammerte sich an das Ruder. Aber das Steuerrad, auf dem Sekunden vorher noch Druck gelegen hatte, drehte nach der Explosion durch. Die »Elisabeth« war steuerlos.

Die fünf Männer, die im Brückenhaus Wache gegangen waren, sahen sich entsetzt an, als sie wieder auf den Beinen standen. Sie stöhnten alle gleichzeitig auf, als der Dampf der Kessel heulend durch den Schornstein entwich und alle Stromkreise unterbrochen wurden.

»Wir sind die einzigen, die noch leben!« Der Dritte Offizier, der neben dem Kapitän stand, schrie diesen Hinweis in das Ruderhaus.

»Reißen Sie sich zusammen, Dritter!« Die Stimme des Kapitäns übertönte den Lärm des schrill aus dem Schornstein rauschenden Dampfes. »Kümmern Sie sich sofort um unsere beiden Passagiere. Bringen Sie sie in das Ruderhaus. Sie sollen Schwimmwesten anlegen, sich vorher aber so warm wie möglich anziehen. Halten Sie sich mit Bemerkungen über unsere Lage zurück!«

Der Dritte Offizier starrte den Kapitän sekundenlang an. Dann riß er sich zusammen. Ein Schwall kalter Luft drang in das Ruderhaus, als der junge Offizier die Brücke verließ.

»Legen Sie ebenfalls Schwimmwesten an, meine Herren!« rief der Kapitän. »Der Funker soll kommen!«

Der Kapitän klemmte sich zwischen Kartentisch und die Steuerbordseitenwand des Brückenhauses. So konnte er die Schlingerbewegungen des Schiffsrumpfes abfedern. Das schrille Heulen des austretenden Dampfes erstarb abrupt.

»Jetzt ist der Maschinenraum überflutet!« rief der Erste Offizier.

»So wird es sein!« antwortete der Kapitän. Er wirkte auf seine Offiziere so gelassen wie immer. Mit seinem Nachtglas suchte er die Wasserflächen um den Frachter ab.

Die Grubenhölzer der losgerissenen Deckslandung trieben noch immer um den Rumpf des Frachters. Sie bildeten einen dichten Ring um das Schiff. Von der See hin- und hergetrieben, stießen sie gegen die Bordwand.

Es hörte sich so an, als ob der Klabautermann an die Außenhaut der »Elisabeth« klopfte.

Der Funker, der in das Ruderhaus gekommen war, beugte sich zum Kopf des Kapitäns. »Meine SOS-Rufe sind bestätigt worden«, schrie er so laut, als ob noch immer Dampf durch den Schornstein dröhnte. »Vermutlich wurden wir auch eingepeilt.«

Der Kapitän drehte sich zu ihm. »Danke, Funker!« antwortete er. »Aber brüllen Sie bitte nicht so laut. Ich verstehe Sie auch so, John!«

»Wer lebt außer uns noch von der Besatzung, Kapitän?« Der Funker ergriff die rechte Schulter des Schiffsführers. Der Kapitän ergriff ebenfalls die Schultern des Funkers. Alle Offiziere wußten, daß Kapitän und Funker seit gut fünfzehn Jahren zusammenfuhren, befreundet waren und sich nur an Bord förmlich mit Sie anredeten.

»Nur wir leben noch, John«, antwortete der Kapitän. »Unsere beiden Passagiere sicher auch noch. Der Dritte sieht gerade nach ihnen. Wir müssen glücklich sein, John, wenn wir auch noch in einer Stunde leben. Darauf mußt Du Dich vorbereiten!«

Es war das erste Mal, daß der Kapitän vor seinen Offizieren den

Funker duzte. Trotz des schwer arbeitenden Schiffsrumpfes stand der Funker einige Sekunden wie erstarrt. Dann schüttelte er sich.

»Was kann ich jetzt für Dich noch tun, Walter, und die anderen?« fragte er den Kapitän. Der Funker griff wieder nach der rechten Schulter des Kapitäns.

»Nimm mein Reserveglas und hilf mit, John, nach dem U-Boot zu sehen«, antwortete der Kapitän. »Wir müssen wissen, was dieser Nazi-Bastard von U-Boot-Kommandant noch vorhat. Im Augenblick kann er uns nicht weiter schaden. Tonnen von Holz schwimmen in der See um den Schiffsrumpf. Das bietet Schutz wie ein Panzer. Aber das U-Boot kann auftauchen und trotz der hochgehenden See mit seinen leichten Waffen hinter dem Turm Löcher zusätzlich in den Rumpf der »Elisabeth« stanzen. Das wäre dann das sofortige Ende!«

Der Kapitän gab dem Funker das Reserveglas und drehte sich wieder um.

Paul Berger war gegen die Seitenwand seiner Koje geschleudert worden, als der Torpedo im Heck der »Elisabeth« explodierte. Er richtete sich sofort wieder auf und warf sich über Candy, ihren Körper fest umklammernd.

Candy erwachte mit einem Aufschrei. Noch benommen von der Schlaftablette, die sie wegen der hochgehenden See vor dem Zubettgehen geschluckt hatte, um überhaupt Schlaf zu finden, griff sie nach den Schultern ihres Mannes. Sie zitterte vor Angst. »Was ist passiert, Paul?« schrie sie. Polternd ging in diesem Augenblick die Deckbladung über Bord. Candy griff mit ihren Händen um die Taille von Paul und zog ihn an sich.

»Das Schiff ist torpediert worden, mein Liebling«, antwortete er. »Wir müssen sofort aufstehen und uns anziehen.«

Candy lag Sekunden wie erstarrt neben Paul. Mein Liebling hatte er gesagt, schoß es ihr durch den Kopf. Noch nie hatte Paul sie so zärtlich angeredet. Sie streichelte den Körper ihres Mannes. Im selben Augenblick fühlte sie, wie das Schiff absackte. Deutlich konnte sie die Wassermassen hören, die durch den Rumpf des Frachters rauschten. Die Grubenhölzer der Deckladung, die über Bord gegangen waren, schlugen gegen die Wände des Schiffes. Die in den Frachter stürzenden Wassermassen drückten polternd gegen den Boden ihrer Oberdeckkabine. Das ohrenbetäubende Gebrüll des aus den Kesseln entweichenden Dampfes, das wie glühende Nadeln in ihre Trommelfelle gedrungen war, erstarb.

Mein Liebling! Candy umklammerte Paul noch fester als vorher. Aber er drückte ihre Hände beiseite.

»Kleines, wir müssen uns anziehen«, sagte er. »So schnell wie möglich müssen wir uns warm anziehen!«

Mein Liebling! Kleines!

Paul stand auf, entzündete ein Streichholz und hielt ihn gegen den Docht der Petroleumlampe, die an der Kabinenwand über dem Schreibtisch befestigt war. Dann setzte er wieder den Glaszylinder ein und schraubte den Docht hoch. Helles, mildes Licht füllte die Kabine.

»Komm schnell, mein Liebling!« Paul trat an die Koje und hob Candy aus den Kissen. Sie stand nackt vor ihm.

»Du bist die Traumfrau meines Lebens, Kleines«, sagte er, ihren Körper musternd. Er beugte sich über sie, küßte ihren Hals, ihre Brüste, ihren Bauch, ihre Schenkel. »Aber jetzt müssen wir uns anziehen. So schnell wie möglich anziehen. Gleich kann Wasser in die Kabine dringen. Das Schiff liegt bis zum Deck in der See!«

Liebling! Kleines! Traumfrau!

Candy zog mechanisch Kleidungsstück um Kleidungsstück an, die ihr Paul reichte. Er sah zu, wie sie ihren eben noch nackten Körper immer dichter einhüllte. Zuletzt legte er Candy ihren Pelzmantel um die Schultern.

»Abschied beim warmen Licht einer Petroleumlampe, mein Herz!« sagte er.

»Abschied?« Candy hielt sich an dem fest verschraubten Tisch in ihrer Kabine fest.

»Ja, mein Liebling. Nun heißt es Abschied nehmen. Gott präsentiert mir jetzt die Rechnung für meine Taten in der Vergangenheit. Er hat lange gewartet. Aber jetzt ist er zur Stelle!«

Candy sah zu, wie sich Paul anzog.

Liebling! Kleines! Traumfrau! Mein Herz!

»Wir werden beide überleben, mein Paul, Liebster«, antwortete Candy. »Beide!« Sie blickten sich sekundenlang an. Sie wußten, daß sie beide dasselbe dachten. Aus Haß war echte Liebe geworden.

»Ich liebe Dich schon viele Jahre, Paul«, flüsterte Candy. »Aber noch nie habe ich Dich so geliebt, wie in diesem Augenblick!« Candy lief, die Taumelbewegungen des Schiffes ausgleichend, auf Paul zu und warf sich in seine Arme.

»Mein Herz, mir geht es genauso!« Paul fuhr Candy mit seinen Händen zärtlich über die Wangen. Als sie sich küssen wollten, riß der Dritte Offizier die Kabinentür auf. Kalte Luft und Seewasser drangen in die Kabine. Die Flamme im Zylinder der Petroleumlampe begann zu flackern. Der Offizier zog die Kabinentür hinter sich zu.

»Wir wurden von einem Torpedo getroffen!« sagte er. Der Offizier verbeugte sich vor Candy und Paul. »Ich soll Sie auf die Brücke bringen. Der Kapitän wird Sie weiter unterrichten!«

Der Dritte Offizier holte zwei Schwimmwesten aus dem untersten Fach des Schrankes hervor und legte die eine Candy und die andere Paul um.

»Warm genug sind Sie ja angezogen!« sagte er.

Der Offizier nahm die Hand von Candy. »Sie müssen jetzt genau machen, was ich Ihnen sage, gnädige Frau«, sagte er. »Es weht eine steife Brise, die See geht hoch, wir liegen tief im Wasser.« Der Offizier hielt die Hand von Candy fest umklammert. »Halten Sie sich bitte mit Ihrer anderen Hand fest in meinem Gürtel«, befahl er. »Ich werde Ihre Hand nicht loslassen. Sie dürfen Ihrerseits meinen Gürtel ebenfalls nicht loslassen. So werden wir es ohne Mühe bis auf die Brücke schaffen.«

Über Candy hinweg sah der Offizier Paul an. »Sie, Sir, gehen dicht hinter ihrer Gattin«, sagte er. »Mit einer Hand halten Sie sich an der Schwimmweste Ihrer Frau, mit der anderen immer dort fest, wo sich eine Gelegenheit dazu bietet. Haben Sie mich verstanden?«

»Jawohl!« antwortete Paul.

Der Offizier zog Candy zur Tür der Kabine. Bevor er sie öffnete, drehte er sich zu Paul und Candy um.

»Sie haben die Petroleumlampe angezündet, Sir. Woher wußten Sie, daß die Notbeleuchtung ausgefallen ist?«

»Ich war im Krieg Offizier«, antwortete Paul. »Ich habe nicht vergessen, was passiert, wenn ein Bunker im Trommelfeuer getroffen wird!«

»Ich glaube gehört zu haben, Sie sind Schweden?« sagte der Dritte Offizier. »Wie kamen Sie in den Krieg?«

»Ja, wir sind schwedische Staatsbürger«, anwortete Paul. »Das mit dem Krieg und dem Trommelfeuer ist eine andere Sache. Viel zu lang, um es in dieser Situation zu erzählen!«

»Gut!« Der Dritte Offizier schob die Kabinentür auf.

Eine halbe Stunde später saßen Candy und Paul erschöpft und naß im Ruderhaus. Der Weg zur Brücke war für sie die Hölle gewesen. Wassermassen schlugen immer wieder über ihnen zusammen. Sie hatten Mühe, nicht über Bord gerissen zu werden. Innerhalb von Sekunden waren sie bis auf die Haut durchnäßt.

Candy saß mit klappernden Zähnen neben Paul. »Ich glaube, es wäre besser gewesen, wenn wir noch einige Wochen in den USA ausgehalten hätten«, sagte Candy zu Paul. »Wir wollen doch überhaupt in Zukunft in den USA leben. Warum mußten wir auf diesem Frachter die Rückreise nach England antreten?«

»Es ging nicht anders, mein Herz«, antwortete Paul. »Eine Flugverbindung von den USA nach Europa gibt es bisher nicht. Wir mußten ein Schiff nehmen. Erst von England aus hätten wir nach Schweden fliegen können!«

Paul nahm die Hände von Candy. »Die letzten Jahre mit Dir waren traumhaft«, flüsterte er. »Sie waren so traumhaft, daß ich sie nicht in Worte fassen kann. Aber nun ist unser Ende gekommen!«

»Nein, Liebling«, sagte Candy. »Wir werden auch dies hier durchstehen!« Sie beugte sich zu Paul, umklammerte seine Schultern und küßte ihn auf die Wange.

»Liebling«, sagte Paul. »Ich habe Dir schon vorhin in der Kabine erklärt, daß ich jetzt meine Rechnung bezahlen muß! Du, mein Herz, wirst davonkommen. Ich nicht!«

Paul riß Candy an sich und überschüttete ihr Gesicht mit Küssen. Ihm war völlig gleichgültig, was die Offiziere dachten, die dicht vor ihnen im Ruderhaus standen.

Der Dritte Offizier kam mit zwei Gläsern Tee zu Paul und Candy. »Bitte, trinken Sie den Tee!« sagte er. »Mehr können wir Ihnen leider im Augenblick nicht bieten. Wir haben nicht einmal eine Flasche Rum auf der Brücke. Und Rum und heißer Tee, das würde sicher wärmen. Aber unsere Rumvorräte befinden sich in der Kombüse. Und die steht unter Wasser!«

Als Candy das Teeglas an ihre Lippen setzen wollte, detonierte ein zweiter Torpedo in den um das Schiff treibenden Grubenhölzern. Die Hölzer wurden meterhoch in die Luft geschleudert. Durch diese Gasse raste der dritte Torpedo. Sekunden nachdem er explodiert war, brach die »Elisabeth« auseinander.

Candy und Paul trieben, ihre Hände gegenseitig in ihren Schwimmwesten verklammert, in der See.

Liebling! Kleines! Traumfrau! Mein Herz!

Als das Wrack der »Elisabeth« auf dem Meeresgrund aufschlug, zerplatzte es in mehrere Teile. Eines der Hölzer, mit dem die Unterdeckladung verkeilt worden war, brach durch. Kaum abgelagert und deshalb noch immer mit Sauerstoff gefüllt, raste es wie in Pfeil zur Wasseroberfläche empor. Mit der Geschwindigkeit eines D-Zuges prallte es in den Unterleib von Paul Berger, durchbohrte seinen Körper und trat zwischen den Schulterblättern hervor.

Paul Berger, als Joseph Benda der Schrecken der Besitzenden und Nichtbesitzenden im ehemaligen zaristischen Baltikum, trieb, wie an einem Kreuz hängend, tot in der schweren See. Er starb innerhalb von Sekunden schmerzlos.

Zwanzig Minuten nach dem Tod von Paul fischte die Besatzung eines britischen Zerstörers Candy aus der See. Die letzten Hilferufe des Funkers der »Elisabeth« hatten eingepeilt werden können.

Der Schiffsarzt und zwei Sanitäter versuchten über eine Stunde lang, Candy am Leben zu erhalten. Sie starb jedoch an Unterkühlung und vor Erschöpfung.

Der Schiffsarzt und die Sanitäter sahen zu, als der Schiffszimmermann den Körper von Candy für die Seebestattung in ein Leinentuch einhüllte.

»Ich habe noch nie eine so schöne Frau auf dem Operationstisch gehabt wie diese Schwedin«, sagte der Arzt zu den Sanitätern.

»Sie hat, als wir sie kurz aus ihrer Bewußtlosigkeit holten, einige Worte geflüstert. Haben Sie sie verstanden, Doktor?« Der Arzt blickte flüchtig zu dem Sanitäter, der ihn angesprochen hatte. Der Schiffszimmermann unterbrach seine Arbeit, ohne allerdings aufzusehen.

»Ich weiß nicht, was ihre letzten Worte bedeuten sollten«, antwortete der Arzt. »Sie ist die Einzige, die wir aus der See geborgen haben. Es gibt niemanden, den wir befragen könnten!«

»Und was hat sie gesagt?« Der Sanitäter sah auf das Gesicht der Toten zu seinen Füßen, das noch nicht von Sackleinenwand umhüllt war. Er konnte sich des Eindrucks nicht erwehren, daß die vollen Lippen der Toten zu einem Lächeln gekräuselt waren.

»Liebling, Kleines, Traumfrau, mein Herz!« Der Arzt flüsterte, als er die letzten Worte von Candy wiedergab. Dann zuckte er hilflos mit den Schultern.

Die deutschen Truppen hefteten in der Sowjetunion Sieg auf Sieg an ihre Fahnen. Sie standen vor Leningrad, und Moskau lag in ihrer Reichweite. Die baltischen Staaten waren wieder von der sowjetischen Herrschaft befreit worden. Aber sie besaßen keine Selbständigkeit mehr. Sie waren Protektorate Nazideutschlands geworden. Hitler hatte alle bedeutenden Staaten Westeuropas unterjocht. Unter dem legendären General Erwin Rommel jagte eine deutsche Spezialtruppe die Engländer durch Nordafrika zum Nil. Die Japaner hatten die Kriegsfackel Hitlers aufgegriffen und sie gegen die USA geschleudert. In einem Blitzüberfall zerstörten sie eine Reihe von Schlachtschiffen der amerikanischen Pazifikflotte in Pearl Harbor. Dann griffen sie Insel auf Insel im riesigen Pazifik an und dehnten ihren Herrschaftsbereich bis vor die Tore Australiens und Indiens aus. Es konnte nur noch eine Frage der Zeit sein, bis sich Japaner und Deutsche in Ägypten oder Persien die Hand reichten. Hitler, Deutschland und Japan standen auf dem Gipfel ihrer Macht. Die Welt hielt erneut den Atem an.

Die deutsche Botschaft in Stockholm forderte Luise und Stephan überraschend auf, in ihre Heimat zurückzukehren.

»Das ist eine mehr als durchsichtige Propaganda-Aktion«, sagte Charles zu seiner Mutter und Stephan, als sie sich mit ihren Kindern und Schwiegerkindern über das Angebot der deutschen Botschaft berieten. »Weil Ihr Schweden seid, wollen die Nazis mit Euch dokumentieren, daß sie großmütig und edel sind. Sie sind das Gegenteil von dem, was sie vorgeben. Sie sind Massenmörder. Sie werden Euch propagandistisch ausnutzen, Euch aber wie eine heiße Kartoffel fallen lassen, wenn sie es für richtig halten!«

Charles, Marlies, Christian und Elisabeth, wie deren Freunde, beschworen Luise und Stephan tagelang, in keinem Fall auf das Angebot der Deutschen einzugehen.

Pjitor, der als Kanzleivorsteher von Charles alle Finanzbewegungen seines großen Gutes fest im Griff hatte, war vor Luise und Stephan niedergekniet.

»Gehen Sie nicht auf Ihr Gut zurück«, flehte er sie weinend an. »Denken Sie an mein Volk und die anderen Völker Europas, durch deren Blut die Faschisten waten!«

Luise beugte sich zu Pjitor und hob ihn hoch. »Wir bleiben hier! Stephan und ich wollen mit den Nazis nichts zu tun haben!« Mit diesen beiden Sätzen beendete Luise die Diskussionen über das Angebot der Deutschen, das die Familie tagelang beschäftigt hatte.

Einige Wochen später fuhren Luise und Stephan an einem Frühsommertag in Begleitung von Pjitor Polansky nach Stockholm. Luise wollte Geld von ihrer Schweizer Bank nach Schweden transferieren lassen, um ihren finanziellen Beitrag zur dringend notwendigen Ausweitung des Gutes von Charles zu leisten. Ihr Sohn benötigte mehr Weideland, um seine Viehherden vergrößern zu können. Das Gut war zu einem der wichtigsten Fleisch- und Milchproduzenten Schwedens geworden, seitdem Importe aus anderen europäischen Staaten wegen des Krieges erheblich erschwert worden waren. Land, das zu Weiden gemacht werden konnte, war um das Gut mehr als genug vorhanden. Aber die Urbarmachung dieser Ländereien verschlang mehr Geld, als das Gut erwirtschaften konnte. Da Charles nicht an sein Erbe in England konnte, hatte Luise beschlossen, ihm erneut finanziell unter die Arme zu greifen. Schließlich hatten ihr Sohn und seine Frau ihr und Stephan auf dem Gut ein neues Zuhause geboten, auf dem sie tatkräftig mitarbeiteten.

Luise und Pjitor regelten alle Transferierungsformalitäten auf der Bank. Danach trennten sie sich, weil Luise noch Einkäufe tätigen wollte. Pjitor fuhr in das Hotel zurück, wo Stephan auf sie wartete.

Luise wanderte durch die Einkaufsstraßen der schwedischen Hauptstadt. Das Angebot in den Geschäften des neutralen Schweden war deutlich geringer geworden, aber noch immer reichhaltiger, als in den von Deutschland besetzten europäischen Ländern, einschließlich des noch immer siegreichen Deutschland, das die okkupierten Nationen brutal ausbeutete.

Luise ließ sich zusammen mit unzähligen Menschen durch die Straßen treiben. Der Sommer war später als erwartet gekommen, aber die Luft war nach einigen Regentagen von der Sonne spürbar aufgeheizt worden. Sie hatte eine Reihe von Kaufwünschen, konnte sich jedoch nicht entschließen, ein Geschäft zu betreten.

Als Luise zum Hotel zurückkehren wollte, griff plötzlich ein junger blonder Mann nach ihrer rechten Hand. Er war ihr seit gut einer Stunde gefolgt. Luise hatte ihn mehrfach gesehen, aber ihm keine Bedeutung beigemessen. Sie hatte ihn für einen Müßiggänger, wie sich selbst, gehalten.

Luise zuckte vor Schreck zusammen, als sie die Hand des jungen Mannes spürte. »Der Ruf eines Uhus würde hier auf dieser Straße Aufsehen, unnötiges Aufsehen erregen, Gräfin«, flüsterte der junge Mann auf russisch. »Aber ergreifen Sie ebenfalls meine Hand und sagen Sie mir, Gräfin, was Sie an meinem Handgelenk fühlen!«

Luise ertastete eine silberne Schlange. Sie merkte, daß ihre Knie nachzugeben begannen. Alles hätte sie erwartet. Nur nicht diese Begegnung mit der Vergangenheit.

»Bewahren Sie wie immer Haltung!« sagte der junge Mann. »Mich sendet A. zu Ihnen, Gräfin!« Als Luise zu taumeln begann, nahm der junge Mann ihren Arm und fing sie so geschickt auf, daß die mit ihr gehenden Menschen ihren Schwächeanfall nicht bemerkten.

»Dort drüben wartet ein Auto auf uns«, sagte der Blonde. »Wollen Sie mit mir kommen?«

Den Wagen mit der schwedischen Nummer erkannte Luise sofort wieder. Es war ein deutscher Opel, den sie vor ihrem Hotel gesehen hatte, als sie mit Stephan und Pjitor in einer Taxe vom Bahnhof gekommen war. Das Fahrzeug hatte am Morgen erneut vor dem Hotel gestanden, als sie wieder mit einer Taxe zusammen mit Pjitor zur Bank fuhr. Als sie die Bank verließen, war der Wagen langsam an ihr vorbeigerollt.

Luise ließ sich, mechanisch wie eine Puppe an Drahtseilen hängend, von dem jungen Mann zu dem Opel führen. Er half ihr auf den Beifahrersitz. Ohne ein Wort zu sagen, fuhr er mit Luise durch die Stadt.

Als sie die Vororte von Stockholm hinter sich hatten, drehte er sich zu Luise. »Wenn Sie damit einverstanden sind, Gräfin, trinken wir bei Freunden von mir einen Tee und sprechen miteinander«, sagte er. »Anschließend fahre ich Sie zu Ihrem Hotel zurück.« Luise nickte so mechanisch, wie sie zu dem Auto gegangen war.

Vor einem kleinen Bauernhof, dreißig Kilometer von Stockholm entfernt, bremste der junge Mann den Opel ab. »Wir sind da, Gräfin«, sagte er. »Wenn Sie mir bitte folgen wollen!« Er half ihr aus dem Auto und nahm ihren Arm. Luise folgte ihm wie ein Automat, der von einer aufgezogenen Feder angetrieben wurde.

Im Wohnzimmer des kleinen Bauernhauses saßen sie sich einige Minuten schweigend gegenüber. Auf dem Zimmertisch standen Teegläser und eine gläserne Teekanne, die bis zum Rand mit schwarzem Tee gefüllt war. Auf den Tellern neben den Gläsern lagen Kuchenstücke.

Der junge Mann schenkte Luise Tee ein.

»Darf ich Ihnen einen Kognak anbieten, Gräfin?«

»Bitte!«

Luise nahm ihr Teeglas in beide Hände.

»Was wollen Sie von mir?« Luise hatte ihr Teeglas an ihre Lippen geführt und sah den jungen Mann prüfend an.

»Ich hätte Sie bereits am Morgen ansprechen können«, antwortete er. »Aber da war noch Herr Polansky bei Ihnen, Gräfin. Als Sie sich von ihm trennten, war die Gelegenheit dafür günstiger!« Er lächelte.

Luise hörte Schritte in den Räumen über dem Wohnzimmer. Angstgefühle stiegen in ihr auf. Eine eisige Kälte drang von ihren Füßen durch ihren Körper.

»Sie brauchen sich wegen der Schritte über uns keine Sorgen zu machen, Gräfin«, sagte der junge Mann. »Das sind meine Freunde, die den Tee für uns vorbereitet haben. Sie werden verstehen, daß sie sich nicht sehen lassen.«

»Ich verstehe. Aber was wollen Sie von mir?«

Der junge Mann zog umständlich eine Zigarette aus der Tasche seiner Jacke. Er sah Luise fragend an.

»Bitte rauchen Sie!« Ebenso umständlich zündete er sich die Zigarette an.

»A. bittet Sie, das Angebot der Deutschen anzunehmen!« Aus seiner Stimme war die Höflichkeit gewichen, durch die er sich bisher ausgezeichnet hatte. Auch sein Gesichtsausdruck hatte sich verändert. Seine eben noch weichen Züge waren von einer energischen Härte verdrängt worden, die ihn älter erscheinen ließ, als er war.

»Sie wissen auch alles!« Luise richtete sich auf.

»Wir haben unsere Verbindungen!«

»Und warum sollen mein Mann und ich das Angebot der Nazis annehmen?«

»A. meint, Sie können uns helfen. Wie Sie uns immer geholfen haben. Außerdem operiert im Bereich Ihres Gutes eine SS-Einheit, deren Führer ein Freund von Ihnen ist. Das wäre für unsere Pläne günstig, meint A.«

»Ich habe unter den Nazis keine Freunde!« sagte Luise. Aufgewärmt durch den Tee und den Kognak, begann sie ihre Krallen zu spreizen.

»Doch! Ich erinnere Sie an einen ehemaligen Oberst der litauischen Grenzwachen. Er ist heute der Führer dieser SS-Einheit. Er wird sich freuen, Sie wiederzusehen und Ihnen, wie in der Vergangenheit, aus der Hand fressen, Gräfin!«

»Ich hoffe, Sie wissen, daß Sie unverschämt werden!« Luise blitzte den jungen Mann an. »Ich möchte sofort gehen. Fahren Sie mich bitte zum Hotel zurück!« Luise stand auf.

»Bitte, setzen Sie sich wieder, Gräfin«, sagte der junge Mann. Er war völlig gelassen geblieben. »A. läßt Sie daran erinnern, daß weder

den Bewohnern von Littauland noch den Verwandten von Amanda ein Haar gekrümmt wurde. So, wie es mein mongolischer Kamerad versprochen hatte, als Sie sich an der Küste von ihm getrennt haben!«
Luise setzte sich wieder.
»Wollen Sie mir drohen?«
»Nein, in keinem Fall will Ihnen A. durch mich drohen. Er bittet lediglich um Ihre Hilfe, Gräfin!«
Sie sahen sich schweigend an.
»Wer sind Sie überhaupt?« fragte Luise.
»Ein Freund von A., der unverändert Ihr Freund ist, Gräfin. Das sollte genügen!«
Luise ließ sich einen neuen Kognak einschenken.
»Und wenn ich jetzt ja sage, welche Sicherheiten bieten Sie uns?«
»Ungehinderte Rückkehr auf einem Schiff Ihres Schwiegersohns nach Schweden. Die Verwandten von Amanda und wer aus Littauland sonst noch will, kann dabei sein!«
»Was heißt ungehinderte Rückkehr und wann?«
»Wenn wir die baltischen Provinzen zurückerobert haben. Das wird noch einige Zeit dauern, aber wir werden dies schaffen!«
Luise blickte wieder über ihr Teeglas zu dem jungen Mann. »Mit uns kann in diesem Fall also nach Schweden reisen, wer will. Auch der SS-Offizier mit seiner Familie?« fragte sie.
»Selbstverständlich! Er ist uns verpflichtet!« Luise zuckte zusammen.
»Sagen Sie mir nicht zuviel?«
»A. hat mir aufgetragen, Ihnen alles zu sagen. Er sagt, Sie schweigen wie ein Grab!«
Luise, die noch nie in ihrem Leben geraucht hatte, ließ sich eine Zigarette geben. Den Rauch paffend, sagte sie: »Zusammenfassend stellt sich für mich meine Situation so dar: Kehre ich nicht zusammen mit meinem Mann nach Littauland zurück, droht den Verwandten von Amanda und anderen Menschen, die mir zugetan sind, nach der Rückkehr der Sowjets nach Litauen die Gefahr, erschossen zu werden. Ist das richtig?«
»Das ist richtig! Aber nicht nur dann. Diese Menschen könnten auch vorher plötzlich sterben. Aus dem Nichts heraus könnte eine Kugel geflogen kommen und sie töten. Das wäre für alle Beteiligten schmerzlich. Aber wir leben nun einmal in einer Zeit, die wenig Gnade kennt!«

»Sie versuchen mich nicht nur zu erpressen, sondern Sie drohen mir auch noch!« sagte Luise. Sie sah in ihr Teeglas. Wieder fühlte sie eine eisige Welle durch ihren Körper fließen.

»Ich brauche die Hand von Stephan«, dachte sie. »Ich bin nicht mehr zwanzig, um die Kraft aufzubringen, die jetzt gefordert ist!« Sie fühlte, wie ihr Tränen der Verzweiflung über ihre Wangen zu laufen begannen.

Der junge Mann hatte sich in seinem Sessel zurückgelehnt und starrte, den Rauch seiner Zigarette ausblasend, gegen die Decke des Zimmers.

»Richtig, Gräfin. Sie werden bedroht und erpreßt!« Seine Worte flossen wie Eiswasser in die Ohren von Luise.

Beide saßen sich gut zehn Minuten schweigend gegenüber.

»Wissen Sie überhaupt, in welche Situation Sie meinen Mann und mich bringen, wenn wir tatsächlich zurückkehren sollen?« fragte Luise, ohne von ihrem Teeglas aufzublicken. »Wissen Sie das? Wissen Sie nicht, daß die Nazis nicht so dumm sind, wie Sie glauben? Sie werden uns beobachten und uns verhaften, wenn sie vermuten, wir arbeiten mit der Sowjetunion zusammen!«

»Das wissen wir!« sagte der junge Mann, ohne mit der Wimper zu zucken. »Aber, wir können Ihnen versichern, daß man Sie in Litauen hätscheln wird. Sie werden Propagandakinder erster Ordnung der Nazis sein. Ein schwedisches Ehepaar kehrt auf sein Gut zurück. Unter dem Schutz der deutschen Waffen lebt es auf seinem Besitz glücklich und zufrieden. Man wird Sie auf Rosen betten. Nicht auf Stacheldraht!«

Luise drehte ihr Teeglas in den Händen. Sie hatte sich längst zur Rückkehr entschieden. Es ging schließlich um das Leben von Menschen, die ihr nahestanden. Die Kriegsziele von Hitler und Stalin interessierten sie nicht. Diese, nach ihrer Meinung Irren, würden so oder so danach trachten, sich umzubringen. Ganz gleich, welches Leid sie dabei über ihre Völker brachten. »Gewiß«, dachte sie, »der verrückte Österreicher hat Stalin zuerst angegriffen, aber hätte Stalin nicht ebenfalls zugeschlagen, wenn sich ihm dazu die Gelegenheit geboten hätte? Beide, Hitler und Stalin, strebten schließlich nach der Beherrschung der Welt!«

Der junge Mann störte sie nicht, als sie ihren Gedanken nachhing.

»Sie hatten anfangs zugesichert, daß A. uns nicht durch Sie drohen würde«, sagte Luise. »Und nun tun Sie es doch. Warum?«

»Wir brauchen Ihre Hilfe, Gräfin«, antwortete er. »A. hat mir gesagt, ich sollte energisch werden, wenn Sie zögern sollten. War ich zu energisch?«

Luise sah den jungen Russen an. Überrascht registrierte sie, daß seine Gesichtszüge wieder so jungenhaft weich waren, wie zu dem Zeitpunkt, als er sie zu dem Bauernhof gefahren hatte. Sie ergriff seine Hände.

»Wir werden kommen«, sagte sie leise. »A. und den russischen Völkern zuliebe, werden wir kommen. A. hat mir und meinen Kindern das Leben gerettet. Auch deshalb werden wir zurückkehren. Und schließlich auch, weil ich im innersten meines Herzens immer Russin bleiben werde. Aber Bolschewisten können mein Mann und ich nie werden. Ich hasse die Kommunisten, wie die Faschisten. A. weiß warum. Aber ich vertraue seiner Zusage, was unsere Sicherheit betrifft. Er weiß auch, warum ich ihm vertraue!«

»Ich bin über alles informiert, Gräfin«, antwortete der junge Mann. »A. hat lange mit mir gesprochen, bevor er mir diesen Auftrag gab.« Luise und der junge Mann hielten sich noch immer an den Händen.

»Und was sollen wir tun, wenn wir wieder in Littauland sind?«

»Es wird Menschen geben, die Sie um Ihre Hilfe bitten werden. Wie früher. Mehr nicht! Das hört sich nach wenig an, ist aber in unserem Kampf auf Leben und Tod sehr viel. Diese Menschen werden für uns im Baltikum unterwegs sein. Wir müssen wissen, was hinter der deutschen Front passiert, um die richtigen Entscheidungen treffen zu können.« Der junge Mann sprach so leise, daß Luise genau zuhören mußte.

»Sind Sie Soldat?«

»Ja!«

»Und wo?«

»In Leningrad!«

»Ist A. auch dort?«

»Ja!«

»Sind Sie in großer Not?«

»In sehr großer Not, Gräfin. Hunderttausende, wenn nicht Millionen Russen sind bereits getötet worden. Ich habe alle meine Angehörigen in meiner Vaterstadt Leningrad verloren. Ich werde nach Leningrad zurückkehren und ihnen in den Tod folgen. Einen Ausweg gibt es für mich nicht!«

Luise preßte die Hände des Jungen zusammen. Wieder traten ihr Tränen in die Augen.

»Rußland leidet sehr, nicht wahr, mein Junge? Ich darf Sie doch so anreden?«

»Ja, Gräfin!«

Der junge Mann zündete sich eine neue Zigarette an. Luise sah, daß dabei seine Hände zitterten.

»Wir sind auf die Hilfe eines jeden Menschen angewiesen, der bereit ist, uns zu helfen«, sagte er, wieder kaum hörbar. »Es sieht gegenwärtig so aus, als ob die Faschisten uns überwältigen werden. Sollte dieses, für alle Sowjetmenschen unfaßbare, geschehen, werden die Nazis die russischen Völker ausrotten. Wir sind für sie nichts weiter als Ungeziefer. Wanzen und Läuse. Nichts weiter!«

Luise registrierte betroffen, daß dem jungen Mann Tränen über das Gesicht zu laufen begannen. Sie stand auf, ging um den Tisch herum. Der Russe stand sofort ebenfalls auf. Luise zog ihn an ihre Schulter. Noch nie hatte sie sich so sehr als Russin gefühlt, wie in diesem Augenblick.

»Was hast Du vor dem Krieg gemacht?« fragte sie den jungen Mann. »Ich meine, mein Junge, bevor Du Soldat wurdest?«

Luise ließ den jungen Mann sich an ihrer Schulter ausweinen. »Ich halte die Seele Rußlands in meinen Armen«, dachte sie. »Kein Volk ist so sensibel, wie das russische Volk. Kein Volk so sehr in der Lage zu trauern, wie mein russisches Volk!«

Minuten später richtete sich der Junge auf. »Entschuldigen Sie«, sagte er, sich die Tränen abwischend. »Sie hatten eine Frage an mich gestellt: Ich bin Student der Medizin im sechsten Semester gewesen!«

»Und warum hat A. Dich, gerade Dich, für diesen gefahrvollen Auftrag ausgesucht?«

»Weil ich wie ein Schwede aussehe und perfekt Schwedisch spreche. Mein Vater ist schwedischer Abstammung!«

»Und wie kommst Du nach Leningrad zurück?«

»So, wie ich nach Stockholm gekommen bin. An Bord eines Frachters Ihres Schwiegersohnes. In einer Nacht wird mich ein schnelles Motorboot übernehmen und an die Front zurückbringen!«

»Ein Schiff meines Schwiegersohnes?« Luise glaubte nicht richtig gehört zu haben.

»Ihr Schwiegersohn wußte nicht, Gräfin, welchen Auftrag ich habe, als er von uns gebeten wurde, einen ›Schweden‹ nachts vor fünf Tagen an Bord eines seiner Schiffe zu nehmen. Ich kam mit dem hochseetüchtigen schnellen Motorboot, das mich auch wieder zurückbringen wird, direkt von der Front. Die Deutschen, sonst wachsam wie Füchse, haben nichts bemerkt, als sich das Boot durch ihre Sperren vor Leningrad schlängelte. Das Schiff Ihres Schwiegersohnes mußte erhebliche Umwege machen, um mich aufnehmen zu können. Es kam von Finnland und hatte Grubenholz für Deutschland geladen. Unter diesem Grubenholz versteckt, bin ich dann bis kurz vor Stockholm mitgefahren. Fünfzig Seemeilen vor Stockholm hat mich ein schwedischer Kutter übernommen. Auch das war arrangiert worden. Ich wohne sechzig Kilometer außerhalb der Stadt auf der anderen Seite von Stockholm. Bei Menschen, die uns zugetan sind. Ihnen gehört der Opel, mit dem wir zu diesem Bauernhaus gefahren sind!«

Der junge Mann zündete sich wieder eine Zigarette an.

»Es war nicht schwer herauszufinden, wo ich Sie allein treffen konnte, Gräfin. Das hat unsere Botschaft übernommen, mit der ich sonst aber keinen weiteren Kontakt habe!« Er zog den Rauch seiner Zigarette tief in die Lungen. Noch immer standen sie dicht beieinander. Luise hatte ihren rechten Arm auf seine Schulter gelegt.

»Sie können sich vorstellen, daß wir davon ausgingen, daß Sie auf dem Gut Ihres Sohnes leben würden«, sagte er. »Ich hätte auch dort versucht, Sie anzusprechen, Gräfin. Aber das wäre nicht so einfach gewesen, weil Ihr Mann immer bei Ihnen ist. Wir wußten nicht, wie er reagieren würde. So kam uns Ihre Reise nach Stockholm sehr entgegen.«

Luise nahm ihre Hand von der Schulter des jungen Mannes.

»Warum haben Sie meinen Schwiegersohn gebeten, Sie auf einem seiner Schiffe zu verstecken?« fragte sie.

»Das war die Idee von A. Er meinte, Ihr Schwiegersohn könnte nur wie Ihr eigener Sohn überzeugter Antinazi sein. Man hat sich erkundigt und herausgefunden, daß dies stimmt. Auch wenn er Erz und Holz nach Deutschland mit seinen Schiffen transportiert. Das eine schließt das andere nicht aus. Er muß schließlich leben.«

»Was meinst Du, mein Junge, werden mein Sohn und mein Schwiegersohn sagen, wenn ich nach Hause komme und verkünde, wir reisen nun doch nach Littauland zurück. Und was wird mein Mann dann sagen?«

Der junge Russe sah auf seine Armbanduhr. »Sie haben zugestimmt, als Ihnen eine silberne Schlange gezeigt wurde!«

»Wann war das?«

»Man hat Ihren Schwiegersohn und Ihren Sohn bereits gestern abend unterrichtet. Sie waren damit einverstanden!«

»Woher wissen Sie das?«

»Es ist mir heute morgen mitgeteilt worden. Erst danach bin ich Ihnen gefolgt!«

»Und mein Mann, was wird er sagen?«

Der Russe sah wieder auf seine Armbanduhr. »Vor zwei Stunden ist Ihr Sohn in Ihrem Hotel eingetroffen, Gräfin. Man hat ihn gebeten, nach Stockholm zu fahren. Er muß bereits die Zustimmung Ihres Mannes haben, denn er hat versprochen, diese Zustimmung zu bekommen!«

Zum ersten Mal während dieses Gesprächs lachte der junge Russe.

»Wer ist überhaupt man?« fragte Luise.

»Man? Das sind wir, die Sowjets!« Wieder lachte der junge Russe.

»Du glaubst, mein Junge, daß Charles sich bei Stephan durchsetzen wird? Bist Du sicher, daß er Stephan davon überzeugen kann, nach Littauland zurückzureisen?«

»Ich bin dessen sicher, Gräfin«, antwortete der junge Russe. »Außerdem hat A. gesagt, der Fürst ist ein Russe und ein tapferer Mann, der keine Furcht kennt. Und A. sagt außerdem, er liebt Sie und weiche nie von Ihrer Seite.«

»Und warum werde ich nach hier entführt, wenn alle bereits wissen, worum es geht?«

»A. sagte, Sie sind eine Tigerin, die – ich zitiere ihn – gesondert dressiert werden muß. Wenn Sie nein sagten, würde alles zusammenbrechen. Nach den Angaben von A. weichen Sie nicht einen Meter von einem Weg ab, den Sie eingeschlagen haben!«

Luise nahm wieder die Hände des jungen Russen.

»Übermittele A. folgende Mitteilung: Die Tigerin sagt ja! Sie sagt außerdem, sie wird ihn und Dich, wie auch alle Eure Kameraden und Landsleute in ihr Abendgebet einschließen. Und dann sagst Du ihm noch folgendes: Ich verlasse mich wie immer auf ihn!«

Luise zog den jungen Mann erneut in ihre Arme.

»Und nun bitte ich Dich, mich zu duzen!« sagte sie.

Der junge Russe löste sich von ihr.

»Ich heiße Micha!« Er errötete. Dann küßte er sie auf den Mund.

Eine Woche später reisten Luise, Stephan, Amanda und Andrejew über Memel nach Littauland zurück.

Luise und Stephan hatten den ersten eisigen Winter nach ihrer Rückkehr in ihr Gutshaus überstanden. Aus dem Haus war weder von den Sowjets noch von den Deutschen auch nur eine Schraube entwendet worden. Im Gegenteil: Die Deutschen hatten Littauland und das Gut an das allgemeine Stromnetz angeschaltet. Deutsche Pioniere hatten kilometerlange Überlandleitungen gelegt. Für Littauland und das Gut war dies eine echte Sensation. Zum ersten Mal gab es elektrischen Strom in jedem Haus.

Gutsnachbarn aus früherer Zeit gab es nicht mehr. Luise und Stephan lebten in totaler Einsamkeit. Ihre früheren Nachbarn waren von dem Chaos verschlungen worden, das der Besetzung Litauens durch die Sowjets gefolgt war. Die Deutschstämmigen, die überlebt hatten, waren in das »Reich« umgesiedelt worden.

Litauen erschien Luise und Stephan öd und leer. Als geradezu unheimlich empfanden sie, daß die Mehrheit ihrer Gutsarbeiter und deren Familien, wie vor ihrer Flucht, noch immer im Dorf oder auf dem Gut lebten. Sie hatten sie so empfangen, als ob sie nur für einige Tage verreist gewesen wären.

»Ich habe schon in den letzten Jahren vor dem Krieg nicht mehr gewußt, was auf meinem Gut los ist«, sagte Luise eines Abends zu Stephan. »Jetzt verstehe ich überhaupt nichts mehr. Die Bewohner von Littauland und auch die Gutsarbeiterinnen und Gutsarbeiter tun so, als ob es keine Vergangenheit für sie gegeben hätte. Ich frage mich: Hatten die Sowjets sie verschleppt? Wer hat sie wieder zurückgebracht? Sie müssen doch vor der Ankunft der Deutschen wieder in Littauland und auf dem Gut gewesen sein. Ich werde das Gefühl nicht los, daß hier eine Aktion von langer Hand vorbereitet worden ist. Was soll das alles bedeuten?« Luise sah Stephan sowie Andrejew und Amanda, die mit ihnen zusammen im Salon saßen, fassungslos an.

Luise stand auf und ging im Salon auf und ab. »Das Vertrauensverhältnis, das wir früher zu den Bewohnern von Littauland und unseren Arbeiterinnen und Arbeitern hatten, gibt es meiner Meinung nach nicht mehr!« sagte sie. »Was haltet Ihr davon?«

Andrejew zuckte mit den Schultern. Stephan stand ebenfalls auf. Auch er ging im Salon auf und ab. »Ich glaube«, sagte Stephan, »diese Menschen hier haben Angst. Aber vor wem haben sie Angst? Vor den Deutschen? Die Deutschen tun ihnen nichts. Habt Ihr, Luise, Amanda und Andrejew, in den letzten Wochen einen deutschen Soldaten in Littauland gesehen? Ich nicht! Ich habe auch nicht gehört, daß ein deutscher Militärverband durch das Dorf gerollt ist. Also gehe ich davon aus, daß die Dorfbewohner und die Gutsarbeiterinnen und Gutsarbeiter vor den Sowjets Angst haben. Aber warum haben sie vor den Russen Angst? Die Front ist weit entfernt! Oder ist es so, daß die Menschen hier deshalb verschwiegen sind, weil sie mit einem Auftrag in Littauland leben?«

»Was sagst Du dazu, Amanda?« fragte Luise. »Du hast doch Deine Eltern hier lebend vorgefunden. Was haben sie Dir gesagt? Haben sie überhaupt etwas gesagt?«

»Nein!« Amanda legte ihre Hände auf den Tisch. »Ich habe meine Eltern ausfragen wollen, aber sie haben geschwiegen. Mein Vater hat zu mir gesagt: Kümmere Dich bitte nicht um das was war. Kümmere Dich um die Zukunft! Das war alles, was er mir sagte. Meine Mutter stand dabei und schwieg.«

»Für uns alle war wohl die größte Überraschung, als plötzlich der russische Arzt auf dem Gut erschien«, sagte Stephan. Deutlich sahen sie die Szene vor sich, als der Arzt in einem Pferdeschlitten sitzend auf den Gutshof fuhr. Zufällig standen Luise, Stephan, Amanda und Andrejew vor der Tür des Gutshauses.

Der Arzt war aus dem Schlitten gestiegen und hatte unbefangen und freundlich wie immer alle begrüßt. Auch er hatte so getan, als ob er mit seiner Familie nur einige Tage verreist gewesen war und sich jetzt auf dem Gutshof zurückmelden wollte. Luise, die Russen wie sich selbst kannte, hatte jedoch bemerkt, daß sich in den Augenwinkeln des Arztes Verblüffung zeigte. Er schien überrascht zu sein, daß sie, Stephan sowie Amanda und Andrejew ihn verblüfft anblickten.

»Warum hat uns der Arzt so erstaunt angesehen?« fragte Luise. »Ihr habt sicher ebenfalls bemerkt, daß sich Verblüffung in seinem Gesicht auszubreiten begann. Das muß einen Grund haben. Aber welchen?«

»Wenn ich Ihnen antworten darf, Gräfin«, sagte Andrejew, »dann lautet meine Antwort so: Alle hier in Littauland und auf dem Gut einschließlich des Arztes wissen, welche Rollen sie zu spielen haben. Es kann sein, daß die Bewohner von Littauland und die Gutsarbeiterinnen und -arbeiter wie auch der Arzt annehmen, wir wissen es nicht. Wir sind doch nicht von ungefähr nach Littauland zurückgekommen. Haben wir etwas falsch gemacht? Hätten wir irgendeine Bemerkung fallen lassen müssen, die den Bewohnern des Dorfes und den Mitarbeitern auf dem Gut zu erkennen gegeben hätte, weshalb wir hier sind?«

»Nein!« antwortete Stephan. »Uns ist nicht gesagt worden, daß wir mit irgend jemand Kontakt aufnehmen sollen. Wir wollen so tun, als ob wir uns unter dem Schutz der deutschen Waffen wohlfühlen. Wenn A. von uns etwas will, dann wird er uns verständigen. Ich halte es für lebensgefährlich, selbst Kontakte zu suchen. Wissen wir, wer von den Bewohnern von Littauland oder unseren Arbeiterinnen und Arbeitern mit den Deutschen zusammmen arbeitet? Also streichen wir derartige Überlegungen. Ich bin dafür, wir lassen alles auf uns zukommen. Im übrigen glaube ich, dieser Zeitpunkt wird nicht mehr fern sein: Die Deutschen erleiden inzwischen Niederlage auf Niederlage. Von der Katastrophe, die sie in Stalingrad erlitten haben, werden sie sich nicht mehr erholen. Sie werden Schritt für Schritt in Rußland zurückgehen. Das kann noch lange dauern, aber eines Tages werden sie wieder an der deutschen Grenze stehen. Und weil ich davon ausgehe, daß die Faschisten in Rußland geschlagen werden, plädiere ich noch einmal energisch dafür, daß wir uns völlig still verhalten.«

»Amanda: Haben Deine Eltern wenigstens etwas über den ehemaligen Oberst der litauischen Grenzpolizei gesagt, der früher bei uns ein und aus ging? Schließlich soll er Führer einer SS-Einheit sein, die hier operiert?« Luise blickte Amanda an.

»Nichts, Gräfin. Kein Wort haben meine Eltern gesagt!«

Luise und Stephan zuckten mit den Schultern. Sie hatten damit gerechnet, daß der SS-Führer bei ihnen vorsprechen würde. Monate hatten sie darauf gewartet. Aber weder er noch einer seiner Männer waren auf dem Gut erschienen.

Luise hatte Stephan nicht erzählt, daß dieser Oberst in den Diensten der Sowjets stand. Nach ihrer Ansicht war es besser, wenn Stephan davon nichts wußte.

Das Frühjahr kam. Ein eisiger Winter ging zu Ende.

Sie säten und trieben das Vieh auf die Weiden. Im Herbst ernteten sie. Das Vieh kehrte in die Ställe zurück.

Noch immer hatten sie nichts von A. gehört. Aber auch der ehemalige litauische Oberst war nicht auf ihrem Gut erschienen. Allerdings hatten sie von ihren Arbeiterinnen und Arbeitern gehört, daß seine Einheit in Litauen aktiv tätig war. Was unter dem Wort aktiv zu verstehen war, hatten die Arbeiterinnen und Arbeiter nicht erläutert.

Im Frühjahr waren unangemeldet zwei deutsche Journalisten in Uniform auf dem Gut erschienen. Sie interviewten Stephan und Luise, fotografierten das Gutshaus und beide während der Arbeit auf den Feldern zusammen mit ihren Landarbeiterinnen und Landarbeitern.

Sechs Wochen später kam mit der Post eine Illustrierte, die nur im Ausland vertrieben wurde. Luise und Stephan sahen sich auf Farbfotos als das strahlende Gutsbesitzerehepaar wieder, das dem Schutz der deutschen Waffen vertraute.

»Der Text ist banal!« Luise, die die Illustrierte studiert hatte, legte sie aus der Hand. »Er kann nicht anders sein, Liebes«, antwortete Stephan. »Du hast ja schließlich auch nur nichtssagende Antworten auf die Fragen der beiden Journalisten gegeben. Ich meine, dies ist ein dümmlicher Hurra-Bericht. Nichts weiter!«

Sie warfen die Illustrierte weg und vergaßen sie.

An einem Spätherbsttag ritten Luise und Stephan zusammen mit Andrejew über ihre Felder, um das Wachstum der Wintersaat zu überprüfen. Sie waren mehrere Stunden unterwegs gewesen und befanden sich jetzt auf dem Heimweg. Plötzlich stieß der junge Kaukasier, der hinter Luise und Stephan ritt, einen Warnruf aus. »Uns folgt seit einigen Minuten ein Reiter, Fürst«, rief er. »Drehen Sie sich bitte nicht um. Ich habe ihn schon vor gut einer halben Stunde kurz gesehen. Da ritt er seitlich vor uns. Ich habe dem keine Bedeutung beigemessen. Aber jetzt folgt er unseren Spuren. Ich kenne ihn nicht. Wohl aber das Pferd. Der Hengst, den er reitet, gehört zur Pferdeherde des Gutes.«

Stephan griff nach den Zügeln der Stute von Luise. »Keine Angst, Liebes«, flüsterte er. »Wir sind zu Dritt. Wir wollen erst einmal sehen, was dieser Reiter von uns will.«

»Fürst!« Andrejew richtete sich im Sattel auf. »Halten wir an, und drehen wir uns um. Der Reiter hat sein Pferd angetrieben. Er holt schnell auf!«

Sie wendeten ihre Pferde. Luise fühlte, wie immer, wenn sie Angst überflutete, eine Kältewelle von ihren Füßen her durch ihren Körper aufsteigen.

Als der Reiter fünfzig Meter von ihnen entfernt war, zügelte er seinen Hengst und hob beide Arme so, als ob er zu erkennen geben wollte, daß er in friedlicher Absicht käme.

»Ich habe ihn auch noch nicht gesehen«, sagte Stephan. »Er hält sich jedoch so straff, als ob er Soldat ist!«

Der Hengst, der den etwa fünfundzwanzig Jahre alten Mann trug, gehörte zum Gut. Das sah Luise mit einem Blick. Der junge Mann, offensichtlich unbewaffnet, wie Stephan und Andrejew auch, grüßte mit einem Nicken des Kopfes. Dann ritt er neben die Stute von Luise.

»Beobachten Sie bitte die Felder, ob mir jemand gefolgt ist«, sagte er auf russisch zu Stephan und Andrejew.

Er wandte seinen Kopf zu Luise. »Ich komme von A., Gräfin!« sagte er. Der junge Mann reichte Luise die rechte Hand, die sie, wie automatisch gesteuert, ergriff. Deutlich fühlte sie die silberne Schlange an seinem Unterarm.

»Prägen Sie sich bitte mein Gesicht ein, Gräfin«, sagte er. »Auch Sie, Fürst Lassejew und Sie, Andrejew!«

Der junge Kaukasier zuckte vor Überraschung zusammen, als ihn der Reiter mit seinem Vornamen ansprach.

»Prägen Sie sich mein Gesicht so ein, Andrejew, daß Sie es Ihrer Frau Amanda genau beschreiben können!« Der Reiter lächelte Andrejew an. Er hatte die Überraschung des jungen Kaukasiers registriert, daß er dessen Namen wußte. Aber er ging nicht weiter darauf ein. »Ihre Frau, Andrejew, muß glauben, nach Ihren Schilderungen über mich eine Fotografie von mir gesehen zu haben. Achten Sie besonders auf diese Narbe, die mir eine Kugel der Faschisten gerissen hat.« Der Reiter nahm seine Mütze ab. Luise konnte einen Klagelaut nicht unterdrücken, als sie die Narbe sah, die sich von der Stirn bis zum Hinterkopf zog. Sie ergriff die Hand des Reiters.

»Nicht der Rede wert, Gräfin«, sagte der Russe. Er setzte seine Mütze wieder auf. »Kameraden von mir sind schlimmer dran!«

Der junge Mann ließ es sich jedoch gefallen, daß Luise erneut seine Hand nahm. Er beugte sich plötzlich über ihre Hand und küßte sie.

»A. läßt Ihnen folgendes bestellen, Gräfin und Fürst: Wenn der Uhu nicht rufen kann, wird ein Hund bellen. Erkennungszeichen bleibt letztendlich immer die Schlange. Im Gegensatz zum Uhu geben Hunde auch im Winter Laut. Es wird nicht mehr lange dauern, dann werden wir ihre Hilfe benötigen. A. denkt dabei besonders an das Versteck im Dach.«

Der Reiter nahm seine Mütze ab. Er zog sein Taschentuch und tupfte sich damit vorsichtig über die Narbe. Dann setzte er die Mütze wieder auf.

»Dem russischen Arzt in Littauland können Sie voll vertrauen«, sagte er. »Der ehemalige Oberst der litauischen Grenzpolizei wird sie in Kürze besuchen. Wundern Sie sich bitte nicht, wenn er mit seiner Truppe unsere Aktionen zu stören versucht. Auch wenn er nur so tun wird, als ob er eisenhart ist, kann es dabei hoch hergehen. Das muß er. Nur einige Männer in seiner Einheit sind auf unserer Seite. Aber er hat sie alle fest im Griff!«

Der Reiter wandte sich Andrejew zu. »Wußten Sie davon, daß der ehemalige Oberst der litauischen Grenzpolizei jetzt eine Doppelrolle spielt?«

»Nein, das wußte ich nicht«, antwortete Andrejew.

»Sehr gut, Gräfin!« sagte der Reiter. Er lächelte Luise an.

»Und Sie, Fürst, wußten Sie von der Doppelrolle?«

»Nein!« Stephan sah Luise verwirrt an.

»Ebenfalls gut!« sagte der Reiter. »Sie verhalten sich genauso, wie es A. von Ihnen erwartet, Gräfin. Fürst und Andrejew, nun wissen Sie es!«

Andrejew richtete sich plötzlich wieder im Sattel auf.

»Ich sehe, obwohl die Abenddämmerung beginnt, die Schatten von

Reitern in etwa tausend Meter Entfernung!« rief er.

Der Russe drehte sich blitzschnell um. Er griff mit der linken Hand in seine Jacke und zog eine langläufige Pistole hervor, die er mit dem Daumen entsicherte.

»Wieviele Reiter können Sie ausmachen, Andrejew«, fragte er. »Ich kann seit meinem Kopfschuß nicht mehr so gut sehen, wie früher. Helfen Sie mir bitte!«

Luise hielt vor Schreck die Luft an.

»Es sind zwei Reiter«, antwortete Andrejew. »Ja, zwei. Ich kann sie jetzt genau sehen. Sie haben ihre Pferde pariert und blicken zu uns!«

Der Russe sicherte seine Pistole und steckte sie in seine Jacke zurück.

»Die beiden Reiter sind meine Begleiter«, erklärte er. »Meine Augen sehen nicht mehr so gut wie früher. Hören kann ich ebenfalls nicht mehr besonders. Aber ich sagte ja schon: Die Mehrheit meiner Kameraden im Kessel von Leningrad ist schlechter dran. Ich kann wenigstens noch ausdauernd reiten. Und das muß ich auch!«

»Leningrad?« Luise faßte sich an ihr Herz. Sie hatte davon gehört, welche unbeschreiblichen Szenen sich in der belagerten Stadt abspielten, auf die die Deutschen jetzt seit Jahr und Tag mit Bomben und Granaten pausenlos einhämmerten.

»Ja, Leningrad«, antwortete der Russe. »Und ich hoffe, wieder nach dort zurückzukommen. Oder besser, ich muß es. A. wartet auf meine Antwort!«

»Wann erwarten Sie unsere Hilfe?« Stephan war dicht neben den Russen geritten. Beide Männer beugten sich in ihren Sätteln nach vorn. Sie blickten sich einige Sekungen in die Augen. Dann umarmten sie sich.

»Wenn die Schneestürme kommen, Fürst!« antwortete der Russe. »Vielleicht auch im Frühsommer, wenn Nebel aufsteigt und Gewitter über das Land gehen. Nur dann können sich unsere Männer unerkannt und ungehindert in Litauen bewegen.«

»Wieviele werden es sein, die uns um Hilfe bitten werden?«

»Richten Sie sich auf höchstens vier Männer ein. A. meint, mehr können Sie nicht verstecken. Sie müssen ja auch die Pferde der Männer unterbringen!«

»Darin haben wir Übung«, sagte Luise.

»Ich weiß. A. hat es mir erzählt. Aber die Zeiten haben sich grundlegend geändert, Gräfin. Es geht jetzt Auge um Auge und Zahn um Zahn!«

Der Russe ergriff die Hände von Stephan.

»Unsere Späher, Fürst, haben uns berichtet, daß es hier ein Problem geben könnte!« sagte er.

»Und welches?«

»Neben der Einheit des Oberst operiert im Baltikum noch eine andere SS-Gruppe. Sie ist dafür berüchtigt, außerordentlich brutal zu sein. Die Zahl derer, die von dieser Einheit ermordet wurde, ist hoch. Kurz: Diese Bande besteht aus kaltblütigen Verbrechern. Wir kennen alle Bandenmitglieder mit Namen, wie auch die Namen ihrer Opfer. Wir kennen die Dienstgrade der Bandenmitglieder und wissen, wo sie zu Hause sind. Wer von dieser Bande den Krieg überlebt, wird unserer Rache nicht entgehen. Ganz gleich, wohin er sich nach der Niederlage der Faschisten auch wendet. Aber noch ist dieser Tag nicht gekommen. Und deshalb müssen Sie wissen, Fürst, mit wem sie es zu tun bekommen könnten!«

Der Russe nahm wieder seine Mütze ab und fuhr sich mit der rechten Hand durch die Haare. Obwohl es fast dunkel war, konnte Luise sehen, wie Haß sein Gesicht verzerrte.

»Anführer der Bande ist ein SS-Offizier aus Berlin«, sagte er. »Er hat bisher über achthundert Russen eigenhändig erschlagen, erdrosselt oder erschossen. Er ist kein Mensch. Er ist ein blutgieriger Wolf. Dieser Offizier ist fast einen Meter neunzig groß und zwei Zentner schwer. Er schlägt sofort zu, wenn er nicht die Antwort bekommt, die er von seinen Opfern hören will. Seine Unterführer sind ebenfalls Deutsche. Sie sind genauso brutal wie er. Sonst setzt sich die Einheit aus Verrätern zusammen, über die bereits das Urteil gesprochen wurde. Sie kommen aus der Ukraine, aus Polen, Lettland und Estland. Abschaum der Menschheit. Nichts weiter!«

Der Russe fuhr sich mit der rechten Hand über sein Gesicht. »Wir haben diese Bande ständig im Auge. Noch operiert sie hinter der deutschen Front um Leningrad. Aber wenn wir diese Umklammerung der Faschisten durchbrochen haben, und das werden wir, können diese Banditen auch bei Ihnen auftauchen, Gräfin und Fürst.«

»Die beiden Reiter kommen näher!« rief Andrejew.

»Ich habe nur noch einige Minuten«, sagte der junge Russe. »A. läßt Ihnen zusätzlich bestellen, daß wir bemüht sein werden, sie vor diesen Banditen zu schützen. Fragen Sie nicht nach unseren Helfern dabei. Sie haben viele Uniformen an und besitzen viele Gesichter. A. läßt Ihnen auch noch sagen, daß der ehemalige litauische Oberst, wenn er Sie besucht, von seiner Frau begleitet wird. Auch sie ist zuverlässig, obwohl sie eine Deutsche ist!«

»Er wird von seiner Frau begleitet?« Luise blickte überrascht auf. »Der Oberst war früher immer alleine gekommen. Er hatte stets so getan, als ob er nicht verheiratet ist. Dabei wußte jeder im litauischen Grenzgebiet, daß er Kinder und eine zänkische Frau hat. Aber diese Frau ist Litauerin. Sie sagten aber, er hat eine Deutsche zur Frau?«

Luise schüttelte den Kopf.

»Die Deutsche ist seine zweite Frau«, antwortete der Russe. »Seine erste Frau und seine Töchter leben nicht mehr!«

Der Russe lachte plötzlich leise. »A. und auch ich kennen seine zweite Frau. Er war mit ihr bei uns. Fragen Sie bitte nicht, wie das möglich war. Aber ich kann Ihnen versichern, der Oberst frißt ihr aus der Hand. Kein Wunder. Sie ist jung und überall da rund, wo eine Frau rund sein sollte!« Zum ersten Mal lachte der junge Russe aus vollem Herzen.

»Die Reiter kommen noch näher«, sagte Andrejew, der die beiden Männer nicht aus den Augen gelassen hatte.

Der Russe hob die linke Hand. »Ich hoffe, daß wir uns wiedersehen werden«, sagte er. »Grüßen Sie A. von uns!« Luise wollte noch einmal eine der Hände des jungen Russen greifen. Aber der hatte bereits sein Pferd gewendet. Er nickte und galoppierte davon.

Drei Tage später stand der Hengst wieder in seinem Stall.

Der ehemalige litauische Oberst kam am zweiten Weihnachtsfeiertag. Fünfzig Reiter in SS-Uniform begleiteten ihn und seine Frau. Das Ehepaar saß, in Pelze gehüllt, in einem Schlitten, der von vier Pferden gezogen wurde.

»Er reist wie ein König«, dachte Luise, als der Schlitten vor dem Gutshaus hielt. »Ich bin gespannt, ob er sich auch so benimmt.«

Andrejew half dem Ehepaar aus dem Schlitten. Er verhielt sich dabei so formvollendet, als ob er seit Jahren nichts anderes getan hätte, als gekrönten Häuptern aus ihren Luxuskarossen zu helfen. Da der Oberst seinen Besuch ebenfalls formvollendet Tage vorher durch einen Boten angekündigt hatte, war für Luise und Stephan genug Zeit gewesen, Andrejew entsprechend zu schulen. Die SS-Männer wurden in den geheizten, aber leerstehenden Quartieren der Saisonarbeiter untergebracht und beköstigt. Alle Pferde der Einheit wurden in den Ställen untergestellt.

Der Auftritt des Obristen war in der Tat formvollendet. Er ergriff in der Halle des Gutshauses die Hand von Luise, beugte sich tief über sie und küßte sie. Dann stellte er Luise und Stephan seine Frau vor.

»Wir sind entzückt, Gräfin, daß Sie und der Fürst uns empfangen«, sagte er, sich erneut verbeugend. »Wir sind besonders entzückt, Sie bei so guter Gesundheit und Sie, Gräfin, in unveränderter Schönheit vorzufinden!«

»Fürwahr, ein König«, dachte Luise. »Er spricht von sich in der dritten Person. Wie einst der Zar oder der Papst noch heute.«

»Ich kann nur erwidern, daß wir ebenfalls mehr als erfreut sind, Sie wieder zu sehen, mein Freund«, antwortete Luise. »Nach langer Zeit und ebenfalls so gesund, wie früher. Und so sichtbar glücklich!« Luise lächelte den Offizier und seine Frau an.

»Dieser Lustmolch hat sich nicht geändert«, dachte sie. Sie hatte gesehen, daß er wie immer durch ihre Kleider hindurchgeblickt hatte.

Luise bot ihm ihren Arm, den er sofort seufzend annahm. »Sie sind, Gräfin, noch immer die Blume Litauens, nach der sich alle Männer sehnen!« flüsterte er.

»Ich habe eine reizende Konkurrenz bekommen, Oberst«, antwortete Luise. Sie drehte sich nach der Frau des Offiziers um. »Ich kann Sie zu dieser Wahl nur beglückwünschen!«

Der Oberst strahlte wie ein Kind, das zu Weihnachten das Schaukelpferd unter dem Christbaum fand, das es sich schon seit Jahren gewünscht hatte. Die Frau des Offiziers war genau der Typ, der Männer zur Raserei bringen konnte. Jung, langbeinig, waches intelligentes

Gesicht und prachtvoll fraulich gerundet. Andrejew und Amanda hatten dafür gesorgt, daß der Oberst und seine Frau im Gästezimmer untergebracht wurden.

Sie nahmen den Kaffee im Salon ein. Sie plauderten auch nach dem Abendessen, wie beim Kaffee, stundenlang über belanglose Dinge.

Kurz vor Mitternacht stand der Oberst plötzlich auf.

»Jetzt kommt die Stunde der Wahrheit«, dachte Luise. Sie blickte Stephan an. Er nickte ihr kaum merklich zu. Offensichtlich dachte er dasselbe wie sie.

»Bitten Sie Andrejew und Amanda in den Salon«, sagte der Oberst. Er ging im Raum auf und ab. »Ich weiß, daß beide Ihre Vertrauten sind!«

Luise läutete die Tischglocke.

Als Amanda und Andrejew Platz genommen hatten, drehte sich der Oberst zu Luise um. »Können wir hier ungestört und unbelauscht durch Personal miteinander reden?« Er sah Luise und Stephan fragend an. Sie nickten ihm zu.

»Sie sind durch Boten in Stockholm und auch hier darüber unterrichtet worden, daß meine Frau und ich in den Diensten von General Ambrowisch stehen, Gräfin und Fürst!«

General ist Alexander also geworden. Eine Welle des Stolzes überflutete Luise. Schließlich war Alexander für sie noch immer so etwas wie ein Sohn.

»Vor Jahren habe ich in diesem Haus einmal gesagt, in einer Situation, die für mich nicht glücklich war, und in der ich mich daneben benahm, Fürst, Sie erinnern sich ...«.

»... ja, ich erinnere mich!«

»... das wir in diesem riesigen Reich letztendlich alle Russen sind, ganz gleich, welchem Volk wir angehören. Ich gebe zu, daß es Zeiten gegeben hat, wo ich, wie auch meine Frau, Gefallen am Faschismus fanden. Unter Hitler ging es in Deutschland unentwegt aufwärts. Die Welt lag diesem Diktator zu Füßen, der außenpolitisch von Erfolg zu Erfolg eilte. Dann hefteten seine Armeen Sieg auf Sieg an ihre Fahnen. Wir Emigranten wurden von dem Erfolgsrausch mitgerissen, der das ganze deutsche Volk erfaßte.«

Der Oberst begann wieder auf und ab zu gehen.

»Als Hitler jedoch dann, unter Mißachtung der Verträge, die er mit Stalin geschlossen hatte, in die Sowjetunion einfiel, begannen bei meiner Frau und mir dieser Rausch zu verfliegen. Warum nicht früher, können wir nicht sagen. Hitler war bei seinem Eroberungskrieg durch Ströme von Blut gewatet. Sicher hatten wir ein Brett vor dem Kopf, wie Millionen anderer Menschen auch. Oder besser, wir wollten nicht sehen, was in Europa geschah. Als Hitler aber die Sowjetunion angriff, ging es für mich und kurz danach auch für meine Frau, obwohl sie Deutsche ist, um Mütterchen Rußland. Ich gehöre zwar dem heiligen, faschistischen Orden SS an, aber mein Herz begann, wie im Ersten Weltkrieg, für Rußland zu schlagen. Ich bin kein Kommunist und werde es auch nie sein können. Aber mein Herz blutet, weil Rußland, unser aller Heimat, in Gefahr ist.«

Der Oberst zog sein Taschentuch und wischte sich über die Stirn.

»Als ich mit meiner Truppe in die Sowjetunion einmarschierte, suchte und fand ich Kontakte, die zu General Ambrowisch führten. Ich bot ihm durch Mittelsmänner meine Unterstützung an, die er sofort annahm. Meine Frau und ich waren bei ihm. Fragen Sie bitte nicht, wie das möglich war. Genau vierundzwanzig Stunden hatten wir dafür Zeit. In meiner Uniform – ich mußte sie anbehalten, um bei uns keinen Verdacht zu erregen – wurde ich hinter der sowjetischen Front wie ein Wundertier bestaunt. Lebend hatten die sowjetischen Soldaten bis dahin offensichtlich noch keinen SS-Offizier kommen und gehen sehen.«

»Nun gehören meine Frau und ich zur anderen Seite, wie die Hälfte meiner Männer auch«, sagte er. »Weil es uns um das Überleben unserer Heimat geht, in der die Faschisten wie blutgierige Wölfe in einer Schafherde wüten.«

Der Oberst ging zum Kamin. Er streckte seine Hände aus und drehte sie in der Wärme, die die brennenden Holzscheite ausstrahlten.

»Aber unser Einsatz für die Sowjetunion, wie die Lebensgefahr, der wir uns stündlich aussetzen, hat aber dennoch einen Haken: Der General hat uns Überleben zugesichert, falls die Rote Armee uns hier überrollen sollte. Aber Schutz vor Stalins GPU konnte er uns nicht zusichern. Wir setzen unser Leben für Mütterchen Rußland ein, um dann eines Tages vielleicht zu erleben, daß uns nur noch eine zugesicherte Flucht bleibt. Doch wohin dann?« Der Oberst starrte in die Flammen des Kaminfeuers.

»Mit uns nach Schweden!« antwortete Luise. »Das ist doch ganz einfach. Sie werden mit uns gehen. Uns ist auch nur beschützte Flucht zugesichert worden. Mehr nicht. Wir werden hier alles für immer verlieren, wenn die Rote Armee Litauen erneut überrollt. Wir wissen das und haben uns damit abgefunden. Stalin wird uns auf unserem Gut nicht dulden. Im Gegenteil. Er wird uns liquidieren lassen, wenn wir bleiben sollten. Auch das wissen wir. Und dennoch werden auch wir Mütterchen Rußland im Rahmen unserer Möglichkeiten helfen!«

Luise stand auf und ging zu dem Oberst. Sie legte ihre rechte Hand auf seine Schulter.

»Ich besitze zwar einen schwedischen Paß, wie mein Mann auch«, sagte sie. »Aber wir sind durch und durch Russen. Jetzt geht es um Sein oder Nichtsein für unser Volk. Nur für das russische Volk bin ich bereit zu helfen und auch die Konsequenzen zu tragen, die sich daraus ergeben können. Für den Diktator Stalin würde ich keine Hand rühren. Ich verachte ihn so, wie ich den Diktator Hitler verachte. Nach meiner Meinung sind beide von gleichem Kaliber. Sie sind blutrünstige Wölfe. Nichts weiter!«

Der Oberst drehte sich um.

»Gut! Nach Schweden mit Ihnen, Gräfin und Fürst. Das wäre eine Möglichkeit, auch nach dem Krieg weiterleben zu können. Wir wollen sehen!« Er wischte sich wieder mit seinem Taschentuch über die Stirn.

»Aber der Tanz auf dem Vulkan geht jetzt erst einmal weiter!« sagte er. »Und diesen Tanz werden Sie, Gräfin, Sie, Fürst, Sie, Amanda, und Sie, Andrejew, mittanzen müssen!«

»Und wann müssen wir auf die Tanzfläche?« Stephan stand auf, ging zu Luise und nahm ihre linke Hand. Aus den Augenwinkeln konnte er sehen, daß auch Andrejew nach der Hand von Amanda gegriffen hatte.

»Wenn der erste lange Schneesturm kommt, und das kann sich nur noch um wenige Tage handeln, Fürst, werden sich mehrere Spähtrupps der Sowjets durch die deutschen Linien vor Leningrad schleichen«, antwortete der Oberst. Er sah unverändert in die Flammen im Kamin. »Sie werden von mir und anderen Helfern Pferde erhalten und weit ins Hinterland der Front transportiert werden. Es werden vier Gruppen mit jeweils vier Mann sein. Eine Vierergruppe wird in Ihrem Bereich operieren, Gräfin und Fürst. Wir gehen davon aus, daß sie ungehindert kommen und ungehindert wieder nach Leningrad zurückkehren kann. Sollte diese Gruppe jedoch aufgestöbert werden – von meiner Truppe zum Beispiel – dann könnte es sein, daß sie bei Ihnen um Hilfe nachsuchen wird. Ich habe zwar meine Männer im Griff. Aber nicht alle gehören zu uns. Sollte es zu einer Schießerei mit dieser Gruppe kommen, könnte es Tote und Verletzte auf beiden Seiten geben.«

Der Oberst drehte sich um.

»Für alle vier Gruppen sind Verstecke vorbereitet worden«, sagte er. »Ich muß Sie bitten, Gräfin und Fürst, wie auch Sie, Amanda und Andrejew, bereits Morgen nach unserer Abreise, das Dachversteck vorzubereiten. Für den Fall der Fälle! Legen Sie bitte in das Versteck so viele Decken wie Sie haben, dazu Verbandszeug und Medikamente. Der Arzt weiß Bescheid. Er wird Ihnen helfen. Wie alle Ihre Gutsarbeiterinnen und Gutsarbeiter. Sie stehen voll auf unserer Seite.«

Der Oberst drehte sich wieder zum Kaminfeuer. Dann blickte er über seine Schulter Luise, Stephan, Amanda und Andrejew an. »Wenn der Hund bellt, ist Eile geboten«, sagte er. »Gutsarbeiter werden sich sofort der Pferde dieser Patrouille annehmen. Alles andere ist Ihre Sache!«

Der Oberst hob einige Holzscheite auf und warf sie in die Flammen.

»Eines müssen Sie wissen«, sagte er mit monotoner Stimme. »Wenn die Nazis dahinterkommen, daß Sie den Sowjets helfen, werden Sie an die Wand gestellt. Ihre schwedischen Pässe werden Ihnen dann nichts nützen. Sie sollten auch nicht vergessen, wie Ihnen bereits mitgeteilt, daß hier noch eine andere Kommandoeinheit der SS operiert. Noch ist sie in weiter Ferne. Aber wenn sie nach hier kommen sollte, kommt ganz sicher mit ihr der Tod!«

Der Schneesturm kam fünf Tage später. Die Kraft eines Orkans, der über dem Nordatlantik geboren worden war, schob mehrere hundert Meter hohe Wolken über England und Schottland, die Niederlande, Belgien, Norddeutschland und Dänemark zur Ostsee und dann weiter in die baltischen Länder. Über Nordeuropa gingen die in den Wolken hängenden Wassermassen als Regen nieder.

Dicht vor dem Baltikum prallten die Wolken mit einer eisigen, aus Zentralrußland kommenden Unterströmung zusammen. Gewitter entluden sich. Der Regen ging in Minuten in dichte Schneeschauer über. Auf Feldern, Straßen, vor den Dörfern und den Wäldern stauten sich riesige Schneewehen auf. Die Quecksilbersäule in den Thermometern fiel auf fünfundzwanzig Grad minus.

Die Fronten in Rußland erstarrten im eisigen Griff von General Winter. Auf sowjetischer und deutscher Seite froren selbst die schweren Waffen ein. Panzer- und Lastwagenmotoren mußten Tag und Nacht laufen. So blieben wenigstens die Kanonen der Panzer einsatzbereit. Theoretisch hätten auch die Lastwagen in Fahrt gesetzt werden können. Praktisch wären sie jedoch in der ersten großen Schneewehe stecken geblieben. Für die Panzer waren die Schneewehen keine Probleme. Aber sie waren nur noch als stationäre Artillerie zu verwenden. Ihnen fehlte auf beiden Seiten der Front der Begleitschutz an Infanteristen.

Die russischen und deutschen Infanteristen hatten sich in ihren Bunkern verkrochen, die tief unter der Erde lagen. Die Wachen vor den Bunkern hörten und sahen nichts mehr. Der Schnee, von Sturmböen angetrieben, fiel so dicht, daß die Sichtweiten unter fünf Metern lagen. Der Sturm heulte mit einer Intensität, die jeden Zusatzlaut übertönte. Selbst der Abschuß einer Haubitze wäre nur für die Geschützbesatzung hörbar gewesen.

In einer von diesem Sturm durchtosten Nächten glitten sechzehn Rotarmisten in vier Gruppen auf Skiern geräuschlos auf die deutschen Linien zu. Diese sechzehn tapferen Männer hatten Wochen vorher dreifache Rationen von dem bekommen, was den anderen Kämpfern an der sowjetischen Leningradfront zustand. Das war noch immer zuviel zum Sterben und zuwenig zum Leben. Aber sie waren ausgeruht und hatten das Gefühl gehabt, täglich satt geworden zu sein. Ihr Auftrag war so simpel wie gefährlich. Sie sollten hinter der deutschen Front durch Augenschein erkunden, welche Reserven die Faschisten parat hielten. Die Sowjets waren entschlossen, die deutsche Umklammerung um Leningrad zu sprengen, um dann im Sommer in einem Zug in einer großen Offensive bis nach Ostpreußen vorzudringen. Deshalb war es für sie lebenswichtig zu wissen, welche Reserven hinter der deutschen Front bereitstanden.

Die einzelnen Soldaten der Vierergruppen waren mit Waffen und Funkgeräten wie Maulesel bepackt. Im Abstand von dreißig Minuten hatten sie ihre Stellungen verlassen. Damit sich kein Soldat der einzelnen Gruppen im Schneesturm verlor, waren die Männer mit Seilen aneinander gebunden. Sie hatten Tage vorher geübt, auch so aneinander gefesselt, schnell voranzukommen.

Die sechzehn Rotarmisten wußten, daß sie mit größter Wahrscheinlichkeit in den Tod glitten. Hunderte hatten sich freiwillig für diesen Einsatz gemeldet. Sechzehn von ihnen waren ausgesucht worden, weil sie sich bei den vorausgegangenen Übungen als Einzelkämpfer am besten bewährt hatten. Drei der Gruppen kamen unbehelligt durch die deutsche Front. Die letzte stieß mit einer deutschen Streife zusammen, die ihr an Zahl haushoch überlegen war. Ihre »Fesseln« erwiesen sich dabei als hinderlich. Diese Rotarmisten wurden Mann für Mann erstochen. Erstochen, weil ihre Waffen wie die der Deutschen eingefroren waren.

Die deutschen Soldaten schleppten die Toten in ihre Bunker und untersuchten ihre Ausrüstung. Von diesem Augenblick an waren die Faschisten alarmiert. Aufgrund der Ausrüstung der Rotarmisten konnten sie sich ausrechnen, daß die vier nicht die einzigen waren, die im Schneesturm durch ihre Linien zu dringen versucht hatten.

Der ehemalige litauische Oberst erhielt die Meldung, daß sowjetische Spähtrupps hinter der deutschen Front operierten, bereits einige Stunden später. Er wurde von seiner vorgesetzten Dienststelle aus dem Schlaf geklingelt. Ihm wurde berichtet, daß vermutlich drei Gruppen von Rotarmisten durch die deutsche Front gedrungen waren. Die Deutschen hatten trotz des Schneesturms eine Reihe von Spuren entdeckt, die sie zu diesem Schluß kommen ließen. »Eine vierte Gruppe haben wir niedergemacht«, sagte der Ordonanzoffizier, der den Oberst angerufen hatte. »Die anderen drei Gruppen werden wir ebenfalls aufstöbern und eliminieren!«

»Verdammt«, flüsterte der litauische Oberst seiner jungen Frau zu, als er den Hörer des Telefons auf seinem Nachttisch wieder aufgelegt hatte. »Der Totentanz hat schneller begonnen, als ich es erwartet hatte. Jetzt wird eine große Menschenjagd im Baltikum beginnen. Es wird nicht mehr lange dauern, dann werden die Hunde klagend bellen!«

Der Schneesturm hielt sechs Tage an. Dann riß der Himmel auf. Die Temperaturen sanken auf unter dreißig Grad minus.

Zwei Tage später begann der Wind erneut zu fauchen. Er hatte gedreht und kam jetzt aus dem Osten. Die Schneedecke gefror. Eiskristalle lösten sich und rasten über die Weiten des Baltikums. Sie waren so scharfkantig, daß sie die ungeschützten Gesichter von Menschen zerschnitten. Dieser Wind aus dem Osten entwickelte sich ebenfalls zum Sturm. Er gruppierte die Schneewehen um. Hatten ihre Überhänge bisher nach Osten gezeigt, richteten sie sich jetzt nach Westen aus. Unter Tag war der Himmel stahlblau, die Sonne schien. Nachts flirrte das Licht von Milliarden Sternen. Die Temperaturen sanken in den Nächten auf vierzig Grad minus.

Deutsche Nahaufklärer älterer Bauart flogen unter Tag hinter der deutschen Front im Baltikum Quadratkilometer um Quadratkilometer ab. Den Besatzungen war eingeschärft worden, daß sie außerhalb der Dörfer auf jede verdächtige Bewegung von Menschen zu achten hätten.

»Gruppen von vier Mann sind in jedem Fall verdächtig«, lautete der Befehl. »Wird eine solche Gruppe entdeckt, genauen Standort melden und die Gruppe nicht mehr aus den Augen verlieren!«

Die Piloten verflogen tausende von Litern Treibstoff, die nach ihrer Meinung an der Front notwendiger gebraucht wurden. Sie verfluchten diese Sondereinsätze, weil sie äußerste Konzentration verlangten und doch völlig ergebnislos blieben. Hinzu kam, daß die Besatzungen dieser Maschinen in ihren alten Flugzeugen trotz dicker Pelze fast erfroren. Diese lahmen Enten taugten lediglich noch als Kuriermaschinen bei hochsommerlichen Wetter.

Die Besatzungen sahen nicht einmal in den Dörfern, die sie überflogen, Menschen. Die meterhohen Schneewehen hatten jedes Leben erstarren lassen.

Die deutschen Funkbeobachtungsdienste in ihren warmen Unterständen waren da anderer Ansicht. Aus dem Funkverkehr, der seit Kriegsbeginn ganz Europa wie ein dichtes Netz überspannte, filterten sie in den Nachtstunden seit einigen Tagen neue »Stimmen« heraus, die nur so kurz zu hören waren, daß sie nicht eingepeilt werden konnten. Von in der Kälte erstarrtem Leben konnte nach ihrer Meinung keine Rede sein.

Die Funkbeobachtungsdienste konnten eines mit Bestimmtheit sagen: In den Weiten des Baltikums arbeiteten drei neue Funker, deren »Handschrift« sich kaum von der der besten deutschen Funker unterschied. Sie tasteten ihre Nachrichten so schnell und sicher in ihre Geräte, als ob sie ihr Geschäft bei der deutschen Kriegsmarine gelernt hätten, die beim Funken als besonders vorbildlich galt. Allerdings begingen diese neuen Funker einen Fehler: Sie sendeten Nacht für Nacht zur gleichen Zeit. Den ersten kurzen Spruch um vier Uhr, den zweiten um drei Minuten nach vier und den dritten um zehn Minuten nach vier Uhr.

In einer der folgenden Nächte wurde allen deutschen Funkstationen im Baltikum zwischen 3.45 Uhr und 4.15 Uhr totale Funkstille befohlen. Zehn Peilsender lagen in dieser Zeit auf der Lauer. Auf die Sekunde genau setzten wie immer die unbekannten Funker ihre Nachrichten ab. Sie wurden mitgeschnitten. Die Einpeilung schlug jedoch wieder fehl. Genaue Nachmessungen ergaben lediglich, daß die Sender gut einhundertfünfzig Kilometer voneinander entfernt lagen.

Zur größten Überraschung der deutschen Funkbeobachtungsdienste erhielten die unbekannten Funker kurz darauf eine längere Antwort. Der Absender war in Leningrad stationiert. Diese Antwort war einhundertzehn Sekunden lang und wurde nicht maschinell, sondern von Hand getastet. Die »Handschrift« dieses Funkers aus Leningrad stimmte bis auf das I-Tüpfelchen mit der »Handschrift« der Funker überein, die von den Deutschen gesucht wurden. Alle drei Funker bestätigten die Nachricht mit einem Kurzsignal.

Nach acht Stunden unendlichen Tüftelns und Kombinierens hatten die Männer der deutschen Beobachtungsdienste herausbekommen, daß alle drei Funker den sowjetischen Spähtrupps angehören mußten, auf die seit Tagen Jagd gemacht wurde. Die Deutschen hatten in den drei Funksprüchen die Worte »Keine Reserven« entschlüsseln können. Aus der Antwort aus Leningrad entschlüsselten sie lediglich das Ende der Nachricht. Es bestand aus dem Namen »Alexander«. Da Hunderttausende von Russen diesen Namen trugen, konnten die Deutschen damit nichts anfangen. Aber was »Keine Reserven« bedeutete, war den deutschen Stäben sofort klar. Die Sowjets planten einen Großangriff. Die Spähtrupps hatten die Aufgabe, zu überprüfen, ob hinter der deutschen Nordfront ausreichende Reserven lagen. »Keine« stimmte fast. Das Gros der deutschen Armee stand am Mittelabschnitt und dem Süden der Ostfront. Hinter der Armee im nordöstlichen Baltikum dehnten sich riesige Flächen fast unbewachten Landes.

Die Beobachtungsdienste zogen aus der Mitteilung der Funker den

Schluß, daß die Spähtrupps bereits im westlichen Lettland und in Litauen, wenn nicht sogar dicht vor Ostpreußen operierten. Die deutsche Abwehr und auch die Stäbe fragten sich, wie die Spähtrupps so schnell die weite Strecke von der Leningradfront bis nach Litauen hatten bewältigen können. Ihnen wäre nicht im Traum eingefallen, daß alle drei Vierergruppen gemeinsam nach Lettland und Litauen gereist waren – im warmen Stroh eines Güterwaggons, der als letzter an einem deutschen Nachschubzug rollte, der leer nach Deutschland zurückfuhr. Für die Nachschubzüge zur und von der Front wurden alle Eisenbahnstrecken Tag und Nacht vom Schnee gesäubert.

Die »Platzkarten« für die sowjetischen Spähtrupps hatte der ehemalige litauische Oberst beschafft. Vertraute von ihm hatten auch dafür gesorgt, daß die Rotarmisten an der richtigen Station unauffällig in den Schneewüsten untertauchen konnten. Sie erhielten russische Panjepferde, denen auch die höchsten Schneewehen nichts ausmachten und die selbst bei klirrender Kälte die Nächte im Freien verbringen konnten.

Nach stundenlangem Abhören der Mitschnitte der Funksprüche zogen die Beobachtungsdienste aus jahrelanger Erfahrung einen zusätzlichen Schluß: Der Funker in Leningrad tastete mit einer »Handschrift«, die erkennen ließ, daß er seine Ausbildung in der deutschen Armee bekommen hatte. Nach Ansicht der Fachleute der Beobachtungsdienste konnte es sich bei ihm nur um einen deutschen Kriegsgefangenen handeln, der sich in den Dienst der Sowjets gestellt hatte. Da die anderen drei Funker ihm in der Perfektion in Nichts nachstanden, mußte er ihr Ausbilder gewesen sein. Für die Beobachtungsdienste stand fest, daß sie Abgesandte des »Alexander« in Leningrad waren. Damit waren die deutschen Beobachtungsdienste jedoch am Ende ihres Lateins angekommen. Mit dem Namen »Alexander« konnten sie auch nach tagelangem Überlegen nichts anfangen.

Die Aufklärungsflugzeuge wurden nach Litauen und Lettland verlegt. Aber auch hier blieben ihre Suchflüge ergebnislos. Die Besatzungen waren inzwischen übermüdet und trotz Sonnenbrillen von den in der Sonne glitzernden Schneeflächen so geblendet, daß sie nichts außer unendlichen Schneeflächen sahen.

Die Soldaten einer aus sechzig schweren Lastwagen bestehenden deutschen Nachschubkolonne, die von zehn achträdrigen Panzerspähwagen gesichert wurden, hatten dagegen in einer Winternacht mehr Erfolg. Bei einem Halt rochen einige der Soldaten Rauch von einem Holzfeuer in einer Gegend, in der kein Haus stand. Zufällig hatte der Kommandant der Kolonne davon gehört, daß weit hinter der Front sowjetische Spähtrupps operieren sollten. Er befahl einem Funker der Spähwagen die Beobachtung an seine Division weiterzugeben.

Der sowjetische Funkbeobachtungsdienst fing den Funkspruch auf. Er wurde General Alexander Ambrowisch auf den Schreibtisch gelegt.

Alexander nahm das Blatt Papier in die Hand und drehte es hin und her. »Holen Sie Hauptmann Fritz. Sofort bitte!«

Der Adjudant des Generals salutierte. »Zu Befehl, Genosse General!«

Alexander beugte sich zur Seite und klopfte seinem politischen Kommissar, einem Obristen, auf die Schulter, der neben ihm auf einem breiten Holzstuhl saß. Beide Männer hatten seit Stunden Karten der Frontlinien studiert.

»Wollen wir mal sehen, welches Zauberkunststück unser Fritz heute vollbringt, Micha«. Alexander lächelte den Kommissar an.

»Wie befohlen zur Stelle, Herr General!« sagte eine Stimme auf deutsch hinter ihnen. Zwei Hacken schlugen zusammen.

Alexander drehte sich um und nickte dem deutschen Offizier zu. Der Vierzigjährige, der seit acht Monaten Gefangener der Sowjets war, sah wie ein preußischer Offizier aus einem Bilderbuch aus. Er hatte es auch in der Gefangenschaft verstanden, trotz aller Entbehrungen seine Uniform so in Schuß zu halten, daß sie fast wie neu wirkte. Da er glaubhaft hatte nachweisen können, daß er seit Jahren einer Gruppe von Offizieren angehört hatte, die in Opposition zu Hitler standen, hatte ihn Alexander als Hilfskraft in seinen Stab übernommen.

Nach anfänglichem Zögern hatte sich der Hauptmann zur Mitarbeit für die Sowjets entschlossen. Letzter Anstoß dafür war gewesen, daß sein Vater, ein General, wegen Befehlsverweigerung vom nazistischen Sicherheitsdienst verhaftet worden war. Der Vater des Hauptmanns hatte entgegen einem Führerbefehl seine Division in eigener Verantwortung in aussichtsloser Lage zurückgenommen. Nach seiner Verurteilung zum Tode durch ein Militärgericht hatte er sich das Leben genommen. Die Familie des Hauptmanns war daraufhin von den Nazis enteignet und alle Angehörigen inhaftiert worden.

»Herr Hauptmann, der Kommissar und ich würden gerne wissen, ob Sie diesen Funkspruch entschlüsseln können?«, sagte Alexander ebenfalls auf deutsch. »Er wurde vor zwanzig Minuten aufgenommen.«

Alexander reichte dem Hauptmann das Papierblatt. Beide Sowjets schwiegen, als der Deutsche das Blatt unter die Deckenlampe hielt.

Alexander und der Kommissar schätzten den ehemaligen deutschen Offizier, obwohl er die Uniform der faschistischen Armee trug. Der Hauptmann hatte sich nie angebiedert, sondern es immer verstanden, korrekt die Distanz zu wahren, auf die er als Gefangener zu achten hatte. Obwohl Alexander und der Kommissar wußten, daß der deutsche Offizier starker Raucher war, hatte er nie um eine Zigarette gebeten, wohl aber höflich dankend jede angenommen, die ihm angeboten wurde. War er bei der Essensausgabe vergessen worden, ging er darüber, ohne ein Wort zu sagen, hinweg. Auch über seine Unterkunft im Hauptquartier hatte sich der Hauptmann nie beklagt, obwohl sie eine bessere Hundehütte war, die tief unter der Erde lag. Er hatte die ebenfalls primitiven Unterkünfte der russischen Offiziere gesehen und geschwiegen.

»Jawohl, Herr General, das werde ich können«, antwortete der Hauptmann. »Ich werde dafür etwa eine Stunde benötigen. Der Spruch ist aus einem deutschen Panzer abgegeben worden. Das kann ich bereits jetzt sehen. Wo kann ich arbeiten?«

»Hier an meinem Schreibtisch!« sagte Alexander. »Holen Sie sich bitte einen Stuhl, Herr Hauptmann. Die Sache eilt. Der Funkspruch kommt aus Litauen. Wir konnten den Sender orten!«

Der Hauptmann holte sich einen Stuhl und setzte sich Alexander und dem Kommissar gegenüber an den Schreibtisch. Höflich dankend nahm er eine Zigarette an, die ihm Alexander anbot.

»Der Funkspruch hängt mit den Funkern zusammen, die ich ausgebildet habe, oder?« Der Hauptmann sah Alexander und den Kommissar an. Gierig zog er den Rauch der Zigarette ein.

»Ich denke schon, Herr Hauptmann«, antwortete Alexander. Mehr sagte er nicht. Der Deutsche kniff die Augen zusammen und musterte den sowjetischen General.

Die Russen sahen dem Deutschen zu, als er lange Zahlenkolonnen auf mehrere Blätter Papier schrieb, die ihm der Kommissar gereicht hatte. Nach knapp einer Stunde reihte er Wort auf Wort auf ein frisches Blatt.

»Herr General!« sagte der Hauptmann. Er stand auf. »Sinngemäß lautet der Kernsatz des Spruches, der von einem Achtradspähpanzer der Deutschen abgegeben wurde, der mit anderen Spähwagen eine Nachschubkolonne begleitet hat: Ostwind trägt schwach wahrnehmbaren Rauch eines Holzfeuers aus einer Gegend heran, in der kilometerweit kein Haus steht. Feuerschein trotz intensiver Nachtglasbeobachtung vom Turm Spähpanzer aus nicht zu entdecken. Mitteilung, falls es sich um gesuchte sowjetische Spähtrupps handeln könnte.

Unterzeichnet hat ein Oberleutnant!«

Der Hauptmann legte die Papierblätter auf die Karten, die vor Alexander und dem Kommissar auf dem Schreibtisch lagen und grüßte.

»Danke!« Alexander nahm die beschriebenen Blätter an sich. »Halten Sie sich in Ihrem Quartier bereit, Herr Hauptmann«, sagte er. »Sie werden kurz nach vier Uhr im gewohnten Tempo einen Funkspruch absetzen müssen – einen längeren Funkspruch!«

Der Deutsche stand in Habachtstellung vor Alexander.

»Darf ich einen Vorschlag machen, Herr General?«

Alexander blickte überrascht auf. Der Kommissar kniff seine Augen zusammen. Der Gefangene hatte noch nie, wenn auch in so höflichem Ton, einem Befehl indirekt widersprochen.

»Bitte, Herr Hauptmann!«

»Ich möchte Herrn General vorschlagen, nach vier Uhr nur das vereinbarte Kurzsignal zu senden, das, wenn ich daran erinnern darf, folgende Hinweise enthält: Höchste Gefahr, sofort Standort weiträumig wechseln. Vier Wochen nicht melden. Im Notfall Stützpunkte anlaufen. Nach vier Wochen weit abgesetzt vom Stützpunkt wieder melden, dann stets um vier Uhr auf Empfang gehen und Kurzsignal in keinem Fall bestätigen!«

»Und warum schlagen Sie das vor, Herr Hauptmann?« Alexander suchte die Augen des Offiziers. Er musterte sein Gesicht. Aber der Deutsche verzog keine Miene.

»Als ehemaliger Chef eines deutschen B-Dienstes, Herr General, bin ich sicher, daß meine Kameraden auf der anderen Seite der Front in diesen Positionen bereits einige wichtige Worte unseres Funkverkehrs mit den Spähtrupps entschlüsselt haben. Jeder neue lange Spruch bietet ihnen die Möglichkeit, weiter zu tüfteln und zu kombinieren!« Der Hauptmann stand in unverändert strammer Haltung vor dem Schreibtisch.

Alexander forderte ihn mit einer Handbewegung auf, weiter zu sprechen.

»Sorge, Herr General, bereitet mir die totale Funkstille der deutschen Verbände im Baltikum in einer der letzten Nächte, während der Sendezeit der Funker der Spähtrupps«, sagte er. »Nach meinen Erfahrungen wurde die Zeit genutzt, um die Funker einzupeilen. Das muß nicht geglückt sein. Aber immerhin: Der Spruch aus dem Spähwagen beweist, daß auf die Spähtrupps Jagd gemacht wird. Und ich bin sicher, die Deutschen wissen auch warum!«

»Und warum, Herr Hauptmann?« Zum ersten Mal seit Wochen sprach der sonst schweigsame Kommissar den Gefangenen an. Ebenfalls im perfekten Deutsch.

»Ich glaube, Herr Oberst, wir haben einen Fehler gemacht!« antwortete der Deutsche. Die drei Männer schwiegen.

»Und welchen Fehler?«

Alexander hatte das Gefühl, feuchte Hände zu bekommen. Der Oberbefehlshaber im Kreml war jetzt, wo die Sowjets auf der Straße des Sieges angekommen waren, bereit, einige Dinge an der Front nicht zur Kenntnis zu nehmen, auch wenn sie nicht seinen Geschmack fanden. Aber Fehler verzieh Stalin nie. Und Stalin war Alexander, wie alle Kommandeure seines Ranges, direkt unterstellt und verantwortlich.

Alexander registrierte überrascht, daß sich auf der Stirn des Deutschen Schweißperlen zu bilden begannen. »Verständlich«, dachte er. »Der Gefangene ist nichts weiter als ein Insekt, das Stalin von einer Minute zur anderen zerdrücken kann. Aber das kann er auch mit uns.« Er winkte dem Deutschen zu.

»Es war nach meiner jetzigen Ansicht nicht gut, daß die Funksprüche der Spähtrupps in einigen wichtigen Passagen fast gleich sind«, sagte der deutsche Hauptmann. »Wir hätten ein anderes Wort für Reserven suchen müssen!«

»Glauben Sie, Herr Hauptmann, daß die deutschen B-Dienste gerade dieses Wort entschlüsseln konnten und wenn ja, was werden sie daraus für Schlüsse ziehen?« fragte Alexander.

»Ja, Herr General, das glaube ich, aufgrund meiner Erfahrungen. Sie werden daraus den Schluß ziehen, daß die sowjetischen Streitkräfte eine Offensive planen, wann auch immer!«

Der Kommissar bot dem Deutschen jetzt eine Zigarette an. Das hatte er noch nie getan. Zwischen beiden Männern bestand eine Art Waffenstillstand. Mehr aber auch nicht. Der Kommissar haßte von dem Tag an alle Deutschen, an dem Hitler die Sowjetunion überfallen hatte. Die angebotene Zigarette zeigte jedoch, daß er dem Gefangenen Achtung entgegenbrachte.

»Wenn ich Sie richtig verstehe, Herr Hauptmann, wissen die Deutschen, was wir planen?« sagte der Kommissar. »Gut, wir drängen sie an allen Fronten zurück. Warum auch nicht an diesem Abschnitt. Den Termin, an dem wir offensiv werden wollen, wissen sie allerdings nicht. Aber warum jetzt nur ein Kurzsignal, Herr Hauptmann, wo die Faschisten nun nach Ihrer Meinung wissen, was wir planen?« Er kniff wieder die Augen zusammen und blickte prüfend auf den Hauptmann.

»Ich weiß nicht, Herr Oberst, welchen Funkspruch ich in Ihrem Auftrag absetzen soll«, antwortete der Hauptmann. »Aber mir gehen zwei Dinge durch den Kopf! Erstens: Wenn die Nachricht den Hinweis enthält, daß wir einen Funkspruch aus einem Spähwagen entschlüsselt haben, wissen die deutschen B-Dienste, vorausgesetzt, sie entschlüsseln auch unseren Spruch, daß sie auf der richtigen Spur sind. Ich zweifle nicht daran, daß sie die entscheidenden Worte aus dem Funkspruch herausfiltern werden. Dann werden sie eine gnadenlose Jagd eröffnen. Da die sowjetischen Aufklärungsflugzeuge wegen der weit überlegenen deutschen Jäger« – er räusperte sich verlegen – »nicht so über der deutschen Front operieren können wie sie wollen, sind die Spähtrupps nicht in Gold aufzuwiegen. Das wissen die Deutschen so gut wie Sie auch, Herr Oberst. Sie würden eine Division einsetzen, um die Spähtrupps zu eliminieren.

Zweitens: Eine solche Jagd würde über kurz oder lang dazu führen, daß die Männer der Spähtrupps die Stützpunkte anlaufen würden, um Luft zu schöpfen. Vielleicht zu überstürzt. Das könnte das ganze System, das zu ihrer Rettung aufgebaut wurde, zum Einsturz bringen. Zum zweiten Mal wird es nicht so einfach klappen, Späher hinter die deutsche Front zu bringen. Ich meine, es wird unmöglich sein!«

Beide sowjetischen Offiziere rauchten schweigend.

»Noch eine Frage, Herr Hauptmann!« Alexander bot dem Deutschen erneut eine Zigarette an, die er in die rechte Tasche seiner Uniformjacke steckte.

»Nehmen wir einmal an, Herr Hauptmann, Sie wären noch immer auf der anderen Seite Chef der Funkbeobachtung: Welche Schlüsse würden Sie aus einem Kurzsignal ohne Bestätigung ziehen?«

»Einen ganz einfachen Schluß, Herr General!«

»Und der wäre?«

»Die Sowjets haben den Funkspruch aus dem Spähwagen weder aufgefangen noch entschlüsselt. Sie wiegen sich weiter, was die Sicherheit ihrer Spähtrupps betrifft, in dem Glauben, sie sind noch immer nicht gefährdet!«

»Danke, Herr Hauptmann! Wir werden das Kurzsignal senden!«

Der Deutsche salutierte und ging.

»Ein schlauer Fuchs, dieser Hauptmann«, sagte Alexander, als der Gefangene den Raum verlassen hatte. »Und mutig ist er auch. Schließlich hat er die fast gleichen Texte aufgesetzt. Wir hätten ihm daraus einen Strick drehen können!«

»Solche Männer werden wir brauchen, wenn Hitler geschlagen ist, um ein Deutschland wieder aufzubauen, das uns gewogen ist«, antwortete der Kommissar. »Mit der Handvoll deutscher Emigranten, die bei uns hier hinter dem warmen Ofen in den letzten Jahren gesessen haben, wird das auf Dauer alleine nicht gehen. Die deutschen Kommunisten, die hier herumschwirren, sind für mich in ihrer Mehrheit sowieso nur Witzfiguren. Sie gestatten diese Bemerkung, Herr General!«

Alexander mußte lachen. »Ich werde mit ihrer Unterstützung, Oberst, veranlassen, daß nach Beginn der Offensive der Hauptmann auf eine Antifa-Schule in Moskau kommt. Ich glaube auch, er wird später für uns von Nutzen sein. Wir sollten deshalb beide noch lange unsere Hand schützend über ihn halten. Ich kann nur hoffen, die politische Führung in Moskau schließt sich der Bewertung an, die wir über diesen Deutschen abgeben werden. Sicher bin ich mir dabei allerdings nicht. Die deutschen kommunistischen Emigranten, die bei uns leben, werden vermutlich später im geschlagenen Deutschland das Sagen haben. Herr Oberst: Auch ich glaube, sie sind Holzköpfe, Funktionäre und nichts weiter, die nach der Pfeife der Führung in Moskau tanzen werden!«

Alexander strich sich mit der rechten Hand über die Stirn. Er blickte seinen Kommissar an. Der Oberst sah auf die Karten, nickte aber mit dem Kopf.

»Ich sehe noch weiter als Sie, Oberst«, sagte Alexander, seine Worte dehnend. »Ich sehe diesen Hauptmann als Schüler auf einer sowjetischen Militärakademie. Ich sehe ihn später als General und zwar als General neuer deutscher Streitkräfte, die dann fest auf unserer Seite stehen werden. Träume ich, wenn ich dies sehe, oder sehe ich dies real?«

Der Oberst zog hörbar die Luft ein.

»Genosse General!« antwortete er. »Ich bitte Sie! Neue deutsche Streitkräfte? Undenkbar! Wir sind dabei, die Faschisten zu zerstampfen. Nein, dem kann ich nicht folgen!«

»Gewiß, Genosse Oberst«, antwortete Alexander. »Wir sind dabei, die Faschisten zu zermalmen. Aber nicht die Deutschen. Und die Masse der Deutschen wird den Krieg überleben. Wir müssen diese Deutschen auf unsere Seite ziehen. Dieses Volk darf nicht wie früher in Europa hin- und herpendeln. Es ist zu groß und zu bedeutend, um es nach der Niederlage des Faschismus links liegen zu lassen. Von seinem Talent her, sich nach Katastrophen selbst wieder an den eigenen Haaren aus dem Sumpf des Chaos zu ziehen, wird das deutsche Volk, schneller als wir es uns vorstellen können, wieder zu einem Machtfaktor werden. Wir müssen uns dieses Volkes versichern. Wie jede Nation werden auch die Deutschen dann eine Armee besitzen. Doch wir müssen alles daransetzen, diese Streitkräfte als unsere Verbündeten zu gewinnen. Tun wir das nicht, machen es die anderen. Und das können wir nicht erlauben. Dieser Krieg hier reicht ein für alle Mal. Und der Hauptmann soll in dieser Armee – von uns ausgebildet – eine seinem Können entsprechende Position erhalten. Und mit ihm andere, ebenfalls von uns ausgebildete und politisch geschulte deutsche Offiziere!«

Alexander und der Kommissar zündeten sich neue Zigaretten an. Sie sahen dem Rauch nach, der sich um die Aufhängung der Deckenlampe zu kräuseln begann.

»Gut, Genosse General«, sagte der Oberst. »Ich habe zugehört und werde darüber nachdenken!«

Alexander lehnte sich auf seinem Stuhl zurück.

»Jetzt ist die Jagd auf die drei Spähtrupps eröffnet worden«, sagte er. »Jetzt können nur noch Gott oder unsere Freunde helfen!«

Der Oberst schüttelte den Kopf. »Gott, Genosse General? Ich höre wohl zum zweiten Mal nicht richtig!« Der Kommissar lächelte Alexander verhalten an.

»Doch, Micha! Ich mag altmodisch sein. Aber ich bitte Gott, zu helfen!«

»Na, dann zu!« Der Kommissar reichte Alexander beide Hände. Sekunden später waren sie wieder in das Studium der Karten vertieft.

Der Tanz auf dem Vulkan begann für Luise, Stephan, Amanda und Andrejew am späten Abend eines eiskalten Wintertages. Sie saßen im Salon des Gutshauses vor dem Kamin, als plötzlich Motorengeräusche zu hören waren. Die Fahrzeuge kamen von dem Hügel herab, auf dem sich das Massengrab befand. Ketten klirrten, Motoren brüllten. Trotz der zum Gutshof zeigenden, aber fest verschlossenen Fenster, war deutlich auszumachen, daß etwa acht schwere Fahrzeuge erst auf das Haupttor, dann jedoch auf die Straße einschwenkten, die an der Gutsmauer entlang zum Dorf führte.

»Licht aus! Verdunklung unten lassen! Fenster auf! Schnell!« Der Anweisung von Stephan folgten sofort Amanda und Andrejew. Als Andrejew einen der Fensterflügel geöffnet hatte, begannen die Gläser in den Schränken zu klirren. Einige der Fahrzeuge schienen auf der Straße zu drehen. Das dröhnende Geräusch ihrer Motoren drang in voller Stärke über die Mauer in den Hof.

»Das sind keine deutschen Panzer, sondern gepanzerte Kettenfahrzeuge, wie sie von Grenadieren benutzt werden«, rief Stephan. »Solche Fahrzeuge sind im Sommer durch Littauland gerollt. Ich erkenne den Ton ihrer Motoren wieder!«

»Und was bedeutet das? Was wollen die hier in unserer Einsamkeit?« Luise umklammerte mit beiden Händen die Schultern von Stephan.

»Das ist ein Jagdkommando, Liebes«, antwortete er. »Diese deutschen Soldaten sind nicht von ungefähr zu uns gekommen. Sie sind einer Spur gefolgt!«

Stephan umarmte Luise. »Du mußt jetzt ganz tapfer wie immer sein, Liebling«, sagte er. »Ich glaube, nun ist der Augenblick gekommen, wo man von uns erwartet, daß wir das von uns gegebene Versprechen auf Hilfe einzulösen haben.«

Luise fühlte, daß ihre Hände feucht wurden. Obwohl sich ihr Herzschlag beschleunigte, flog eine Kältewelle, von ihren Füßen ausgehend, durch ihren Körper.

Eine Maschinenkanone begann zu hämmern. Die Explosionen der Abschüsse waren so laut zu hören, daß alle im Zimmer das Gefühl hatten, ihre Trommelfelle würden platzen. Zwei überschwere Maschinengewehre jagten die Patronen mehrerer Gurte aus ihren Rohren. Leuchtkugeln stiegen auf.

Als die Waffen schwiegen, war deutlich im Salon das Kommando eines Offiziers zu hören: »Zwei Gruppen ins Dorf. Die dritte Gruppe um das Gut herum ausholen. Nur so können wir ihnen den Fluchtweg abschneiden. Mein Befehlswagen wird im Dorf vor der Kirche stehen!« Es war die Stimme des ehemaligen litauischen Oberst. Luise erkannte sie sofort.

Die Panzerfahrzeuge setzten sich mit aufbrüllenden Motoren in Bewegung. Drei Wagen rollten am Haupttor vorbei um das Gut herum. Die anderen fuhren mit klirrenden Ketten ins Dorf.

»Der Oberst steht auf unserer Seite«, schoß es Luise durch den Kopf. »Er wird seine Soldaten so lenken, daß die von ihnen gejagten sowjetischen Soldaten ein Schlupfloch finden werden.«

Als sie aufatmen wollte, wurde ihr von einer Sekunde zur anderen klar, wo die Sowjets das Schlupfloch suchen würden: Auf ihrem Gut.

Luise umklammerte erneut die Schultern von Stephan.

»Ganz ruhig, Liebes!« Stephan tätschelte die Wangen von Luise. So, als ob er ihre Gedanken erraten hätte, sagte er: »In Kürze, Liebling, werden wir Besuch bekommen. Daß dennoch alles gutgeht, liegt jetzt an uns. Und wir haben doch Erfahrung, nicht wahr, Liebes?« Wieder tätschelte er ihre Wangen.

»Licht auslassen!« flüsterte Stephan. »Ich höre viele Männer, die leise den Hof überqueren. Du auch, Andrejew?«

»Ja, Fürst, wie Katzen schleichen sie. Es müssen mindestens zwanzig, wenn nicht mehr Männer sein!« Andrejew, der die Fenster wieder geschlossen hatte, zog vorsichtig einen Flügel erneut auf. Er ließ ihn einen Spalt offen stehen.

Luise und Amanda zuckten erneut zusammen, als ein Hund zu bellen begann. Das Brummen der Motoren der gepanzerten Fahrzeuge war kaum noch zu hören. Das Bellen ging in ein langgezogenes klagendes Jaulen über. Es klang so, als ob ein Hund in einem Fußeisen hängen geblieben war.

»Das Bellen, so echt es auch klingt, ahmt ein Mensch nach!« Stephan sprach noch immer flüsternd. »Das Jaulen soll vermutlich verkünden, daß dringend Hilfe gefordert ist. Wir werden es mit Verwundeten zu tun bekommen.«

»Das Bellen kommt hinter der Mauer links vom Tor«, sagte Andrejew. »Etwa einhundertfünfzig Meter vom Tor entfernt. Ich höre, Fürst, daß die Männer, die auf dem Hof sind, nach dort gehen.« Andrejew preßte sein rechtes Ohr gegen den einen Spalt breit geöffneten Fensterflügel.

Jetzt bellten zwei Hunde, die schneller als vorher klagend zu jaulen begannen.

»Los, Luise und Amanda, sofort ins Obergeschoß!« befahl Stephan. »Eure Hilfe wird dringend benötigt. Es kommen mehrere Verwundete, vermutlich Schwerverwundete auf das Gut. Andrejew und ich werden die Haustür öffnen.«

Als Stephan die Tür des Herrenhauses aufzog, tauchten die Schatten von zwei Gutsarbeitern auf. Jeder von ihnen trug auf dem Rücken einen Mann. Beide Männer röchelten. Ohne die Verwundeten abzusetzen, streiften die Gutsarbeiter ihre Schuhe von den Füßen und kamen in die Halle.

»Das sind die leichter Verwundeten, Fürst«, sagte der eine von ihnen keuchend. »Fünf andere werden eben über die Mauer geholt. Sie sind total erschöpft, aber unverletzt. Ein sehr schwer verwundeter Rotarmist liegt noch vor der Mauer. Die fünf haben die drei Verwundeten abwechselnd getragen. Seit über zwei Tagen. Zwei andere Rotarmisten sind noch unterwegs, um die Deutschen abzulenken. Wenn ihnen das gelingt, werden sie noch in dieser Nacht ebenfalls hier auftauchen. Spuren gibt es nicht. Der Boden ist im weiten Umkreis vor der Mauer wie auch auf dem Hof steinhart gefroren. Außerdem haben die deutschen Panzerfahrzeuge alle Spuren verwischt!«

Die beiden Männer liefen an Stephan und Andrejew vorbei in das Obergeschoß.

»Das sind ja zehn Rotarmisten, die bei uns Unterschlupf suchen. Wie sollen wir die bloß sicher unterbringen?« Der Stimme von Andrejew war deutlich anzuhören, wie erschrocken er war.

»Das weiß ich im Augenblick auch nicht, Andrejew«, antwortete Stephan. »Das werden wir aber schaffen. Eines ist jedoch sicher: Es muß eine totale Panne gegeben haben!«

Eine große Gruppe von Männern drängte sich vor der Tür. Um keine nassen Fußspuren im Haus zu hinterlassen, streiften auch sie ihre Stiefel von den Füßen.

»Erst den Schwerverwundeten!« Eine Stimme, die Stephan bekannt vorkam und die es gewohnt war, Befehle zu geben, ließ die Männer beiseite treten. Vier Schatten huschten in die Halle. Sie trugen einen Menschen, der einen gellenden Schrei ausstieß, als er auf den Hallenboden gelegt wurde.

»Alle ins Haus. Tür zu!« Die Männer gehorchten dieser Stimme. Wieder stieß der Schwerverwundete einen Schrei aus.

»Licht an!« Stephan drückte auf den Schalter neben der Treppe zum Obergeschoß. Als sich seine Augen an die blendende Helle der Lampen gewöhnt hatten, sah er in das Gesicht des Mannes, der ihnen im Herbst bei einem Ritt über ihre Felder auf einem der Hengste des Gutes gefolgt war.

Beide Männer gaben sich die Hand. »Wir brauchen uns nicht bekannt zu machen, Fürst!« Stephan, in dessen Gesicht noch immer Überraschung stand, nickte.

»Dennoch!« Der Rotarmist schob den linken Ärmel seiner Pelzjacke zurück und knöpfte seine Uniformjacke auf. Stephan spürte förmlich, daß alle in der Halle stehenden Männer wie fasziniert auf den Unterarm des Rotarmisten blickten, um den sich eine silberne Schlange ringelte.

»Andrejew!« Es klang wie ein Befehl. Der Rotarmist knöpfte seinen Hemdärmel wieder zu und drehte sich zu dem jungen Kaukasier um. »Bitten Sie Ihre Frau Amanda mit Morphium in die Halle. Mein Kamerad kann die starken Schmerzen, die er seit zwei Tagen hat, nicht mehr aushalten!«

Stephan blickte auf den jungen Soldaten, der auf dem Hallenboden lag. Sein rechtes Bein war vom Fuß bis zur Hüfte dick mit Verbänden und Lappen umwickelt. Das Gesicht des Jungen war kreidebleich, die Lippen blutleer.

Stephan kniete sich neben ihn. Der Rotarmist, der die silberne Schlange am Unterarm trug, beugte sich über seinen Kameraden und ergriff vorsichtig, beinahe zärtlich, dessen Hände.

»Du bist jetzt in Sicherheit«, sagte er. »Und Hilfe wirst Du auch bekommen!« Er streichelte die Hände des jungen Soldaten.

»Dieser Rotarmist ist nicht nur mein Kamerad, sondern auch mein Bruder«, sagte er zu Stephan. »Ihn hat die Garbe einer Maschinenpistole erwischt. So schwer seine Verletzung auch ist, ich muß darauf bestehen, daß er gerettet wird. Ich habe unserer Mutter versprochen, ihn lebend durch diesen verdammten Krieg zu bringen. Wir waren vor dem Krieg sechs Geschwister. Davon leben nur noch wir beide!«

»Wir werden alles tun, was in unserer Macht steht!« antwortete Stephan. Der Rotarmist atmetete durch. Dann kniete er sich ebenfalls neben seinen Bruder.

»Welchen Rang haben Sie?« Stephan beugte sich über den Verletzten und sah den Rotarmisten an. Ohne seinen Kopf zu heben, antwortete er: »Hauptmann!«

»Gut, Herr Hauptmann«, sagte Stephan. »Sie und Ihre Männer sind jetzt in Sicherheit. Auch Ihr Bruder. Aber Befehle hier, Herr Hauptmann, die gebe ich. Das ist die einzige Chance, für uns und für Sie zu überleben. Verstanden?«

Die Männer in der Halle hielten die Luft an. Ohne die Hände seines Bruders loszulassen, drehte der Offizier seinen Kopf zu Stephan. Sekundenlang sahen sich beide Männer an.

»Ich bitte um Entschuldigung, Fürst«, antwortete der Hauptmann. »Selbstverständlich geben Sie hier die Befehle. Ich hatte einige Minuten vergessen, was mir A. aufgetragen hat. Er hat mir gesagt, daß es keinen besseren Vorgesetzten als Sie gibt. Ich bitte darum, daß Sie mir verzeihen!«

Stephan klopfte dem Offizier auf die Schulter. »Bitte erfüllt, Herr Hauptmann«, sagte er. »Wo haben Sie Ihre Ausrüstung?«

»Unsere Waffen und unsere Skier sind bereits hier auf dem Gut unauffindbar versteckt worden!« Die Gutsarbeiter nickten zustimmend. »Unauffindbar sind auch unsere beiden Funkgeräte, auch wenn ihre Batterien in diesem Augenblick neu aufgeladen werden. Ich hoffe, die Deutschen schalten uns nicht den Strom ab!« Ein flüchtiges Lächeln flog über sein von Strapazen gezeichnetes Gesicht.

Amanda und Andrejew kamen die Treppe herunter. Amanda beugte sich über den Schwerverwundeten.

»Schneide ihm die Verbände am linken Bein auf!« befahl Amanda ihrem Mann.

Die Wunde sah schrecklich aus. Fünf Kugeln hatten das Bein des jungen Rotarmisten getroffen. Eine der Kugeln hatte die Kniescheibe zerschmettert.

»Ein Wunder«, dachte Amanda, »daß dieser Junge noch lebt.« Sie injizierte dem Verwundeten eine Dosis Morphium in den Oberschenkel. Das wachsbleiche Gesicht des Soldaten entspannte sich sofort. Dann desinfizierte Amanda das linke Bein des Rotarmisten. Sie wikkelte mehrere Verbände über die Wunden.

Stephan ging zum Lichtschalter.

»Alle Gutsarbeiter sofort in ihre Quartiere. Die Rotarmisten in das Versteck. Um Ihren Bruder, Herr Hauptmann, bemühen wir uns sofort weiter!« Stephan knipste den Lichtschalter aus.

Der ehemalige litauische Oberst kam im geländegängigen Kübelwagen kurz vor Mitternacht auf das Gut. Er kam bewußt erst so spät, weil er ahnte, welche Hektik im Herrenhaus in den letzten Stunden geherrscht haben mußte. Er hatte auch den Arzt aus dem Dorf die Zeit lassen wollen, die er benötigte, um sich mit den Verwundeten zu befassen. Der Oberst war sicher, daß es Verwundete unter den Rotarmisten gegeben haben mußte.

Einer seiner Spähtrupps auf Skiern hatte die Sowjets am Rande eines Waldes überrascht. Rotarmisten und SS-Männer hatten sich sofort ein wildes Feuergefecht geliefert. Dabei waren zwei seiner Soldaten so schwer verletzt worden, daß sie kurze Zeit später starben. Als der Oberst drei Stunden später mit seinem ganzen Verband auf dem Kampfplatz erschien, fanden seine Soldaten zwei tote Sowjets.

Die Flucht der anderen Rotarmisten mußte überstürzt gewesen sein. Sie hatten ihre toten Kameraden hinter einem verschneiten Gebüsch liegen gelassen. Nicht einmal die Waffen der beiden Männer hatten sie mitgenommen.

Obwohl die Unterführer des Obristen auf sofortige Verfolgung der überlebenden Rotarmisten drängten, war der ehemalige litauische Oberst mit seinem Verband vor Ort geblieben. Er hatte über Funk die nächste Division verständigt und den zuständigen Offizier der Abwehr sowie eine Einheit Feldgendarmerie angefordert. Niemand konnte ihm daraus einen Strick drehen. Er hatte Erfolg gehabt. Zwei Männer der sowjetischen Spähtrupps lagen tot vor seinem Befehlswagen. Also konnte er warten, bis die »Fachleute« erschienen. Den Flüchtenden hatte er damit einen Vorsprung verschafft, von dem er hoffte, daß er zum Untertauchen ausreichen würde.

Als die Feldgendarmerie die Toten zur weiteren Untersuchung abtransportiert hatte, war es Nacht geworden. Der Litauer befahl seinen Männern, in den beiden Scheunen eines kleinen Dorfes zu übernachten, das zehn Kilometer entfernt hinter flachen Hügeln lag. Er selbst nahm Quartier in einem Bauernhaus, dessen Bewohner, eine Großfamilie, zusammen mit ihren Schweinen und Hühnern, in ein Nachbarhaus umquartiert wurden.

Der Oberst hatte die transportable Sendeanlage seines Verbandes, die in einem gepanzerten, von Ketten angetriebenen Transportfahrzeug verstaut war, im Wohnraum des Bauernhauses aufbauen lassen. Diese Sendeanlage, die von einem Benzingenerator mit Strom versorgt wurde, hatte eine sehr große Reichweite. Ohne Mühe hätte er mit ihr eine Funkstation im Westen Deutschlands rufen können.

Er wollte aber ein ganz anderes Ziel anpeilen. Er hielt es für unbedingt notwendig, General Ambrowisch einen Hinweis zu geben, daß dessen drei Spähtrupps aufgespürt worden waren und Verluste erlitten hatten. Bei seinem Besuch bei Alexander hatten beide Männer ausgemacht, daß er nur im äußersten Notfall die Sendeanlage dafür benutzen sollte. Dieser Notfall war nun nach seiner Ansicht gekommen.

Funker waren zwei Litauer, die schon unter ihm gedient hatten, als er noch Chef der litauischen Grenzschutzeinheit gewesen war. Sie gehörten zu der Gruppe seiner SS-Männer, die bereit waren, den Sowjets zu helfen. Sie waren wie er, bis zum Überfall Hitlers auf die UdSSR, treue Anhänger der Nazis gewesen. Als sie sahen, daß ihr geliebtes Rußland von Mordkommandos heimgesucht wurde, war in ihnen eine Welt zusammengebrochen. Sie haßten Hitler und Stalin gleichermaßen. Aber sie waren bereit, sich von beiden Diktatoren umbringen zu lassen, wenn dies ihrer Heimat im Kampf gegen die Faschisten Nutzen bringen konnte.

Der Oberst gab den beiden Soldaten ein Zeichen, als das Stromaggregat auf vollen Touren lief. Einer der SS-Männer tastete den verschlüsselten Spruch in die klare Winternacht, den sie seit Jahren zu Testzwecken ausstrahlten: »Die Winternacht ist arg kalt!« In den verschlüsselten Spruch setzten sie bei Winternacht ein doppeltes A. Einen solchen Tastfehler hatten sie noch nie gemacht. Wer ihre Funksprüche auch immer überwachte, konnte ihnen einen solchen Fehler nicht ankreiden. Sie hatten bisher immer korrekt gearbeitet.

Dann rief der Funker, ebenfalls verschlüsselt, die Division an, zu der die toten Sowjets transportiert worden waren. Anschließend ging er auf Empfang.

Der Oberst hatte, wie auch der zweite Funker, Kopfhörer aufgesetzt. Beide Männer zuckten zusammen, als sie die im Klartext gesendete Antwort entzifferten, die nur aus drei Worten bestand und von der vorgesetzten Division kam: »Bitte korrekter Tasten!« Das doppelte A war also aufgefallen.

Der Oberst begann sofort verschlüsselt, ohne auf die Zurechtweisung einzugehen, drei Funksprüche mit der Division zu wechseln. Sie betrafen ausschließlich die beiden toten Sowjets.

Die Division bestätigte ihm auf seine Frage, daß die Toten genauso wie die Männer der Viererweinheit ausgerüstet waren, die an der Leningradfront in die Falle gegangen und niedergestochen worden waren. Die Division befahl ihm, die Jagd nach den anderen Sowjets fortzusetzen, die entkommen waren. Als Abmarsch wurde ihm neun Uhr morgens befohlen. Dann würde die Sonne zwei Handbreit über dem Horizont stehen.

Der ehemalige litauische Oberst hockte, wie seine beiden Männer, Stunde um Stunde vor der Sendeanlage, die weiter auf Empfang geblieben war.

Kurz nach Mitternacht fingen sie das Signal auf, auf das sie gewartet hatten. Es war mit Lichtgeschwindigkeit über siebenhundert Kilometer durch die Nacht geflogen und bestand aus einem vereinbarten Kurzsignal, das ein Wort und einen Buchstaben enthielt: »Verstanden! A.«

Aus dem Gezirpe von Hunderten von Funksprüchen, die den eisigen Nachthimmel durcheilten, hatten sie es klar und deutlich herausgehört. Funksprüche, die von deutschen, englischen und sowjetischen Kriegsschiffen, von Stationen an der deutsch-sowjetischen Front, aus der Schweiz, aus Frankreich und dem Deutschen Reich sowie aus Dänemark kamen, hatten das Wort und den Buchstaben umkreist. Aber der Sender in Leningrad war für diese wenigen Sekunden auf volle Leistung gebracht worden. Er hatte alle anderen Funksprüche übertönt, auf der Wellenlänge, die vereinbart worden war.

Der Funkbeobachtungsdienst im Hauptquartier von General Alexander Ambrowisch hatte auf der Lauer gelegen und die Bedeutung des doppelten A. im Testfunkspruch, den er im Klartext kannte, verstanden. Nur knapp drei Stunden hatte es gedauert, bis der sowjetische B-Dienst den Funkverkehr des ehemaligen litauischen Obristen mit der deutschen Division in den wichtigsten Passagen entschlüsselt hatte.

Der deutsche Hauptmann im Hauptquartier von Alexander wartete noch eine Stunde zusätzlich. Dann gab er den Befehl über Funk auf Anweisung von Alexander, der den SS-Verband für die nächsten vierundzwanzig Stunden lenken würde. Er bestand aus vier Buchstaben: »LSVA!«

»Danke! Einer von Ihnen bleibt weiter auf Empfang. Wechseln Sie nach vier Stunden!«

Der ehemalige litauische Oberst kroch auf den Ofen, der an der Stirnwand des Wohnraums stand. In seinen Pelz gehüllt, begann er, auf dem Rücken liegend, zu grübeln.

»Luise, Stephan, Verzögern, Alexander!«

Die flüchtenden Rotarmisten würden jetzt das Gut der Gräfin anlaufen. Nur dies konnten die vier Buchstaben bedeuten. Er sollte die Verfolgung weiter verzögern.

»Verdammt«, dachte er. »Es muß eine Katastrophe gegeben haben, wenn zwölf Männer gleichzeitig das Gut der Gräfin als Rettungsinsel betrachten. Aber welche Katastrophe?«

Nach vier Stunden Schlaf wachte er ruckartig auf. Er wußte plötzlich auf den Punkt genau, was passiert war. Sein Verstand hatte weiter gearbeitet. Die Erkenntnis, um was es ging, hatte ihn aus dem Schlaf gerissen.

Verrat, nichts anderes als Verrat mußte im Spiel gewesen sein.

Der Funker, der in den Morgenstunden Dienst hatte, reichte dem ehemaligen litauischen Oberst eine Mitteilung der Division, die er auf ein Blatt Papier geschrieben hatte.

Ein Bauernmädchen, Geliebte eines Feldwebels der Wehrmacht, dessen Regiment fünfzig Kilometer entfernt stationiert war, hatte zwei Nächte vorher im Bett zu reden begonnen. Sie hatte mehr erzählt, als sie erzählen durfte. Der Feldwebel hatte sofort die Feldgendarmerie alarmiert. Das Mädchen war von den Feldgendarmen fast totgeprügelt worden. Dann hatte sie alles verraten, was sie wußte: In zwei abgelegenen Dörfern würden Rotarmisten erwartet, die auf Skiern kämen und sich dort vier Wochen verstecken wollten.

Die Deutschen handelten blitzschnell. Die Feldgendarmen erschossen die junge Russin. Der Divisionskommandeur entsandte ein Batallion zu den beiden Dörfern. Die deutschen Soldaten umstellten die Dörfer. Alle männlichen Bewohner, vom Baby bis zum Greis, wurden erschossen. Die Frauen wurden in Konzentrationslager abtransportiert.

Dennoch war die Aktion der Deutschen ein Fehlschlag. Sie hatten zu früh gehandelt. Ein achtzehnjähriger Dorfbewohner war entkommen, als die deutschen Einheiten damit begannen, die Dörfer zu umstellen. Schnell, wie ein Schneefuchs, war er geflüchtet. Die deutschen Soldaten hatten nicht bemerkt, daß ihnen ein Hase durch die Lappen gegangen war. Der Achtzehnjährige fing die Spähtrupps ab, die sich zum ersten Mal seit Wochen wieder treffen wollten. Die Rotarmisten drehten auf der Stelle um, aber sie blieben zusammen. Sie waren davon überzeugt, daß sie zusammen größere Chancen hätten, den deutschen Verfolgern zu entkommen.

Aber auch der Achtzehnjährige machte einen tödlichen Fehler. Er kehrte in sein Dorf zurück. Die Feldgendarmen schleppten ihn in eine Scheune, in der sie die erschossenen Dorfbewohner wie Klafterholz aufgestapelt und mit Benzin übergossen hatten.

In der Scheune schlugen sie den jungen Russen erbarmungslos zusammen. Als einer der »Kettenhunde« dem Jungen die Pelzhose herunterriß und ein Messer an seine Hoden setzte, gestand er, die Spähtrupps gewarnt zu haben. Mit einer Blitzbewegung schnitt der Feldgendarm dem Jungen die Hoden ab. Er und zwei andere Feldgendarme hoben den vor Schmerzen brüllenden Achtzehnjährigen hoch und warfen ihn auf die aufgestapelten Toten. Dann zündeten sie den Leichenstapel an.

Der ehemalige litauische Oberst richtete sich auf, als er den Funkspruch gelesen hatte, der ausführlich dieses Massaker schilderte. Er starrte den Funker an, der vor dem Sendegerät hockte.

»Die Rotarmisten werden nur noch aus Rache bestehen, wenn sie Deutschland erobern«, sagte er zu dem jungen SS-Mann. »Sie werden gleiches mit gleichem vergelten!«

Vor dem Herrenhaus des Gutes von Luise stieg der ehemalige litauische Oberst aus dem Kübelwagen. Er war in einen dicken Pelz gehüllt. Andrejew half ihm dabei. Deutlich fühlte der Oberst, daß dem Kaukasier die Hände zitterten.

»Der Kübelwagen soll in eine Scheune gestellt werden, Andrejew«, befahl der Oberst. »Meine drei Begleiter sollen von ihren Leuten beköstigt werden. Vor allen Dingen benötigen sie erst einmal einen kräftigen Wodka!«

Stephan erwartete den Litauer in der Tür des Herrenhauses. Als Amanda dem SS-Offizier in der Halle aus dem Pelz half, registrierte er, daß auch dieser jungen Frau die Hände zitterten. Er zog die Luft ein.

»In Ihrem Hause, Fürst, riecht es nach Äther. Wissen Sie das?«

Amanda erbleichte. Stephan hob die Schultern.

»Hier war die Hölle los, mein Freund«, flüsterte Stephan. »Der Arzt hat, assistiert von meiner Frau und Amanda, drei Stunden operiert.«

Stephan wischte sich über die Stirn, auf der sich Schweißperlen zu bilden begannen.

»Einem der jungen Rotarmisten mußte der Arzt das linke Bein amputieren. Nur ein Stumpf des Oberschenkels ist geblieben. Zwei anderen Rotarmisten mußten acht Kugeln aus dem Körper operiert werden. Sie können sich vorstellen, was dies alles für uns bedeutete!«

Beide Männer blickten sich an.

»Der Amputierte liegt im ehemaligen Zimmer des Sohnes meiner Frau. Sie ist bei ihm. Ich bitte um Entschuldigung, wenn sie nicht zu ihrem Empfang in der Halle ist. Wir konnten den jungen Rotarmisten aufgrund seiner schweren Verletzung nicht in das Versteck bringen!«

»Wo ist der Arzt, Fürst?«

»Auf Schleichwegen in sein Haus zurückgekehrt!«

Wieder trafen sich ihre Augen.

»Keine Sorge, Fürst. Ihr Gut wird zumindest in den nächsten Tagen nicht durchsucht werden. Dafür werde ich sorgen!« Der ehemalige Oberst schob einen Finger unter den Kragen seines Hemdes, so, als ob ihm der Kragen zu eng geworden war.

Dann sagte er: »Aber, es kann passieren, daß die Feldgendarmerie das Gut und das Dorf in den nächsten Tagen umwühlen wird. Die beiden Rotarmisten, die wir verfolgten, sind entkommen. Wir haben sie zwar gesehen, aber sie waren flink wie Füchse!« In den Augenwinkeln des SS-Offiziers zeichnete sich ein Lächeln ab. Er öffnete den obersten Knopf seiner Uniformjacke. Ohne auf Amanda zu achten, die noch immer neben den beiden Männern stand, sagte er: »Diese beiden tapferen Männer werden in spätestens zwei Stunden ebenfalls vor ihrem Gut stehen. Ihre Leute wissen Bescheid. Sie werden sie in Empfang nehmen und erst einmal bei sich verstecken. Aber auch sie müssen später in das Dachversteck, wie die Verwundeten. Ich muß morgen früh mit meinen SS-Männern weiter. Die Jagd fortsetzen, obwohl es nichts mehr zu jagen gibt!«

Der Litauer trat dicht an Stephan heran. »Ich bin der Ansicht, Fürst, daß wir verrückt sind«, sagte er. »Wir helfen Männern, deren oberste Führer uns liquidieren werden, wenn sie uns bekommen. Warum sind wir eigentlich so verrückt?«

»Weil wir alle – ganz gleich, welchem Volksstamm wir angehören – Russen sind, Oberst«, antwortete Stephan. »Wir Russen waren und sind immer irgendwie verrückt. Unsere großen Schriftsteller haben das meisterhaft dargestellt!«

Der Offizier hob den rechten Arm so, als ob er ein Glas Wodka an die Lippen setzen wollte. Stephan gab Amanda einen Wink. Sie brachte zwei Wassergläser aus dem Salon, die bis zum Rand mit dem in Rußland beliebtesten Wässerchen gefüllt waren.

Beide Männer prosteten sich zu. Dann tranken sie schweigend bis auf einen Rest Schluck für Schluck ihre Gläser aus.

»Ich fühle, die uns Russen, vor allem uns Russen, von allen Sorgen erlösende Trunkenheit in mir aufsteigen, Fürst«, sagte der SS-Offizier. Er griff sich wieder in seinen Hemdkragen. »Es gibt nur zwei Dinge im Leben von uns Russen, die uns wirklich Freude bereiten, Fürst: Frauen und Wodka! Können Sie mir da zustimmen?«

»Ja, das kann ich!«

»Und weil ich diese wundervolle, uns erhebende Trunkenheit fühle, wage ich eine Bemerkung, Fürst! Gestatten Sie?«

»Ja!«

»So sehr ich meine jetzige Frau liebe und ständig begehre, Fürst, hat es doch immer nur eine Frau in meinem Leben gegeben, die ich unsagbar begehrte!«

»Meine Frau, Herr Oberst!«

»So ist es, mein Freund. Aber sie war für mich immer so unendlich fern, so unerreichbar wie die Sterne. Dies war einer der Gründe dafür, mein Freund, daß ich bei unserem ersten Zusammentreffen vor bald zwanzig Jahren unhöflich, ja unleidlich und unerzogen war. Ich bitte dafür um Entschuldigung!«

»Und warum sagen Sie mir das gerade heute, mein Freund?«

»Weil ich fühle, daß der Tod dicht hinter mir steht. Ich kann mich drehen und wenden wie ich will. Stets sehe ich ihn hinter mir!«

»Wir wollen nicht jetzt an den Tod denken, mein Freund«, antwortete Stephan. »Aus diesem Haus haben wir den Tod gerade erfolgreich vertrieben. Lassen Sie uns in die Zukunft blicken, mein Freund. Diesen Stunden der Kälte, der Dunkelheit und des Entsetzens muß ein Frühling mit Sonne folgen. Ein Frühling, der allen einen neuen Anfang ermöglicht, einen Anfang auf einem Weg, der in eine gute neue Welt führt!«

Der Litauer zog sein Taschentuch und wischte sich über die Stirn.

»Für mich kann es keine Zukunft geben, mein Freund«, sagte er leise. »Ich trage die Uniform der Garde der Faschisten, die bei jedem einzelnen von uns mit dem Blut Unschuldiger über und über besudelt ist. Die Verbrechen, die von den Männern dieser Garde in den Ländern Europas begangen wurden, die Hitler unterwarf, werden als die scheußlichsten in die Geschichte der Menschheit eingehen. Und wissen Sie warum?«

Stephan schüttelte den Kopf.

»Weil diese Verbrechen aufgrund eines Programms erfolgten, das die Nazis zur Ausrottung anderer Völker aufgestellt haben«, sagte der SS-Offizier. »Es hat in der Menschheitsgeschichte unzählige Diktatoren gegeben, die andere Völker überfielen und sie auszurotten versuchten. Aber unter Hitler ist Ausrottung von Völkern zum ersten Mal in der Geschichte der Menschheit zum Regierungsprogramm erhoben worden. Zum ersten Mal in der Geschichte wurden Völker nur deshalb überfallen, weil sie ausgerottet werden sollten. Das ist, ganz einfach ausgedrückt, das Einmalige an den Faschisten. Und Menschen wie ich haben diese Verbrechen ermöglicht. Einzig und allein durch die Tatsache, daß ich, wie auch andere, mitgeholfen habe, dieses mörderische System zu stützen. Auch wenn ich und andere Männer später wieder aus dem Zug dieser Verbrechen ausgestiegen bin, so haben wir doch alle durch unsere Unterstützung Schuld über Schuld auf uns geladen. Und dafür werden wir bezahlen müssen!«

Beide Männer standen, ihre Gläser in den Händen haltend, Minuten schweigend in der Halle.

»Ich weiß ehrlich gesagt nicht, wovon Sie sprechen, mein Freund«. Stephan bewegte seinen Oberkörper in seiner Jacke so hin und her, als ob sie ihm zu eng geworden war.

»Wir leben hier so abseits, daß wir uns nichts von dem als Wirklichkeit vorstellen können, was Sie hier andeuten. Das Gut und auch Littauland sind, von einigen Durchfahrten deutscher Soldaten im Jahr abgesehen, unverändert Inseln des Friedens«. Stephan nickte Amanda zu, die noch immer neben ihm stand. Sie holte aus dem Salon die Wodkaflasche und füllte die Gläser nach.

»Ich weiß, daß Sie mich in Ihren Salon bitten wollen, mein Freund, so, wie Sie es immer getan haben«, sagte der ehemalige litauische Oberst. »Aber dieses Mal würde ich diese Gastfreundschaft ablehnen. Meine Uniform würde Ihren Salon auf immer beschmutzen.«

Der SS-Offizier trank einen Schluck Wodka. Dann schüttelte er sich, als ob Pfeffer im Glas war.

»Seit einigen Wochen weiß ich genau, was alles unter den Faschisten in Rußland passiert ist«, sagte er. »Ich bin in den vergangenen Jahren nie aus dem Baltikum herausgekommen. Ich war völlig ahnungslos, was für ein blutrünstiges System von den Faschisten nach Rußland gebracht wurde. Ich meine, dieses System stellt die Schrecken, die Stalin über Rußland gebracht hat, in den Schatten. Wenn ich völlig ahnungslos war, so liegt das einfach daran, daß ich mich nur um die Dinge gekümmert habe, die ich hier im Baltikum erledigen mußte. Und das war nicht mehr und nicht weniger, als ich als ehemaliger Kommandeur der Grenztruppen zu erledigen hatte. Dennoch wird mir kein Mensch nach dem Krieg glauben, daß ich nichts von den mörderischen Verbrechen der Faschisten wußte. Schließlich bin ich Offizier ihrer Garde.«

Der SS-Offizier wischte sich mit seinem Taschentuch wieder über seine Stirn.

»Vor einem Monat mußte ich einen zweiwöchigen politischen Schulungskurs in Königsberg absolvieren«, sagte er. »Dabei habe ich in einen Abgrund gesehen, auf dessen Boden ein Höllenfeuer lodert.« Er schüttelte sich erneut.

»Ich weiß wirklich nicht, was Sie damit andeuten wollen, mein Freund«, sagte Stephan. »Wir hier in Littauland wissen, daß dieser Krieg so unerbittlich, so gnadenlos geführt wird, wie Kriege noch nie ausgefochten wurden. Aber was bedeutet Höllenfeuer?«

Der Litauer zündete sich eine Zigarette an. Wie geistesabwesend blickte er auf die Glut der Zigarette, die er in der linken Hand hielt.

»Die Faschisten sind am Ende, Fürst«, sagte er. »Ein Jahr noch, nicht länger, werden sie durchhalten können. Die Städte des deutschen Reiches liegen in Trümmern, zerschlagen, von riesigen Verbänden der Luftwaffen der USA und Großbritanniens. Sie sind so umgewühlt worden, wie die Städte Rußlands durch die Faschisten. Es ist nur noch eine Frage der Zeit, dann wird auch die deutsche Rüstungsindustrie zusammenbrechen. Dann bleibt den Faschisten nur noch die bedingungslose Kapitulation, die auf Bergen von Trümmern und Leichen vollzogen werden wird. Wenn sich der Pulverdampf des Krieges verzogen hat, wird die ganze Welt in dieses Höllenfeuer blicken. Es werden unvorstellbare Verbrechen der Nazis ans Tageslicht kommen, die die Faschisten bisher im großen und ganzen geheimhalten konnten. Ich sage Ihnen, mein Freund: Durch die Welt wird ein Schrei des Entsetzens gehen!«

»Ein Schrei des Entsetzens?« Stephan und Amanda faßten sich gleichzeitig erschrocken an ihre Herzen.

»Ja, ein Schrei des Entsetzens. Die Sieger werden Stätten unvorstellbaren Schreckens finden. Hunderte, wenn nicht sogar Tausende von diesen Stätten des Schreckens.«

»Tausende?« Stephan glaubte nicht richtig gehört zu haben. »Was sind das für Stätten des Schreckens und wie sind ihre Namen?«

»Ich nenne Ihnen nur einige Namen, von denen die Menschen in aller Welt noch in tausend Jahren sprechen werden: Auschwitz, Dachau, Treblinka und Bergen-Belsen!«

»Diese Namen habe ich noch nie gehört«, sagte Stephan.

»Sie werden sie aber hören und noch viele andere dazu. Und Sie werden sich immer an Ihr Herz fassen, wenn Sie sie hören. Sie werden vor Entsetzen erbleichen. Dort wurden und werden noch immer Menschen erschossen, erschlagen, vergast und verbrannt. Nur einzig und allein aus dem Grund, weil sie Angehöriger anderer Völker oder Glaubensrichtungen sind. Frauen und Kinder, Männer und Greise werden getötet. Millionen, so habe ich in Königsberg gehört, sind bisher in diesen Lagern ermordet worden. Millionen, Fürst! Und Sie werden es nicht glauben, Fürst: Die Nazis brüsten sich mit diesen Morden. Und soweit ich es verstanden habe, sind die Nazis davon überzeugt, die Welt von Ungeziefer befreit zu haben. Können Sie sich vorstellen, Fürst, wie man die Ermordung von Menschen mit der Ausrottung von Ungeziefer gleichsetzen kann? Ich kann es jedenfalls nicht!«

Stephan wurde kreidebleich. Amanda mußte sich auf die Treppe in der Halle setzen. Vor ihren Augen drehte sich die Halle.

»Millionen Menschen ermordet? Millionen nur deshalb ermordet, weil sie anderen Völkern angehören? Millionen getötet, weil sie einer anderen Religion angehören? Das kann ich mir einfach nicht vorstellen!« Stephan sah den SS-Offizier fassungslos an.

»Ja, Fürst, Millionen!«

Stephan trank sein Glas in wenigen Zügen aus. Amanda sah, daß ihm die Stirnadern schwollen.

»Meine Frau, mein Freund, Amanda, Andrejew und ich werden hier nicht einen Tag länger bleiben«, sagte er mit lauter Stimme. »Keinen Tag werden wir hier mehr bleiben. Wir werden so schnell wie möglich über Memel nach Schweden zurückkehren. Wir können nicht mit Massenmördern dieselbe Luft atmen!« Stephan würgte an diesen Sätzen, als er sie keuchend hervorstieß.

»Sie werden bleiben, Fürst. Alle vier werden sie hier bleiben!« Der SS-Offizier sprach mit einer Härte in der Stimme, wie Stephan es noch nie bei ihm gehört hatte.

»Und wer will uns zwingen, zu bleiben?«

»Niemand kann Sie halten, Fürst! Aber A. hat Sie darum gebeten, und deshalb werden Sie bis zum bitteren Ende bleiben. Sie haben es A. durch Dritte versprochen, hier und nirgendwo anders zu sein. A. setzt auf Ihr Versprechen. Außerdem haben Sie Schwerverwundete im Haus. Wer soll sich außer Ihnen um sie kümmern?«

Der Litauer ließ sich von Amanda in seinen Pelz helfen. Er blickte sich in der Halle um, wie ein Mensch, der von einem ihm an das Herz gewachsene Haus für immer Abschied nimmt.

»Leben Sie wohl, mein Freund! Leben Sie alle wohl. Grüßen Sie Ihre bezaubernde Frau von mir!«

Der Litauer ging, ohne sich umzudrehen, zur Haustür, öffnete sie und trat auf den Hof und schloß die Tür geräuschlos hinter sich. Stephan und Amanda hörten den Kübelwagen über den Hof fahren. Das Motorengeräusch hallte noch einige Minuten durch die Nacht. Dann erstarb es.

»Ich habe mich von ihm nicht verabschiedet«, sagte Stephan zu Amanda. »Genau genommen, er auch nicht von uns!«

Stephan stützte seinen Kopf in beide Hände.

»Ich glaube, Fürst, er wollte sich nicht wie sonst von uns verabschieden«, sagte Amanda. »Ich hatte das Gefühl, er fühlte sich nachdem, was er auf der Tagung in Königsberg erfahren hat, selbst so beschmutzt, daß er Ihnen, Fürst, als ein Mann, der eine SS-Uniform trägt, nicht die Hand geben wollte. Er sagte, er sehe – überall wo er hinblicke – den Tod neben sich. In dieser Uniform, Fürst, ist er selbst der Tod und Zugleich ein Bote des Teufels!«

»Die Gräfin und ich, Amanda, haben oft darüber nachgedacht, was er für ein Mensch ist«, sagte Stephan. »Wir sind nie zu einem endgültigem Urteil gekommen. Er haßte uns anfangs. Dann wurde er unser Freund. Er half uns, er beschützte uns sogar, selbst heute. Dieser Litauer arbeitet für die Sowjets, läßt aber auch ihre Soldaten töten, als Chef einer SS-Einheit. Auf der anderen Seite setzt er sein Leben dafür ein, daß die Überlebenden bei uns Sicherheit finden, daß ihnen geholfen wird. Von Geburt ist er Litauer, dient aber den Faschisten, trägt ihre Uniform, fühlt sich dennoch als Russe, der seinem Volk in der Stunde der Not helfen will und handelt dementsprechend. Du, Amanda, bist ein echtes Kind der Bauern dieses Landes. Wie beurteilst Du ihn?«

Stephan legte sich auf die Stufen der Treppe und starrte die Holztäfelung der Hallendecke an.

»Ich kann mich nicht so wie Sie und die Gräfin ausdrücken, Fürst«, antwortete Amanda. »Aber wenn Sie meine Meinung hören wollen ...«

»Ich will gerne Deine Meinung hören, Amanda. Bitte!«

»..., dann würde ich sagen, der Oberst ist für mich wie ein Baum, der in seinem Heimatwald ausgegraben, besser aus seiner vertrauten Umgebung weggenommen und auf einem ihm unbekannten Feld wieder eingepflanzt wurde. In völlig fremder Umgebung, allen Stürmen ungeschützt ausgesetzt. Allein gelassen und mit Problemen belastet, die er alleine nicht meistern konnte, hat er nach der ersten Hand gegriffen, die sich ihm entgegenstreckte. Es war die Hand des Teufels. Er hat das aber erst jetzt richtig erkannt. Er ist im gewissen Sinne wurzellos, heimatlos, und er sieht, daß er keine Zukunft mehr hat. Er ist im Grunde seines Herzens ein guter, ein lebenslustiger Mensch. Aber ich glaube, er weiß genau, was die Volksweisheit mitgegangen, mitgehangen für ihn bedeuten wird. Wir, so meine ich, sehen ihn nie wieder!«

Stephan richtete sich auf. Er nahm die Hand von Amanda. »Man kann es so einfach und doch so klar wie Du sehen«, sagte er. Und nach einigen Minuten: »Mitgegangen, mitgehangen! Welche Bedeutung wird das für uns haben?«

Ein Pulver aus amerikanischen Armeebeständen bewirkte Wunder. Der Arzt brachte es vier Tage, nachdem er die Rotarmisten operiert hatte, in seiner Arzttasche mit auf das Gut. Unterstützt von Luise und Amanda löste er die Verbände vom Amputationsstumpf des jungen Soldaten, der noch immer fiebernd im ehemaligen Bett von Charles lag.

Die Wunde war entzündet und eiterte.

Der Hauptmann, der neben dem Bett stand, sah so entsetzt wie Luise und Amanda den eiternden Beinstumpf seines Bruders an. Er ballte die Fäuste und fluchte leise vor sich hin.

Der Arzt betäubte mit Morphium die Schmerzkanäle im Beinstumpf des Rotarmisten. Dann zog er die Fäden, die die entzündeten Hautlappen über dem Stumpf zusammenhielten. Eiter, der einen unerträglichen Gestank verbreitete, quoll aus der Wunde.

Mit wenigen Handgriffen säuberte der Arzt die Wunde. Er schnitt an den entzündeten Stellen die Hautlappen ab.

»Gräfin und Amanda: Heben Sie bitte den Stumpf an!« befahl er den Frauen.

»Sie Hauptmann, halten die Hände Ihres Bruders. Ganz fest bitte. Er muß völlig ruhig liegen!«

Der Arzt nahm aus seiner Tasche eine Flasche aus durchsichtigem Glas, die halb so groß wie eine Wodka-Flasche war. Sie war mit einem gelblich-weißen Pulver gefüllt.

Der Arzt löste den Verschluß und schüttete die Hälfte des Pulvers auf den Stumpf des Unterschenkels. Danach nähte er die Hautlappen wieder zusammen, puderte aber auch den Beinstumpf von außen mit dem Rest des Pulvers aus der Flasche ein. Dann verband er den Stumpf, den Amanda und Luise noch immer hochhielten.

»Was ist das für ein Pulver?« Der Hauptmann richtete sich auf und sah den Arzt prüfend an. In seinen Augen stand Mißtrauen.

»Ich weiß es auch nicht, Genosse Hauptmann«, antwortete der Arzt. »Von diesem Pulver, das aus den USA kommt und Penicillin heißt, habe ich noch nie gehört. Aber es soll eine Wunderwaffe gegen vereiterte Wunden sein. Man sagt diesem Medikament nach, daß es selbst Sterbende ins Leben zurückbringt. Es bei Ihrem Bruder anzuwenden, halte ich für notwendig. Für dringend notwendig sogar, Genosse Hauptmann!«

»Und wo haben Sie diese amerikanische Medizin her, Doktor? Sie ist doch wohl nicht so einfach wie ein Vogel durch die Luft geflogen?«

Noch immer stand Mißtrauen im Gesicht des Hauptmanns.

»Sie fragen zuviel, Genosse Hauptmann!« Der Arzt packte seine Tasche zusammen, ohne den Offizier anzusehen. Als er seine Tasche aufnahm, drehte er sich zu dem Hauptmann um.

»Mit dem Vogel sind Sie schon auf dem richtigen Weg, Genosse Hauptmann«, murmelte er. »Das Penicillin kommt von A. Genügt diese Antwort?«

Drei Tage später war der Schwerverwundete fieberfrei. Eine Woche danach, konnte er, gestützt von seinem Bruder und Andrejew, einige Schritte auf einem Bein im Zimmer auf und ab humpeln.

Der Arzt brachte vierzehn Tage darauf eine Schulterkrücke aus Leichtmetall auf das Gut. Er stellte sie an das Bett des jungen Rotarmisten.

»Von A.?« Der Schwerverwundete nahm die Krücke in beide Hände und sah den Arzt fragend an.

»Jawohl. Sie ist wie ein Vogel hergeflogen!«

Stephan und Andrejew warfen sich einen Blick zu. Ein Vogel war es also gewesen, der am späten Abend des Vortages das Zischgeräusch verursacht hatte, als sie vor dem Zubettgehen einige Minuten auf dem Hof gestanden hatten. Sie hatten in der dunklen und bitterkalten Nacht flüchtig einen Schatten über sich gesehen, der das Zischgeräusch verursachte. So, als ob Luft durch Zaunlatten gepreßt wird. Der Schatten hatte sich in Richtung Littauland bewegt. Sekunden später hatten sie leise Motorengeräusche gehört, ohne sagen zu können, woher sie kamen.

»Der Vogel muß einen langen Weg zurückgelegt haben«, sagte Andrejew, den Arzt anlächelnd.

»Einen sehr langen sogar, Andrejew. Deshalb mußte er erhebliche Zusatzrationen an Futter mitnehmen, wenn ich mich einmal so ausdrücken darf. Und sein Orientierungssinn, um das richtige Nest ansteuern zu können, ist auch bemerkenswert. Obwohl ich zugeben muß, daß ich ein wenig nachgeholfen habe. Erst mit einem Funksignal, dann mit einer Taschenlampe!«

»Sie haben gefunkt? Womit haben Sie gefunkt?« Der Hauptmann griff nach der linken Hand des Arztes.

»Sie fragen wirklich zuviel, Genosse Hauptmann«, antwortete der Arzt. »Aber eines kann ich Ihnen versichern, mit der Taschenlampe jedenfalls nicht. Deren Reichweite langt nicht aus, um Penicillin und jetzt eine Krücke anzufordern!«

Der Hauptmann starrte den Arzt an. »Ich glaube jetzt fest daran, daß hier viele sind, die mehr auf dem Kasten haben als ich«, sagte er. Der Arzt lächelte.

»Und was den Vogel betrifft, Doktor: Ich habe davon gehört, daß die Faschisten ihn Nähmaschine nennen!« Der Hauptmann sprach das Wort auf Deutsch aus.

»Weiß ich das?« Der Arzt lächelte noch immer. »Die Deutschen habe so viele sonderbare Namen für so viele Dinge!«

Er nickte Luise und Stephan zu. Dann ging er.

Über Nacht waren die Schwalben zurückgekehrt. Ihnen folgten die Störche. Majestätisch flogen erst die Männchen heran, Tage später folgten die Weibchen. In allen Nestern auf den Dächern der Scheunen und auf dem Gutshaus begannen sie ihre Liebesspiele.

Stephan und Luise ritten fast täglich über ihre riesigen Wiesen und kontrollierten das Einbringen der Heuernte. Die Rinder und Pferde waren auf die bereits gemähten Wiesen getrieben worden.

»Ich werde eine alte Frau«, sagte Luise an einem Nachmittag, nachdem sie mehrere Stunden mit Stephan über die Ländereien geritten war. Sie saßen in den Sätteln ihrer Pferde, die neben dem Hauptweg zwischen den Wiesen standen. Sie ließen eine lange Kolonne mit Heu hochbeladener Wagen an sich vorbeirollen.

»Eine alte Frau, Liebling?« Stephan warf Luise einen Kuß zu und lächelte sie an.

»Ja, Stephan, ich glaube, ich werde eine alte Frau!« antwortete sie. »Ich bin unverändert durch und durch Bäuerin und die Arbeit auf dem Gut, so anstrengend sie auch sein mag, macht mir Spaß. Aber ich habe nicht mehr das Nervenkostüm, das ich einmal besessen habe. Von der Tigerin, die ihre Krallen ausfuhr, ist nicht mehr viel übriggeblieben. Der Grund dafür ist, daß ich das Gefühl habe, dem Druck, dem wir permanent ausgesetzt sind, nicht mehr lange widerstehen zu können. Mein Liebling: Ich habe Angst, unsagbare Angst. Noch immer sind die Rotarmisten bei uns auf dem Gut versteckt. Und jeden Tag, jede Minute können SS-Soldaten auf dem Gut erscheinen, die Rotarmisten und auch uns verhaften. Was das bedeutet, kannst Du Dir vorstellen!«

Stephan nahm die rechte Hand von Luise. »Hast Du schon einmal in aller Ruhe wieder in den Himmel gesehen?« fragte er. »Hast Du die Störche auf den Dächern des Gutes beobachtet? Hast Du die Schwalben gesehen, die im Tiefflug über die Wiesen und Felder jagen? Hast Du bemerkt, daß der Frühling ins Land gekommen ist? Und hast Du bemerkt, daß wir jetzt einen wunderbaren Sommer bekommen?«

»Ja!« antwortete Luise. »Ich habe das alles sehr genau bemerkt. Und wenn ich sage, daß ich das Gefühl habe, daß ich eine alte Frau werde, hat das, wie vorhin geschildert, einen ganz anderen Grund, Liebster. Als Frau kann ich es noch immer nicht abwarten, daß es Nacht wird und Du in meinen Armen liegst, Stephan. Das kann doch nicht normal sein? Auf der einen Seite fühle ich mich als eine Frau, die älter wird und Angst vor jedem neuen Tag hat. Auf der anderen

Seite sehne ich mich nach Deinen zärtlichen Umarmungen!«

Luise fuhr mit ihrer linken Hand über die Lippen von Stephan. Er nahm ihre Hand, hob sie an seine Lippen und küßte sie.

Die Gutsarbeiter, die die Heuwagen kutschierten, lachten sie an. Einige der Männer schnippten mit den Fingern.

»Sie mögen Dich nicht nur, Liebling«, sagte Stephan. »Sie wollen mit ihrem Lächeln und Fingerschnippen ausdrücken, daß sie Dich als Frau immer noch aufregend finden!«

Stephan küßte erneut die linke Hand von Luise: »Ich, der Dich jede Nacht, wenn wir es wollen, in seinen Armen halten darf, kann dies nur bestätigen. Du bist zwar Großmutter, aber Du hast noch immer die aufregende Figur einer Dreißigjährigen. Jede andere Frau muß Dich um diese Figur in diesem Alter beneiden!«

Luise seufzte. »Geh her!« antwortete sie. »Du übertreibst maßlos!«

Luise blickte Stephan an. Sie registrierte in seinen Augen ein Glimmen, das ihr Blut auch jetzt noch wie in ihrer ersten Liebesnacht in Wallung brachte. Luise fühlte, daß sie errötete.

»Es gibt eine Fülle von Dingen, die ich an Dir liebe«, sagte Stephan. »Aber besonders liebe ich, daß Du noch immer erröten kannst!« Er faßte ihr mit den Fingern seiner rechten Hand an ihre erhitzten Wangen. Dann zog er ihren Kopf an sich und küßte ihren Mund. »Dieses Erröten einer schönen Frau, die bis unter die Haarwurzeln voller jungfräulicher Leidenschaft ist, macht mich geradezu rasend«, sagte er. »Du bist die aufregendste Frau, die ich kenne!«

»Ach, geh her!« sagte Luise lachend. Dann gab sie ihrer Stute die Sporen.

Stephan folgte ihr, immer eine halbe Pferdelänge Abstand haltend. Luise galoppierte an den Wiesen entlang, schwenkte dann nach Süden und ritt auf einen breiten Waldgürtel zu, der die Grenze zwischen den Getreidefeldern und Wiesen bildete. Tief im Waldgürtel sprang sie von ihrer Stute.

Stephan zügelte seinen Hengst. Dann sprang er ebenfalls aus dem Sattel. Beide Pferde liefen einige Meter weiter und begannen zu grasen.

Luise und Stephan standen sich gegenüber. Sie keuchten, nicht von dem schnellen Ritt, sondern vor Leidenschaft. Stephan drehte Luise um und knöpfte ihren Rock auf. Mit schnellen Bewegungen fing er an, sie auszuziehen.

»Du bist wunderschön!« flüsterte Stephan. Er streichelte ihre vollen, noch immer vom Körper abstehenden Brüste. Dann tastete er sich mit seinen Händen über ihre Hüften zu ihrem Schoß vor.

Stephan küßte die Lippen von Luise, als er sich auszuziehen begann. Sie legte ihre Arme um seinen Körper und verkrallte ihre Finger in seinem Rücken. Sekunden später wälzten sie sich im Gras. Sie liebten sich mit einer Leidenschaft, wie sie es schon seit Jahren nicht mehr erlebt hatten.

»Ich will mit Dir tausend Jahre alt werden«, flüsterte Luise, als sie erschöpft nebeneinander im Gras lagen. »Tausend Jahre und noch viel mehr, Liebster!«

»Ich auch«, sagte Stephan. Er streichelte ihren Körper. »Und auch viel mehr!«

Stephan und Luise lagen auf dem Rücken im Gras. Einige Meter hinter ihnen schnaubten ihre Pferde. Der Dämmerung war die Dunkelheit der Nacht gefolgt. Durch die Baumkronen sahen sie die Sterne, die einer nach dem anderen aufzuleuchten begannen.

»Nimm mich fest in Deine Arme, Liebster!« flüsterte Luise. »Ganz fest, und zwar sofort! Ich bekomme plötzlich Angst. Ganz entsetzliche Angst, wie so oft in der Vergangenheit!«

»Angst?« Stephan richtete sich auf und beugte sich über Luise. »Warum Angst, Liebling? Wir sind ein unverändert glückliches Liebespaar und so leidenschaftlich, wie in unserem bisherigen Zusammenleben. Warum dann Angst? Wir leben doch noch immer in unserer kleinen Welt des Friedens!«

»Ich glaube, Liebster, das war ein Abschied. Ein süßer Abschied von meiner Heimat für immer!«

»Abschied?« Stephan streichelte die Brüste von Luise. »Doch Liebster, Abschied für immer. Hörst Du nicht die Trommeln des Todes?«

Stephan, der noch immer auf einer weißen Wolke unter einem tiefblauen Himmel schwebte, wurde von einer Sekunde zur anderen hellwach. Weit im Osten hinter dem Horizont tobte ein Unwetter.

»Kein Gewitter, mein Liebster«, sagte Luise. Sie streichelte sein Gesicht. »Das ist der Krieg. Jetzt ist es für immer Schluß mit der Insel des Friedens!«

Stephan und Luise galoppierten, so schnell die Pferde konnten, zum Gut zurück. Sie fanden das Tor verschlossen. Ostwind, der aufgekommen war, trug aus der Ferne das Trommeln tausender Geschütze heran.

Auf ihr Rufen öffnete Andrejew. Er hielt Amanda an seiner Hand.

»Die Rotarmisten sind bis auf den Bruder des Hauptmanns, der im Zimmer von Charles lebt, verschwunden«, sagte Andrejew. Er atmete so schnell wie Amanda. Beiden war anzusehen, wie aufgeregt sie waren. »Praktisch von einer Minute zur anderen sind die Rotarmisten bei Anbruch der Dunkelheit verschwunden«, sagte er.

»Haben sie eine Nachricht hinterlassen?« Stephan stieg ab und gab Andrejew die Zügel beider Pferde. Dann half er Luise aus dem Sattel.

»Nichts, kein Wort, Fürst!«

»Und wo ist der Bruder des Hauptmanns?«

»Er ist mit einem der Funkgeräte in das Dachversteck umgezogen!«

»Hat er etwas gesagt?«

»Ja, Fürst. Er hat gesagt, die Stunde der Befreiung naht. Mehrere sowjetische Armeen seien auf breiter Front hier im Norden, aber hauptsächlich in der Mitte Rußlands zu einem Großangriff gegen die Deutschen angetreten!«

Eine eisige Kälte drang Herzschlag um Herzschlag von den Füßen aus durch den Körper von Luise.

Sechstes Kapitel: Die Schlacht

»Vor der Menge der Lanzen und Pfeile werdet ihr die Sonne nicht sehen!«

»Also werden wir im Schatten kämpfen!«
(Ausspruch eines Persers,
Antwort eines Spartaners)

»Denn Leben hieß: sich wehren.«
(Faust II, 1831)

Sowjetische Schlachtflieger tauchten in Scharen am Himmel auf. Kaum hatte die Sonne die Nebelschwaden des Morgens aufgesogen, waren sie in der Luft. Den Luftraum über und hinter der deutschen Front beherrschten jetzt sie und nicht mehr die Deutschen. Erschienen dennoch deutsche Kampfflugzeuge in kleinen Gruppen, wurden sie gnadenlos von Schwärmen sowjetischer Maschinen gejagt.

Luise und Stephan hatten die Heuernte einstellen lassen. Da die sowjetischen Piloten jede deutsche Militärkolonne angriffen, hatten sie Angst um das Leben ihrer Gutsarbeiter. Sie fuhren mit ihren Heuwagen ebenfalls in langen Kolonnen über die Wiesen. Kein Pilot konnte auf Anhieb erkennen, daß hier Bauern Heu einbrachten und nicht deutsche Soldaten Munition transportierten.

Die sowjetischen Schlachtflieger operierten Tag für Tag in der Nähe des Gutes und von Littauland. Jede deutsche Militärkolonne, die sich dem Dorf oder dem Gut näherte, wurde von ihnen zusammengeschlagen. Die Deutschen transportierten daraufhin ihren Nachschub an Menschen und Material nur noch in den Nachtstunden. Am Tag versteckten sie sich unter Bäumen und zwischen Büschen.

Die Schlachtflieger flogen jedoch nie das Gut oder das Dorf an. Die Piloten rasten zwar mit ihren Maschinen über Wiesen und Felder, wichen aber jedesmal dem Gut und dem Dorf aus. Dabei flogen sie zum Teil so tief, daß sie in ihrem Cockpit deutlich zu erkennen waren.

»Ob sie uns auf Anweisung oder zufällig schonen? Was meinst Du?« Luise sah Stephan an. Sie hausten seit Tagen zu viert in den Kellerräumen ihres beschußsicheren Hauses. Sie hatten Wertgegenstände und alle Lebensmittel in den ausgedehnten Kellerräumen eingelagert.

Die Gutsarbeiter hatten auf Anweisung von Stephan in den Nächten Rinder, Pferde und Schafe auf die Wiesen getrieben. Dort fanden sie genug Futter, die Wasserstellen reichten für alle Tiere aus. Die große Schweineherde des Gutes tummelte sich in den Wäldern, die das Gut umwuchsen.

»Vier Wochen im Wald, und sie werden verwildert sein und das Weite suchen«, hatte Stephan erklärt, als sie die Tiere nachts aus ihren Ställen trieben. »Aber was soll es. Auch die Schweine sollen Sicherheit unter den Bäumen finden.«

Das Dröhnen der Geschütze der sowjetischen Artillerie nahm zu. Auch die Zahl der Schlachtflieger und sowjetischen Jäger verdichtete sich von Tag zu Tag. »Es kann sein, daß wir bewußt verschont werden«, sagte Stephan eines Abends zu Luise, Amanda und Andrejew. »Aber glaubt ja nicht, daß dies geschieht, weil wir hier leben. Gut und Dorf sollen erhalten bleiben. Mit unserem Vieh und der zu erwartenden Getreideernte können Soldaten zuhauf ernährt werden!« Er lehnte sich gegen die Wand des Kellers, der von Petroleumlampen erhellt wurde.

»Wo sind unsere Gewehre, Liebling?« fragte er Luise. »Du hast sie vor über zwanzig Jahren versteckt. Zeige uns jetzt sofort das Versteck. Ich glaube, Andrejew und ich werden die Gewehre gebrauchen können!«

Luise musterte Stephan. Wie einst bei William, als die Benda-Bande das Gut berannte, sah sie in seinem Gesicht eine wilde Entschlossenheit, sich durchzusetzen. Sie stand von ihrem Stuhl auf. Seufzend ging sie durch den Keller. Sie schob einen leeren Schrank beiseite, öffnete eine Aschklappe in der Ecke des Raumes und zog ein in Tücher gewickeltes Paket hervor. Das Paket legte sie auf den Tisch in der Mitte des Raumes.

»Hier habt Ihr, was Ihr jahrelang gesucht habt«, sagte sie. »Ich habe die Waffen Jahr für Jahr gesäubert und geölt. Sie sind einsatzbereit. Die Munition liegt in den Luftschächten des Nebenkellers.«

Als Stephan und Andrejew das Paket auswickelten, sagte Amanda: »Jeder Mann und jede Frau des Gutspersonals sind ebenfalls bewaffnet. Ich wollte das nur anmerken!« Sie griff in eine Innentasche ihres weiten Rockes und zog eine Pistole hervor. So als ob sie in ihrem bisherigen Leben nur mit Waffen umgegangen wäre, ließ sie mit einer Handbewegung eine Patrone aus der Kammer in den Lauf schnellen und entsicherte die Pistole.

»Ich würde mich nicht wundern, Andrejew, wenn meine Frau ebenfalls eine Pistole im Rock versteckt hat«, sagte Stephan, ohne Luise anzusehen.

»Das habe ich, Liebster!« Luise lachte leise. »Ich habe sogar noch mehr!« Sie hob ihren Rock und zog ein Messer aus einem Halfter an ihrem Unterschenkel. Mit dem Messer schnitt sie das Polster des Sofas auf, das an der Seitenwand des Kellerraums stand. Zwischen den Sprungfedern lagen vier gut geölte Winchestergewehre.

»Ausreichend Munition für diese Gewehre lagert im Vorratskeller«, sagte sie. »In den Büchsen, in denen angeblich Schweinefleisch ist.«

Luise hielt eine Winchester in den Händen. Sie drehte sich zu Stephan um.

»Dieses Mal, Liebster, werde ich mich an Deiner Seite selbst verteidigen!« Sie lachte erneut leise. »Die Waffen sind von Charles. Christian hat sie mit der Munition auf das Gut schmuggeln lassen. Vor Monaten! Du hast davon nichts gemerkt und ich hätte Dir das auch nicht gesagt!«

»Was sagen Sie dazu, Fürst?« Andrejew hatte sich schneller als Stephan von der Überraschung erholt, die beide Männer getroffen hatte.

»Jede unserer Damen ist für sich eine Jungfrau von Orleans«, erwiderte Stephan. »Das ist es, was ich dazu sage!«

Stephan knickte den Lauf seiner Waffe. Dann sah er durch den Lauf.

»Andrejew! Sofort mit zwanzig Männern in das Dorf. Alle Bewohner sollen auf das Gut flüchten. Alles stehen und liegen lassen. Sie sollen allerdings ihre Waffen mitbringen. Ich gehe davon aus, daß sie ebenfalls Waffen haben. Das ist ein Befehl!«

»Jawohl, Fürst!«

Zwei Stunden später waren die Dorfbewohner auf dem Gut. Die alten Frauen und die Kinder wurden im Keller des Gutshauses untergebracht. Das Haupttor des Gutes wurde verschlossen und mit Balken von innen abgestützt. Sechs mit Sand gefüllte Kastenwagen wurden zusätzlich gegen das Tor gefahren. Auf den Wehrgängen standen bewaffnete Männer und Frauen nebeneinander.

Stephan verschlug es für Sekunden die Sprache, als die Gutsarbeiter aus den Scheunen vier schwere deutsche Maschinengewehre hervorholten und sie so auf den Wehrgängen stationierten, daß sie alle Flächen um das Gut herum mit ihren Geschossen bestreichen konnten.

»Wo kommen diese Waffen her?« Stephan musterte den Arzt, der im Keller des Gutshauses einen Verbandsraum einrichtete. Luise, Amanda und andere Frauen vom Gut und aus dem Dorf halfen ihm dabei.

»Der Vogel hat sie in den letzten Nächten gebracht, Fürst«, antwortete er. »Nacht für Nacht ist der Vogel gekommen, mit viel Munition und mit Medikamenten.«

»Aha!« sagte Stephan. Er mußte schlucken. »Und hat der Vogel sonst noch etwas gebracht, Doktor?«

Der Arzt griff in seine Tasche. »Diesen Brief, Fürst! Er stammt von A.!« Er reichte Stephan einen versiegelten Umschlag.

Stephan erbrach das Siegel und faltete den Umschlag auseinander. Dann legte er den Brief auf den Tisch in der Mitte des Raumes und zog eine Petroleumlampe heran. Er winkte Luise, Amanda, dem Arzt und Andrejew zu.

»Ich weiß zwar nicht, was in dem Brief steht«, sagte er. »Aber ich halte es für besser, wenn ich den Brief vorlese!«

Stephan drehte den Docht der Petroleumlampe höher. Dann las er vor:

»Lieber Stephan Igor Lassejew,

eine neue Benda-Bande reitet seit Tagen auf das Gut und Littauland zu. Sie ist blutrünstiger und besser ausgebildet und bewaffnet als die Räuberbande damals. Es ist eine Verbrecherbande der SS, die eine breite Blutspur im Baltikum hinterlassen hat.

Unser gemeinsamer Freund, der ehemalige litauische Oberst, ist in die Hände dieser Bande geraten, zusammen mit seiner Frau und den Männern, die auf unserer Seite standen. Er, seine Frau und diese Männer leben nicht mehr. Sie wurden niedergemetzelt. Sie waren auf der Flucht zu uns.

Unter der Folter dieser SS-Banditen, die keine Menschen, sondern Ungeheuer sind, hat die Frau unseres Freundes gestanden, daß Ihr Gut und Littauland unser wichtigster Stützpunkt im Hinterland der Front sind. Sie hat auch verraten, wer von den Soldaten ihres Mannes für uns und gegen die Faschisten arbeiteten. Sie konnte nicht anders. Gott wird ihr verzeihen.

Die Bande kommt nun zum Gut und nach Littauland, um Rache zu nehmen. Sechzig meiner Männer, die wir durch die Front schleusen konnten, sind zusammen mit unseren Spähern, die die Bande seit Jahren nicht aus den Augen gelassen haben, auf dem Weg zu Ihnen. Sie werden vor der SS-Bande auf dem Gut sein. Das ist ihr Befehl.

Alle diese Männer sind, wie die Späher auch, tapfere Kämpfer und gut ausgerüstet. Sie werden von einem Major geführt, der mein besonderes Vertrauen besitzt. Er wird sich Ihrem Kommando unterstellen, Fürst. Der Hauptmann und dessen Männer, die sich bisher auf Ihrem Gut versteckt hielten, hat eine andere Aufgabe bekommen.

Bitte, Fürst, hören Sie auf den Rat des Majors. Er hat große soldatische Erfahrungen. Er und seine Männer kommen auf Pferden nach Littauland. Sie werden die Tiere auf Ihren Wiesen nahe des Gutes zurücklassen. Die letzten Meter kommen Sie zu Fuß.

Kämpfen Sie, Stephan Igor Lassejew, so geschickt und erbittert um das Leben aller, die Ihnen anvertraut sind und um das Leben der Gräfin, wie damals, als ich lernte, Sie zu bewundern. Denken Sie daran, daß ich die Gräfin wie meine Mutter liebe. Beschützen Sie, Fürst, meine Mutter!

Ich, der ich dem alten Grafen in die Hand versprochen habe, Ihre Frau immer zu beschützen, weiß, daß Sie, als Ihr Mann, Ihr letztes für Sie geben werden.

Die sechzig Männer und die Späher sind die erste Unterstützung, die ich Ihnen im Kampf gegen die SS-Bande senden kann.

Wir sind zum Sturm gegen die faschistischen Eindringlinge angetreten. Gewohnt, an der Spitze meiner Soldaten zu kämpfen, komme ich Ihnen zu Hilfe, so schnell es geht!

Ihr Alexander Ambrowisch.«

Die sechzig Rotarmisten, geleitet von acht ortskundigen Spähern, kamen einen Tag später, kurz vor Mitternacht.

Der klagende Ruf eines Uhus hatte sie angekündigt.

Stephan ließ sofort die mit Sand beladenen Wagen beiseite schieben und das Tor öffnen.

Die Rotarmisten liefen in Gruppen aus dem Gutswald auf das Tor zu. Jeder einzelne von ihnen war mit Waffen und Munition so schwer bepackt, daß sie außer Atem waren, als sie auf dem Hof standen.

Als letzter kam der Major. Ihn begleiteten zwei Leutnante und zwei Funker, die ihre transportablen Sender sofort auf dem Hof aufbauten.

Der Major stellte sich und seine Offiziere formvollendet Stephan und Luise vor. Dann reichte er Luise seinen rechten Arm. Sie fühlte die silberne Schlange, die sich bis zu seinem Armgelenk wand.

»Sie haben das Kommando, Fürst!« sagte er. »Darf ich Ihnen sofort Bericht erstatten?«

»Bitte, Herr Major!« Stephan legte seine rechte Hand auf sein Herz und verbeugte sich.

»Zu der SS-Einheit gehören rund zweitausend Reiter«, sagte der Major. »Der Troß dieser Einheit ist umfangreich. Die SS-Männer haben vier mittelschwere Geschütze und sechs Zweizentimeter-Zwillingswaffen sowie viele Maschinengewehre bei sich. Alle Geschütze und Troßwagen werden von Pferden gezogen. Unsere Jagdbomber haben versucht, die Einheit aufzuspüren, um sie aus der Luft niederzukämpfen. Dieser Versuch ist fehlgeschlagen. Am Tage ist die SS-Einheit wie vom Erdboden verschwunden. Aber in den Nächten, das konnten unsere Späher beobachten, legt sie große Strecken zurück. Nicht geradlinig, sondern in Kurven.«

Der Major wischte sich mit der Hand über die Stirn. »Zwei unserer Späher sind der Bande weiter auf den Fersen«, sagte er. »Ihr Funkgerät ist allerdings so schwach, daß sie die Schlachtflieger nicht einweisen können. Aber ihre Verfolgung hat uns die Möglichkeit gegeben, uns weit um die SS-Einheit herum zu schlängeln. Dabei konnten wir noch einen großen deutschen Panzerverband beobachten, der in der anbrechenden Dunkelheit zur Front rollte!«

»Wann rechnen Sie, Herr Major, mit dem Eintreffen der Bande und was ist genau Ihre Aufgabe?« fragte Stephan.

»In zwei bis drei Stunden, spätestens in fünf Stunden, werden die SS-Reiter vor dem Gut sein, Fürst«, antwortete der Offizier. »Ich bin sicher, Sie werden nicht zögern, im Schutze des Morgennebels anzugreifen. Wenn die Nebel allerdings weichen, werden wir von ihnen nichts mehr sehen. Schlachtflieger werden unter Tag die Umgebung des Gutes absuchen. Aber aufgrund meiner Erfahrung meine ich, daß sie nichts finden werden.«

Der Major sah auf seine Armbanduhr.

»Mein Auftrag, Fürst, ist auch der Ihre. Widerstand so lange leisten, bis Hilfe kommt!«

»Und wann rechnen Sie mit Hilfe?«

»Schwer zu sagen, Fürst. Das kann Tage dauern!«

»Und was raten Sie mir?«

»Alle Bewaffneten sofort auf die Mauer, Fürst. Unsere Funker werden Kontakt mit General Ambrowisch aufnehmen. In einer Stunde« – er sah wieder auf das Leuchtzifferblatt seiner Armbanduhr – »werden drei Transportmaschinen das Gut anfliegen und an Fallschirmen Munition abwerfen. Meine Funker werden sie so genau einweisen, daß kein Stück der Ladung daneben geht. Ein Teil meiner Männer ist bereits jetzt dabei, Leuchttöpfe aufzustellen.«

Stephan drehte sich um. Er sah etwa zwanzig Soldaten über den riesigen Gutshof laufen. Sie stellten Leuchttöpfe zu einem Stern zusammen.

»Gut, Herr Hauptmann«, sagte Stephan. »Sorgen Sie mit Ihren Offizieren dafür, daß die Mauer fachmännisch besetzt wird. Ich wäre Ihnen dankbar, wenn Sie mit mir zusammen Posten auf dem Wehrgang neben dem Tor beziehen würden. Das Tor ist der Schwachpunkt des Gutes!«

Die Transportmaschinen erschienen auf die Minute genau über dem Gut. Sie warfen große Mengen von Munition, Medikamenten und Verbandzeug ab. Die abgesetzten Lasten schwebten an Fallschirmen auf den Hof.

Eine Stunde später kam einer der Leutnante über den Wehrgang zu Stephan und dem Major. Er salutierte flüchtig.

»Wir können von meinem Standplatz aus leise Geräusche hören, etwa eintausend Meter von der Mauer entfernt, Fürst und Genosse Major«, sagte er leise. »Es hört sich so an, als ob gummibereifte Räder rollen!«

»Aus welcher Richtung hören Sie diese Geräusche, Herr Leutnant?« fragte Stephan.

»Die Männer aus dem Dorf und vom Gut, die mit mir zusammen auf der Mauer sind, glauben, die Geräusche haben sich von Littauland her genähert!«

»Wie definieren die Gutsarbeiter und die Arbeiter aus Littauland die Geräusche, Genosse Leutnant?« Der Major legte dem jungen Offizier seine rechte Hand auf die Schulter.

»Die Männer sagen, es würden Geschütze auf gummibereiften Lafetten vor der Mauer entlang geschoben, Genosse Major!«

Der Offizier drehte sich um. »Zwei Läufer, Sergeant!« befahl er.

Zwei Männer, die auf dem Wehrgang links neben dem Tor standen, kamen auf einen Pfiff des Sergeanten leise angelaufen.

»Einer von Ihnen umrundet den gesamten Wehrgang«, befahl der Major. »Der andere den Hof. Totale Stille! Von sofort an!«

»Jawohl, Genosse Major!«

Minuten später war weder vom Wehrgang aus, noch vom Hof her, ein Laut zu hören.

Stephan und der Major, die hinter den Schießscharten oberhalb des Tores gesessen hatten, standen nach zwanzig Minuten auf.

»Sie haben das Kommando vorübergehend am Tor«, befahl der Major dem jungen Leutnant, der neben ihm gehockt hatte. »Wir sind in einer halben Stunde wieder zurück.«

Die beiden Männer tasteten sich in der stockdunklen Nacht links um den Hof herum über den Wehrgang. Alle wichtigen Positionen waren von Männern besetzt. Frauen hielten die Zwischenstationen.

»Fürst!« Der Offizier, der dicht hinter Stephan ging, hielt ihn an.

»Wir sind bei Dunkelheit gekommen und es ist unverändert rabenschwarze Dunkelheit. Ich habe mir noch keinen Überblick über die gesamte Anlage durch Augenschein verschaffen können.« Der Major sprach flüsternd in das rechte Ohr von Stephan.

»Die Mauer führt um den gesamten Gutshof herum, Major. Sie ist fast vier Meter dick. Der Kern besteht aus Beton. Unzerstörbar, auch für schwere Geschütze.« Stephan flüsterte ebenfalls. Sie standen dicht neben einer Gruppe von Gutsarbeitern und Soldaten, deren Aufgabe es war, das Waldgelände hinter dem Gut im Auge zu behalten.

Unterhalb der Mauer waren Grunzlaute zu hören.

»Was sind das für Geräusche?« fragte der Major.

»Wir haben unsere Schweine, etwa sechshundert Tiere, in den Wald getrieben. Nachts kommen sie immer zur Mauer. Offensichtlich wollen sie in ihre Ställe zurück.« Stephan lachte leise.

»Die Schweine, Herr Major, sind die besten Vorposten, die es gibt. Sie werden ein Mordsspektakel anfangen, sollten sie aufgeschreckt werden!«

»Gut, Fürst!« Der Major legte Stephan eine Hand auf die Schulter.

»Vier Meter ist die Mauer dick? Das ist ja stärker, als mancher Bunker. Uns kann das allerdings nur recht sein. Mit solchen Mauern halten wir hier lange durch!« Er zog seine Hand zurück.

»Bitte weiter, Fürst. Was hält das Gutshaus aus? Haben Sie eine eigene Wasserversorgung? Ausreichend Lebensmittel? Was für Gebäude stehen sonst auf dem Hof?«

»Das Gutshaus ist absolut bombensicher, Herr Major. Schwachstellen sind natürlich Türen und Fenster. Aber das Dach, die Seitenwände und die Zwischendecken sowie vor allem die fensterlosen Keller halten selbst schweren Geschossen und Bomben stand.«

»Unter dem Dach befindet sich das berühmte Versteck, Fürst? Der General sprach davon!«

»Ja, Herr Major. In ihm hauste bisher einer der Soldaten, die zu den Spähtrupps gehörten.«

»Meine Funker haben sich mit ihm bereits zusammengetan, Fürst. Die Funkanlage befindet sich jetzt im Keller. Der junge Soldat hat in den letzten Wochen das gesamte Dachgeschoß verdrahtet. Funkempfangsmöglichkeiten sind genug vorhanden. Wußten Sie von dieser Arbeit?«

»Nein!«

»Luise und ich wußten so gut wie nichts, was sich neben der Gutsverwaltung hier in den letzten Monaten abspielte«, dachte Stephan. Er zog sein Taschentuch und wischte sich über die Stirn.

»Nein, Herr Major, davon wußte weder ich etwas noch meine Frau!« sagte er.

»Der General hatte einen entsprechenden Befehl erteilt, Fürst!«

Beide Männer schwiegen minutenlang. Sie lehnten sich gegen die Schießscharten.

»Die Mauer ist also vier Meter dick. Das Gutshaus bombensicher, Fürst. Das ist für ein Gut ungewöhnlich. Gab es Gründe, so eine Festung zu bauen?«

»Schon, Herr Major. Aber darf ich sie Ihnen nach der Schlacht nennen?«

»Einverstanden!«

»Zu Ihren nächsten Fragen, Herr Major: Im Gutshaus und in den Ställen gibt es Wasserpumpen. Sie können elektrisch, aber auch per Hand betrieben werden. Ich gehe davon aus, daß die Stromleitung in Kürze tot sein wird. Ich hoffe, Ihre Funker haben Batterien bei sich, damit wir auch in den nächsten Tagen Funksprüche mit dem General wechseln können.«

»So ist es«, antwortete der Major. »Unsere Batterien reichen einige Tage. Länger wird die Schlacht auch nicht dauern!«

»Das Wasser, das wir aus der Erde pumpen, kann ohne Bedenken unabgekocht getrunken werden«, sagte Stephan weiter. »Im Keller des Gutshauses kann auch gekocht werden. Die Kellerräume sind riesig und ausreichend mit Petroleumlampen ausstaffiert. Unter dem Hauptkeller befindet sich, eine Etage tiefer, der Vorratskeller. Er ist voller Nahrungsmittel.«

»Wie können wir von der Mauer aus kämpfen, Fürst?«

»Ausgezeichnet, Herr Major! Der Wehrgang hat sehr dicke Schießscharten. Auch sie haben einen Betonkern.

Schießscharten befinden sich, wie Sie mit den Händen fühlen können, auf beiden Seiten des Wehrganges. Man kann also geschützt hinter den Schießscharten sowohl nach draußen, als auch zum Innenhof hin kämpfen.

Es gibt nur drei Aufgänge zum Wehrgang. Alle sind aus Steinen gemauert. Einer befindet sich hinter dem Gutshaus, ist also vom Tor her nicht einzusehen.«

»Ein Aufrollen des Gutes vom Innenhof her, wie damals ...«. Der Major unterbrach sich mitten im Satz.

»Nein, Herr Major, das ist in der Form wie damals nicht mehr möglich. Natürlich ist nicht auszuschließen, daß es den SS-Männern gelingt, über die Mauer oder durch das Tor in den Innenhof einzudringen. Aber auch dann, wenn ein Teil der Mauer besetzt werden sollte, können wir von den anderen Teilen, geschützt durch Querwände und die Scharten, schießen, den Innenhof säubern, wenn ich mich so ausdrücken darf.«

»Kann die Mauer überklettert werden?«

»Sehr leicht sogar, Herr Major. Die Außenwand der Mauer ist leider nicht glatt. Aber wir sind diesmal genug Kämpfer, um das zu verhindern!«

»Hm!« Der Major hob seinen Stahlhelm und kratzte sich am Kopf.

»Da ich den Wehrgang noch nicht sehen kann, Fürst, eine zusätzliche Frage: Läuft die Mauer rund um das Gut oder hat sie auch Ekken?«

»Sie hat Ecken. Und die Ecken müssen im Fall der Fälle besonders gut verteidigt werden, Herr Major. Das dürfte auch möglich sein. Sicher haben Sie schon bei dem kurzen Stück des Rundganges, den wir bisher absolviert haben, bemerkt, daß auf dem Wehrgang Quermauern gezogen worden sind. Hinter ihnen kann man sich zusätzlich verschanzen.

Über den Hof braucht im Gefecht kein Kämpfer zu gehen. Der Munitionsnachschub kann aus dem Gutshaus auf die Mauer erfolgen und dann um den Wehrgang herum. In diesem Kreisverkehr können auch Verwundete in den Keller des Gutshauses gebracht werden!«

»Und wo sind nun die Schwachstellen des Gutes, Fürst?«

»Die größte Schwachstelle ist das Tor. Es besteht zwar aus dicken Eichenbohlen, kann aber mit der kleinsten Granate sofort in Trümmer gelegt werden. Die zusätzlich mit Sand beladenen Wagen, die hinter dem Tor stehen, sind mit den heutigen Granaten ebenfalls wegzupusten. Wenn dies passiert, haben die Angreifer von außen guten Einblick in den Hof.

Ich würde vorschlagen, Herr Major, daß ein schweres Maschinengewehr von innen auf das Tor ausgerichtet wird. Dann wird es nicht leicht sein, in den Hof zu kommen!«

»Gut! Und die anderen Schwachstellen?«

»Alle Scheunen, Stallungen sowie die Wohngebäude der Gutsarbeiter. Unser Vieh ist auf den Weiden. Auch das Federvieh, bis auf die Hühner. Aber alle diese Gebäude werden wie Zunder brennen, wenn das Gut beschossen werden sollte. Wir haben bisher nur einen kleinen Teil der Heuernte eingefahren. Sollten die Scheunen, in denen dieses Heu eingelagert wurde, in Brand geraten, wird es erhebliche Hitze und große Qualmwolken geben.«

»Das werden wir in Kauf nehmen müssen, Fürst. Abwarten!«

Der Major legte wieder seine rechte Hand auf die Schulter von Stephan. »Gemeinsam werden wir es schon schaffen, Fürst«, sagte er.

»Das hoffe ich auch, Herr Major.« Stephan nahm die linke Hand des Offiziers und drückte sie.

»General Ambrowisch hat mir gesagt, Fürst, ich könnte mich glücklich schätzen, an Ihrer Seite auf diesem exponierten Posten gegen die Faschisten kämpfen zu können«, sagte der Major. »Sie sollen im Kampf Wunderdinge vollbringen können!«

Stephan mußte lachen.

»Ich bin gegen jede Gewalt, Herr Major«, antwortete er. »Aber, wenn es unumgänglich war, habe ich zur Waffe gegriffen. Doch Wunderdinge, Herr Major, habe ich noch nie vollbracht. Außerdem war ganz sicher nicht jeder Kampf, in den ich verwickelt worden bin, im Sinne der Sowjetmacht!«

Der Major schwieg einige Sekunden.

»Ich weiß, was Sie andeuten wollen«, sagte er langsam. »Aber Fürst, das ist Geschichte!«

Beide Männer gingen leise weiter den Wehrgang entlang.

Als sie die Westseite der Mauerkrone erreichten, ergriff Stephan die linke Hand des Majors, der daraufhin sofort stehenblieb.

»Ich höre Geräusche!« flüsterte Stephan. Beide standen wieder zwischen einer großen Gruppe von Männern.

»Welche Geräusche, Fürst? Wir Leningrader hören alle schlecht!«

»Leningrader!« dachte Stephan. »Gut. Sie sind es gewohnt, wie die Teufel zu kämpfen. Das werden sie auch hier müssen!«

»Männer, die ihre Stiefel ausgezogen haben, ziehen gummibereifte Fahrzeuge weit außerhalb der Mauer vorbei«, flüsterte Stephan. »Ich nehme an, sie ziehen Geschütze. Sie haben weder Waffen, noch

Kochgeschirre oder Spaten bei sich. Deshalb ist kaum etwas zu hören.«

»Können Sie im Dunkeln sehen, Fürst?«

»Nein, Herr Major. Aber wir Kaukasier, so sagt man jedenfalls, haben Ohren wie Luchse. Das hat mir oft das Leben gerettet!«

Wieder schwieg der Offizier einige Sekunden. »Ich weiß, was Sie meinen, Fürst!« Er sagte kein Wort mehr. Dann fühlte Stephan, daß der Offizier sich zu ihm umdrehte. Beide Männer gaben sich erneut die Hände.

»Fürst?« Es war Andrejew, der Stephan mit leiser Stimme ansprach. Er war auf diesem Teil der Mauer stationiert worden.

»Ja, Andrejew?«

»Die Rotarmisten haben Leuchtpistolen bei sich«, flüsterte Andrejew. »Wenn sie Leuchtkugeln abfeuern, können wir die SS-Männer sehen und von der Mauerkrone aus beschießen.«

»Nein, Andrejew«, antwortete Stephan. »In keinem Fall Leuchtkugeln abfeuern. Die SS-Männer bringen zwar Geschütze in Stellung. Aber sie sollen weiter glauben, wir sind schwach und ahnungslos. Das kann am Morgen unser Vorteil sein. Außerdem: Zurückgeschossen wird erst, wenn ich das Kommando dazu gebe. Komme was da wolle! Alle auf dem Wehrgang haben sich zurückzuhalten, bis der Feuerbefehl kommt!«

»Melder!«

Der Major schickte einen Soldaten mit dem Befehl von Stephan über den Wehrgang und in den Hof.

Stephan und der Offizier hockten sich zwischen die Männer.

»Die Geschütze sind jetzt in Stellung gebracht worden, Herr Major«, flüsterte Stephan. »Die SS-Männer haben keine Stiefel an. Einige von ihnen gehen jetzt unmittelbar in den ersten Bäumen des Waldes zurück nach Littauland. Die Geschützbesatzungen bleiben bei ihren Waffen!«

»Ich höre nichts und sehe nichts«, sagte der Major. »Fürst: Sie sind für mich in der Tat wirklich ein Luchs!«

Die Männer, die zusammen mit Stephan und dem Major hinter den Schießscharten hockten, versuchten in der Dunkelheit Bewegungen vor der Mauer auszumachen. Vergeblich. Die Nacht war so schwarz wie Kohle.

Minuten später waren leise Motorengeräusche zu hören.

»Als was würden Sie dieses Geräusch identifizieren, Fürst, und wo kommt es her?« Der Major beugte sich zu Stephan.

»Zweitausend Meter entfernt rollt eine deutsche Zugmaschine von links nach rechts!«

»Woher wissen Sie, daß die Zugmaschine etwa zweitausend Meter entfernt ist?«

»Weil sich dort ein gut befahrbarer Weg befindet auf dem wir unsere Erntewagen zum Gut bringen.«

»Und wo endet der Weg?«

Beide Männer suchten nach ihren Händen. Offensichtlich wußte der Major, was Stephan antworten würde.

»Vor dem Tor!«

Der Hauptmann atmete hörbar durch.

»Was schließen Sie daraus, Herr Major?«

»Die Faschisten bringen ein schweres Geschütz vor das Gut, das sie außerhalb unserer Schußweiten vor dem Tor postieren werden. Die SS-Einheit verfügte bisher über derartige Waffen und Zugmaschinen nicht. Sie muß Unterstützung durch eine andere Einheit bekommen haben.«

Beide Männer schwiegen. Obwohl sie die um sie herum hockenden Gutsarbeiter und Soldaten nur schattenhaft sehen konnten, fühlten sie, daß sie sie ansahen.

»Herr Major!«

»Fürst?«

»Wir sollten unseren Gefechtsstand fünfzig Meter nach rechts vom Tor verlegen«, sagte Stephan. »Der Hauptangriff wird sich gegen das Tor und die westliche Seite der Mauer richten, auf dem Teil, auf dem wir jetzt sitzen. Fünfzig Meter vom Tor entfernt, werden wir im Gefecht besser führen können!«

»Einverstanden! Und wann, Fürst, erwarten Sie den Angriff?«

»In etwa drei Stunden, Herr Major«, antwortete Stephan. »In einer Stunde wird die Sonne aufgehen. Ihre Strahlen werden den Tau der Nacht in Wasserdampf verwandeln. Gut zwei Stunden später wird der Nebel so dicht sein, daß wir die Hand nicht mehr vor Augen sehen können. Dann wird hier der Totentanz eröffnet werden!«

»Und was machen wir bis dahin?« Ein junger Soldat, der neben Stephan saß, stellte diese Frage.

»Wir werden kräftig essen, dann etwas dösen, aber erst zurückschießen, wenn ich es befehle!« Stephan klopfte dem Soldat auf die Schulter.

Eine Stunde später liefen Frauen der Gutsarbeiter und Dorfbauern barfuß über den Wehrgang. Sie teilten Suppe aus Eimern und Berge von dick belegten Broten aus. Jede Kämpferin und jeder Kämpfer auf dem Wehrgang bekam zusätzlich ein Glas Wodka.

Ohne das russische Nationalgetränk, das »Wässerchen« in den Adern zu spüren, hätte keiner der Männer und Frauen in den bevorstehenden Kampf gehen mögen. Englische Admirale, wie der britische Nationalheld Nelson, hatten vor Seeschlachten an ihre Mannschaften Rum ausschenken lassen. Die Russen tranken Wodka. Er erfüllte denselben Zweck wie Rum. Die Verteidiger des Gutes sollten Standfestigkeit zeigen. Der Wodka gab ihnen diese Standfestigkeit.

Stephan und der Major hatten sich fünfzig Meter vom Tor entfernt in ihrem neuen Gefechtsstand auf den Boden des Wehrganges gesetzt. Sie lehnten sich mit ihren Rücken gegen die Schießscharten.

»Darf ich Sie etwas fragen, Major?«

»Ja, bitte, Fürst!«

»Sie kommen aus Leningrad, Major. Ihre Männer auch?«

»Ja, wir kommen alle aus Leningrad. Jeder einzelne Mann. Und das nicht von ungefähr. Der General hat uns auf dieses Gut geschickt, weil er weiß, daß wir es gewohnt sind, auch in aussichtsloser Lage zu kämpfen!«

»Wie lange waren Sie in Leningrad, Major?«

»Wir waren neunhundert Tage und neunhundert Nächte in Leningrad. Auf die Stunde genau die Zeit, bis es uns gelang, die deutsche Umklammerung zu durchbrechen!«

»Verzeihen Sie, Major, wenn ich an Sie eine sehr naive Frage stelle: Was hat sich in Leningrad abgespielt?«

Stephan fühlte mehr, als er sah, daß der sowjetische Offizier seinen Kopf zu ihm drehte. Dann beugte er sich nach vorne und zündete sich mit einem Fidibus, der keine Flamme entwickelte, eine Zigarette an. Die Zigarette hielt er so in seiner linken Hand, daß die Glut nicht zu sehen war.

»In Leningrad, Fürst? In Leningrad war die Hölle los. Neunhundert Tage und neunhundert Nächte. Die Faschisten hielten die Stadt eisern umklammert. Und sie feuerten pausenlos hunderttausende von Granaten und Bomben in die Stadt hinein. Ich kann schwer schildern, was sich im einzelnen dort abgewickelt hat. Aber wenn ich Ihnen sage, daß nach meiner Meinung Zehntausende, wenn nicht Hunderttausende von Menschen in Leningard entweder von Granaten oder Bomben zerrissen wurden oder verhungert sind, dann können Sie sich vorstellen, was wir dort erduldet haben.«

»Ich muß Sie noch einmal um Verzeihung bitten, Herr Major«, sagte Stephan. »Aber meine Frau und ich, wie auch alle Gutsarbeiterinnen und Gutsarbeiter und die Bewohner von Littauland haben hier auf einer Oase des Friedens gelebt. Vielleicht wissen die Gutsarbeiterinnen und Gutsarbeiter mehr über Leningrad. Meine Frau und ich haben so gut wie keine Ahnung, was sich im Kriege in den von den Deutschen besetzten Gebieten abgespielt hat. Sie wissen sicher von General Ambrowisch, daß wir mit einem SS-Offizier befreundet waren ...«

»... ich weiß es, Fürst!«

»... und dieser Offizier, ehemals Befehlshaber der litauischen

Grenzeinheit in diesem Gebiet, hat mir bei seinem letzten Besuch auf dem Gut viele Andeutungen gemacht, die ich nicht verstanden habe. Er hat davon gesprochen, daß nach dem Krieg die Welt in ein Höllenfeuer blicken wird. Damit meinte er offensichtlich die Untaten der Faschisten in der Sowjetunion und in anderen europäischen Ländern. Was ist genau passiert?«

»Die Faschisten haben Millionen unseres Volkes ermordet«, antwortete der Major. »Sie haben Frauen, Männer, Kinder und Greise getötet. Sie haben den jüdischen Teil unserer Bevölkerung in Konzentrationslager verschleppt und sie dort nicht nur erschlagen, sondern in Gaskammern ums Leben gebracht. Sie sind doch sicher mit mir bisher der Ansicht gewesen, daß das deutsche Volk auf einer ungewöhnlich hohen Kulturstufe stand. Wie ist es nur möglich, daß Deutsche solche Verbrechen begehen konnten? Verbrechen, die in der Welt bisher einmalig sind.«

»Ich kann Ihnen darauf keine Antwort geben«, sagte Stephan. »Ich bin Russe wie Sie: Und ich schätzte die Deutschen bisher ebenfalls. Ich kann mir ebenfalls nicht vorstellen, daß solche Schandtaten vollbracht wurden!«

»Sie können es sich nicht vorstellen«, antwortete der Major. »Ich weiß es. Ich habe mit eigenen Augen die Städten des Schreckens inzwischen kennengelernt. Und Sie können sicher sein: Mir ist das Blut in den Adern gefroren. Das will für einen Leningradkämpfer schon etwas heißen!«

»Wie konnten Sie in Leningrad der deutschen Umklammerung so lange standhalten, Herr Major?«

»Das kann ich heute auch nicht mehr sagen! Ich kann mich eigentlich nur erinnern, daß wir gekämpft, gekämpft, gehungert, gehungert, gefroren und gefroren haben. Es gab keine Möglichkeit, unsere toten Kameraden zu begraben. Und vor allen Dingen gab es keine Möglichkeit, die unzähligen Opfer, die diese Umklammerung von der Bevölkerung von Leningrad gefordert hat, unter die Erde zu bringen. Die Menschen sind auf den Strassen gestorben und dort tagelang liegengeblieben. Ich weiß nicht, wer sie irgendwo und ich weiß auch nicht wohin gebracht hat. Aber es gab immer wieder Tage, wo die Straßen frei von Leichen waren. Und es gab dann andere Tage, wo man kaum einen Schritt gehen konnte, ohne auf eine Leiche zu stoßen. Wir hatten kaum etwas zu essen. Sie werden es nicht glauben, Fürst, wir haben Sägespäne gegessen, um überleben zu können. Wir haben altes Leder ausgekocht, um einige Fettaugen auf der dabei entstehenden Suppe zu sehen. Wir Kämpfer an der Front bekamen aber immerhin etwas mehr zu essen, als die Zivilisten. Und dennoch kann ich Ihnen sagen, daß ich in meinem Leben nie so gehungert und gefroren habe wie in dieser Zeit.«

»Haben Sie vorher, ich meine, bevor die Deutschen nach Leningrad kamen, in dieser Stadt gelebt?«

»Ja! Ich bin zwar in Murmansk geboren, aber seit meinem fünften Lebensjahr war ich in Leningrad. Mein Vater, ein Schiffsingenieur, war nach dort versetzt worden. Meine Mutter arbeitete als Lektorin in einem Verlag. Meine drei Brüder und meine zwei Schwestern sind, wie ich, in Leningrad zur Schule gegangen. In Leningrad bin ich in die Rote Armee eingetreten und nach meiner Ausbildung in einer Moskauer Division bin ich nach Leningrad zurückgekehrt. Gerade im richtigen Moment, wie man so schön sagt. Ich war keine drei Monate in Leningrad, als die Faschisten die Sowjetunion überfielen. Ich hatte keine Ahnung, was Krieg und wirklicher Kampf bedeutet, als die Faschisten vor den Toren von Leningrad erschienen. Aber Sie können sicher sein, inzwischen habe ich gelernt, was ein Krieg für alle Menschen bedeutet.«

Der Offizier drückte vorsichtig den Zigarettenstummel auf dem Boden des Wehrganges aus. Ohne seinen Kopf zu heben sagte er: »Falls Sie mich fragen sollten, Fürst! Weder meine Mutter, noch mein Vater, noch meine Geschwister haben den Neunhundert-Tage-Kampf um Leningrad überlebt. Meine Eltern sind in ihrer Wohnung von einer deutschen Granate zerrissen worden. Meine Schwestern sind verhungert, meine Brüder gefallen.«

Der Major richtete sich auf. Stephan konnte hören, wie er die Luft einsog.

»Mein lieber Freund«, sagte Stephan. »Ich kann sehr gut verstehen, was Sie jetzt fühlen. Und ich wollte Sie eigentlich nicht nach dem Schicksal Ihrer Verwandten fragen. Als Russe leide ich jetzt mit Ihnen!«

Beide Männer ergriffen sich an ihren Händen.

»Hassen Sie die Deutschen?«

»Nein, Fürst!«

»Das ist mir eigentlich unverständlich, Herr Major. Die Deutschen haben Ihnen doch unsagbares Leid zugefügt, wie auch allen anderen Menschen, die während der Belagerung in Leningrad leben mußten. Und die Deutschen haben doch auch den sowjetischen Völkern unsagbares Leid zugefügt, die sie mit dem Krieg und dann mit

Mord und Totschlag überzogen haben!«

»Ich hasse nur die Faschisten und vor allen Dingen hasse ich Hitler«, antwortete der Major. »Die Deutschen kann ich nicht hassen. Ich kann nicht einmal die deutschen Soldaten hassen, die uns in ihren Stellungen gegenüber lagen. Sie sind an die Front von Leningrad kommandiert worden. Wir befinden uns im Krieg. Für diesen Krieg kann die Mehrheit der Deutschen nichts. Davon bin ich fest überzeugt. Und ich bin besonders deshalb davon so fest überzeugt, nachdem ich mich mit Hitler beschäftigt habe. Dieser Österreicher ist ein Geisteskranker. Er hat Deutschland in den Krieg gehetzt. Unverständlich ist mir allerdings, wie es möglich ist, daß ein großer Teil der Deutschen ihm bedingungslos gefolgt ist. Es hat doch genug Stimmen in der Welt gegeben, die darauf hingewiesen haben, daß Hitler Krieg bedeutet. Vor allem die deutschen Kommunisten haben das vor der Machtübernahme Hitlers immer wieder betont! Warum hat das deutsche Volk darauf nicht gehört? Warum ist es diesem Wahnsinnigen gefolgt, der nicht nur Europa in ein Chaos gestürzt hat, sondern sich jetzt auch anschickt, ganz Deutschland in ein Chaos zu stürzen?«

»Ich kann Ihnen darauf nicht antworten«, antwortete Stephan. »Ich habe hier in Littauland als ein friedlicher Bauer gelebt. Ich verstehe diese Welt nicht. Ich verstehe weder Hitler noch verstehe ich Stalin. Entschuldigen Sie, wenn ich Stalin mit Hitler in einem Atemzug nenne!«

»Ich weiß nicht, ob ich Stalin liebe«, sagte der Major. »Aber Sie können sicher sein, daß das gesamte sowjetische Volk jetzt vor Stalin Hochachtung hat. Er ist es schließlich gewesen, der den Großen Vaterländischen Krieg ausgerufen hat. Er hat alle Völker Rußlands zusammengeschmiedet. Es ist schon so, daß die Völker Rußlands vergessen haben, welches Unglück anfangs auch Stalin über sie brachte. Und ich hoffe, daß Stalin sich völlig geändert hat. Er hat unser Volk leiden gesehen. Er kann gar nicht anders: Er muß uns lieben. Und wenn er uns liebt, dann werden wir ihn auch lieben. Ich ebenfalls!«

Der Major beugte sich wieder zum Boden des Wehrganges und zündete sich eine zweite Zigarette an.

»Glauben Sie, Herr Major, daß wir der SS-Einheit länger als ein oder zwei Tage widerstehen können?« sagte Stephan, um das Thema zu wechseln.

»Jawohl, Fürst. Das werden wir!«

Der Feuerüberfall erfolgte auf das Gut in dem Augenblick, als der Morgennebel so dicht war, daß die Sichtweiten unter zehn Meter lagen. Ein Geschütz vom Kaliber 8,8 Zentimeter, das keine vierhundert Meter vom Haupttor entfernt in Stellung gegangen war, zerschlug mit drei Granaten das Haupttor und die Sandwagen. Eine Zugmaschine, deren Motorengebrüll bis in den letzten Winkel des Gutes zu hören gewesen war, hatte das Geschütz vor das Tor geschleppt, als die aufsteigenden Nebelschwaden undurchdringlich wurden.

Durch die Toreinfahrt hindurch feuerte die Besatzung des Geschützes eine Granate nach der anderen in den Hof. Nach wenigen Minuten ging die vordere der Scheunen, die bis zum Dach mit Heu gefüllt war, in Flammen auf. Das Storchenpaar, das auf dem Dach nistete, suchte fluchtartig das Weite. Zu sehen waren die Störche nicht. Aber zwischen den Abschüssen war das aufgeregte Klappern ihrer Schnäbel zu hören. Jeder auf dem Gut wußte, daß die Jungen, die noch nicht flügge waren, in ihrem Nest verbrennen würden.

Aus den Waldstücken westlich des Gutes, jagten vier Geschütze Granate auf Granate gegen die Mauer. Ihr Kaliber war geringer, als das der 8,8 Zentimeter-Kanone. Zwei-Zentimeter-Geschütze beharkten die Mauerkrone. Granatwerfer überschütteten mit ihren Geschossen den Hof. Innerhalb von Minuten waren sämtliche Ziegel auf dem Dach des Herrenhauses wie auch die Fensterscheiben zersprungen. Die Sommerküche, wie auch die Wohnhäuser der Gutsarbeiter brachen wie Kartenhäuser zusammen.

Die Männer und Frauen, die auf dem Wehrgang stationiert worden waren, preßten sich, so eng wie möglich, gegen die Wände zwischen den Schießscharten. Sie gerieten trotz des starken Beschusses nicht in Panik, obwohl der Lärm des Granatfeuers fast unerträglich war. Die Gelassenheit, die die ehemaligen Verteidiger von Leningrad zeigten, wirkte auch auf die anderen Verteidiger des Gutes beruhigend. Die Soldaten lagen zwar ebenfalls flach auf der Sohle des Wehrganges, aber sie dösten vor sich hin oder rauchten. Einige ihrer Kameraden beobachteten, offensichtlich unbeeindruckt von den Einschlägen, durch die Schießscharten die nahe Umgebung des Gutes.

»Unser Glück ist, daß die Deutschen keine Ahnung davon haben, daß der Wehrgang überdacht ist«, schrie Stephan dem Major ins Ohr. »Wüßten sie dies, würden sie ganz sicher mit ihren Granatwerfern im Steilfeuer die Mauerkrone direkt beharken!«

Der Major nickte. Dann drehte er sich zu einem der Melder und winkte ihn zu sich.

Der Offizier legte seinen Mund an das linke Ohr des Melders. »Laufen Sie über den Wehrgang zu der Treppe hinter dem Gutshaus«, rief er dem Melder ins Ohr. »Die Funker im Keller sollen versuchen, Luftunterstützung herbeizurufen. Wenn der Nebel wieder steigt, sollen Schlachtflieger nichts unversucht lassen, die Faschisten aufzustöbern!«

Siebzig Minuten später rasten Kampfmaschinen über das Gut hinweg. Sie waren von den Verteidigern im Nebel nicht zu sehen. Nur das Geräusch ihrer Motoren war zu hören. Die Piloten schossen weder mit ihren Maschinenwaffen, noch warfen sie Bomben. Die Sicht war von oben ebenfalls gleich null. Die Flieger waren zu früh gekommen. Die Piloten sahen zwar Rauch durch den Nebel steigen, aber in den Kampf konnten sie nicht eingreifen.

Die vor dem Tor stationierte »8,8« schoß zur Überraschung von Stephan und dem Major plötzlich Schrapnells über den Hof des Gutes. Die Wirkung war für die Verteidiger des Gutes fürchterlich. Rund dreißig Frauen und Männer, die gerade in diesem Augenblick mit langen Sprüngen den Hof überqueren wollten, konnten sich nicht schnell genug in Sicherheit bringen. Sie wälzten sich, von einem Splitterregen getroffen, schreiend in ihrem Blut. Nur die Leningrader Rotarmisten waren blitzartig auf dem Wehrgang von der Außen- zur Hofseite gewechselt. Der Major hatte Stephan mitgerissen.

Die erste Reaktion einer Gruppe von Gutsarbeitern, die neben Stephan und dem Major lag, war es, aufzuspringen, um den Verletzten im Hof zu Hilfe zu eilen.

»Liegen bleiben!« brüllte Stephan, als sich die Männer aufzurichten begannen. »In wenigen Minuten greifen die Faschisten an. So hart es klingt: Wir werden uns später um die Verwundeten kümmern. Jetzt müssen wir kämpfen!«

In diesem Augenblick erstarb das Feuer aller Geschütze.

»Zehn Mann rechts und links neben die Toreinfahrt«, schrie der Major. »Das MG auf das Tor ausrichten. Der Angriff erfolgt!«

Ganze Schwärme von SS-Soldaten tauchten vor dem Tor und der Westseite der Mauer auf.

»Feuer frei!« Stephan richtete sich auf. »Feuer frei!« rief er noch einmal.

Über einhundert SS-Männer drangen durch das Tor. Andere SS-Männer versuchten die Mauer an der Westseite zu erklettern. Die Deutschen waren erst zu sehen, als sie wenige Meter vor der Mauer angelangt waren.

Obwohl das auf die Toreinfahrt ausgerichtete Maschinengewehr auf Dauerfeuer gestellt worden war, gelang es sechzig Soldaten bis an das Herrenhaus heranzukommen. Als sie versuchten, durch die zertrümmerten Fenster in das Haus einzudringen, schleuderten die Leningrader Bündel von Handgranaten in den Hof. Nur zehn SS-Männer blieben auf den Beinen. Sie versuchten, zur Toreinfahrt zurückzulaufen. Kurz vor dem Tor mähte sie das Maschinengewehr nieder.

Stephan sah entsetzt, daß sich Berge von Leichen auf dem Hof auftürmten.

»Unser Besitz, noch vor einem Tag ein blühendes Gut, beginnt ein Trümmerhaufen, ein Leichenkeller zu werden«, dachte er. Auch die zweite Scheune war in Flammen aufgegangen. Funkenflug von der ersten hatte sie in Brand gesetzt. Da noch immer kein Wind den Nebel bewegte, stieg der Rauch weiter kerzengerade empor.

Als die über dem Gut kreisenden Schlachtflieger die zweite Rauchsäule den Bodennebel durchdringen sahen, meldeten sie ihre Beobachtung zu ihren Fliegerhorsten.

Alexander Ambrowisch empfing diese Meldungen zwanzig Minuten später. Er saß in seinem Befehlspanzer, der dicht hinter seinen Spitzenpanzern stand, die in schwere Gefechte mit deutschen Kampfwagen und Panzerabwehrgeschützen verwickelt waren.

»Micha«, sagte er zu seinem Kommissar, der dicht neben ihm hockte. »Du weißt, daß ich ein Feind der Gutsbesitzer wie Du bin. Aber die Gräfin zu Memel und Samland zu Essex hat mich, als meine Eltern und meine Braut und auch meine Familie umgebracht wurden, mit soviel Liebe umgeben, daß ich sie so wie meine Mutter liebe. Und Fürst Lassejew, ihr Mann, ist mein Freund. Was können wir tun, um sie zu retten? Sie stehen auf unserer Seite. Sie haben sich große Verdienste um die Sowjetunion erworben!«

»Ganz einfach, Alexander Ambrowisch: Angreifen, rücksichtslos angreifen!«

Alexander sah den Kommissar einige Sekunden an. Dann griff er zum Mikrofon, das über ihm hing.

»Hört mit der Herumballerei mit den Faschisten auf!« befahl er seinen Panzerbesatzungen. »Überrollt die Faschisten. Gnadenlos überrollen!«

Als die Sonne den Nebel zu durchbrechen begann, erstarb der Gefechtslärm schlagartig. Die Zugmaschine schleppte die »8,8«, durch den Bodennebel gedeckt, in die Wälder östlich des Gutes. Die Männer und Frauen auf dem Wehrgang konnten die deutschen Kommandos hören, die dem Abbau der anderen Geschütze vorangingen. Sehen konnten sie unverändert nichts. Zwanzig Minuten danach, als die Sonne den Nebel aufgesogen hatte, war kein deutscher Soldat mehr zu sehen.

Die Schlachtflieger umrundeten nun im Tiefflug das Gut und Littauland. Die Piloten schossen in die Wälder, warfen Bomben, wenn sie glaubten, Deutsche aufgestöbert zu haben. Aber der Einsatz ihrer Waffen war von keinem Erfolg gekrönt. Die Deutschen waren wie vom Erdboden verschwunden. Stephan befahl, die toten SS-Soldaten, die auf dem Hof lagen, vor das Tor zu tragen. Ihre Waffen und Munition wurden an die Kämpfer auf dem Wehrgang verteilt. Die Leichenträger kehrten unbehelligt auf das Gut zurück. Die Deutschen scheuten offensichtlich eine Schlacht bei Tageslicht.

»Noch!« sagte der Major nachdenklich zu Stephan. »Ich befürchte, das wird sich ändern. Sehr schnell sogar ändern.«

Die Handwerker unter den Gutsarbeitern schlossen die Hofeinfahrt mit Balken und Brettern. Sie wußten, daß diese Arbeit sinnlos war. Das Geschütz würde von der Zugmaschine in der Nacht wieder vor das Tor geschleppt werden und erneut alles kurz und klein schlagen. Aber so war unter Tag der Einblick von außen in den Hof verwehrt.

Stephan ging in den Keller des Gutshauses. Er fand Luise und Amanda neben dem Arzt an einem improvisierten Operationstisch. Ihre Kittel waren voller Blutflecken. Stundenlang hatten sie dem Arzt geholfen, das Los der Verwundeten zu erleichtern.

Der Arzt drehte sich zwischen zwei Operationen zu Stephan um, der sich hinter Luise und Amanda gestellt und ihre Schultern ergriffen hatte.

»Ich bin hier überfordert, Fürst!« sagte er. »Ich kann eigentlich nur erste Hilfe leisten. Ich habe in meinem Berufsleben zwar oft operieren müssen, aber ich bin kein Chirug. Sie wissen, Fürst, daß ich in der Vergangenheit auch einige sehr komplizierte Operationen vorgenommen habe. Aber diese Kämpfer hier haben ein Anrecht darauf, von einem Fachmann behandelt zu werden. Ihre Verletzungen sind so schwer und so kompliziert, daß ich damit nicht fertig werde. Ich benötige Unterstützung. Bitten Sie den General über Funk um Hilfe.

Zwei Chirugen, ausgebildete Sanitäter, Medikamente, Verbandsmaterial und vor allem Betäubungsmittel müssen eingeflogen werden. Ich tue, was ich kann. Aber das ist zu wenig!«

Stephan beriet sich mit dem Major.

»Fürst: Was hat Vorrang? Waffen und Munition, die wir bei Anbruch der Dunkelheit mehr als dringend benötigen werden oder Ärzte, Sanitäter und Medikamente?«

Stephan blickte den Offizier an. Dann sagte er: »Beides, Herr Major!«

Drei Stunden später erschienen erneut Schlachtflieger über dem Gut. Jagdflugzeuge standen hoch am Himmel. Dickbäuchige Transportmaschinen schwebten schwerfällig wie Hummeln heran.

In mehreren Anflügen luden sie Lastfallschirm auf Lastfallschirm so über dem riesigen Gutshof ab, daß alle Ladungen sicher hinter den Mauern herunterkamen.

Aus der letzten Maschine, die das Gut mehrfach umflogen hatte, sprangen sechs Männer. Vier landeten an ihren Fallschirmen im Hof. Zwei vor dem Tor. Gutsarbeiter, die mit der Wendigkeit von Wieseln die Mauer herabgerutscht waren, halfen ihnen blitzschnell auf den Hof.

Das Operationsteam, das Stephan über Funk angefordert hatte, war damit komplett.

»Das wird das letzte Mal gewesen sein, daß wir so ungestört Nachschub in Empfang nehmen konnten«, sagte der Major zu Stephan.

»Und warum?«

»Die Deutschen haben aus ihren Verstecken heraus alles genau beobachtet. Sie liegen gedeckt in den Wäldern. Sie können uns, aber wir nicht sie sehen. So war das auch in Leningrad. Sie haben nur deshalb nicht auf die Transportmaschinen geschossen, weil sie ihre Stellungen nicht verraten wollten. Ihre Wut wird aber grenzenlos sein. In der kommenden Nacht werden sie diese Wut an uns auslassen. Sie werden diesmal nicht warten, bis der Morgennebel kommt. Sie werden alles versuchen, sich mit uns zu verklammern. Dann sind solche Einsätze aus der Luft nicht mehr möglich!«

»Sie meinen, Herr Major, die Deutschen werden alles daran setzen, über die Mauer und durch die Toreinfahrt in den Hof zu kommen, um uns hier auszuräuchern!«

»Genau!«

Stephan ging mit dem Major auf dem Hof auf und ab. Obwohl die Scheunen ausgeglüht waren, zogen noch immer Brandwolken über den Hof. Das Heu, das in der vorderen Scheune eingelagert worden war, blakte weiter.

»Herr Major!«

»Fürst!«

»Wir werden Wasser, Nahrungsmittel, Verbandszeug, Waffen und Munition soviel wie möglich auf den Wehrgang bringen lassen«, sagte Stephan. »Wir werden auf dem Wehrgang Stützpunkte bilden, die – entsprechend ausgerüstet – völlig auf sich gestellt kämpfen können. Aber eines dürfen wir dabei nie aus den Augen verlieren: Der Teil des Wehrganges hinter dem Gutshaus muß in jedem Fall gehalten werden. Das Gutshaus ist unsere letzte Zuflucht. Der Gang darüber schützt das Haus, in dessen Kellern Kinder, Alte und Verwundete Schutz gefunden haben oder finden werden. Von diesem Teil des Wehrganges aus, können wir zusätzlich den anderen Stützpunkten Feuerschutz geben!«

»Und von welcher Stelle aus werden wir beide führen, Fürst?«

»Links vom Tor aus, Herr Major. Im Notfall können wir dann zum Wehrgang hinter dem Gutshaus ausweichen. Das ist zwar nur ein kleines Stück, Herr Major. Aber weiter wird es dann nicht mehr gehen. Dann beginnt nämlich für uns alle die Ewigkeit!«

Drei Stunden nach Sonnenuntergang trommelten die Geschütze der Deutschen wieder auf das Gut ein. Auch die letzten Scheunen gingen in Flammen auf. Die Toreinfahrt war wieder frei. Zwei Geschütze vom Kaliber »8,8« hatten die Balken und Bretter mit wenigen Schüssen zerschlagen. Die Verteidiger auf den Wehrgängen hatten mit anhören können, wie Fallbeil auf Fallbeil für sie aufgestellt worden war. Die Motoren von Zugmaschinen, die die zwei Geschütze vom Kaliber »8,8« vor das Gut geschleppt hatten, waren zwei Stunden lang zu hören gewesen. Deutsche Kommandos waren über die Mauer in den Hof gedrungen.

Als Panzerketten zu klirren begannen, griff sich Stephan an sein Herz. Der Major, der diese Bewegung mehr erfühlt, als gesehen hatte, sagte: »Machen Sie sich bitte nicht zu viele Sorgen, mein Freund! Panzer können nicht über Mauern klettern. Vor allem nicht über eine solche Mauer. Sie müssen durch das Tor, falls die Deutschen die Absicht haben, Panzer auf den Hof rollen zu lassen. Den ersten Panzer, der das Tor ansteuert, werden wir erledigen. Sie und ich, Fürst!«

»Ich bin nicht mehr dreißig«, dachte Stephan. »Ich bin im Großvater-Alter und sollte eigentlich zusammen mit Luise auf dem Gut von Charles am Ofen sitzen. Aber Luise und ich sind nach Schweden zurückgekehrt. Wir haben A gesagt, nun müssen wir auch B sagen!«

»Das ist nicht mehr der SS-Verband von heute morgen«, sagte Stephan zu dem Offizier. »Vor dem Gut sind Verstärkungen noch und noch aufmarschiert!«

»Genau, Fürst. Aber sie werden an der Front fehlen. Die Deutschen verzetteln sich wieder einmal. Die Verbände, die wir hier binden, ermöglichen es dem General, schneller zum Gut zu kommen!«

Er lachte so laut, daß Stephan zusammenzuckte.

»Ich lache Sie nicht aus, Fürst!« Der Offizier klopfte Stephan auf die Schulter. »Dennoch. Trotz unserer schwierigen Lage muß ich lachen. Und wissen Sie warum?«

»Nein!«

»Ich habe zwar gelernt, daß die Deutschen eisenharte Kämpfer sind. Aber seitdem sie auf der Straße der Verlierer sind, begehen sie immer denselben Fehler: Entweder harren sie – taktisch und strategisch gesehen, völlig sinnlos – an einem Platz aus, bis niemand mehr von ihnen lebt oder sie berennen Nebenstützpunkte von uns, wie diesen hier, mit Massen von hervorragend ausgerüsteten Soldaten und verschwenden Granaten in Hülle und Fülle. Sie verheizen hier Truppen, die sie dringend an der Hauptkampflinie benötigen. Darüber lache ich. Weil uns das helfen wird!«

»Und warum tun die Deutschen das, Herr Major?«

»Das hat mehrere Gründe, Fürst!« Der Major schob seinen Stahlhelm zurück und kratzte sich wie immer am Kopf, wenn er nachdachte.

»Also, Fürst, ich würde es so sagen: Die Deutschen haben noch immer glänzende Heerführer, exellente Strategen und Taktiker. Sie haben sich als Meister der Vorwärtsschlacht erwiesen. Das hätte uns beinahe zu Fall gebracht. Von ihnen haben wir viel gelernt. Und das hat uns auf die Straße des Sieges gebracht. Aber auf den deutschen Kriegsakademien wird eines nicht gelehrt: Die Kunst des Rückzuges. Das ist ein entscheidender Fehler. Und außerdem: Für meisterhaft geleitete Rückzüge, das haben wir in diesem Krieg bei den Deutschen auch erlebt, gibt es keine Orden und wird niemand befördert. Das lähmt die Aktivitäten der Deutschen auf diesem Gebiet.«

Der Major zündete sich eine Zigarette an.

»Und dann dürfen Sie eines nicht übersehen, Fürst!« Er blies den Rauch seiner Zigarette durch die Nase. »Nach der Niederlage vor Moskau hat Hitler den Oberbefehl über die Wehrmacht übernommen. Ihm wird nachgesagt, Verständnis für militärische Zusammenhänge und für Waffen zu haben. Aber er war im Ersten Weltkrieg Gefreiter. Eine Kriegsakademie hat er nie von innen gesehen, geschweige denn die Bank eines Hörsaales gedrückt. Er hat die von uns gefürchteten deutschen Generäle ausgeschaltet. Von ihm stammt der Befehl, sich bis zum letzten Mann an den Boden zu klammern. Der Führer der Faschisten soll selbst in die Bewegungen von Regimentern eingreifen. Was dies bedeutet, sehen wir hier. Er verzettelt sich total!«

»Hat Stalin vor Jahren, als die Deutschen siegten, nicht ähnlich gehandelt?«

Der Major zögerte einige Sekunden mit seiner Antwort. Dann sagte er: »Stimmt! Aber Stalin hat aus den furchtbaren Niederlagen am Anfang des Krieges gelernt. Er ist zwar weiter der absolute Oberbefehlshaber. Aber seit Stalingrad hört er wieder auf seine Strategen und Taktiker. Den Erfolg davon sehen wir heute!«

Kurz vor Mitternacht griffen die Deutschen erneut an. Sie starben in großen Gruppen in dem Abwehrfeuer, das ihnen aus den Schießscharten entgegenschlug. Aber die Soldaten des SS-Verbandes und zur Unterstützung herbei kommandierter Wehrmachtseinheiten rannten unentwegt gegen die westliche Mauer an. Als Maschinenkanonen die Mauerkrone zu zertrümmern begannen, schleppten sie Leitern vor die Mauer. Minuten später waren sie auf dem westlichen Wehrgang. Russen und Deutsche fochten Mann gegen Mann.

Als die Sonne hinter dem Horizont aufstieg, waren Deutsche und Verteidiger auf dem westlichen Wehrgang eng ineinander verklammert. Schwerverletzte und Tote lagen übereinander im Keller des Gutshauses. Die Ärzte operierten ohne Pause.

»Von den Männern und Frauen auf der Westseite der Mauer haben nur wenige überlebt«, schrie Stephan dem Major zu. »Der Rest kämpft jetzt in den Stützpunkten auf der Mauer!«

»Abwarten, mein Freund, noch ist der Tag nicht zu Ende! Wir wollen sehen, wer den längeren Atem hat. An die Stützpunkte auf der westlichen Mauer ist nicht so leicht heranzukommen. Die Deutschen können sie auch nicht mit Artilleriegeschossen belegen. Ihre Granaten würden ihre eigenen Soldaten von der Mauerkrone fegen!«

Stephan schickte einen Melder zur Funkstation im Keller.

»Schlachtflieger sollen kommen«, brüllte er dem Jungen ins Ohr, der die Funktion des Melders übernommen hatte. »Sie sollen die Westmauer beharken und vor der Mauer alles kurz und klein schlagen!«

Deutsche Panzer rollten von Mittag an auf das Gut zu. Sie kamen von der Bodenwelle, auf der das Massengrab lag. Stephan und der Major krochen zu dem Teil des Wehrganges, der das Tor überspannte. Dicht hinter ihnen folgten Andrejew und zwei Rotarmisten. Sie zogen geballte Ladungen und mit Benzin gefüllte Flaschen, sogenannte Molotow-Cocktails, in Säcken hinter sich her.

Der Hof unter ihnen war ein Hexenkessel. Im Steilfeuer beharkten die Deutschen den Innenhof. Alle Gebäude, die auf dem Hof gestanden hatten, waren ausgebrannt oder kurz und klein geschlagen worden. Qualmwolken schwabberten auf dem Hof hin und her. In ihrem Schutz gelang es den Verteidigern immer wieder, Verwundete in die Keller des Gutes zu tragen. Dabei wurden aber sehr oft Retter und Gerettete von Granaten zerfetzt. Sehr häufig waren die Retter ebenfalls so schwer verletzt, wie die, die sie geborgen hatten, wenn sie im Keller ankamen.

Obwohl die Verteidiger auf dem östlichen Wehrgang unentwegt

den Männern und Frauen auf der westlichen Krone Feuerschutz gegeben hatten, waren die Deutschen Meter um Meter vorgerückt. Da sie ihre eigenen Toten und die niedergemachten Verteidiger auf den Hof warfen, war vom östlichen Teil der Mauer aus genau zu sehen, wie sie vorankamen. An den Eckstützpunkten am südlichen und nördlichen Wehrgang bissen sie sich jedoch die Zähne aus. Hier kamen sie keinen Meter weiter.

Andrejew reichte Stephan und dem Major Benzinflaschen, als sie über der Toreinfahrt angekommen waren. Ein »Tiger«-Panzer, eine der glänzendsten Konstruktionen der deutschen Panzerbauer, die jedem sowjetischen Kampfwagen überlegen war, rollte auf die Toreinfahrt zu. Dicht auf folgten zwei andere »Tiger«.

Stephan nahm eine der Benzinflaschen, die ihm Andrejew reichte. Er winkte dem Major sowie Andrejew und den anderen Soldaten zu, sich flach auf den Wehrgang zu legen. Dann zündete Stephan die benzingetränkte Umhüllung der Flasche an. Er richtete sich auf und schleuderte die Flasche auf die Hecklüftung des Panzermotors. Die Kugel eines Scharfschützen drang ihm in den linken Oberarm. Stephan ließ sich nach hinten fallen. Der Major und Andrejew fingen ihn auf.

In einer gewaltigen Detonation explodierte der Panzer. Der brennende Kampfwagen wurde herumgerissen. Sein Turm wurde aus dem Drehkranz gehoben und schlug fünf Meter neben dem Tor auf. Die Munition des Panzers flog in einer zweiten Explosion in die Luft.

»Glänzende Leistung, Fürst!« schrie der Major. Er beugte sich über Stephan, schnitt ihm den linken Jackenärmel auf und begutachtete die Schußwunde.

»Für einige Minuten müssen sie in den Keller, Fürst«, rief er. »Die Schußwunde muß gesäubert werden. Dann kann es weitergehen. Wir haben noch viel zu tun!«

Andrejew und der Offizier zogen Stephan über den Wehrgang zum Gutshaus. Andere Verteidiger nahmen sofort ihren Platz ein.

Das Wrack des brennenden Panzers blockierte jetzt die Toreinfahrt. Alle Versuche der Deutschen, das Wrack durch minutenlangen Beschuß in Trümmer zu zerlegen, schlugen fehl. Der brennende Stahlkoloß bewegte sich nicht einen Meter. Die Toreinfahrt blieb versperrt.

Der Druck der Deutschen auf die Verteidiger des Gutes ließ keine Minute nach. Unentwegt hämmerten Geschütze auf die Mauer ein. Schwere Granaten fielen senkrecht in den Hof und wühlten ihn um. Das Gutshaus schwankte wie ein Schiff im Sturm. Es sah aus wie ein Trümmerhaufen, hielt aber dank seiner stabilen Konstruktion dem Beschuß stand.

Gegen Mittag brachten die Deutschen nach einem sehr starken Artillerieüberfall Flammenwerfer auf den westlichen Wehrgang. In der Glutwolke, die die Flammenwerfer ausstießen, verbrannten die Verteidiger an der Nordecke des Wehrgangs.

»Jetzt wird es eng, Major!« schrie Stephan dem Offizier zu. »Dagegen sind wir machtlos!«

»Ich bin gleich wieder da.« Der Offizier brüllte, um sich verständlich zu machen. »Decken Sie uns, Fürst. Schießen Sie mit allem, was Sie haben!«

Der Offizier lief zusammen mit zehn Rotarmisten über den südlichen Teil des Wehrganges. Stephan feuerte die neben ihm liegenden Frauen und Männer und die anderen Soldaten an, ohne Rücksicht auf Munitionsverbrauch, den Vorstoß des Majors und seiner Männer gegen die Flammenwerfertrupps zu decken.

Minuten danach konnten sie sehen, wie Rotarmisten und Deutsche auf dem westlichen Teil der Mauer Mann gegen Mann kämpften. Weder sie, noch die Deutschen, konnten ihrer Seite Feuerschutz geben. Zum Teil kämpften Deutsche und Russen Brust an Brust.

Als der erste Flammenwerfer in den Hof flog und explodierte, atmete Stephan auf. »Von diesem zusätzlichen Schrecken werden sie uns befreien«, dachte er.

Wieder flogen zwei Kanister und mehrere tote deutsche Soldaten von der Mauer auf den Hof.

Minuten später eröffneten die Deutschen, die vor der Westmauer standen, mit Maschinengewehren und Zweizentimeter-Kanonen ein wildes Feuer auf die Krone der Westmauer. Der Major kam mit vier Rotarmisten zurück. Er blutete heftig aus einer tiefen Schnittwunde im Gesicht.

»Die anderen Soldaten, Major, wo sind sie?«

»Keine Sorge, Fürst! Zwei unverletzte Soldaten ziehen vier Verwundete über den Wehrgang zurück!« Er ließ sich von einem seiner Soldaten verbinden.

»Flammenwerfer schicken die Faschisten nicht mehr auf die Mauer, Fürst«, rief er. Der Major lag schwer atmend auf der Sohle des

Wehrgangs. »Das kann ich Ihnen versichern. Aber ich habe über die Mauer gesehen. Da wimmelt es von Faschisten, Panzern und Geschützen. Die Deutschen machen das Gut zu einer Art Hauptkampflinie!«

Der Major rückte näher an Stephan heran. »Unsere Munitionsbestände sinken rapide, Fürst«, rief er Stephan zu, der sein Ohr dicht über seinen Mund beugte. Die Schußverletzung im Arm von Stephan schmerzte dabei so, als ob glühende Nadeln in die Wunde geschüttet würden. »Wenn der Tanz so weitergeht, Fürst, gebe ich uns nur noch sechs Stunden. Dann müssen wir uns mit unseren Messern verteidigen. Wir haben Ausfälle an Toten und Verwundeten, die bei fünfunddreißig Prozent liegen. Von meinen beiden Offizieren lebt nur noch einer. Ich würde sagen, er ist schwer verwundet. Aber er kämpft auf dem Südstützpunkt!«

Stephan überflutete zum ersten Mal, seitdem der Kampf begonnen hatte, Angst.

Der Major ließ sich von einem seiner Soldaten eine brennende Zigarette in den Mund stecken. Er inhalierte den Rauch.

»Warum greifen uns die Faschisten nicht von hinten, vom Osten her an, Fürst?« rief er.

»Der Wald, der an die östliche Mauer reicht, ist wieder so sumpfig wie vor Jahren. Ich habe im Frühjahr die Wasserabflüsse zu den Bächen verstopfen lassen. Vielleicht ahnte ich, was kommen wird. Der Sumpf hat uns schon einmal das Leben gerettet, Major!«

Der Offizier, der starke Wundschmerzen hatte, nickte und stöhnte zugleich.

»Was schlagen Sie vor, Fürst?« fragte er keuchend.

»Wir sollten einen dringenden Funkspruch an den General absetzen, Major. Ich habe vor Stunden um den Einsatz von Schlachtfliegern gebeten. Sie sind nicht gekommen. Offensichtlich ist auch an der Hauptkampflinie der Teufel los. Wir brauchen hier neue Waffen, neue Männer und Berge von Munition sowie Medikamente und Verbandszeug. Im Operationskeller muß der Teufel los sein!«

»Deshalb bleibe ich auch hier oben, Fürst!« Der Major griff sich mit beiden Händen an den Kopf. Da die Deutschen wie vorhin beim Kampf Mann gegen Mann auf dem westlichen Teil der Mauer Leuchtgranaten abfeuerten, konnte Stephan sehen, daß sich seine Lippen vor Schmerz verzerrten.

Der Offizier winkte einen Melder heran.

»Laufen Sie bitte sofort zum Funker in den Keller und lassen Sie folgenden Funkspruch absetzen: Wir benötigen alles: Verbandsmaterial, Menschen, Waffen und vor allem Luftunterstützung. In ein bis zwei Stunden werden wir uns nur noch mit unseren Messern und Zähnen verteidigen können. Haben Sie mich verstanden?«

»Jawohl, Genosse Major!« Der Melder drehte sich um und lief in den Keller.

Den Verteidigern des Guten gefror das Blut in den Adern, als sie hörten, daß die Deutschen innerhalb der nächsten zwei Stunden ihre Verbände umgruppierten. Dicht unter der Westmauer fuhren mehrere Panzer vorbei. Ihnen folgten Schützenpanzerwagen. Offensichtlich waren sie bis zum Rand mit Infanteristen gefüllt. Deutlich waren auf der Mauer Stimmen von vielen Soldaten zu hören, die wild durcheinander riefen. Den Schützenpanzern folgten Kettenfahrzeuge, die Geschütze heranschleppten. Nach dem Fußgetrappel danach zu urteilen, kamen zusätzlich Soldaten aus dem Dorf zum Gut. Sie verschwanden in den Wäldern. Da die Verteidiger mit Munition sparen mußten, hatte der Major den Befehl gegeben, die deutschen Truppenbewegungen vor dem Gut nicht zu behindern. Seine Parole an die Verteidiger lautete: »Wir müssen von sofort an mit jeder Patrone sparen. Ihr dürft erst das Feuer eröffnen, wenn der Fürst oder ich es befehlen. Unsere Lage ist ernst, aber ich bin sicher, die Deutschen werden das Gut nicht erobern können. Wir alle zusammen, Männer und Frauen, werden sie daran hindern und wenn wir mit unseren Messern kämpfen müssen. Im übrigen: Die Verbände von General Ambrowisch sind in unmittelbarer Nähe des Gutes. Ich habe ihn um Hilfe gebeten, und er wird uns diese Hilfe gewähren. Und es wird nicht mehr lange dauern, dann sind seine Soldaten vor dem Gut!«

Als die Sonne über den Horizont stieg, begannen die Deutschen das Gut mit einem bis dahin nicht erlebten Trommelfeuer zu belegen. Geschütze aller Kaliber überschütteten das Gut mit einer Fülle von Granaten. Die Verteidiger, die auf den Wehrgängen in Deckung gegangen waren, kamen noch am besten davon. Wer jedoch, aus welchen Gründen auch immer, den Hof überqueren mußte, konnte sich ausrechnen, daß er kaum eine Chance hatte, das Herrenhaus oder die andere Seite der Mauer zu erreichen. Stephan ließ daraufhin den Hof von allen Menschen räumen. Die Keller des Herrenhauses und die Betonüberdachungen auf dem Wehrgang boten dagegen noch den besten Schutz. Dennoch hatten auch die Verteidiger auf den Wehrgängen erhebliche Verluste an Verwundeten. Diejenigen, die die Verwundeten in den Keller brachten, leisteten fast Übermenschliches. Sie krochen über die Wehrgänge und zogen die Verwundeten hinter sich her. Sie kamen dabei nur ganz langsam voran, da sie sich alle Augenblicke flach auf die Sohle des Wehrganges legen mußten. Eine der Gruppen von Helfern, die mehrere Verwundete gleichzeitig über den Wehrgang zogen, wurden von einer Granate von einer Sekunde zur anderen zerfetzt. Dieses Geschoß war das Einzige, das mitten auf dem Wehrgang explodierte. Alle anderen Granaten fielen in den Hof. Er glich inzwischen einer Mondlandschaft. Die Granaten der Deutschen hatten auf dem Hof das Unterste nach oben gekehrt.

Als die Morgennebel aufstiegen, begannen die Deutschen mit einem erneuten Angriff auf das Gut. Die Verteidiger hatten den Eindruck, als ob Tausende von deutschen Soldaten gegen die Mauer anrannten. Der Befehl an die Verteidiger lautete, Munition zu sparen. Aber sie konnten es nicht. Die Massen der feindlichen Soldaten, die gegen das Gut stürmten, war einfach viel zu groß.

Aber dann trat ein Ereignis ein, mit dem weder die Verteidiger noch die Deutschen gerechnet hatten: Plötzlich kam Wind auf, sehr starker Wind, der innerhalb weniger Minuten den Nebel vertrieb. »Das hat es hier noch nie gegeben«, brüllte Stephan dem Major zu. »Wenn ich zurückdenke, ist der Nebel immer erst nach Stunden von der Sonne aufgesogen worden. Den Wind muß Gott schicken, um uns zu retten!«

Die Deutschen zogen sich sofort in die Wälder zurück. Keine zehn Minuten später rasten vierzig Schlachtflugzeuge über das Gut. Mit ihren Bordwaffen und Bomben begannen sie die Straße und die Waldstücke vor der Westseite der Mauer umzupflügen. Sie schlugen die schweren deutschen Geschütze und ihre Zugmaschinen zusammen, die noch nicht abtansportiert worden waren. Der Nebel hatte sich zu schnell aufgelöst. Das Dauerfeuer auf das Gut setzte aus.

Die Piloten kamen mit ihren Maschinen so tief herunter, daß Stephan befürchtete, sie würden mit ihren Tragflächen die westliche Mauer streifen. Jagdflugzeuge waren wieder am Himmel über dem Gut. Sie sicherten die Einsätze der Schlachtflieger.

»General Ambrowisch hat uns gehört und hat uns sofort geholfen!« schrie Stephan dem Major ins Ohr. »Er hat unseren Funkspruch erhalten und wie immer ist er zur Stelle!« Der Major und Stephan umarmten sich.

Die Frauen und Männer, die ihre Stellungen auf den östlichen, nördlichen und südlichen Teilen des Wehrganges hatten, standen auf und warfen die Arme in die Luft, als sie das Dröhnen der Motoren von schweren Transportmaschinen hörten. Sie schrien sich ihre Angst und ihre Wut aus dem Leib, die sie in den letzten Stunden überflutet hatten, als die Deutschen mit neuen Verstärkungen gegen das Gut anstürmten. Alle Verteidiger erfaßte Euphorie, als sie die Motoren hörten. Selbst im Operationskeller legten die Ärzte für einige Minuten die Instrumente aus den Händen. Sie drehten ihre Köpfe und hörten auf das Dröhnen der Motoren. Auch die Schwerverwundeten versuchten sich aufzurichten. Das Motorengeräusch wirkte auf sie wie eine Symphonie von Tschaikowsky.

Die Maschinen flogen in langer Reihe das Gut an. Aus ihren weit geöffneten Seitentüren fiel Lastfallschirm auf Lastfallschirm auf den Hof. Die Schlachtflieger hielten während dieses Anfluges der Transporter die Deutschen nieder. Sie flogen jetzt so tief, daß sie vom östlichen Wehrgang nicht mehr zu sehen waren. Innerhalb weniger Minuten war der Hof mit Transportkisten aller Art bedeckt.

In den Waldstücken westlich der Mauer lösten die Bombenabwürfe und das Bordwaffenfeuer der Schlachtflieger so schwere Explosionen aus, daß selbst auf dem breiten Wehrgang Bodenbewegungen zu spüren waren. Die Schlachtflieger hatten offensichtlich ein Munitionslager der schweren Geschütze der Deutschen getroffen. Riesige Rauchwolken stiegen in den Himmel. Deutlich war vom Wehrgang aus zu sehen, daß Trümmerteile hochgeschleudert wurden.

Die Zweizentimeter-Geschütze der Deutschen begannen auf die Schlachtflieger zu schießen. Die Geschütze standen gedeckt zwischen den Bäumen.

Die Verteidiger auf der Mauer hielten den Atem an, als einer der Schlachtflieger plötzlich in schwarze Qualmwolken gehüllt war. Der Pilot riß die Maschine einige hundert Meter hoch und drehte dann im steilen Winkel auf das Gut zu. Der hinter ihm sitzende zweite Mann riß die Haube des Cockpits zurück und stieg aus. Sein Fallschirm öffnete sich knapp einhundert Meter über dem Tor des Gutes. Er schlug auf dem Hof zwischen den abgesetzten Lasten auf.

Mehrere Männer und Frauen liefen sofort zu ihm. Vier Männer hoben ihn hoch und trugen ihn zum Operationskeller. Offensichtlich war er schwer verletzt. Seinen Fallschirm zogen sie wie eine Brautschleppe hinter ihm her.

Die inzwischen in Flammen gehüllte Maschine flog nach einer weiteren Kurve erneut das Gut an. Dann sprang der Pilot ab. Er landete unverletzt und glatt vor dem Gutshaus. Der Pilot stand sofort auf und löste sich von seinem Fallschirm. Sein Flugzeug raste in den hinteren Teil des Gutshofes, durchpflügte die Wracks der Scheunen und explodierte in einem riesigen Feuerball. Die Munition der Bordwaffen flog wie Silvesterraketen krachend in alle Himmelsrichtungen.

Minuten später war der Pilot auf dem Wehrgang. Ohne viele Worte hatte er sich in die Gruppe der Verteidiger auf dem südlichen Teil der Mauer eingereiht.

Seine Kameraden in den anderen Maschinen begannen erneut auf die Waldstücke einzuhämmern, in denen die Zweizentimeter-Kanonen der Deutschen standen.

Der ersten Welle von Transportflugzeugen folgte eine zweite, dann eine dritte und schließlich noch eine vierte Welle. Fallschirmjäger sprangen dicht an dicht ab. Sie landeten bis auf wenige Männer, die vor der Mauer niedergingen, im langgestreckten Innenhof des Gutes. Die Deutschen feuerten keinen Schuß ab. Die Schlachtflieger ließen ihnen auch dazu keine Gelegenheit mehr.

Die Fallschirmjäger begannen sofort damit, die Kisten auf den Wehrgang oder in das Gutshaus zu tragen. Zehn Minuten später dröhnte eine fünfte und dann eine sechste Welle von Transportflugzeugen heran. Die Maschinen kamen wie die anderen in langer Reihe herangeflogen. Wieder sprangen Männer dicht an dicht in den Hof. Die Fallschirmjäger, die wie ihre Kameraden vor ihnen, vor der Mauer gelandet waren, überstiegen den Steinwall oder drängten an dem immer noch qualmenden »Tiger«-Panzer vorbei durch die Toreinfahrt in den Gutshof.

Als die Transportmaschinen abgeflogen waren, ließ sich die Mehrheit der Jäger vom Himmel fallen und griff in die Erdkämpfe der Schlachtflieger ein. Ungestört durch deutsches Feuer konnten alle Transportkisten geborgen werden.

Über eintausend Fallschirmjäger waren von den Transportmaschinen über dem Gut abgesetzt worden. Sie füllten sofort die Lücken auf den Wehrgängen. Sie waren mit Maschinenpistolen, Maschinengewehren und leichten, rückstoßfreien Geschützen ausgerüstet.

Stephan und der Major, die sich gegenseitig stützten, hatten dem Absprung der Fallschirmjäger durch die Schießscharten zugesehen. Sie bemerkten die sechs Offiziere, die auf den östlichen Wehrgang gestiegen waren, erst, als sie neben ihnen standen.

»Herzlich willkommen, Genosse Oberst!« Der Major stand mühsam auf und salutierte.

»Welch ein Aufwand, Genosse Oberst«, sagte er. »Sie und Ihre Männer schickt der Himmel!«

»Uns schickt General Ambrowisch, Genosse Major«, antwortete der Oberst. »Er schickt uns, weil er ein lebendes und nicht ein totes Gut sehen will, wenn er kommt. Und er ist bereits zügig auf dem Weg nach hier!« Der Oberst umarmte den Major. Dann verbeugte er sich vor Stephan.

»Der General läßt Ihnen, Fürst, und Ihrer Gattin herzliche Grüße übermitteln. Er läßt Ihnen mitteilen, daß Sie und alle Frauen und Männer, die auf dem Gut kämpfen, inzwischen eine komplette Division der Faschisten binden. Dies entlastet die Front erheblich. Unser Verstoß zum Gut läuft. Die deutsche Division, die aus Ostpreußen kommt, war ursprünglich als Verstärkung für die Faschisten an der Hauptkampflinie vorgesehen. Die Deutschen sind so unklug, sich hier an dem Gut die Zähne auszubeißen. Für uns unverständlich, weil sie am Mittelabschnitt der Front inzwischen mehr als eine Armee verloren haben und eine andere deutsche Armee in Lettland und Estland eingekesselt worden ist. Uns soll das recht sein, Fürst. Der General wird jedenfalls schneller als erwartet mit seinen Soldaten vor dem Gut erscheinen. Das ehemalige Hauptgut hat er bereits erreicht!«

»Wann wird er hier sein, Herr Oberst?« fragte Stephan.

»Schwer zu sagen, Fürst. Er ist zwar ein Katzensprung vom Gut entfernt, aber die Deutschen leisten erbitterten Widerstand. Sie kämpfen wie die Teufel. Kein Wunder, wir stoßen auf die deutsche Grenze zu!«

»Na, dann auf zur nächsten Runde«, sagte der Major. »Die Jäger und Schlachtflieger schwirren ab. Jetzt werden die Deutschen ihre Köpfe wieder heben können!«

»Ihre Befehle, Fürst?« Der Oberst sah Stephan an.

»Sie haben sie bereits ausgeführt, Herr Oberst, bevor ich sie geben konnte. Die gesamte Mauer ist wieder besetzt. Wir werden es jetzt leichter haben!«

»Ihr Gefechtsstand, Fürst? Wo finden wir ihn?«

»Hier oben, Herr Oberst!«

»Gut, dann wollen wir gemeinsam von hier aus kämpfen!«
Zehn Minuten später überschütteten die Deutschen das Gut wieder mit Granaten.
»Bedeutend dünner der Beschuß«, rief Stephan dem Oberst und dem Major zu. »Die Schlachtflieger scheinen mächtig zugelangt zu haben!«
Der Oberst, der neben Stephan auf dem Boden des Wehrganges lag, nickte.
»Vergessen Sie aber nicht die deutschen Grenadiere und Panzer, Fürst«, schrie er. »Sie sind unverändert nicht von Pappe. Obwohl die Faschisten an allen Fronten verheerende Niederlagen einstecken müssen. Der Kampfeswille der Grenadiere und der Panzerbesatzungen sowie ihr Durchhaltevermögen ist noch lange nicht gebrochen!«
Dreißig Kolosse der gefürchteten deutschen »Tiger«-Panzer rollten, Schuß auf Schuß aus ihren überlangen Rohren abgebend, auf die Toreinfahrt zu. Die Granaten, die die Fallschirmjäger aus ihren rückstoßfreien Leichtgeschützen abfeuerten, prallten von der schweren Panzerung der »Tiger« wie Erbsen ab.
»Befehlen Sie Ihren Männern, sie sollen ihre Granaten sparen«, rief Stephan dem Oberst zu. »Wir werden diese Granaten brauchen, wenn die deutschen Grenadiere angreifen. Gegen diese rollenden Stahlfestungen können wir sowieso nichts machen. Sie werden in den Hof vordringen. Aber unsere Mauern sind immer noch stärker als sie. Ich schätze, in Kürze werden ganze Regimenter der Grenadiere erneut gegen die Westmauer anrennen. Darauf müssen wir uns einstellen!«
Der Oberst schickte zwei Melder über den Wehrgang. Die Fallschirmjäger stellten ihr Geschützfeuer ein. Sie verteilten ihre Geschütze über den gesamten Wehrgang. Sechs Geschütze wurden auf dem Ostteil des Wehrganges aufgestellt. Mit ihnen konnte der Hof und die Westmauer bestrichen werden.
Fünf »Tiger« fuhren, gedeckt durch das Feuer der anderen Stahlkolosse, an die Toreinfahrt heran und schoben das Panzerwrack beiseite. Das Feuer der anderen »Tiger« auf die Mauerkrone über der Toreinfahrt war so stark, daß es unmöglich war, die Panzer mit Benzinflaschen von oben zu bekämpfen.
Stephan befahl, den südlichen Wehrgang vorläufig zu räumen. Sechzehn schwerverletzte Fallschirmjäger wurden in den Keller des Gutshauses gebracht. Die Leichtverwundeten ließen sich auf dem Wehrgang verbinden. Sie weigerten sich, ihre Plätze zu verlassen.

Drei der fünf »Tiger« rollten in den Hof. Damit war vorerst die Verbindung von der Mauer zum Gutshaus abgeschnitten. Die Panzer arbeiteten sich durch tiefe Trichter in den rückwärtigen Teil des Hofes vor. Sie blieben außerhalb der Wurfweiten der Verteidiger auf den Wehrgängen. Benzinflaschen konnten nicht auf ihre Lüftungen geschleudert werden.

Das Geschützfeuer der Deutschen auf dem Gutshof erstarb, als die »Tiger« durch das Tor gerollt waren. Dafür schossen jetzt die Panzerbesatzungen vor allem auf den westlichen Wehrgang.

Hunderte von deutschen Grenadieren begannen wieder gegen die Westmauer anzurennen. Die Verteidiger dieses Teils der Mauer waren dem Beschuß aus den Waldstücken und dem Feuer der Panzer, die auf dem Hof standen, ausgesetzt. Sechsmal gelang es den Deutschen auf die westliche Mauer zu kommen. Sechsmal wurden sie wieder von der Mauerkrone gejagt. Nach dem siebten Ansturm konnten die Deutschen sich auf dem westlichen Wehrgang behaupten. Von den Verteidigern lebte niemand mehr. Aber die beidseitigen Eckstützpunkte konnten die Deutschen nicht aufbrechen. Die rückstoßfreien Geschütze der Fallschirmjäger eröffneten ein verheerendes Feuer auf sie. Die Deutschen mußten sich hinter den Quermauern in Sicherheit bringen.

Die drei Panzer im Hof wurden durch sechs zusätzliche »Tiger« verstärkt. Auch ihr pausenloses Feuer auf die Eckstützpunkte des westlichen Wehrganges blieb ohne Erfolg.

Als sie sich verschossen hatten, begannen die Panzer rückwärts auf die Toreinfahrt zuzurollen.

Stephan gab Andrejew, dem Oberst sowie dem Major einen Wink.

»Führen Sie jetzt, Oberst. Wir kommen gleich zurück!« Stephan schlug dem Oberst auf die Schulter.

Zusammen mit Andrejew und dem Major hastete er gebückt zum südlichen Wehrgang. Von seiner Schußwunde drangen glühende Schmerzstöße durch seinen Körper.

Die Fallschirmjäger am Eckstützpunkt vor dem Tor hielten bereits Benzinflaschen bereit. Stephan ließ sein Gewehr fallen und legte sich auf den Rücken. Dann nahm er in jede Hand eine Benzinflasche. Andrejew und drei Fallschirmjäger zogen ihn, vor und neben ihm kriechend, über den Wehrgang zum Tor. Seine Armwunde schmerzte höllisch.

Wut, wie Stephan sie noch nie gekannt hatte, stieg in ihm auf. Die Deutschen zerschlugen das Gut von Luise. Sie zermalmten mit ihrem fürchterlichen Feuer Frauen und Männer in Zivil und in Uniform. Seine Landsleute, Angehörige des großen russischen Volkes wie er es auch war, töteten sie wie Fliegen.

Jetzt wollte er es ihnen erneut heimzahlen. Er wollte das Tor wieder mit einem dieser Panzerkolosse verstopfen. Und zwar so lange, bis Alexander Ambrowisch mit seinen Soldaten erschien.

Unter sich hörte Stephan die brüllenden Motore der Panzer. Er kniete sich hin und blickte durch eine zerschossene Schießscharte. Zwei Panzer rollten, dicht hintereinander fahrend, auf die Toreinfahrt zu. Die anderen hatten bereits die Einfahrt passiert.

»Die Gelegenheit ist günstig, den ›Tigern‹ einen Schlag zu verpassen, Fürst«, rief der Major, der durch eine andere Schießscharte blickte. »Die deutschen Panzer haben sich verschossen und müssen jetzt umgruppieren. Ich glaube, sie werden sich weit in die Wälder zurückziehen!«

Stephan stand auf und nahm die Benzinflasche in die Hand, die ihm Andrejew reichte. Die bezingetränkte Umhüllung brannte bereits. Er spürte nicht den Schmerz in seiner Hand, als die Flammen seine Haut versengten.

Stephan schleuderte die Flasche auf den Hecklüfter des ersten Panzers, der bereits zwei Wagenlängen vor der Einfahrt war. Dann ließ er sich, seine von Brandblasen überzogene Hand ausstreckend, eine neue Benzinflasche geben. Der zweite Panzer durchfuhr gerade die Toreinfahrt.

Als Stephan die Flasche senkrecht auf den Lüfter dieses Kampfwagens fallen ließ, explodierte der vordere Panzer. Eine riesige

Stichflamme stieg über hundert Meter hoch. Sekunden später explodierte der zweite »Tiger«. Splitter prasselten gegen die Mauer.

Stephan hatte das Gefühl, als ob Rasiermesser sein Gesicht zerschnitten. Blut verschloß seine Augen. Die Trommelfelle seiner Ohren platzten. Er brach, laute Schmerzensschreie ausstossend, zusammen.

Das Tor war von dem brennenden Panzerwrack erneut verstopft.

Alexander lehnte sich an die Seitenwand seines Befehlspanzers. Fünfzig sowjetische Kampfwagen vom Typ »T 34« hämmerten eintausend Meter vor ihm auf die Stellungen der Deutschen ein. Die Faschisten waren zwar seit Tagen ständig, wenn auch langsam, zurückgegangen. Seit Stunden wichen sie aber keinen Meter.

Im Abstand von Sekunden waren durch den Lärm der Schlacht hindurch harte, metallische Schläge zu hören. Die Deutschen hatten die bei allen alliierten Panzerbesatzungen gefürchteten Geschütze vom Kaliber »8,8« nach vorne geholt. Ihre Granaten durchschlugen jede Panzerung. Dreißig blakende »T 34« der ersten Panzerspitze waren der Beweis dafür.

Alexander las zum zweiten Mal den letzten Funkspruch, der aus dem Keller des Gutes von Luise abgesetzt worden war: »Tiger auf dem Hof. Westliche Mauer erneut besetzt. Haben schwere Verluste. Kommt zu Hilfe!« Dieser Funkspruch war nicht unterzeichnet worden.

Alexander stand genau auf der Stelle, auf der er als Junge vor Jahrzehnten Stephan und seinen Kaukasiern begegnet war, als sie die Gräfin in Sicherheit brachten. Einige Kilometer von hier entfernt, hatte ihm der alte Graf das Versprechen abgenommen, stets für die Sicherheit seiner Tochter zu sorgen.

»Micha!« Alexander blickte an seinem Kommissar vorbei zum Horizont.

»Genosse General?«

»Ich sagte es schon einmal: Die Gräfin ist für mich meine Mutter. Ich will wenigstens eine russische Mutter retten können!«

»In Ordnung! Und wie lautet Ihr Befehl?«

»Wir brechen in zehn Minuten mit Brachialgewalt durch. Ohne Rücksicht auf uns selbst. Das wird die gesamte Front der Faschisten ins Wanken bringen. Geraten die Deutschen in Panik, und sie werden in Panik geraten, kommen wir der Reichsgrenze wieder ein Stück näher!«

Alexander ließ sich von seinen beiden Adjudanten und dem Kommissar in den Führungspanzer heben. Die Narben der Wunden, die er in Leningrad erhalten hatte, schmerzten seit Tagen unerträglich. Das war immer so, wenn er kaum Schlaf fand.

Ohrenbetäubender Lärm überflutete das Schlachtfeld. Großkalibrige Geschosse deutscher »Nebelwerfer« jagten heulend in die sowjetischen Aufstellungen. »Stalinorgeln« der Sowjets erwiderten das Feuer. Schwere Artillerie hatte auf beiden Seiten in den Kampf eingegriffen. Rauchpilze schossen, soweit man blicken konnte, aus dem Boden. Schlachtflieger beider Seiten, gedeckt durch Jäger, rasten, Feuer aus allen Rohren speiend, in Baumwipfelhöhe über die Front. Die Jäger fochten in großen Höhen erbitterte Luftkämpfe aus. Dabei gewannen die Deutschen schnell die Oberhand. Sie stürzten sich auf die sowjetischen Schlachtflieger. Sie erlitten große Verluste. Aber immer neue sowjetische Schlachtflieger griffen in den Kampf ein.

Alexander Ambrowisch stand im Turmluk des Richtschützen. »Scheiße!« hörte er den jungen Kommandanten sagen, der neben ihm im anderen Turmluk stand. »Dort drüben, Genosse General, die verdammmten Stukas!«

Die Sturzkampfbomber der Deutschen, die am Anfang des Krieges mit ihren heulenden Sirenen Angst und Schrecken an allen Fronten verbreitet hatten, waren zu Schlachtfliegern umgerüstet worden. Sie waren bei den sowjetischen Panzerbesatzungen genauso gefürchtet, wie die »8,8«-Geschütze. Obwohl schwerfällig, trugen sie eine Kanone unter dem Rumpf, deren Geschosse jede Panzerung durchschlug. Dem sowjetischen Panzerkommandanten gelang es fast nie, sich auf diese Schlachtflieger einzustellen. Sie umflogen die »T 34« wie Hornissen und waren kaum abzuwehren.

Alexander sah die ersten Stukas die vorn stehenden »T 34« ansteuern. Flammenschlangen krochen unter ihrem Rumpf hervor. Sechs »T 34« explodierten.

Alexander tauchte in seinem Befehlswagen unter. »Verdammt«, dachte er. »Diese Stukas werden uns zusammenschlagen. Jetzt hilft nur noch eines: Mit Gewalt nach vorn! Wenn wir anfahren und sich die Panzer auseinanderziehen, werden es die Deutschen nicht mehr so leicht haben, die T 34 abzuschießen.«

Die Adjudanten reichten Alexander eine Schulterkrücke in den Panzer, als er auf seinem Platz zu Füßen des Kommandanten saß. Splitter prasselten an die Außenwände des Kampfwagens. Die Adjudanten waren wie der Blitz verschwunden. Sie lagen wie Hunderte von Infanteristen zwischen den breit auseinander gezogenen Ketten der Panzer.

Alexander sah auf seine Armbanduhr. Er hatte Mühe, das Leuchtzifferblatt zu erkennen, da inzwischen alle Luken des Fahrzeuges geschlossen waren. Außerdem begann der Kampfwagen vom Luftdruck der neben ihm detonierenden Granaten zu schwanken.

Als zehn Minuten um waren, schlug Alexander mit der rechten Hand gegen die Stiefel des Kommandanten. Der Feldwebel schob sein Luk im Turm auf und feuerte aus einer Signalpistole eine grüne Leuchtkugel ab.

»Alle anderen Kommandanten haben mit grünen Leuchtkugeln Ihren Befehl bestätigt, Genosse General!« schrie er. Alexander hörte die krächzende Stimme des Kommandanten in seinem Kopfhörer. Er schlug dem Feldwebel wieder gegen die Stiefel. Mit aufbrüllendem Motor setzte sich der Kampfwagen in Bewegung. Hundertdreiundzwanzig »T 34« folgten ihm. Das sowjetische Artilleriefeuer sprang ruckartig hunderte Meter weiter vor. Obwohl Alexander dicht neben dem Motor des Panzers saß, konnte er die Hurra-Rufe der sowjetischen Infanteristen hören, die entweder auf den Panzern aufgesessen waren oder neben dem Kampfwagen herliefen.

»Wir sind in Bewegung« rief er über das Kehlkopfmikrofon dem Panzerkommandanten zu. »Nichts darf uns jetzt mehr aufhalten!«

»Nichts mehr, Genosse General!« echote der Kommandant.

Die deutschen »8,8«-Geschütze schlugen noch einige Löcher in die auf sie zurollende Stahllawine. Dann wurden sie, wie die gesamte deutsche Front an dieser Stelle, überrannt.

Die Panzer von Alexander rissen ein breites Loch in die deutsche Verteidigungslinie, in das mit großer Geschwindigkeit neue sowjetische Divisionen nachflossen. Aber es gelang den Sowjets nicht, die Durchbruchstelle seitlich auszuweiten. Hier blieben die Deutschen wie eine Mauer stehen. Nur vor dem Panzerkeil, dessen Stoßrichtung das Gut war, flüchteten sie wie die Hasen.

Alexander hörte die Stimme seines Kommissars im Kopfhörer. Der Oberst saß in einem Panzer, der dicht neben dem Kampfwagen des Generals fuhr.

»Ich gebe zu bedenken, daß wir in einen Sack rollen, den die Faschisten, die an den Seiten nicht zurückgehen, schließen können. Wir sollten nach links und rechts abdrehen und uns erst dort Luft verschaffen, bevor wir weiter vorstoßen!«

»Abgelehnt, Micha!« antwortete Alexander. »Das Gut ist nur noch fünf Kilometer entfernt. Ich habe ein Versprechen einzulösen, das ich einhalten will. Wir stoßen in zwei Zangenbewegungen um das Gut herum, drücken dann noch zehn Kilometer weiter nach vorn und fächern erst danach zu den Seiten aus. Die Faschisten flüchten gerade so wunderbar schnell. Diese Panik werden wir auch beim Ausfächern ausnutzen!«

»Sie haben hoffentlich nicht die ›Tiger‹ aus den Augen verloren, Genosse General, von denen im Funkspruch die Rede war«, antwortete der Oberst. »Einer von ihnen nimmt es spielend mit fünf ›T 34‹ von uns auf. Außerdem können auch noch ›Panther‹ in der Nähe stehen. Mit diesen deutschen Panzern ist ebenfalls nicht zu spaßen. Vergessen Sie das nicht, Genosse General!«

»Ich habe weder den einen noch den anderen Panzer vergessen, Micha, und die Deutschen werden sie auch nicht vergessen haben. Diese Giganten müssen sich inzwischen längst verschossen haben. Da die Faschisten uns bereits sehen können, werden sie ›Tiger‹ und, wenn vorhanden, ›Panther‹ schleunigst abziehen und weit hinter der Front neu aufstellen, wo sie Treibstoffe und Munition fassen können. Diese Panzer sind so wertvoll, daß sie die Deutschen nicht ohne zwingenden Grund opfern werden!«

»Karaschow! Also, dann weiter!«

»Wolja Boschja!«

»Gottes Wille geschehe?« fragte der Kommissar.

»Jawohl, Micha: Wolja Boschja!«

Die Schlacht um das Gut war vorbei. Von einer halben Stunde zur anderen. Die Granaten, die die Sonne verdunkelt hatten, blieben aus. Die Verteidiger richteten sich vorsichtig auf, als das deutsche Feuer auf das Gut schlagartig aufhörte. Sie glaubten nicht richtig zu sehen, als die Deutschen innerhalb von Minuten den westlichen Wehrgang räumten, ohne einen Schuß abzugeben. Zwanzig Minuten danach waren alle deutschen Soldaten verschwunden. Sie hatten sich wie in Luft aufgelöst. Alle deutschen Geschütze, Panzer und gepanzerten Fahrzeuge verließen den Kampfplatz, überladen mit lebenden und verwundeten Soldaten.

Auch Littauland war, wie Spähtrupps, die vom Gut ausgesandt wurden, berichteten, von den Faschisten geräumt worden. Hier waren die Deutschen bereits Stunden vorher abgezogen. Sie hatten ihre Toten zurückgelassen. Sie lagen in langer Reihe auf dem Friedhof. Vor dem Gut dagegen lagen die im Kampf gefallenen Deutschen im Haufen noch immer wirr durcheinander.

Die Toten beider Seiten im Gutshof hatte die deutsche Artillerie zerstampft. Nur Reste von Uniformstücken und Ausrüstungsgegenständen erinnerten daran, daß hier im Gefecht Menschen gestorben waren.

Der Kampf um das Gut war beendet. Die Schlacht allerdings noch nicht vorbei. Sie tobte unverändert in einem weit um das Gut gespannten Bogen. Die Deutschen hatten sich offensichtlich deshalb vom Kampfplatz vor dem Gut zurückgezogen, weil es den sich nähernden sowjetischen Verbänden gelungen sein mußte, auszufächern. Die Deutschen wollten so einer Einkesselung entgehen.

Die Verteidiger kamen von den Wehrgängen in den Hof. Wachen blieben auf der Mauer zurück. Viele Männer und Frauen gingen unaufgefordert in den Keller des Gutshauses. Sie trugen dreihundertzweiundsiebzig verwundete Männer und Frauen auf den Hof. Sie betteten die Verwundeten nebeneinander dicht hinter die Westmauer. Fallschirmjäger, die den Kampf unverwundet überlebt hatten, versuchten mit ihren Händen den umgewühlten Boden an der Westseite der Mauer zu glätten, damit die Verwundeten besser liegen konnten. Diese Männer und Frauen, zum Teil von Kopf bis Fuß in dicke Verbände gehüllt, hatten Unvorstellbares hinter sich. In den Kellern des Gutshauses hatten sie fast übereinander liegen müssen. Zwischen Kindern und Alten, die darauf gewartet hatten, daß die Schlacht beendet werden würde.

Dann wurden vierhundertfünfunddreißig Soldaten und Gutsarbeiterinnen und Gutsarbeiter sowie Bewohner aus Littauland auf den Hof gebracht, die ihren Verletzungen erlegen waren. Die Toten waren in den Nebenräumen des Kellers wie Klafterholz übereinander gestapelt worden. Sie wurden jetzt dicht an dicht vor der Innenseite der Ostmauer auf den Boden gebettet. Frauen und Mädchen bedeckten ihre Köpfe mit Wäschestücken, die sie aus dem zertrümmerten Gutshaus geholt hatten.

Zusammen mit den Ärzten, den Sanitätern und den weiblichen Helfern kamen Luise und Amanda auf den Hof. Ihre Kittel waren, wie die der Ärzte, rot von frischem und dunkelrot von getrocknetem Blut.

Luise, kreidebleich und übernächtigt, hielt die Hände von Stephan. Er wurde zusätzlich von Andrejew, Amanda und dem Major gestützt. Der Oberst und dessen Offiziere, die überlebt hatten, gingen neben dem Ehepaar.

Der Kopf von Stephan war von Mullbinden umhüllt. Sein linkes Auge, die Nase und der Mund waren ausgespart worden. Die Splitter des explodierendes Panzers hatten Stephan das Gesicht zerschnitten. Auf dem rechten Auge war er erblindet. Ein Splitter, knapp einen Millimeter groß, hatte den Sehnerv zerrissen. Beide Arme von Stephan waren bis zu den Schultern bandagiert. An der rechten Hand fehlten ihm zwei Finger.

Luise und ihre Begleiter halfen Stephan, sich auf die Erde zu setzen. Luise hockte sich neben ihn. Sie legte seinen Kopf in ihren Schoß. Die Offiziere halfen Andrejew dabei, den Körper von Stephan so in einen flachen Trichter zu betten, daß er fast aufrecht lag. Luise bemerkte sofort, daß ihm nun das Atmen leichter fiel.

Minuten später hatten sich alle Offiziere, Soldaten, Frauen und Männer auf den Boden gelegt. Die Ärzte knieten neben den Verwundeten. Zusammen mit ihren Sanitätern gaben sie schmerzstillende Spritzen und halfen den Verwundeten dabei, Wasser zu trinken.

Totenstille legte sich über den von Granaten zerwühlten Gutshof. Die Mehrheit der Männer und Frauen blickte nur einige Minuten in den sonnenüberfluteten Himmel. Dann schliefen die meisten Verteidiger ein. Sie schliefen wie Tote.

»Hast Du starke Schmerzen, Liebster?« Luise streichelte über den Brustkorb von Stephan. Ihre Augen füllten sich mit Tränen.

»Es geht, mein Liebling!« antwortete Stephan mit leiser Stimme. »Andere sind schlechter dran!« Er zeigte mit einem seiner bandagierten Arme zu den Toten vor der Ostmauer.

Eines der Kinder, die tagelang im Keller zwischen Verwundeten, Sterbenden und Toten gelebt hatte, kam zu Stephan. Es war ein zehn Jahre altes Mädchen aus Littauland.

Das Kind beugte sich über Stephan und küßte ihn auf die Brust. Dann ergriff es eine Hand von Luise und küßte sie ebenfalls.

»Danke!« sagte das Mädchen. Das Kind lief zu seiner Mutter zurück.

»Kennst Du das Mädchen, Liebling?«

»Nein, Stephan! Ich habe es noch nie gesehen!«

Stephan bewegte sich unruhig hin und her.

»Was soll aus uns beiden nun werden, Liebes?« fragte er. »Ich bin ein Krüppel. Nicht mehr der Mann, der ich vor der Schlacht war!«

»Was aus uns werden soll, Stephan? Das kann ich mit wenigen Sätzen beantworten: Wir gehen nach Hause zurück zu den Kindern, Liebster. So schnell es geht. Und dann werden wir noch viele glückliche Jahre zusammen verbringen. Auch wenn Du schwer verwundet worden bist. Es wird so sein, wie es immer war!«

»Nach Hause? Nach Schweden? Ist unser zu Hause nicht hier, Luise?«

»Nein, mein Liebster. Unser Zuhause ist das Gut von Charles. Hier hält uns nichts mehr!«

Stephan bewegte sich wieder hin und her. »Aber ich bin ein Krüppel, Liebling! Du siehst in mir immer noch den Mann, der ich bisher war. Und das bin ich nicht mehr!«

»Alles wird bald wieder so sein, wie es früher immer war«, antwortete Luise. »Wir haben die Schlacht überlebt. Wir lieben uns unverändert. Das zählt!«

Luise richtete sich auf und küßte Stephan auf den Brustkorb. »Nur das zählt, nur das«, sagte sie. »Deine Verwundung stört mich nicht. Du bist verwundet worden, als Du Dein Leben für mich und für alle anderen hier eingesetzt hast. Du bist unverändert der Mann für mich, von dem ich träume!«

Sie küßte ihn erneut.

»Und mein Liebster: Jetzt werden wir endlich nach Hause reisen können!«

Luise begann zu weinen, als sie Stephan so hilflos wie ein kleines Kind und sich vor Schmerzen hin und her bewegend, vor sich auf dem Boden liegen sah.

»Du weinst?«

»Nein, Liebster!« antwortete sie. »Das sind keine Tränen des Leides, sondern Tränen der Freude, weil wir überlebt haben und weil wir nach Hause können!«

Luise wußte, daß Stephan sofort aus ihrer Stimme herausgehört hatte, daß sie log. Aber sie konnte nicht anders. Sie wollte nach Hause, nach Hause zu Charles. Und sie wollte Stephan dabei neben sich haben.

Die Verteidiger des Gutes hörten nach Stunden die Motoren von Panzern, die sich dem Gut näherten. Aber niemand von ihnen stand auf. Auch die Wachen auf den Mauern blieben sitzen. Luise konnte sich des Eindrucks nicht erwehren, daß viele der Soldaten, die auf der Mauer wachen sollten, ebenfalls eingeschlafen waren.

Vor der Toreinfahrt schoben drei sowjetische Bergepanzer die ausgebrannten »Tiger«-Panzer beiseite.

Der Oberst und seine Offiziere standen auf, als die Einfahrt frei war. Sie halfen Stephan, unterstützt von Luise, Andrejew und Amanda, auf die Beine zu kommen. Stephan begann zu taumeln. Andrejew und der Major griffen ihm unter die Arme.

Ein Halbkettenfahrzeug rollte, wie sie vom Hof aus sehen konnten, auf die Toreinfahrt zu. Das gepanzerte Fahrzeug schwankte wie ein Schiff in schwerer See, als es durch die Trichter fuhr. Dann rollte es in den Hof und wendete. Der Motor erstarb.

Soldaten sprangen von dem Fahrzeug. Sie hoben einen Offizier, dessen Uniformjacke mehrere Ordensspangen zierte, über die Seitenpanzerung. Er hatte weiße Haare. Der rechte Ärmel seiner Uniformjacke hing lose herunter. Die Soldaten schoben dem Offizier eine Krücke unter die linke Achselhöhle. Dann stützten sie ihn, als er langsam durch die noch immer erschöpft auf der Erde liegenden Verteidiger auf die Offiziere zuging, die Luise, Stephan, Amanda und Andrejew umstanden.

Nachdem der Offizier einige Meter gegangen war, sah er die Toten und die Verwundeten, die vor der Mauer lagen. Er drehte sich zu den toten Verteidigern. Seine Begleiter stützten ihn, als er seine linke Hand zum Gruß an die Schläfe legte. Nach einigen Sekunden verbeugte er sich und drehte sich zu den Verwundeten um. Auch sie grüßte er mit einer Verbeugung.

Luise, die den Offizier anstarrte, sah aus den Augenwinkeln heraus, daß die neben ihr stehenden Offiziere salutierten. Sie hatten ihre Stahlhelme aufgesetzt.

»Genosse General!« Der Oberst legte die rechte Hand an seinen Stahlhelm. »Ich melde: Die Verteidiger des Gutes haben alle Angriffe der Faschisten, wie Sie es befohlen haben, abgewehrt. Vierhundertfünfunddreißig von uns haben bei diesem Kampf ihr Leben gelassen, dreihundertzweiundsiebzig wurden verwundet!«

Luise, die dicht hinter Stephan stand, preßte beide Hände gegen ihren Mund. Sie gab sich alle Mühe, den in ihr hochquellenden Schrei zu unterdrücken. Aber es gelang ihr nicht.

»Alexander, mein Junge!« Sie rief seinen Namen so gellend, wie sie damals nach William gerufen hatte. Die auf dem Hof liegenden Menschen, wie auch die Offiziere und die neben dem Halbkettenfahrzeug stehenden Soldaten, zuckten zusammen.

»Alexander!«

Luise begann zu weinen.

Alexander humpelte, sein rechtes Bein nachziehend, auf Luise zu. »Da bin ich, geliebte Mamuschka!« sagte er. »Den Befehl Deines Vaters, Dir zu Hilfe zu kommen, habe ich ausgeführt!«

Alexander schlang seinen linken Arm um ihren Körper. Sie küßten sich nach russischer Sitte dreimal auf die Wangen.

Alexander löste seinen Arm von Luise. »Du siehst zwar sehr angestrengt aus, Mamuschka, aber Du bist noch immer so schön, wie ich Dich über alle die Jahre in Erinnerung hatte!« Tränen schossen in seine Augen.

»Mamuschka«, flüsterte er. Er faßte sie erneut um. »Was habt Ihr hier erdulden müssen. Ich habe versucht, so schnell wie möglich zu Hilfe zu kommen. Aber glaube mir, geliebte Mamuschka, schneller ging es nicht!«

Luise trocknete mit ihrem Taschentuch seine Tränen.

»Du bist gekommen, mein Sohn«, antwortete Luise. »Du bist wieder einmal rechtzeitig gekommen!«

Alexander winkte einem seiner Begleiter zu.

»Heften Sie diese Auszeichnung der Gräfin an den Kittel, Genosse!« befahl er. »Sie hat sich um unser Vaterland verdient gemacht!«

Alexander zeigte auf den ersten Orden, der auf seiner Uniformjacke befestigt war.

»Und den zweiten daneben, heften Sie auf die Verbände von Fürst Lassejew, Genosse. Auch er hat sich große Verdienste um sein Vaterland erworben!«

Alexander wendete sich Stephan zu.

»Mein Freund«, sagte er, »ich freue mich so sehr, auch Dich lebend wiederzusehen!«

Beide Männer, die mehrere Soldaten stützen mußten, lehnten sich mit den Schultern aneinander.

»Du hast uns wie damals gerettet, Alexander«, sagte Stephan. »Wärst Du einen Tag später gekommen, würde niemand mehr von uns leben!«

»Es war nicht ganz leicht, mein Freund, von Leningrad nach hier zu kommen«, antwortete Alexander. »Auf dem langen Weg zum Gut, meinem Geburtsort, mußten Schmerzen über Schmerzen ertragen werden. Aber nun sind wir angekommen. Endlich haben wir es geschafft!«

Luise umfaßte die Schultern beider Männer. Alle drei hielten sich so fest umschlungen, als ob sie sich nie mehr loslassen wollten.

Luise und Stephan lebten im Haus des Arztes in Littauland. Sie bewohnten das Zimmer im Obergeschoß, in dem Luise und Marlies nach dem Überfall auf die Kutsche gelegen hatten.

»Es genügt uns«, sagte Luise jedes Mal, wenn der Arzt ihr einen zusätzlichen Raum anbieten wollte. »Wir haben jetzt in dem Zimmer drei Monate gelebt. Die Wunden meines Mannes sind ausgeheilt. Er kann wieder reden, lachen und reiten. Was sollen wir mit einem zweiten Raum?«

Luise und Stephan hatten das Gut nach dem Ende der Schlacht nicht mehr betreten, obwohl es von dreitausend deutschen Kriegsgefangenen in der Rekordzeit von acht Wochen wieder aufgebaut worden war.

Die Ernten lagerten in den neu entstandenen Scheunen. Die Arbeiter hatten mit ihren Familien ihre Wohnungen, die wie Phönix aus der Asche erstanden waren, wieder bezogen.

Amanda und Andrejew dagegen lebten im Gutshaus. Sie leiteten das Gut so, wie es früher Luise und Stephan getan hatten. Beide wußten, daß auch sie auf Abruf auf dem Gut lebten, aber sie taten so, als ob sie das nicht wußten.

Die Wertsachen von Luise, die unter den Trümmern geborgen worden waren, hatten russische Soldaten in vier große Kisten verpackt. Die Kisten standen jetzt im Keller des Arzthauses.

Einmal in der Woche kam Alexander in das Arzthaus. Meist am späten Nachmittag. »Ich betrete das Gut nicht mehr«, hatte Luise gesagt, als Alexander sie und Stephan aufgefordert hatte, in das Herrenhaus zurückzukehren. »Ich kann dort nicht mehr leben, Alexander, wo Hunderte meiner Landsleute gestorben sind. Unser Zuhause, Alexander, ist bei Charles in Schweden. Bitte, nimm mir nicht übel, wenn ich das sage. Aber Stephan und ich sowie auch Amanda und Andrejew wollen nach Schweden. Von hier möchten wir so schnell wie möglich abreisen!«

Alexander hatte sie schweigend angesehen.

Dann sagte er nach einigen Minuten: »Dein Wunsch ist mir Befehl, Mamuschka!«

Aber er war Woche für Woche erschienen, ohne eine weitere Erklärung abzugeben.

Als die ersten Herbstnebel über das Land zogen, kam Alexander überraschend an einem Vormittag in das Arzthaus.

»Morgen heißt es Abschied nehmen, Mamuschka«, sagte er. »Aber das ist mit einer Überraschung verbunden!« Alexander schüttelte den Kopf, als ihn Luise fragend ansah.

Sie saßen zu sechs am Mittagstisch: Alexander, sein Kommissar, Luise, Stephan, Amanda und Andrejew.

»Die Ernte ist unter Dach und Fach, Mamuschka«, murmelte Alexander. »Das Vieh kehrt in den nächsten Tagen von den Wiesen zurück. Die Felder sind gepflügt, die Saat ausgebracht. Es ist getan, was getan werden mußte!«

Alexander stocherte in seinem Essen herum. Er schwieg einige Minuten. Dann sagte er: »Die Eltern von Amanda reisen mit Euch. Alle anderen wollen hierbleiben.«

Alexander blickte von seinem Teller nicht auf. »Ich hätte es gerne gesehen, wenn Ihr wenigstens bis zu meiner Rückkehr nach dem Kriege hier hättet bleiben können«, sagte er leise. »Aber das geht nicht!« Wieder stocherte Alexander in seinem Essen herum. »Ich werde nach dem Krieg hier leben und arbeiten«, sagte er. »Das ist mir zugesichert worden. Aber Ihr dürft hier nicht auf mich warten. Das ist von höherer Stelle so entschieden worden.« Alexander gab keine Erklärung darüber ab, wer diese höhere Stelle war.

Luise ergriff die Hände von Alexander. »Wir wollen hier auch nicht bleiben, mein Sohn«, antwortete sie. »Wir wollen nach Hause, zu Charles. Aber wir sind alle glücklich, daß Du hier in Zukunft die Geschicke des Gutes leiten wirst. Schließlich bist Du hier geboren, und das ist Dein Zuhause!«

»Wenn ich den Krieg überlebe, Mamuschka, werde ich zurückkehren und so glücklich sein, wie früher in meinem Leben. Aber der Weg nach Berlin ist noch weit. Wir stehen zwar vor der Grenze Ostpreußens, vor der Grenze des Nazireiches. Es wird jedoch noch viel Blut fließen, bis wir Berlin erreicht haben!«

Alexander legte Gabel und Messer an den Rand des Tellers und sah Luise an. »Du kannst Dir nicht vorstellen, Mamuschka, wie ich diesen, uns aufgezwungenen Krieg hasse. Ich bin zwar Offizier. Aber im Grunde meines Herzens bin ich immer Bauer geblieben. Außerdem bin ich am Ende meiner Kräfte. Ich will in Frieden Felder bestellen und sie in Frieden abernten. Ist das zuviel verlangt?«

Als sie wie immer nach dem Essen einen Wodka tranken, ergriff Luise erneut die Hand von Alexander.

»Wo ist Benda geblieben?« sagte sie für alle am Tisch sitzenden überraschend. »Wenn mir einer diese Frage beantworten kann, bist Du das, Alexander!«

Der General blickte Stephan an. Luise sah, daß ihr Mann nickte.

»Weißt Du Stephan, etwa seit Jahren mehr als ich und hast Du das mir verschwiegen? Oder wie soll ich Dein Kopfnicken deuten?« Das Gesicht von Luise überflog eine flüchtige Röte, wie immer, wenn sie wütend wurde.

»Aber Liebes! Ich weiß nicht mehr als Du. Ich glaube weiter daran, daß Benda seit Jahrzehnten nicht mehr lebt. Du hast ihn überall auftauchen sehen, weil er für Dich verständlicherweise zum Alptraum geworden war. Selbst in diesem Berger aus Königsberg hast Du Benda gesehen.«

Stephan hob sein Wodkaglas und prostete Luise zu.

»Nein, Liebes, ich weiß nicht mehr als Du. Ich wollte mit dem Kopfnicken nur sagen, wenn Alexander etwas über Benda weiß, soll er uns unterrichten!«

Alexander ließ von der Ordonanz, die er immer in das Arzthaus mitbrachte, für alle Wodka nachschenken.

»Zwei Bandenhäuptlinge haben mit ihren blutrünstigen Horden das Gut bestürmt«, sagte Alexander. »Den einen haben wir vor einigen Tagen bei einem Blitzvorstoß dicht vor der deutschen Grenze gefangen. Dieser SS-Verbrecher und einige seiner führenden Banditen, die seit Jahren im Baltikum gewütet haben und anfangs das Gut belagerten, sind auf dem Weg nach Moskau. Sie werden ihrer gerechten Strafe zugeführt werden. Dem anderen Verbrecher hat sich eine höhere Macht angenommen: Er ist am Anfang des Krieges in der Nordsee ertrunken!«

»Augenblick, Alexander!« Luise schoß eine Blutwelle in das Gesicht. »Wen meinst Du mit dem anderen Verbrecher, Alexander? Benda oder Berger?«

Alexander sah Luise an. Dann antwortete er: »Benda und Berger, Mamuschka, waren eine Person!«

Vor Luise begann sich das Zimmer zu drehen. Stephan sprang sofort auf und ergriff ihre Schultern.

»Ich hatte also doch recht, Stephan: Berger war Benda!«

»Und woher weißt Du, daß Berger Benda war, Alexander? Mich trifft diese Mitteilung wie ein Peitschenhieb!« Stephan sah Alexander fassungslos an.

»Das ist eine lange Geschichte, Mamuschka und Stephan.« Alexander ergriff die Hand von Luise.

»Das war so«, sagte er: »Dieser Benda, der auch meine Eltern und meine damalige Braut ermordet hatte, ging mir jahrelang nicht aus dem Kopf. Ich gebe es unumwunden zu: Ich wollte ihn fangen und töten. Ich wollte Rache üben, für das, was er uns allen angetan hatte. Erst Jahre nach der Revolution hatte ich die Position erreicht, die es mir ermöglichte, offizielle Nachforschungen nach Benda anstellen zu lassen. Seit dieser Zeit sind Micha , mein politischer Kommissar, und ich befreundet. Er war der Mann, der beauftragt wurde, Benda aufzuspüren.«

Alexander wandte sich dem Kommissar zu. »Bitte, Micha, erzähle Du nun weiter!«

Der Kommissar, der bisher bei den gemeinsamen Mahlzeiten vor allem durch Schweigen aufgefallen war, zündete sich bedächtig eine Zigarette an.

»Gut, Genosse General!« sagte er. »Wenn Sie es wünschen, werde ich gerne darüber berichten!« Er zog an seiner Zigarette.

»Wir haben mit Hilfe von Archivmaterial der zaristischen Geheimpolizei, das die Revolution unversehrt überstanden hatte, den Lebensweg von Joseph Benda genau verfolgt. Sie, Gräfin, und auch Sie, Fürst, kennen die Tragödie seiner Familie. Ich brauche sie Ihnen nicht zu schildern.«

Luise nickte zustimmend.

»Auch die Zeit, in der Benda eine blutrünstige Bande leitete, war genau vermerkt. Aber nach dem Überfall auf dieses Gut hier verlor sich seine Spur. Wir wollten die Nachforschungen bereits abbrechen, als einer unserer Agenten, der in Königsberg stationiert war, von einem Kaufmann berichtete, der ihm auf einem Empfang in Königsberg aufgefallen war. Nicht, weil er Millionär war, was als offenes Geheimnis in Königsberg galt, sondern weil er der russischen Sprache so perfekt mächtig war, wie sie nur ein gebürtiger Russe sprechen kann. Das war zwei Jahre, bevor die Faschisten in Deutschland die Macht übernahmen. Wir bohrten und bohrten, aber alle Mühe war ergebnislos. Wir kannten Benda aus den Archiven als einen kleinen, dicken Mann. Wir besaßen auch Jugendbilder von ihm. Der Berger, den wir beobachten ließen, war schlank, geradezu drahtig. Er besaß lupenreine deutsche Papiere.

Das konnte nicht der Mann sein, den wir suchten. Ein schlanker Deutscher, mit besten Papieren, dazu als deutscher Offizier mit Orden geschmückt aus dem Krieg zurückgekehrt. Aber eines stimmte genau: Die Größe. Benda wie Berger waren, wie wir feststellten, auf den Zentimeter gleich groß. Und noch etwas stimmte mit den Unterlagen, die wir in den Archiven der zaristischen Geheimpolizei fanden, überein: Berger sprach ebenfalls alle die Sprachen fliessend, die Benda beherrschte.«

Der Oberst drückte seine Zigarette im Aschenbecher aus. Dann zündete er sich eine neue an.

»Doch wir kamen keinen Millimeter bei unseren Nachforschungen weiter, weil auch die Jugendbilder von Benda keine Ähnlichkeit mit dem Mann aufwiesen, den wir in Königsberg beschatteten. Als wir die Nachforschungen einstellen wollten, hatte einer meiner Mitarbeiter eine zwar einfache, aber glänzende Idee: Er schlug vor, den Lebenslauf der Ehefrau von Berger zu durchforschen. Der schönsten Frau, die je in Königsberg gelebt hatte. Und damit nahmen wir einen Faden auf, der uns genau auf Benda, alias Berger, zuführte.«

Luise hob die rechte Hand. Erinnerungsfetzen durchliefen ihr Gehirn. Pjitor war kurz vor Ausbruch des ersten Weltkrieges durch Europa gereist. Auf der Fahrt von Königsberg nach Berlin war er Berger und seiner Frau im D-Zug begegnet. Pjitor hatte beide so plastisch beschrieben, daß Luise Berger und seine Frau genau noch immer vor sich sah.

»Diese Frau von Berger oder Benda, wie er auch heißen mag, hat große blaue Augen und eine Figur, nach der sich alle Männer umsahen«, sagte sie. »Ihre Haare waren rotblond oder rot. Mein ehemaliger Kanzleivorsteher hat beide gesehen. Nach seiner Ansicht schien sie ihren damals dicken und auf ihn außerordentlich unsympathisch wirkenden Mann zu hassen. Außerdem schien es ihm so, als ob sie ein Verhältnis mit einem Bediensteten ihres Mannes hatte, der Georg Dowiekat heißt und der bei uns hier früher Vorarbeiter war. Diesen Mann hasse ich aus ganzem Herzen. Er ist letztendlich Schuld daran, daß unser Gut von der Benda-Bande überwältigt und mein erster Mann, wie auch die Eltern von General Ambrowisch und seine ehemalige Braut ermordet wurden!«

»Stimmt genau, Gräfin«, antwortete der Oberst. »Mein Kompliment, daß Sie sich so gut an die Schilderungen ihres ehemaligen Kanzleivorstehers erinnern können. Von Dowiekat wissen wir nur, daß er lange der Geliebte von Frau Berger war. Offensichtlich ist er im Ersten Weltkrieg gefallen. Aber wir haben bei unseren Nachforschungen etwas sehr Interessantes herausbekommen: Dowiekat und Benda waren befreundet.«

»Befreundet?« Luise schüttelte ihren Kopf. »Dowiekat arbeitete bei uns«, sagte sie. »Benda tauchte plötzlich mit seiner Bande vor dem Gut auf. Wie können beide befreundet sein? Kannten sie sich etwa schon vorher?«

»Sie kannten sich vorher nicht, Gräfin«, antwortete der Oberst. »Sie trafen sich – wie wir ermitteln konnten – zufällig auf einem Gut in Ostpreußen. Dort arbeiteten sie zusammen als Landarbeiter. Wir nahmen wie Sie, Gräfin, ebenfalls an, daß sie sich schon vorher gekannt haben mußten. Aber das war ein Fehlschluß. Das hat uns viel Zeit und viel Mühe gekostet, bis wir heraus fanden, daß wir auf der falschen Fährte waren.«

Der Oberst ließ sich einen Wodka nachschenken.

»Und welche Rolle spielte die Frau von Benda in dieser Geschichte?« fragte Luise.

»Sie war vor dem Ersten Weltkrieg die teuerste Hure in Berlin«, antwortete der Oberst. »Benda hat sie gekauft. Als Ehefrau regelrecht gekauft. Und zwar hat er sie mit dem Geld gekauft, das er bei seinen Überfällen auf Güter erbeutet hatte.«

Der Kommissar schilderte auf den Punkt genau, wie sie den Weg Bendas nach dem Überfall auf das Gut durch Deutschland zurückverfolgt hatten, bis zur Errichtung seines Handelshauses in Königsberg. Der Anwalt in Berlin, der den Ehevertrag zwischen Benda und Candy aufgesetzt hatte, war ihnen dabei behilflich gewesen. Natürlich gegen eine größere Summe Geldes.

»Den noch immer fehlenden letzten I-Punkt, ob Berger tatsächlich Benda war, gab der Gutsbesitzer, bei dem Benda und Dowiekat nach ihrer Flucht aus Litauen gearbeitet hatten«, sagte der Kommissar. »Er erkannte Benda sofort wieder, als ihm ein Mittelsmann von uns unter einem Vorwand die Jugendbilder Bendas vorlegte. Da wußten wir nun endlich, daß Berger und Benda eine Person waren.«

»Und warum ist Benda dennoch davongekommen, Herr Oberst?« fragte Luise.

»Zwei Wochen, nachdem wir diesen Beweis hatten, übernahm Hitler in Deutschland die Macht. Unsere Späher und Agenten in Deutschland mußten sofort untertauchen!«

»Aber Sie müssen Benda doch nicht völlig aus den Augen verloren haben?« fragte Luise. »Schließlich wissen Sie doch, daß er nicht mehr lebt?«

»Ein Zufall führte uns wieder auf die Spur von Benda«, antwortete der Kommissar. »Ein simpler Empfang in Stockholm war der Anlaß dafür. An diesem Empfang nahmen Berger und seine Frau als reiche und angesehene schwedische Staatsbürger teil.«

»Daß sie in Schweden lebten, wußten wir«, sagte Luise. »Also spielten sie auch dort in der Gesellschaft eine wichtige Rolle!«

»Ja, Gräfin«, antwortete der Oberst. »Geld öffnet alle Türen. So war das und so wird das immer bleiben!« Der Kommissar zog an seiner Zigarette.

»Ein Sekretär unserer Botschaft war ebenfalls auf dem Empfang«, erzählte er weiter. »Er gab uns die Namensliste der Gäste. Da hatten wir den Namen Berger wieder schwarz auf weiß vor Augen. Vom selben Augenblick an ließen wir ihn beobachten. Dabei stellte sich heraus, daß er tatsächlich der langgesuchte Benda war!«

»Und dann, Kommissar?« Luise blickte den Oberst an.

»Nichts und dann«, antwortete er. »Hitler überfiel Polen. Der Krieg war da!«

»Und wo ist Benda umgekommen?«

»Nach unseren Informationen, Gräfin, wurde er zusammen mit seiner Frau vom Krieg in den USA überrascht. Offensichtlich wollte er von Schweden nach Amerika ausweichen. Er und seine Frau fuhren mit einem britischen Frachter nach England zurück. Das Schiff wurde von einem deutschen U-Boot torpediert. Benda ertrank. Seine Frau wurde zwar lebend von einem englischen Zerstörer aus der See gefischt. Sie starb aber an Erschöpfung!«

Luise schüttelte sich. »Was mag das für eine Ehe gewesen sein, zwischen einem Massenmörder und einer Hure?« fragte sie.

»In den letzten Jahren war diese Ehe nach unseren Informationen sehr gut, Gräfin«, antwortete der Kommissar. »Wir hatten Gelegenheit, den Partner von Benda zu befragen, der als Alleinerbe die Geschäfte in Stockholm weiterführt. Er hat einem Mittelsmann von uns berichtet, daß Benda und seine Frau permanent in den Flitterwochen lebten. Turtelnde Tauben sollen nichts dagegen sein!«

Luise starrte den Kommissar an. »Permanent in den Flitterwochen? Eine Hure und ein Massenmörder?«

Der Kommissar blies Rauchringe in die Luft. »Genauso war es, Gräfin«, sagte er. »Nicht nur die Welt ist stets für Überraschungen aller Art gut. Auch Ehen. Viele gelten als gut, sind aber tatsächlich die Hölle. Andere gelten als schlecht, aber in ihnen wird nur geturtelt. Benda und seine Frau, dies berichtete sein ehemaliger Teilhaber, führten in ihrer Ehe anfangs einen Dauerkrieg. Benda hat ihm das erzählt. Der Teilhaber von ihm nimmt für sich in Anspruch, diese Ehe in das Gegenteil verkehrt zu haben. Es hört sich sonderbar an, aber es ist so: Benda und seine Frau führten nach seiner Rückkehr aus der französischen Kriegsgefangenschaft eine Musterehe. Was sage ich: Eine Liebesehe, in der die Leidenschaft – entgegen den allgemeinen Erfahrungen – immer höher auflodert!«

»Das ist mir unverständlich«, sagte Luise. »Ich bin als Frau weiß Gott keine Nonne. Aber das kann ich mir bei diesem Ehepaar nun wirklich nicht vorstellen!«

Der Kommissar ergriff sein Wodkaglas und blickte Luise an. Dann sagte er: »Wußten Sie, Gräfin, was der Anlaß dafür war, daß Benda Bandenchef und Frauenschänder wurde?«

»Nein!«

»Wir haben es den Unterlagen der zaristischen Geheimpolizei entnommen. Sie sind eine reife Frau, Gräfin, deshalb scheue ich mich nicht, es Ihnen zu sagen: Benda hatte Potenzprobleme und« – der Kommissar zögerte einige Sekunden – »Größenprobleme, wenn Sie verstehen, was ich meine. Ein deutscher Stabsarzt hat diese Probleme im Ersten Weltkrieg mit einigen Spritzen beseitigt. In seiner Krankenakte fanden wir einen entsprechenden Hinweis.«

»Sie konnten in die Krankenakte von Benda einsehen?« fragte Luise.

»Offensichtlich haben Sie vergessen, Gräfin, daß die sowjetische Armee mit der Reichswehr, vor der Machtübernahme Hitlers, eng zusammenarbeitete«, antwortete der Kommissar. »Damals hatten wir eben die Gelegenheit, in diese Krankenakte einzusehen.«

Der Oberst zündete sich eine neue Zigarette an. »Die lebensgierige Frau von Benda, die offensichtlich nur deshalb Hure wurde, weil sie polygam veranlagt war, erlag Benda daraufhin völlig. Dank der Nachhilfe des Stabsarztes, ersetzte Benda in ihrem Bett drei Männer gleichzeitig. Das kann der Grund dafür sein, daß sie begann, ihn zu lieben!«

Luise faßte sich in ihre Haare. Dann ließ sie sich einen neuen Wodka nachschenken.

»Wenn es diesen Stabsarzt schon in der zaristischen Armee gegeben hätte, Herr Oberst, wäre Benda ein guter Offizier und kein Bandenhäuptling geworden?« sagte sie. »Sehe ich das richtig?«

»Ja, Gräfin, das sehen Sie richtig!«

Sowjetische Soldaten fuhren Luise und Stephan, Andrejew und Amanda sowie ihre Eltern am frühen Vormittag des nächsten Tages in Jeeps amerikanischer Herkunft zu der großen Wiese, auf der vor über zwanzig Jahren Charles mit seiner Maschine gelandet war. Die vier Holzkisten mit dem letzten Hab und Gut von Luise und Stephan folgten auf einem erbeuteten deutschen Lastwagen. Ein zweiter Lastwagen transportierte den wichtigsten Hausrat von den Eltern Amandas.

»Wir werden also fliegen«, dachte Luise, als sie das große Holzfeuer im hinteren Drittel der Wiese sah. Der Rauch wurde vom Seewind nach Süden getrieben. »Aber wohin werden wir fliegen? Nach Leningrad? Nach Moskau? Und ohne Alexander, der uns hier beschützt hat?«

Luise fühlte eine Kältewelle von ihren Füßen durch ihren Körper fließen. Sie hatte Angst. Sie wollte weg. So schnell wie möglich weg. Weg aus dem Machtbereich der Sowjets, die ihr genauso unheimlich waren, wie die deutschen Faschisten. Sie hatte Alexander nie ein Wort davon gesagt, daß sie Stalin genauso verabscheute wie Hitler. Sie liebte ihr russisches Volk, aber sie haßte Stalin, der dieses Volk brutal unterdrückt hatte. Jetzt gab sich der Diktator im Kreml zwar als gütiger Landesvater, aber Luise hatte mitbekommen, daß selbst hohe sowjetische Offiziere zu schwitzen begannen, wenn ihnen Kritik aus dem Kreml entgegenschlug. Alexander schien hier eine Ausnahme zu machen. Er war von Stalin hochdekoriert worden und schien das volle Vertrauen des Diktators zu besitzen. Schon aus diesem Grunde hatte Luise darauf verzichtet, kritische Bemerkungen über den Georgier zu machen, der die Geschicke des sowjetischen Imperiums leitete. Luise wollte nach Schweden, nach Hause zu ihren Kindern und Enkelkindern.

Sie nahm die verstümmelte Hand von Stephan. Er beugte sich über ihre Hand und küßte sie. An seinem Pulsschlag fühlte Luise, daß ihr Mann ebenfalls aufgeregt war. Offensichtlich dachten beide dasselbe.

Im zweiten Jeep saßen Amanda und Andrejew. In einer Kurve hatte Luise sehen können, daß sich das junge Ehepaar ebenfalls an den Händen hielt. Hinter ihnen folgten die Eltern von Amanda in einem dritten Jeep. Dann kamen die Lastwagen mit den Kisten und dem Gepäck der Eltern von Amanda.

Alexander kam in seinem Halbkettenfahrzeug auf die Wiese gerollt, an deren Rand sie warteten. Das Gepäck war bereits ausgeladen, die Jeeps und die Lastwagen nach Littauland zurückgefahren. »Sonderbar«, dachte Luise. »Unser Arzt hat sich nicht sehen lassen. Er war nicht im Haus gewesen, als wir abfuhren. Sonderbar!«

Luise sah Stephan an. Er zuckte mit den Achseln. Offensichtlich hatte er erfaßt, was sie dachte.

Das Halbkettenfahrzeug parkte dicht neben ihnen. Alexander wurde von seinen Soldaten aus dem gepanzerten Wagen gehoben.

»Mamuschka, ich habe Dir eine Überraschung versprochen«, sagte er lächelnd. »Sie kommt in zehn Minuten!« Er sah auf seine Armbanduhr.

Luise betrachtete Alexander. Sie fand, daß er heute noch älter als in den letzten Wochen aussah. Sein Gesicht war von Falten zerfurcht, dunkle Ringe standen unter seinen Augen. Aber er lächelte. So herzlich, wie er als Junge und Ehemann gelächelt hatte, wenn sie sich begegnet waren.

Alexander sah wieder auf seine Armbanduhr. Dann hob er seinen linken Arm und streckte seinen Zeigefinger in Richtung Norden aus.

»Wir Leningrader Kämpfer hören sehr schlecht, Mamuschka«, sagte er. »Aber der große Zeiger auf meiner Armbanduhr sagt mir, daß jetzt für Euch etwas zu hören sein muß!«

Über den Horizont drang das Dröhnen von Flugzeugmotoren. Minuten später war eine viermotorige Maschine zu sehen, die sehr niedrig über die Ländereien des Gutes heranflog. Das Flugzeug, das von vier sowjetischen Jägern begleitet wurde, umrundete zweimal Littauland und das Gut. Deutlich waren die Nationalfarbens Schwedens an den Flügeln, dem Rumpf und dem Höhenleitwerk zu erkennen.

Luise fiel ein Stein vom Herzen. »Ein Flugzeug aus Schweden, Stephan«, flüsterte sie ihrem Mann zu. »Das kann nur sofortige Heimkehr bedeuten!«

Die Maschine setzte auf der Wiese auf. Schaukelnd rollte das Flugzeug auf die Gruppe der wartenden Menschen zu. Die Jäger landeten an der anderen Seite der Wiese. Sie hatten die Maschine an der Küste in Empfang genommen und zu dem Gut geleitet.

Luise klammerte sich an Stephan, als die Motoren der Maschine abgestellt wurden. Sie starrte, wie alle anderen auch, auf die Seitentür des Flugzeuges, die von innen geöffnet wurde. Ein junger Mann reichte zwei sowjetischen Soldaten aus der Maschine heraus eine Leichtmetalltreppe, die sie am Rumpf befestigten.

Als der junge Mann, der die Treppe nach draußen gereicht hatte, in die Kabine zurücktrat, fühlte Luise, daß ihr Herz bis zum Halse schlug. Alexander, der sich rechts neben Luise gestellt hatte, ergriff ihre Hand. An ihrer linken Hand hielt sie Stephan.

In der Tür der Maschine stand Charles. Neben ihm tauchte Marlies auf. Sie hatte ihre Hände auf die Schultern ihres Bruders gelegt. Marlies weinte. Deutlich konnte Luise sehen, wie die Schultern ihrer Tochter zuckten.

Charles suchte die Augen seiner Mutter. Sein Gesichtsausdruck war so ernst wie immer. Er drehte sich zur Seite und umfaßte seine Schwester. Aber plötzlich überzog ein Lächeln sein Gesicht.

»Mama, Stephan und auch Alexander!« rief er. Der Tonfall seiner Stimme war noch immer die eines jungen Mannes. Charles ließ seinen Stock fallen. Gestützt von Marlies und den beiden sowjetischen Soldaten verließ er das Flugzeug. Erst jetzt sah Luise, daß Charles die Uniform eines Obristen der britischen Luftwaffe trug.

Luise löste sich von Alexander und Stephan und warf sich in die Arme ihrer Kinder, die mit ihren Händen auch Stephan und Alexander umklammerten. Alle vier küßten sich so, wie sich nur Russen küssen können, wenn sie sich nach langer Trennung wiedersehen.

»Ich bin glücklich, daß es mir gelungen ist, Euch die Einreise nach Litauen zu beschaffen – wenn auch nur für Stunden«, sagte Alexander zu Charles und Marlies. »Das hat viel Mühe gekostet, in der Situation, in der sich die Sowjetunion gegenwärtig befindet. Aber ich wollte erreichen, daß Ihr noch einmal Eure Heimat sehen und noch einmal zum Grab Eures Vaters gehen könnt. Und dies ist mir gelungen.«

Alexander löste sich aus der Umarmung. »Ich bin wirklich unsagbar glücklich, daß mir das gelungen ist«, murmelte er. »Ich werde davon zehren, Euch alle noch einmal zusammen gesehen zu haben, wenn ich in die nächste Schlacht muß. Und wenn ich sie überleben sollte und nach hier zurückkehren kann, werde ich auch in den nächsten Jahren immer an diesen Tag zurückdenken. Mit Freude im Herzen werde ich daran zurückdenken.«

Im Halbkettenfahrzeug von Alexander fuhren sie zum Massengrab auf der Bodenwelle vor dem Gut. Charles und Marlies betrachteten entsetzt die Spuren der Granateinschläge in der Westmauer des Gutshofes. Sie sagten aber kein Wort.

Luise hatte ihren Kopf zur Seite gedreht. Sie wollte das Gut nicht mehr sehen. Noch immer hörte sie die Schreie der Schwerverwundeten, die in den Operationskeller gebracht worden waren, hörte das Röcheln der Sterbenden.

Hinter dem Massengrab, das beträchtlich erweitert worden war, stand eine Kompanie von Rotarmisten. Im erweiterten Grab ruhten auch alle die Soldaten, Frauen und Männer, die bei der Verteidigung des Gutes gefallen waren.

Der Arzt und der Kommissar empfingen sie vor dem Grabplatz. Auf einen Wink von Alexander, feuerten die Soldaten der Kompanie Ehrensalut. Die Bewohner von Littauland und die Gutsarbeiterinnen und Gutsarbeiter sowie ihre Kinder knieten danach schweigend im weiten Rund um das Grab.

Luise ergriff die Hand von Alexander. Hinter ihnen ging Stephan, der Marlies und Charles an den Händen hielt, so, als ob sie noch Kinder wären.

Sie knieten vor dem Grab. Luise und Marlies drückten ihre Stirn gegen den sandigen Boden.

Der Film ihres bisherigen Lebens rollte vor Luise ab. Sie sah William, ihre Eltern, ihren Bruder, seine Frau und deren Kinder. Sie wollte ein Gebet sprechen. Aber sie konnte es nicht. Blut über Blut war wieder auf dem Gut geflossen. Gott hatte sie verlassen und war doch wiedergekommen. Luise hatte bisher nicht die innere Ruhe gefunden, um mit Gott Zwiesprache halten zu können.

Sie hörte die Gebete ihrer Kinder.

»Ich kann nichts mehr sagen, weder zu Dir William, noch zu meinem Vater und meinem Bruder, meiner Schwägerin und ihren Kindern«, flüsterte Luise. »Nichts mehr, als Ruhe sanft auch in Zukunft. Das wünsche ich auch Euch allen, die Ihr hier ruht. Ich kann nichts mehr sagen, weil ich ausgebrannt, total erschöpft bin. Ich will nur noch eins: Mit meinen Kindern und Stephan nach Hause, nach Schweden. Vielleicht finde ich dort die Ruhe, nach der ich mich so sehr sehne!«

Luise stand auf. Sie hob ihre Tochter, dann Charles und Stephan hoch. Alexander hatte hinter ihr gestanden. Er stützte sich auf seine Armkrücke. Luise drehte sich zu ihm. In seinen Augen standen Tränen.

»Nur Russen können nach so vielen Jahren noch um ihre Angehörigen weinen«, dachte sie. »Aber sicher weint Alexander auch um seine Soldaten, die hier bei der Schlacht um das Gut gefallen sind.«

Luise, Stephan, Marlies und Alexander umarmten sich erneut. Sie küßten sich alle dreimal auf die Wangen.

»Wann werde ich Dich wiedersehen, mein Junge und General?« fragte Luise Alexander.

»Wenn es nicht mehr auf dieser Welt sein sollte, Mamuschka, dann dort, wo Du ganz sicher hinkommst: Im Himmel!« antwortete er. »Ich werde an die Himmelspforte klopfen und fragen, ob ich Dich besuchen darf!«

Alexander lächelte das Lächeln, das Luise an ihm so sehr geliebt hatte, als er noch ein Junge war.

Sehr geehrte, liebe Frau Weber —

zu zu einer ändert, großer Verbundenheit
hätte ich mir, Ihren "Die Silbern Schlange"
zu zu Gesandten. Frau Reinke - von einer
Carolin gemannt -, stets an meiner Seite
wenn ich ein "Kraft" Verein? Weiter zu
schreiben grüßt sie wie ich sehr herzlich, hoffend, daß Sie leseSpaß empfunden.
Wir wünschen alles Gute.

Ihr Jascha Rank u. Horst Grgert

Februar 1993